폐월화 2

폐
월
화
2

조은담 장편소설

Terrace Book

목차

제15장

때를 기다리다

눈부신 햇살이 산 위로 온전히 모습을 드러냈다.

김도식의 사가에 다다른 여리가 대문을 두드리자 나이 지긋한 노복 하나가 문을 열었다.

"어인 일로 오셨습니까?"

"이 댁 주인어른을 뵈러 왔습니다. 내의원 수의로 계셨던 분 말입니다."

노복은 '내의원'이라는 말에 여리를 위아래로 슥 훑어보더니 이내 고개를 저었다.

"무슨 말씀을 듣고 왔는지는 모르겠으나 잘못 찾아오셨습니다. 이곳엔 그런 분이 아니 계십니다."

"예? 그러나 분명······, 이보십시오. 이보십시오!"

여리의 말이 채 끝나기도 전에 대문이 쿵, 닫혔다. 황당한 여리가 우두커니 서 있자 이번엔 이겸이 무표정한 얼굴로 대문을 두드렸다. 처음은 여리와 같았으나 안에서 아무런 기척이 없자 느리게 두드리는 힘은 점차 강해졌다.

쿵. 쿵. 쿵─.

문을 부술 듯한 기세였다. 귀찮음을 가득 담은 손짓으로 이겸이 다시 한 번 내리치던 찰나, 소음을 견디지 못한 노복이 다시 문을 열었다. 머리가 희끗희끗 센 노복은 이번엔 조금 귀찮은 눈을 했다.

"그런 분 안 계신다니까 아침부터 이 무슨 소란이십니까? 쫓겨나기 전에 썩 물러들 가십시오."

노복이 대문을 닫으려고 하자 이겸이 손을 뻗어 그것을 잡았다. 이겸은 무심하게 그대로 대문을 활짝 열어젖혔다. 문을 다시 닫지 못하도록 한 손으로 문을 짚은 이겸이 노복의 눈을 바로 보았다.

"시간이 없으니 내 할 말만 하도록 하지. 우린 김도식을 만나러 왔네."

'김도식'이라는 이름에 노복이 이겸과 여리를 번갈아 쳐다보았다. 여전히 경계가 서린 눈빛이었으나 다른 이들은 잘 알지 못하는 제 주인의 함자를 아는 것으로 보아 눈앞의 사내가 단순한 뜨내기는 아님을 알 수 있었다. 무엇보다 몸가짐이나 말투에서 묘하게 우러나오는 기품이 그러했다. 문을 지키다 보면 자연히 사람 보는 눈도 트이게 마련이었다.

이겸이 노복만 들을 만큼 낮은 목소리로 말을 덧붙였다.

"내가 이대로 바로 들어가면 자네가 곤란해질 것인데."

"……잠시만 기다리십시오."

노복이 대문 안쪽으로 서둘러 사라지자 여리는 볼을 불퉁하게 부풀렸다.

아니, 내가 말할 때는 들은 척도 하지 않더니?

이겸이 말한 한양에 처음 온 자는 코를 베인다는 게 이런 의미인가도 싶었다. 아니면 한양에 사는 이들은 일단 으름장부터 놓아야 말을 들어주는 건가.

이윽고 가옥 안으로 사라졌던 노복이 답을 들고 돌아왔다.

"송구하지만 아직 주인어른께서 기침 전이시라 안으로 드실 수가 없습니다. 두 식경 후에 다시 오십시오."

"예? 두 식경이나 말입니까?"

여리의 물음에 노복이 단호하게 답했다.

"제가 드릴 수 있는 말은 그뿐입니다. 후에 다시 오십시오."

재차 말을 뱉은 노복이 대문을 닫고 사라졌다.

"이보십시오!"

여리가 소리를 높였으나 대문을 휘휘 둘러보던 이겸은 미련 없이 포기했다.

"콧대가 높은 자로군. 되었다. 이왕 이리된 것 조반이나 먹고 다시 오자."

"하오나 그러다 도망이라도 가면 어쩝니까?"

"도망을 간다면 뭔가 숨기고 싶은 것이 있다는 뜻이니 우리로서는 반가운 일이지. 그리고 도망을 간다 한들 도성 안일 거다."

이겸이 여리를 이끈 곳은 근처 저자의 주막이었다. 그날따라 저자에 큰 장이라도 서는 것인지 아침답지 않게 사람들이 북적였다. 평상에 자리를 잡은 두 사람은 주모가 오기를 기다렸으나 바쁜 주모는 그들이 온 것도 알지 못하는 눈치였다.

여리가 먼저 입을 열었다.

"우린 여기서 언제쯤 예화로 돌아가야 합니까?"

"아마도 해가 질 때쯤엔 움직여야 내일 밤 예화에 닿겠지."

"그럼 해가 질 때까지만 시간이 있는 거군요. 흠, 하온데 나리. 아까 그 댁에 사는 분 말입니다, 순순히 대답을 해줄까요?"

"아니."

"……."

"안 하면 한 대만 때릴까?"

다른 이도 아닌 이겸에게 한 대 맞으면 목숨이 위험할 수도 있을 것 같았다. 어색하게 웃으며 쓴 입맛을 다신 여리는 결국 바빠서 코빼기도 비추지 않는 주모를 찾으러 직접 부엌으로 갔다. 두 명이서 분주하게 움직이는 부엌으로 가 가장 빨리 나오는 것으로 주문을 해둔 여리가 평상으로 걸음을 옮기던 찰나였다.

"이봐."

돌아보니 덩치는 크나 순박한 얼굴을 가진 사내가 버티고 있었다. 행색으로 보아 양반은 아니고 어느 댁의 몸종인 듯했는데 풍기는 분위기가 여러모로 심상치 않았다. 사내의 부름에 여리는 제 뒤를 휙 둘러보고는 다시 사내를 보았다.

"나 말이오?"

"그래. 너 저기 평상 위에 앉아 계신 나리와 함께 온 몸종 맞지?"

먼 길을 이동해야 하는 터라 여리는 사내의 복색을 하고 있었다. 망건 대신 두건으로 머리를 정리하고 있어 나이가 어린 사내로 보였나 보다. 움직이기에 편해서 부러 그리한 것도 있었지만 몸종이라니. ……내 변장이 너무 자연스러웠나?

"몸종은 아니오만."

"그건 아무래도 됐고. 저 나리께서는 어느 댁의 뉘시냐?"

사내의 은밀한 속삭임에 여리의 눈썹이 슥 휘어졌다.

"그건 어찌 묻소?"

사내는 대답 대신 주막 담장 옆쪽의 여인들을 가리켜 보였다. 쓰개치마를 쓴 귀한 댁 낭자와 그 곁을 지키는 여종이 보였다.

"내 입으로 우리 아씨가 차마 어느 댁 누구시라고 말할 순 없다. 그리고 아씨께서 먼저 나리께 마음이 있어 그러는 건 더더욱 아니지만! 아무튼 저 나리는 뉘시냐?"

아아, 쉽게 말하자면 차마 어느 댁 누구시라고 말할 수 없는 저분께서 나리께 한눈에 반했으니 함자를 알아 오라 시킨 게로군.

"초면에 그런 걸 내가 왜 말해야 하오? 난 이만 가보겠소."

그러자 덩치 큰 사내가 급하게 여리를 덥석 잡았다. 그 힘이 어찌나 우악스러운지 여리의 몸이 단번에 휙 돌아갔다.

그 순간 여리의 머릿속에 떠오른 것은 하나였다. 사내에게 잡힌 여리가 재빨리 두 손으로 제 코를 가렸다.

다행이야. 늦지 않았어!

그러나 눈이 마주친 사내는 어디가 불편하냐는 듯 그저 눈을 끔뻑일 뿐이었다. 억세게 잡은 것은 단순히 힘이 세서였을 뿐 다른 뜻이 있는 건 아닌 모양이었다.

"코가 불편하냐? 코를 왜 그리 쥐어?"

사내의 순박한 대꾸에 잠시 멈추어 있던 여리는 헛기침을 했다. 머쓱해진 여리는 코를 가렸던 손을 슬그머니 내렸다. 여리는 티 나지 않게 입술을 잘근 깨물었다.

아오! 이걸 들키면 또 석 달 열흘 놀림감이다.

여리는 평상 위의 이겸을 힐끔 보았다. 다행히 이겸의 시선은 여리를 향해 있지 않았다. 안도하는 여리에게 곰 같은 사내가 손까지 덥석 맞잡으며 간청했다.

"이대로 빈손으로 가면 내가 경을 친단 말이다. 좀 도와다오. 응?"

덩치 큰 곰을 닮은 사내의 눈빛이 강아지의 순한 그것으로 변했다. 이런 난처한 상황이라니. 한숨을 내쉰 여리가 주위를 빠르게 둘러보았다. 그리고 몸종에게 가까이 다가오라는 손짓을 했다. 둘의 머리가 은밀히 모이자 누구도 들으면 안 된다는 듯 여리가 작게 속삭였다.

"내 원래 이런 말 잘 안 하는데 그쪽만 아시오. 저 나리께서는 사실……."

잠시 뜸을 들인 여리는 한 번 더 주위를 둘러보고 목소리를 낮추었다.

"궐과 관련된 분이라오."

"궐?"

곰 사내의 눈이 번쩍 떠졌다.

"쉿! 목소리 낮추시오. 궁궐 모르시오? 본 적 없소?"

여리를 따라 주위를 살핀 곰 사내가 침을 꿀꺽 삼키며 세차게 고개를 끄덕였다.

"물론 알지. 보았고말고!"

아, 봤구나. 난 본 적 없는데.

여리가 영혼 없이 함께 고개를 주억거렸다.

"한데 궐에 계신다면 구체적으로 어떤?"

여리가 눈을 가늘게 여미며 덧붙였다.

"아주, 아주 높은 분이라오."

이번엔 곰 사내의 눈이 가늘어졌다. 여리의 말을 한 마디도 놓치지 않겠다는 기세였다.

용서하십시오, 나리. 틀린 말은 아니지 않습니까? 궐과 관련되고 높으신 분.

잠시 후, 곰 사내의 얼굴이 활짝 펴졌다.

"그것 참 기쁜 소식이다. 그야말로 우리 아씨와 딱 맞는 짝인데? 아직 혼인은 아니 하셨고?"

여리의 낯빛이 조금 가라앉았다. 그러곤 애처로운 빛을 담아서 느리게 고개를 끄덕였다.

"물론 혼인은 아니 하셨소. 하실 수가 없지."

"헉! 하실 수가 없다니?"

"왜냐면 우리 나리께서는 궐에 계시긴 하나 어떤 일을 하시냐면……."

여리는 말을 마무리하는 대신 곰 사내의 밑으로 시선을 힐 끗 내렸다. 자신의 중요 부위에 닿은 여리의 시선을 본 사내의 눈이 더욱 동그래졌다.

곰 사내가 눈으로 '이거?' 하고 묻자 여리가 그저 눈으로 '그 렇소. 그거.' 하고 답했다. 척하면 척이라고 곰 사내가 저도 모 르게 자신의 그곳을 슬쩍 가리며 아픈 표정을 지어 보였다.

"설마 선비님께서는 바로 내관……."

"쉿! 나리께서는 지금 중요한 일을 은밀히 처리하러 나오신 터라 시끄러워지는 걸 원치 않소."

곰 사내가 낮은 탄식을 내뱉었다. 아씨와 이루어질 수 없다 는 소식에 안타까운 빛이 얼굴에 가득했다.

여리가 이겸의 동태를 슬쩍 살폈다.

이 또한 죄송합니다, 나리. 그러나 저는 아무 말도 하지 않 았습니다.

그랬다. 여리는 분명 아무 말도 하지 않았다. 오해의 소지 가 있는 행동을 취하긴 했지만 딱히 말로 확답을 준 건 아니 었다.

미련을 지운 곰 사내는 다시 한 번 이겸의 옆모습을 훔쳐보 고는 한숨을 쉬었다.

"내관이신 분들 중엔 종종 여인보다도 더 고운 분들이 계시 다더니 틀린 말이 아니었구나. 어쩐지 저리 잘나신 분이 내관 이 아니었다면 어느 집안에서 말을 넣어도 넣었겠지. 아무튼 사실대로 얘기해주어 고맙다. 내 아무 데서도 저분을 보았다는 말은 하지 않으마."

곰 사내는 제 주인에게로 뒤뚱뒤뚱 돌아갔다. 무어라 말을 전해 들은 아씨께서는 아쉬운 눈빛으로 이겸의 얼굴을 한 번 더 눈에 담고는 발걸음을 옮겼다.

말끔히 일을 끝낸 여리는 가볍게 평상으로 돌아왔다. 마침 때를 맞추어 주모가 물병과 잔을 내어 왔다. 이겸이 맞은편에 앉은 여리의 잔에 물을 부어주며 싱긋 웃었다.

"임기응변이 제법이구나. 일종의 투기인가?"

"목소리를 낮추었는데도 그걸 다 들으셨습니까? 우와, 대단하십니다. 한데 엄밀히 말하면 방금 그건 투기가 아니지요. 저는 어디까지나 소란스러운 일이 생기면 우리가 앞두고 있는 중요한 일을 그르칠까 하는 마음에서 아주 약간의…… 음, 처세? 네. 세상을 살아가는 데 필요한 처세 같은 거였습니다."

"처세……라, 난 다른 쪽을 기대했는데."

"어떤 쪽 말씀이십니까?"

이겸이 상 위에 놓인 여리의 손을 지그시 잡았다. 그리고 세상에 다시없을 목소리로 다정하게 말했다.

"나를 독점하고 싶다는 욕심? 그러니 다른 이에게 함부로 눈길 주지 말거라. 눈길조차도 나누어 가지기 아까우니."

이, 이런 말을 어찌 눈썹 하나 까딱하지 않으시고.

그러나 갑자기 훅 들어온 이겸의 말에 당황한 것은 여리만이 아니었다. 국밥 두 그릇을 말아 온 주모가 쟁반을 들고 둘 사이에 우두커니 서 있었다. 주모의 동그란 눈이 이겸을 보고, 남장을 한 여리에게로 갔다가 다시 그들이 잡고 있는 손으로 옮겨갔다. 여리가 화들짝 놀라 손을 뿌리치자 주모는 어색한 헛기침을 하며 국밥을 두고 냉큼 사라졌다.

부엌으로 들어간 주모가 큰 덩치에 어울리지 않게 눈 한쪽만 벽 옆으로 내놓고는 이겸과 여리를 살폈다. 둘 다 훤칠한 사내들이라 호기심을 가득 매단 눈빛으로.

여리가 입술을 거의 움직이지 않은 채 미소를 띠며 잇소리를 냈다.

"아하하, ……즈므 들으라고 일브르 그르신 그지요?"

햇살 아래의 이겸이 낮게 웃었다. 그의 웃음을 따라 단정한 갓끈이 보기 좋게 흔들렸다. 여리가 그런 이겸을 가만히 바라보았다. 이겸이 여리와 제 수저를 가지런히 놓으며 말을 덧붙였다.

"물어봐도 된다. 김도식에 대해."

"어찌 아셨습니까? 사람 마음을 읽는 능력도 있으십니까?"

"그런 능력이 없어도 너는 생각이 눈에 그대로 다 드러난다. 몰랐느냐?"

"흠흠, 하온데 왜 그분을 찾는 겁니까? 제가 알아도 됩니까?"

이겸은 국밥을 훌훌 떠서 입으로 가져갔다. 맛이 괜찮다는 듯 눈썹을 슥 들어 올렸다.

"선왕 전하께선 노환으로 승하하신 것이 아니다."

"그러면요?"

"본디 어환이 있으시기도 하였지만 갑자기 나빠지셨지. 물론 있을 수도 있는 일이었지만 여러 모로 미심쩍은 것이 사실이다. 선왕 전하께서 승하하시고 지금의 주상 전하가 옥좌에 오르신 후 가장 먼저 한 일이 서인후를 포함한 선왕 전하의 사람들을 역모로 처형한 일이었으니까."

제 아비의 일에 여리의 숟가락이 멎었다.

"그 역모의 죄명은 다름 아닌 선왕 전하를 독으로 시해하려 했다는 것이다. 누가 생각해도 선왕 전하의 충신이었던 그들이 그러했을 명분은 없었으나 당시 궁에선 그 일을 입 밖에 낼 수 있는 이가 없었다. 나 또한 그땐 궁을 떠나 있었으니 말이다. 그 후 지금 주상 전하의 사람이었던 좌상 심효가 영상의 자리에 오르고 내의원 참정이었던 김도식이 품계를 건너뛰어 어의로 발탁되었다."

"나리께서는 선왕 전하께서 독살 당하셨다 그리 생각하시는 겁니까? 그리고 그 배후에는 주상 전……."

여리는 말을 맺지 못하고 입을 다물었다. 쉬이 입에 올릴 수 있는 일이 아니었다. 이겸이 느리게 고개를 저었다.

"아직 확실한 것은 아무것도 없다. 다만 선위 교서가 왜 쓰였고, 이후의 모든 일들이 왜 그리 조급하게 이루어져야 했는지, 또 그 뒤엔 누가 있는지 알기 위해서 여길 온 거다. 김도식이 누구와 연관된 자인지 고리를 찾을 수 있다면 어지러운 일들의 실마리를 얻을 수 있겠지. 그럼 전하께서 이제 와 선위 교서를 찾으시는 이유도 알 수 있을 테고. 이유를 안다면 선위 교서가 아닌 다른 답을 내어드릴 수도 있을 거다."

여리의 표정이 가라앉았다.

지금 나리께서는 십 년 전 덮어두셨던 일들을, 어떤 이유에선지 진실을 밝히기를 포기했던 그 일들을 수면 위로 끌어내려고 하고 계신 것이다.

물 밑바닥에서는 어지러운 모래들이 일어날 것이다. 금세 흙탕물이 되고 생각지도 못했던 일들이 끊이지 않을 수도 있다. 그러나 나리께서는 그 물에 휩쓸리는 위험을 두려워하지 않고 있었다. 만약 그렇다면 저는 나리께 어떤 도움이 될 수 있을까.

남들은 눈치채지 못할 정도였지만 이겸의 숟가락질이 느려졌다. 국밥에 시선을 고정한 채로 잠시 주위의 기척에 귀를 기울인 이겸이 말을 이었다.

"이젠 네 이야기를 해보거라. 그날 밤 무슨 꿈을 꾸었기에 그리 놀란 것이냐?"

"그날 밤이요? 아, 그때. 어찌 아셨습니까? 제가 꿈을 꾸었다는 걸."

이겸의 방에서 함께 잠들었던 밤, 잠에서 깬 여리가 불안해한 것을 이겸은 잊지 않고 있었다.

"네가 잠결에 날 불렀었다. 꿈에서 나를 보았느냐?"

"……그저 꿈일 수도 있고 혹은 예지몽일 수도 있습니다. 실은 그때 꿈에서 궐에 계신 나리를 뵈었습니다."

"궐?"

"예. 물론 저는 궐에 가본 적이 없지만 그곳이 궐이라는 건 꿈에서도 알 수 있었습니다."

"그리고."

"곤룡포를 입고 계셨습니다. 연못가에서 폐월화를 홀로 보고 계셨는데 그 모습이 워낙 생생하여 잊히지 않습니다."

이겸이 싱긋 웃으며 여리를 보았다.

"위험한 꿈이군. 하여, 그리될 수도 있다 보느냐?"

"알 수는 없지만 그래도 아주머님 말씀이 전하의 뒤를 이을 종친은 나리밖에 안 계시다고. 아닙니까?"

"물론 그렇긴 하지만 그건 예지몽이 아니라 그저 꿈인 듯하구나. 무엇보다 잘못된 점이 하나 있다."

"옷 말입니까?"

"아니. 그 꿈속에선 내 곁에 네가 없지 않았느냐? 그러니 그건 그냥 꿈일 뿐이다. 그런 일은 없을 테니. 혹 그것이 아니라면 네가 뵌 분은 선왕 전하이실지도."

"선왕 전하 말씀이십니까?"

"아는 이들은 내가 선왕 전하의 젊은 시절을 놀랍도록 닮았다 하였다. 그러니 네가 본 건 아주 오래전의 선왕 전하이실 수도 있지 않을까? 내가 곤룡포를 입는 일보다는 그게 더 있을 법하니."

"그럴 수도 있겠지만…… 아닐 수도 있습니다. 무엇보다 제 예감은 잘 맞는 편이니까요."

"예감?"

"예를 들면 이런 겁니다. 저기 주모 보이시지요?"

여리가 손가락을 뻗어 주모를 가리켰다. 이겸의 시선이 여리의 손끝을 따라갔다.

"잠시 후 주모는 쟁반 위의 그릇들을 떨어뜨릴 겁니다. 저기 옆의 아이와 부딪혀서요."

여리의 말이 끝나기 무섭게 주모는 급히 쟁반을 가지고 나오다가 마주 오는 아들과 부딪혔다. 음식을 담은 그릇들이 바닥을 뒹굴고 '에구머니나', 주모의 목소리가 주막을 흔들자 이겸의 눈이 살짝 커졌다.

"주모가 아이의 등짝을 때리려고 하지만 아이는 왼쪽으로 빠져나갈 겁니다. 그러나 대충 다섯 걸음쯤 가다가 넘어질지도?"

말 그대로 주모의 손을 왼쪽으로 벗어난 아이는 도망가는 듯하다 얼마 가지 않아 철퍼덕 넘어졌다. 이겸이 허, 하고 작게 숨을 내쉬었다.

"어찌 알았느냐?"

대수롭지 않다는 듯 여리가 어깨를 으쓱거리며 답했다.

"자세히 보고 기억해두는 거지요. 아까부터 저 녀석이 저 앞에서만 왔다 갔다 뛰어놀았습니다. 그리고 주모는 습관인지 마음이 바빠서인지 쟁반을 들고 나올 때 바닥을 보지 않고요. 주모가 왼손을 주로 쓰니 아이는 자기 방향에서 왼쪽으로 피하게 되고 또 아이의 바지가 길어 밟고 넘어지기에 딱 좋습니다. 제가 눈썰미와 기억력이 좀 좋습니다. 그런 제가 보기엔 나리께서 높은 자리에 오르게 되시는 것도 영 터무니없는 일은 아닙니다."

그저 내뱉은 말들인 줄 알았더니 여리는 그들 모자를 유심히 관찰하고 있었다. 상황을 전체적으로 그리는 능력이 탁월했다.

"그러면 그다음은 내가 맞혀볼까?"

"예?"

"잠시 후에 이 주막은 엉망이 될 거다. 그리되면 눈 크게 뜨고 내 뒤에 숨거라."

여리는 이겸의 말에 주위를 둘러보았다.

"잠시 후면 언제를 이르시는 겁니까?"

이겸은 상 위에 놓인 잔을 느리게 잡았다. 잔 속의 물을 깔끔하게 마신 이겸이 말을 이었다.

"바로 지금."

한쪽 눈썹을 찌푸린 이겸이 고개를 옆으로 젖혔다.

쉬릭―.

이겸의 귀 옆으로 아슬아슬하게 화살 한 대가 가로질러 날아갔다. 빗나간 화살은 주막 기둥에 무서운 속도로 꽂혔다.

어느새 주막 대문 안으로 살벌한 기운을 띤 사내들의 무리가 포진해 있었다.

"이만하면 여리 네 감만큼이나 내 감도 쓸 만하지 않느냐?"

몸을 일으킨 이겸이 여유롭게 제 옷자락을 툭툭 털며 여리를 등 뒤로 감추었다. 이겸의 뒤에서 고개를 옆으로 내민 여리가 사내들과 이겸을 번갈아 보았다.

"저자들이 올 것을 어찌 아셨습니까?"

"저리 무리 지어 소란하게 쫓아오는데 모르는 게 이상한 일이지."

이겸은 등 뒤의 검을 한 손으로 잡았다. 검을 둘러싼 천을 벗기지 않는 것으로 보아 굳이 베지 않고도 충분하다는 의미였다. 천으로 싸인 검은 모습을 드러내지 않아 긴 봉과도 같은 형태를 띠었다. 이겸이 검 끝으로 사내들을 겨냥하며 입을 열었다.

"너희 주인은 번거로운 걸 좋아하는 자인가 보구나. 보다시피 내가 시간이 그리 많지 않다. 빨리 끝내자."

사내들에게 피식 웃어 보인 이겸이 등 뒤의 여리에게 작게 속삭였다.

"뒤쪽에 주모가 있는 부엌이 보이느냐?"

이겸의 말에 여리가 재빨리 뒤를 돌아다보았다.

"예. 보입니다."

"저들이 달려들기 전에 바로 그리로 들어가거라. 그리해야 내가 움직이기 수월하다."

"괜찮으시겠습니까? 저쪽의 수가 너무 많습니다."

달려가서 제 한 몸 숨기는 것은 일도 아니었으나 여리는 이겸에 대한 걱정이 앞섰다. 이겸은 시선을 사내들에게 둔 채로 여리에게 대답했다.

"당연히 괜찮지 않다."

"아."

덤덤한 이겸의 대꾸에 여리의 얼굴이 하얗게 변했다. 자신
있다고 해도 홀로 몸을 숨기는 마음이 편치 않거늘 하물며 당
연하게도 괜찮지 않으시단다. 가야 하나 말아야 하나 고민하
고 있는데 이겸이 그녀를 힐끔 돌아다보았다.

"그렇다고 또 화살을 날리진 마라. 뭐, 정 걱정되면 손이라
도 한 번 잡아주고 가든가. 그리하면 힘이 날 것도 같은데."

이겸의 엄살에 여리가 사내들과 이겸의 얼굴을 번갈아 보았
다. 그러니까 이거 괜찮다는 의미이신 거지, 지금? 하긴 이겸
과 함께 있으면서 누군가에게 쫓긴 것이 어디 한두 번이던가.

액운이라도 끼인 것인지 이겸과 여리가 함께 있다 하면 터지
는 사건 사고 탓에 이럴 때면 자신이 어떻게 행동하는 것이 이
겸을 돕는 것인지 여리는 잘 알고 있었다. 어설프게 돕겠다고
붙어 있는 것보다는 잘 숨어 있어주는 것이 이겸을 돕는 길일
터. 이겸의 실력이라면 그동안 숱하게 봐왔기에 의심은 하지
않았다.

"원래 모든 계산은 일이 끝난 다음이 가장 깔끔한 법입니
다."

"사람 야박하긴. 얼마간은 미리 줄 수도 있는 것 아니더냐?
선금을 받아야 일도 힘이 나서 하듯."

여리가 이겸을 향해 손을 들었다. 그러나 그 손은 능청스럽
게 뻗어진 이겸의 손을 잡는 대신 저 혼자 두 주먹을 가볍게

말아 쥐고 으쓱 당겨 보였다. 이런 말과 함께.

"화이팅이십니다, 나리."

이겸의 한쪽 눈썹이 작게 찌푸려졌다.

"화, 뭐?"

"될 화(化)에, 이로울 이(利), 버팀나무 팅(檉). 나리는 언제나 제게 이로운 버팀목 같은 존재이시다, 라는 뜻을 담은 칭찬이 지요. 힘내시라는 의미입니다. 그럼 저는 방해되지 않게 이만 물러나 있겠습니다."

꾸벅 인사를 한 여리가 냅다 뛰어가자 빈 허공에 있던 이겸 의 손만 민망해졌다. 머쓱하게 손을 거두어들이며 검을 다잡 은 이겸이 혼잣말을 읊조렸다.

"틈 따윈 없군. 저런 여인은 나라에서 상 줘야 돼, 상."

여리가 몸을 숨기는 것을 본 사내 하나가 그녀의 뒤를 따라 몸을 날렸지만, 그보다 이겸이 빨랐다. 검집으로 사내의 목을 휘 감은 이겸은 발을 앞으로 내디디며 사내를 그대로 넘겨버렸다.

우당탕—.

넘어진 사내가 평상 위의 물건들과 함께 바닥에 나뒹굴었 다. 순식간에 엉망이 된 주막 안은 비명을 지르며 도망가는 이 들로 인해 난장판이 되었다.

그 소란 속에서 오로지 이겸과 이겸을 노리는 사내들만 태 연했다. 이겸이 장난기를 지운 얼굴로 입을 열었다.

"시간 없으니까 한 번에 끝내지."

이겸에게선 방금까지 제 여인에게 해사하게 웃던 사내와 같

24

은 인물인지 헷갈릴 정도의 살기가 피어올랐다.

말이 끝나기 무섭게 화살 한 대가 이겸에게로 날아들었다. 진기를 모은 검으로 화살을 쳐내자 검을 든 사내들이 이겸을 향해 뛰어들었다. 이겸이 호선으로 길게 검집을 뿌리며 사내들 사이를 파고들기 시작했다.

"히엑! 흐헙!"

마당에서 번쩍번쩍하는 시퍼런 검들에 주모의 기괴한 비명이 뒤따랐다. 눈앞에서 진검들이 날아다니는 것은 처음 봤기에 다리가 절로 달달 떨렸다. 송구한 마음을 감출 길 없는 여리가 주모의 두 손을 마주 잡았다.

"송구합니다. 저희도 어찌할 수 없는 상황이라. 부서진 물건 값은 꼭 넉넉히 셈해드리겠습니다."

"무, 물건 값이요?"

갚아준다는 것도 고마운데 얼굴까지 수려하게 생긴 미남자가 제 손을 잡아주자 주모는 홀린 듯 그 얼굴을 바라보았다. 주모를 안심시키기 위해 눈꼬리를 휘어 보인 여리 덕분에 주모는 저도 모르게 고개를 끄덕였다.

여리 쪽에서 돈을 갚아주겠다는 것이 아니라 오히려 내놓으라 했어도 주모는 고개를 끄덕였을 것이다. 이리 예쁘장하게 생긴 사내를 코앞에서 보긴 또 처음이었다.

그때, 이겸의 눈을 피해 부엌 뒷문으로 들어온 사내가 품에서 단도를 꺼내며 여리에게 달려들었다. 여리는 재빨리 눈앞의 솥뚜껑을 들어 사내가 미처 손을 뻗기도 전에 그 머리를 후려쳤다. '댕' 소리를 내며 사내가 문 밖으로 쓰러졌다. 곱상하게만 생겼다 생각한 여리가 바람 같은 속도로 시커먼 사내 하나를 제압하자 주모의 턱이 아래로 떨어졌다.

여리가 솥뚜껑의 먼지를 슥슥 털고 어디 상한 곳은 없나 이리저리 살폈다. 가늘게 여민 눈매가 제법 야무지고 꼼꼼했다. 주모가 멍하니 바라보자 시선을 알아차린 여리가 괜찮다는 듯 싱긋 웃었다.

"다행히 솥뚜껑은 휘어진 곳 없이 무사합니다."

부엌의 소란이 정리되는 사이 바깥의 사정도 크게 다르지 않았다. 제대로 서 있는 사내들이 거의 없음을 눈으로 살핀 여리가 마당의 부서진 물건들을 빠르게 눈으로 훑었다. 그러곤 제 말처럼 넉넉하게 셈을 해서 주머니 안의 엽전들을 주모에게 건넸다.

"이쯤하면 마무리된 것 같습니다. 국밥 값과 물건 값입니다. 소란을 피워 죄송했습니다."

부엌 밖으로 뛰어나온 여리가 바닥에 떨어진 제 봇짐을 주워 들고 이겸에게로 재우쳐 갔다.

해가 떠 있는 위치를 가늠한 이겸이 여리에게 말했다.

"제 집에 들이지 않고 밖에서 사람을 치우는 것을 보니 이런 일을 대비라도 한 것 같구나. 그렇다면 우리도 굳이 저쪽 사정을 봐줄 필요는 없겠지. 가자."

"예."

여리가 소란으로 느슨해진 머리를 손으로 매만지며 문을 나서던 찰나였다. 부엌의 주모가 여리를 불렀다.

"저, 저기!"

"왜 그러십니까?"

고개를 돌리는 여리의 몸짓을 따라 느슨해져 있던 머리 끈이 바람결에 스르르 흘러내렸다. 무게를 지니지 않은 듯 머리 끈이 팔랑팔랑 느리게 바닥으로 떨어져 내리자, 칠흑같이 검고 윤기 있는 여리의 머리카락이 탐스럽게 풀렸다.

"도, 돈이 너무 많……."

햇살을 받은 여리의 자태에 주모는 그만 할 말을 미처 끝맺지 못하고 멍하니 그녀를 보았다. 지금 보니 사내라고 착각한 것이 미안할 정도로 대단한 미인이었다.

일순 넋이 나간 것은 주모만이 아니었다. 문 밖에서 그들을 지켜보고 있던 저자의 사람들 마음이 모두 다르지 않았다. 저리도 훤칠한 사내 곁에 저만큼 고운 여인이라니, 어쩐지 아침부터 눈이 호강한 기분이었다.

바람결에 날리는 머리카락을 귀 뒤로 넘긴 여리가 머리 끈을 줍기 위해 다리를 굽혔으나 그보다 빨리 한 선비가 머리 끈을 주워 들었다. 멍하니 눈이 풀린 젊은 선비는 여리에게 그것을 내밀었다.

"여기 있소이다."

"고맙습니다."

고개 숙여 인사한 여리가 무심히 머리 끈을 받아 드는데 선비는 할 말이 남았던 듯 손을 뻗어 여리를 불러 세웠다.

"저, 저 낭자. 실례가 되지 않는다면 이름이라도……."

그러나 뻗어진 선비의 손이 여리에게 닿을 사이도 없이 이겸이 그 사이를 막아섰다. 이겸은 표정이라곤 없는 얼굴로 선비의 손에서 눈으로 시선을 옮겼다. 감히 누구에게 말을 거느냐는 듯.

잘나가는 아비를 등에 업고 저 또한 한자리 차지하고 있는 귀한 댁 자제인지라 웬만해선 주눅이 들지 않는 선비였으나 눈앞의 이겸에게서 느껴지는 기운은 남달랐다.

이겸이 입을 열어 낮은 음성으로 말했다.

"할 말, 있으신가?"

"어, 없소이다. 가던 길 가시오."

선비가 헛기침과 함께 이겸의 시선을 피했다. 사람들 사이를 성큼성큼 헤집고 나오는 이겸의 곁으로 어느새 머리를 단정히 묶은 여리가 총총히 따랐다. 입술 사이로 새어 나오는 웃음을 손으로 가리며 여리가 말했다.

"방금 투기를 하신 겁니까? 저를 독점하고 싶다는 욕심 때문에요?"

이겸이 여리에게 했던 말이었다.

"세상을 살아가는 데 필요한 처세 같은 거라 할 수 있지."

이것은 여리가 이겸에게 돌려주었던 말이었다.

여리가 고개를 끄덕였다.

"기분 썩 괜찮습니다. 나리께서 그렇게 마음을 보여주시는 것. 혼인 후에도 그래주실 것입니까?"

"당연히 혼인 후에도…… 뭐?"

여리가 지나가는 바람처럼 흘린 그 말에 이겸이 여리를 돌아보았다. 해사한 미소를 띤 여리가 까치발을 딛고는 이겸의 뺨에 살짝 입을 맞췄다. 따스한 꽃잎이 잠시 머물렀다 멀어졌다.

"혼인 후에도 지금처럼 투기 그거 계속 해주십시오. 전 좋으니까. 그리고 이건 아까 받으실 거에 이자를 셈한 거."

여리가 수줍은 듯 부리나케 먼저 달려갔다. 잠시 멍하니 있던 이겸은 다급하게 외쳤다.

"이자 계산이 잘못되지 않았느냐? 모름지기 바른 이자를 셈하려면 여기가 아니라 여기에……."

그러나 이미 저만치 달아난 여리는 이겸의 말을 듣지도 않은 채 어서 빨리 오라고 손을 크게 흔들 뿐이었다.

김도식의 대문 앞에 선 이겸은 먼젓번처럼 예를 차려 문을 두드리는 대신 쾅, 대문을 밀어 찼다. 그 바람에 문이 시원하게 열렸다.

이겸이 먼저 성큼 문턱을 넘어서고 그 곁을 여리가 따랐다. 사람을 보내 적당히 쫓아내라 시킨 자들이 너무도 멀쩡히, 그것도 대문을 부수고 들어오는 모습에 조금 전 문을 열어주었던 노복이 얼떨떨한 표정으로 입을 벌렸다.

이겸은 걸음을 멈추지 않은 채로 노복의 곁을 지나며 한마디 툭 던졌다.

"두 식경이 지난 것 같아서."

이겸의 뒤를 여리가 따랐다. 여전히 눈만 끔뻑끔뻑하는 노복의 곁을 지나며 여리가 미안한 듯 미소를 지었다.

"안 지났어도 어쩔 수 없고요."

마당을 쓸기 위해 빗자루를 쥐고 있던 노복은 이겸과 여리가 사랑채를 향해 걸어가고 나서야 황급히 그 뒤를 쫓았다. 사랑채로 향하며 이겸이 쩌렁쩌렁하게 외쳤다.

"숨어 있지 말고 그만 나오시오. 거한 환영을 받아서 내 몸 둘 바를 모르겠으니. 너무 기꺼운 나머지 여기 있는 것들을 죄 부수고 싶어졌지 뭐요?"

이겸의 호령에 김도식이 사랑채와 이어진 대청마루로 천천히 모습을 드러냈다. 얼굴 가득 불편한 심기를 담은 김도식이 마당에 선 이겸과 여리를 내려다보았다. 그 눈빛을 마주한 이겸이 여유롭게 웃음을 지어 보였다. 김도식은 어딘지 낯설지 않은 이겸의 모습에 눈매를 가늘게 여몄다.

이겸은 하늘의 해를 올려다보며 눈을 슬쩍 찌푸렸다. 쾌청한 햇살이 제법 높은 곳에서 내리쬐고 있었다. 시간을 머릿속으로 갈무리한 이겸은 김도식을 보며 입을 열었다.

"얼굴 뵙기가 나라님만큼이나 힘들군. 게다가 번거롭게 사람을 보내기까지 하고 말이오."

"그리 급했다면 진작 이리 쳐들어오지 그랬소?"

"그대가 내가 찾는 이라는 확신이 필요했소. 내가 찾는 것은 분명 내의원에 몸을 담고 있었던 김도식이지만 오가는 사람을 아무나 만나줄 정도로 평범한 이라면 내가 이 먼 길을 온 보람이 없어서 말이오. 한데 지금 보니 내가 제대로 찾아온 것 같군."

김도식이 무언가를 숨기고 있다는 것은 주막으로 사람을 보냄으로써 스스로 증명해 보였다. 여리는 난데없이 밥이나 먹으러 가자던 이겸의 행동이 그제야 이해가 되었다.

이겸은 기다린 것이다. 김도식이 그가 찾는 인물임을 스스로 드러내기를.

"그런 것이라면 잘못 찾았소이다. 나는 그저 사람들과 엮이는 것이 싫어 그리한 것일 뿐. 여기 손님들이 가신다니 대문까지 모셔다드리라."

김도식이 다시 몸을 돌리자 이겸이 그의 뒤에 대고 소리쳤다.

"다른 이들에겐 그렇다 해도 적어도 내겐 할 말이 있을 것 같은데. 그렇지 않소? 내겐 십 년 전의 일을 알 자격이 있으니!"

김도식의 걸음이 멈추었다. 잠시 머물러 있던 김도식은 이겸에게로 시선을 돌렸다.

그 일을 알 자격이 있는 자. 이 세상에 그런 자는 없다. 예전엔 한 분 계셨으나 이제 그분은 세상에 있지 아니했다. 그런데 마주한 이겸의 눈빛이 낯설지 않았다. 김도식은 이런 느낌을 주는 분을 알고 있다. 아니, 알고 있었다. 이제 더 이상 알고 있지 않다 말하는 까닭은 그분 역시 이 세상에 계시지 않기 때문이다. 그러니 눈앞에 있는 자는 그분일 리 없었다.

"나를 알아보았다면! 내게 무엇을 고해야 하는지도 알 것이오."

차분했으나 위엄이 있고, 예를 갖추었으나 결코 주눅 들지 않는 당당한 음성. 이른 아침 제 집에 들이닥친 객은 일곱 해전, 국경 지역에서 돌아가시어 장례까지 치른 진헌군 대감이었다. 언젠가 먼발치에서 뵈었던 기억 속 진헌군의 모습이 과연 저러하였다.

누군가 제 집을 찾을 것이라곤 짐작하고 있었지만 그것이 진헌군 대감일 줄이야. 김도식이 숨을 크게 들이켰다. 저도 모르게 늘어뜨린 손을 그러쥐고 설핏 열린 방문을 곁눈질했다. 분명 김도식은 동요하고 있었다. 김도식이 눈을 질끈 감고 노기 어린 목소리로 외쳤다.

"무슨 소린지 당최 알 수가 없군. 여봐라! 이자를 당장 끌어내어 혼쭐을 내거라."

"예!"

김도식의 명에 몇몇이 허리춤에 차고 있던 검을 뽑아 들었다. 내의원에 몸담았던 일개 의원의 집에 있기엔 어울리지 않는 검계들이었다.

검은 옷을 입은 사내들이 간격을 좁혀 오자 이겸 역시 검을 빼 들었다. 주막에서완 달리 날렵하게 선 검날이 햇빛 아래 제모습을 형형하게 드러냈다. 온몸의 감각을 덮쳐오는 팽팽한 긴장감 속에서 이겸이 여리의 손을 맞잡았다. 검을 사내들에게로 곧추세운 채로. 여리의 시야 가득 이겸의 넓은 등이 들어찼다.

이겸이 낮은 목소리로 등 뒤의 여리에게 말했다.

"여긴 몸을 숨길 곳이 없다. 하여 너를 두고 갈 수 없으니 이 손 놓지 말고 잘 따라오거라. 이대로 김도식을 놓치면 끝이다."

차분한 목소리와는 달리 여리를 잡은 이겸의 손에서 긴장이 느껴졌다. 만에 하나라도 여리를 지키지 못할까 염려하는 마음이 맞닿은 손에서 읽혔다.

"내가 신호하면 뛰는 거다. 할 수 있겠느냐?"

"해보겠습니다."

기회. 김도식은 이겸과 여리에게 기회를 뜻했다. 선왕 전하의 승하에 다른 힘이 관련되어 있다면 어떻게든 그것을 밝혀야 했다. 하나의 사건에 이겸과 여리, 그 아비들의 억울한 죽음이 닿아 있었다. 그것은 단순히 선위 교서를 찾는 싸움이 아니라 과거의 악순환을 끊는 일과도 같았다.

김도식이 사랑채의 문을 여는 순간, 수하들 사이로 찰나의 틈이 보였다. 이겸이 여리에게 빠르게 눈짓하며 소리쳤다.

"가자!"

이겸의 신호를 시작으로 둘은 앞을 향해 빠르게 내달렸다. 이겸은 둘에게로 달려드는 검들을 쳐내며 공간을 넓혔다. 그는 여리의 손을 놓지 않은 채로 다가온 사내들을 향해 발을 크게 휘돌려 찼다. 머리를 제대로 얻어맞은 사내들이 옆을 뒹

굴었다.

여리를 제 쪽으로 세게 당긴 이겸은 이를 으득 물고 검을 돌려 잡았다. 햇살을 담은 검이 번쩍하고 날 선 빛을 내뿜었다. 춤을 추는 검을 따라 피 냄새가 번졌다. 옷자락 끝으로 비릿한 향이 달라붙었다.

수하의 검이 여리의 머리 위를 주먹 하나 정도의 사이를 남겨두고 스쳐갔다. 이겸은 빠르게 여리의 머리를 감싸 안고는 검을 쥔 사내의 어깨를 망설임 없이 베어 내렸다.

여리의 몸이 움찔 떨렸으나 이겸의 명대로 빠르게 달리는 다리는 멈추지 않았다. 마침내 이겸과 여리가 사랑채 안으로 뛰어 들어가자 문 맞은편 큰 창문 너머에 서 있던 김도식이 빠르게 손짓을 했다.

"대감! 시간이 없습니다. 어서 이리로!"

미리 몸을 피할 길을 마련해둔 김도식이 외쳤다. 이겸과 여리는 주저 없이 창을 넘었다.

세 사람은 가옥 뒤를 빠르게 내달려 김도식이 마련해둔 말 두 필에 나눠 타고 급히 사가에서 벗어났다. 거센 사내들의 함성이 뒤를 따랐다.

뒤를 경계하며 빠르게 말을 몬 김도식은 산기슭 어느 허름한 폐가로 두 사람을 이끌었다. 말들을 모두 집 안으로 데리고 들어와 문까지 걸어 잠근 김도식은 낡은 문 틈 사이로 밖을 살폈다. 다행히 뒤를 따르는 자들은 아직 없었다.

가빠질 대로 가빠진 숨소리들이었으나 세 사람은 저마다 제 숨소리를 낮추었다. 서로를 보는 눈에서 긴장이 읽혔다.

밖을 확인한 김도식은 이겸과 여리에게로 다가갔다. 아까와는 확연히 다르게 예를 갖춘 모습이었다.

"시간이 없으니 예서 말씀 드리겠습니다. 짐작하셨겠지만 대감보다 한 발 먼저 저를 찾은 자들이 그곳에 있었습니다. 그들의 눈을 피하기 위해 이런 결례를 범하였습니다. 송구합니다."

"그자들이 누구인가?"

가라앉은 이겸의 음성에 대답 대신 무릎을 꿇은 김도식은 이마를 바닥에 찧을 듯 조아리고 피 맺힌 음성으로 말했다.

"죽여주시옵소서, 대감. 한때 아둔하여 감히 생각해서도 안 될 불충한 죄를 저질렀습니다. 선왕 전하와 대감께 그 어떤 사죄를 한다 하여도 용서받지 못할 것입니다."

"십 년 전 그날의 일들에 대해 아는 대로 모두 고하라."

김도식은 붉어진 눈을 들어 이겸을 마주했다. 후회로 얼룩진 삶이었다. 바로잡으려 했으나 그때의 일을 아는 자들은 모두 세상을 떠난 상태였다.

내의원에 몸담은 자가 할 수 있는 일이란 고작 몸을 낮추는 것이 전부였다. 그래도 모진 목숨을 끊지 못하고 이어온 것은 금일 이렇게 제 이야기를 전해야만 하는 사람을 만나기 위해서가 아니었을까.

김도식은 절절한 후회로 물든 입술을 열었다.

"그들은 대감께서 옥좌에 오를 것을 두려워하였습니다. 선왕의 뜻을 받은 대감이 아닌, 당연히 처음부터 정해진 대로 세자께서 보위에 오르셔야 한다고 생각했습니다. 하여 선왕 전하께서 기력을 찾으시어 대감께 선위를 하시기 전에 일을 마무리할 시간이 필요했습니다."

"그대들이 선왕 전하를 시해할 역모를 꾸몄는가?"

이겸의 눈빛이 점차 차게 변했다. 슬픔에 젖은 김도식의 눈이 떨구어졌다.

"처음부터 그럴 목적은 아니었사옵니다. 어찌 감히 선왕께서 드실 탕약에 독을 섞겠나이까? 하오나 독은 섞지 않았으되 결코 처방해서는 안 될 약재를 제 손으로 처방했습니다. 인삼과 부자(附子)는 사람에 따라서는 약이 되지만 기력이 쇠해지신 선왕 전하께는 독이 될 수도 있음을 잘 알고 있었습니다. 그간 선왕 전하께옵서 드신 약재와는 상충되는 약효를 가진 것들이라 그것들이 전하의 옥체에서 강한 독성을 가진다는 것을 알면서도…… 독초가 아니었기에 기미에서도 별다른 증좌가 나오지 않은 것입니다."

"당시 자네는 선왕 전하를 모시는 어의가 아니었다. 한데 어찌 자네가 사사로이 지은 탕약이 선왕 전하께 전해질 수 있었단 말인가?"

"좌상 대감의 지시를 받아 탕약을 지었고, 제가 처방한 탕약을 당시 세자 저하이셨던 주상께서 직접 올리셨습니다. 어느 누가 감히 세자 저하께서 올리시는 탕약에 토를 달 수 있었겠사옵니까? 명을 받은 대로 행하였지만 선왕 전하께서 승하하시길 바라며 올린 탕약은 아니었사옵니다. 세자 저하께서 보위에 오를 때까지만 그저 조금 시간을 벌 생각이었는데 선왕 전하의 옥체는 제가 예상했던 것보다 이미……."

노환에 지병으로 거동을 할 수 없었던 선왕은 내의원 어의들이 올리는 탕약을 복용하고 있었다. 그러나 선왕께서 완전히 의식을 잃기 보름 전부터 이혼은 꾸준히 선왕께 손수 준비한 탕약을 침해 올렸다.

탕약을 올리는 그 시간만큼은 주위를 모두 물리고 선왕과 이혼, 두 부자지간만 강녕전에 있었다. 이겸이 끓어오르는 울분을 누르고 잇새로 낮게 읊조렸다.

"누군가? 감히 자네를 협박해 탕약을 제조하게 만든 이가."

"……."

"주상…… 전하이신가."

차마 마주하고 싶지 않은 진실. 결코 인정하고 싶지 않은, 단 한 번도 그리했으리라 의심해본 적도 없는 마음이 소리가 되어 이겸의 입에서 흘러나왔다.

이겸의 분노는 이혼을 향한 것이 아니었다. 아비의 죽음을 방치한 제 무능을 향한 것이었다.

"주상 전하께서는……."

거기까지 말한 김도식이 고개를 저었다.

"주상 전하께서 이 일에 관련되어 있는지 저는 알지 못합니다. 다만 제게 명을 내린 이는 좌상 심효였습니다."

"주상 전하가 아닌 좌상이 확실한가?"

"그러하옵니다."

"그 말, 주상 전하 앞에서도 똑같이 할 수 있겠는가?"

"여부가 있겠사옵니까?"

"그 말은 곧 선왕 전하가 승하하신 후 역도로 몰려 처벌을 받은 이들의 죽음이 억울한 것임을 뜻한다. 자네 또한 죗값을 치를 수 있음에도 똑같이 증언할 수 있는가?"

"물론이옵니다."

"당시에도 비밀에 부친 일을 십 년이 지난 지금에서야 내놓는 이유가 무엇인가?"

"두려웠습니다. 짧은 생각에 그때의 화만 피하면 괜찮아지리라 아둔하게 믿었습니다. 하나, 지나고 보니 제가 두려워해야 했던 것은 눈앞의 화가 아니라 죄책감만 남을 삶이었습니다. 십 년 전 그날의 일을 아는 이들은 모두 세상을 떠났지만 저는 살아남았고, 금일 저를 찾아온 대감과 저자들을 보니 어쩌면 다시 한 번의 기회가 주어진 것이란 생각이 들었습니다. 이제라도 진실을 밝힐 수 있게 되었으니 죽어도 편히 눈을 감겠나이다."

"나는 억울하게 죽은 이들의 누명을 벗기고 진실을 밝히고자 한다. 그러기 위해서는 모든 것이 심효에게서 시작되었다는 증좌가 필요하다."

"후일을 몰라 딱 한 통, 심효가 제게 보낸 서찰을 남겨두었습니다. 다른 것은 명대로 모두 불태웠으나 그 한 통만으로도 당시 제게 일을 명한 이가 심효라는 것을 증명할 수 있습니다. 서찰은 제 사가……!"

그때였다. 어디선가 날아온 화살이 김도식의 목을 꿰뚫었다. 여리는 재빨리 시선을 들어 벌어진 창문 틈을 보았다. 화살은 그곳에서 날아왔다. 순식간에 기름 냄새가 번지고 붉은 기운이 문에서 솟구쳤다. 따라온 자들이 날리는 불화살이 연이어 기둥들에 꽂혀들었다.

이겸이 김도식의 맥을 짚어보았지만 이미 숨이 끊어진 상태였다.

시야를 물들이는 붉은 기운에 이겸은 서둘러 여리의 손을 잡아끌었다. 문을 걷어차 보았지만 이미 밖에서 잠긴 문은 열리지 않았다.

여리가 불을 두려워하는 것을 잘 알고 있는 이겸은 검을 쥔 손에 진기를 끌어모았다. 눈을 부릅뜬 이겸이 문을 향해 검을 후려치듯 세차게 그어 내렸다. 문이 부서지자 일순 거센 바람이 안으로 훅 몰아쳤다. 이겸은 소매를 들어 파편으로부터 여리를 보호해주었다.

우지끈—!

둔탁한 소리와 함께 지붕을 지탱하고 있던 나무 하나가 둘에게로 무너져 내렸다. 이겸은 반사적으로 여리를 깊숙이 끌어안으며 자세를 낮추었다. 나무가 그들을 덮치기 직전, 검으로 그것을 막은 이겸의 무릎이 무게와 열기를 이기지 못하고 접혔다. 한 팔로 지붕을 받치던 나무의 무게를 견디는 것은 쉬운 일이 아니었다. 놀란 여리가 저를 안은 이겸을 흔들리는 눈으로 바라보았다.

검을 쥔 이겸의 팔이 부들부들 떨렸다. 조금만 힘을 풀어도 나무는 검을 내리누르고 그들을 덮칠 것이다.

그럼에도 이겸이 버티는 이유는 단 하나.

그 순간 이겸을 보는 여리의 귓가로 알지 못하는 여인의 목소리가 들려왔다.

—⋯⋯*괜찮다, 연희야. 어미는 괜찮아.*

결코 알지 못하는 목소리가 아니었다. 잠시 기억 너머로 밀어두었을 뿐.

이겸이 기합 소리와 함께 기둥을 세게 뿌리쳤다. 두 동강이 난 나무는 호선을 그리며 옆으로 후두둑 쏟아져 내렸다.

품 안의 여리가 경련을 일으키자 이겸은 서둘러 시선을 내렸다. 웅크린 여리가 시선을 한 곳에 매어두지 못하고 벌벌 떨고 있었다.

"어디 다친 것이냐?"

이겸의 목소리에 여리가 가까스로 이겸의 옷자락을 붙잡았다. 겨우 힘을 내어 올려다본 이겸의 얼굴과 목소리의 주인인 듯한 여인의 얼굴이 겹쳐졌다.

"여리야?"

—*연희야.*

그날, 무너져가는 방 안에서 가녀린 몸으로 여리를 지켜주었던 그녀의 어미. 그것은 바로 송씨 부인의 환영이었다.

어찌 그분을 잊을 수 있었을까. 자신의 목숨과 바꾸어 절 살려내신 어머님을.

몇 번의 불을 보았음에도 이전과 달리 여리의 발은 조금도 움직여지지 않았다. 그때와 똑같은 상황이 그녀를 빠른 속도로 예전 기억으로 잡아끌었다.

뜨겁다. 뜨겁고도 차갑다.

등줄기를 데우는 그 열기가 너무 뜨거워서 오히려 차가웠다. 손가락 끝, 발가락 끝이 축축하게 젖어들어 다리가 땅 속으로 뿌리를 내렸다.

쿵. 쿵. 쿵.

가슴이 이지러질 듯 거센 박동.

여리는 목구멍이 좁아지는 것을 느꼈다. 불길은 아직 온전히 덮쳐오진 않았으나 숨을 쉬기가 힘들었다. 알고 있었다. 지금 그녀의 목구멍을 옥죄는 것은 등 뒤의 열기가 아니었다.

저는 알지 못하는 언젠가의 기억. 그녀의 의식은 그것을 잊었으나 마음속 밑바닥은 마치 어제 일처럼 선명하게 기억하고 있는 게 분명했다.

여리는 가빠오는 숨소리와 함께 이겸의 옷깃을 꼭 쥐었다.

"나, 나리. 나……."

색색대는 숨소리에 이겸은 두 손을 들어 여리의 귀를 막았다. 그리고 온전히 저만 보이도록 다급히 눈을 마주했다.

"나만 보거라! 다른 것은 보지 말고 듣지도 말거라. 지금 네 앞에는 나만 있느니."

맑은 바람이 새어들고 있으니 여리가 숨을 쉬지 못하는 것은 화기 때문이 아니었다. 지체할 시간이 없었다.

그때, 다시 하나의 나무가 그들에게로 무너져 내렸다. 이겸의 뒤에서 떨어지는 나무를 본 여리의 눈이 커졌다. 여리는 그대로 이겸을 끌어안고 자신과 자리를 맞바꾸었다. 순식간에 바닥으로 눕혀진 이겸은 떨어지는 나무를 보며 여리가 뜻한 바를 깨달았다. 검으로 급히 두 사람을 감쌌으나 미처 다 막지 못한 나무는 여리의 등줄기를 후려쳤다.

"여리!"

이겸이 그들을 누른 나무를 곧 치웠으나 여리는 정신을 잃었다. 다행히 불붙은 나무는 아니었지만 정신을 잃을 정도의 충격이라 내상을 입었을 것이다.

이겸의 눈이 문밖의 자들을 향해 살기를 띠었다. 서늘한 눈의 이겸은 재빨리 여리를 등에 업고 부서진 문 조각을 빙글돌려 잡았다. 불이 붙은 채였으나 이 정도면 잠시나마 쏟아지는 화살을 막아줄 터였다. 불이 붙지 않은 쪽을 잡고 있었지만 그 열기는 오롯이 전해졌다.

"큭!"

손바닥을 타고 오르는 통증에 절로 이겸의 미간이 접혔다. 여리를 업은 이겸은 그대로 문밖으로 몸을 날렸다. 순식간에 화살들이 문으로 꽂혀들었다. 어깨를 꺾은 이겸은 화살 비가 쏟아진 문짝을 사내들을 향해 거칠게 던졌다. 육중한 문짝이 휘리릭 빠르게 돌며 무리가 있는 쪽을 강타했다. 쾅, 나무끼리 부딪치는 소리가 숲길을 흔들었다.

거친 기합 소리와 함께 검 하나가 이겸을 향해 달려들었다.

그러나 여리를 업고 있는 이겸은 사내 쪽으로 눈길도 주지 않고 성큼성큼 걸음을 옮겼다.

번쩍, 사내의 시야로 빛이 뛰어들었다. 바닥으로 고꾸라진 사내는 숨이 끊어지기 직전에야 이겸이 저를 쳐다보지 않은 이유를 알 수 있었다.

이겸과 그의 사이에 한 사내가 장도를 쥐고 버티고 있었다. 무영이었다. 무영은 이겸을 대신해 바람보다 빠르고 돌보다 단단한 그의 검을 유려하게 휘둘렀다. 공기도 베는 위압감이란 바로 그러한 것이었다.

한때 진헌군을 그림자처럼 호위했다던 무사는 급박한 순간 다시 진헌군을 찾아왔다. 주위의 살아 있는 모든 것들이 움직임을 멈추고 나서야 무영의 검도 멈추었다. 일각도 필요치 않았다. 조선의 내금위장은 능히 수십의 몫을 해내는 무관이었다.

급히 마을로 돌아온 이겸은 의원을 찾아 그곳에 여리를 뉘였다. 여리를 진맥한 의원이 말했다.

"화기를 마시긴 했으나 그 양이 미미해 크게 상한 곳은 없습니다. 일단은 스스로 깨어나길 기다리셔야 할 것입니다."

의원이 물러나가고 이겸은 누워 있는 여리의 손을 그러쥐었다. 무영이 그런 이겸을 향해 뒤늦은 인사를 올렸다.

"늦게 온 불충을 용서하십시오."

이겸이 조용히 고개를 저었다.

"아니다. 필요한 때에 잘 와주었으니. 그곳은 어찌 알고 온 것이지? 며칠 전 들를 곳이 있다고 하지 않았나?"

전서구의 말미에 무영은 마음에 짚이는 것이 있다고 붙여두었었다. 무영이 그간의 일을 고했다.

"대감께서 명하신 대로 심효의 자제를 만나보았으나 어딘지 석연치 않은 느낌이었습니다. 심효와 그의 아들 둘이 죽고 마지막 남은 심석은 무언가를 숨기고 있는 눈빛이었습니다. 하여 부러 미행이 붙도록 천천히 움직인 다음 몸을 숨겨보았습니다."

"뒤를 쫓던 자들은 자네가 갑자기 사라졌으니 그들 패거리가 지켜보고 있던 김도식이 무사한가 보러 갔겠군. 실상 자네는 그들의 뒤를 따르며 그들이 숨긴 이가 누구인지를 쫓았고."

"그러던 중 대감을 뵙고 뒤를 따른 것입니다."

"거긴 김도식의 사가로 가는 길목이니 지금쯤 그들은 그곳에 닿았을 것이야."

그것은 이전보다 많은 수의 자들이 김도식의 집에 포진해 있음을 뜻했다. 굳은 표정의 이겸은 잠시 생각에 잠겼다. 여리를 바라보는 얼굴엔 근심 어린 기색이 서렸다.

이겸의 마음을 읽은 무영은 묵묵히 이겸의 다음 말을 기다렸다. 여리의 손을 쥔 이겸의 손에 부듯하게 힘이 들어갔다.

"무영."

"예."

"여리는 일곱 해 전의 그 아이다."

많은 행간을 담은 이겸의 말에 무영의 시선 역시 여리에게로 향했다.

"폭포에서 만났던 아이."

이겸의 말에 무영의 미간이 설핏 좁아졌다. 그러고 보니 차가운 계곡물을 딛고 이겸이 안고 나왔던 아이의 얼굴이 여리의 얼굴 위에 흐리게 겹쳐졌다.

"내가 구해준 아이가 금일 나를 살리려다 이리되었다."

비통한 음성이 내리깔렸다. 지켜준다 하였으나 지키지 못한 미안함이 가슴에 사무쳤다.

"하여 나는 그날처럼 여리를 지킬 수 있다면 무엇이든 해볼 생각이다. 그것이 미련하게 숨죽인 시간들을 거스르는 일일지라도 말이다."

"대감."

"대제학의 누명을 벗기고 선왕 전하의 승하에 대한 진실을 알기 위해서는 김도식의 사가에 있는 서찰이 필요하다. 오래 걸리지 않을 것이니 그동안 자네가 여리를 지켜다오."

"제가 다녀오겠습니다. 어떤 위험이 있을지 모르는 곳에 대감 홀로 가시게 둘 순 없습니다."

방으로 스며든 햇살을 눈으로 가늠한 이겸이 말했다.

"자네 말대로 어떤 것이 기다리고 있을지 모르는 그곳에 처음 가는 자넬 보낼 수 없다. 그렇다고 여기에 여리를 홀로 두고 갈 수도, 어둠을 기다릴 시간도 없으니. 이미 가보았던 내가 적합하겠지. 시간이 촉박하니 은밀히 움직여 서찰을 빼 올 것이다."

내일이면 이혼과 약조한 열흘이었다. 그러니 한시라도 바삐 서찰을 가지고 하루를 꼬박 달려 돌아가야 했다. 그러나 무영은 이겸을 차마 보낼 수 없었다. 무영이 저가 대신 가겠다는 듯 이겸의 앞을 막아섰다.

"마마."

"한 시진을 넘기진 않으마. 그동안 여리를 부탁한다."

결연한 눈빛의 이겸이 무영을 지나 닫혀 있던 방문을 열었다. 시린 겨울바람이 이겸을 스치고 무영에게, 다시 여리에게로 흘러들었다.

이겸이 방문을 나서자 의식을 잃은 여리의 손가락이 움찔하고 힘없이 까딱였다.

제16장

사가의 서찰

서래댁은 다른 것에 정신을 쏟고 있는 듯 손에 쥔 그릇을 느리게 닦고 또 닦았다.

뽀득뽀득―.

부엌을 울리던 소리는 느려지다 이내 멈추었다. 무언가 큰 그림이 보일 듯 보이지 않았다. 만약 김도식이 선왕 전하의 승하에 어떤 식으로든 연관이 되어 있다면 그의 뒤에 있는 자는 김도식을 없애는 편이 비밀을 지키기 좋았을 것이다. 그것이 입을 막는 가장 확실한 방도가 아니던가.

그들은 어찌하여 김도식을 살려두었을까? 숨은 것이 아니되 오롯이 드러내지도 않아야 했던 이유는 대체…….

"어머님."

동아의 부름에 서래댁이 그제야 정신을 차리고 그를 올려다보았다. 동아는 서래댁이 닦아놓은 그릇을 바구니에 차곡차곡 옮겨 담으며 입을 열었다.

"무슨 생각을 그리 깊이 하고 계셨습니까?"

"아니다. 내 잠시 넋을 놓고 있었구나."

"한양에 마음을 두신 거지요? 저 또한 그렇습니다. 이리 손을 놓고 기다려도 되는 것인지 마음도 무겁고 말입니다."

서래댁은 행주를 옆으로 내려놓았다. 동아가 근심 서린 목소리로 말했다.

"참으로 불충한 생각이오나 만약 주상 전하께서 선위 교서를 보시고도 약조를 지키지 않으시면 그땐……."

"동아야, 너는 지금 대감께 가장 두려운 것이 주상 전하이실 것이라 생각하느냐?"

"아니옵니까?"

"분명 아니라고만은 할 수 없겠지. 하나, 나는 다른 것이 염려되는구나."

"그것이 무엇이옵니까?"

"무언가를 지키기 위해선 더 큰 것을 내어놓아야 할 때가 있는 법이다. 진실을 알고자 한다면 대감께서도 이제껏 덮어두려 했던 것들을 마주하셔야 한다. 그로 인해 대감께서 마음이 다치실까 나는 그것이 저어되는구나."

"잘해내실 것이옵니다. 그 곁엔 여리 낭자도 있지 않습니까? 그것을 알기에 어머님께서도 여리 낭자를 다시 데리고 오신 것이니. ……혹 후회하십니까? 다른 누구도 아닌 대제학 대감의 여식이라서."

서래댁이 옅게 웃어 보였다.

"미리 알았다 해도 나는 그때와 같은 선택을 할 수밖에 없었을 거다. 누구의 핏줄임을 떠나 참으로 좋은 분이 아니더냐? 다만…… 아니다. 지금은 그저 바람이 잠잠해지기를 기다려야지."

"거친 바람이 지나고 나면 좋은 일만 있을 것입니다. 그것을 위해 대감께서도 때를 기다리신 것이니까요."

순간, 서래댁의 손에 있던 그릇이 그대로 바닥으로 곤두박질쳤다. 날 선 소리와 함께 여러 조각으로 깨진 그릇은 바닥을 나뒹굴었다.

동아가 서둘러 무릎을 굽혀 깨진 조각들을 주워 담았다.

"가만히 계십시오. 제법 날카롭습니다."

깨진 그릇을 보는 서래댁의 표정이 무거워졌다. 허공에 드리워진 손끝이 가늘게 떨려왔다. 그들이 김도식을 살려둔 이유를 알아차린 까닭이었다. 김도식은 진헌군 대감을 불러내기 위한 미끼였다.

진헌군 대감이 십 년 전, 강녕전에서의 일을 알고자 한다면 반드시 김도식을 찾을 것이니 그들은 때를 기다린 것이다. 서래댁이 급히 눈을 돌려 한양이 있는 방향을 보았다.

부디 무사히 돌아와주십시오. 모두.

기척을 숨긴 이겸의 발이 빠르게 움직였다. 뒤쪽 담장을 차고 오른 이겸은 기와지붕 뒤 사각에 몸을 숨겼다. 한눈에 가늠해보니 지붕 위에 올라 경계하는 자들이 서넛.

이겸은 서찰이 있는 곳을 짐작해보았다. 집의 배치를 한눈에 담고 사랑채와 별채들의 입구를 파악했다. 다행히 집 안을 서성이는 자들은 마당과 문 등에 집중되어 있어 이겸은 경계가 허술한 창을 택했다.

　김도식이 서 있던 사랑채 창으로 미끄러져 내린 이겸은 벽 뒤에 몸을 숨겼다.

　"어르신께서 오실 때까지 이곳에 그 누구도 드나들지 못하게 지키라는 명이 있으셨다. 혹 수상한 낌새라도 느껴지면 바로 알릴 수 있도록."

　마당에서 사내의 목소리가 쩌렁쩌렁하게 울렸다.

　"예!"

　보초를 서는 자들이 대답하는 틈을 타 이겸은 나무창을 통해 바람처럼 사랑채 안으로 모습을 감추었다. 주인 없이 텅 빈 방을 둘러봤지만 별다른 것은 보이지 않았다. 이겸은 서랍장들을 하나하나 열어보았다. 사방탁자까지 손으로 쓸며 확인한 이겸은 사랑채에서 빠져나와 다시 지붕으로 올라갔다.

　이겸이 지붕 위로 모습을 감춘 자리에 간발의 차로 순찰을 도는 사내들이 지났다. 다행히 이겸을 알아차리지는 못하였다. 이겸은 별채 지붕 위를 경계하는 자의 입을 막고 급소를 가격했다. 순식간에 정신을 잃은 사내가 축 늘어졌다.

　별채 안으로 들어갔으나 그곳에서도 그가 원하는 것은 찾지 못했다. 두어 번의 헛걸음을 반복하고 또 다른 별채에 닿은 이겸은 이번엔 창을 넘다 실수로 화병을 건드리고 말았다.

'이런!'

서둘러 손을 뻗어 화병이 떨어지기 직전 그것을 움켜쥐자 절로 안도의 숨이 흘러나왔다.

이겸의 시선이 무심히 흘러가다 병풍 쪽으로 다시 되돌아갔다. 그러고 보니 별채 밖에서 본 규모에 비해 방의 크기가 눈에 띄게 작았다.

조용히 병풍을 한쪽으로 밀자 가려져 있던 문이 드러났다. 소리 없는 이겸의 발걸음이 그곳으로 이어졌다. 문득 오른쪽 벽에 있는 족자가 그의 눈길을 끌었다. 정확히는 족자에 그려진 꽃이 시선을 붙들었다.

흔한 풍경화였으나 아래에 그려진 것은 분명 폐월화였다. 보통의 이들은 알아보지 못할 것이었으나 이겸은 그것을 한눈에 알아보았다. 그리고 그것과 떨어진 산속에 그려진 하얀 꽃 무리. 폐월화는 아니었다. 무엇보다 흰 폐월화는 그렇게 무리를 이뤄 피지 않는다.

이겸은 하얀 꽃이 왠지 낯설지 않았으나 정확히 아는 꽃도 아니었다. 흔히 볼 수 있는 꽃이 아니었다.

이 그림은 누가 그린 것이지?

내의원에 몸담았던 자의 집에 있는 정체 모를 그림.

이겸은 뭔가 더 알아낼 필요가 있을 것 같아 본능적으로 족자를 벽에서 떼어냈다. 그러자 족자 뒤로 작은 공간이 보였고, 그곳에 화각함이 놓여 있었다. 뚜껑을 열어보니 비단으로 덮인 무언가가 보였다.

이겸은 서둘러 비단을 들추어보았다. 서찰 한 통이 모습을 드러내자 이겸은 그것이 자신이 찾던 것이라는 것을 직감했다. 펼쳐본 서찰 아래에는 과연 심효의 인장이 찍혀 있었다.

찾았다!

서찰과 족자를 챙긴 이겸은 은밀히 그곳을 빠져나왔다. 모퉁이를 돌아나가려던 이겸은 다가오는 발걸음에 다시 벽 뒤로 몸을 휙 숨겼다.

"빨리 움직여!"

고택 안에 있던 자들이 일제히 한곳으로 모이는 것이 느껴졌다. 이겸은 몸을 숨긴 채 가만히 마당을 살폈다. 이윽고 문이 열리고 한 사내가 대문을 넘어섰다. 아마도 그가 김도식을 지키라 명한 자일 것이다.

사내의 얼굴을 확인한 이겸의 얼굴이 굳었다. 뜻밖에도 알고 있는 자였다. 김도식의 사가에 당도한 이는 바로 심효의 아들, 심석이었다.

잠시 후, 몰래 사가를 빠져나가려 마음먹고 있던 이겸이 어찌된 일인지 발길을 돌렸다. 그의 발길이 향한 곳은 다름 아닌 심석이 있는 별채였다.

"……이 드십니까?"

혼곤하게 들려오는 소리에 여리의 눈꺼풀이 느리게 들어 올려졌다. 천천히 눈을 한 번 더 깜빡이자 그제야 흐릿하게 보이던 사물들이 하나로 겹쳐졌다.

여리의 곁에는 무영이 있었다. 정신을 차리기 위해 몸을 일으키는데 입에서 저절로 신음이 새어 나왔다.

"아."

등에서 퍼지는 통증에 여리가 바닥을 짚으려 하자 무영이 그녀의 팔을 부축해주었다.

"뼈가 상하지 않았다 하나 온전한 상태는 아닙니다. 서둘러 움직이지 마십시오."

"제가 얼마나 누워 있었던 겁니까? 나리께서는요?"

"누워 계셨던 건 한 시진이 조금 못 됩니다. 그리고 대감께서는 김도식의 사가에 가셨습니다."

무영의 말에 여리가 고개를 들었다.

"혼자서 말입니까? 그곳에 나리 혼자 가셨습니까?"

"한 시진 내로 돌아오겠다 하셨으니 아마 곧 오실 겁니다."

"그리 위험한 곳에 어이 홀로……. 저 때문이군요. 제가 정신을 잃어서. 제가 이러고 있을 때가 아닌데."

지끈거리는 머리를 손으로 짚은 여리가 겨우 몸을 일으켰다. 그러나 마음이 급한 까닭에 다시금 휘청거리고 말았다. 무영이 여리를 잡았다.

"길이 엇갈릴 수도 있습니다. 에서 기다리라 하셨으니 조금 더 쉬면서 기다리십시오. 대감께서 오시면 바로 예화로 돌아가야 할 것이니."

"하오나 이리 기다리고 있을 수만은……."

"조선 땅에서 대감의 검술에 대적할 자는 몇 되지 않으니 안심하십시오."

"가신 지 얼마나 되셨습니까? 지금 시각이……."

"신시쯤 되었을 거다. 정확히 한 시진이 못 된다."

그 순간 문에서 들려온 이겸의 목소리에 여리와 무영이 시선을 돌렸다. 무영은 이미 기척을 느끼고 있어 놀란 기색이 아니었다.

"나리."

"내가 그리 못 미더웠느냐? 나에 대한 믿음이 한 시진도 안 된다니."

문턱을 넘어선 이겸이 해사하게 웃어 보이자 여리는 아픈 것도 잊고 이겸에게로 달려갔다. 여리가 이겸의 품에 안기자 버릇처럼 그녀의 등을 토닥여주려던 이겸은 여리가 다친 것을 떠올리곤 그저 손을 말아 쥐었다. 이겸의 입가에 은은한 미소가 걸렸다.

"떨어져 있는 것도 나쁘지 않구나. 이리 환대를 해주니 말이다."

여리가 그를 안았던 팔을 풀고 고개를 들었다. 여리의 목소리엔 염려가 묻어났다.

"어찌 그곳엘 혼자 가십니까? 다치기라도 하면 어쩌시려고."

"아, 내가 여기를 다쳤나? 그러고 보니 조금 아픈 것 같기도 하고."

여리의 추궁을 피하기 위해 이겸은 부러 제 어깨와 허리를
토닥였다. 그러자 이겸의 계획이 그대로 먹힌 듯 여리의 눈이
이겸의 손을 좇았다.

"여기 말입니까? 많이 아프시옵니까?"

"뭐, 참을 만하다. 그래도 그놈들이 어찌나 흉포하던지."

이겸이 엄살 섞인 눈으로 무영에게 눈짓을 찡긋해 보였다.
한 발 물러서 있던 무영이 그제야 이겸에게로 다가섰다.

"가신 일은 잘 마무리되셨습니까?"

"음."

이겸은 가슴속의 서찰을 꺼내 무영과 여리에게 보였다. 이
겸과 서찰이 모두 무사한 것을 확인한 무영이 말했다.

"밖에 말을 준비시켜놓겠습니다. 천천히 나오십시오."

무영은 이겸과 여리를 위해 자리를 비켜주었다.

서찰을 다시 품속에 넣은 이겸이 여리의 머리를 쓰다듬어
주며 말했다.

"이리 움직여도 괜찮은 것이냐? 다친 곳은."

"괜찮습니다. 움직일 수 있습니다."

"한 번만 더 날 감싸는 날엔 정녕 가만히 있지 않을 것이다.
네 몸을 좀 더 소중히 여기거라."

이겸의 말에 여리가 불쑥 제 두 손을 내밀었다.

"이게 다 이 손 때문입니다."

"손?"

"제 손이 나리를 좋아해서 저도 모르게 벌인 일이 아니겠습니까? 그러니 벌하려거든 제가 아니라 이 손을 벌하십시오."

"그러니까 네 말은, 너는 그리하고 싶지 않았는데 이 모든 것이 단지 이 손 때문이다?"

"그렇지요. 저는 별로 그러고 싶지 않았는데 이 손이 제 맘대……."

따뜻한 눈으로 보고 있던 이겸은 여리의 손을 부드럽게 당겨와 손등에 입을 맞추었다. 이겸의 온기가 그대로 전해지자 여리는 입을 꾹 다물었다.

"그럼 감사도 이 손에게 해야겠구나."

이겸이 미소와 함께 여리를 품에 안았다. 그가 무사히 돌아왔다는 사실을 확인받은 여리가 잠시나마 온전히 그의 품에 기댔다. 이겸이 여리를 안은 팔에 지그시 힘을 주며 그녀의 이마에 가볍게 입을 맞추었다.

"걱정하였다. 아주 많이."

무사히 돌아온 이겸도, 무사히 깨어나준 여리도 서로에 대한 고마움과 애틋함을 담은 눈으로 마주 보았다. 옅은 미소를 띤 이겸이 다시 여리를 품에 꼭 안았다.

"나리?"

이겸이 평소와 조금 다른 것도 같았지만 그저 저가 다쳐서 놀란 탓이라고 생각했다. 조금 얼떨떨한 표정으로 안긴 여리는 잠시나마 이겸이 하고자 하는 대로 기다려주었다.

여리를 안은 이겸의 표정이 저릿하게 가라앉았다. 김도식의 사가에서 심석에게 들은 말이 그의 귓가를 스쳤다.

　─대제학이 선왕 전하를 모시는 충정으로 그리했다 생각하십니까? 아닙니다. 대제학은 제 아비와 뜻을 같이하고 있었습니다. 대감께 선위 교서를 전해드리지 못한 것이 아니라 일부러 전해드리지 않았다는 말씀입니다. 그럼에도 대감께서는 전하께 이 모든 사실을 고할 수 있으시겠사옵니까?

"정녕 괜찮겠느냐?"

이겸이 홀로 말에 오르는 여리를 염려하였다. 안장에 올라 고삐를 잡은 여리는 말을 다독이며 이겸을 보았다.

"가장 빠른 말로 쉼 없이 꼬박 달려야 하루가 걸립니다. 그러니 두 사람을 태우고 달리면 늦어질 수밖에 없습니다. 정 힘들면 도움을 청하겠으니 그때 도와주십시오."

여리는 괜찮다는 것을 보여주기 위해 싱긋 미소를 지어 보였다. 일부러 먼저 고삐를 내리친 여리가 말을 재우쳐 몰았다.

그녀를 따라 이겸과 무영 또한 고삐를 움직였다. 여리의 상태를 살필 수 있는 거리를 유지하며 이겸이, 그리고 그보다 뒤에서 무영이 따랐다.

차가운 겨울바람에 가빠진 숨은 밖으로 빠져나오기가 무섭게 얼어붙었다. 오후부터 달린 말은 해가 저물 무렵까지 단 한 번도 멈추지 않았다. 가장 앞에는 여리가 있었다. 앞서가는 여리의 등은 평소보다 작아 보였다. 다른 이들은 눈치챌 수 없을 만큼의 기척이었으나 감각이 예민한 이겸과 무영은 달랐다.

이겸이 말을 몰며 무영에게 넌지시 신호했다.

"무영."

이미 여리의 상태를 느끼고 있던 무영은 이겸이 할 말을 대신 내어놓았다.

"멀지 않은 곳에 마을이 있을 것입니다."

무영은 말의 속도를 높여 여리를 앞서나갔다. 그 뒤를 이어 이겸이 여리의 말 옆으로 제 말을 바짝 붙였다.

"속도를 늦추거라. 잠시 마을에 들렀다 갈 것이다."

"혹 저 때문에 그러시는 거라면 정말 괜찮습니다."

여리가 말의 속도를 조절하며 이겸을 돌아보았다. 물론 이겸과 무영만 있었다면 쉬어가는 일 따윈 없었을 것이다.

"빨리 가는 것만이 능사는 아니다. 너 때문만은 아니니 부담 갖지 말거라. 말들도 지쳐 있어 잠시 숨을 돌리는 편이 나을 것 같아 그러는 것이니."

"그러면 말씀을 따르겠습니다."

여리와 이겸은 무영이 다시 자신들을 데리러 오기까지 그가 사라진 방향으로 천천히 말을 몰았다. 말발굽 소리가 인적이 끊어진 길로 가지런하게 이어졌다.

꽤 아플 텐데도 내색 않는 여리를 곁눈질로 힐끔 본 이겸이 한숨을 쉬었다. 그 소리를 들은 여리가 이겸을 보았다.

"어찌 그러십니까?"

"내 돌아가는 대로 최달현을 찾아 비결을 물어야겠다."

"네?"

"이건 뭐 아파도 아프다, 힘들어도 힘들다 말 한 마디 하는 법이 없으니. 대체 여식을 얼마나 강인하게 키웠으면 이러는 것이냐? 군의 기강을 확립할 적임자로 최달현을 데리고 가야 할 판이다."

이겸의 말을 알아들은 여리가 그만 작게 웃어버렸다. 여리가 고개를 저으며 답했다.

"실은 이제 일들이 거의 마무리되어간다 생각하니 아픈 것도 모르겠습니다. 발걸음도 가볍고요."

"그렇다면 다행이지만 말이다."

"그 서찰만으로 전하와의 오해를 풀 수 있는 것입니까? 처음 뵈었을 때 전하께서 그러셨습니다. 두 분 사이엔 오해가 있다고."

오해로 시작하였으나 이젠 과연 그것이 오해인지도 흐려졌다. 청명한 말발굽 소리 위로 은은한 어둠이 내려앉았다.

"너는 어찌 되었으면 좋겠느냐? 전하와 내가 오해를 풀기를 바라느냐. 혹 내가 네 꿈처럼 궁으로 가게 된다 해도?"

그리되면 두 사람은 헤어지게 될지도 모르는 일.

그 말이 지닌 무게를 알기에 그림자의 걸음들이 느려졌다. 어두워진 하늘을 보며 여리는 잠시 생각을 정리했다.

"만약 그리된다 해도 저는 두 분께서 오해를 푸셨으면 좋겠

습니다. 두 분은 피를 나누신 형제가 아닙니까? 선왕 전하께서
도 그리되기를 하늘에서 바라고 계실 것입니다."

"……."

"궁에 있는 나리를 뵌 것은 꿈일 뿐이지만 한편으론 이루어
졌으면 좋겠다는 욕심이 드는 것도 사실입니다. 나리께서는
잘해내실 것도 같고. 아, 물론 나리께서 행복하신 게 가장 우
선이지만요."

그때, 마을 입구에서 기다리고 있는 무영이 보였다. 쉴 만한
곳을 보아두고 온 듯했다. 이겸과 여리는 무영의 말을 따라 작
은 객주로 말을 돌렸다.

"사람들의 눈이 닿지 않는 안쪽 방으로 잡아두었습니다. 시
간이 없어 오래 머무를 순 없겠지만 간단한 요기는 하고 갈
수 있을 것입니다. 그 사이 말들도 여물을 먹이라 일러두었습
니다."

"수고하였다."

먼저 말에서 내린 이겸과 무영은 미리 기다리고 있던 객주
의 시비들에게 그들의 말을 넘겨주었다. 여리 역시 말에서 내
리기 위해 한 발에 체중을 싣는데 순간 등 쪽으로 지끈, 통증
이 밀려왔다. 여리는 저도 모르게 눈살을 찌푸렸다.

여리에게 다가간 이겸이 그녀를 향해 두 팔을 내밀었다.

"아닙니다. 저 혼자 내릴 수 있습니다."

"내가 굳이 말 위로 올라가 너를 내려야겠느냐, 아니면 그냥
이대로 내려오겠느냐?"

내민 손을 잡지 않으면 이겸이 말 위로 올라와 그녀를 내리겠다는 뜻이었다. 결국 둘 중 어느 쪽이든 이겸에 의해 내려질 것이라는 의미였다.

"보는 이도 없으니 걱정 말거라. 몸도 성하지 않은 이가 바람을 헤치고 달렸으니 몸 이곳저곳이 편치 않을 것이다."

이겸의 말대로였다. 말에 오를 때만 해도 한 발로 무게를 지탱하는 것이 어렵지 않았으나 오랜 시간 굳은 자세로 있던 탓에 지금은 상처가 더욱 아려왔다.

무영 역시 그들과 간격을 띄우고 뒤돌아서 있는 것을 본 여리가 이겸을 향해 두 팔을 뻗었다. 이겸의 어깨를 안은 여리가 그에게로 무게를 싣자, 이겸은 여리가 편히 내릴 수 있도록 받아 안았다. 한순간 말에서 떨어진 여리의 무게가 온전히 이겸에게로 옮겨갔다. 여리가 땅을 딛고 서자 이겸은 여리의 어깨를 뒤에서 단단히 안아주었다. 여리는 땅으로 내려왔음에도 떨어지지 않는 이겸의 손을 보고는 그의 얼굴을 올려다보았다.

"어찌 그러느냐?"

"누가 보면 제가 심각한 병자라도 되는 줄 알겠습니다. 혼자 걸을 수 있습니다."

"혼자 걸을 수 없는 것은 네가 아니라 나다."

"예?"

"추위 속을 달렸더니 나도 몸이 영 좋지 않구나. 그러니 이대로 조금만 기대게 해다오."

이겸이 부러 '끙' 하는 신음을 흘리며 살짝 여리에게 기댔다. 엄살을 부리는 이겸의 속이 훤히 보여 여리는 소리 없이 미소 지었다. 저를 걱정하는 그의 마음을 어찌 모르겠는가.

여리가 모른 척 그 품에 기대는데 문득 눈길을 끄는 것이 있었다. 객주의 큰 초롱 중간에 달린 손바닥만 한 아기 초롱이었다. 한 손에 잡힐 정도로 동그랗고 작은 그것은 주위에 꽃잎을 달아 흡사 빛나는 하얀 꽃처럼 보이기도 했다. 그 크기며 생김새가 빛깔만 다를 뿐이지 폐월화와 닮아 있는 것도 같았다.

꽃 초롱 밑에 선 여리가 눈을 반짝이며 그것을 올려다보았다.

"이 작은 것을 어찌 이리 섬세하게 만들었을까요?"

"그렇구나. 누군지 몰라도 솜씨가 대단한 이다."

"정말 곱습니다. 폐월화를 옮겨놓은 것도 같고요."

"마음에 드느냐?"

이겸은 팔을 뻗어 줄에 매달린 작은 꽃 초롱 하나를 떼어냈다. 동그랗고 환한 그것이 여리에게로 내밀어졌다.

"주인의 허락도 없이 떼면."

"당연히 안 되겠지. 방도가 있으니 걱정 말거라. 조금 있다 주인을 만나면……."

"만나면요?"

"하나만 뗐으니 용서해달라고 싹싹 빌 것이다. 혹 내가 꽃값 때문에 여기 묶여 있거든 무영과 먼저 출발하거라."

여리의 미소가 맑게 흩어졌다.

여리가 초롱을 받아 들자 이겸은 먼발치에 서 있던 어린 시비를 손짓으로 불렀다. 그리고 주인에게 작은 꽃 초롱에 허락 없이 손을 대어 미안하다고 전해달라며 돈을 건넸다. 영민하게 생긴 꼬마는 고개를 끄덕이고는 잠시 주저하다가 여리의 옷자락을 잡았다.

"응?"

아이가 옷자락을 잡아끌자 여리가 아이 쪽으로 허리를 숙였다. 그러자 아이가 여리의 귀에 작게 귓속말을 속삭였다. 말을 마친 아이가 부리나케 사라지자 이겸이 여리에게 말했다.

"방금 저 아이가 무어라고 한 것이냐?"

"작은 초롱은 망가지기 쉬우니 세게 잡으면 아니 된다고 하였습니다."

무영이 서 있는 방 앞에 다다른 여리는 방으로 들어가는 대신 이겸에게 말했다.

"저, 잠시……."

"왜?"

"손도 좀 씻고 그리고……."

"시비를 불러줄까?"

"아, 아닙니다. 제가 가서 물어보겠습니다."

이겸은 여리가 시비들에게 무언가를 묻는 것을 먼발치에서 보곤 무영과 함께 먼저 방으로 들어갔다.

이겸이 방으로 들어간 것을 확인한 여리는 그들이 머무른 방과는 반대 방향으로 향했다. 작은 마을답지 않게 붐비는 객주는 쉬러 온 사람들로 인해 북적였다.

여리는 사람들의 무리를 지나 객주 후원에 있는 나무 밑에 다다랐다. 세월을 그대로 이고 있는 고목이었다.

그 나무 아래에 서서 뒷짐을 지고 있는 사내의 모습이 보였다. 여리가 사내에게로 다가섰다. 그제야 사내도 여리를 향해 몸을 돌렸다.

"뉘신데 서연희를 찾고 계시는 것입니까?"

조금 전 아이가 여리의 귀에 속삭인 것은 '서연희'라는 이름이었다. 그 이름을 찾고 있는 분이 계시다고.

그것은 여리가 서인후의 여식임을 알고 있다는 뜻이었다. 이겸에게 말은 하지 않았으나 잃었던 기억 모두를 되찾은 여리는 제 이름을 알고 있는 자를 찾아 후원으로 향한 것이다.

갓 아래로 미소를 띤 심석의 얼굴이 드러났다.

"진헌군 대감께 비밀 하나를 알려드렸는데 아무래도 다른 곳에 전할 마음이 없어 보이셔서 말이다. 서연희라면 알고 있어야 하는 일인데."

그를 보는 여리의 눈에 경계가 서렸다. 어찌하여 낯설지 않은 것일까. 왜. 잠시 생각을 고른 여리는 표정을 감추었다.

"나리께서 볼일이 있는 쪽은 서연희입니까, 아니면 그 얘기를 먼저 전해드린 그분입니까? 저는 서연희를 알고 있는 이를 찾기에 온 것인데 정작 나리께선 다른 분을 먼저 입에 올리시는군요. 그런 것이라면 저는 들을 이야기도 해드릴 말씀도 없습니다."

이 자리에 나온 이유가 따로 있음을, 아니, 뜸을 들이지 말고 그것을 내어놓으라는 의미였다. 예를 갖춘 여리의 시선은 아래를 향하고 있었지만 그 목소리는 결코 위축되지 않고 담백했다.

여리를 보는 심석의 눈매가 가늘게 여며졌다. 여리는 사람들의 기척을 가늠했다. 언제라도 도움을 청할 수 있는 거리였다. 심석이 피식 웃었다. 고집스럽고 융통성 없는 면이 아비를 닮았구나.

"또한 그분께서 들은 이야기를 옮기지 않으신 것은 그리하실 필요가 없어서겠지요. 어느 쪽이든 그분께서 그리 결정하셨다면 거기엔 합당한 이유가 있지 않겠습니까?"

"대감을 믿는 것인가, 아니면 어찌할 도리가 없으니 믿는 척을 하는 것인가?"

"사람을 은밀히 불러낼 때에 확신이 없으셨습니까? 그렇다면 저는 여기에 오지 말 것을 그랬습니다. 피차 괜한 걸음을 한 것 같으니 저는 이쯤에서 물러가지요."

여리는 심석에게 말할 사이를 주기 위해 천천히 몸을 돌렸다. 아니나 다를까, 심석의 다음 말이 여리의 발길을 잡아끌었다.

"대감보다는 너와 말이 통할 듯싶군. 알고 있는 것은 하나이나 그것에 엮인 이는 하나가 아니다. 만약 그렇다면 이야기를 듣고 가도 늦지 않을 터인데? 서연희."

심석은 또박또박 '서연희'라는 이름을 읊조렸다. 역시 저를 부른 자는 이미 그녀가 서연희임을 알고 있었다. 여리는 여기에 온 자신의 걸음이 헛되지 않았음을 알았다.

돌아선 여리는 마주해오는 심석의 시선을 피하지 않았다. 간격을 좁히며 심석이 여리에게 한 걸음 다가섰다.

"내 얼굴. 낯이 익지 않느냐? 예전에 대제학 대감의 사가에 자주 갔었는데. 나는 너를 먼발치에서 본 적이 있다. 그때나 지금이나 총기 어린 눈빛은 여전하구나."

사랑채 쪽으론 갈 일이 많지 않아 손님들의 얼굴을 본 적이 많지는 않았다. 자신이 본 몇 안 되는 이들의 얼굴은 어슴푸레 기억하고 있는데 그중에 심석의 얼굴은 없었다. 기억은 나지 않으나 낯설지 않은 것 또한 사실.

심석의 입술에 은근한 호선이 걸렸다.

"나는 심석이라 한다. 내 아버님께서는 좌의정과 영의정을 지내셨지. 아버님께서 좌의정이셨을 때, 다시 말해 선왕 전하를 모시던 그때에 나는 아버님의 밀명으로 대제학 대감을 만났었다."

이름은 꺼내지 않았으나 심석이 아비라 밝힌 이가 심효임을 알 수 있었다. 심효가 아들을 시켜 여리의 아비에게 은밀히 전해야 했던 말이 무엇인지 아직은 감이 잡히지 않았다. 알고자 하는 것을 얻어내려면 서두르지 말고 신중해야 할 것이다.

"지금 그것이 저 방에 계신 분과 서연희, 그 둘과 무슨 상관이 있단 말씀입니까?"

심석이 소리 없는 웃음을 흘렸다. 그러나 그 웃음은 곧 서늘한 미소로 바뀌었다.

"상관? 물론 있지. 너 또한 네 아비에 대해 알고 싶어 왔을 것이니 답해주마. 대제학 대감을 선왕 전하의 충신이라 믿고 싶을 것이나 사실 대감은 내 아버님의 명으로 움직인 사람이었다. 선왕 전하의 뜻을 이어받은 진헌군 대감과 그 진헌군 대감께 전해져야 할 선위 교서를 빼돌린 자의 핏줄인 서연희. 아무런 죄책감 없이 같이 있어야 할 사람들은 아니지 않은가?"

"그런 황당한 말씀을 제게 믿으라는 것입니까?"

"선위 교서가 우연히 대제학에게 전해졌다 생각하느냐? 그날 그 자리에 있었기 때문에? 참으로 순진하구나. 그날 그 자리에 대제학이 있도록 만든 분이 바로 내 아버님이셨다. 후에 대제학을 쓸 일이 있음을 아셨지. 그리고 실제로 그리되지 않았느냐? 모든 것이 처음부터 그려져 있던 그림이었다."

그럴 리 없다. 당연하지 않은가. 금일 처음 본 저자가 꾸며낸 말이다. 내가 기억하는 아버님은 결코 불온한 세력에 동조하고 무릎 꿇을 분이 아니셨다. 내가 기억하는 아버님은…… 내 기억 속의 아버님은……. 그리 생각하면서도 그러쥔 여리의 주먹은 조금씩 떨리고 있었다. 만에 하나, 아버님께 내가 알지 못할 사정이 있었다면? 식솔들의 목숨을 담보로 겁박하여 어쩔 수 없이 저들의 편에 서게 되셨다면?

여리가 제 아비에 대해 완벽하게 확신할 수 없는 것은 선위 교서의 행방 때문이었다. 전하고자 하였다면 어떻게든 전할 방법은 있었을 것이다. 그도 아니라면 선위 교서가 있는 곳에 대한 단서 하나쯤은 남겨주셨어야 옳았다. 그러나 지금 선위 교서는 흔적도 없이 사라졌다. 왜, 어떠한 이유로.

"나리의 말씀대로라면 선위 교서라는 것이 실제로 존재했다는 것입니까? 또한 그것을 가진 분이 대제학 대감이었고 그분은 영상 대감의 사람이었다. 그런 말씀이신 거지요."

"그렇다."

"그러면 그 선위 교서는 지금 어디에 있습니까? 적어도 그쯤은 알고 계셔야 저 또한 나리께서 지금 하신 말씀들을 믿을 수 있을 것이 아닙니까?"

"선위 교서의 행방은 오직 대제학만 알고 있다. 종국엔 모든 일들이 어지럽게 흘러가 그가 그것을 어찌 처리했는지까진 알지 못하지. 다만 연꽃 근처에 두었다는 말은 들은 적이 있다."

"연……꽃 말입니까? 어디에 있는 연꽃 말입니까?"

사가엔 연꽃이 핀 곳이 없었다. 사가 근처의 연못이나 궁궐 어딘가에 연꽃이 핀 장소가 하나쯤은 있을지도 몰랐다. 그러나 그것만으로 짐작하기엔 까마득했다.

"그래. 네 짐작대로 연꽃이 있는 곳은 많다. 너무 많아 손을 쓸 수가 없었지. 하여 후환을 없애기 위해 대제학의 사가부터 손을 댄 것이다. 모두 태워버리면 증좌도 남지 않을 것이니."

당연한 일을 대수롭지 않게 처리했다는 듯 심석의 입가에는 비틀린 미소가 걸렸다.

심석의 말은 곧 여리의 집에 일어난 방화가 심효의 지시였음을 가리키고 있었다. 심석이 다시금 여리에게로 한 걸음 다가섰다. 일자로 다문 입에서 서늘한 기운이 풍겼다.

"노여우냐? 그렇다 한들 네가 이제 와서 무엇을 할 수 있겠느냐?"

여리의 눈에 분노가 들끓었다. 제 부모와 그 많은 사람들의 목숨이 이런 자들의 욕심으로 인해 하루아침에 허망하게 사라진 것이다.

"아니, 아무것도 할 수 없는 건 아니지. 이 세상에서 선위 교서를 찾을 수 있는 이가 있다면 그건 바로 너일 것이다. 서연희, 선위 교서를 넘겨라. 아비를 대신해 이제 그것을 내게 넘겨다오."

심석이 선위 교서를 찾는 이유는 임금인 이혼과는 달랐다. 이혼은 확인을 위해서 그것을 필요로 하였으나 심석은 확인을 막으려 그것을 필요로 하였다.

김도식을 살려둔 것은 숨어 있던 진헌군을 물 밖으로 끌어내기 위한 미끼였고, 이제 진헌군의 목숨과 더불어 선위 교서까지 깔끔하게 없애면 저의 할 일은 끝이 나는 것이었다.

심석은 여리의 팔을 억세게 쥐었다.

"너만 아니었다면 선위 교서 따위 찾지 않고 끝날 일이었다. 서연희 너를 지키겠다고 진헌군 대감이 예화 현감을 잡아들인 그날! 모든 게 달라졌다. 대감이 세상으로 나오면서 전하를 위시한 조정 대신들은 십 년 전의 일들을 다시 떠올리게 되었지. 너로 인해 곧 많은 자들이 죽어나갈 것이다. 네 아비가 어떤 자인지도 모르면서 진헌군 대감의 뒤에 숨어 있으려 했더냐? 진헌군 대감이 가르쳐주지 않는다면 나라도 알려주마. 대감이 십 년간 힘들게 버텨야 했던 것은 모두 네 아비의 탓이다. 선위 교서를 빼돌린 것은 다름 아닌 네 아비 서인후였으니, 이 모든 것들을 마무리 짓기 위해서라도 선위 교서를 내게 넘겨라."

여리는 있는 힘을 다해 심석의 손을 뿌리쳤다.

"설령 그렇다한들! 그것이 어찌 대제학 대감만의 탓입니까? 궐 안의 권력을 쥐기 위해 혈안이 된 자들, 가혹한 피비린내를 딛고 선 자들, 그 모두의 잘못이 아닙니까? 나리께선 분풀이해야 할 대상을 잘못 찾으셨습니다. 다른 이에게 죄를 묻기 전에 나리의 아비이신 영상 대감의 죄부터 물으십시오."

"과연 다른 이들도 그리 생각할까? 어떻습니까, 진헌군 나리!"

심석이 여리에게 시선을 둔 채로 먼발치에 선 이겸을 향해 쩌렁쩌렁한 목소리로 외쳤다. 심석의 호령에 여리가 서둘러 뒤를 돌아보았다. 그곳엔 언제 왔는지 모를 이겸과 무영이 자리해 있었다. 표정을 읽을 수 없는 이겸이 여리와 심석을 바라보았다.

"똑같은 죄를 저지른 자 둘이 있는데 대감께서는 주상 전하께 둘 모두의 죄를 고할 것입니까, 아니면 제 아비의 죄만을 고할 것입니까?"

이겸이 모든 것을 알고 있음을 직감한 여리의 목소리가 떨려왔다.

"나리."

이겸은 말없이 그런 여리를 응시했다. 심석이 말을 이었다.

70

"대감, 선위 교서를 가지려 하지 마십시오. 화를 부를 물건입니다. 제게 넘기시면 모든 일은 순리대로 흐를 수 있습니다."

"순리……라. 선위 교서가 영의정 김문호에게 가는 것이 순리란 말인가?"

이겸과 동아는 예화에서 고리대로 취한 이득이 흘러드는 곳을 꾸준히 추적해왔다. 현감이 모은 뇌물은 관찰사와 사헌부 대사헌 심석을 거쳐 영의정 김문호에게로 전해지고 있었다.

"달이 차면 기우는 법. 지금의 주상 전하는 기우는 달입니다. 선위 교서를 우리 쪽으로 넘기면 대감의 안위는 보장해드리지요."

거짓이었다. 김문호를 포함한 주상의 외척들은 이미 자신들의 사람을 다음 왕위에 올릴 계획을 실행 중이었다. 그러니 이겸도, 선위 교서도 주상에게로 넘어가기 전에 제거해두어야 후환이 없었다.

"한 가지 더 간언을 하자면 탈이 날 싹은 미리 잘라두어야 하는 법입니다. 대감께 전해져야 할 선위 교서를 가로챈 자의 여식입니다. 이 자리에서 목을 베어도 시원찮을 년인데 어찌 곁에 두십니까? 전장에서의 대감은 두려움 없이 사람을 베었던 분이라 들었습니다. 주상 전하이셨다면 이 자리에서 베어 뒤탈을 없애셨을 겁니다."

심석의 거침없는 말에 이겸의 눈빛이 일순 서늘해졌다. 누구 하나 검을 빼어 든 자는 없었으나 내려앉은 달빛이 검날과도 같이 날카롭게 느껴졌다. 모두를 둘러싼 공기가 팽팽하게 당겨졌다.

잠시 후, 이겸이 피식 마른 웃음을 머금었다.

"그렇군. 탈이 날 싹은 미리 잘라두어야 하는 것을."

"이제 제 염려를 알아들으시겠습니까?"

"그래서 김도식을 죽였나?"

"……."

"아비의 죄를 덮고 김문호에게 붙어 네 목숨을 연명하기 위해 김도식을 죽였느냐 묻고 있다. 선위 교서도 같은 이유로 필요한 것이겠지."

"주상 전하는 얼마 살지 못할 것입니다. 현명한 판단을 하십시오, 대감."

"내가 막을 것이다. 적어도 권력에 미친 자들이 조정을 가지고 놀지 못하도록."

"형제간의 우애가 그리 돈독한 줄은 몰랐습니다. 그럼 선위 교서를 빼돌린 대제학의 여식에게도 저와 같은 죄를 물으십시오."

차마 이겸의 눈을 볼 수 없어 여리는 눈을 질끈 감아버렸다.

"분명 죄가 없진 않지."

이겸은 등에 멘 검을 달빛 아래 뽑아 들었다. '스르룽' 하는 소리가 여리의 귀를 저릿하게 파고들었다.

검을 아래로 늘어뜨린 이겸이 심석과 여리 쪽으로 걸음을 옮겼다. 심석은 한 걸음 한 걸음 간격을 좁히는 이겸을 주시했고 여리는 감은 눈을 더욱 저릿하게 감았다.

마침내 두 사람 앞에 선 이겸이 호선과 함께 검을 곧추세웠다. 날카로운 검 끝이 허공을 지나 우뚝 멈췄다.

여리는 이겸이 어떤 결정을 내리건 달게 받을 생각이었다. 이겸의 낮은 목소리가 뒤따랐다.

"내 뭐라 하였느냐. 내 말만 듣고, 내 말만 믿으라 하지 않았느냐? 이리 매번 내 말을 듣지 않고 속을 썩이니 참으로 죄가 많은 여인이다."

이겸의 말에 여리가 떨리는 눈을 천천히 떴다.

이겸의 검은 여리가 아닌 심석이 있는 곳을 향하고 있었다. 이겸은 검으로는 심석을 겨냥한 채로 여리에게는 반대쪽 손을 내밀고 있었다. 여리가 붉어진 눈시울로 이겸의 손을 응시했다.

"대사헌이 따라올 것은 계산하고 있었다. 최여리, 네가 최여리든 서연희든 나는 개의치 않는다. 네가 누구든 곁을 지킬 것이니 내 손을 잡거라."

결국 저와 뜻을 같이하지 않는 이겸의 말에 심석이 발을 앞으로 내딛다 말고 멈췄다. 어느새 다가온 무영의 검 끝이 심석의 목에 닿아 있었다. 조금이라도 움직이면 베어버리겠다는 듯. 그저 거기에 서서 진헌군의 명을 기다리라는 뜻이었다.

여리는 차마 다가가지 못하고 저를 향해 내밀어진 이겸의 손을 바라만 보았다. 어떤 말이라도 하고 싶으나 목이 메어 쉬이 말을 꺼내놓을 수 없었다.

달빛에 물든 손이 따스해 보여 잡고 싶었다. 저를 바라보는 그 눈빛이 너무나도 자상해 아무것도 모른 척 기대고도 싶었다. 그러나 그러기에 저는 자격이 없는 사람이었다.

움직이지 않는 여리의 손을 보며 이겸 역시 제 손을 내렸다. 그리고 옅은 한숨과 함께 말을 이었다.

"내 그럴 줄 알았지. 그래서 이젠 방도를 바꾸기로 마음먹었다."

이겸의 말에 여리가 시선을 들어 이겸을 보았다. 성큼 다가선 이겸은 저가 먼저 여리의 손을 잡았다.

"잡을 때까지 기다리지 않고 이젠 내가 잡을 것이다. 네가 못하겠다면 내가 하마. 네가 오지 않는다면 내가 갈 것이다."

얼떨떨한 여리가 답할 사이도 없이 이겸이 맞잡은 손을 제게로 휙 잡아끌었다. 순식간에 균형을 잃고 이겸의 품에 당겨진 여리가 이겸을 올려다보았다. 그런 여리의 시선을 마주하며 이겸이 싱긋 웃어 보였다.

"내가 도망가지 말아달라 했던가? 아니, 도망가려면 가거라. 이젠 거기가 어디든 내가 함께할 터이니."

한양에 온 것은 마음을 다치러 온 것이 아니라 했다. 그곳에서 무엇을 보고 듣든 오로지 자신의 말만 믿으라 했다. 바로 지금과 같은 때를 대비한 말이었다.

이겸의 아이 같은 미소에 차오르던 여리의 눈물도 점차 흔적을 감추었다. 주고받는 시선 속에 따스한 마음이 가득했다.

"……나리는 못 당하겠습니다. 함께할 테니 도망가라는 건 무엇입니까? 그게 어찌 도망입니까?"

"이러나저러나 도망갈 수 없다는 의미다. 지금도 이리 금방 잡히지 않았느냐?"

"오해가 있으십니다. 도망은 안 갑니다. 절대로."

"듣던 중 반가운 소리로구나. 하여, 여기 온 용무는 다 보았느냐?"

"아니요. 아직 남았습니다."

마음을 추스른 여리의 시선이 심석에게로 닿았다.

서연희를 부른 자를 통해 알고자 한 것은 두 가지였다. 제 아비에 대한 것과 선위 교서의 행방. 심석의 말을 어디까지 믿어야 할지는 알 수 없었으나 일단 알고자 하는 것들은 어느 정도 윤곽이 드러났다. 역시 심석도 여리의 아비에 대해 다는 알지 못했다. 그러니 섣불리 상처받을 필요도, 도망칠 필요도 없었다.

여리가 심석을 향해 걸음을 옮겼다. 심석은 그런 여리의 모습에서 그녀의 어린 시절을 기억해냈다. 꽃잎 색의 치마를 나풀거리며 대제학 사가의 마당에서 뛰어다니던 아이의 눈빛이 꼭 지금과 같았다. 사람의 마음 너머를 보듯 총기 어리고 올곧은 눈빛.

이내 걸음을 멈춘 여리의 담담한 목소리가 이어졌다.

"저는 제가 받아야 할 죗값이 있다면 받을 생각입니다. 저는 최여리이기도 하지만 서연희이기도 하니까 말입니다. 그러니 그러한 사실을 나리께서 제게 알려주셨다 한들 나리께서는 저의 무엇도 바꾸실 수 없을 것입니다. 아직 닥치지 않은 일 때문에 지금의 삶을 살피지 못한다면 그것만큼 안타까운 일이 어디 있겠습니까? 과거의 일 때문에 현재를 흘려보낸다면 그런 삶이 어찌 행복하다 할 수 있겠는지요."

마음을 흔들며 조곤조곤 스미는 소리였다.

대제학 가문에서 부족함 없이 자라던 아이가 하루아침에 부모를 잃고 숨어 살아야 했을 세월이 녹록하지는 않았을 것이다. 실제로도 넉넉지 않은 살림에 많은 고생을 하였다고도 들었다. 한데 심석이 짐작해왔던 것과 달리 눈앞의 서연희는 훨씬 당차고 영민했다. 십여 년의 세월 동안 무슨 일이 일어날까 전전긍긍하던 저의 눈빛과는 확연히 다른 눈빛이고 기운이었다.

세상 속에 던져졌던 한낱 어린 계집에게 일어난 일들이 이제는 궁금하기까지 하였다.

"나리께서 말씀하신 일들이 전부 사실이라 해도 저는 지금 제가 할 수 있는 일들을 할 생각입니다. 부디 나리께서도 과거의 일들은 내려놓으시고 두려움에 지지 마십시오. 돌아가신 영상 대감께서도 나리의 손에 피를 묻히기를 원하진 않으실 겁니다. 제가 이 자리에 온 것은 서연희를 부른 분에게 그 말씀을 전해드리고자 해서였습니다."

"이, 이런 건방진!"

노기 어린 심석의 얼굴이 붉게 타올랐다. 입으로는 여리를 인정하지 않았으나 마음 밑바닥에서는 어느 때보다 부끄러운 풍랑이 일고 있었다.

일인지하 만인지상의 자리에 오른 아비가 세상을 뜬 후, 심석은 주상을 견제할 수 있는 힘을 가진 주상의 외척 쪽으로 몸을 바짝 낮추었다. 그것은 심석이 아비에게 배운 세상이었고, 동시에 세상을 살아가는 방법이었다.

힘을 기르고 때를 기다리는 것. 그러나 금일 반듯한 서연희를 만나고 보니 심석이 살아온 방식은 비겁함, 그 이상도 그 이하도 아니었다.

할 말을 마친 여리가 뒤돌아 걸어갔다. 귀까지 달아오른 심석이 숨을 씩씩거리며 결국 제 옷깃 속으로 손을 가져갔다. 품에서 단도를 꺼내 든 심석이 감히 저를 부끄럽게 만든 여리의 뒷모습에 대고 외쳤다.

"서연희! 선위 교서는 내놓고 가라."

"여리야!"

심석의 외침과 동시에 이겸의 목소리가 울려 퍼졌다.

순식간에 들려온 고함에 여리가 고개를 뒤로 돌렸다. 단도를 들고 달려드는 심석으로 인해 무영과 이겸이 검의 손잡이를 쥐며 빠르게 발을 내디뎠다.

단도가 꿰뚫는 소리를 내며 깊숙이 파고들었다.

잠시간의 정적.

여리의 손이 부들부들 떨렸다. 정확히는 서책을 쥔 여리의 양손이 떨렸다. 심석은 여리가 꺼내 든 서책의 중앙에 제 단도가 꽂힌 것을 보고는 얼굴을 구겼다. 두꺼운 서책의 중앙으로 단도의 끝이 뚫고 나왔지만 그것은 여리에게 닿지 못했다.

여리는 서책을 잡은 손에 더욱 힘을 주며 심석의 힘을 그대로 받아냈다. 그러다 어느 순간 옆으로 몸을 슬쩍 비킨 여리가 그대로 심석의 힘을 이용해 그를 허공으로 뿌리쳤다.

"어헉!"

균형을 잃은 심석이 앞으로 나동그라졌다. 힘을 잃은 단도도 사이를 두고 옆으로 떨어져 내렸다.

부지불식간에 일어난 일로 놀란 여리가 서책을 쥔 채 가쁜 숨을 몰아쉬었다. 모래를 씹은 심석이 여리를 노려보더니 제 앞에 떨어진 단도를 주우려 다급하게 손을 뻗었다. 그러나 그도 잠시, 심석의 손이 단도에 닿기 전 이겸이 그의 손등을 지그시 밟았다.

"으악!"

비틀린 손 때문에 심석의 입에서 비명이 터져 나왔다.

심석의 손을 밟은 채로 다리를 굽혀 앉은 이겸이 여리를 보았다. 어지간히 놀랐던 듯 여리는 아직까지도 찢어진 서책을 꼭 쥐고 있었다.

"웬 서책이냐?"

"나리께서 일전에 가르쳐주시지 않았습니까? 혹 단도를 가지고 달려드는 자가 있거든 이렇게 서책을 이용하면 임시방편은 될 것이라고요. 그래서 그 후로 항상 품에 넣어두고 있었는데…… 앗! 그러고 보니 서책이 완전히 망가져버렸습니다. 나리께서 주신 것인데 어쩌지요?"

방금 칼을 막아낸 여인답지 않게 선물 받은 서책 하나에 금방 울상이 되었다. 배웠다고 하여 누구나 다 움직일 수 있는 것은 아니었다. 그 짧은 순간에 모든 것을 계산해 움직인 민첩함은 어느 정도 타고났다고 봐야 옳았다.

심석이 단도를 향해 다른 손을 뻗었다. 그러자 여리를 보고 있다 생각했던 이겸은 심석을 보지도 않고 검집을 바닥에 '쿵' 하고 박았다. 검집은 정확히 심석의 손가락 사이에 흙먼지를 일으키며 우뚝 섰다. 심석의 등골에 소름이 돋아났다.

"자, 그럼 이제 내 차례."

이겸의 서늘한 목소리에 심석이 엎드린 채로 그를 올려다보았다. 표정을 지운 이겸의 눈빛이 날카로웠다.

"자네의 잘못을 세어보았는데."

심석은 모래가 버석 씹히는 침을 꿀꺽 삼켰다. 정수리부터 발목까지 한기가 훑고 갔다.

"하나, 예화 현에서 착취한 돈의 대부분이 자네와 영상에게로 전해졌더군. 그것도 꽤 오랫동안. 둘, 선위 교서를 얻기 위해 죄 없는 사람들의 목숨을 빼앗았으며 마지막으로 셋."

"……."

"누구 허락을 받고 감히 저 여인에게 칼을 겨눈 것이냐."

이겸의 검이 순식간에 검집을 벗어나 달빛 속에 모습을 드러냈다. 몸을 일으킨 이겸은 이번엔 심석의 코앞에 검을 내리찍었다. 바닥에 꽂힌 검의 날이 달빛에 번쩍였다.

"으, 으어어!"

조금이라도 움직이면 베일 듯 가까운 거리였다. 검을 보는 심석의 몸이 덜덜 떨렸다.

이겸의 목소리가 한 글자, 한 글자 선명했다.

"내가 너를 벨 이유가 차고 넘치는 듯한데 할 말 남았느냐?"

심석은 내금위장 설무영이 저를 찾아왔던 날만 해도 그들을 제법 잘 속여 넘겼다고 생각하였다. 말을 흘려두었으니 김도식의 사가로 진헌군이 갈 것을 짐작하였고, 드디어 선위 교서를 빼앗을 절호의 기회가 왔다고 생각했는데. 심석은 제 앞에 드리운 검광을 보니 이제야 알 수 있을 것 같았다. 저가 이들을 유인한 것이 아니라 이들의 계략에 자신이 걸려들었음을. 그가 주막으로 올 것을 진헌군은 이미 알고 있었다.

"무영, 자네 생각은 어떠한가?"

무영 역시 바닥에 누운 심석을 보며 강직한 목소리로 대답했다.

"대감께서 원하시는 대로 하옵소서. 귀찮으나 때로 누군가는 해야 할 일도 있는 법입니다."

"그러고 보니 우리가 머물렀던 지방에선 죄인의 팔을 잘라 본보기를 보이는 일이 있었지."

물론 그런 지방도, 그런 일도 없었다. 이겸과 무영은 줄곧 함께였으니 무영 또한 그것이 이겸의 농임을 모르지 않았다.

"분명 그러한 일이 있었사오나 피가 여간 튀는 게 아니라."

무영의 말에 심석의 얼굴이 하얗게 질렸다. 이겸은 부러 미간을 좁히고는 조금 고민하는 듯 관자놀이를 짚었다.

"먼 길을 가야 하는데 옷이라도 버리면 곤란하지. 그러면 다리는 어떠한가?"

이겸의 말에 무영은 시린 금속음과 함께 발검하는 것으로
답을 대신했다.

"지당하신 결정이옵니다."

"히이익!"

살기 위해 몸을 부랴부랴 일으킨 심석이 비명을 지르며 도
망쳤다. 그 순간, 담장 안으로 많은 수의 검계들이 쏟아져 들
어왔다. 심석과 이겸의 간격이 뜨기를 기다린 심석의 수하들
이었다.

수하들의 뒤로 도망친 심석이 그제야 크게 소리쳤다.

"저, 저들을 잡아라! 역도의 자식을 생포하고 선위 교서를
가져오는 이에겐 열 배의 포상을 할 것이다."

검은 복면을 뒤집어쓴 검계들은 심석의 명에 때를 살폈다.
이윽고 가장 앞에 있던 사내 하나가 이겸에게로 달려들었다.
자객의 검은 섬광처럼 이겸의 검과 만났다. 챙, 하는 금속음과
함께 자객의 검이 공중에서 핑그르르 돌더니 멀리로 날아가버
렸다.

사이를 띄우지 않고 팔을 후려친 이겸은 사내의 어깨를 잡
아 쥐고는 연이어 머리까지 꺾었다. 모든 것이 한 호흡에 이루
어진 일이었다. 실신한 자객이 이겸의 발 아래로 무너져 내리
자, 심석을 바라보는 이겸의 시선이 어둠 속에 드러났다.

농을 하던 이겸의 모습은 어디에도 없었다. 심석을 노려보
는 눈에는 오로지 서늘한 살기만이 피어올랐다.

"누구에게 감히 역도의 자식이라 하는가. 그 입, 함부로 놀

리지 말라."

"뭐, 뭣들 하느냐! 어서 잡으래도."

명백한 수의 열세. 그러나 이겸과 무영의 표정은 흔들림이 없었다. 중요한 것은 수가 아님을 아는 까닭이었다.

하늘의 달을 본 이겸은 잠시간 사이를 띄웠다. 이겸의 미간이 귀찮은 듯 구겨졌다.

"역시 팔부터 잘라야 했다."

"지금이라도 명하시면 즉각 수행하겠습니다."

이겸에 대한 예를 지켜 줄곧 아래를 향하고 있던 무영의 시선이 사내의 무리를 향해 슥 올라갔다. 심석은 저도 모르게 움찔 뒷걸음질을 쳤다.

이겸은 검을 달빛 아래 돌려 잡았다.

"요기라도 하고 가게 일각 이내로 정리하자."

"명 받잡습니다."

여리를 등 뒤에 감춘 이겸의 검을 따라 무영의 검도 허공으로 고개를 들었다. 이겸의 검과는 또 다른 위압감을 자랑하는 검이었다.

일순간 두 사내 주위의 공기가 바뀌었다. 이겸과 무영의 등에 내려앉은 달빛이 푸르게 빛났다.

제17장

월침삼경(月沈三更)

마지막 열흘째의 저녁.

이겸 일행의 말발굽 소리가 폐월화 고택 대문 앞으로 이어졌다. 내내 기다리고 서 있던 동아가 일행을 발견하고 달려왔다.

"다들 괜찮으신 겁니까? 별다른 일은 없으셨습니까?"

"천천히 묻거라. 아직 말에서 내리지도 않았다."

이겸의 대답에 여리와 무영이 작게 미소 지었다. 저마다 말에서 내리는데 동아와 함께 기다리고 있던 서래댁 또한 인사를 전했다.

"무사한 모습으로 돌아오시니 기쁩니다. 무슨 일이 생기신 것은 아닌지 궁금하던 참이었습니다."

"심석을 지방 관아에 묶어두고 오느라 지체되었네. 앞으로도 심문은 계속 해야겠지만. 오는 길에 여리가 다쳤으니 서래댁 자네가 상처를 살펴주게."

"그리하겠습니다."

여리가 서래댁을 따라간 후, 이겸이 무영을 돌아보았다.

"일찍 쉬어두거라. 먼 길 다녀오느라 수고가 많았다. 내일 아침 전하께서 계시는 행궁으로 갈 것이다."

"김도식이 가지고 있던 서찰만으로 괜찮으시겠습니까?"

"이제부터 생각을 정리해야겠지. 문제는 전하뿐만 아니라 영상 쪽도 선위 교서를 찾으려 한다는 사실이다. 각자의 목적이 다르겠지만 영상이 전하를 노리고 있다는 것만은 확실해. 그리고 동아."

이겸이 동아에게 두루마리 족자를 건넸다. 동아가 족자를 펼쳐보았다.

"김도식의 사가에 있던 것이다."

"이건…… 폐월화 그림이 아닙니까? 일개 의원의 사가에 있을 물건은 아닌 듯한데요."

"그래. 폐월화와 같이 그려져 있는 그 흰 꽃들이 아무래도 마음에 걸린다. 폐월화는 아닌데 혹시 본 적이 있느냐?"

"저는 본 적이 없습니다."

"어떤 의미가 담긴 것인지는 모르겠지만 그림에 대해 알아봐다오. 왜 김도식이 이 그림을 가지고 있었는지도."

"예. 알겠습니다."

이겸이 무영과 동아의 어깨를 두드리고는 발걸음을 옮겼다. 일찍 찾아온 겨울의 밤은 모두에게 유독 더디고 길었다.

반 시진 후, 서래댁의 도움으로 목욕을 마친 여리는 별채로 향하던 걸음을 멈추었다. 별채 앞에는 여리를 기다리는 이겸이 있었다. 여리를 발견한 이겸이 몸을 돌려 그녀와 마주 섰다. 얼굴엔 약간의 피곤이 서려 있었으나 여리를 보는 그 눈만은 따뜻하고 다정했다.

"곤하셨을 터인데 어찌 쉬지 않으시고 예서 계십니까?"

여리는 오랜 시간 저를 기다렸을 이겸의 두 손을 마주 잡았다. 차갑게 언 이겸의 손으로 이제 막 목욕을 마쳐 더욱 따뜻해진 여리의 온기가 스몄다.

"안에서 기다리지 않으시고요. 하실 말씀이라도 있으신 겁니까? 이럴 게 아니라 안으로 드시지요. 감한 들겠습니다."

여리가 이겸을 안으로 이끌려 했으나 이겸의 발은 움직이지 않았다. 여리가 이겸과 시선을 마주하자 이겸이 그저 옅게 웃어 보였다.

"잠시 물어볼 것이 있어서 기다린 참이다."

"무엇을 말입니까?"

"기억이 돌아왔느냐?"

잠시 말없이 여리의 눈을 응시하던 이겸은 다시 한 번 여리의 손을 따스하게 쥐었다.

"서연희로 살았던 그때의 기억들 말이다."

담장을 넘은 달빛이 조용히 대기 중으로 스몄다. 하얀 마당 위에 마주 선 두 그림자가 서로의 대답을 기다렸다.

"이야기가 길어질 것 같은데 별채 안으로 드시겠습니까?"

"아니. 안으로는 들지 않을 것이다."

"어찌하여서요?"

"지금 이대로 그 방에 든다면 나는 나를 탓할 것이다."

이겸의 침묵을 알아차린 여리가 잠시간 입을 다물었다. 여리는 시선을 내려 제 손을 자상하게 잡아주고 있는 이겸의 손을 보았다. 따스한 온기. 지금 이 순간이 영원히 이어지기를 바라는 손길. 마음속에 산들산들 바람이 일었다. 마주 보고 싶은 마음에 긴 겨울밤도 짧았다. 여리가 무언가를 떠올렸다.

"잠시만 기다리십시오."

여리가 방문 안으로 사라지고 별채에서는 뭔가를 찾는 소리가 분주하게 이어졌다. 얼마 지나지 않아 꽤 두꺼운 겉옷을 품에 안은 여리가 모습을 드러냈다.

"나리, 몸을 약간만 굽혀주시겠습니까?"

이겸이 허리를 살짝 앞으로 기울여주었다. 말갛게 웃은 여리는 이겸의 넓은 어깨에 옷을 둘러주었다.

솜을 넉넉히 덧대어 만든 두루마기는 그 어떤 겨울 한기도 막아줄 만큼 든든했다. 아니, 추위를 막아주는 것은 두꺼운 옷이 아니라 그 옷에 담긴 여리의 마음이었다.

여리가 옷깃을 쓸어내며 매무새를 정돈하여주었다. 맞춘 듯 꼭 맞는 그 모습에 여리의 눈가가 초승달처럼 휘어졌다.

"눈대중으로 지어본 것인데 이 정도면 불편함 없이 입으실 수 있을 것입니다."

"네가 손수 지었느냐?"

"예. 아직 마무리가 남아 있긴 하지만 잠깐 동안은 괜찮을 것입니다. 팔을 넣어보시겠습니까?"

여리의 청에 이겸이 팔을 들어 옷에 끼워 넣었다. 역시 넉넉하니 꼭 맞았다. 이겸은 자신의 옷을 여며주는 여리에게서 시선을 떼지 않았다. 어린아이처럼 여리만을 응시하는 그 눈길에 여리가 작게 웃었다.

"그리 보시니 떨려서 매듭을 못 짓겠습니다."

"그러라고 보고 있는 것이다. 매듭을 못 지어 계속 곁에 있으라고."

이번에는 이겸이 손을 들어 여리의 팔에 걸린 그녀의 겉옷을 입혀주었다. 바람 한 점 들지 않도록 여리의 옷을 단단히 여며주는 손길이 따스했다.

"잠시 함께 걷겠느냐?"

"어디인들 함께인데 가지 않을 이유가 있겠습니까?"

숨을 얼려버릴 만큼 차가운 공기가 운신하는 밤이었으나 마음만은 따뜻했다.

해야 할 말. 하고 싶은 말.

그 모든 것보다 앞서는, 조금이라도 더 함께 있고 싶은 마음들이 달빛 아래 아련하게 떨려왔다. 하얀 모래와 맞닿은 물결 위로 반짝이는 빛이 부서졌다.

모든 것이 처음 이곳에 왔던 날 그대로였으나 폐월화만은 아니었다. 여리는 이미 시들어버린 폐월화들을 안타까운 마음으로 바라보았다.

두어 송이가 고개를 떨구고 남아 있긴 했으나 알고 있었다. 그마저도 이 밤을 넘기지 못하리란 것을.

일곱 해의 길었던 순간들을 접고 땅으로 돌아가기 위한 채비들을 묵묵히 받아들여야 했다. 여리는 이겸과 이곳에서 폐월화를 주고받았던 일들이 까마득하게 느껴졌다.

"불길 속에서 많은 것을 보았습니다. 온통 처음 보는 것들 뿐이었지만 느낄 수 있었습니다. 그 모두가 어린 시절의 일들 이란 것을요. 나리께서는 어찌 아셨습니까?"

어찌 모르겠느냐. 나의 모든 감각은 너에게로 향해 있는데.

이겸은 마음속의 말을 꺼내놓는 대신 따스한 눈길로 여리 를 보았다.

"돌아가고 싶으냐?"

"어느 곳으로 말씀입니까?"

"그때로 돌아가고 싶다면 내가 그리해줄 수 있다."

생각지도 못한 말에 여리의 눈이 살짝 커졌다. 이겸이 낮고 진중한 목소리로 말을 이었다.

"물론 내가 말하는 것은 온전히 서연희로 돌아가는 것을 뜻 하는 것이 아니다. 다만 반가에서 나고 자란 이들이 당연하게 누리며 사는 것들을 너도 누릴 수 있다는 뜻이다. 원한다면 그리 만들어주마. 이 고택을 두고 함께 한양으로 가도 나는 상관없다."

여리가 원한다면 그 어느 곳에서든 편히 살게 해주리라는 약조였다. 분명 그리해줄 사람이었다. 그러나 그것은 이겸이 지금의 평온한 삶을 내려놓고 진헌군의 이름을 되찾아야만 가능하다는 것을 여리 또한 모르지 않았다. 셈해볼 것도 없이 여리는 미소와 함께 고개를 저었다.

"반가의 삶이 나리와 함께하는 이곳의 삶보다 좋다고 어느 누가 말할 수 있겠습니까? 저는 나리의 곁이라면 어디라도 좋습니다. 그것이 나리를 만난 이곳이라면 조금 더 좋겠지요."

"후회하지 않겠느냐? 어쩌면 이곳마저도 떠나야 할지 모른다. 힘든 길이 될 거다."

이후의 일들은 어느 것 하나 정해진 것이 없었다. 행간에 묻은 미안함과 안쓰러움이 바람결에 실려 왔다. 여리가 애달픈 마음을 담아 완성되지 않은 이겸의 옷자락을 옅게 쥐었다.

바늘이 지나가지 못한 자리.

아직 둘에게는 해야 할 일들이 이렇게나 남아 있는데 시간은 어떤 것도 약속해주지 못했다.

"어느 곳이든 나리를 따를 것입니다. 다만, 하나만 약조해주십시오."

"무엇을 말이냐?"

시선을 든 여리가 이겸과 눈을 마주하며 애틋하게 웃었다. 아픈 마음은 저 멀리 물려두고 연모하는 정인만 눈에 담았다.

"약조해주십시오. 제 아버님이나 다른 일들로 인하여 제가 나리께 폐가 된다면 언제든 제 손을 놓으실 거라고."

"여리야."

"그리해주십시오. 그래야 제가 나리의 곁에 있을 수 있습니다. 들어주시겠습니까?"

곧은 여리의 시선에 이겸의 눈빛이 흔들렸다.

달빛 아래 안타까운 마음만이 많은 말을 대신했다.

바라보는 것 외엔 어느 것도 줄 수 없는 마음들이 그저 미안한 밤이었다.

"아!"

멍하니 다른 생각을 하다 바늘에 손을 찔린 여리가 짧은 신음을 뱉었다. 서래댁은 호롱불 아래 놓고 있던 자수에서 잠시 눈을 떼고 여리를 보았다.

"먼 길 다녀오느라 고단하실 텐데 이만 주무시는 게 어떻겠습니까?"

"아닙니다. 조금만 더 하면 되는 걸요."

민망한 듯 살짝 웃은 여리가 다시 바늘을 들었다. 금일이 아닌 다른 밤은 기약할 수 없으니 미뤄둘 수 없었다.

전하의 어심이 어디로 향할지 몰라 대답을 내어줄 수 없는 서래댁도 마음이 심란하기는 마찬가지였다. 다시 자수를 앞으로 끌어당기는 서래댁에게 여리가 물었다.

"전하께서는 어떤 분이십니까?"

"왕이 되기 위해 태어나셨고 지금도 성군이 되기 위해 늘 노력하시는 분입니다. 미흡한 부분을 채워 넣는 것에 수고를 아끼지 않으시지요. 처음부터 진헌군 대감을 멀리하진 않으셨습니다. 오히려 어렸을 땐 하나뿐인 아우님을 예뻐하시고 귀히 여기셨습니다."

"지금도 그러하실까요? 그러셨으면 좋겠습니다."

나리의 곁에 있는 저는 곱게 보이지 않을 것이나 어린 시절 아우를 어여삐 여겼던 기억으로 그간의 작은 오해들을 눈감아주시면 좋겠다고, 그로 인해 두 분의 관계가 다시 가까워질 수만 있다면 정녕 더 바랄 것이 없을 것 같다고, 여리는 생각했다.

여리의 바느질이 느려졌다. 마음이 자꾸만 새어나갔다.

"한데 그 가락지는……."

"아, 이건 나리께서……."

"알고 있습니다. 돌아가신 경빈 마마께서 나리께 남기신 유품이니까요. 그리 소중한 것을 주신 것을 보면 나리께 아씨도 소중한 분이라는 뜻이겠지요."

"어떤 분이셨는지 궁금합니다."

"경빈 마마 말씀입니까? 모든 면에서 빼어난 분이셨습니다. 성품은 말할 것도 없고 생김새는 나리와 꼭 닮으셨습니다."

"나리께서 선왕 전하가 아닌 경빈 마마를 닮으셨단 말씀입니까? 나리께서는 제게 선왕 전하를 닮으셨다고……."

"어렸을 때부터 진헌군 나리는 경빈 마마를 닮았다는 말씀을 듣고 자란 것을요. 오히려 선왕 전하의 용모를 닮은 것은 지금의 주상 전하이시지요."

뜻밖의 말을 전해 들은 여리가 잠시간 말을 멈추었다. 그때, 기척을 한 동아가 은은한 향을 풍기는 차를 들고 별채 방 안으로 들어섰다.

"불이 켜져 있어 들어와보았습니다. 자리에 들기 전에 마시고 주무시지요. 향이 좋아 편히 잠을 이루는 데 그만입니다."

"대감께서는? 자리에 드셨느냐?"

"아닙니다. 방금 뵈었을 때는 가져온 서찰들을 보고 계신 중이었습니다."

서래댁에게 답하는 동아의 말에 여리가 되물었다.

"서찰들? 보고 계신 서찰이 하나가 아니라고?"

"음, 서안에 펼쳐두고 계신 것은 두 장인 것 같았는데 어찌 그러느냐?"

"아, 아니."

여리가 서둘러 고개를 저었다.

김도식의 사가에서 돌아온 이겸이 품에서 꺼내어 보여준 서찰은 분명 한 장이었다. 두 번째 서찰에 대한 언급은 없었다.

애써 미소를 지어 내색하지 않으려 했으나 바늘을 든 여리의 손끝이 더 이상 움직이지 못했다. 그것을 서래댁 역시 스치듯 보았지만 굳이 아는 척을 하진 않았다.

두 번째 서찰을 언급하지 않으신 이유. 또한 여리가 꿈에서 뵌 분이 나리가 아니라 선왕 전하일지도 모른다고 말씀하셨던 그 마음. 그것들이 가리키는 바는 오직 하나였다. 여리의 마음이 다치는 것을 바라지 않아서.

찻물을 붓는 동아가 말을 이었다.

"하온데 어머니, 이대로 기다릴 수만은 없지 않습니까? 폐월화가 졌다는 것은 대감께 더 이상 시간이……"

그러나 동아는 말을 끝맺지 못하고 순간 여리의 눈치를 살폈다. 자신이 꺼내려는 이야기를 여리도 알고 있는지 확신이 없었기 때문이었다.

무슨 말인지 묻는 듯 여리가 동아를 보았다. 난처한 동아가 이번엔 서래댁을 보았다. 서래댁 역시 동아와 같은 고민 중이었는지 표정이 한층 가라앉았다.

창가에 선 이겸은 달빛이 내려앉은 마당을 내려다보고 있었다. 시선은 달빛 속에 두었으나 머릿속은 두 개의 서찰로 인해 내내 어지러웠다. 하나는 김도식이 심효의 명을 받아 선왕께 탕약을 올린 것을 증명하는 서찰이었고, 다른 하나는 그것과 함께 있던 또 다른 서찰이었다.

심효와 뜻을 함께하는 자들의 이름을 적고 그들의 수결을 받아둔 문서. 누구 하나 발을 빼지 못하도록 만들어둔 그곳에 서인후라는 이름 석 자가 분명하게 새겨져 있었다.

대제학, 그대는 어이하여 위험한 자리에 함께 있었는가.

이겸은 지끈거리는 관자놀이에 손을 가져다 대었다. 김도식의 사가에서 본 족자의 그림까지 더해져 이 밤 잠들기는 어려울 듯했다. 그때 문 앞의 기척을 느낀 이겸의 시선이 문으로 향했다.

"누구냐."

이겸의 물음에 문이 열리며 작은 주안상을 든 여리가 방으로 들었다.

"놀라시게 하였다면 송구합니다. 곤하신 탓에 잠이 오지 않으실 듯하여."

여리가 해사한 미소를 옅게 띠자 경계를 푼 이겸이 술병을 바라보았다. 일전에도 내어온 적 있는 온주인 듯했다. 몸을 따뜻하게 하고 편히 쉬라는 여리의 마음 씀씀이가 느껴졌다.

"다친 곳은 괜찮으냐?"

"이제 괜찮습니다. 그리 심한 상처는 아니었습니다."

"달리 할 말이라도 있는 것이냐?"

평소와 다르게 가라앉은 여리의 목소리에 이겸이 그녀의 안색을 살폈다. 여리는 아무 일도 없었던 듯 서둘러 고개를 저어 보였다.

"아닙니다. 괜찮으시다면 술 한 잔 올려드려도 되겠습니까?"

이겸이 미소로 대답을 대신했다. 상을 사이에 두고 이겸과 여리가 마주 앉았다. 여리가 온주 병을 들어 이겸의 잔에 기울였다. 맑은 소리를 내며 온주가 잔에 담겼다.

이겸은 여리가 상에 내려둔 병을 집어 여리의 잔에도 술을 채워주었다. 뜨끈한 김이 피어오르는 잔은 두 개가 되었다. 여리가 권한 잔을 말끔히 비운 이겸이 가만히 여리를 보았다.

"하고 싶은 말이 있는 눈치로구나."

이겸의 말에도 여리는 그저 시선을 내린 채 답이 없었다. 그러나 이겸은 재촉하지 않고 여리를 기다려주었다.

얼마간의 시간이 흘렀을까. 이윽고 몸을 움직인 여리가 느리게 이겸의 옷깃을 쥐었다. 조심스럽게 옷깃을 젖힌 여리가 이겸의 흉터를 보고는 슬픈 듯 미간을 구겼다.

"여리야."

"언제까지 비밀로 하실 생각이셨습니까? 처음 뵈었을 때 약방 주인장을 통해 찾고 있던 것이 해독제였던 것이지요?"

"……."

"해독제를 찾지 못하면 어찌 되는 것입니까?"

"찾을 것이다. 반드시."

"얼마나 남은 것입니까? 그 시간이 다하면 말없이 떠날 생각이셨습니까?"

이겸은 답을 주지 못했다. 애달픈 마음들이 흘렀다.

여리가 굳은 얼굴로 몸을 일으켰다. 그러나 여리가 향한 곳은 문이 아니라 방을 밝히고 있는 호롱불 앞이었다. 여리가 손을 들어 작은 바람을 일으키자 흔들리던 호롱불이 꺼졌다.

밝은 빛이 사라진 방 안엔 은은한 달빛이 대신 자리했다. 그것이 어떤 의미인지 깨달은 이겸이 여리를 보았다.

"여리야."

"내일 전하를 뵈면 그 이후의 일들을 장담할 수 없다는 걸 알고 있습니다. 기약할 수 없는 약조가 될까 제게 아무런 말씀도 하지 않으셨다는 사실도요. ……제가 상처를 받을까 두려우신 거지요? 아닙니다, 나리. 전 그렇게 약하지 않아요. 시간이 흘러 모든 것이 사라지더라도 나리를 연모하는 제 마음은 사라지지 않습니다."

모든 것이 느리게 움직이는 밤공기 사이로 여리의 목소리가 조용히 스몄다.

"일전에 물어보셨던 것에 대해 지금 답하려고 합니다. 혼인하겠습니다. 나리와 혼인하고 싶습니다. 이런 저를 받아주시겠습니까?"

멀지 않은 거리. 여리의 어깨가 가늘게 떨리고 있음이 능히 가늠되는 거리였다. 두려워서가 아니라 긴장으로 인한 떨림이었다. 여리의 떨림을 눈치챈 이겸의 마음이 가라앉았다. 여리의 시선과 이겸의 시선이 맞닿았다.

교교한 달빛만이 주위를 감싸고 있어 표정까지 알 수는 없었지만 어떤 마음인지 짐작하고도 남았다. 달빛이 그린 격자창 무늬가 바닥에 고요히 내려앉았다. 눈이 어둠에 적응하자 호롱불 빛만큼은 아니었으나 서로의 모습 정도는 분간될 정도로 은은하게 밝았다.

"그러니까 지금 네 말은……."

낮게 가라앉은 이겸의 목소리에는 동요가 없었다. 긴장한 탓에 시선을 바닥으로 내린 여리가 차분하게 답했다.

"금일은 이곳에서 밤을 보낼 거란 뜻으로 드린 말씀입니다."

그저 그뿐이었다. 이겸에게서 어떤 답이 있을 것이라 생각했지만 아무 답이 없었다. 바닥을 보며 눈을 몇 번 깜빡거린 여리가 조심스럽게 시선을 들어 이겸을 보았다.

이겸은 여전히 별다른 행동을 취하지 아니하고 어떤 말도 하지 않았다. 고민하던 여리가 먼저 말을 내어놓았다.

"저······."

"음?"

"그러니까 방금 제 말은······."

"그래. 여기서 밤을 보낸다고 들었다. 그리하거라."

여리는 어찌할 바를 몰라 난감함에 잠시간 멈추어 있었다. 물론 같은 방에서 밤을 보낸 적이 몇 번 있긴 했지만, 금일은 혼인을 목적으로 한 밤이었다. 그러나 이겸의 담백한 태도는 평소와 다르지 않아 의미가 잘 전달되었는지조차 불분명했다.

여리의 마음을 아는지 모르는지 이겸은 순한 눈빛으로 평온하게 여리를 바라보았다. 마치 하고 싶은 말이 있으면 더 해도 좋다는 듯.

갑자기 방 안 공기가 더워졌다.

동아가 이곳에 장작을 어마어마하게 넣었는가.

여리가 애꿎은 동아에 대해 생각하는 동안 이겸은 달빛 서린 술잔을 들어 그 속에 담긴 술을 느리게 돌려보았다.

"그러고 보니 이게 합환주구나."

"예? 예, 에."

아, 다행이다. 제대로 알아들으셨어.

"마시는 법도가 따로 있느냐?"

이겸이 순수하게 도움을 구하자 여리는 입술을 살짝 깨물었다. 눈썹에 힘을 주고 알고 있는 지식을 머릿속에서 뒤지고 또 뒤져보았다.

"제가 서책에서 봤는데 말입니다."

"아, 서책. 중요하지, 서책."

여리의 말에 호응하듯 그가 진중하게 고개를 주억거렸다. 연모도 혼례도 서책에서만 배운 여리였다. 하긴 저가 처음이듯 나리께서도 이곳에서만 일곱 해를 계셨으니 어쩌면 모르실 수도 있지 않은가. 그러면 서로 머리를 맞대어 고민해볼 수밖에.

"민가의 혼례는 먼저 합환주를 이런 방법으로 나누어 마시고."

"호오, 그리고?"

"신부의 족두리와 비녀를 이렇게."

진지하게 손짓으로 설명했지만 상황이 상황인지라 여리의 머리에 그런 것들이 있을 리 만무했다. 그러니 그건 뛰어넘고.

머리 다음이 뭐였더라? 바로 옷인가? 아, 이럴 줄 알았으면 그 부분을 좀 자세히 봐둘걸.

한데 격식이 까다로운 왕실의 혼례도 이와 같나?

아무것도 잡히지 않는 머리에서 물러난 손은 다음을 설명하려 허공에서 분주히 움직이다가 이상한 느낌에 점차 느려졌다. ……이 느낌, 왠지 익숙했다.

그제야 이겸의 표정을 살핀 여리의 눈썹이 일그러졌다.

"지, 짓궂으십니다, 나리! 일부러 그러시는 거지요?"

이겸은 더 이상 참지 못하고 웃어버렸다. 민망해할 여리를 생각해 웃음을 참아보려 애쓰는데도 잘되지 않았다. 이리 귀여운 여인이라니.

"너무하십니다."

"너무하다니. 정녕 너무한 것은 너다."

이겸이 호롱불을 밝히자 일렁이는 불빛이 방 안에 환히 돋아났다. 다시금 서로의 고운 얼굴이 또렷하게 보였다.

한숨을 내쉰 이겸은 잔을 채워 다시 한 번 삼켰다.

"혼인한다는 말을 그리 비장한 얼굴로 하는 이가 어디에 있느냐? 이건 꼭 해야 하는 과제가 아니다."

"해독제 일을 비밀로 하신 것처럼 언젠가 또 불쑥 말없이 떠나실지도 모른다는 생각이 들어서……."

"떠나지 않는다."

여리가 이겸을 보았다.

"누가 뭐라 하여도 떠나지 않아. 당장은 해독제가 없지만 있는 곳을 알고 있다. 너를 위해, 그리고 나를 위해 반드시 좋은 방도를 찾을 것이다. 일부러 비밀로 한 것은 아니었다. 말할 기회가 없었을 뿐."

"……."

"걱정을 끼쳐 미안하구나. 미리 말해둘 것을 그랬다."

차라리 천문화처럼 여리가 구할 수 있는 해독제였더라면 천 번이고 만 번이고 그것을 찾으러 험한 길을 갔을 것이다. 아픈 그를 위해 해줄 수 있는 것이 아무것도 없다는 사실은 제 몸 한쪽이 떨어져나가는 것보다 더 아팠다.

"저는 나리께 아무런 도움도 되지 못하는 것입니까? 모든 짐을 홀로 지고 말씀하시지 못할 만큼 말입니다."

"그런 것이 아니다."

"금일 곁을 허하지 않으시는 것도 나리의 앞일을 알 수 없기 때문 아닙니까. 제게는 믿으라 하시면서 정작 나리께서 힘드실 땐 홀로 그것을 감당하시는 게 마음 아픕니다."

이겸의 배려를 언급한 여리가 말 사이를 띄웠다. 힘들고 아픈 것들을 함께 나누지 못하는 것은 저를 믿지 못하여서가 아니라 온전히 이겸이 감당해야 할 몫이어서 그런 것임을 여리도 모르지 않았다. 그러나 홀로 아플 이겸을 생각하니 마음이 먹먹해지는 것도 사실이었다.

해독제를 찾는 일 외에도 주상 전하와의 일이 남았다.

금일 이겸이 힘든 갈림길에 서 있는 것이 뻔히 보여 여리는 그 마음을 안아주고 싶었다. 그러나 갑작스러운 일이라 이겸을 곤란하게 만든 것도 같았다. 그의 굳은 표정을 본 여리가 어색하게 웃으며 말을 돌렸다.

"하하, 벼, 별다른 도움이 될 순 없지만 그저 금일은 제가 곁에 있다는 걸 말씀드리고 싶었습니다. 그래서 괜히 서두른 탓도 있고요. ……피곤하실 텐데 시간을 뺏어 송구하옵니다. 제가 드린 말들은 괘념치 마시고 편히 쉬십시오. 이 문제는 나중에 다시 이야기하지요. 전 이만 물러가겠습니다."

여리가 몸을 일으켜 나가려는데 잔을 들어 술을 넘기던 이겸이 격한 기침을 하기 시작했다. 그치지 않는 기침에 놀란 여리가 급히 이겸의 곁으로 가서 자세를 낮추었다.

"괜찮으시옵니까? 어찌 그러십니까?"

독에 관한 이야기를 나누었던 터라 예사 기침도 불안해졌다. 기침을 이어가던 이겸이 얼굴을 잔뜩 일그러뜨리고 가까스로 말을 꺼냈다.

"그게 아니라 아무래도 술이……."

"예?"

"술이 조금 이상하구나."

혹시 몸에 맞지 않는 술을 권한 것은 아닌가 걱정이 되어 여리의 얼굴이 어두워졌다. 이겸이 살짝 찌푸린 얼굴로 말을 이었다.

"마셔보거라. 너도 이상한 것을 알 터이니."

이겸이 채워놓았던 제 잔을 잡은 여리는 고개를 돌리고 한 번에 꿀꺽 삼켰다. 대체 무엇이 문제인 걸까. 그러나 혀끝과 입술을 여러 번 오물거려 음미해보아도 똑같았다.

"이상한 점은 잘 모르……."

다음 여리의 말은 순식간에 와 닿은 이겸의 입술 속으로 삼켜졌다. 이겸이 여리의 목덜미를 부드럽게 당기자 놀란 여리의 눈이 그제야 꼭 감겼다. 말캉한 온기 사이로 달달한 과실 향을 품은 술이 감돌았다. 여리의 입술에 남은 술이 이겸에게로 옮겨갔다.

여리의 눈이 천천히 떠졌다. 여리에게로 바짝 당겨 앉은 이겸이 두 눈 가득 그녀를 담고 있었다.

"함께 마셔야 하는 합환주를 홀로 마시게 하니 이상하지. 함께하니 이젠 괜찮구나."

서로의 입술에 같은 향기가 스몄다. 이겸의 입매가 부드럽게 휘어 올라갔다.

"가지 마라. 너만 괜찮다면 곁에 있어다오."

이겸은 손을 들어 여리의 흐트러진 머리카락을 넘겨주었다. 여리의 머리엔 족두리도 비녀도 없었지만 소중하게 매만져주는 손길만으로도 그 모든 것은 필요치 않았다.

여리는 어쩐지 솟아오르려는 눈물을 애써 눌렀다. 여리의 마음을 보듬듯 그녀의 머리를 천천히 쓰다듬어주며 이겸이 입을 열었다.

"놀라게 해서 미안하다. 그간 말하지 못한 그 일로 인해 조심스러웠던 게 사실이다. 정작 네게 줄 것이 아무것도 없는 사람은 나인 것을. 거기에 지금이 마지막이라고 어쩔 수 없는 얼굴로 온 여인을 보며 그저 기뻐할 사내가 어디 있겠느냐?"

만약 해독제를 찾지 못한다면……?

그 사실을 알게 된 지 얼마 지나지 않은 저도 이렇듯 두려운데 지난 일곱 해를 오롯이 견뎌온 이겸을 생각하니 마음이 아파왔다. 여리는 이겸의 손을 소중하게 보듬고 애틋하게 입을 맞췄다. 지금껏 홀로 아팠을 그 온기를 위로하고 싶었다.

이겸은 여리를 제 품으로 당겨왔다. 두 팔로 여리를 품 안에 가두자 여리도 이겸을 마주 안았다. 이겸의 심장 소리가 여리의 귓가를 맴돌았다.

"무엇이 너를 여기로 걸음하게 할 만큼 두렵게 하였느냐."

하고픈 말은 많았으나 목이 메어왔다. 실상 그 많고 많은 말

중에 오직 한 마디면 충분했다.

"야속한 시간이 두렵습니다. 나리와 제게 허락된 시간이 지금뿐일까 오직 그것만이 두렵습니다."

"내 마음이 너를 힘들게 하였구나."

"아닙니다. 해드릴 것이 아무것도 없는 제 마음이 송구할 뿐입니다."

일렁이는 호롱불 빛이 여리의 표정 하나, 감정 하나까지도 드러내주었다. 지금의 눈물 맺힌 못난 얼굴은 보여주고 싶지 않은데 이겸은 부러 고개를 내려 여리와 눈을 맞추었다. 여리는 이겸의 온기 안으로 파고들며 고개를 바짝 숙였다.

"보지 마십시오. 흉할 것입니다."

"너는 늘 어여쁘다."

"그렇게 보지 마십시오."

"그러지 말고."

"아니 됩니다."

"……그게 아니라, 지금 내가 좀 곤란해서 하는 말이다."

이겸의 말에 여리는 그제야 자신이 얼굴을 가리기 위해 이겸을 숨 쉴 틈도 없이 부둥켜안고 있다는 걸 깨달았다. 품을 파고드는 여리 덕분에 상체가 뒤로 기울어진 이겸의 단단한 몸이 여리의 살갗에 그대로 느껴졌다. 당황한 여리가 뒤로 몸을 물리려 하자 때를 놓치지 않고 이겸이 여리의 뺨을 부드럽게 감쌌다.

"이제야 얼굴을 보여주는구나."

숨결이 닿을 듯 가까운 거리에서 이겸이 시선을 마주했다.

"아무리 못난 사내라도 혼인하자는 말을 먼저 할 기회는 주어야지. 초야의 불까지 미리 꺼버리면 내가 너무 면목이 없지 않느냐?"

돌려 말할 필요 없이 있는 그대로의 마음을 내어 보이면 충분했다. 검고 맑은 눈이 오직 여리만을 담고 있었다. 여리도 그 눈길을 피하지 않았다.

필요한 것은 없었다. 서로에게로 향하는 마음이 있고 서로를 위하는 마음만 있으면 되었다. 격식에 맞춘 혼례 절차도, 다른 이들의 축하도 없는 혼인이었지만 마음은 넉넉했고 기뻤다. 그러면서도 애틋함과 미안함이 섞인 시선들이 고요하게 오갔다.

여리의 눈이 천천히 감기자 이겸은 그 눈에 입을 맞추었다. 어두워진 시야 주위로 이겸의 잔잔한 목소리만이 흘렀다.

"헤아리지 못할 만큼의 세월이 흐른다 해도 나를 봐주던 네 눈을 기억할 것이다."

이겸의 입술이 여리의 고운 뺨 위로 미끄러지듯 내려앉았다. 입술은 꽃잎처럼 혹은 바람처럼 여리의 뺨에 지그시 머물렀다.

"시간이 모든 것을 흐리게 한다 하여도 나를 살게 한 이 온기는 결코 잊지 않아."

감긴 여리의 눈에서 눈물이 가늘게 흘러내렸다.

마지막으로 여리의 붉은 입술에 어떤 약조보다 절절한 마음을 담아 입을 맞추었다. 입술을 베어 문 마음들은 차마 내일의 일들을 나눌 수 없어 더욱 슬프고 저릿했다.

폐월화가 지는 밤이자 주상 전하께 윤허 받은 마지막 밤.

이겸의 입술이 제게서 떠나자 여리의 눈도 천천히 떠졌다.

"언제까지라도 네 곁에 있으마."

이겸이 천천히 여리에게로 손을 내밀었다.

"그러니 부디 나와 혼인하여 주겠느냐?"

이겸의 손을 바라보는 여리의 시야가 뿌옇게 흐려졌다. 때를 모르는 눈물이 제 의지와 상관없이 차올라 제게 내밀어진 손마저 흐리게 하였다.

이겸은 여리를 가만히 기다려주었다. 이윽고 이겸의 손을 마주 잡은 여리는 고개를 천천히 끄덕였다.

"함께 있어주십시오. 언제까지라도."

이겸은 여리의 눈물이 마를 때까지 그녀의 뺨을 부드럽게 쓸어내려주었다. 내일을 약속할 수 없는 처지에, 더욱이 평생에 한 번뿐인 초야에 우는 신부라니. 여리는 서둘러 눈물을 거두어들였다. 눈과 코끝이 빨갛게 변해도 이겸의 눈에는 어여쁘기만 하였으나 여리는 두 손으로 제 뺨을 가렸다.

여리가 불퉁한 눈으로 이겸을 바라보자 이겸이 물었다.

"어찌 그러느냐?"

"앞으로 내내 놀리시면 아니 됩니다. 신부가 초야에 울었다고 말입니다."

물론 그럴 생각은 없었으나 울다가 갑자기 근심하는 여리가 귀여워 이겸은 웃고 말았다.

"약속하마."

"아이들에겐 더욱 안 됩니다. 어미가 그랬다면 아이들이 어찌 저를 믿고 따르겠습니까?"

"알았다. 그리고 또?"

"어, 또…… 제 아비께도 제가 먼저 이 방으로 든 것은 비밀로 해주십시오. 가뜩이나 제가 남장한 것을 보고 훤칠하게 장성했다고 걱정 많으셨는데 신방까지 제가 먼저 들어왔다 하면 저를 잘못 키우신 줄 알고 끙끙 앓으실 것입니다."

달현이라면 그리하고도 남을 것이었다. 모든 사실을 알고 나니 달현의 과한 염려가 세상을 떠난 여리의 부모에 대한 송구함에서 비롯된 일이란 것을 알았다.

슬픔이 지나가고 곁에 있는 이에게 온전히 집중해야 할 시간. 여리는 헛기침과 함께 물기를 지우고 씩씩한 미소를 지어보였다. 서로를 보는 시선들은 더 이상 불안하지 않았다.

"이리하면 되겠구나."

"예?"

피식 웃은 이겸은 여리에게로 다가가는 듯하더니 여리를 가볍게 안아 올렸다. 순식간에 여리의 몸이 이겸에게 단단히 안겨 허공으로 떠올랐다. 아래로 떨어지지 않기 위해 본능적으로 이겸의 어깨를 잡은 여리가 눈을 동그랗게 떴다.

미소를 띤 이겸이 발걸음을 옮긴 곳은 사랑채 밖 대청마루였다. 여름이면 시원한 바람이 들도록 사랑채 방만큼 넓게 만들어진 곳이었다. 바람길로 터놓은 양쪽 방향에서 서늘한 겨울바람과 함께 별빛이 쏟아져 들어왔다.

이겸은 대청마루를 한 바퀴 도는 동안 내내 여리의 얼굴에서 시선을 떼지 않았다. 여리가 그런 이겸을 얼떨떨한 눈으로 바라보았다.

이겸은 입가에 초승달 같은 호선을 문 채로 이 밤에 마치 처음인 것처럼 사랑방 문턱을 넘었다. 발을 멈춘 이겸의 뒤로 신방을 가려줄 방문이 닫혔다.

"나는 이전의 일은 모른다. 우리는 지금 막 신방에 들어섰고, 네가 먼저 온 것이 아니라 분명 내가 널 안고 들어왔다. 하여 지금만을 기억할 것이다."

서로를 보는 눈에 연정이 담겨 있었다.

"그래도 되겠느냐?"

"현명하십니다."

"그러면 다른 근심은?"

"그 또한 없습니다."

현답이었다. 여리가 어떤 근심을 하건 그는 더없이 좋은 답을 찾아올 것이었다.

이겸을 가만히 보고 있던 여리가 그 입술에 제 입을 가볍게 가져다 대었다. 이겸은 여리와 입을 맞춘 채로 여리의 등이 벽에 편히 기댈 수 있도록 몸을 돌렸다.

꽃잎처럼 붙었던 입술이 살짝 떨어지자 달뜬 숨들이 주위를 맴돌았다. 그러나 그도 잠시, 한층 깊어진 눈빛들은 서로에게 더욱 깊게 입을 맞추며 다가갔다. 여리를 안은 이겸의 팔에 힘이 부듯하게 들어간 것처럼 여리 또한 이겸의 어깨를 더욱 꼭 그러쥐었다.

알 수 없는 일이었다. 입술을 나누면 나눌수록 다가가고 싶은 갈망이 더욱 커졌다. 목이 마르지 않음에도 갈증을 느끼는 마음이 서로의 온기를 찾게 하였다. 마치 지금이 아니면 눈앞의 이가 사라지기라도 하는 것처럼. 이 밤이 세상에서 그들에게 윤허된 마지막 밤인 것처럼.

조심스럽게 여리를 이불 위에 내려놓은 이겸은 잠시 입술을 떼고 여리를 바라보았다. 이렇게 고운 여인을 처음 보았을 때 어찌 사내라고 생각하였을까. 하얀 이마에, 티 없는 복숭아 빛 뺨에, 단아하게 뻗은 목덜미에 이겸의 입술이 내려앉았다.

느리게 잡아당겨진 여리의 저고리 고름이 걸리는 곳 하나 없이 곧게 흘러내렸다. 옅은 꽃잎 색 저고리가 물러나자 부드럽고 하얀 어깨가 호롱불 빛에 곱게 물들었다. 뒤이어 이겸의 저고리 또한 결 고운 옷감 소리를 내며 바닥에 흐트러졌다.

여리는 가만히 손을 들어 제 위에 있는 이겸의 얼굴에 손가락 끝을 대어보았다. 손끝으로 그를 기억하려는 듯 이마에서 눈썹, 뺨 위를 더듬어나갔다. 이겸은 그 손을 잡아 부드러운 손바닥에 입맞춤을 남겼다. 달고 향긋한 살결이 만들어내는 소리가 기분 좋게 스며들었다.

여리의 눈을 응시하는 이겸의 시선에 여리가 입을 열었다.

"어찌하여 그리 보십니까?"

"꿈인가 하여서."

여리의 심장이 지끈, 아렸다. 밤을 닮아 탁해진 목소리가 낮게 이어졌다.

"네가 내 곁에 있는 지금이 만약 꿈이라면 또 이런 꿈이 찾아와줄까. 아니 오는 것은 아닐까 두려워진다."

그의 마음이 어떤 것인지 듣지 않아도, 보지 않아도 느껴졌다. 살을 맞대고서도 그리운 마음은 여리도 다르지 않았다. 어렵게 꺼낸 이겸의 마음은 곧 여리의 마음과 같았다.

마음속에서 물결이 일렁였다.

저릿한 마음이 서로의 손끝으로 흘러들었다.

노란 불빛 아래 이겸의 어깨에 남은 상흔이 스쳤다. 그 옆으로 가늘고 길게 뻗어진 검은 흉터도 보였다. 그들에게 남은 시간이 얼마가 될지는 오로지 그 검은빛만 알고 있을 것이었다.

아프지 마십시오. 제가 나리의 해독제를 함께 찾을 수 있는 시간을 허락하여주십시오, 부디.

"꿈이 아닙니다. 만약 꿈이라 하여도 함께 꾸는 꿈이라면 저 또한 깨지 않을 것입니다. 내일 밤도 또 그 내일 밤도 제가 나리의 곁을 지킬 것이니 염려 마시고 좋은 꿈을 꾸십시오."

여리의 말에 이겸의 입꼬리가 살짝 휘어지는 듯하더니 긴 입맞춤으로 대답을 대신했다. 꿈결 같은 숨이 살갗 위로 번졌다. 서로는 서로에게 꿈만큼이나 아득했다.

부드러운 이불자락이 흐트러지던 밤, 시간의 무게를 이기지 못한 폐월화들은 모두 땅으로 되돌아갔다.

햇살 아래 맑게 피어난 연꽃들이 물 위를 아름답게 수놓았다. 반짝이는 물결이 은빛으로 빛났다. 물을 가로지른 다리 위를 총총히 뛰어가는 어린 연희의 뒤에서 어미의 목소리가 들려왔다.

"물에 빠질라. 조심하거라, 연희야."

연희는 방긋 웃으며 저를 따라오는 아비와 어미를 향해 인사하듯 손을 머리 위로 크게 저어 보였다.

"어서 오세요. 여기 정말 고운 연꽃이 피었습니다."

미소를 지은 어미는 어린 딸 곁으로 다가섰다. 연희가 손가락을 쭉 뻗어 저가 발견한 꽃을 가리키며 까르르 웃었다.

"저기입니다. 정말 곱지요?"

"그래, 참으로 곱구나. 우리 연희만큼."

어미의 답에 그 곁에 선 연희의 아비, 서인후가 말을 이었다.

"네 어머니가 가장 좋아하는 꽃이 연꽃이니라. 오죽 연꽃을 좋아했으면 우리가 네 이름을 연희라 지었겠느냐?"

"알고 있습니다. 연꽃처럼 맑게 자라라고 연희라는 이름을 지어주신 거지요?"

나이보다 훨씬 영민한 아이였다. 서인후가 그런 제 딸의 머리를 자상하게 쓰다듬어주며 웃었다.

"그런 이름을 가진 아이가 아비에게 아직 말하지 않은 것이 있는 듯한데?"

역시 향이가 강무 때 산에 간 일을 실토했나 보다.

제 발 저린 연희가 풀이 죽은 얼굴로 제 아비의 얼굴을 올려다보았다.

"송구하옵니다. 아버님의 말씀을 어기고 또 외출을 하였습니다. 용서해주십시오."

"그것도 전하께서 친림하시는 강무장 근처였다지?"

"거기가 거기인 줄은 정녕 모르고 갔습니다! ……하온데 말입니다, 그곳에서 이상한 분들을 만나긴 했습니다."

연희는 며칠 전 산에서 만났던 이혼과 이겸에 대한 이야기를 전했다. 물론 그들이 누구인지까지는 알지 못했기에 그때 겪었던 일들을 소상히 아뢰었다.

서인후가 신중한 목소리로 물었다.

"연희야, 네가 본 이들이 어떤 복색을 하고 있었느냐?"

연희가 자신이 본 대로 말하자 서인후의 얼굴이 굳었다. 이야기 속의 이들이 세자 저하와 진헌군 대감인 것을 알아챈 까닭이었다. 어떤 식으로든 연희가 궐 안의 사람들과 엮이지 않기를 바랐건만 이미 늦어버린 것이었다.

서인후는 복잡한 감정이 담긴 눈으로 제 여식을 바라보았다. 연희는 그 속에 든 의미를 다는 알 수 없었지만 아비의 눈빛만큼은 오롯이 기억했다.

"잊지 말거라, 연희야. 연꽃은 진흙 속에서도 맑고 깨끗한 꽃을 피워낸단다. 어떤 힘든 일이 생겨도 그것을 잊지 말아다오."

연희가 제 아비에게 고개를 끄덕여 보였다. 연희를 보던 서인후의 시선이 어딘가로 향하더니 그 얼굴이 살짝 굳었다. 동그랗게 눈을 뜬 연희가 제 아비의 시선이 닿은 곳을 보았다.

연꽃이 핀 연못가 저 멀리, 서인후를 찾아온 누군가가 고개 숙여 인사를 올렸다. 멀어서 그 모습이 확실하게 보이진 않았지만 연희는 제 손을 잡은 아비의 손에 힘이 들어가는 것을 선명히 느꼈다.

이윽고 먼 곳에 선 이가 고개를 들어 올렸을 때 어린 연희도 무심히 그를 바라보았다. 그는 다름 아닌 심석이었다.

달빛도 쉬어 가는 혼곤한 밤, 심석의 얼굴을 꿈속에서 확인한 여리의 눈이 떠졌다. 과거의 한때를 보여주는 가혹한 꿈에 잠에서 깬 여리의 가슴이 세차게 뛰어왔다.

여리의 아비를 찾아오곤 하였다는 심석의 말은 거짓이 아니었다. 전후 사정은 알 수 없었으나 여리의 아비 서인후는 어떤 식으로든 심효와 관련이 되어 있었다. 진실을 알 순 없었지만 꿈에서나마 친아비와 어미를 만난 여리의 마음은 슬프게 젖어들었다.

대체 진실이 무엇입니까, 아버님.

길지 않은 꿈에 저도 모르게 뒤척였는지 뒤에서 여리를 감싸 안는 따스한 손길이 느껴졌다.

112

"자리가 불편한 것이냐?"

"아, 아닙니다. 아니 주무셨습니까?"

이겸의 기척에 여리가 몸을 돌렸다. 잠을 청하지 않았는지 이겸은 한쪽 팔로 머리를 괴고 제 곁의 여리를 보고 있었다.

이겸은 손을 들어 여리의 어깨까지 이불을 여며주었다. 그리고 행여 바람이라도 들까 이불째로 여리를 안아주었다. 이겸의 손길에 여리는 그 품 안으로 깊이 파고들었다. 이겸은 괴고 있던 팔을 풀어 여리의 고개 밑으로 팔베개를 내어주었다. 이겸의 온기로 인해 여리의 슬픈 마음이 까만 밤 속으로 소리 없이 스며들어 흐려졌다.

이겸과 여리는 가만히 온기를 겹친 채로 잠시간 멈추어 있었다.

"나도 자다가 조금 전에 깬 참이다. 아직 아침이 되려면 시간이 남아 있구나."

피곤이 묻어 약간은 느려진 이겸의 숨결이 잔잔하게 여리의 머리 위로 내려앉았다.

"먼 길 다녀오셔서 곤하시진 않으십니까?"

"괜찮다, 나는. 그러는 넌 내게 좋은 꿈을 꾸라더니 안 좋은 꿈이라도 꾼 것 같구나. 자는 내내 미간을 찌푸리고 있었다."

뺨에 와 닿는 가슴의 온기. 귓가를 은은하게 울려오는 이겸의 심장 소리. 살아 있는 것만이 낼 수 있는 그 소리가 요란스럽지 않게 여리의 마음을 다독여주었다.

"그리운 분들을 만났으니 좋은 꿈이었습니다. 기억을 잃은 동안엔 부모님의 꿈을 꾼 적이 없는데 이제 와 생각해보니 그 긴 시간 동안 그런 불효가 또 있을까 싶습니다."

"기억을 잃은 것이 너의 의지도 아닌걸. 그리고 이리 잘 자란 모습을 보면 너를 대견히 여기시고 최달현에게도 고마워하고 계실 거다."

무엇 하나 나아질 것 없는 곤궁한 삶 속에서도 여리가 기운을 잃지 않고 맑게 자란 것은 분명 최달현의 공이었다. 이겸은 여리의 등을 토닥여주었다. 아직은 밤이 많이 남았으니 조금 더 자두어도 좋다는 듯.

여리는 가만히 눈을 감았다. 하고픈 말도 심란한 마음도 잠시간 한쪽으로 밀어두었다.

"제가 살던 사가 근처에 연꽃이 피는 작은 못이 하나 있었습니다. 그곳에서 가끔 아버님을 기다리곤 하였지요. 제 이름도 어머님이 연꽃을 좋아하셔서 그리 지으신 것이라 들었습니다. 연꽃 같은 사람이 되면 좋겠다고."

이겸은 여리의 머리카락에 작은 입맞춤을 남겼다. 그 온기가 포근해 여리의 몸이 나른하게 가라앉았다.

이겸의 가슴에 이마를 대고 조곤조곤 말을 잇는 여리의 목소리에서 옅은 잠이 묻어났다.

"가끔 생각합니다. 그때 제가 어리지 않았다면…… 그랬다면 달라지지 않았을까. 아무것도 하지 못하고 도망만 쳤던 게 마음에 남습니다."

"그때의 너는 고작 열 살이었다. 네가 이렇게 살아준 것만으로도 넌 네 할 일을 충분히 한 것이다."

"나리의 이야기가 듣고 싶습니다. 제가 알지 못하는 시절엔 어찌 살아오셨는지 그저…… 모든 게 다 궁금합니다."

느릿느릿해지는 목소리를 따라 의식도 차츰 잠 속으로 발을 들여놓았다. 이리 안긴 채로 잠이 들어도 좋을 것이다.

이겸은 여리가 잠드는 동안 어떤 이야기를 들려주어야 할까 잠시 머릿속을 되짚어보았다. 그러나 돌이켜본 시간 속에 즐거웠던 기억은 거의 없었다. 생각해보니 아주 어릴 때를 제외하고 즐겁다 생각한 것은 대부분 여리를 알고 나서였다. 삶이란 것이 왜 그리 제게만 무거웠는지, 기억이 닿는 모든 것은 겨울이었고 혹독하게 춥기만 했다.

짧은 숨을 내쉰 이겸은 여리의 등을 느리게 토닥여주며 말을 이었다.

"꺼내놓을 만큼 별다를 것은 없는데. 무슨 이야기를 해주어야 좋을까?"

"어떤 것이라도 좋습니다."

"흠, 이곳에 처음 왔을 땐 금일같이 추운 겨울이었다. 강 건너에서 고택을 보는데 하얀 눈꽃들이 기와지붕마다 얹혀 있더구나."

이겸 특유의 듣기 좋은 목소리가 이어지자 여리는 가만히 귀를 기울였다. 그런 마음을 알아 말을 잇는 간간이 등을 토닥여주는 손길도 이어졌다.

"나뭇가지에 있던 눈들이 바람결에 날리면 참으로 장관이었다. 물론 실제로 와서 본 가옥 안은 먼지가 켜켜이 쌓여서 엉망이었지만 말이다. 그래도 그때 본 풍경은 지금도 잊히지가 않는다."

고택에서 자다 지붕이 무너진 일이며 서래댁과 동아가 막무가내로 밀고 들어왔던 일까지 이제는 까마득한 옛일이 되었지만 이따금 여리를 미소 짓게 하기에는 충분했다.

지나는 밤이 아쉬워 도란도란 이어지는 이야기 사이로 낮은 웃음들이 스몄다. 그리고 마침내 모든 이야기들의 끝에 닿았을 때 여리의 목소리 또한 점차 느리게 잦아들었다.

"이곳에도 또다시 봄이 오겠지요?"

"그렇겠지."

"봄이 오면 폐월화를…… 다시 심었으면 좋겠습니다. 그리고 일곱 해가 지나면…… 또다시 심고. 내내 이곳에 꽃도 피고, 나비도 날아들고, 좋은 일들만…… 있었으면……. 아무도 외롭지…… 않게."

여리는 말을 맺지 못하고 숨소리를 가지런하게 내려놓았다.

이겸이 잠든 여리를 편히 눕혀주려는데 여리는 이겸을 안은 팔을 풀지 않았다. 이 밤 잡아주는 손길에, 따스한 온기에 위로를 받은 이는 여리가 아니라 이겸이었다. 이겸은 여리를 안은 채로 눈을 감았다. 이미 여리는 잠들어 그의 목소리를 듣지 못하겠지만 인사를 건네는 것도 잊지 않았다.

"좋은 꿈 꾸거라."

머리를 맞대고 손에 손을 겹친 숨결들이 사이좋게 나란히 잠에 들었다. 서로의 온기가 있어 더 이상 춥지 않은 아늑한 밤이었다.

문틈 사이로 푸른 새벽빛이 발을 들여놓았다.

설핏 잠에서 깬 이겸은 잠결에 무심코 옆자리로 손을 뻗었다. 그러나 잡히는 것이 없었다. 조금 더 짚어보았지만 여전히 빈자리만 만져졌다. 천천히 눈을 뜬 이겸이 간밤 여리가 있던 자리를 보았지만 자리는 텅 비어 있었다. 온기가 없는 것으로 보아 자리를 비운 것이 어느 정도 지난 듯했다. 밀려오는 잠들을 저 멀리로 내치며 이겸은 몸을 일으켰다. 새벽부터 어디를 간 것인가.

옷을 챙겨 입은 이겸은 사랑방을 나섰다. 푸른빛이 물러나고 주위가 밝아오는 것이 곧 동이 틀 모양이었다. 별채로 향하는 발걸음은 점점 빨라졌다. 그 어디에도 사람의 기척이 없어 더욱 그러했다. 혹시나 하는 마음에 목욕간과 부엌도 가보았지만 여리의 모습은 없었다. 다만 아궁이에 걸린 솥에서 김이 올라오는 것으로 보아 그곳을 다녀간 것은 분명했다.

빨라진 걸음으로 고택 안을 둘러보는데 기둥 뒤로 서래댁의 모습이 반쯤 보였다. 걸음을 옮기던 이겸은 이윽고 발을 멈추었다. 서래댁과 마주 서서 이야기를 나누고 있는 동아와 여리를 보았기 때문이었다. 그다음 이겸의 시선을 끈 것은 여리의 머리카락이었다. 여리는 곱게 틀어 올린 머리에 단아한 비녀를 꽂고 있었다.

여리는 멀리서 걸어오는 이겸을 발견했다. 시선을 마주한 여리가 활짝 웃어 보였다.

"벌써 기침하셨습니까? 더 주무시지 않고요."

평소보다 더 낭랑하고 밝은 목소리였다.

말없이 자리를 비운 여리가 서운해 이겸은 저도 모르게 살짝 얼굴을 굳혔다. 눈치를 알아차린 서래댁과 동아가 이겸에게 문안 인사를 차례로 올리고는 서둘러 자리를 피해주었다.

아침 햇살만큼 환한 표정의 여리가 이겸을 보았다. 여리의 앞에서 걸음을 멈춘 이겸이 옅은 한숨을 내쉬었다.

"나를 깨우지 그랬느냐? 놀랐다, 많이."

"곤히 주무시기에 조반 준비를 다 하고 나면 깨워드릴 참이었습니다. 금일은 일찍부터 길을 떠나서야 하기도 하고요. 한데 어찌 놀라셨습니까?"

"간밤 일이 꿈인지 아닌지 한참을 생각하였지."

"꿈이라고 생각할 정도로 꿈속의 여인이 고우셨나봅니다."

이겸이 아쉬운 듯 한숨을 쉬며 여리를 안았다.

"꿈이어서 그랬나?"

"어? 무엇입니까, 그 말씀은? 간밤의 부인은 고왔는데 지금은 아니라는 말씀이옵니까?"

"설마."

미소를 띤 이겸이 여리의 목덜미에 얼굴을 묻고 아직 채 달아나지 않은 잠을 몰아내었다. 깊게 숨을 들이켜 익숙한 여리의 향을 가슴 가득 담았다. 여리를 조금 더 당겨 안아보는데 여리의 눈썹이 살짝 찡그려졌다.

"아."

여리의 작은 비명에 이겸은 고개를 들어 여리를 보았다.

"어찌 그러느냐? 다친 곳이 아직도 아픈 것이냐?"

"그것이 아니오라 조금……."

손수 조반을 짓기 위해 일찍부터 움직이고는 있었으나 몸이 평소와 같을 리 없었다. 되도록 조심한다고는 하였으나 이렇듯 한 번씩 배와 다리가 저릴 정도로 뜨끈한 통증이 밀려왔다.

그러고 보니 안아본 여리의 몸은 약간의 미열을 품고 있었다. 뒤늦게 통증의 원인을 알아차린 이겸이 당황하였다.

"미안하구나. 내 잠시 생각을 못하였다."

"마음 쓰지 마십시오. 괜찮습니다."

"들어가서 좀 쉬는 게 어떻겠느냐? 움직이지 않으면 한결 나을 것이다."

여리가 웃으며 고개를 저었다. 그러곤 방으로 돌아가는 대신 이겸을 목욕간 쪽으로 밀었다.

"누워 있기엔 날이 무척 좋습니다. 씻고 오십시오. 오실 즈음이면 조반 준비도 다 되었을 것입니다."

"어쩐지 쫓아내는 듯한 건 기분 탓이겠지?"

"조반이 늦어져 허기지실까 저어하는 마음을 헤아려주십

시오."

"지금 내게 필요한 것은 조반이 아니라 그……."

"어서요."

귀엽게 저를 밀어 보내는 여리를 향해 몸을 돌린 이겸은 여리의 뺨에 입맞춤을 남겼다. 비록 서래댁과 동아가 자리를 비켜주었다곤 하나 주위가 다 트인 탓에 여리의 눈이 동그래졌다. 입맞춤을 남기고 물러나는 이겸의 시야에 여리의 머리에 꽂힌 비녀가 들어왔다.

무엇인지 묻는 듯한 눈빛에 여리가 대답했다.

"부모님께서 남겨주신 유품입니다."

"곱구나. 잘 어울린다."

"정녕 아니 가실 것입니까?"

"조금만 있다 가면 안 되겠지?"

"……."

"알았느니. 간다."

입을 작게 삐죽거리며 가는 이겸의 뒷모습에 여리가 맑게 웃었다. 가마솥 안의 밥을 확인하고 우물가로 간 여리는 항아리 가득 맑은 물을 담고서 다시 부엌으로 걸음을 옮겼다.

그때였다. 대기를 흔드는 웅성거림이 점차 선명해졌다. 저벅저벅 커지는 소음에 부엌으로 향하던 여리의 걸음이 마당 한가운데서 우뚝 멎었다. 얼마 지나지 않아 육중한 나무 대문이 쾅, 둔탁한 소음을 내며 거칠게 열렸다.

열린 대문 안으로 검푸른 옷을 입은 자들이 허리춤에 칼을 차고 일제히 쏟아져 들어왔다. 표정이라곤 없는 사내들은 선을 그은 듯 반듯하게 양옆으로 도열했다.

그 모든 것들을 지켜보던 여리는 저도 모르게 당황해 안고 있던 항아리를 놓치고 말았다. 얼어붙은 마당에 항아리 깨지는 소리가 날카롭게 울려 퍼졌다.

열린 대문 사이로 이제 막 땅에 내려앉기 시작한 아침 햇빛이 뻗어 들어왔다.

사내들의 움직임이 멎은 후, 이윽고 고요 속에서 햇빛을 등지고 고택 안으로 들어오는 이가 있었다.

발걸음 하나하나에 위엄이 서려 있고, 헤치고 온 바람결 사이사이에 긴장이 흘렀다. 여리의 떨림은 바닥을 차지한 물웅덩이만큼 선명해졌다. 저 얼굴을, 저 서늘한 눈빛을 너무나도 잘 알고 있었다.

눈부신 햇빛과 물안개를 등진 이혼은 걸음을 멈추고 고택 안을 무심히 둘러보았다.

여리와 이혼의 시선이 마주쳤을 때 저 멀리서 소란을 느끼고 나온 서래댁과 동아가 서둘러 무릎을 꿇고 몸을 낮추었다. 굳어 있던 여리 역시 뒤늦게 무릎을 꿇고 고개 숙여 예를 다했다.

감정을 담지 않은 눈으로 햇살을 등진 이혼은 제 앞에 엎드린 이들을 고요히 주시했다. 왕의 서늘한 눈빛은 겨울 새벽바람을 닮아 고택의 공기마저 얼려버릴 듯했다.

열흘의 끝이었다.

제18장

회연에 드리운 구름

이겸은 물기가 묻은 얼굴로 저고리에 팔을 끼워 넣었다. 짙은 쪽빛 두루마기의 고름을 여미는데 미리 불러둔 무영이 사랑채 안으로 들었다.

"간밤엔 좀 쉬어두었느냐?"

"예."

"바람이 차다. 옷을 두둑하게 입거라."

채비를 마친 이겸이 무영을 향해 돌아섰다. 온화한 미소를 띤 이겸이 말했다.

"자네에게 부탁할 말이 있어 이리 불렀다."

"하명하시옵소서."

"우리가 알고 지낸 게 몇 해나 되었지?"

"마마께서 일곱 살이 되시던 해 처음 뵈었으니 올해로 꼭 스물두 해가 됩니다."

"어찌 보면 금일까지 내가 살아 있는 것에는 자네 공도 크구나. 자네에게는 늘 고마운 마음을 가지고 있다. 한데 또 이런 부탁을 해야 하니 나는 참으로 염치가 없는 이로구나."

일곱 해 전, 피바람 부는 전장에서 숱한 사선을 넘을 때도 함께였던 두 사람이었다. 당시 궐에서 직분을 받지 않았던 무영은 이혼의 명에 따라 국경으로 가는 이겸을 수행했고, 그후 서로의 목숨을 구해준 일은 이루 셀 수 없을 정도였다. 겉으로는 종친과 그를 지키는 신하의 관계였으나 실상 그보다는 마음으로 맺어진 벗에 가까웠다.

"만약 금일 내가 잘못된다면 전하께서는 가장 먼저 여리를 해하려 하실 것이다. 여리는 내가 이곳에 살았던 증좌가 될 터이니. 만에 하나, 나와 여리 중 어느 하나를 선택해야만 하는 순간이 온다면 자네는 주저 말고 여리를 구해다오. 서래댁에게는 동아가 있지만 여리에겐 아무도 없다."

"마마!"

"전하의 군사로부터 내 사람을 지켜줄 수 있는 이가 자네밖에 떠오르지 않아. 청을 들어주겠나?"

"만약 그러한 때가 오면 저는 마땅히 마마부터 구할 것입니다. 하오니 명을 거두어주십시오."

"내 사람 하나 지키지 못한다면 이리 숨어서 연명해온 일곱 해가 부끄러워지지 않겠느냐? 부탁하마."

무영의 표정이 굳었다. 이겸은 서찰을 품속에 갈무리해 넣었다.

"걱정 말거라. 나도 그리 쉽게 잘못되진 않을 것이니. 기다려주는 이들이 있으니 반드시 살아서 돌아올 것이다."

한 치 앞이 보이지 않았다. 모두가 웃을 수 있는 끝을 바라는 건 기적을 바라는 일과도 같았다.

그때, 굳은 표정의 이겸과 무영의 시선이 급히 문 쪽을 향했다. 고택을 덮는 무수한 기운들이 느껴진 까닭이었다.

⚬

살아 있는 모든 것들이 숨을 죽이고 왕의 하명을 기다렸다. 강을 넘어온 시린 바람이 적막한 긴장감을 만들어냈다.

여리는 제 몸을 강하게 휘감는 한기를 느꼈다. 그것은 얼어붙은 땅과 맞닿은 살갗에서 시작된 것이 아니었다. 차라리 살갗만 시린 한기라면 견디기 쉬웠을 것이다.

이혼은 표정 하나 변하지 않고 여리에게로 서늘한 시선을 던졌다.

"저기 있는 역적 서인후의 여식을 당장 잡아들이라."

왕의 명에 병사들이 여리를 붙들었다. 그러자 엎드려 있던 서래댁과 동아가 여리와 이혼 사이를 막고 몸을 낮추었다.

"전하, 아무것도 모르는 여인일 뿐이옵니다. 명을 거두어주시옵소서."

"부디 명을 거두어주시옵소서, 전하."

은혜를 바라는 다급한 목소리가 울려 퍼졌으나 이혼의 입술은 더 이상 떨어지지 않았다. 병사들이 여리를 끌고 가려 하자 동아가 서둘러 그들을 제지했다. 동아가 쉬이 물러서지 않자 여리를 잡고 있는 병사 외에 몇 명이 더 따라붙었다. 금군들은 동아와 여리를 향해 검을 세웠다. 지엄한 왕명이 떨어졌으니 오로지 수행만이 있을 뿐이었다.

날 선 검들 앞에 몰린 여리와 동아에게 이혼이 외쳤다.

"죄인 서연희는 들으라! 너는 역적의 자식임을 숨기고 과인의 유일한 혈육인 진헌군을 미혹하였다. 아비의 죄가 드러날까 저어해 진헌군의 눈을 어둡게 하고 지난 일곱 해간 진헌군으로 하여금 이곳에 은신하게 하였으니 감히 그 죗값이 작다고는 하지 못할 터. 죄인은 이제 그 죗값을 마땅히 받게 될 것이다."

여리가 잘못 듣지 않았다면 지난 일곱 해간 이겸이 이곳에 숨어 있었던 것이 모두 여리로 인한 일이라는 의미였다. 은신의 명분을 완벽히 여리에게 뒤집어씌우는 말이었다. 이전에 이미 이혼과는 만난 적이 있어 그가 이겸과 여리의 사정을 모를 리는 없었다. 한데도 그의 눈빛은 마치 금일 처음 여리를 만난 듯했다.

상황을 파악하느라 잠시 말을 잃은 여리를 대신해 동아가 급히 답을 하였다.

"오해시옵니다, 전하! 소신이 감히 윤허도 받지 아니하고 나서는 결례를 용서하여주십시오. 하오나 이 여인이 미혹하여 진헌군 대감께서 지난 일곱 해를 이곳에서 지내신 게 아닙니다. 전하께서도 이미 알고 계시지 않습니까?"

동아의 무례에 병사들의 검이 일시에 베어버릴 듯 날카롭게 고개를 들었다. 자비라곤 찾아볼 수 없는 이혼의 눈이 서래댁과 동아를 향했다.

"그것이 아니라면 일곱 해 전 숨을 거둔 것으로 되어 있는 김 상궁과 나라의 녹을 먹는 윤수찬이 이곳에 오가는 연유가 무엇인가? 진헌군을 내세워 역모라도 꾀하려 함이더냐?"

"역모라니 당치 않사옵니다! 진헌군 대감의 충심은 의심할 여지가 없사옵니다."

"과인의 말이 그것이다. 그 여인이 아니라면 모든 것엔 그러할 이유가 없다. 하여 과인은 금일 저 사특한 여인에게서 진헌군을 떼어놓을 것이다."

왕은 오해를 하고 있는 것이 아니었다. 다른 대신들의 반감을 사지 않고 진헌군을 한양으로 데리고 가기 위하여 여리라는 방패를 찾은 것이다.

"역도의 자식과 그를 감싸는 자 역시 엄한 중벌로 다스릴 것이니 명을 거스르는 자는 죽여도 좋다."

지엄한 왕명에 병사들이 거칠게 여리를 끌고 가고, 그 외에 몇몇은 서래댁과 동아마저 포박하려 달려들었다. 마당이 일시에 소란스러워졌다.

"당장 그 손 치우지 못할까!"

쩌렁쩌렁 울리는 이겸의 목소리가 이목을 집중시켰다. 병사들의 손에 잡힌 여리와 이겸의 시선이 마주 닿았다. 사랑채에서 곧장 달려 나온 이겸은 무리 쪽으로 성큼성큼 걸음을 옮겼다. 서늘한 눈빛의 이겸은 여리를 잡은 병사들의 손을 거칠게 쳐냈다. 여리를 제 등 뒤로 숨긴 이겸이 이혼에게로 시선을 돌렸다. 이겸에게서 차고 날 선 기운이 뿜어져 나왔다.

"누추한 곳까지 직접 행차해주셔서 미천한 신은 몸 둘 바를 모르겠나이다. 전하, 금일은 신이 행궁으로 찾아뵙겠다고 한 것으로 기억하고 있사옵니다."

예를 갖춘 말이었으나 그 속에 담긴 다른 뜻을 이혼도 알아차렸다. 여리를 설핏 본 이혼은 다시 이겸에게로 시선을 옮겼다.

"먼 길 다녀오느라 곤하였을 것 같아 과인이 배려한 것이다. 너무 이른 시간에 온 것인가?"

"그럴 리가 있겠사옵니까? 다만 신이 먼저 찾아뵙는 예를 다하지 못해 송구할 따름입니다. 불충을 범했사옵니다."

이겸이 이혼에게서 시선을 떼지 않은 채 서래댁에게 말했다.

"김 상궁. 거기서 그리 있지 말고 전하를 안으로 뫼시게."

여리를 안으로 옮기려 하는 이겸의 의도에 이혼의 눈매가 가늘어졌다. 그의 뜻을 알아차린 서래댁이 이혼의 앞으로 나섰다.

"뫼시겠사옵니다, 전하."

"누추하지만 안으로 드시지요."

이겸의 권유에 이혼은 그저 손을 허공으로 들어 보였다. 병사들에게 제 할 일들을 마무리하라는 뜻이었다. 병사들이 다시 여리를 잡으려 하자, 이번엔 무영이 검집을 들어 제지했다. 이겸의 명 없이는 누구도 여리에게 손을 댈 수 없었다. 팽팽한 대치 상태가 이어졌다.

무영과 이겸을 본 이혼이 소리 없이 웃었다.

"역시 내금위장이다. 과인이 휴가를 주었는데도 과인을 염려해 이렇듯 먼저 이곳에 와 있는 것을 보면. 참으로 대견한 충심이구나. 이곳에 있지 않았으면 좋았을 것을."

말끝에 이를 으득 문 이흔을 향해 이겸이 말을 올렸다.

"보는 눈들이 많습니다. 자리를 옮기시지요."

다른 이들을 남겨두고 이겸과 이흔은 마당이 훤히 보이는 누각으로 자리를 옮겼다. 이흔이 그곳을 택했기 때문이었다. 정확히는 여리가 보이는 곳을.

탁자가 마련된 작은 누각으로 서래댁이 차를 가져갔다. 차를 내려놓은 서래댁이 자리에서 물러나자, 이흔은 제 앞에 놓인 따뜻한 찻잔을 들어 그 속에 담긴 차의 향을 음미했다. 잔을 쥔 손가락은 느긋하고 여유로웠다.

"교서는 찾았느냐?"

"찾지 못하였습니다."

"어느 쪽이든 의외구나. 찾지 못하면 사라질 줄 알았더니."

"이미 일곱 해간 도망치며 비겁하게 살았으니 이젠 그리하지 않으려 합니다."

"저 여인이 너를 그리 만든 것이냐?"

이흔의 잔이 달칵, 탁자 위로 내려앉았다. 곧이어 이겸의 잔도 탁자 위로 내려졌다.

형제의 시선에는 차디찬 기운만 가득했다.

감정을 걷은 눈빛으로 이흔이 말했다.

"아비를 닮아 제법 총명하긴 하나 그래봐야 역적의 핏줄.

화근을 옆에 두어 위험하게 만들 필요는 없다."

"옆에 둔 것이 아니라 신이 옆에 있어달라 청한 것입니다."

"서연회를 버려라. 뒤는 과인이 알아서 하지."

윤을 보는 이겸의 눈빛이 곧았다. 담담한 그 눈빛은 전에 본적 없던 것이었다. 침묵을 지키고 있던 이겸이 입을 열었다.

"그리하여 신이 얻는 것은 무엇이옵니까?"

마주 앉은 형제 사이로 시린 겨울바람이 훑고 갔다.

이혼은 시선을 살짝 옆으로 돌려 마당을 내려다보았다. 그 시선의 중간에 여리가 있었다.

"이 나라 조선."

한쪽 입꼬리를 씁쓸하게 비틀어 올린 이혼이 이윽고 이겸의 물음에 답했다.

"과인은 진헌군을 세제로 만들 생각이다. 그러려면 일단 잔가지를 쳐내고 화근을 없애는 것이 순리."

겨울바람이 불어 찻잔에서 김이 피어오르기 무섭게 쓸어갔다. 손 안에 쥔 찻잔의 온기 하나 지키지 못하면서 섣부른 욕심을 내어도 될 것인가. 이겸의 눈길이 스치듯 제 사람들에게 머물렀다. 아주 잠시였으나 그 잠깐 동안 그는 생각을 갈무리했다. 그리고 따스한 차로 입술을 축이고 찻잔을 내려놓았다.

"흥미가 동하는 이야기이긴 합니다."

"과인이 지나가는 이야기로 한 말 같은가."

"지나가는 이야기로 한 말씀이 아니시라면 어명이십니까?"

"어명이라면 따르겠느냐?"

병색으로 인해 용안은 그리 밝지 않았으나 눈빛만은 형형하게 빛났다.

"선위 교서 이야기부터 마무리 지으시지요. 선위 교서를 찾을 수 있는 마지막 희망마저 잃고 나서야 전하께서 왜 신에게 선위 교서를 찾아오라 하셨는지 생각해보게 되었습니다."

"일곱 해를 죽은 사람으로 되어 있었다. 조정 대신들을 납득시키고, 세제로 세우기 위한 명분으로 그것만큼 확실한 것이 또 있겠느냐?"

"소신도 잠깐 그리 생각해보았는데 역시 아닙니다. 세제로 세우기 위해서였다면 굳이 번거로운 길을 택하진 않으셨을 겁니다. 전하께서는 신이 선위 교서를 찾지 못하길 바라고 계셨던 겁니다. 그리고 그 어심은 지금도 변함이 없으십니다."

"어찌 확신하느냐?"

"그것이 세상에 없어야 서연희에게 모든 것을 뒤집어씌울 수 있으니 말입니다. 혹시라도 존재할지 모를 선위 교서에 대한 불안을 완벽하게 없애고자 신에게 열흘을 주셨고, 이제 그것이 없다고 판명 났으니 더는 기다릴 필요가 없으셨던 겁니다. 만에 하나 선위 교서가 있었다 하여도 전하께서는 그것의 존재 여부가 궁금하신 게 아니라 그 안에 담긴 선왕 전하의 어심이 알고 싶으셨겠지요."

내내 미소를 띠고 있던 이흔의 입가에서 천천히 웃음기가 사라졌다.

"전하께서는 확인하려 하신 겁니다. 실제로 선왕 전하께서 신에게 세자 책봉을 명하는 교서를 내리셨을까, 정녕 대군인 전하를 두고도 그리 명하셨을 정도로 선왕 전하께선 전하로부터 마음이 떠나셨던 것일까. 사람들의 말처럼 옥좌에 어울리는 자는 진정 따로 있는 것인가."

이겸과 이혼은 둘 모두 물러서는 기색 없이 온화한 가운데서도 날을 세웠다.

"아우님, 농이 지나치군."

"하여 선위 교서를 찾아오라 명하셨으면서도 한편으론 찾지 못하길 바라고 계셨던 겁니다. 선위 교서가 실제로 나타난다면 선왕 전하의 떠난 마음을 확인하는 일이 되니 말입니다. 설령 신이 선위 교서를 찾아왔더라도 전하께서는 그것을 없앨 생각이셨을 겁니다. 교서가 있다면 지금처럼 전하의 명이 아니라도 신 스스로 다음 옥좌에 오를 수 있을 테니까요. 그리되면 전하께서는 선왕 전하의 명을 거스르고 옥좌에 오른 왕으로 역사에 남게 되고, 전하가 이뤄 오신 것들은 어그러질까 두려우셨겠지요. 처음부터, 그리고 앞으로도 완벽한 왕으로 남고 싶으시니 말이옵니다."

"진헌군!"

이혼이 더 이상은 좌시하지 않겠다는 듯 목소리를 힘껏 눌러 이겸을 불렀다.

"비록 교서는 찾지 못했으나 알게 된 사실이 있습니다. 신은 일곱 해 전 그날의 진실이 궁금했고 이제 전하의 확인만을 남겨두고 있습니다."

이혼의 눈빛이 서늘하게 가라앉았다. 터지기 직전의 화산 같은 제 감정을 겨우 억누르고 탁자 밑의 주먹을 그러쥐었다.

"하오나 신은 알게 된 사실을 세상에 알리지 않고 이쯤에서 덮어두고자 합니다."

"그리하는 까닭은?"

"전하께서 덮어두고 싶은 것이 있듯 신 또한 지키고 싶은 사람들이 있기 때문입니다. 참으로 비겁하지만 신은 여기서 물러설 것이니 전하께서도 이만 모든 것을 덮어주십시오."

"덮어달라는 것은 서연희에 대한 것인가?"

"신은 옥좌가 탐나지도 않고 또한 그 자리에 오를 만한 인물도 아닙니다. 애초에 욕심나지 않는 것을 가지고 오시어 가장 소중한 것과 바꾸자 하시는 것은 권유가 아닌 겁박이옵니다."

겁에 질린 여리를 보는 순간 노기가 전신을 쓸고 지나갔었다. 그녀를 포박한 손들을 보니 피가 거꾸로 솟는 듯하였다. 그리고 알게 되었다. 둘 중 하나는 내어놓아야 함을.

진실을 알고 싶었던 마음과 제 여인을 지키고 싶은 마음 중 하나를 버려야 다른 하나를 구할 수 있다면 전자를 버릴 것이다. 사람의 목숨보다 앞서는 명분이란 그 어디에도 없으니.

"전하께서 국경으로 행차하셨던 그 밤. 한양으로 돌아올 생각 따위 하지 말고 그곳에 뼈를 묻으라 하셨사옵니다. 신이 죽길 바라셨던 그때의 어심을 부디 잊지 마시고 흔들리지도 마십시오. 신은 이제 일곱 해 전의 진헌군이 아니니 궁지에 몰리면 불충하게도 무슨 일을 벌일지 신도 알지 못합니다."

"감히 과인을 상대로 겁박하는 것이냐? 고작 여인 하나 때문에?"

"신은 단 한 번도 심중에서 전하를 내치신 적 없는 선왕 전하의 진심을 알려드리려 이런 말을 꺼낸 것입니다. 옥좌에 오르셨으면 더 이상 지나간 일에 연연하지 말고, 선왕 전하의 어심을 의심하지도 말고 미련 없이 앞으로 가십시오. 그것이 신하이자 아우인 진헌군으로서 드리는 마지막 청입니다. 신은 이제 이유 없이 부는 바람에 휩쓸려 넘어지는 아이가 아닙니다."

마침내 이혼이 탁자를 탕, 내리쳤다. 그러나 이겸의 표정은 흔들림이 없었다.

"방자함이 도를 넘어서는구나. 저 여인은 역적의 여식이다. 무슨 짓을 해도 그 사실만은 바뀌지 않으니!"

"스스로 삿된 마음을 먹어 역도가 된 자도 있으나 권력이 돕고 역사가 만들어 역도로 몰린 자들도 있겠지요. 대제학의 무고는 하늘이 알고 전하께서도 아십니다. 선왕 전하께서 승하하신 직후, 법도와 절차에 따르지 않고 강행한 처형이 그 증좌입니다!"

끊어지기 직전의 실같이 팽팽한 공기가 이어졌다.

어느새 찻잔의 차는 식어버렸다.

전에 본 적 없는 이겸의 대응에 결국 이혼이 먼저 한숨을 내쉬었다. 일단 한 보 물러서는 모양새였다.

"그래. 그동안 과인이 진헌군을 대하는 것에 올곧지 못한 어심이 섞여 있었음을 인정하지. 행궁에서의 일 또한 섭섭하였다면 마음을 풀거라. 그런 것 하나 헤쳐나갈 능력이 없다면 앞으로 궁에서 진헌군을 위협하게 될 자들로부터 제 몸 하나 지키지 못할 테니 그런 자를 왕위에 올릴 생각은 없었다. 선위 교서에 대한 추측도 어느 정도는 틀리지 않다. 그것은 과인에겐 확인하고 싶은 동시에 없애버리고 싶은 것이었으니. 선위를 할 때까지 불필요한 잡음을 만들 필요는 없겠지. 찾았으면 좋았겠지만 그렇지 못하였다 해도 과인이 생각한 그림에 크게 어긋날 바는 없다."

왕이 되기 위해 태어났고 순리대로 왕이 된 사내. 몇백 년을 이어져온 왕실을 지키기 위해 이혼이 짊어져야 했을 무게를 이겸도 모르지 않는다. 왕가의 피를 이어받은 종친이라면 어느 누구도 그런 의무로부터 자유로울 수 없다. 그러나 권력이란 것은 바닷물과도 같아 마시면 마실수록 갈증을 더했다. 그것은 이겸의 몸을 덮고 있는 폐월화의 독보다도 더욱 위험한 것이었다. 그러니 욕심내지 않을 것이다.

"소신은 전하께서 움직이는 판의 말이 되진 않을 것입니다. 서연희와 함께할 수 없다면 세제도 의미가 없사옵니다."

"명을 거스르겠다는 것이냐? 그것이 선대왕들의 뜻에 반하는 일이라 해도?"

"불충을 용서하십시오."

잠시간 차가운 정적이 흘렀다.

손으로 이마를 가볍게 짚은 이혼이 천천히 몸을 일으켰다.

주위를 무심히 둘러본 이혼은 누각의 계단 양옆으로 도열해있는 병사들 쪽으로 발걸음을 옮기며 건조하게 말했다.

"진헌군, 과인은 얼마 살지 못할 것이다."

이혼의 뒷모습을 보는 이겸의 표정은 변함이 없었다. 이혼의 말은 계속 이어졌다.

"아마 길어야 한두 해겠지. 인생이란 것이 우습지 않으냐? 이런 끝일 줄 알았다면 치졸한 마음에 사로잡혀 그리 못나게 굴지도 않았을 것인데."

긴 세월이 지나고 수많은 감정들의 잔해까지 퇴색되고 나니 이제야 온전히 이혼이라는 사람이 보였다. 좋은 혈육이라 할 순 없었으나 언제나 좋은 왕이 되고자 노력하는 사람이었다.

선왕의 신임을 얻지 못해 불안해하고 엇나가기만 했던 불행한 세자의 모습이 그의 얼굴에 덧씌워졌다. 구중궁궐 살얼음 같은 왕실에서 세자라는 무거운 짐을 지고 왕위에 오르기까지 그를 지켜줄 수 있는 이는 아무도 없었을 것이다. 그것은 오롯이 옥좌에 오른 왕, 저 혼자서만 감당해야 할 몫이었으니.

어느 날 깨달아버린 옥좌의 무게 때문에 곁을 돌아보았지만 선왕도 아우도 이미 그의 곁엔 없었다.

그래서 행복하셨는가, 이 나라의 왕께서는.

아마 그러지 못하셨을 것이다.

"과인의 몸에 들어온 독은 오랜 시간에 걸쳐 중독된 터라 해독되지도 않는다."

"……"

"그런 얼굴을 할 것은 없다. 누구의 소행인지는 이미 알고 있으니. 진헌군에게서 흰 폐월화를 빼앗은 죗값을 늦게나마 받는 모양이지."

선왕의 승하 이후, 종친불사의 원칙을 깨고 이혼은 이겸에게 청과 인접한 국경으로 떠날 것을 명하였다. 명분은 청의 왕자에게 밀서를 전하는 것이었으나 이혼의 목적은 정작 다른 곳에 있었다. 애초에 밀서는 핑계일 뿐, 그 과정에서 이겸의 수하들이 죽었고 이겸은 가까스로 목숨을 부지하였다.

이겸이 흰 폐월화에 중독된 것은 이혼의 의지가 아니었으나 모든 일이 그렇게 흘러간 것에는 하늘의 뜻이 있었다고 이혼은 믿었다.

"과인을 독살하려던 뒷배들은 다음 옥좌에 앉힐 제 사람까지 내정해놓았다. 후사가 없고 유일한 종친인 진헌군도 죽은 것으로 되어 있으니 영의정 김문호를 위시한 외척들의 세상이 되겠지. 이미 조정은 썩을 대로 썩었으나 그것을 바로잡기엔 과인에게 허락된 시간이 얼마 없다."

때론 시기와 증오가 섞이기도 했으나 결국 기댈 이는 이겸밖에 없으니 이 얼마나 우스운 일인가. 지난 시절 이혼의 열등감과 의심이 어디에서 기인했는지 모르는 바는 아니었으나 그렇다 하여 그가 한 선택들이 온당해질 순 없었다.

"마지막으로 묻겠다. 함께 궁으로 돌아가지 않겠느냐?"

"신의 대답은 같사옵니다."

"대제학이 선왕 전하의 사람이었든 심효의 사람이었든 달라질 것은 없다. 서연희는 대신들로 하여금 물어뜯기 좋은 약점에 지나지 않으니 함께할 순 없어."

"그렇다면 신도 갈 수 없다는 뜻이겠지요."

"왕가의 피를 지니고 태어난 자가 내릴 결정은 아니로구나."

"권력에 목마른 물괴가 되기보다는 사람으로 사는 쪽을 택하겠습니다."

"과인이 물괴처럼 보인다는 말로 들리는군."

잠시 사이를 띄운 이겸이 소리 없는 숨을 길게 골랐다.

"정 그러하다면 어찌할 수 없겠지. 뜻은 잘 알았다."

발걸음을 몇 보 옮긴 이혼이 병사가 쥐고 있던 활을 건네받았다. 활을 손으로 쓸어보던 이혼이 명했다.

"진헌군을 묶어라."

일시에 병사들이 이겸을 둘러싸자 이겸은 병사 하나를 제압해 그가 쥐고 있던 검을 빼앗아 취했다. 순식간에 이겸의 검과 병사들의 검이 서로를 향해 세워졌다. 병사들을 마주한 이겸이 마치 으르렁대듯 말을 이었다.

"정녕 끝을 보고 싶으신 겁니까."

이겸의 경고에도 이혼은 화살을 시위에 끼워 팽팽히 잡아당겼다. 화살의 끝은 마당에 선 여리를 향해 겨누어졌다. 궁 후원의 새에게 보였던 자비는 없었다.

"왕실을 지키기 위해서라면 과인은 거칠 것이 없느니. 저 여인이 밟혀 갈 수 없다면 친히 치워주마."

이혼은 감정을 지운 얼굴로 시위를 한계까지 고정했다.

일촉즉발의 상황.

검을 바로잡은 이겸의 일갈이 대기를 울렸다.

"무영!"

짧은 부름만으로도 무영은 이겸이 말한 순간이 바로 지금임을 깨달았다. 전하와 진헌군 대감, 두 분 사이의 협상은 결렬되었다. 무영의 검이 햇살 아래 번개처럼 드러났다. 병사들의 검도 그를 따라 무영과 여리를 둘러쌌다.

무영이 서둘러 여리를 제 뒤로 감추었으나 이혼의 화살 끝은 흔들림 없이 여리의 머리를 따라갔다. 거친 기합 소리를 뱉은 이겸이 금군들의 검을 쳐내고 감히 왕의 활을 향해 간격을 좁혔다. 활시위는 더욱 팽팽히 조여지고 무영은 여리의 손목을 이끌어 퇴로를 치고 나갔다.

어지러운 공기. 파열하는 소음들.

바닥을 박차는 이겸의 발소리가 빠르게 이어졌다. 이겸은 이혼에게로 몸을 날리며 검을 힘차게 돌려 베었다.

쿵! 둔탁한 소리와 함께 이혼이 잡은 활의 반이 바닥으로 떨어져 내렸다. 이혼의 손, 정확히 한 뼘 아래였다. 왕을 해하는 것이 아니라 하여도 감히 있어서는 아니 될 불충이었다.

"마마!"

이겸을 부르는 동아의 목소리가 마당을 가득 메웠다. 활을 벤 이겸은 검을 버리고 그대로 내달려 난간을 향해 몸을 날렸다. 난간을 넘은 이겸이 이 층 높이에서 햇살 속 허공으로 뛰어들었다. 이겸의 검을 찾아온 동아가 파란 하늘을 향해 그것을 던져 올렸다.

이겸은 동아가 던진 검을 그대로 허공에서 낚아채 검집에서 뽑아 들었다. 햇빛을 받은 검이 시리고 우아하게 빛났다.

마당으로 내려앉은 이겸이 월검을 돌려 잡았다. 그리고 이미 무영과 여리가 빠져나간 대문을 등 뒤로 두고 동아에게 명했다.

"김 상궁을 데리고 나가라."

"마마."

서래댁과 동아 어느 쪽도 쉽사리 움직이지 못했다. 이겸이 다급하게 말을 이었다.

"김 상궁이 예서 험한 꼴을 보게 둘 것이냐? 내 곧 뒤를 따를 터이니 어서!"

주저하던 동아는 서래댁을 데리고 급히 가옥을 빠져나갔다. 제 사람들을 모두 내보낸 이겸의 시선이 이혼에게 머물렀다.

"이리 많은 객들과 함께 올 거라고 미리 전언이라도 주시지 그러셨습니까? 고택에 낯선 이들이 찾은 것은 실로 오랜만이라 행여 대접이 소홀할까 저어되옵니다."

이혼은 일행이 도망칠 시간을 벌고자 하는 이겸의 뜻을 읽었다. 진헌군은 저를 걸어 모두를 살리고자 하고 있었다.

이혼은 이겸이 자른 활을 옆으로 던져두었다.

"지키려 들면 들수록 과인은 무슨 수를 써서든 빼앗아 취할 것이다. 이곳의 그 어느 삿된 것에도 미련을 두지 못하도록 모조리 없앨 것이야."

"하해와 같은 은혜에 몸 둘 바를 모르겠으나 저 여인에 대한 관심은 거두어주시지요. 신의 지나친 관심만으로도 충분히 곤한 이입니다. 거기에 더할 필요가 무엇 있겠습니까?"

검을 바로잡는 이겸의 입가에 옅은 미소가 묻어 있었다. 그러나 그 눈은 웃고 있지 않음을 이혼을 위시한 병사들 모두 알고 있었다. 이겸은 이미 한눈에 병사의 규모를 파악하고 퇴로 또한 염두에 두었을 것이다.

이혼이 난간으로 다가서며 명했다.

"문을 닫아라. 진헌군이 빠져나가지 못하도록. 과인에게 필요한 것은 도망친 자들이 아니라 이곳에 있는 진헌군이다."

명을 받은 병사들이 걸쇠를 걸어 대문을 단단히 잠갔다.

끼이익ー. 나무들끼리 부대끼는 소리가 들리고, 이윽고 세상으로 향하는 유일한 길이 끊겼다.

"시간이 많지 않아 여기까지만 하겠습니다."

이겸의 입가에서 천천히 미소가 사그라들었다. 월겸을 잡은 손에 다시 한 번 힘이 부듯하게 주어졌다.

"이곳을 빠져나가려면 죽을힘을 다해야 할 것이다. 과인 또한 온 힘을 다해 막아설 것이니."

어느새 강을 건넌 무영과 여리는 고택이 내려다보이는 언덕으로 접어들었다. 급히 빠져나온 탓에 가쁜 숨소리가 숲길을 메웠다. 여리가 숨을 뱉으며 저를 잡아끄는 무영의 손을 제 쪽으로 당겼다.

"잠, 잠시만요. 아직 나리께서 고택에 계십니다."

"진헌군 마마께 미리 명을 받았습니다. 지켜드리라고. 그러니 걸음을 서두르십시오."

"나리를 두고 저만 도망가라는 말씀이십니까? 그리 못 합니다. 제가 어찌……."

"아직 모르시겠습니까? 저곳으로 돌아가면 목숨을 장담하지 못합니다. 그걸 알기에 마마께서는 마마와 낭자의 안위를 맞바꾼 것입니다. 마마의 마음을 조금이라도 헤아리신다면 지체하지 마십시오."

그것은 전하께서 저를 처음 보듯 대하는 순간부터 여리 또한 예감한 사실이었다. 전하께서는 진헌군 대감에게 흠이 되는 것이라면 그 무엇이라도 곁에 두지 않을 것이다. 지난 일곱 해라는 오점을 털어버릴 수만 있다면 여리 하나 없애는 것쯤은 그리 어려운 일도 아니었다. 비록 두 분이 나누신 대화는 듣지 못하였으나 전하의 눈빛은 그리 말씀하고 계셨다. 너를 살려둘 마음이 없노라고.

"그것은 나리의 뜻이지 내금위장 나리의 뜻은 아니실 겁니다. 그렇지 않으십니까?"

처음 만났던 빗속에서 여리는 이겸을 향한 무영의 충심을 보았다.

"송구합니다. 왕실과 나리의 앞날을 생각한다면 이대로 저

하나 사라지는 것이 모두를 위한 길이라는 것을 잘 알고 있습니다. 하나, 지금은 그리할 수 없습니다. 나리께 그런 마음을 먹지 않겠다고 이미 약조를 드렸기 때문입니다. 세상 사람들이 제게 배운 것이 없고 이기적이라 손가락질하여도 저는 나리의 손을 놓을 수가 없습니다."

"……."

"그런 저라도 이것 하나만은 압니다. 제 이런 마음이 결코 지금의 나리를 구할 수는 없다는 것을. 도와주십시오. 지금 저 고택 안의 나리를 도우실 수 있는 이는 내금위장 나리뿐입니다. 가서 나리께서 무사히 빠져나올 수 있도록 도와주십시오. 부탁드립니다."

"제가 받은 명은 낭자를 지키라는 것이었습니다. 저 또한 근심되지 않는 것은 아니나 적어도 전하께선 진헌군 마마를 해하지 않으실 겁니다. 하나, 낭자는 다릅니다. 금군들에게 발각이라도 되는 날엔 그 자리에서 명을 다할 수도 있습니다."

"오실 때까지 여기서 몸을 숨기고 있겠습니다. 잠시간이라면 괜찮을 겁니다. 그렇게만 해주신다면 당장은 아니지만 차후에 저 또한 왕실과 대감을 위한 바를 생각해보겠습니다."

직접적으로 말하지 않았으나 여리의 말 속엔 필요하다면 이겸의 곁을 떠나겠다는 뜻이 숨어 있었다. 무영의 몸짓이 우뚝 멈추었다. 여리가 허리 숙여 부탁했다.

"시간이 없습니다. 부디 나리를 모시고 와주십시오."

"내금위장 영감은 고택으로 가시지요. 저희가 곁을 지키고 있겠습니다."

서래댁의 목소리에 무영의 시선이 뒤를 향했다. 어느새 쫓아온 서래댁과 동아가 그들 쪽으로 다가왔다.

"전하께서는 마마를 다치게 하지 않으실 것이오."

"알고 있습니다. 이미 예전의 전하가 아니시니 말입니다. 하나, 전하께서 여기에 있는 아씨를 해하려 하는 것을 안 이상 전하와 진헌군 나리의 관계는 돌이킬 수가 없겠지요. 전하께서는 흰 폐월화를 이용해서 원하시는 것을 손에 넣을 것입니다. 흰 폐월화는 나리께 약이자 곧 독이니 막아야 합니다."

모두의 시선이 서래댁에게로 모였다. 서래댁이 천천히 고개를 저으며 비통한 마음을 풀어놓았다.

"제가 어리석어 너무 늦게 알아차렸습니다. 진헌군 나리께서는 흰 폐월화를 드셔야 하지만, 동시에 드셔서는 아니 됩니다."

"그게 무슨 뜻이오?"

예상 못한 사실에 무영은 미간을 쓰게 접었다. 해독제를 먹어야 하지만 먹어서는 아니 된다니.

"일전에 전하를 찾아뵈었을 때 전하께서 하신 말씀이 있습니다. 전하께서 가지고 계신 폐월화 중에서 흰 폐월화로 변한 것이 나타났는데 진헌군이 그것을 취하면 모든 것은 지워지고 다시 시작될 것이라고 하셨습니다. 당시엔 단순히 해독에 관한 말씀인 줄 알고 그것에 대해 깊이 생각하지 않았습니다."

"그 말씀에 다른 뜻이 숨어 있다는 것입니까, 어머님?"

"폐월화의 별칭은 시간을 되돌리는 꽃이다. 하나, 시간을 되돌리는 일이 가능할 리가 없지 않느냐? 왕실에서 전해지는 약재 중에 기억을 지우는 약이 있다 들었다. 폐월화가 왕가에서만 은밀히 전해지는 이유가 단순히 시간을 두고 심장을 굳게 만드는 독성 때문이라고 생각하였는데 아니었던 거다. 기억을 지우는 약재와 심장을 굳게 만드는 폐월화는 실상 같은 것이었던 거지. 흰 폐월화의 잎에 중독되고 목숨을 잃지 않으려면 일곱 해 안에 그 꽃잎의 즙을 복용해야 하는데, 문제는 그 즙이 잎의 독성을 해독하는 동시에 기억을 지우는 또 다른 독성을 가지고 있다는 거다."

"그렇다면 전하께서 그런 말씀을 하신 것도, 폐월화의 별칭이 시간을 되돌리는 꽃이라는 것도 이해가 됩니다. 대감께서는 이러한 사실을 알고 계십니까?"

안색이 굳은 동아가 다급히 물었으나 서래댁은 고개를 저었다. 두 가지 약재가 동일한 것을 알았다면 여리에 대한 기억이 지워질 것 또한 자명한 일인데 고민하지 않았을 리가 없다. 그러니 이겸은 그런 사실을 모른다고 봐야 옳았다.

잠시 생각에 잠겼던 무영이 무언가 떠오른 듯 말을 이었다.

"기억을 지우는 약재라면 나 또한 들은 적이 있소. 그것의 독성을 없애려면 꽃잎과 잎이 상반된 작용을 하는 비슷한 식물을 함께 취하면 된다고 들었소. 기억을 지우는 약재가 곧 폐월화라면 그 비슷한 식물이 폐월화를 뜻함은 아닐 터."

여리가 서둘러 입을 열었다.

"꽃잎과 잎이 상반된 작용을 하는 식물이라고 하셨습니까?

혹 그것의 이름을 아십니까?"

"이름까지는 알지 못합니다. 다만 그 두 가지는 같은 흙에서만 자랄 수 있어 확인이 가능하다고 하였습니다."

이야기를 듣고 있던 동아가 무언가 생각난 듯 급히 품속에서 두루마리를 꺼냈다.

이겸이 그에게 확인을 부탁했던 김도식의 그림이었다.

"어제 나리께서 주신 그림입니다. 아무래도 이 하얀 꽃이 폐월화와 함께 있는 것이 걸린다고. 이 그림대로라면 폐월화와 이 꽃은 같은 흙에서 자라는 것으로 보입니다. 내의원을 지낸 자의 사가에 있던 그림이니 가능성은 있습니다."

그림을 본 여리의 눈이 커졌다.

"천문화입니다. 일전에 대감께서 이 꽃에 중독되셨을 때 제가 구해다드린 적이 있습니다. 이곳 예화 땅에서만 피는 꽃이고 꽃과 잎이 상반된 작용을 하는 식물이지요. 예화는 회연이 속한 곳이니 곧⋯⋯."

"폐월화가 자랄 수 있는 땅이기도 합니다!"

서로를 바라보는 시선들이 멈추었다. 이 모든 것은 가정일 뿐이었으나 만약 가정이 사실이라면 그들 모두가 예화에서 만난 것은 하늘이 주는 마지막 기회일지도 몰랐다.

고택을 가까스로 빠져나온 이겸은 저를 쫓는 기척이 있는지

주의를 기울이며 빠르게 발을 옮겼다.

팔을 움켜쥔 손가락 사이로 붉은 피가 새어 나왔다. 깊은 검상은 아니었으나 적지 않은 피를 보았다. 이겸은 제 옷자락을 뜯어 검상을 입은 팔에 단단히 두르고 지혈을 했다.

먼저 고택을 빠져나간 일행의 뒤를 부지런히 쫓고는 있었으나 무언가 이상하였다. 그도 그럴 것이 고택에서 저를 쫓아오는 기척이 없었다. 고택을 빠져나가지 못하게 막아서던 것과 달리 수고롭게 뒤를 쫓는 자들이 아예 없었던 것이다. 마치 일부러 쫓지 않아도 이겸이 도망가지 못하거나 혹은 돌아오게 되리란 것을 알고 있다는 듯.

강을 건너야 당도할 수 있는 고택이었다. 그러나 고택을 둘러싸고 흐르는 물살은 사람의 기척 없이 고요하기만 하였다.

기척은 고택이 아닌 산길에서 들려왔다. 바람처럼 달려온 무영이 어느새 이겸 앞에 멈춰 서서 그의 안위를 살폈다.

"괜찮으십니까, 마마. 모시러 가던 길이었습니다."

무영의 시선이 붉게 젖어드는 이겸의 팔에 머물렀다. 무영의 시선 끝을 알아차린 이겸이 대수롭지 않다는 듯 피식 웃었다.

"걱정 말거라. 조금 긁혔을 뿐이니."

검상과 긁힌 상처를 구분하지 못할 무영은 아니었다. 그것을 이겸도 알고 무영도 알았으나 지금은 그보다 먼저 처리해야 할 일들이 있었다.

무영이 뒤를 경계하듯 시선을 돌리자 이겸이 말을 이었다.

"자네도 느꼈는가? 따르는 자가 없어. 참으로 이상한……."

그러나 이겸의 말은 끝을 맺지 못하고 멈추었다. 무심코 고개를 따라 움직이던 시선이 나무 사이로 내려다보이는 고택에서 멈춘 까닭이었다.

하얀 모래밭, 병사들에게 사로잡힌 사내 하나가 끌려 나와 모래 위에 무릎 꿇려졌다. 밧줄에 묶인 사내의 정체를 알아차린 이겸과 무영의 표정이 굳었다.

그는 바로 이겸이 다른 곳에 은신시켜두었던 최달현이었다.

처음부터 이겸을 쫓을 필요가 없었던 것이다. 단지 이겸의 시선이 잘 닿는 곳에 최달현을 묶어두는 것으로 충분했다.

난간 앞에 선 이혼이 강 너머 산을 바라보았다.

"여지를 남기면 약점이 된다 누누이 일러두었거늘, 진헌군."

안전을 담보할 수 없는 이곳으로 돌아와 과인의 뜻을 따를 것인가, 아니면 연모하는 여인을 키워준 자를 비정하게 버린 이가 될 것인가. 아우님, 그대가 택하시게.

바위 뒤에서 몸을 숨기고 있던 여리의 고개가 작은 기척에 반짝 올라갔다. 먼저 은밀히 밖을 내다본 동아가 서래댁과 여리에게 알렸다.

"두 분께서 오셨습니다."

일행은 급히 길로 나아갔다. 이겸의 상처를 본 여리의 얼굴이 어두워졌다.

"다치신 것이옵니까?"

"묶어놓아 크게 보이는 것이다. 깊은 상처는 아니다."

"어서 의원에게……."

"여리야."

이겸이 가만히 여리를 불렀다. 여리를 잡아끄는 자상하지만 조용한 그 음성에 여리의 시선이 이겸에게 닿았다.

"나는 갈 수 없다. 그러니 다른 이들과 함께 먼저 산을 내려가 있거라."

"어째서이옵니까?"

"고택에 최달현이 잡혀 있다."

여리는 그만 숨을 쉬는 것도 잊고 이겸을 보았다. 예화를 벗어난 제 아비가 어찌하여 고택에 계신다는 것인지, 차라리 자신이 잘못 들은 것이기를 바랐다. 전하께서 그녀의 아비를 찾아내어 잡아두었다는 말에 여리는 발밑이 천 길 낭떠러지처럼 아득하게 느껴졌다.

"반드시 데리고 돌아올 것이다. 그러니 근심하지 말거라."

이겸의 팔을 묶은 천은 이미 더 이상 피를 받아낼 수 없을 정도로 흠뻑 젖은 상태였다. 여리의 시선이 향한 곳을 안 이겸은 일부러 몸을 살짝 돌리며 말을 이었다.

"물론 지금 바로 빼 오는 것은 최달현에게도 위험하니 날이 어두워진 뒤 기회를 보려 한다. 눈앞에서 최달현이 사라지면 병사들이 바로 우리의 뒤를 쫓을 것이니 시간이 필요하다."

"……저 때문입니까? 대감께서 다치신 것도, 제 아비가 그리 잡혀 있는 것도."

"어느 누구의 잘못도 아니다."

예상치 못한 상황에 모든 것이 연기처럼 흐릿했다. 정신을 차리지 못하고 있는데 문득 저를 염려하는 이겸의 눈빛이 눈에 들어왔다. 여리는 급히 고개를 젓고는 슬퍼하는 대신 제 속치마 자락을 잡아 뜯었다. 피로 물든 천을 걷어내고 이겸의 상처에 다시금 새하얀 천을 둘러주었다. 단단히 매듭을 묶는 동안 여리는 아무런 말이 없었다.

순순히 팔을 내어준 이겸은 내리깐 여리의 눈을 바라보았다. 미안하고 송구한 것이 많은 여인은 말 대신 상처를 묶어주는 것으로 마음을 대신했다. 더 이상은 지체할 시간이 없었다. 몸을 돌린 이겸이 동아를 보았다.

"동아, 너는 이 길로 서래댁과 여리를 데리고 움막으로 내려가거라. 나와 무영은 달현을 찾아 그곳으로 합류할 것이다."

"명 받들겠습니다. 흰 폐월화에 대해 내금위장 영감께 들으셨습니까?"

"들었다."

"어찌하실 것입니까?"

"우선은 전하께서 가지고 계신 해독제를 찾을 것이다. 무영과 나는 낮 동안 그것을 찾고 해가 지면 최달현을 데리고 나올 것이야. 그리고 기억은……. 그것을 해독할 천문화가 있다 하여도 당장은 찾을 여유가 없다."

"제가 가겠습니다. 천문화가 있는 곳을 알고 있으니까요."

모두의 시선이 여리에게로 모였다.

"이곳에서 천문화의 생김새를 알고 있는 것도, 잎을 만졌을 때 중독되지 않는 것도 저밖에 없습니다. 낮 동안은 전하께서도 움직이지 않으실 것이니 천문화를 찾으려면 지금이 적기입니다."

"확실하지 않은 일 때문에 너를 위험하게 만들 순 없다."

"애초에 역모 사건부터 모든 순간 확실한 것은 아무것도 없었습니다. 그럼에도 여기까지 흘러와버렸지요. 저는 다만 지금 제가 할 수 있는 일을 할 뿐입니다. 다른 방도를 찾는 것은 불가능하다는 걸 알고 계시지 않습니까?"

여리가 결연한 눈빛으로 이겸을 바라보자, 동아가 여리의 의견에 힘을 보탰다.

"제 생각에도 그편이 좋을 듯합니다. 전하께서 언제 해독제를 쓰신다는 보장이 없으니 할 수 있는 방비는 모두 해두는 것이 좋을 것 같습니다. 최달현은 해가 진 후 이곳으로 올 것이니 그 전에 어머님과 저도 아씨를 도와 천문화를 찾겠습니다."

모두를 눈에 담은 이겸은 결국 고개를 끄덕였다.

"알겠다. 그럼 셋은 이 산에 남아 천문화를 찾아다오. 혹 위험한 곳에 피어 있다면 고민하지 말고 포기하거라. 나에겐 자네들이 가장 중하니. 해가 지면 아래 움막에서 다시 모이는 것으로 하자."

이겸은 여리의 어깨를 스치듯 다독이고 길을 나섰다.

"다녀오마. 가자, 무영."

무리는 두 개로 나뉘어져 반대 방향을 향해 나아갔다.

해가 지기 전.

모든 것은 그때까지 마무리되어야 했다.

바람이 일었다.

하얀 모래의 소담한 굴곡을 가볍게 쓰다듬은 바람은 사라졌다 다시 나타나기를 반복했다. 달현은 한기도 느끼지 못하고 그저 텅 빈 눈으로 바람의 움직임을 눈에 담았다.

사박사박, 결 고운 모래를 지르밟는 소리.

노을마저 모습을 감추고 어둠이 내리기 시작했을 때 누군가의 발걸음이 달현 앞에서 멎었다.

"쓸모가 없군. 진헌군도 서연희도 어느 하나 불러들이지 못하다니."

지엄한 왕의 음성이 달현의 머리 위로 떨어졌다.

"과인이 너를 살려두어야 하는 이유를 한 가지만 대보거라. 납득한다면 하루 정도는 더 살려두마."

"살고자 앉아 있는 자리가 아니옵니다."

달현이 감히 고개를 들어 왕을 올려다보았다.

죽기 전 마지막으로 보는 얼굴이 용안이라니. 조선 팔도에서 이런 호사를 누릴 이는 또 없을 것이다. 달현의 입가에 미소가 스쳤다.

"시간을 벌기 위한 자리였지요. 전하께서 소인을 빌미로 그분들이 돌아오실 것을 기다리는 사이, 그분들은 한 걸음이라도 더 멀리 이곳에서 멀어지셨을 것입니다. 하여 지금 소인의 마음은 기쁘기 그지없습니다."

"무엇이라?"

이혼은 병사에게서 검을 취해 달현에게로 들이밀었다. 그러나 달현의 눈빛은 담담했다. 죽음을 앞두었기에 감히 속에만 품고 있던 말을 내어놓는 것에도 망설임이 없었다.

"소인이 모셨던 대제학 대감께서는 단 한 번도 다른 마음을 먹은 적이 없는 분입니다. 그 옛날 어떤 음모들이 있었는지는 모르겠으나 부끄러운 자가 있다면 그건 하늘이 알고 땅이 알겠지요. 더러운 무리와 대제학 대감을 같이 여기지 말아주십시오. 감히 제가 올릴 말씀은 이것뿐입니다."

달현이 서인후를 모신 것은 그가 자신의 목숨을 구해주었기 때문만은 아니었다. 곁에서 지켜본 서인후의 인품은 아무것도 모르는 촌것이 보기에도 감탄을 불렀다. 그런 분에게 역도라니. 당치 않다.

"처음부터, 그리고 앞으로도 전하께서는 소인을 통해 아무것도 얻지 못할 것이옵니다."

이혼의 얼굴이 일그러졌다. 노한 이혼의 검이 솟아오른 것과 동시에 말을 마친 달현이 제 혀를 깨물었다. 눈을 부릅뜬 이혼이 허공에서 검을 멈추었다. 달현의 입에서 금세 검붉은 피가 흘러나왔다. 병사들이 달려들어 달현의 얼굴을 잡고 억지로 입을 벌리려 했으나 달현은 부들부들 떨 뿐, 결코 입을 열지 않았다.

지금쯤 멀리 가셨겠지. 내 할 일은 다했구나.

부디 멀리 가십시오, 아씨.

병사가 급소를 쳐 의식을 흐리게 한 이후에야 모래에 닿은 달현의 입이 컥, 벌어졌다. 이흔은 들고 있던 검을 땅으로 쳐 박았다. 내쉬는 숨결에 노기가 묻어 있었다.

"숨이 붙어 있다면 광에 던져두거라. 숨이 끊어졌어도 내일 아침이면 다시 이곳으로 꺼내놓아야 할 것이다. 시신이라도 이곳에 있는 것을 안다면 진헌군이나 서연희가 다시 돌아올 것이니."

이흔의 곁을 지키던 상선이 조용히 말을 올렸다.

"지금이라도 사람을 보내 쫓는 것이 어떻겠사옵니까? 그런 연후에 전하께서는 행궁으로 돌아가시지요. 혹여 옥체가 상하실까 저어되옵니다."

"억지로 끌고 와서 잡아두어봐야 역효과만 날 것이다. 해독제까지 버리고 갔는데 마음도 없이 끌고 와봐야 무슨 의미가 있겠느냐? 과인은 진헌군 스스로 무릎 꿇고 뉘우치길 기다릴 것이다. 분명 이리로 돌아올 것이니 과인 역시 다른 곳으로 가지 않는다."

성난 도포 자락을 휘날리며 이흔이 고택 안으로 사라졌다.

왕의 명을 받은 병사는 달현의 맥을 확인하고는 그를 들쳐 업었다. 사내의 등에 업힌 달현의 입에서 가는 핏줄기가 이어졌다.

상선은 무심한 시선을 흘리고는 왕의 뒤를 총총히 따랐다. 겨울바람이 달현의 등을 쓸고 지나갔다.

달현의 의식이 가물가물 멀어지는 그때, 누군가의 목소리가 희미하게 귓가를 파고들었다.

"정신 잃지 마시게. 지금 여리에게로 데려다줄 터이니."

달현은 까무러치려는 눈꺼풀을 힘겹게 들어 올려 저를 업은 사내를 보았다. 낡은 전립을 깊게 눌러쓴 이의 옆모습이 흔들리는 시야 속으로 들어왔다. 달현의 입술이 벌어졌다. 이곳에 계셔서는 아니 되는 분이 어찌 계신단 말인가. 몇 달 전, 그에게 목숨을 구걸했던 때처럼 달현이 흔들리는 눈으로 그를 보았다.

"애, 에……."

왜 저 따위를 위해 돌아왔느냐는 달현의 물음은 혀가 상한 탓에 채 입 밖으로 나오지 못했다. 숨소리처럼 낮은 목소리가 달현을 다독였다.

"그대 또한 여리의 아비니까."

광을 찾아낸 다른 병사가 멀리서 이겸에게 손짓했다. 이겸은 사람들의 눈을 피하기 위해 전립을 쓴 고개를 숙였다. 모든 것은 기절한 병사가 깨어나기 전에 은밀히 이루어져야 했다.

달현을 들쳐 업은 이겸은 함께 광으로 향하는 병사들이 모퉁이를 도는 사이 슬쩍 옆길로 몸을 피했다. 달현과 이겸이 사라졌음에도 횃불을 들고 앞서서 저벅저벅 발걸음을 옮기는 병사들은 눈치채지 못하였다. 그대로 담을 박차고 오른 이겸은 고택 밖 은밀한 곳에서 기다리고 있던 무영에게 달현을 넘겨주었다.

"지혈을 서둘러야 할 것이다."

담장 위에 선 이겸이 채 벽을 넘지 않고 다시 고택으로 몸을 돌리자 무영이 물었다.

"함께 가지 않으십니까?"

"이대로 사라지면 앞으로도 도망만 다녀야 할 것이다. 그런 중에 또 누군가는 다치고 목숨을 잃겠지. 그러니 끝을 보아야 한다. 최달현을 부탁하마."

품속의 서찰을 갈무리한 이겸이 가옥 아래로 훌쩍 뛰어내렸다. 경계 중이던 병사 하나를 기절시켜 관복을 대충 벗겨낸 이겸은 방금 달현을 둘러멘 것처럼 그를 업었다. 잠시간의 공백을 눈치챈 이는 아무도 없었다.

이겸은 광 안에 병사를 내려두고 문을 걸어 잠갔다. 문 앞을 지키는 병사들을 뒤로하고 이겸은 전립을 더욱 깊게 눌러썼다. 이겸의 그림자가 다시 어두운 곳으로 스며들었다.

어느 별채 앞에서 멈춰 선 이혼이 잠시 그곳을 올려다보고는 이내 문을 열었다. 자주색 문고리가 달린 그곳은 군 시절 이겸의 물건들이 보관된 방이었다. 따라 들어오려는 상선을 손으로 제지한 이혼이 방을 천천히 둘러보았다. 서책과 옷가지, 전장에서 썼을 갑옷과 활 등이 가지런히 자리 잡고 있었다. 특별할 것 없는 그것들 속에서 이혼이 벽에 걸린 검에 시선을 두었다.

두 개의 검을 걸 수 있도록 나란히 자리한 걸이에는 하나의 검만이 걸려 있었다. 이혼이 손을 뻗어 검을 잡아보았다.

검집에서 검을 꺼내니 창으로 스며든 달빛에 검날이 예리한 빛을 띠었다. 등 뒤의 기척을 느낀 이혼이 상선이라고 생각해 고개를 돌리지 않은 채로 말을 이었다.

"이것이 진헌군이 전장에서 썼던 검인가? 어린 시절 선왕 전하께 받은 검 중 하나겠군."

"선왕 전하께서는 세자 저하의 손에 피가 묻는 것을 원치 않으셨습니다. 하여 신에게 그 검을 내리신 것입니다. 세자 저하를 지켜드리라고 말입니다."

이겸의 목소리에 이혼이 천천히 몸을 돌렸다. 어느 사이 방 안으로 든 이겸을 보며 이혼이 피식 웃었다. 서로를 보는 시선에 묘한 기운이 감돌았다.

"손에 피를 묻게 하는 것은 검만이 아니거늘. 왕의 말 한 마디에 피바람이 불기도 한다는 것을 알고 계셨을 텐데. ……앉거라."

전립을 벗은 이겸은 그것을 탁자 위에 올려두었다. 이혼은 이겸의 등장에 당황한 문 밖의 상선에게 명했다.

"술을 들여라. 오랜만에 아우와 잔을 기울여야겠다."

얼마간의 시간이 흐른 후, 간소한 주안상이 방 안으로 들어왔다. 어두웠던 방 안에 호롱불이 밝혀지자 그제야 서로의 얼굴이 온전히 눈에 담겼다.

"서연희를 키웠다는 그자를 찾으러 온 것이냐?"

"최달현은 이미 산을 넘었을 것입니다. 지금은 전하를 뵈러 왔습니다."

"진헌군은 언제나 과인의 예상을 뒤집는구나. 네 사람들을 모두 되찾았는데 왜 굳이 과인을 만나러 온 것인가?"

"미련을 남기면 약점이 된다고 하셔서 미련까지 모두 끊어내러 왔습니다."

고개를 주억거린 이혼이 이겸의 앞에 놓인 잔에 술을 부었다. 이겸이 말갛게 담긴 술을 바라보았다. 색도 향도 없었다. 이혼이 웃으며 제 잔에도 술을 담았다.

"혹시 또 모르지 않느냐? 이것이 네가 그토록 찾는 그것일지."

이혼이 먼저 술잔을 입으로 가져갔다. 술이 느리게 이혼의 목 속으로 넘어갔다. 이겸 역시 잔을 잡았다.

맑은 술이 찰랑, 가늘게 흔들렸다.

움막의 공기는 무겁게 가라앉아 있었다. 해가 지고 약속된 장소에서 달현을 기다리는 그림자는 둘뿐이었다. 숲길을 미약하게 흔드는 기척에 이번에도 동아가 먼저 창밖을 살폈다. 은밀하게 밖을 살핀 동아가 서래댁을 보았다.

두 사람은 서둘러 숲길로 나가 무영을 맞이했다. 이겸의 모습은 보이지 않았고 최달현은 무영의 등에 업힌 상태였다. 무영은 동아의 도움을 받아 달현을 움막 안으로 옮겼다. 간이침상 위에 눕혀진 달현의 입가에는 검붉은 피가 말라붙어 있었다.

"자결하려 했소. 마마께 짐이 되지 않으려 했던 모양이오."

"같이 오지 않으셨습니까?"

"아직 고택에 남아 계시오. 한데 그분께서는……."

"시간이 되어 어쩔 수 없이 우리만 먼저 이곳으로 왔습니다. 아씨는 마음에 짚이는 곳이 한 곳 남았다며 그곳으로 가셨습니다."

길고도 짧은 밤은 앞을 예측할 수 없이 시시각각 변하였다. 수선스러운 마음을 닮은 달 위로 구름이 미끄러지듯 지났다.

고택의 이겸은 달빛이 담긴 술잔을 들어 입으로 가지고 갔다. 달이 흔들렸다. 술잔을 입술로 가지고 갔던 이겸은 불현듯 잔을 떼고 느리게 그것을 돌려보았다. 잔을 타고 술이 둥글게 돌았다.

"무색무취의 술이옵니다."

"흔치 않아서 좋지 아니한가? 다만 물같이 생각하여 과음하진 말거라. 무색무취라 하여 술이 아닌 것은 아니니. 꽤 독한 술이다."

이혼의 시선이 이겸의 잔으로 향했다. 잔을 잡은 이겸의 손은 잠시 그대로 머물러 있었다.

이겸이 심은 폐월화에선 하얀 꽃이 피지 않았다. 그러니 꽃잎으로 만든 약이 어떤 빛깔을 띠는지도 알지 못했다.

이겸이 머물러 있는 사이, 이혼은 비어 있는 자신의 잔을 채우기 위해 다시 술병을 잡았다. 그러나 술이 잔으로 채 흘러들기 전에 이겸이 대신 병을 받아 두 손으로 손수 왕의 잔에 술을 올렸다.

"진헌군이 주는 술을 받다니 예까지 온 보람이 있군."

"술이야 언제든 대접해드릴 수 있습니다. 기껏해야 술이 아니옵니까?"

말은 없었으나 둘 사이에는 몇 수 앞을 내다보는 치열한 셈들이 오갔다. 거의 동시에 술잔을 집어 든 이겸과 이혼은 서로를 주시하며 술을 삼켰다.

"마시지 않을 줄 알았더니. 그 속에 무엇이 들었을지 저어되지 않는가?"

"무엇이 들어 있든 전하와 함께 마셨으니 그 결과도 같겠지요. 전하께서도 음하셨으니 이것은 흰 폐월화에서 얻은 것이 아닐 것입니다. 다만 보통의 술이라 하여도 이것으로 족합니다. 취하기라도 하면 돌아갈 수가 없어서 말입니다."

"진헌군답지 않게 약한 소리를 하는군. 돌아갈 일은 없을 테니 더 마셔두어도 될 것이다."

"전하께서도 곧 침소에 드실 것 같으니 술은 이 정도로 하겠사옵니다."

이겸의 말에 이혼의 눈썹이 지끈 찌푸려졌다. 이겸이 입가에 싱긋 호선을 띠며 말했다.

"그리 말씀하시지 않으셨습니까? 이 술 안에 무엇이 들었을 줄 어찌 아느냐고."

이혼은 적어도 술에는 아무 짓도 하지 않았다. 그저 무색무취일 뿐 보통의 술이었다. 왕이 음할 것에 감히 장난을 칠 수 있는 자는 없었고, 게다가 기미 상궁을 거쳤으니 무해함이야 말할 것도 없었다. 그러나 그것은 어디까지나 술이 저 문턱을 넘기 전의 이야기.

이겸이 방금 제게 술을 부어준 것을 떠올린 이혼의 얼굴이 굳었다. 그와 상관없이 이겸은 태연히 품 안의 서찰을 탁자 위에 꺼내놓았다.

접힌 서찰은 두 개였다.

이혼의 시선이 서찰을 향했다. 왼쪽 서찰을 잡은 이겸은 그것을 이혼의 앞으로 밀어놓았다.

"심효의 사람들을 적어놓은 명부입니다. 선왕 전하께서 승하하시기 전, 좌의정이었던 심효가 사람들을 한자리에 모아놓고 한 명 한 명에게 수결을 받아 나누어 가진 종이입니다. 배신을 미연에 방지하고 충성을 약조 받을 생각이었겠지요. 물론 전하께서도 이것과 같은 서찰을 이미 보셨을 겁니다. 전하의 말씀대로 대제학의 이름도 물론 있습니다."

이흔은 종이를 펼쳐 들어 무심히 그곳에 적힌 이들의 이름을 보았다. 상선이 은밀히 구해 온 것과 다르지 않았다.

종이 속에 적힌 자들은 심석을 포함해 대제학 서인후, 김도식 등 모두 스물셋. 그것은 같은 내용의 명부 스물두 장이 더 있음을 뜻했다. 그러나 이미 알아본 바에 의하면 이제 남은 서찰은 거의 없었다. 그도 그럴 것이 이것은 곧 그들을 옭아맬 족쇄였으니 심효가 죽은 후 대부분의 서찰은 세상에서 모습을 감추었다.

"정치를 하는 이가 제 사람을 만드는 것이 어찌 허물이 되겠느냐? 이런 종이야 흔하디흔한 맹서일 뿐이다."

"옳으신 말씀이옵니다. 그들은 이것이 족쇄가 될 줄 알면서도 적을 수밖에 없었을 겁니다. 권력의 최측근인 심효가 지켜보는 자리였으니. 또한 뜻을 같이하는 자들끼리 정치를 하는 것이 무어 그리 흠이 되겠습니까? 하오나 이 맹서의 진실이 무엇이든 전하께서는 그것을 덮어주셨으면 합니다."

"과인이 무엇 때문에 그리해야 하는가?"

이겸이 이번엔 오른쪽의 서찰을 이흔에게로 내밀었다. 이흔의 손이 느리게 그것을 집어 들었다.

술기운 탓일까. 그도 아니면 이겸이 내민 술을 의심하는 마음 때문일까. 머리가 조금 무겁게 느껴졌다. 서찰을 쥐는 손끝이 미약하게 떨려왔다.

"이것은 무엇이냐?"

"전하께서 대제학의 이름을 덮어주셔야 하는 이유이옵니다."

서찰을 펼쳐 들고 읽는 이혼의 얼굴이 차츰 무겁게 가라앉았다. 그 서찰엔 심효가 김도식에게 선왕 전하께 올릴 은밀한 탕약을 명하는 내용이 적혀 있었다.

명하는 것은 총 세 가지였다. 흔히 쓰이는 독이 아니어서 밝혀지지 않을 것, 세자께서 보위에 오르실 시간을 단축시킬 수 있도록 효과가 드러나야 할 것, 또한 이러한 사실을 결코 어느 누구도 알게 해서는 아니 될 것.

서찰의 내용이 사실이라면 선왕 전하께서 승하하신 배경에 심효의 힘이 작용했음은 명백한 사실이었다. 이혼이 심효의 의도를 알았든 몰랐든 탕약은 이혼이 용상에 오르는 것을 돕기 위한 것이었다.

"신은 전하께서 선왕 전하를 해하는 일에 관여하셨다고는 믿고 싶지 않습니다. 그것이 사실이라면 옥좌에 눈이 어두워 천륜을 저버리셨다는 뜻일 테니 말입니다. 믿고 싶진 않지만 드러나는 정황들이 신을 어지럽게 하는 것도 사실입니다. 하실 말씀 있으시옵니까?"

서찰을 쥔 이혼의 손이 부들부들 떨려왔다. 아직은 그 분노가 어떤 의미인지 알 수 없었다. 이겸의 눈빛이 슬프게 가라앉았다. 저를 연민이 깃든 눈으로 보는 이겸의 태도에 이혼이 노기 어린 시선을 띠었다.

"그 눈! 그런 눈으로 과인을 측은하게 보지 말라. 아바마마

께서는 단 한 번도! 나를 세자라 생각한 적이 없으셨다. 세자
는커녕 너와 내가 바뀌어 태어나지 못하였음을 내내 통탄해하
셨지. 승하하시는 그 순간까지 말이다."

"하여 선왕 전하를 해하는 일에 관여하신 것입니까? 관심을
주지 않았다 하여 모든 자식들이 제 부모를 해하진 않습니다!"

"그것 보아라. 진헌군조차도 과인을 믿지 않으면서 무슨 답
을 얻고자 하는 것이냐?"

"그 전에 제 물음이 먼저이옵니다. 정녕 전하께서 심효를 부
리신 것입니까?"

이혼이 답을 하는 대신 그저 이를 으득 물었다. 날 선 시선
들이 오갔다. 이겸이 비장한 눈빛을 띠고 말을 이었다.

"그렇지 않다고 믿기에 저 또한 천륜에 반하는 일임을 알면
서도 이 모든 일들을 덮어두려 하는 것입니다. 그러니 전하께
서도 진실이 무엇이든 대제학 서인후의 이름은 눈감아주십시
오. 전하께서도 보이는 것이 다가 아니듯 서인후에게도 그럴
만한 사정이 있었을 것이옵니다."

"협박인가 간청인가. 과인이 거절할 수 없게 술에 다른 것을
섞은 것은 감히 협박이 아니더냐?"

"술에는 아무것도 섞지 않았습니다."

"거짓이다! 이리 과인의 손이 떨려오는데!"

떨리는 이혼이 손을 보고 있던 이겸이 몸을 일으켰다.

"정녕 방금 그 술에는 아무것도 넣지 않았습니다. 전하께서
섞지 않으신 것처럼 말입니다. 어수가 떨리신다면 그것은 전하

의 어심이 만들어낸 불안 때문이겠지요."

이겸의 저릿한 말이 어두운 방 안으로 내려앉았다.

"신을 믿지 못하시면서 어찌 옥좌를 신에게 물려주려 하십니까? 이제 그만 어심을 편히 하십시오. 신은 왕실이라는 명분보다 제 사람들을 택했고, 그것이 바로 신이 옥좌에 오를 자격이 없는 이유이옵니다. 내내 강녕하십시오. 이후 다시는 만나지 않았으면 합니다."

이겸이 몸을 돌려나가자 이흔 역시 주먹을 그러쥐며 몸을 일으켰다.

"……끝까지, 진헌군은 빈말로라도 과인에게 해독제를 구걸하지 않는군. 예전부터 진헌군의 그런 점이 과인을 우습게 만들었지."

이흔이 손짓을 하자 먼발치에 선 상선이 나무 함에서 입구가 막힌 병 하나를 꺼냈다.

"흰 폐월화로 만든 해독제다. 진헌군의 뜻이 정 그렇다면 이제 과인에겐 필요 없는 것이니 가져가거라."

종이 위에 흙을 바른 후 말려서 밀봉한 병은 그것이 바뀌지 않았음을 한눈에 확인시켜주는 증표인 듯했다. 소반에 병과 잔을 올린 상선이 예를 갖추어 그것을 이겸의 곁으로 가지고 갔다.

이겸이 무감한 시선으로 돌아보자 이흔이 입을 열었다.

"그 전에 마지막으로 하나만 묻지. 어찌하여 최달현을 몰래 빼냈으면서 해독제에는 손을 대지 않은 것이냐? 찾지 못했다는 거짓은 고하지 말라. 과인이 진헌군을 모르는 바 아니니."

"신도 마지막으로 하나만 여쭙겠사옵니다. 전하께서는 흰 폐
월화의 꽃잎이 가진 또 다른 독성에 대해 알고 계셨습니까?"

잠시 멈추어 있던 이혼이 낮은 웃음을 흘렸다.

"해독제에 손을 대지 않은 이유를 이제야 알겠구나. 대지 않
은 것이 아니라 대지 못한 것이야. 전후 사정이 어찌 되었든
이것이 없으면 너는 죽는다. 알고 있지 않느냐?"

"……."

"기억을 제하고 살 길을 도모하거라. 기억을 잃으면 서연희
를 지키지 못할 만큼 두 사람의 믿음이 하찮은 것이었던가?"

이겸의 시선이 해독제가 담겼을지도 모르는 병에 머물렀다.

그 하나를 손에 넣고자 일곱 해를 기다렸고, 마침내 눈앞에
서 마주했다. 살기 위한 마지막 방도였기에 간절하고 절실했
다. 그 절실함을 알기에 이겸의 사람들은 이것과 함께 복용할
천문화를 찾아 위험한 산속을 헤매고 있다. 그러나 이겸은 자
신에게 진정 필요한 것이 무엇인지 이젠 알아버렸다.

"기억을 잃는 것도, 목숨을 잃는 것도 두렵지 않습니다. 지
금 소신이 두려운 것은 오직 하나. 신을 살고 싶다 생각하게
한 이가 다른 이유들로 인하여 다치는 것입니다. 여기서 도망
치면 서연희는 아비에게 씌워진 누명으로 인해 평생을 숨어
살아야 할 것입니다. 그것은 서연희에게 너무 가혹합니다."

오늘 하루 해독제를 손에 넣고자 했다면 능히 기회가 있었
다. 그러나 해독제를 미리 빼냈다면 지금 이겸이 이혼에게 하

는 말들은 겁박밖에 되지 않았을 것이다.

미련을 잘라내기 위하여 온 길.

이겸은 어찌하여야 이혼도 저도 미련을 잘라낼 수 있을지를 고심했고, 결국 답을 얻었다.

"신은 해독제와 서인후의 무고를 바꾸려 합니다. 소신이 해독제를 마시게 되면 전하께서는 미련을 버리지 못하실 것이고 그리 되면 서인후의 무고도 없던 일이 되겠지요. 해독제에 소신의 진심도 전하의 미련도 담아두고 가니 내내 강녕하십시오, 전하."

무모하기까지 한 이겸의 답에 이혼이 주먹을 그러쥐었다.

"여인 때문에 해독제를 포기하려 들다니 참으로 어리석도다. 죽으면 끝인 것을 어찌 모르느냐!"

"여인 때문이 아닙니다. 태어나 단 한 번도 스스로를 위해 무언가를 욕심낸 적 없었던 신이 처음으로 가지고 싶은 게 생겼습니다. 잊은 채로 연명할 훗날보다는 기억을 간직한 지금이 소중합니다."

이겸은 미련 없이 걸음을 돌렸다. 망설임 없는 걸음에 이혼의 뒤에서 소리쳤다.

"진헌군, 마지막 기회다. 나를 더 이상 모질게 만들지 마라."

이겸은 대답 없이 문고리를 잡았다.

"진헌군!"

이겸이 걸음을 돌릴 일도, 마음을 고칠 일도 없음을 직감한 이혼은 결국 소매 속의 작은 병을 꺼내 앞으로 던졌다. 방문 옆 벽에 부딪쳐 산산이 깨진 병은 예리한 파편이 되어 이겸의 얼굴에 작은 생채기를 남겼다.

향을 품은 물이 벽을 타고 아래로 미끄러져 내렸다. 마치 이겸의 걸음을 잡으려는 듯 물은 이겸의 바로 옆까지 번졌다. 그로 인해 이겸의 코끝에 아찔하고 짙은 향취가 스쳤다. 꽃처럼 향긋한 향이 방 안을 떠돌았다.

기묘한 일이었다. 겨울의 중간에서 봄밤의 꽃밭을 만난 듯 어딘지 몽롱하고 혼곤했다. 한 걸음, 한 걸음 터벅터벅 걸음을 옮긴 이겸이 마침내 방문을 열었다. 시린 겨울바람이 쏟아져 들어왔다.

마당 한가운데 선 그림자가 이겸의 시야에 들어찼다. 달빛을 받은 여인은 한 송이 들꽃처럼 그를 기다리고 있었다. 생채기가 잔뜩 난 손에는 꽃잎 없이 말라버린 천문화 줄기가 처연하게 쥐어져 있었다.

여리는 천문화 꽃잎을 구하지 못하였다. 손끝이 해지도록 낙엽들을 뒤져보았으나 어디에서도 희망은 보이지 않았다. 벼랑 끝에 자리 잡은 마지막 천문화조차 꽃을 가지고 있지 않았다. 그저 시든 꽃잎 몇 장이 말라붙어 있을 뿐. 그것이라도 잡기 위해 손을 뻗은 여리는 비탈길을 굴렀다.

어두워진 하늘이 눈에 들어왔다. 교교한 달빛이 산중에 흘러넘쳤다. 붙어 있던 시든 꽃잎은 굴러떨어지면서 그마저도 부스러져버렸다.

여리는 좋지 않은 예감에 이끌려 고택으로 돌아왔다. 병사들은 미리 이혼의 명을 받은 듯 여리를 막아서지 않았다.

마당으로 나온 이겸이 머물러 있는 바람처럼 여리를 불렀다.

"여리야."

"송구……하옵니다. 천문화를 찾지 못……."

여리는 차마 말을 잇지 못하였다. 천문화 때문만은 아니었다. 제 아비와 저를 위해 이겸이 해독제를 포기하고 나온 정황을 모두 들었기 때문이었다.

살고자 하면 사셨을 것이다.

잊고자 하면 잊으셨을 것이다.

은둔하던 세월 동안 만난 계집 따위 모른 척하고 궁으로 돌아가면 그만이었다. 왕실을 위한다면 그것이 마땅한 일이었다.

그러나 진헌군 이겸은 그리하지 않았다. 제 목숨과 사랑하는 정인의 자유를 맞바꾸고, 그 아비의 무고를 믿어주었다. 그것만이 오직 왕의 욕심을 끊어내는 길임을 이미 알고 있었다.

같은 상황에 놓였더라도 여리 역시 같은 선택을 하였을 것이다. 이치에 맞지 않는 결정이었지만 두 사람은 말하지 않아도 서로의 마음을 알아주었다. 그것이 더욱 마음 아팠다.

이겸의 입가에 옅은 미소가 비쳤다 사라진 찰나, 앞이 크게 흔들리며 일순 이겸의 몸이 꺾였다. 힘을 쓸 수 없는 무릎이 접히고 고개마저 흙바닥으로 떨어졌다.

"나리!"

놀란 여리가 소리를 지르며 쓰러진 이겸을 안았다. 여리에게 기댄 이겸이 괴로운 듯 가쁜 숨을 내쉬었다. 여리가 묻기 어린 눈으로 별채 안의 왕을 올려다보았다.

"나리께서 어찌 이러시는 것입니까?"

"과인이 깨뜨린 병은 폐월화의 독성을 돕는 약이다. 보통의 이들은 그 향을 맡아도 이상이 없으나 폐월화에 중독된 이는 다르다. 중독시키고 일곱 해를 기다려야만 한다면 왕실에서 굳이 그런 쓸모없는 것을 은밀히 사용한 연유가 무엇이겠느냐? 이제 진헌군은 반 시진 안에 해독제를 복용하지 않으면 숨이 끊어질 것이다."

결국 일곱 해는 버틸 수 있는 최대한의 시간이었을 뿐, 흰 폐월화의 쓰임은 짐작보다도 훨씬 치밀하고 간교해 사람의 욕망을 닮아 있었다. 여리의 눈이 절망감에 흔들렸다.

"진헌군 대감께서는 전하의 아우이십니다."

"왕실을 지탱하는 것은 그런 나약한 마음들이 아니다."

"소인은 미천하여 사람의 목숨보다 귀한 것이 무엇인지 알지 못하겠사옵니다. 어찌 전하를 찾아뵌 나리의 마음에 이리 잔인하게 답한단 말씀이시옵니까?"

"진헌군이 과인에게 온 이유를 아직도 모르겠느냐? 모두 너 때문이다. 진헌군은 알고 있었던 거다. 목숨을 걸 정도의 각오가 아니라면 과인을 단념시킬 수도, 너를 지킬 수도 없음을. 하여 과인에게 그러한 각오를 보여주고자 온 진헌군의 진심에 과인도 답하려 한 것이다."

이혼의 눈길이 천문화 줄기를 쥔 여리의 손에 닿았다.

"용케 천문화를 찾아내었구나. 천문화 역시 첫눈이 내리면 모두 져버리니 이제 와 구할 수 있는 꽃잎은 없었을 것이다. 모든 성질이 폐월화와 닮아 있지."

이혼은 시린 빛을 발하는 일검을 마당에 있는 여리에게로 던졌다. 검이 철그렁 소리를 내며 흙바닥에 떨어졌다.

떨리는 여리의 시선이 달빛을 받은 검으로 향했다.

"해독제를 구해 진헌군을 살리고 싶으면 이 자리에서 끝을 내거라. 네 목숨이 다하지 않는 이상 진헌군은 널 놓지 못할 것이니 그런 쓸모없는 종친은 과인도 필요가 없다. 십 년 전 그날처럼 네 목숨으로 진헌군을 살릴 것인지 아니면 그 대단한 연모를 붙잡고 이대로 죽어가는 진헌군을 지켜만 볼 것인지. 선택은 너의 몫이니 진헌군이 서찰을 가져와 만든 기회로 이제, 네가 선택하라. 이것이 진헌군이 마지막으로 보인 충심에 대한 과인의 답이다."

모두를 위한 끝이자 모두에게 잔인한 끝.

애초에 다른 선택은 존재하지 아니한 듯 검날 위의 달이 이지러졌다.

제19장

연꽃으로 지다

"주상 전하께서 납시었사옵니다."

상궁의 목소리가 길을 열고, 뒤이어 이혼이 교태전의 문턱을 넘어섰다. 미리 전해 받은 바가 없어 당황한 중전은 급히 머리를 매만지고 자리를 떨쳐 앉았다. 그러나 병색이 짙은 얼굴만은 가려지지 않았다.

"됐소. 몸도 불편할 터인데 일어날 것 없소."

차갑고도 서늘한 목소리였으나 굳이 일어나려는 중전을 배려한 말이었다. 중전은 퍼석한 입술에 혈색을 돌게 하려 입술을 잘게 깨물고 미소를 지어 보였다. 그러나 살이 많이 내린 얼굴에선 전 같은 미색을 찾아보기 힘들었다.

"어인 일이시옵니까? 미리 알려주셨더라면 다과상이라도 마련해두었을 것을요."

연모하는 지아비를 향한 꽃 같은 미소. 그러나 그런 중전을 보는 이혼의 얼굴은 냉랭하기 그지없었다.

후궁이 두엇 더 있었지만 중전은 세자 시절 첫정을 준 단 한 명의 여인이었다. 그런 여인에게 어심을 내색 않고 소원해진 이유는 단 하나, 그녀의 아비인 영상 때문이었다. 심효가 죽기 전까진 쥐 죽은 듯 있던 자가 그의 뒤를 이어 영상이 되자 공공연하게 야심을 드러냈기 때문이었다.

"연통을 넣지 않을 것이면 오지 말란 소리로 들리는군."

"그, 그럴 리가 있겠사옵니까? 전하의 용안을 뵙는 것만으로도 신첩은 이렇듯 기쁘옵니다."

중전의 허물없는 진심에 이혼은 소리 없이 한숨을 삼켰다.

살날이 얼마 남지 않은 저처럼 중전 또한 그리 길게 버티지는 못할 것이다. 화려한 꽃은 아니었으나 언제나 그 자리에서 조용히 이혼을 기다리던 들꽃 같은 여인. 자유로운 궁 밖이 더 어울렸을 여인은 세자빈으로 간택되었을 때도 아비를 거스르지 못하고 구중궁궐에 익숙해지려 노력했었다. 권력에 눈이 먼 아비를 둔 탓으로 이혼 앞에선 언제나 송구한 마음이었던 착한 여인이었다.

마음이 즐거웠던 적도, 제 마음을 제대로 꺼내 보인 적도 없는 생이 그렇게 시들고 있었다. 가여운 여인은 그래서 더욱 이혼을 닮았다.

중전의 고운 이마를 짚어 열이라도 재주고 싶었지만 이혼은 그런 제 손을 조용히 그러쥐고 돌아섰다. 제 아픈 상태를 그녀에게 알리고 싶지도, 저를 그렇게 만든 이가 그녀의 아비란 것을 알게 하고 싶지도 않았기 때문이었다.

"이만 가보겠소. 조리에 신경 쓰시오."

"전하."

이혼은 나가려던 몸을 돌려 중전을 보았다. 조금이라도 더 함께하고 싶은 마음은 중전도 이혼과 다르지 않았다.

"요사이 후궁전을 통 찾지 않으신다고 들었사옵니다."

"……."

"하루라도 빨리 왕실의 대를 이을 원자를 보셔야 하온데 중전으로서 송구하고 면목이 없사옵니다. 지금 있는 후궁들에게 성심이 가지 않으신다면 새로이 후궁을 들이시어……."

"다른 여인을 얻어 원자를 보라?"

건조한 이혼의 말투에 중전은 더욱 고개를 조아렸다. 이혼이 마른 웃음을 비틀어 올렸다.

"그것 참, 눈물 날 만큼 고마운 말이군. 중전이 그리 과인을 생각해주는지 몰랐소. 새 후궁이 회임이라도 하는 날엔 부원군 손에 후궁의 목이 달아날 수도 있다는 것을 알고 하는 말인지는 모르겠지만."

"신첩은 그, 그런 뜻이 아니옵고."

"됐소. 과인도 이런 대화가 달갑지만은 않소. 쉬시오."

단아한 중전의 얼굴에 깊은 슬픔이 서렸다.

왕과 적대 관계에 있는 제 아비를 원망할 수도, 그렇다고 저가 무엇을 할 수도 없었다. 생각하고 싶지도 않았지만 만약 왕께서 용상에서 내려오시게 된다면 그것은 제 아비와 무관하지 않을 터였다.

이미 제 여식이 원자를 생산할 수 없음을 안 아비는 왕과 함께 그녀 역시 버릴 채비를 하고 있었다. 제 아비는 비워진 용상을 자신의 사람으로 채울 것이다. 그런 왕께 쉴 곳조차 되어드리지 못하는 중전이 지금의 자신이었다. 세자 시절엔 선왕 전하의 그늘에서, 지금은 제 뱃속을 채우려는 무리들 속에서 늘 위태로운 이혼의 모습에 중전은 가슴이 아팠다.

"송구하옵니다, 전하."

"무엇이 말인가."

"모든 것이 다 송구하옵니다."

권력에 욕심을 버리지 못한 아비를 둔 것이 어찌 그녀의 죄이겠는가. 심효의 실각 후에도 그와 같은 욕심을 가진 자들은 계속해서 생겨났다. 중전의 아비가 아닌, 누구라도 채웠을 자리였다.

이혼은 시선을 거두고 발길을 돌렸다. 교태전의 문이 닫히자 선선한 가을바람이 궁을 낮게 휘감았다. 이혼은 교태전 앞에 서서 잠시 하늘을 올려다보았다. 물빛 하늘이 푸르렀다.

중전, 과인은 다시는 그대와 같이 가여운 여인을 만들지 않을 것이다. 외척들로 인해 지아비에게 흠이 될 자신을 원망하고 또 원망하며 살아갈 그런 여인을 두지 않을 것이다. 대신들의 독사 같은 혀에 저며지지 않도록 다음 왕의 곁을 지키는 여인은 조정을 장악한 외척을 둔 이도, 또한 역모를 꾸민 자의 여식은 더더욱 아니 될 것이다.

그것은 왕이 될 이에게도, 그의 곁을 지키는 여인에게도 못할 일이 아니겠는가. 그러니 그대만은 이런 과인을 야속타 하지 마시게. 아무런 고비 없이 걸어가도 힘든 것이 왕의 길이거늘 일부러 힘겨운 걸음을 시작할 필요는 없으니. 운이 없는 이들은 우리 둘이면 충분하지 않은가. 지키지 못해 어긋난 인연들은 우리로 족한 것을.

어두운 하늘에서 비가 한두 방울 뿌려지더니 이내 무거운 빗발이 쏟아졌다. 이겸을 안고 마당에 앉아 있는 여리의 고운 머리카락에도, 하얀 뺨에도 빗물이 미끄러져 내렸다.

차가운 겨울비가 온기를 씻어 내리는데도 누구 하나 움직이는 이가 없었다. 이윽고 무거운 침묵을 깨고 여리가 떨리는 입을 열었다.

"소인이…… 끝을 내면 모든 것을 멈춰주시겠사옵니까? 그리하면 진헌군 대감과 대감의 사람들을 살려주시겠사옵니까?"

숨어 살고자 하면 그리할 수 있을지도 몰랐다. 그러나 그다음은? 넓지 않은 조선 땅에서 그들이 갈 수 있는 곳은 많지 않았다. 언제 잡힐지 몰라 도망치고 다시 도망치는 삶의 연속일 것이다. 그 모든 것들보다도 당장 이겸의 몸이 얼마나 버텨줄지 알 수 없었다. 모든 이들을 잊는 것이 아니라 저 하나만 잊으면 된다니 여리에겐 애초에 고민할 거리도 되지 않았다.

빗속에서 여리는 저가 이겸을 위해 해줄 수 있는 것, 오직 그것 하나만 생각했다.

이혼의 자비 없는 시선이 여리에게로 닿았다.

"진헌군이 죽지 않는다면 과인의 뜻을 이어 다음 왕위에 오를 것이다. 너를 버려 진헌군을 살린다면 과인이 너의 희생을 기억하고 동시에 최달현의 목숨도 지켜주마. 이것이면 답이 되겠느냐."

여리의 눈길이 상선이 들고 있는 해독제에 닿았다가 처연히 일검으로 향했다.

사람들이 말했다. 험한 산과 신비로운 강을 건너야만 닿을 수 있는 고택엔 시간을 되돌리는 꽃이 피어 있다고.

그러나 실상을 알게 된 폐월화는 시간을 되돌리거나 젊음을 주는 꽃이 아니라 심장을 굳게 하고 기억을 지우는 약재였다. 그 꽃 하나 때문에 많은 사람들이 욕심을 내고 목숨을 잃었다. 그리고 그것이 지금의 나리를 살릴 유일한 방도.

여리가 떨리는 손을 검으로 뻗었다. 허공에서 흔들리는 손길에 빗물이 고였다. 차라리 다행이었다. 이렇게나마 이제껏 나리께 받은 마음들을 갚을 수 있으니.

여리는 빗물이 타고 흐르는 검을 제 목에 가져다 대고는 눈을 질끈 감았다. 짧은 순간, 제 부모님과 저를 키워준 최달현의 얼굴이 머릿속을 스쳐갔다.

그러나 여리가 검을 베어 내리려는 찰나, 검을 막아서는 손길이 있었다. 이겸이 마지막 힘을 다해 눈을 뜬 것이다.

검날을 그대로 움켜쥔 이겸의 손에서 붉은 피가 흘렀다.

"나리!"

놀란 여리가 서둘러 검을 놓자 이겸은 흔들리는 시야를 붙잡으며 제 피로 물든 일검의 손잡이를 쥐었다. 머리가 죄어오는지 몇 번이나 휘청거리는 탓에 이겸이 일어서기까지는 약간의 시간이 걸렸다. 모두의 시선이 이겸에게로 향했다.

일검을 허공으로 들어 올린 이겸은 큰 포효와 함께 검을 바닥에 박았다. 빗물 고인 마당에 선왕이 하사한 검이 우뚝 섰다. 그 행동의 의미를 알아본 이혼의 미간이 살짝 좁아졌다.

선왕께서 세자를 지키라고 내리신 검. 그중 하나를 이 자리에 버리고 간다는 것은 진헌군이 남은 미련을 모두 끊어내고 이혼을 버린다는 뜻이었다.

그것이 마지막으로 짜낸 힘이었던 듯 검에 의지한 이겸이 휘청거리며 바닥을 짚었다. 당황하는 여리 너머로 눈빛을 매섭게 여미는 이혼이 보였다. 이겸이 바닥을 향해 소리쳤다.

"여기까지이옵니다!"

빗속에서 터지는 절절한 외침.

숙연한 일갈에 마당을 떠돌던 웅성거림이 점차 잦아들었다.

"여기까지가! 전하와 소신의 마지막 연입니다. 금일, 이 자리를 찾은 것은 지난 일곱 해를 비겁하게 숨어 살아온 진헌군 이겸이! 전하께 갖추는 마지막 예였사옵니다."

여리의 눈시울이 붉어졌다.

이겸이 천천히 고개를 들어 올렸다. 가빠진 숨으로 인해 말을 잇는 것이 힘겨웠으나 이혼을 보는 눈빛만큼은 흐트러짐이 없었다.

"후일에, 대제학 서인후의, 억울한 누명이 밝혀지면 그땐! 이 여인에게 용서를 구하셔야 할 것이옵니다. 이제 전하께서 바라시던 대로 소신 또한 전하와의 연을 내려……놓겠으……니 부디 다시는 만나지지 않기를 청하옵니다. 그땐 금일의 일을 그대로 되갚아드리겠습니다."

이겸의 목소리는 분노에 찼으나 결연했고, 슬펐으나 비장하였다. 흐르는 것이 빗물인지 마음이 흘리는 눈물인지 알 수 없었다. 빗속에서 이겸이 겨우 제 무릎을 짚고 몸을 일으켰다.

이혼의 손에 부듯하게 힘이 들어갔다. 상선이 준비한 향료에 취했다면 지금쯤 정신을 잃어도 이상할 것이 없었다. 진헌군은 이 모든 것을 오직 정신력으로 버티고 있었다.

이겸의 꺼져가는 숨을 알아차린 여리가 이겸의 팔을 잡아 부축했다. 빗물 때문인지 눈물 탓인지 자꾸만 눈앞의 모든 것이 흐려졌다.

"아니 됩니다. 이리 끝내실 수는 없습니다. 숨을, 숨을 거의 못 쉬고 계시지 않습니까?"

이겸만 알아들을 정도로 작은 목소리였으나 해독제를 좇는 여리의 눈빛에선 절박함이 묻어났다.

"너를 잃고 살아나면…… 내가 기뻐……할 것이라 여겼느냐? 너를 안전한…… 곳으로 데리고…… 가기에는 이각……이면 충분하다."

거친 숨과 함께 심호흡을 한 이겸은 허리춤의 월검을 발검했다. 조금 전 베인 상처로 인해 순식간에 붉은 기운이 이겸의 소매를 물들였다.

이겸은 가쁜 숨을 길게 두어 번 내쉬어 호흡을 바로 잡았다. 피를 내보낸 덕분에 조금이나마 독기를 빼고 혈을 틔웠다. 잠시 숨을 쉴 수 있을 것이나 이는 말 그대로 임시방편일 뿐.

움직일 수 있는 시간은 반 시진이라 했지만 그를 채우지 못할 것이다. 그러니 그보다 빨리 무영에게로 여리를 데려다주어야만 했다. 이겸은 여리의 손목을 잡아 이혼으로부터 여리를 숨겼다.

빗속의 여리는 이겸을 보고, 이겸은 이혼을 보았다.

"미안하다."

작게 속삭이는 이겸의 목소리에 여리의 눈물이 멎었다.

"너를 곡해하는 세상의 시선들을 대신해 내가 사과하마. 이제 더 이상 전하께는 용무가 없다."

익숙한 이겸의 뒷모습. 여리는 저릿한 눈으로 빗물에 젖어드는 어깨를 보았다.

세상 사람들은 여리를 역적의 자식이자 진헌군을 미혹하여 빼돌린 여인으로 기억할 것이다. 함께 있을 수만 있다면 세상의 오해 따위는 아무래도 좋았다. 그러나 두 사람에게는 그마저도 허락되지 않았다. 이제 이겸에겐 마지막 숨을 다해 제 정인을 지키는 일만 남았다.

"이각이다. 이각 안에 여기서 빠져나갈 것이다. 그때까지 이 손, 놓지 마라."

여리는 붉은 기가 배어나는 이겸의 손을 보았다. 뜨끈한 온기가 더해갈수록 그와 함께 남은 시간도 줄어갔다.

이혼이 지엄한 목소리로 경고했다.

"괜한 반항하지 말거라. 그 상태라면 얼마 버티지 못하고 곧 심장이 멎을 것이니."

슬픈 빛이 스쳤던 이겸의 얼굴에선 점차 비장한 기운이 감돌았다. 아직 포기하기엔 이르다는 것을 알기에 이겸의 입가는 천천히 작은 호선을 띠었다.

"문득 이런 생각이 들었습니다. 폐월화에 중독되면 모두들 죽는다 하여 신 역시 그리 믿어왔지만 어쩌면 그게 아닐 수도 있지 않을까. 한 번도 가보지 못한 끝이니 이왕이면 좋은 쪽으로 믿어보겠습니다."

이겸의 결심을 읽은 이혼이 오른손을 들어 올렸다.

'다치게 하여도 좋다. 진헌군을 잡아들이라.'

이혼의 명에 따라 병사들이 일제히 이겸과 여리에게로 달려들었다. 둘에게로 날아드는 검들을 쳐내며 이겸과 여리가 빗속으로 나아갔다. 은빛 검 위로 내려앉은 검붉은 핏방울은 허공으로 흩어지고 바닥은 삽시간에 흙탕물을 이루었다.

빗줄기가 점차 거세졌다. 처음 만난 순간부터 언제나 쫓기고 위험한 일들의 연속이었다. 쉬운 일은 하나도 없었으나 그럼에도 포기할 수 없었던 것은 둘의 곁에 서로를 알아봐준 이들이 있었기 때문이었다.

눈을 뜨기조차 힘든 겨울 빗속에서 이겸의 검이 살아남기 위한 그림을 그렸다. 이겸과 여리의 걸음이 빨라질수록 검날들이 앞다투어 쏟아졌다.

누구의 잘못도 아니었으나 어긋난 마음들은 길을 찾을 수 없었다. 어쩌면 처음부터 길 따윈 없었을지도 몰랐다.

이겸의 어깨에 시린 칼끝이 스친 순간, '쉬익' 소리를 내며 다가온 밧줄이 여리의 발목을 옭아매었다. 팽팽하게 당겨진 밧줄이 훅 잡아당겨지자 여리가 바닥으로 쓰러졌다.

"여리!"

잡고 있던 손이 사라지자 이겸이 재빨리 자세를 낮추어 다시금 여리의 손을 잡았다. 한쪽 무릎을 바닥에 짚은 이겸이 여리를 제게로 당기려 했으나 여리가 두 손으로 이겸의 손을 마주 잡았다. 절절한 시선이 빗속에서 맞닿았다. 여리의 눈을 번갈아 보는 이겸의 얼굴 위로 하염없이 빗물이 떨어졌다. 조여드는 밧줄은 한 치의 틈도 없이 여리의 살을 파고들었다.

"조금만 참거라. 내 곧……."

이겸이 검을 세우려 하자 여리가 눈물 젖은 미소를 띠며 세차게 고개를 저었다. 여리가 맞잡은 이겸의 손을 간절하게 움켜쥐었다.

"저를 버리시고 옥좌에 오르십시오. 그리하여야 이 모든 것이 끝날 것입니다."

"그게 무슨……."

"영원히 버려달라 청하는 것이 아니옵니다. 힘을 기르시어, 옥좌에 오르시어 그때 다시 저를 찾아주십시오. 전하로부터 모두를 지킬 수 있을 때에 그리하시면 되지 않겠습니까? 더 이상 저 때문에 힘든 길을 가지 마십시오. 서방님이시라면 언제고 저를 다시 기억해내실 것입니다."

여리의 입은 미소 짓고 있었으나 눈은 울고 있었다.

마음이 무너진다. 하늘이 무너져 내린다.

스스로 버려달라 청하는 여리도, 그런 여리를 바라보는 이
겸에게도 흐린 마음이 휘몰아쳤다.

어두운 하늘을 뚫고 빗줄기가 눈물처럼 사정없이 내리꽂혔
다. 구름끼리 우르릉, 부딪치는 천둥이 일었다.

이겸이 거센 기합 소리를 내질렀다. 하늘에서 번쩍 번개가
치는 것과 동시에 이겸의 검이 여리의 다리를 휘감은 밧줄을
내리쳤다. 번뜩이는 섬광을 따라 끊어진 밧줄이 일시에 허공
으로 튀어 올랐다.

달현을 내려두고 곧장 달려온 무영의 눈에 고택을 감싼 먹
구름이 들어왔다. 무영을 알아본 병사들의 검이 바짝 긴장했
다. 이미 내금위장의 출입을 금하는 명이 내려진 뒤였다.

"길을 열어라."

무영의 일갈에도 그를 둘러싼 금군들은 움직이지 않았다.
굵어지는 비와 함께 간간이 안에서 들려오는 기척이 심상치
않은 상황임을 알려오고 있었다. 그때, 고택 안에서 흘러나오
는 검성이 예리한 무영의 귀에 걸려들었다. 담장 안의 월검이
무영을 부르고 있으니 기다리는 일은 무의미했다.

육중한 무영의 검이 빗속에서 귀기 어린 자태를 드러냈다. 검으로 무영을 당해낼 자가 없음을 익히 알고 있는 병사들이 먼발치의 궁수들에게 신호를 보냈다. 지붕 위의 궁수들이 반은 자세를 낮추고 반은 선 채로 무영을 겨누었다. 일시에 무영을 향해 화살비가 쏟아졌다. 무영은 빠르게 담장 위를 뛰었다. 끝을 알 수 없는 묘한 불안감이 그를 더욱 재촉했다.

"하아!"

기합을 내지르는 무영의 마음이 스며드는 회한의 무게만큼이나 무거웠다. 부디 늦지 않았기를. 모두 무사하시기를.

이흔이 젖은 땅 위로 걸음을 옮겼다. 여리를 업은 이겸은 빗물 너머에 있는 이흔을 응시했다. 이흔이 이겸을 향해 다가가자 병사들이 뒤로 물러나 길을 터주었다. 걸음을 멈춘 이흔의 손에는 시린 검광을 내는 검이 쥐어져 있었다. 이흔이 빗물이 맺힌 검 끝을 들어 올려 이겸의 앞으로 겨누었다.

"갈 수 없다."

"막지 못하실 것입니다."

"정 가야겠다면 과인을 베고 가거라. 서연희를 데리고 그것이 가능하겠느냐?"

밧줄에 발목을 다친 여리를 둘러업느라 한 손이 자유롭지 못한 상태. 다른 손에 쥐인 검날 끝으로 세차게 떨어지는 빗물이 하염없이 흘러내렸다. 폐월화의 독성이 몸 안에서 날뛰는 탓에 때때로 이흔의 모습이 두 개로 나뉘어 보였지만 지체할 시간 따위 없었다. 최대치로 허락된 것은 반 시진이나, 실상 이각 안에 이곳을 나서지 못하면 모든 것이 끝이었다.

"전하! 옥체가 상하실까 저어되옵니다. 이곳은 금군들에게 맡기시옵소서."

늙은 상선의 칼칼한 목소리가 이흔의 검을 붙잡았다. 이흔은 이제까지처럼 웃어 보이지도, 뒤로 물러서지도 않았다. 이겸이 목숨을 걸고 부딪쳐온다면 이흔 역시도 얄은 수를 쓰지 않을 것이다. 그것이 왕인 이흔의 자존심이자 이겸이 보인 진심에 대해 그가 답해줄 수 있는 최대한의 예였다.

"다른 이의 손을 빌리지 않을 것이다. 다른 무엇도 끼어들길 원치 않는다. 비록 정도(正道)만 걸었다 할 순 없으나 이대로 진헌군을 보내면 과인의 지난 시간들이 헛된 것이 될 터이니."

"전하의 과욕에 신의 이름을 붙이지 마십시오. 신은 한 번도 그 자리를 탐한 적이 없습니다."

저는 단 한 번도 가지지 못한 선왕의 총애를 가졌던 진헌군이, 천재(天才)를 타고 났으나 줄곧 외면하였던 아우가 왕실이 아닌 한 여인을 택했다.

내가 그리도 지키고 싶어 했던 이 자리가 네겐 그리도 보잘 것이 없는 자리였느냐. 그러면 난 그 긴 시간 대체 누구로부터 이 자리를 지키려 한 것이란 말이냐. 도망치지 마라. 본디 네 것이었을지도 모르는 이 자리를 비겁하게 지켜온 과인의 지난 세월을 헛된 것이라 말하지 마라.

몰래 사라져버릴 수 있었음에도 다시 돌아온 이겸의 마음에 답해 이흔이 과연 누구의 손도 빌리지 않은 검 끝을 세웠다. 이혼의 검을 본 이겸이 서늘한 눈빛을 허공으로 던졌다.

"신의 앞을 막는 이가 전하라고 해도 지금의 신은 벨 것입니다. 마지막으로 아룁니다. 물러서십시오."

"이대로 가면 그 여인은 살지 몰라도 너는 그렇지 않을 것이다. 하여 과인은 비켜날 수 없다."

이겸의 말도 이혼의 말도 어느 하나 거짓이 아니었다.

지금의 행동이 이 나라 종묘사직을 흔드는 일이라 해도 이겸은 그저 여리를 지켜야 한다는 한 가지 생각뿐. 이혼은 그런 이겸의 어두워진 눈을 밝혀 반드시 왕가의 대를 이어야 했다.

어쩌면 얼음 바늘이 아닐까 싶을 정도로 매서운 비였다. 여리의 체온이 차츰 식어갔다.

볼을 타고 흐르는 것은 빗물이 아닌 여리의 눈물이었다. 이겸의 목을 끌어안은 여리가 간절한 목소리로 작게 흐느꼈다.

"나리께는 나리의 길이 있듯 제게도 제가 가야 할 길이 있습니다. 같지 않은 길을 억지로 이어 붙일 수는 없습니다."

"만나지 않는 길이라면 내가 길을 낼 것이다."

"나리."

"만날 수 없을 것이라 여겼던 인연들이 이렇듯 만나지 않았느냐? 그러니 어찌 길이 아니었다 하여 단념하라는 말을 하는 것이냐. 나는 그리할 수 없다."

여리가 눈물을 삼켰다. 흐르는 눈물을 안으로 삭였으나 빗물이 그 빈자리를 대신했다. 그들을 둘러싼 무시무시한 병사들의 수에 마음마저도 아득해졌다.

잃을 것이 많은 이겸은 선공하는 쪽을 택했다. 힘차게 디딘 발자국들을 쉴 새 없이 내리꽂히는 빗물들이 지워나갔다.

길게 휘돌려진 이겸의 검이 이혼의 검과 맞붙었다. 검에 입혀진 것은 살의가 아니었다. 그저 지켜야 하는 것을 마땅히 지키고자 하는 울부짖음이었다.

기합 소리를 내며 이겸의 검을 뿌리친 이혼이 빠르게 간격을 좁혔다. 몸이 자유로웠다면 전장을 떠돌았던 이겸과 저의 검술은 감히 비할 바가 못 되었을 것이다. 그러나 폐월화의 독성이 깨어난 이겸의 몸은 진기의 절반 이상을 독을 잠재우는데 쓰고 있었다. 거기에 여리까지 몸에서 떼어놓고 있지 않으니 이혼에게 불리한 싸움만은 아니었다.

빗속에서 얽히고 얽혀드는 검들이 사나운 검성을 냈다. 이혼의 검이 이겸의 허벅지를 내리그었다. 정확히 닿지 못한 검은 깊은 상처를 내진 못했으나 검붉은 피를 불렀다. 이겸의 검 또한 이혼의 팔뚝을 스쳤다. 마찬가지로 붉은 기운이 빗물 사이로 빠르게 번졌다.

"전하!"

쇠약한 상선의 목소리가 마당을 울렸다. 놀란 마음에 언제든 금군을 투입시키기 위해 팔을 들어 올렸다. 상선의 지시를 따라 금군들이 활을 쥐었다.

누구의 접근도 허하지 않는 쟁쟁한 싸움에 잔뜩 당겨진 시위들이 둘을 쫓았다. 주상과 진헌군 대감께서 조금이라도 간격을 벌리면 그다음은 자신들의 차례였다. 왕을 지키고, 왕을 위협한 자를 제압할 것이다. 오직 그것을 위해 훈련받은 자들이었다.

맞붙은 검들이 구슬픈 빛을 냈다. 이흔의 소맷자락이 잘리고 이겸의 도포 자락이 예리하게 베였다. 또 한 번의 합. 이겸의 검을 이기지 못한 이흔이 거칠게 바닥으로 쓰러졌다. 흙탕물이 허공에서 부서졌다.

"전하, 부디 저희에게……."

상선의 만류와 함께 이흔처럼 뒤로 밀린 이겸이 거친 기침을 토해내며 휘청거렸다. 독을 잠재우는 진기가 엉키고 있었다. 한계였다. 흙을 뒤집어쓴 이흔이 이제는 힘도 채 들어가지 않는 몸을 일으켜 마지막 힘을 다해 이겸에게로 달려들었다. 뒤는 생각하지 않았다. 그것이 마지막 공격이라 생각하였다.

숨을 고르는 이겸을 향해 이흔이 일시에 간격을 좁혔다. 이흔의 검이 제게 닿기 직전, 이겸이 빠르게 막아냈다.

맞붙은 검만큼 둘의 시선도 가까워졌다.

잠시간 날 선 긴장이 빗속에서 멈췄다.

이흔이 서늘한 눈빛으로 낮게 으르렁거렸다.

"베어라. 그리해야만 이곳을 나갈 수 있을 것이다. 영상의 사람에게 옥좌를 내어주느니 이 자리에서 끝을 보겠다."

"그날의 모든 것은 전하의 뜻이 아니었다는 것을 알고 있습니다. 그러니 이쯤에서 멈추십시오."

상선과 금군에게는 들리지 않을 만큼 낮은 소리들이었다. 다시금 금속음을 내며 검들이 떨어졌다.

이미 명분을 위한 싸움이 아니었다. 그것은 지난 수십 년간 어긋나기만 했던 형제의 마지막 싸움이었다. 틀린 사람은 없었다. 그저 원하고 가지고 싶은 것이 서로 달랐을 뿐이었다.

거친 기합과 함께 이혼의 검이 마지막 일격을 가했다. 시선도 돌리지 않은 이겸은 그대로 제 검을 꺾어 이혼의 검을 세게 받아쳤다. 허공에서 돌아간 검이 먼발치의 바닥에 꽂혔다. 멈추지 않은 이겸의 검이 그대로 이혼의 목으로 달려들었다. 아니, 달려들었다 생각했으나 이혼만이 알 수 있을 만한 거리에서 검은 정확히 멈추었다. 아주 약간의 힘을 주는 것만으로도 능히 이혼을 벨 수 있는 거리였다.

이혼은 고개를 내리지 않고 이겸의 눈을 마주했다.

"무엇을 망설이느냐?"

두려움 없는 눈빛으로 이혼이 하문했다. 그러나 멈춘 이겸의 검 끝은 미동이 없었다. 그 순간 이혼은 이겸의 얼굴을 보았다. 빗물이 끊임없이 이겸의 얼굴을 쓸고 흘러내렸다.

가까운 곳에서 본 이겸의 표정은 많은 감정을 담고 있었다. 한순간 그 감정을 읽어낸 이혼의 눈동자가 동요했다. 이겸은 선왕의 마지막과 같은 눈빛으로 이혼을 보고 있었다.

"그런 눈으로 보지 마라. 너 따위에게 동정을 받아야 할 과인이 아니다."

"동정이 아닙니다, 형님. 나는 이미 일곱 해 전 내 마음속에서 형님을 베었소."

모든 미련은 연기처럼 날아가버렸다. 종친의 의무를 다하지 않은 저도 비겁하기는 마찬가지였으나 세상이 저를 욕해도 지키고 싶은 단 하나만을 생각하겠다고 이겸은 다짐했다.

필요를 느끼지 못한 이겸의 검은 이혼을 베지 않고 그를 등졌다. 그 순간 이겸에게 여리보다 중요한 건 아무것도 없었다.

이겸이 몸을 돌려 여리와 함께 걸음을 옮겼다. 그르릉거리는 숨소리가 이겸의 위태로운 상태를 말해주고 있었다. 서 있는 것도 어려울 지경이었다.

패배감에 젖은 이혼의 어깨가 빗속에서 애처롭게 늘어졌다. 능히 그럴 수 있음에도 이겸은 그의 목숨을 거두지 않았다. 이혼은 이겸의 눈 속에서 자신만큼이나 상처받아 온 진헌군을 보았다. 자신이 걸어가는 길이 곧 왕도(王道)라 생각해 다른 이의 아픔에 둔감했을 뿐, 종친이라 하여 편하기만 한 삶은 아니었을 것이다. 알면서도 외면하고자 하였다.

집착인지 무엇인지도 모를 감정에 쫓겨 온 끝이 참으로 보잘 것 없었다. 기억도 나지 않는 어린 시절부터 가져왔던 증오들은 의미를 잃어버리고, 그토록 지키고자 한 용상은 빛이 바랬다.

이혼은 이겸이 아닌 자신이 만든 허상과 수십 년을 싸웠다는 것을 그제야 깨달았다. 그 허상은 옥좌가 만든 미련이었다.

누구도 입을 여는 이 없는 적막. 움직이는 것이라곤 스스로 종친의 자리에서 내려온 이겸의 지친 발걸음뿐이었다.

이겸의 흔들리는 시선은 대문을 향해 고정되어 있었다. 마침내 솟을대문에 닿은 이겸이 문을 향해 손을 내밀려던 때였다.

쉬익—.

시린 소리와 함께 바람을 가르고 날아간 화살이 이혼을 아슬아슬하게 비껴 먼 기둥에 꽂혔다. 고요를 깨뜨린 화살을 신호로 모두의 시선은 그것이 날아온 곳을 향했다.

금군 무리 중에서 시작된 것이 틀림없는 화살을 따라 몇몇 병사들이 허리춤의 검을 빠르게 발검했다. 상선의 안색이 하얗게 질렸다. 일시에 판이 뒤집혔다.

"감히 무, 무슨 짓들이냐!"

병사들의 검이 일제히 그들의 왕을 향해 겨누어졌다. 그들에 비해 보잘것없는 수의 병사들이 이혼을 지켰다.

이혼이 저를 겨눈 이들을 주시했다.

"영상이 보낸 자들인가."

영의정은 이혼이 자신을 쳐내려는 것을 미리 알고 있었다. 하여 이혼에게 약을 먹인 것으로도 모자라 기어이 때를 앞당기려 하고 있었다.

무리 중 누군가가 그저 이렇게 말했다.

"이제 새 하늘이 열릴 것이옵니다."

진헌군마저 버린 왕이니 더는 기다릴 것이 없었다. 그러나 그때, 이혼에게 겨눠졌다 생각한 검의 반이 다시 그들 곁에 선 병사들을 향해 방향을 틀었다.

분명 계획에 없던 일이었다. 영상의 사주를 받은 병사들이 흠칫 굳었다. 그들의 편이라 생각했던 동료들 중 반절이 다시 그들을 겨누고 있었다.

이혼의 사람들이 아니었다.

그렇다면 저들은 누구의 명으로……?

이혼의 시선이 이겸에게로 향했다. 이겸은 마치 이렇게 될 것을 미리 알고 있었다는 듯 담담하게 이혼을 바라보았다.

너였느냐. 영상이 기습할 때를 알고 미리 대비해둔 것이 설마 너였느냐…….

기합 소리와 함께 수많은 검날이 이혼과 그의 사람들을 향해 쏟아졌다. 시린 금속음이 이곳저곳에서 튀어 오르고 비명들이 번졌다. 그러나 계획의 반이나 떨어져나간 영상의 병사들은 예상보다 힘겨운 싸움을 이어나가야 했다.

여리는 순식간에 눈앞에서 벌어진 광경을 떨리는 눈으로 바라보았다. 마치 두 형제 사이가 틀어지고 기운이 쇠하기를 기다렸다는 듯 모든 일들이 연달아 일어났다.

"나리께서 동아와 준비해온 것이지요?"

"……."

"눈치는 채고 있었습니다. 역모를 준비한 심석을 묶어두셨을 때부터, 아니 예화 현감과 뒷배들의 관계를 좇으실 때부터. 그 뒷배가 심석과 영상 대감이란 것을 알아내신 거지요?"

"여기까지만이다. 우린 지금 이대로 이곳을 나갈 것이다."

여리는 대답 대신 이겸의 떨어지지 않는 발로 시선을 옮겼다. 감추려고 했지만 그의 손은 간헐적으로 떨리고 있었다. 독성은 생각보다 빨리 퍼지고 있었다.

"마음이 시키는 대로 하십시오. 후회가 남지 않게. 저는 따르겠습니다."

마음이 시키는 일. 제게도 마음이란 것이 남아 있던가. 제 목숨을 탐한 것으로도 모자라 제 여인의 목숨까지 탐한 핏줄에 대해 남아 있는 감정이란 것이 있던가.

이대로 돌아서는 것이 옳을 것이다. 오직 그것을 위해 버텨온 시간들이었다. 그러나 이혼의 모습을 눈에 담아버린 이겸은 미간을 구겼다. 보지 말았어야 했다. 고택을 향해 뒤돌아서지 말았어야 했다. 그리하였다면 어린 시절 저를 어여삐 여겨주었던 형님의 모습을 떠올리지도, 그 얼굴에 담긴 선왕 전하의 모습을 찾지도 않았을 것이다.

선왕 전하께서 세자를 지켜주라고 이겸에게 하사했던 월검이 바닥에 박힌 일검과 공명했다. 검의 울음을 느낀 이겸의 손이 가늘게 떨렸다. 저는 이 순간 무엇을 주저하고 있는 것인가.

결국 이를 으득 문 이겸은 숫을대문 옆 작은 공간에 여리를 내려두었다. 잠시라면 화살로부터 여리를 숨겨둘 수 있을 것이다.

"곧 돌아오마. 잠시만 기다려다오."

이겸은 여리의 뺨을 가볍게 쓸어내리고는 이혼이 있는 곳으로 마지막 힘을 다해 달려갔다. 종친으로서가 아니라 목숨이 경각에 달린 형님을 본 아우로서 내딛는 걸음이었다. 미련은 떨쳤으나 선왕께서 주신 혈육의 정까지는 저버리지 못한 까닭이었다.

이겸의 내딛는 걸음마다 목숨을 건 절박함이 묻어났다.

여리는 두 손을 모으고 그런 이겸의 뒷모습을 긴장된 눈으로 좇았다.

얼마나 시간이 흘렀을까. 이겸은 검을 휘두르며 머릿속으로 시간을 셈하고 있었다. 정확히 세어보지 않아도 제 몸 상태가 이각을 넘겼음을 알려오고 있었다. 한순간 주의가 흐트러졌다.

"마마!"

무영의 일갈이 쩌렁쩌렁하게 이겸을 불렀다. 무영의 신호에 이겸은 제 뒤를 노리고 파고들던 자를 알아차리고 베어냈다.

"하아, 하아."

이겸이 거친 숨을 몰아쉬었다. 담장을 넘은 무영이 안의 상황을 알아차리고 이흔과 이겸에게로 빠르게 내달렸다.

막아서는 자들을 거침없이 베며 나아간 무영이 이흔을 등 뒤에 숨기고 검을 세웠다. 무영의 등장을 짐작하지 못한 이흔이 불안한 숨을 가다듬으며 물었다.

"어찌 과인에게 온 것이냐?"

화살 한 대가 날아들었다. 무영이 바람보다 빠르게 그것을 쳐내고는 다시 방어 자세를 취했다.

"내금위장 설무영, 소신의 자리를 잊은 적은 없사옵니다."

"일곱 해 전, 궐에 남은 건 진헌군의 명 때문으로 알고 있다."

"마마는 제게 그런 명을 내린 사실이 없습니다."

그것은 이혼도 알지 못한 사실이었다.

어린 시절 이겸과 가까운 무영을 보며 이혼은 드러내진 않았지만 두 사람의 우정을 부러워하였다. 하여 이겸과 함께 전장을 떠돌았던 무영이 이겸을 잃고 궁에 남으리라고는 짐작하지 못하였다.

그러나 처음부터 무영은 이혼과 이겸을 나눠서 따른 적이 없었다. 대대로 왕실을 위해 일해온 집안에서 나고 자란 무영은 이혼과 이겸 두 사람 모두 자신들의 의지와는 상관없이 상처받고 감내하는 삶을 살아야 했음을 누구보다 잘 알고 있었다.

이겸도 무영의 그런 마음을 모르지 않았다. 무영은 그것을 충심이라 여겼지만 이겸은 그를 두고 벗을 생각하는 마음이라 했다.

무영은 영상의 수하들이 없는 곳을 향해 길을 열었다. 이혼이 저를 따라올 수 있도록 걸리는 것 모두를 쳐냈다. 무영이 맞서는 적들과 대치하는 사이, 지붕 위에 있던 궁수 하나가 화살을 맞고 바닥으로 떨어졌다. 이혼은 몰랐으나 바로 저를 겨냥하고 있던 자였다.

이혼의 시선이 궁수가 있던 지붕과 그가 떨어진 자리를 훑고는 재빨리 화살이 시작된 곳으로 옮겨갔다. 궁수를 쏜 것은 다름 아닌 여리였다.

이혼의 위험을 누구보다 먼저 감지한 여리는 걸을 수 없었던 탓에 기어가서 근처에 떨어진 활과 화살을 손에 넣었다. 그리고 이혼을 겨냥하던 궁수를 빗속에서 정확히 맞힌 것이다.

여리가 왜 저를 도운 것인지 놀란 이혼이 멈춘 것도 잠시, 쓰러진 궁수의 곁에 있던 다른 궁수가 화살을 날렸다. 날아간 화살은 정확히 여리의 쇄골 아래에 박혔다.

"흡!"

여리가 통증에 저절로 숨을 삼켰다. 뒤늦게 알아차린 이겸이 미친 듯 뛰어 여리에게로 갔다. 저를 지키다 화살에 맞은 여리가 대문에 기대듯 쓰러진 것을 본 이혼의 눈 또한 굳어버렸다.

이겸이 여리를 보듬어 안는 사이, 무영이 그를 대신해 남은 반란군들을 베어나갔다. 핏물 사이로 비릿한 피 냄새가 번졌다. 모두에게 잔인한 시간이 흘러오고 떠밀려갔다. 이겸이 피 묻은 손을 들어 여리의 얼굴을 몇 번이고 쓸어내렸다.

"나리."

"움직이지 마라. 말을 하면 상처가 더 벌어질 것이다. 지, 지금 당장 의원에게 보일 것이니 정신 놓지 말거라."

이겸에게 안긴 여리의 옷이 빠르게 핏빛으로 물들어갔다.

산속에서 봇짐에 화살이 꽂혔을 때와는 확연히 달랐다. 박힌 화살 주위로 번지는 붉은 기가 여리의 숨을 점차 흐리게 만들었다.

여리에게 활을 가르치는 것이 아니었다. 아니, 애초에 문제는 그것이 아니었다. 아픈 여리를 이곳에 홀로 두고 굳이 돌아선 것은 이겸이었다.

이겸은 제 몸 안에 흐르는 왕가의 피를, 의무를 못 본 척했어야 했다. 그리하였으면 지금과 같은 일도 없었을 것을. 어리석음을 자처한 것은 바로 이겸 저였다.

아픈 미소를 띤 여리가 작게 고개를 저었다. 흙 묻은 손을 들어 이겸의 볼에 가져다 대었다. 일그러진 이겸의 눈에서 끊임없이 눈물이 차올랐다.

"내가 어리석었다. 화살은 의원에게 보이면, 그러니 제발, 조금만……."

"아닙……니다. 그대로 떠났……으면 나리의 마음 또한 편치 않으셨을 것……입니다. 잘하셨……습니다."

이분께서는 왕실의 피를 이어받으신 분. 그것은 사라져서는 안 될 고귀한 혈통. 돌려보내드려야 한다.

이겸이 여리를 들어 올리려는데 제 끝을 직감한 여리가 마지막 힘을 내어 입술을 달싹였다.

"울지…… 마서……요. 저는 나리께 받……은 마음만으로도…… 기……뻤……."

이겸의 주위를 둘러싼 모든 것이 정지했다. 모든 것은 한순간에 일어났다. 감긴 여리의 눈을 따라 이겸의 얼굴에 닿아 있던 그녀의 손이 툭 떨어졌다. 이겸은 아직 제게 일어난 일이 무엇인지 알지 못하였다. 멈추어버린 여리를 믿지 못하겠다는 듯 이겸이 저릿한 목소리로, 떨리는 손길로 그녀를 부르고 또 불렀다.

"일어나거라. 제발, 여리야."

혼란한 싸움은 끝을 보이고 있었다. 누군가는 쓰러지고 누군가는 끝까지 남아 검을 휘둘렀다. 그러나 그 모든 것이 부질없는 움직임처럼 느껴졌다.

여리를 부르던 이겸이 막혔던 울음을 토해냈다. 마치 짐승이 슬피 우는 소리와도 닮아 있었다. 숨도 제대로 쉬지 못하는 이겸은 쉬어버린 목소리로 절절함을 토했다. 이런 끝을 보기 위해 처음 여리를 고택에 들인 것이 아니었다. 고작 이런 마지막을 안겨주자고 힘든 시간을 함께 버틴 것이 아니었다.

살아남은 반란군이 없는 것을 확인한 무영이 이겸을 향해 걸음을 옮기다 이내 멈추었다. 거칠었던 빗줄기가 사그라들고 있었다.

여리의 죽음과 함께 고택을 둘러싼 소음도 끝이 났다. 그러나 그 누구도 섣불리 이겸과 여리를 향해 다가가지 못하였다.

꺾인 여리의 고개를 따라 내내 그녀의 머리에 꽂혀 있던 비녀가 바닥으로 떨어져 내렸다. 이겸과 혼례를 올리고 제 손으로 직접 꽂았을 비녀. 이겸의 시선이 흙탕물에 잠긴 비녀에 닿았다. 그것을 보여주며 웃던 여리의 얼굴이 떠올랐다. 어느 순간 비녀에 새겨진 연꽃 문양을 본 이겸의 얼굴이 일그러졌다.

……연꽃이었다.

어찌하여 몰랐을까. 어리석은 자신에 대한 분노가 포효로 이어졌다. 이겸의 주먹이 여리의 비녀를 세차게 내리쩍었다. 쿵, 바닥을 울리는 파열음이 잇따랐다.

'연희'라는 이름에 '연꽃'이라는 뜻이 담겨 있다 하였다. 서인후는 그 이름을 가진 여식에게 연꽃 문양의 비녀를 남겼다.

파편 속에서 이겸의 손이 집어 든 것을 따라 모두의 움직임이 멎었다. 속이 텅 빈 비녀 속에 담긴 것은 하얀 종이였다.

남겨진 자들은 알지 못하였으나 서인후는 그 옛날 이겸과 이흔, 그리고 연희가 산중에서 만난 것을 기억하고 있었다. 이미 두 번째 교서를 진헌군 대감에게 전할 방도가 모두 막힌 상황에서 서인후는 실낱같은 가능성에 기대를 걸 수밖에 없었을 것이다. 그들이 만났던 짓궂은 운명처럼 하늘이 다시 한 번 제 여식과 진헌군 대감을 이어주기를. 선왕 전하의 뜻이 부디 무사히 진헌군 대감에게 닿기를.

소원은 마침내 이루어졌다. 그토록 오랜 시간, 모든 이들이 찾아왔던 선위 교서가 바로 그곳에 있었다. 누가 말해주지 않아도 모두는 그것을 알아차리고 숨을 죽였다.

이겸이 텅 빈 눈으로 종이를 펼쳤다. 서찰을 확인한 이겸은 작게 헛웃음을 뱉었다.

"……큭."

뿌얀 숨과 함께 허망한 웃음인지 울음인지 알 수 없는 소리가 빗물 사이로 새어 나왔다. 그러나 웃음소리도 움직임도 곧 잦아들었다. 서찰은 이겸의 손을 떠나 흙탕물 고인 바닥 위로 힘없이 떨어졌다.

무릎을 꿇고 앉은 이겸의 숨소리만 힘겹게 이어졌다. 모든 것을 놓아버린 듯 지독하게 비어 있는 숨소리. 이흔이 발걸음을 옮겨 고개 숙인 이겸의 앞으로 다가가 바닥에 놓인 서찰을 떨리는 손으로 집어 올렸다. 서찰 끝에 찍힌 선왕의 인장이 그것을 남긴 이를 말해주고 있었다. 흙탕물이 든 서찰을 빗물이 빠른 속도로 적셔갔지만 그 안에 담긴 내용은 지워지지 않았다. 아니, 지울 수 없었다. 애초에 그곳엔 아무것도 적히지 않았기 때문이었다. 서찰을 쥔 이흔의 손이 떨렸다.

"이것이…… 무엇이냐."

이미 알고 있음에도 확인하고자 하는 어리석음.

울음마저도 말라버린 이겸이 작게 읊조렸다.

"마지막까지…… 형님을 세자로 인정하신 선왕 전하의 두 번째 교서이옵니다."

떨어지는 빗물을 따라 선왕의 인장이 조금씩 흐려졌다. 힘이 부듯하게 들어간 이흔의 손을 따라 서찰 역시 떨려왔다.

비구름 드리운 고택의 비가 지워지고, 이흔과 이겸은 보지 못한 그날의 강녕전 풍경이 펼쳐졌다.

선왕이 이겸에게 남긴 첫 번째 서찰은 김 상궁을 통해 강녕전을 빠져나갔다.

그리고 적힌 두 번째 서찰. 종이 위에 드리워진 서인후의 붓이 채 두어 글자도 적기 전에 선왕의 하문이 이어졌다.

"……경들도, 세자가 과인의 목숨을…… 노렸다 생각하는가?"

왕의 하문에 그 자리에 있던 어느 누구도 답을 하지 못했다. 왕은 탁한 가래가 끼인 기침을 삼키고는 말을 이었다.

"만약 그리하였다 해도 그……건 과인의 잘못이다. ……세자의 손 한 번 따뜻하게 잡아주지 않은 과인의 허물이다."

영의정은 왕의 말들을 하나도 빠뜨리지 않고 그대로 들려주었다. 비록 방법은 엄했으나 세자가 바르게 자라길 바랐던 왕의 마음을 알고 있었던 대신들도 머리를 조아렸다.

"과인은 이미 저무는 해, 역사 속으로 사라질 것이다. 그러니 경들 또한 세자의 허물을 덮고 세자를 충심으로 모셔야 할 것이다. ……대제학, 지금의 종이를 버리고 아무것도 적히지 않은 교서에 과인의 두 번째 인장을…… 찍거라. 그곳엔 어떠한 말도 남기지 않을 것이다. ……과인의 죽음에 대한 의문도, 과인에 대한 세자의 원망도, 종친의 무게를 지고 갈 진헌군의 불행도, 그 어느 것도 남기고 싶지 않으니. 다만…… 그 교서 또한 진헌군에게 전하라. 진헌군이라면 비어 있는 과인의 뜻을 알아차릴 것이다."

서인후는 먹이 묻은 종이를 밀어두고 선왕의 유지를 받들어 인장만을 찍은 새로운 서찰을 작성했다. 그 자리에 있는 대신들 모두 마음속으로 절절한 눈물을 삼켰다.

세자를 경계하라는 처음의 서찰에 이어진 두 번째 서찰이었기에 이혼을 포함한 모두는 그것이 선위 교서일 것이라 짐작하였다. 그러나 세자의 결백을 떠나 선왕은 세자에게 그간의 미안함을 담아서 폐위를 명하는 교서를 적지 않았다.

이혼은 힘없이 늘어진 종이를 움켜쥐었다.

"거짓이다. 이 모두 허언이다. 아무것도 적히지 않은 이것이 어찌하여 서인후에게 있었느냐!"

믿어왔던 세상이 무너졌다. 모두 제가 아둔했던 탓이다.

이혼도 그것을 모르지 않는다. 그러니 이것은 대상을 모르는 누군가에게 던지는 물음이 아니라 제 자신에게 던지는 분노였다.

알고 싶은 동시에 알고 싶지 않았던 진실.

이겸은 빗물이 하염없이 고이는 눈을 깜빡이지도 않고 간간이 끊어지는 목소리로 힘겹게 답했다.

"서인후가 심효의 사람이 아니……었기 때……문입니다. 서찰에 담……긴 선왕 전하의 성심은 심효가 알아서는 아니 되었을 겁……니다. 전하께서 그 모든 사실을 아셨다면…… 심효는 입지를 위협받을 것이고, 전하께서는 더욱 위험해지셨을 것이니. ……하여 서인후는 심효의 눈을 피해 그……것을 신에……게 전할 방도를 생각했을 것입니다. 그러나 그것은 신에게 전해지지 못했습니다."

"……."

"서인후가 신을 찾……아왔을 때, 마침 신은 사가에 없었……습니다. 서인후가 고민하고 있던 사이, 그는 연통을 받은 겁니다. 심효가 서인후의 부인과 여식을 볼모로 교서를, 요구한다는 연통 말입니다. 하여 연꽃 주위에 숨겨놓았다는 말만을 심효에게 남겨 약간의 시간을 벌었겠지요……."

이겸을 기다리던 서인후가 서둘러 서고를 나간 것은 급변하는 상황 때문이었다. 서인후는 천운이 닿는다면 자신의 여식인 여리가 교서를 지켜줄 것이라 믿었다. 어려서부터 영민하고 총명한 아이였으니 언젠가 선왕의 인장이 찍힌 교서를 비녀 안에서 발견한다면 그것을 전해주어야 할 분이 누군지도 알아차릴 수 있으리라.

백지의 선위 교서가 처음 모습 그대로 등장하였으니 서인후의 억울함은 증명되었다. 그러나 그것을 기뻐할 서인후도, 서연희도 이젠 세상에 없었다.

이혼이 경계해야 했던 것은 죽는 순간까지 두 아들 모두를 똑같이 저어하고 아꼈던 선왕의 뜻을 지킨 강녕전의 충신들이 아니었다. 저의 오만함과 의심이었다. 제 과오를 깨달은 이혼이 비틀거렸다.

선왕께서는 당연히 저를 폐위하실 것이라 믿었다. 세자를 성심에 차지 않아 하시고 내치실 것이라는 심효의 말에 홀려 그 손을 잡은 것은 저였다. 비록 선왕을 해할 탕약이었는지는 알지 못하였으나 무지 또한 죄였다. 옥좌에 오르기 위해 심효의 크고 작은 잘못을 눈감은 저의 잘못이었다.

그의 아비처럼 서연희도 왕을 위해 명을 다했으나 정작 이혼은 서연희에게 자결을 명하였었다.

진헌군의 말처럼 옥좌에 눈이 먼 나머지 물괴가 되었구나.

202

나는 과연 무엇을 좇고 무엇을 지키려 하였는가.

그 순간, 남은 시간을 다 써버린 이겸이 거칠게 기침을 토해 냈다. 진기로도 억누르지 못한 독성이 울컥거리는 핏덩어리로 뱉어졌다.

이겸이 빗물 고인 바닥에 쓰러져 심한 경련을 일으키자 이혼이 그를 안았다. 이혼은 다급하게 상선을 찾았다.

"상선! 해독제를 가져오거라. 어서!"

"예, 옛! 하, 하오나……."

이혼도 알고 있었다. 피를 토했다는 것은 이미 해독제를 복용할 시점을 놓쳤다는 의미였다.

상선이 허둥지둥 해독제를 가지고 뛰었으나 그보다 발이 빠른 무영이 상선에게서 해독제를 낚아채 병 입구를 막고 있던 흙을 부수고 이혼에게 건넸다.

이겸의 눈은 초점을 잃었고 맥은 제멋대로 날뛰고 있었다. 무영은 이겸과 여리를 지키지 못한 무능함에 화가 나 피가 날 정도로 제 입술을 베어 물었다. 모두를 지킬 수 없음은 알고 있었으나 이런 절망적인 끝을 바란 것은 아니었다.

이혼이 건네받은 병을 이겸의 입 속으로 기울였다. 제 어리석음을 너무 늦게 깨달았으나 쉬이 포기할 수는 없었다.

"진헌군, 부디 살아남아서 과인을 원망하라. 이 순간에도 왕실의 안위를 위해서 진헌군을 살리고자 하는 과인을 결코 용서하지 말라."

탕약을 마시면 몇 년간의 기억을 잃을 것이다. 이미 여리의 숨이 끊긴 지금, 이겸은 차라리 기억을 잃는 편이 좋을지도 몰랐다. 그러나 그것은 얼마 남지 않은 탕약이 제대로 된 해독을 해낼 때의 이야기였다. 앞으로의 일은 누구도 알 수 없어 더욱 불안했다. 비정한 선택이자 진헌군을 살릴 단 하나의 방도가 너무 늦지 않았기를.

저를 살리고자 하는 소란이 이어졌으나 정작 이겸의 귓가는 고요해졌다. 이겸은 가만히 지난 일들을 돌이켜보다 문득 예화에서 여리가 해준 선녀와 도령의 이야기를 떠올렸다.

—다른 이들의 눈을 피해 밤에만 만날 수 있었던 두 사람의 끝은…… 아마도…….

고택 하늘의 흐린 비구름을 마지막으로 담은 이겸의 눈이 스르르 감겼다. 회연에서 보낸 일곱 해가 빗물과 함께 저물고 있었다.

이혼이 소리쳤다.

"어서 진헌군을 가마로 옮겨라. 어의들이 있는 행궁으로 서둘러 가야 할 것이다!"

이혼의 명에 살아남은 금군들이 일사불란하게 움직였다. 밀물처럼 고택으로 들이닥쳤던 그때와 같이 물러가는 것 또한 그리 많은 시간을 필요로 하지 않았다.

굳은 얼굴의 왕은 오로지 진헌군을 살리는 것에 온 신경이 집중되어 있었다. 분주한 금군들의 움직임 속에 무영은 천천히 걸음을 옮겨 여리의 곁으로 갔다.

무영은 자책감에 주먹을 그러쥐었다. 터져버린 입술 사이로 붉은 기운이 맺혔다. 이리 무력하다니. 어느 한 분 지키지 못할 만큼 이리도 한심하다니.

하얀 여리의 얼굴 위로 빗물이 하염없이 흘렀다. 무영은 여리의 시신을 수습하고 행궁으로 가는 쪽을 택했다. 전하께서 살리고자 하시니 어의들은 할 수 있는 방도를 다해 진헌군 대감을 치료할 것이다. 그러니 저 하나쯤은 쓸쓸히 남은 이분의 시신을 수습해 최달현에게 전해주어도 될 터.

무영은 비통한 감정을 누르며 여리의 시신을 향해 손을 뻗었다. 그러다 문득 기이한 느낌이 들어 여리의 손목에 손을 대어 맥을 짚어보았다. 무영의 미간이 살짝 좁아지며 시선이 흔들렸다.

왕을 모시는 것에 신경이 집중되어 있는 자들은 어느 누구도 그런 무영의 변화를 알아차리지 못하였다.

무영은 가만히 숨을 낮추고 기척을 죽였다. 그리고 무영과 여리의 시신이 사라졌으나 그 자리의 어느 누구도 알아차리지 못하였다.

고택 뒤 담장으로 급히 몸을 숨긴 무영이 나무에 기대놓은 여리에게로 조심스럽게 손을 가져갔다. 코끝에서 미약하나 분명한 숨결이 느껴졌다. 종잇장 하나 불어 넘기지 못할 만큼 불안했으나 분명 숨이 붙어 있었다.

……살아 있다! 화살이 꽂힌 자리에서는 붉은 피가 멎지 않고 계속 새어 나오고 있었지만, 여리는 살아 있었다. 이겸이 쓰러지지 않았더라면 그 또한 그러한 사실을 눈치챘을 것이나

다른 조치를 취하기 전에 그 역시 의식을 잃어 알지 못했던 것이다.

분명 살아 계신다!

여리가 살아 있음을 확인한 순간, 이겸의 당부가 떠올랐다.

―그럴 일은 없겠지만 혹 나와 여리 중에 어느 하나를 택해야 하는 때가 온다면 그땐 여리를 살려다오.

핏기를 잃어가고 있는 여리의 얼굴에 무영은 더 이상 고민하지 않고 그녀를 안아 올렸다. 한시라도 바삐 달현과 서래댁이 기다리고 있는 곳으로 돌아가야 했다.

버텨주십시오. 부디…….

이겸과 여리 모두에게 당부하는 말을 마음속에 아로새기며 무영은 재우쳐 걸음을 옮겼다.

고택을 휩쓸었던 비바람은 그렇게 잦아들고 있었다.

제20장

그대 나를 부르면

2년 후.

마른 흙바닥 위에 나뭇가지를 따라 기다란 선이 그어졌다.

복동이 잡은 나무를 따라 선은 꼬불꼬불해지기도 하고 뾰족해지기도 했다. 흙 속에 묻힌 자갈을 파내느라 나무가 갈라지도록 긁고 있던 그때, 나뭇가지 위로 누군가의 그림자가 드리워졌다.

"산신님!"

고개를 든 복동은 낯익은 이겸의 얼굴을 보고는 헤벌쭉 미소를 지었다. 어느새 가지고 놀던 나무는 저 멀리 팽개치고 제 머리를 쓰다듬어주는 이겸을 따라 주막 안으로 들어섰다.

복동은 주막집의 여섯 살배기 막내아들이었다. 맏이와 나이차가 제법 나는, 주막 주인장 내외가 늘그막에 얻은 자식이었다. 정확한 이유는 알 수 없었으나 이겸이 산에서 복동을 구한 뒤부터 복동은 이겸을 '산신님'이라 불렀다. 그때 복동에겐 그가 산신령으로 보였나 보다.

이겸은 주문도 하지 않고 평상에 자리를 잡았다. 그러자 주위를 둘러볼 사이도 없이 뜨끈한 국밥이 이겸을 따라 평상 위에 탕, 놓였다. 주모가 그릇을 어찌나 세게 내려놓았는지 이겸이 움찔 놀라는 척을 하며 말을 이었다.

"깜짝이야. 아까운 국밥 다 쏟아졌네."

이겸이 수저통에서 나무 수저를 꺼내 국밥을 뜨기도 전에 주모의 날 선 잔소리가 쏟아졌다.

"끼니나 제대로 먹고 다닌 거여? 사람이 보이지 않아 얼마나 속을 끓였는지. 그러니까 마음 맞는 처자 하나 만나서 마을에 자리 잡으라니까는 언제까지 떠돌이 생활을 할 거여?"

"자리는 아무나 잡나? 그리고 처자가 무슨 정신이 빠졌다고 나 같은 뜨내기에게 오겠소?"

대꾸하는 이겸의 눈매에 빙글빙글 사람 좋은 웃음기가 번졌다. 그러나 쉬이 넘어갈 주모가 아니었다. 주모는 내려놓았던 국밥 그릇을 다시금 휙 뺏어갔다.

이겸은 하늘이 무너진 듯한 표정을 지었다.

"허, 줬다 빼앗는 게 어딨소? 사람 마음 아프게 먹는 거 가지고 그러는 거 아니지. 어서 이리 주오."

"그러게 중신 선다는 자리는 줄줄이 퇴짜를 놓고, 저번엔 아예 걸음아 날 살려라 도망을 가고. 가진 것 없어도 서로 마음만 맞으면 밥술은 뜨고 살지. 한창 좋을 때인데 왜 그러고 살아. 아니면 혹 못 잊는 정인이라도 있는 거?"

이전에 없던 주모의 물음에 이겸이 눈썹을 슥 들어올렸다. 그러고는 지나간 기억을 더듬듯 잠시간 말 사이를 띄웠다.

"정인이라."

"……."

"있었던 것도 같고. 어디 보자. 어제 그 꿈속의 여인이 몇 번째더라?"

이겸이 능청스럽게 기억을 더듬는 척 뜸을 들이자 주모는 한숨과 함께 국밥을 다시 내려놓았다. 한데 한술 뜨기도 전에 이번엔 앙상한 짚신을 신은 이겸의 발이 주모의 눈에 띄어버렸다. 불똥은 금세 다른 곳으로 튀었다.

"엄매! 저번에 구해다준 신은 어쩌고? 아꼈다 복날에 신을 작정인감?"

"그게 실은 내가 길을 가는데 아무것도 신지 못한 노인을 만난 게 아니겠소? 하여 젊은 내가 가만히 있을 수 있나. 주모의 고마운 마음만 받고 어쩔 수 없이! 노인에게 주었다오. 주모 덕분에 올겨울 그 노인이 발은 따뜻하게 날 거요. 그래도 허락 없이 남 준 건 미안하긴 하지만."

주모가 혀를 '쯧쯧' 찼다. 내색은 그리했으나 이겸의 마음을 알고 있기에 실은 잘했다는 표현이기도 했다. 신이야 어떻게든 한 켤레 더 구하면 될 일이었다.

"가난 구제는 나라님도 못한다는데 그리 퍼줘서 어쩌누? 착하게 살아봐야 다 소용없다니께."

"하면 주모가 나라님보다 낫구려. 벌써 두 사람의 마음을 넉넉하게 만들었잖소."

이겸이 낮게 웃었다. 툴툴대면서도 정작 주모부터 잘 알지 못하는 이겸에게 퍼주고 있었기에 처지가 다르지 않았다. 고개를 절레절레 흔든 주모는 이겸에게 내어줄 탁주를 가지러 부엌으로 걸음을 옮겼다. 주모의 타박과 이겸의 능청은 이번이 처음이 아닌 듯 어느 누구의 얼굴도 찌푸려져 있지 않았다. 이겸이 이곳을 찾을 때면 반복되는 따뜻한 풍경이었다.

1년 전, 이겸이 우연히 복동을 구해준 것을 계기로 이 주막과 이겸의 인연은 살갑게 이어져오고 있었다. 통통한 몸집만큼이나 넉넉한 인심을 가진 주모는 행색이 양반도 아니고 그렇다 하여 말하는 품이 천것도 아닌 이겸의 정체에 대해 자세히 묻지 않았다. 가슴에 품은 사연 한두 개쯤 없는 이가 없으니 단지 그도 그렇겠거니 짐작할 뿐이었다. 이름도 그저 복동이 부르는 대로 산신님, 그게 이곳에서 알고 있는 이겸의 전부였다.

이겸이 한 번씩 주막을 잊지 않고 찾아오면 안부를 챙기고 마을에 자리를 잡으라 당부하는 게 다였지만 이겸은 그런 마음도 고마웠다.

주모가 잠시 자리를 비운 틈을 타 이번에야말로 이겸이 국밥을 입에 넣으려던 찰나였다. 어느새 다가온 주모의 서방이 이겸의 앞으로 고개를 불쑥 들이밀었다. 또 놀란 숟가락이 우뚝 멎었다. 밥 한 술 먹기 참 쉽지 않다.

"저놈의 여편네는 오지랖이 바다 같아서 사람 밥도 못 먹게. 내가 이리 마르는 이유가 다 있다니까. 어여 드슈. 한데 그러고 보니 그짝도 영 얼굴색이 별로인데? 어디 아픈 건 아니고?"

"아픈 건 아니고 며칠 잠을 통 못 자서."

"꿈이라도 꾸는 게요? 모르는 얼굴이 나오고 막 여인 환청이 들리고."

"어찌 아시오?"

"사연은 알 수 없지만 그짝을 애절하게 부르고?"

이겸이 신기하다는 눈빛으로 사내를 보았다. 사내는 거들먹거리는 표정으로 입을 열었다.

"척하면 척이지. 그게 다 몸 안에 양기가 차서……."

부엌에서 탁주를 담던 주모가 방정맞은 제 서방의 입을 쏘아보았다. 마누라의 눈빛에 생명의 위협을 느낀 사내가 입을 합 다물었다.

"그 사람, 눈에 힘은. 나도 이이가 어여 혼인하고 자리 잡았으면 하는 마음에서."

"픽이나 그렇겠소. 행여나 요상한 데 끌고 갈 생각일랑 하지를 마시오."

귀신같은 마누라. 어찌 알았지?

이번에야말로 정말 국밥을 뜨려는데 이겸의 옆으로 슬그머니 무언가 들이밀어졌다. 그것을 내민 복동이 배시시 웃었다. 이겸은 꼬깃꼬깃 접힌 그것을 펼쳐보았다. 기다란 끈에는 복을 기원하는 한자가 수놓아져 있었다.

"이것만 있으면 절대 안 다친대요. 화살도 막 피해간대요."

조막만 한 손으로 내민 그 마음이 참으로 기특했다. 아마도 아이는 무슨 의미인지도 모를 이것을 제게 귀한 무엇인가와

바꾸었을 것이다. 이겸이 검을 능숙하게 휘두르며 저를 구해
준 것을 보고 복동은 막연히 그가 무사일지도 모른다는 생각
을 하였다.

낮게 웃은 이겸이 고맙다는 인사와 함께 겨우 늦은 점심을
삼켰다. 국밥을 맛있게 먹는 이겸을 보면서 복동은 눈을 반짝
였다.

"산신님은 많은 곳을 가봤으니까 혹시 황감이란 것도 알아
요?"

천진난만한 복동의 목에서 꿀꺽 침이 넘어갔다. 아이다운
모습이 참으로 귀여웠다.

"황감?"

"귤이라는 건데요. 진짜, 참말 귀해서 임금님도 양껏 못 드
시는 게 있대요. 산신님은 먹어봤어요? 무슨 맛이에요?"

"글쎄다."

"저는 크면 탐라로 갈 거예요. 그래서 꼭 황감을 먹을 거예
요. 제가 산신님 것도 챙겨올게요. 두 개."

이겸의 입매가 길게 늘어졌다. 복동을 본 이래 가장 진지하
고 심각한 표정이 그를 미소 짓게 만들었다.

"탐라가 어디에 있는지는 아느냐?"

"맞다. 어디 있는데요?"

그러나 이겸이 대답하기 전, 주막 밖에서 사람들이 웅성거
리는 소리가 들려왔다. 삼삼오오 모여 서서 수군거리는 모양
새가 좋은 일은 아닌 듯했다. 그러고 보니 주막집 내외의 얼굴

도 평소와 다르게 가라앉아 있었다.

이겸이 사내에게 물었다.

"저자에 무슨 일이라도 있는 거요?"

"또 수금 날이 돌아온 게지. 고리대로 뽑아가다 전하께서 막으시니 이젠 별의별 명목으로 돈을 뜯어간다니까. 이름만 바꿨지 알고 보면 다 고리대요."

사내의 한숨은 저자 사람들의 것과 다르지 않았다.

이겸은 국밥을 떠먹으며 무심히 운을 뗐다. 과한 관심이 담겨 있는 목소리는 아니었다.

"고리대는 국법으로 엄히 금하고 있질 않소? 게다가 간 크게 한양 안에서?"

"한양이면 무얼 하나. 우리 같은 것들 사정까지 높은 분들 귀에 닿을 리가 있겠소? 자식새끼들 거둬 먹이자고 빈 군사 훈련장에 농사지었더니 불법이라고 벌금까지 뜯어가는 마당에. 그것도 씨 뿌리고 농사짓는 동안에는 아무 말도 않다가 추수할 때가 되니 곡물은 곡물대로 뺏고 벌금은 벌금대로 내라 하니 환장할 노릇이지."

분명 아무리 비어 있다 한들 군사 훈련장에 사사로이 농사를 지은 것은 불법이었다. 그러나 그들이 불법을 저지르게 된 이면에는 궁핍한 사정이 있었으니 말을 잘하면 못 보아 넘길 일도 아니었다. 그러니 기다렸다 벌금을 물린 자들은 처음부터 봐줄 생각 자체가 없었던 것이라고 봐야 했다.

탁주를 가지고 나온 주모가 제 서방에게 말했다.

"그러고 보니 우리도 돈 갚을 날이 되지 않았소?"

"예끼, 이 사람아. 우린 아직 열흘이나 남았네. 그런 무서운 소리 말게."

무거운 마음으로 주막 내외의 이야기를 듣던 이겸은 국밥을 깨끗이 비우고는 자리에서 일어섰다. 언제나처럼 짧은 인사만 남긴 이겸의 발걸음은 천천히 마을 외곽으로 이어졌다.

사람들의 눈길이 잘 닿지 않는 허름한 문으로 사라졌던 이겸은 잠시 후, 말끔한 의복으로 정제하고 문을 나섰다.

몸을 숨기고 있던 운검 둘이 이겸의 곁으로 다가섰다. 갓을 머리에 드리우고 푸른색 두루마기를 입은 이겸의 얼굴에서는 어느새 온화한 빛이 지워져 있었다.

한양으로 돌아온 진헌군께서는, 아니, 이제 조선의 왕이 되신 분께서는 누구의 앞에서도 웃는 법이 없으셨다. 마치 가슴이 얼음장으로 이루어진 이처럼 주위에선 한기가 느껴졌다.

누군가는 전하께서 잠저에 거하실 당시 힘든 일을 겪어서라고 하였지만 진실은 알 길이 없었다. 그런 왕께서 감정을 내비치는 것은 아무도 자신을 모르는 주막에서가 유일하였다.

처음엔 시정을 살피기 위한 잠행이신가 짐작도 하였지만 지금 보니 꼭 그러한 이유만은 아니었다. 그러나 그 이상의 생각은 자신들의 몫이 아니므로 운검들은 묵묵히 이겸을 따를 뿐이었다.

서늘하게 굳은 이겸의 입매가 움직였다.

"입궐하는 대로, 아니, 지금 당장 영상을 불러들여야겠다.

과인은 궐로 갈 터이니 너는 영상의 사가로 가거라."

명을 받은 운검 중 하나가 바람처럼 사라졌다. 궐로 발걸음을 옮기는 이겸의 표정이 창창히 얼어붙었다.

내일 있을 경연에서 이 문제를 꺼내기 전, 영상과 미리 말을 나눌 필요가 있었다. 뿌리 뽑았다 생각하고 한숨 돌리기 무섭게 어느샌가 나타나 있는 탐욕스러운 무리들로 인해 늘 골치가 아팠다. 대체 그 뒷배들이 누구인지, 어느 선에서 어디까지를 잘라내야 정리가 될지 확실히 드러난 것이 없었다.

그때, 생각에 잠긴 이겸의 귓가로 비명이 날아들었다.

"불이야!"

누군가의 외침을 시작으로 마을이 삽시간에 소란해졌다. 무심히 고개를 돌리던 이겸의 시선이 우뚝 멎었다. 멀리 검은 연기가 피어오르는 곳은 복동의 주막과 멀지 않았다. 미간을 좁힌 이겸이 서둘러 발을 뗐다.

바람을 헤치고 뛰어가는 이겸의 뒤로 사람들의 웅성거림이 아스라이 멀어졌다. 재우쳐 달릴수록 달라붙던 나쁜 예감은 멀리서 꽂혀드는 주모의 목소리에 현실이 되었다.

"아직 우리 애가 집 안에 있소! 이거 놓으시오. 놓으란 말이오! 복동아!"

사람들에게 가로막힌 주모의 뒷모습이 보였다. 모두들 밖으로 나온 듯했으나 복동의 모습만은 보이지 않았다. 이미 시뻘건 불이 방문을 집어 삼키고 있었다. 이겸이 서둘러 주막 안으로 들어가고자 했으나 그의 곁을 지키던 운검이 그 앞을 막고 섰다.

"아니 되옵니다. 너무 위험하십니다."

"비켜라."

"아니 되옵니다."

뜨거운 불꽃이 언제든 다른 곳으로 옮겨 붙을 채비를 하고 있었다. 누구 하나 물을 부을 경황도 없는 난리 속에서 더 지체하다간 복동이 위험해질 것이다.

—……나리.

순간, 이겸의 눈이 흔들렸다. 여인의 목소리와 함께 엄청난 두통이 머릿속을 덮쳤다.

또다.

지난 두 해 동안, 꿈속에서 이겸을 괴롭히던 목소리가 꿈이 아닌데도 들린 것은 근래 들어서의 일이었다. 주막 사내에게 요즘 잠을 이루지 못한다고 한 것은 빈말이 아니었다. 불꽃을 타고 여인의 목소리가 생생히 되살아났다. 모든 것은 처음인데도 또한 익숙했다.

그대는 누구인데 나를 그리도 서럽게 부르는가. 꿈에서도, 꿈이 아닌 지금도. 내게 하고픈 말이라도 있는 것인가.

—나리, 그곳에선 무엇이 보입니까?

다시금 머릿속을 헤집는 통증에 이겸의 다리가 절로 휘청거렸다. 운검이 빠르게 이겸을 부축했다. 이겸은 관자놀이를 눌러 흔들리는 시야를 바로잡았다. 정체 모를 환청에 망설이고 있을 때가 아니었다. 다시 한 번 머리를 흔들어 초점을 다잡은 이겸은 이윽고 운검을 떨치고 주막 안으로 뛰어들었다. 그러고는 누가 말릴 사이도 없이 발로 세게 문을 내리찍었다. 붉은 화마에 뒤덮인 문이 엄청난 소음을 내며 뒤로 넘어갔다.

연기가 자욱한 방으로 달려 들어간 이겸은 빠르게 방 안을 살폈다. 이글거리는 불기운이 뜨겁게 살갗에 부딪쳐왔다. 소매로 코와 입을 막은 이겸은 복동을 찾는 일에 온 신경을 집중했다.

살아 있어라. 다치지 말고 살아 있어라.

"복동아! 어디 있느냐!"

간절함을 담은 이겸의 외침에 복동은 기침 소리로 반응했다. 그 작은 기척을 놓치지 않은 이겸은 소리가 난 곳을 다급하게 되짚었다.

아직 불길이 번지지 않은 구석에 웅크려 누워 있는 복동의 모습이 보였다. 이겸은 불이 붙어 가로막힌 서랍장을 망설임 없이 부숴버리고는 복동에게로 달려갔다. 힘겹게 눈꺼풀을 든 복동은 제 앞에 선 이겸을 보려다 이내 정신을 잃었다. 이미 연기를 많이 마신 탓이었다.

이겸은 그대로 복동을 안아 올리고 불길을 피해 밖으로 성큼성큼 걸음을 옮겼다. 붉은 화마가 금방이라도 이겸의 옷자락을 잡아끌듯 일렁였다.

"전하!"

운검이 이겸을 따라 빠르게 방문을 넘으려던 찰나였다. 불길을 이기지 못한 사방탁자가 쾅, 기울어지며 문을 막았다. 문

틈으로 보이던 바깥세상이 일시에 물러났다.

복동을 단단하게 안은 이겸은 다시 한 번 탁자를 세게 박찼다. 불붙은 나무 조각들이 둔탁한 소리와 함께 날아가 벽에 부딪혔다.

얼굴에 그을음이 잔뜩 묻은 복동은 이겸에게 안겨 방을 빠져나올 때까지도 의식이 없었다. 힘없이 축 처진 팔다리만이 허공에 나부꼈다.

이겸이 밖으로 걸어 나온 것과 동시에 작은 주막의 초가지붕은 불길에 완전히 허물어져 내렸다. 조금만 더 지체했어도 가옥 안에 그대로 갇혔을 것이다.

아슬아슬하게 간발의 차로 빠져나온 이겸과 복동을 보는 이들은 순간 말을 잃었다. 조금 전까진 경황이 없어 알지 못했으나 복동을 안고 나온 이의 행색이 범상치 않았기 때문이었다. 한눈에 보기에도 질 좋은 갓과 그 아래로 드리운 갓끈, 비취색 두루마기는 그가 양반 중에서도 보통의 신분이 아니란 걸 말해주고 있었다. 지체 높은 분께서 어찌하여 보잘 것 없는 아이를 구하기 위해 불 속으로 뛰어든 것인지 아는 이는 없었다.

희끗한 머리카락이 드문드문 삐져나온 주모는 눈물이 말라붙은 얼굴을 들어 이겸을 보았다. 제 아들을 안고 있는 이의 얼굴을 알아본 주모는 그리 놀라는 기색이 아니었다. 이겸이 양반일 것이라 생각해본 적은 없었지만 그 무엇이라 해도 놀라지는 않았을 것이다.

이겸의 발걸음이 주모 앞에서 멎었다. 주모를 부축하고 있던 복동 아비 또한 말을 잇지 못하기는 마찬가지였다. 눈앞의 이는 분명 이곳을 다녀간 이였으나 또한 그이가 아니기도 했다. 복동 아비는 한양에서 나고 자랐기에 간소해 보이는 이겸의 복색이 실상 아무 양반이나 구할 수 없는 것들이란 것을 한눈에 알아보았다.

복동의 얼굴을 본 이겸은 주모에게로 시선을 옮겼다. 그리고 전후 사정을 묻기 위해 입을 열었다.

"어찌……."

그 순간, 말을 이으려던 이겸의 머릿속으로 예리한 통증과 함께 섬광 같은 빛 하나가 가로질렀다. 이번엔 얼굴도 모르는 여인의 목소리가 아닌 자신의 목소리였다.

─네게 가장 중한 것은 아이인 듯하니 그만하면 꽃 값은 되겠지.

─나는 함부로 집 안을 휘젓고 다니는 도둑고양이를 내 집에 들인 기억이 없다.

기억 속의 그는 분명 누군가에게 그리 말하고 있었다. 자신이 기억하는 한 그런 말을 입에 담은 적은 없었다. 기억들은 조각조각 깨져 흐릿했다.

그건 대체 누구에게 한 말이었을까.

복동을 안은 이겸의 손에 저도 모르게 힘이 들어갔다. 머리를 어지럽히던 통증이 가시고 있었다. 대신 심장이 빠르게 고동쳤다. 가슴에서 시작된 심장 소리가 점차 커져 마치 고막을 뚫고 나올 듯 생생해졌다. 혈관을 타고 흐르는 피의 움직임이 느껴질 정도로 예민해진 감각들이 날뛰었다. 제 몸을 이루는 모든 것이 선명했으나 단 하나, 기억만은 뿌옇게 흐려져 손에 잡히지 않았다.

주막을 덮은 소란함에 이겸은 잠시나마 고개를 내저어 잡념을 떨치고 복동을 아비에게 내밀었다. 넋을 놓고 있던 복동 아비가 이겸에게서 아들을 허둥지둥 건네받았다.

뒤늦게 도착한 물동이들이 연신 주막을 향해 끼얹어졌다. 사람들의 시선이 잠시나마 이겸에게서 비켜났다.

이겸이 입을 열었다.

"어찌 불이 났는가?"

언제나 사람 좋던 뜨내기 사내, 아니, 이제 호위를 뒤로한 여느 사대부가 사내의 목소리는 진중하고도 낮았다. 복동 아비의 눈이 휘둥그레졌다.

"두 사람은 다친 곳이 없는가?"

"저희는 괜찮습니다. 그리고 불은 다툼이 있었습니다."

"다툼?"

주모가 망설이는 사이, 복동 아비가 대신 대답했다.

"빌린 돈을 갚는 날짜를 두고 조금 문제가 있었습니다. 다짜고짜 와서는 갚아야 할 이자가 늘었다고 윗분들의 명이라며……."

그러고 보니 주모의 머리카락이 볼품없이 헝클어져 있었다.

이겸은 주막을 둘러보았다. 자신이 조금 전까지 앉아 있던 평상을 비롯해 불길이 닿지 않은 곳들엔 누군가 행패를 부리고 지나간 흔적이 고스란히 남아 있었다.

복동 아비의 말에 사정을 파악한 이겸의 눈빛이 서늘하게 가라앉았다. 그저 보아 넘기기엔 도를 넘어섰다. 조용히 주먹을 그러쥔 이겸은 미간을 좁히고 발걸음을 옮겼다. 이겸이 주막 문을 나서기 전, 주모의 말이 따라붙었다.

"고, 고맙습니다. 나리께서는 괜찮으십니까요?"

진심으로 감사함을 담은 주모의 목소리에 이겸이 뒤를 돌아보았다. 주막 내외는 어쩐지 이제 이겸을 다시는 보지 못할 것만 같은 느낌이 들었다. 누구 하나 그리될 것이라 말한 이는 없었지만 왠지 알 수 있을 것 같았다.

"나는 괜찮으니 복동이를 어서 의원에게 보이거라. 많이 놀란 모양이니."

"다시 와주실 것입니까?"

이겸은 대답 대신 옅은 미소를 지었다. 그 미소는 어딘지 애잔해서 그가 지은 것이 그저 미소인지, 아니면 끝인사를 뜻하는 것인지 알 수 없었다.

속이려던 것은 아니었다고, 그간 미안하였다고 말을 하려다 이겸과 주모 내외 사이에 그런 말은 필요치 않은 것 같아 다만 이렇게 답하였다.

"복동이 때문에라도."

아마 지키지 못할 것이다. 그러나 지킬 수 있을 약조인지 그런 것은 서로에게 중하지 않았다. 그저 그 한마디로 마음이 전해졌다.

기다리지 않아도 오는 봄처럼 언제고 다시 이곳을 찾게 되면 마치 어제 본 사람처럼 인사를 나눌 것이다. 그것이면 되는 것이다.

그간의 추억이 어린 눈으로 주모 내외를 잠시간 바라본 이겸은 이윽고 주막 문을 나섰다. 주모 내외는 바닥에 엎드려 멀어지는 이겸의 뒷모습을 향해 몇 번이고 감사하다는 말을 잊지 않았다.

주막에서 멀어지고 사람들의 말소리와 매캐한 연기들이 사라져갈수록 다른 것들이 이겸의 머릿속에 밀물처럼 밀려들었다. 주막이 보이지 않을 정도의 거리가 되어서야 긴장이 풀린 이겸은 참았던 숨을 토해냈다. 불 때문이 아니었다. 일시에 밀려드는 기억들로 인해 시야가 어지러웠기 때문이었다.

휘청거린 이겸이 담을 짚자 운검이 놀라 그를 부축하였다.

"괜찮으시옵니까?"

머릿속으로 처음 보는 모습들이 쉴 새 없이 밀려들었다.

하늘에서 떨어져 내리던 어떤 이를 이겸이 낚아채는 모습.

품 안의 따뜻한 온기.

그 사람과 함께 바라보던 노을 지는 강.

스며들던 편안한 마음.

기억은 빠르게 흘러 어느 산길로 이겸을 데리고 갔다.

바람이 소슬하던 숲길과 비릿한 피 냄새.

─내가 미친 모양이다. 내 눈이 너만 찾는 걸 보면.

이겸이 잡은 여인은 끝내 얼굴을 보여주지 않았다.

누구냐, 그대는 대체.

이겸에게서 답이 없자 운검은 재차 말을 이었다.

"가마를 대령하라 이르겠습니다."

운검의 말에도 이겸은 여전히 몇 해 전 그곳에 머물러 있었다. 어디선가 진한 꽃향기가 밀려들었다.

이 향을 알고 있다. 다른 이는 몰라도 이겸만큼은 이 향기를 알고 있었다.

"……폐월화."

"예?"

이겸의 머릿속에서만 존재하는 진한 꽃향기가 지나자 그보다 더욱 강한 향이 아찔하게 흘러들었다.

달빛이 강물 위에서 부서지던 밤, 자신을 내내 자극하던 그 향…….

―너와 함께 있고 싶다고 청하는 거다. 내가, 내 마음이 말이다.

강물 위에서 반짝이던 빛이 하얀 모래 위로 옮겨갔다. 옮겨간 반짝임은 붉은 폐월화 위를 빙그르르 맴돌았다. 둥글게 호선을 그리던 빛은 어느 순간 다시 한 번 반짝이더니 마주한 이의 눈동자로 흘러들었다.

달빛에도 향이 서려 있던 그 밤.

이번에도 달빛 아래의 얼굴은 기억을 허락하지 않았다.

불을 보고 어찌 이런 기억이 떠오른 것인지, 그 목소리의 주인과 불이 무슨 관련이 있는지는 알 수 없었다.

무리한 기억을 불러낸 이겸이 다시금 토기 섞인 가쁜 숨을
토해냈다.

"전하!"

이겸을 잡은 운검이 조금 더 단단하게 그를 부축했다.

"소란 떨 것 없다. 괜찮으니."

시야를 바로잡은 이겸이 괜찮다는 뜻을 담아 운검의 어깨
를 짚었다. 부축을 물린 이겸이 다시금 발걸음을 옮겼다.

지금은 저자 사람들이 얽힌 고리대와 내일 있을 경연을 생
각하기에도 빠듯했다. 두 해 동안 줄곧 그래왔다.

꿈속의 기억을 무리해서 이어가려 하면 여지없이 두통이 밀
려왔다. 그러니 지금은 더 이상 목소리의 주인에 대해 생각하
지 않는 것이 옳았다.

다만 한 가지는 확실해졌다. 그때의 기억들은 폐월화가 핀
회연의 고택과 관련이 있었다. 그러니 기억을 떠올리려면 언제
고 그곳을 다시 찾아야 할 것이다.

이겸이 고택을 찾는 게 아니었다. 고택이 이겸을 불러들이
고 있었다.

새벽부터 내려앉은 눈꽃이 온 세상을 하얗게 덮었다.

궁을 넘은 바람이 나무를 보듬고 지나자 제 무게를 이기지
못한 가지 위의 눈들이 아래로 떨어져 내렸다. 박석 위에 정갈

하고 소복하게 쌓인 눈들이 포근했다.

아무도 밟지 않은 하얀 눈밭에 뽀득뽀득 눈을 지르밟는 소리가 이어졌다. 벌써 몇 시진째 이어지는 경연으로 인해 발자국 하나 없던 곳에 따뜻한 차를 나르는 생과방 나인들의 흔적이 새겨졌다.

경연장 앞에 다다른 나인들은 문 앞에서 대기하고 있던 다른 나인들에게 가지고 온 소반을 건넸다. 상선과 지밀상궁의 감독 아래 소반은 신속하고 조용하게 조정 대신들의 앞에 자리 잡았다. 왕은 경연장에 다과를 들이는 일이 좀처럼 없었으나, 금일은 추운 날씨 탓인지 몸을 녹일 따뜻한 차와 간단한 다과도 함께였다. 그러나 찻잔을 보는 대신들의 눈빛이 즐겁지만은 않았다. 이는 곧 경연이 쉽게 끝나지 않는다는 것을 뜻하기 때문이었다. 게다가 주상께서 차를 음하지 않고 계시니 감히 차가 식어도 잔을 잡을 수가 없었다.

"이러한 사유로 내년 세 역시 금년에 거둬들인 세액으로 동결하여 거둬들이는 것이 합당하다 사료되옵니다."

"작년은 풍년이 들어 금년을 넘기는 것이 어렵지만은 않았사옵니다. 그에 반해 올해는 전례가 없는 흉작이오니 같은 세액은 옳지 않사옵니다. 내년엔 백성들의 궁핍한 살림이 더욱 힘겨워질 것이옵니다."

평소 바른 말을 해서 대신들의 눈 밖에 난 예조판서는 경연에서조차 신념을 굽히지 않았다. 그를 눈엣가시처럼 느낀 우의정은 불편한 심기를 담아 그의 말을 자르고 들었다.

"금년도 이미 낮춰질 만큼 낮춰진 세인데 여기서 더 무엇을 낮춘단 말이오? 돈을 거둬들이지 않으면 대체 무엇으로 군대를 기르고 나라 살림을 살핀다는 말인지 참으로 답답한 소리를 하십니다."

두 대신의 말을 듣고 있던 이겸이 입을 열었다.

"우상의 말이 옳소."

이겸의 말에 우의정의 얼굴이 활짝 폈다. 조정 대신들의 이목이 그들의 왕에게로 향했다. 예조판서만이 변화 없는 표정을 짓고 있을 뿐이었다.

이겸의 말이 낮게, 그러나 위엄 있게 이어졌다.

"나라 살림을 걱정하는 우상의 마음에 과인도 동의하오. 하나, 급작스럽게 세를 올리라 하면 백성들의 반발이 있을 터. 그러니 우상께서 먼저 모범을 보이시는 것이 어떻겠소? 간소하게 금년 세의 두 배만 내도록 하오."

"예? 하오나……"

"염려 마시오. 과인과 이 자리에 모인 대신들 또한 동참할 터이니. 백성들은 어려운 가운데서도 같은 세액을 감당하니 이 자리에 있는 이들은 적어도 두 배는 내어야 백성들에게 모범이 되지 않겠소?"

두 배라니. 일시에 대신들이 술렁거렸다. 가만히 있다가 저들까지 날벼락을 맞은 것이다.

"힘들겠소? 우상이 가지고 있는 사병들을 반만 줄여도 가능할 듯한데. 그것이 아니라면 선대 때부터 물려받은 땅을 내놓는 방도도 있소."

우의정이 우물쭈물하는 사이 이겸이 용상을 쾅, 내리쳤다. 그간 감정을 드러내지 않았던 왕이 처음으로 분노를 보인 것이다. 그것만으로도 그동안 안일한 태도로 임했던 대다수의 대신들은 흠칫 떨었다.

"정작 본인들은 지키지도 못할 일들을 어찌 백성들에게 떠넘기려 하는가! 이 자리에 있는 경들은 손에 쥔 것을 내놓기 아까워 내지 아니하는 것이지만 백성들은 내놓을 것이 없어 내지 못하는 것이오. 한 나라의 조정 대신이란 자들이 제 욕심만 채우려 드는데 백성들이 이런 대신들을 어찌 믿고 생업에 종사하겠소? 앞으로 경들은 백성들이 체감하는 고통의 갑절만큼을 자신들의 고통으로 여기고 모든 일을 결정하시오. 그리고 우상."

"예, 전하."

"최근에 한양에서 공공연하게 고리대를 편법으로 하는 이들이 있다 들었소."

"고리대는 전하께서 엄히 국법으로 금하신 후 근절……."

"되었는데 과인이 허언을 한단 말이오? 다시 한 번 철저히 조사하시오. 또한 그들과 더불어 빈 군사 경작지에 농사를 지은 백성들에게 벌금을 요구한 관청과 관리의 명단도 함께 올리시오. 백성들이 불법을 저지른 것은 사실이나 일을 처리함에 있어서 그릇된 점이나 억울한 일이 없었는지 과인이 직접 확인할 것이오."

고개 숙인 우의정의 안색이 파랗게 질렸다. 올라오는 상소를 중간에서 모조리 막고 입단속들을 시켰는데도 어디서부터 말이 새어 나간 것인지 벌써부터 머리가 아팠다. 그나마 위안이라면 그것을 조사하는 사람이 다름 아닌 자신이라는 것이었다. 적당히 뒤집어쓸 사람 몇 명만 구해놓으면 끝날 일이었다.

우의정이 안일한 생각을 하고 있는 사이, 좌의정은 경연 내내 감정을 드러내지 않고 있는 영의정을 눈여겨보았다. 전하께서 정확히 우상을 짚어내신 것을 영상이 모를 리 없었다. 아둔한 우상은 들키지 않았다 하여 안심하고 있겠지만 이것은 모두 전하와 영상의 합작품이었다. 요점은 저 두 분께서 과연 어느 선까지 알고 있는가 하는 것이었다.

앞의 사안이 어느 정도 정리가 되자 경연의 주제는 자연스레 다음 사안으로 넘어갔다. 우의정과 눈빛을 주고받은 좌의정이 고개를 숙이고 미리 준비해 온 말을 꺼냈다.

"전하."

"말씀하시오."

"백성들의 살림만큼이나 중요한 것이 왕실의 안녕이 아닌가 하옵니다. 태조께서 조선을 건국하신 이래 이렇듯 왕실의 손이 귀한 적은 전례를 찾아볼 수가 없사옵니다. 하여 백성들도 왕실의 후사를 한마음으로 기다리고 있는 이때, 궁의 안정을 도모하고 그들의 근심을 풀어주는 것이 합당하다 사료되옵니다. 전국에 간택령을 내리시고 처녀단자를 올리는 일을 허하여주시옵소서."

"통촉하여주시옵소서."

대신들의 목소리가 경연장 안에 일제히 울려 퍼졌다.

좌상은 세액에 관한 것을 내어주는 대신 왕비 간택을 택했다. 당장의 재물보다야 왕실에 제 사람을 심어두는 쪽의 이득이 클 것이다. 그간은 왕께서 간택을 미루고 미루셨으나 이렇듯 공론화시키면 더 이상의 명분을 찾지 못하실 터.

이겸의 이마가 살짝 굳었다. 경연장 안의 공기가 냉랭히 얼어붙었다. 이겸이 잠시간 말 사이를 띄웠다. 좌의정을 보고 있던 이겸은 이번에도 이내 고개를 끄덕였다.

"그리하시오."

순간 좌의정은 자신이 잘못 들은 것인가 하여 불충을 무릅쓰고 번쩍 시선을 들었다. 이제껏 이런저런 핑계로 미루어오던 왕실의 혼사를 이렇듯 한 번에 허하실 줄은 몰랐다. 역시 잘못 들은 것인지도 모른다. 그것이 아니라면 왕께서 달리 알아들으신 것인지도. 불충하게도 방금 하신 말씀을 다시 한 번 해주십사 청하려 했으나 다행히 이겸이 먼저 말을 이었다.

"경들의 뜻이 그렇다면 간택령을 진행하시오. 다만 상왕께서 옥체가 미령하시고, 간택은 대대로 내명부의 소관이었으나 지금은 그 일을 진행할 왕실 어른들이 계시질 않소. 하여 과인은 최대한 소란스럽지 않게 간택을 진행했으면 하오, 영상."

"예, 전하."

"경이 이 일을 맡아 할 사람들을 모아보시오. 직계 마마들은 계시지 않으나 사정을 말씀드리고 정중히 모신다면 도움을 줄 먼 어른들이 몇 분은 계실 것이오."

"명 받잡겠사옵니다. 하온데 소신이 듣기로 근자에 들어 전하의 옥체가 많이 피로하시다고 들었사옵니다."

"중한 병은 아니오. 여기 있는 대신들 중 과로하지 않는 자가 어디 있겠소?"

"중전 마마의 간택은 나라의 중요한 경사이오니 짧은 시일 내에 준비할 수는 없을 것이옵니다. 소신들이 간택에 필요한 사항들을 준비할 동안 전하께서는 요양 차 행궁에 다녀오시는 것이 어떠하겠사옵니까?"

잠시 생각하는 듯하던 이겸은 이내 고개를 저었다.

"과인은 괜찮소. 영상의 마음만 받으리다."

"오랜 기간 다녀오시라는 것이 아니옵니다. 돌아오시면 간택과 국혼, 그리고 넓게는 금일 경연에서 나온 세액 문제까지 여유가 없으실 듯하여 다만 며칠만이라도 쉬어가십사 청하는 것이옵니다."

"그 말은 돌아오면 쉴 겨를도 주지 않고 부릴 테니 단단히 마음먹으란 소리처럼 들리는군."

이겸의 여유로운 말투에 대신들도 따라 웃었다. 분위기가 한결 부드러워졌다.

"알겠소. 그리하지. 오가는 시간을 포함해 행궁에 열흘 정도 머무를 것이니 그동안 모든 대신들이 영상을 도와주시오."

"예, 전하, 명 받잡겠사옵니다."

대신들이 일제히 대답해 올렸다. 그러나 이 자리에 있는 단한 사람, 좌상만은 입맛이 썼다. 분명 간택을 결정지었으나 결과적으로 자신이 얻은 것은 아무것도 없었다. 저 간악한 영상의 셈속이 이것이었구나.

"차가 식었군. 모두들 음하시오."

이겸이 잔을 들고 권하자 그제야 경연장의 대신들이 찻잔을 조금씩 입에 대었다. 이겸 역시도 미지근한 차를 입에 가져가며 전날 영상과의 대화를 떠올렸다.

―고리대와 경작지의 뒷배를 캐는 것은 어렵지 않사옵니다. 하오나 그들은 그것을 내어주면 다른 하나를 원할 것이옵니다.

―알고 있소. 중전 자리를 두고 흥정을 하려 하겠지.

―만약 그리되면 어찌하실 것이옵니까?

―혼례는 올릴 생각이오. 그동안은 상왕 전하를 내세워 미뤘으나 과인도 하나 정도는 내어주어야 저들도 입을 닫을 것이니. 보위에 오른 이상 그것 또한 과인의 의무이기도 하고 말이오. 다만 간택에 다른 잇속이 개입하는 것은 원치 않소. 하여 영상께서 이 일을 맡아주시오.

―그렇다 하여도 저들 쪽에서 보고만 있지는 않을 것이옵니다.

―그땐 그때대로 또 방도를 생각할 것이오. 그리고 개인적인 일로 며칠 궁을 비워야 할 것 같은데.

―염려 마십시오. 그것은 소신이 명분을 만들겠사옵니다.

―고맙소, 영상.

찻잔에 입을 대는 좌상의 표정이 굳어 있었다. 좌상은 좌상

대로, 이겸은 이겸대로 각자의 다음 수를 생각했다.

이틀간 생사를 헤맸던 복동의 눈이 천천히 떠졌다.

"복동아! 정신이 드느냐? 아비도 보이고?"

"아이고, 됐다. 이제 됐다, 복동아."

주모 내외가 복동의 손을 부여잡고 눈물을 흘렸다. 복동의 동그란 눈이 힘없이 끔뻑였다. 무언가를 찾는 듯했다.

"어무니."

"응?"

"산신님은요?"

이겸을 찾는 복동의 말에 주모 내외는 잠시 말을 잃었다. 복동이 불 속에서의 일을 기억하고 있었던 모양이다.

"갑자기 그건 왜 묻느냐?"

"나 데리러 온 사람…… 산신님이었는데."

복동은 눈을 감기 전 분명히 보았더랬다. 불길을 헤치고 저를 데리러 온 이는 분명 복동이 좋아하던 산신님, 이겸이었다.

내외는 어디서부터 어떻게 말을 이어야 할지 고민했다. 그러나 왜 이겸이 그런 옷을 입고 있었는지, 어디에 사는 누구인지조차도 알지 못했으니 답해줄 말 또한 찾기 어려웠다. 그때 문 밖에서 사람을 부르는 기척이 났다. 복동의 식구들은 불타버린 주막이 아닌 근처의 빈 집으로 잠시간 거처를 옮긴 터였다.

문 밖으로 나갔던 복동 아비가 작은 대바구니에 담긴 물건을 가지고 들어왔다. 무엇인지 묻는 주모의 눈길에 복동 아비는 그것을 복동에게 내밀었다.

"네게 전해주라는구나."

"무엇인데요?"

아비는 고개를 저었다. 저도 처음 보는 이에게 받아온 물건이었다. 어미의 부축을 받아 몸을 일으킨 복동은 고사리손으로 대바구니 뚜껑을 천천히 열었다. 바구니 속에는 빛깔 고운 귤 다섯 개가 자리하고 있었다. 복동의 가족 수와 같은 개수였다. 그러나 막상 바구니 안의 귤을 보고도 그것이 무엇인지 복동은 퍼뜩 알아차리지 못했다. 오히려 주모 내외가 헉, 숨을 들이켰을 뿐이었다.

"이게 뭐예요, 아부지?"

"화, 황감이구나. 어찌 이 귀한 것을."

황감을 본 아비는 다시금 문을 열고 그것을 전해준 이를 찾았지만 이미 그의 모습은 사라진 후였다.

'황감'이라는 말에 복동의 얼굴이 활짝 펴졌다. 주모 내외는 알지 못하였지만 복동은 그것을 보낸 사람이 누구인지 알 수 있었다. 자신이 황감 얘기를 한 사람은 한 명밖에 없었으니.

무사하셨구나. 참말로 다행이다.

방 안에 복동의 미소만큼이나 해사한 귤 향이 떠돌았다.

"전하, 차를 내어 왔사옵니다."

상선은 이겸이 쉬고 있는 방 앞에서 그의 대답을 기다렸다.
하나, 시간이 흘러도 답이 없자 상선은 조금 더 소리를 높였다.

"전하, 혹 자리에 드셨사옵니까?"

전일 행궁에 내려온 일로 곤하시어 금일은 오전부터 자리에
드신 모양이었다. 상선이 용서를 구하고 방문을 조심히 열어보
니 이불을 머리끝까지 뒤집어쓰고 누운 불룩한 형체가 보였다.
다시 문을 닫아둔 상선은 문 앞을 지키는 자들에게 명했다.

"전하께서 오수에 드셨으니 소란하지 않게 주의하거라."

"예."

궐에서는 잠을 못 이루시던 전하께서 오수에 드신 모습에
상선은 마음이 놓였다. 물론 이불을 뭉쳐둔 형상 옆으로 이겸
이 남겨둔 짧은 서신이 있었으나 아마도 상선은 그것을 밤이
되어서야 발견할 수 있을 것이다.

그로부터 얼마 후 이겸은 행궁을 벗어나 예화에 있었다. 궐
에서 쫓겨나듯 그곳을 처음 찾았을 때와 변한 것이 거의 없는
모습이었다. 벌써 아홉 해 전의 일이었다. 강산이 한 번 바뀔
만큼의 세월이었다.

회연 고택에 닿으려면 이곳 예화에서도 또 몇 시진을 들어
가야 했다. 제 기억은 고택에서 처음 지냈던 서너 해밖에 남지
않았다. 고택에 가면 사라진 몇 해간의 기억을 찾는 데 도움

이 될지도 몰랐다. 일단 그러기 위해선 이곳 예화에서 간단히 끼니라도 해결하고 가야 할 터.

저자에 들어선 것이 처음은 아니었으나 점포들을 한 번에 찾을 정도로 자주 간 것 또한 아니어서 한눈에 주막을 찾을 순 없었다.

"그리 넓은 저자도 아닌데 어찌 주막 하나가 안 보이는가?"

어느새 궐에서의 이겸이 아니었다. 예화에서의 이겸은 모든 것을 내려놓은, 그 언젠가와 마찬가지로 자유로운 모습이었다. 자고 싶으면 어느 때고 나무 위에 올라가서 잠을 자고, 배고프면 손에 닿는 대로 대충 배를 채웠던 시절이 분명 있었다.

고택에서의 생활이 떠올라 이겸은 잠시간 그리운 마음이 들었다. 그러나 이내 미소는 사라지고 눈썹이 찡그려졌다. 무리하게 담을 넘다 쓸린 손 때문이었다. 눈들을 피해 최대한 소리를 죽이다 보니 다치고도 비명 한 번 내지 못했다. 손을 들어 올리니 제법 붉은 생채기가 자리 잡고 있었다.

"나이가 들었군. 고작 담 하나 넘었다고."

무심히 고개를 돌리는 이겸의 시야로 익숙한 약방이 들어왔다. 이겸은 반가움에 작게 미소를 지었다. 오랜만에 주인장과 인사도 나누고 면포라도 얻어볼 참이었다. 이대로 돌아가면 상선이 기겁을 할 터이니.

이겸이 약방의 장막을 걷고 들어섰다.

"주인장 계시는가?"

희미하게 탕약 냄새가 떠도는 약방 안은 고요했다. 오후의 햇살이 비쳐 점점이 떠도는 먼지가 보일 정도였다.

"게 아무도 없소?"

주인이 자리에 없는 듯하니 주막을 찾고 나서 다시 한 번 들러야겠다고 생각한 이겸은 문에 걸쳐진 장막을 옆으로 걷었다. 그 순간, 부드러운 햇살을 어깨에 진 여인이 약방 안으로 들어서려다 걸음을 멈추었다. 여인의 머리에 단아하게 꽂힌 비녀가 반짝 곱게 빛났다.

제 앞에 선 사내의 발을 발견한 여인은 고개를 들어 마주 선 이의 얼굴을 보았다. 길이 막혀 멈추어 선 이겸 역시도 그런 여인을 무심히 바라보았다. 순간 사내의 얼굴을 본 여인의 눈이 흔들렸다. 너무나도 놀란 나머지 들고 온 봇짐이 바닥으로 떨어졌다.

낯선 이를 보아서 놀란 것인가.

이겸은 떨어진 봇짐을 주워들어 여인에게 건넸다.

차마 봇짐을 건네받을 생각도 하지 못하고 얼어붙어 있는 여리와 그런 그녀를 무심히 바라보는 이겸 사이의 시선이 이어졌다. 느른한 오후 햇살이 두 사람 사이에서 곱게 반짝였다.

꿈에서도 잊은 적 없는 얼굴. 눈을 뜨고서도 꿈처럼 아른거리던 얼굴. 두 해 동안 한시도 잊은 적 없는 얼굴을 막상 마주하게 되니 그리움이 불러낸 환영인지 쉬이 분간이 가지 않았다. 달라진 것이라면 오직 이겸의 목덜미에 있던 검은 흉이 말끔히 지워졌다는 점 정도였다.

내내 간직하고 있던 말들은 모래처럼 말라버리고 시간마저도 멈추었다.

오지도 가지도 못하고 멈추어 서 있던 이겸이 얼마간의 침묵을 깨고 입을 열었다.

"받지 않소?"

"……예?"

이겸의 목소리에 정신을 차린 여리는 그저 그렇게 되물었을 뿐이었다. 이겸이 손에 쥔 봇짐을 다시금 내밀었다. 여리는 아, 작게 대답하며 봇짐을 조심스레 건네받았다. 봇짐을 쥐는 손이 가늘게 떨려왔다. 여리의 손이 떨리는 것을 스치듯 보았지만 이겸은 그 이상의 의미는 두지 않았다.

봇짐을 건넨 이겸의 발자국이 저를 지나쳐 한 걸음, 두 걸음 점점 멀어져 가자 여리는 저절로 알게 되었다.

나를 보러 오신 것이 아니구나.

저와 같은 마음으로 저를 그리고 찾아오신 것이 아니었다. 나리, 아니, 전하께서는 더 이상 저를 보는 눈빛에 아무것도 담지 않으셨다. 함께한 시간은 영영 잊어버렸다는 듯.

이겸이 건넨 봇짐을 저릿하게 끌어안고 서 있던 여리가 서둘러 고개를 들었다. 그리고 멀어지는 이겸을 불러 세웠다.

"약방에는 어인 일이십니까?"

떨림을 저 아래로 숨긴 목소리였다. 여리의 침착한 음성에 이겸이 뒤를 돌아보았다. 조금 전 동그란 눈으로 저를 올려다보던 여인의 눈빛은 어느새 파문을 떨치고 고요해져 있었다.

"지나는 길에 손에 두를 면포를 구할 수 있을까 하여. 주인장은 어디 간 것이오?"

여리의 시선이 이겸의 손을 흘깃 스쳤다. 붉은 생채기가 자리한 손이 소맷자락 밑으로 드리워져 있었다.

"들어오시지요."

앞서 들어간 여리가 서랍장을 열고 면포를 찾았다. 두 번째로 연 장 속에서 하얀 면포가 모습을 드러냈다.

약방에 여인이 있을 것이라 생각하지 못한 이겸은 다시 안으로 들어가는 발걸음이 조금 느려졌다. 처음 들어설 때와 같은 탕약 냄새가 풍겼지만 공기는 어딘지 다르게 느껴졌다.

"이곳에 여인이 있을 것이라고는 생각 못하였소. 이전에 본 적이 없는 듯한데. 주인이 바뀌었소?"

"주인은 바뀌지 않았습니다. 잠시 출타 중이오니 기다리시면 올 것입니다. 그리고 여인도 약방 일을 도울 수 있습니다."

"아, 섭섭하라고 한 말은 아니었소."

"저 또한 불편하시라고 드린 말씀은 아니었습니다."

이번엔 여리가 이겸에게 면포를 내밀었다. 이겸은 여인의 눈빛이 참으로 맑은 색이라는 생각을 하였다. 흔치 않은 빛깔이었다. 지금은 여인의 어깨까지밖에 오지 않는 볕이 만약 그녀의 얼굴을 비추었다면 아마도 검은색보다는 회갈색에 가까운 눈동자를 더 선명히 보여주었을 것이다.

여리가 면포를 받지 않느냐는 듯 눈을 멀거니 깜빡였다. 그제야 이겸은 작게 헛기침을 하며 면포를 받아 들었다.

잠시였지만 여인의 눈에 시선을 빼앗겼다. 이런.

그 자리에 선 채로 이겸이 면포를 둘러나가자 여리가 담담히 물었다.

"도와드릴까요?"

"괜찮……."

사양하려 했으나 무색하게도 그 순간 면포가 이겸의 손을 빠져나가 바닥으로 떨어졌다. 면포는 마치 제 스스로 의지를 가진 것 같았다. 이런 실수를 한 적이 없었기에 이겸이 바닥의 면포를 난처한 표정으로 주워 들었다.

여리는 태연하게 다시금 깨끗한 면포를 꺼내왔다.

"앉으십시오. 도와드리겠습니다."

사양하기도 무엇한 상황이 되어 이겸은 여리가 안내하는 대로 작은 서안 앞에 앉았다. 소독약도 꺼내어 온 여리는 말없이 이겸과 마주 앉아 능숙하게 상처를 소독하고는 면포로 피를 닦아냈다.

이겸은 제 상처를 보고 있던 눈을 들어 여리를 바라보았다. 그것이 예가 아닌 줄 알면서도 내리깐 여인의 눈은 묘하게 사람의 시선을 잡아끌었다. 실상 묘한 것은 여인의 눈이 아닌 여인 그 자체였다. 아무리 저의 신분을 모른다고는 하나 처음 본 이를 대함에 있어 스스럼이 없었다. 약방에 있어서 이런 일이 흔한 것인가 다만 짐작을 해볼 뿐이었다.

여리는 이겸의 손에 깨끗한 면포를 둘러나갔다. 이겸은 기억하지 못하겠지만 이미 여러 번 해왔던 일이었다.

두 해 전, 여리가 처음 정신을 차렸을 때 가장 먼저 머릿속에 떠올린 것은 다름 아닌 이겸의 얼굴이었다. 피 냄새가 빗물에 스며들고 소란한 금속음들이 곳곳에서 튀던 그때, 너무나도 슬픈 표정으로 여리의 얼굴을 쓸어내려주던 이겸의 모습이 그녀가 기억하는 마지막 모습이었다.

저는 차마 따라갈 수도 없는 곳으로 돌아가셨다기에 처음엔 그저 기다렸다. 그것이 한 달이 되고 두 달이 되던 날 불어온 바람결에 나리께서 왕세제가 되셨다는 소식을 들었다. 이젠 쳐다볼 수도 없을 만큼 높은 곳에 오르신 나리였지만 여리는 그래도 묵묵히 기다렸다. 어느 날은 그것이 원망도 되었다가 어느 날은 또 끝 모를 그리움이 되기도 하였다. 알 수 없는 마음 끝이 서로 밀고 당기는 사이, 여리는 이해했다.

전하께서 하셨던 말씀이 거짓이 아니었구나. 정녕 폐월화가 나리를 살리는 대신 기억을 지웠구나.

꼭 한 번 얼굴이라도 보기 위해 한양을 찾았던 적이 있었다. 그랬던 적도 있었다. 그저 예전 어느 때의 일이었다.

불어오는 바람결에도 마음이 움직이지 않게 되었을 때, 모든 것을 받아들인 여리는 이제 어떤 일에도 흔들리지 않겠구나 깨달았다.

지금의 나는 어떠하지? 마침내 돌아오신 나리를, 나를 지우신 채로 돌아오신 분을 보고도 아무렇지 않을 수 있을까……

나리께서 나가시는 저 문이 닫히면 알게 될 것이다. 이렇게 스치듯 만나게 되는 일은 금일이 마지막이란 것을.

여리에게 손을 맡긴 이겸은 일부러 그녀의 눈에서 시선을 돌리며 약방 안을 둘러보았다.

"혹 주인장의 여식 되시오? 출가할 만큼 장성한 여식이 있다고는 생각 못하였소."

"제 서방님은……."

면포를 잘 둘러나가던 여리의 눈썹이 살짝 찌푸려졌다. 그러고 보니 조금 억울한 마음마저 들었다. 대체 누가 누구에게 출가 운운하며 묻는 것인가? 반가우면서도 살짝 원망스러운 마음이 섞여 여리는 저도 모르게 매듭을 조여버렸다. 이겸은 이번에도 담을 넘을 때처럼 신음조차 내지 못하고 미간만 찡그렸다.

"돌아가셨습니다."

실수를 깨달은 이겸이 난처한 기색을 띠었다. 여리는 약간은 꼬부장한 마음이 되어 마음속으로 뒷말을 덧붙였다.

돌아가셨지요. 궁궐로.

물론 거짓은 아니었으나 이겸에겐 오해를 불러일으키기에 충분했다.

"이번에도 내가 괜한 소리를 했소."

"아닙니다. 사실이니까요."

"미안하오."

"나리께서 돌아가신 제 서방님도 아닌데 어찌 미안하다 하시옵니까? 괘념치 마십시오."

여리가 담담한 표정으로 말을 이었다. 이러면 안 되는데 당황하는 이겸을 보니 자꾸만 입술 사이로 웃음이 새어 나오려 했다. 지난 마음고생에 비하면 이 정도의 농쯤은 해줘야 마음이 풀릴 것 같았다. 내가 예전의 전하를 알았다고, 그때의 우린 지금과 달랐다고. 그때의 마음을 되살려달라 떼쓸 수도 없으니 기다린 마음만큼 딱 한 번 이런 정도의 농은 괜찮을 것이다. 이제는 다시 만날 일조차 없을 조선의 왕께 처음이자 마지막으로 건네는 사소한 장난이었다.

이겸은 아무도 없는 공간에서 어딘지 묘한 여인과 독대를 하고 있으니 마치 귀신에 홀린 것 같은 느낌이 들었다. 지금의 기분을 말 속에 담기엔 무언가 부족했다. 그것이 무엇인지도 확실히 알 수 없었다.

이겸을 마주하고 떠는 듯했다가 고요해졌다가 이젠 제법 눈에 총기를 띠고 담담히 대답하는, 도무지 눈을 떼지 못하게 만드는 여인이었다. 나이는 많지 않아 보였으나 사연을 담은 눈이 더욱 그러했다.

"예화에는 어인 일이십니까?"

여리의 물음에 이겸의 손이 살짝 굳었다. 여리가 그런 이겸의 손끝을 보았다.

"어찌 아시오? 내가 이곳 사람이 아니라는 것을."

매듭을 야무지게 묶던 여리가 싱긋 미소를 지었다.

"크지 않은 마을입니다. 들고 나는 이가 한눈에 보이지요."

"예전에 살던 곳을 찾아보려 왔소."

"오래전 일이옵니까?"

"하여 몰라볼 만큼 달라졌을까 하고 걱정이 되긴 하오."

"많이 달라지진 않았을 것입니다. 예화는 예전 그대로지요."

"그랬으면 좋겠소만."

마침내 길고 길었던 면포가 제 끝을 드리웠다. 하고 싶은 말은 강을 이루었으나 한 마디도 하지 못했다.

이겸이 면포 값을 서안 위에 내려두고 일어섰으나 여리는 차마 따라나서 배웅하지 못했다. 일어서면 잡게 될까 두려운 까닭이었다.

장막을 걷기 전 이겸이 여리를 돌아보았다. 하얗고 작은 여인의 얼굴이 노을빛을 받아 처연하게 물들었다. 이런 마음은 옳지 않은 것이었다. 여인은 저를 환자로서 보아준 것이었으니.

"고맙소. 덕분에 도움을 받았소."

"살펴 가십시오."

의원을 나서는 순간까지도 이겸의 발걸음은 무거웠다.

복동 아비의 말이 옳았던 것인가. 여인을 가까이하지 않아서 머릿속에서 낯선 목소리가 들리고 처음 본 여인에게, 그것도 사별한 여인에게 마음 뿌리가 흔들리기라도 한 건가.

제 손을 보아주던 여인의 하얀 손이, 아래로 내리깐 속눈썹이 다시금 마음속으로 날아들었다. 이겸은 마치 제 마음속을 누가 들여다보기라도 한 듯 고개를 젓고는 발걸음을 옮겼다.

터벅, 터벅―.

멈추어 있던 발걸음이 멀어져 갔다. 서안을 멀거니 보고 있던 여리의 눈이 붉게 달아올랐다.

이윽고 움켜쥔 하얀 손 위에 툭, 툭, 물방울이 떨어져 내렸다. 하지 못했던, 할 수 없었던 말들이 눈물이 되어 아롱졌다. 눈물의 무게가 어느 때보다 무거웠다.

약방을 나온 이겸은 어렵지 않게 주막 하나를 찾을 수 있었다. 달아놓은 초롱이 낡지 않은 것으로 보아 생긴 지 얼마 되지 않은 주막인 듯했다.

어차피 무엇을 먹는다고 한들 지금은 별다른 맛도 느끼지 못할 것이다. 그러니 그저 배만 채울 수 있는 것이면 되었다. 뜨끈한 국밥을 말아주던 복동네 주막처럼 마음은 채워주지 못할 것이니 상관없었다. 아니, 제 마음을 헛헛하게 만드는 것은 한양에서의 기억이 아니었다.

이겸이 주막으로 들어가려던 찰나, 누군가 이겸의 옷자락을 잡아끌었다. 남겨두고 온 마음을 되짚어보기라도 하듯 이겸이 제 옷자락에 닿은 반가운 손을 보았다.

하얀 손을 타고 올라간 시선 끝에는 달려오느라 가빠진 숨을 내뱉는 여리가 있었다. 추운 날씨 탓에 입술에서는 뽀얀 김이 흩어졌으나 뺨은 복숭아 빛으로 물들어 다시금 돌아올 봄을 떠올리게 하였다.

이겸의 짐작처럼 볕 아래서 보니 고운 회갈색 눈이었다. 곱고 동그란 빛이 이겸을 바라보며 마침내 말을 꺼냈다.

"어, 그러니까 그게, 국밥 드실 겁니까?"

잠시간 얼떨떨하게 멈추어 있던 이겸은 그제야 여인이 저를 따라왔다는 것을 알고 웃어버렸다. 안도의 웃음인지 반가움의 마음인지 저도 알 수 없었으나 그 무엇인들 상관없었다. 떨어지지 않는 발걸음을 멈추어주어 도리어 고마웠다.

언젠가의 그날처럼 여리가 해사한 표정으로 말을 이었다.

"따라오십시오. 요기를 하실 거라면 근처에 맛있는 곳을 알려드리겠습니다."

여리를 보던 이겸이 한쪽 눈을 살짝 찌푸리듯 웃는 특유의 미소를 지었다.

서로 말은 하지 않았지만 알 수 있었다. 그 마음이 무엇인진 정확히 모르겠으나 적어도 헤어지기 아쉬운 마음만은 같다는 것을. 기억하던 것과 하나도 달라진 것 없는 이겸의 미소였다.

여리의 마음속에 얼어붙었던 물이 녹고 부드러운 봄바람이 불어왔다.

이분 없는 내일이 온다 하여도 후회하지 않을 수 있는 일. 그것이 지금 여리가 해야 하는 일이었다. 여리는 오직 그것만을 생각하기로 했다.

다시는 욕심내지 않겠습니다.

내일이면 아무 일 없었던 것처럼 제자리로 돌아갈 터이니 금일 하루만은, 부디 지금만은 함께 머물 수 있도록 윤허해주십시오, 나리.

제21장

눈 속에 피는 꽃

쓰개를 머리에 두른 여리의 발걸음이 허름한 주막 앞에서 멎었다. 처음 주막에 비하면 낡고 좁았으나 오반 때가 지났음에도 평상을 메운 이들은 빼곡했다. 오히려 너무 많은 사람 탓에 자리나 있을까 하는 생각이 들 정도였다.

"잠시만 기다려주십시오."

쓰개 사이로 눈만 내민 여리가 이겸을 주막 앞에 세워두었다. 부엌으로 주모를 찾아간 여리가 손짓을 이용해 이야기를 전하자 주모가 허리를 펴고 이겸을 보았다. 주모는 별달리 웃지도 않고 반기는 기색 또한 없었으나 이겸을 향해 예의상 고개는 숙여 보였다. 원래 무뚝뚝한 이이거나 저가 마음에 들지 않는 게 분명했다. 이겸이 잠시간 생각하는 사이 여리는 주모에게 환하게 웃어 보이며 몇 가지 부탁을 하곤 이겸을 보았다.

그런데, 없었다. 주막 문 앞에 있어야 할 이겸이 없었다.

놀란 여리가 이겸이 있던 자리로 황급히 뛰어갔다.

"나리!"

마치 머물다 간 바람처럼 이겸의 모습은 어디에서도 보이지

246

않았다. 여리는 서둘러 주위를 둘러보았다. 여리의 눈이 부모를 잃은 아이처럼 막막해졌다.

여리는 저잣거리를 빠른 걸음으로 훑었다. 어느 곳에서도 이겸의 그림자조차 볼 수 없어 급기야 그만 울고 싶은 마음이 되었다.

두 해 동안 한시도 잊은 적 없이 기다려왔던 분인데.

걸음이 빨라질수록 손끝마저 떨려왔다. 허망하게 놓쳐버린 이것이 꿈일까, 아니면 너무도 그리운 마음에 나리의 모습을 보았다 착각한 것이 꿈일까 분간이 되지 않았다. 떨리는 입술은 세게 베어 문 나머지 피가 맺힐 듯 붉었다.

아니시지요, 나리? 아까 분명 저와 함께…….

거기까지 생각하던 여리는 뒷말을 맺지 못했다. 함께 있다 생각하였으나 실상 함께 있었다는 증좌는 어디에도 없었다.

여리는 이겸의 손에 면포를 매어주었던 제 손을 내려다보았다. 차라리 제 손에 면포가 있었더라면. 그랬더라면 착각이 아니었다 우겨보기라도 할 것인데 제게 남은 것은 아무것도 없었다. 시간도, 그리운 얼굴도 손가락 사이로 모두 빠져나간 듯 텅 빈 손바닥만 덩그러니 남아 있었다. 꿈이었을까. 내내 찌푸려져 있던 여리의 미간이 체념한 듯 천천히 펴졌다. 눈을 채우고 있던 생기도 차츰 사그라들었다.

꿈이라도 어찌 간다는 말 한 마디 없이 가버리십니까? 환영마저 인사할 기회 한 번 주시지 않고 야속하게…….

하긴 궐에 계셔야 할 분께서 이곳에 오실 이유는 애초에 없었다. 한양으로 간다 하여도 저 같은 건 볼 수도 없는 곳에 계신 분. 입술을 깨문 여리가 빈손을 천천히 그러쥐었다.

이겸을 찾지 못하고 주막 앞으로 돌아온 여리의 다리가 천천히 멈추었다. 마치 거기가 길의 끝인 듯 힘이 풀린 두 다리가 풀썩 접혔다.

"나리……"

제 무릎에 고개를 파묻은 여리가 마침내 먹먹한 목소리를 뱉던 찰나, 어디선가 뻗어져 나온 손이 그녀의 팔을 잡아끌었다. 순식간에 여리의 옷자락이 담 옆 좁은 골목길로 사라졌다.

"쉿."

여리는 저를 잡아당긴 이를 올려보았다. 손가락을 입술에 대고 잠시 기척을 줄일 것을 표한 이겸이 슬쩍 고개를 내밀어 어딘가를 보았다. 이겸의 시선이 향한 곳엔 하얗게 질린 상선이 있었다.

"서찰을 남기신 것이 오래되지 않으셨다. 서둘러 찾도록 하여라! 어서!"

신하들에게 명을 내린 상선이 동동걸음으로 저자를 둘러보았다. 소리를 지운 입 모양은 연신 '전하, 전하'를 반복하고 있었다.

이겸이 옅은 한숨을 지었다. 상선은 생각보다 훨씬 빨리 서찰을 발견하였다. 하루면 돌아올 것이니 걱정할 것 없다고 덧붙여놓았는데, 세상 근심 다 지고 사는 상선에겐 역시 무리였던 모양이다. 요즘 들어 희끗해진 상선의 머리카락을 볼 때마다 제 탓인 것 같은 느낌마저 들어 입맛이 썼다.

이겸이 상선 무리를 살피며 여리에게 말했다.

"내 잠시 사정이 있어 이리……."

그러나 이내 여리를 본 이겸의 말이 멎었다. 좁은 골목 탓에 살짝 잡아끈다는 것이 여인을 마치 제 품에 안 듯이 가까이하고 있었기 때문이었다. 그러나 그보다 더 가까이에서 본 여인의 눈이 이겸의 말문을 더욱 막히게 하였다. 울고 있진 않았으나 우는 듯 보이는 마른 눈이 그를 오롯이 응시하고 있었다. 여인은 마치 원망하듯 올려다보는 것 같기도 하였고, 혹은 너무나도 놀라 떨고 있는 것처럼 보이기도 하였다. 말을 잊은 이겸은 조금 당혹스러운 심정이 되었다.

꽃잎 같은 눈송이가 소리 없이 한 점, 두 점 내리기 시작했다. 말없이 서로를 보고 있는 두 사람의 머리 위로, 눈썹 위로, 어깨 위로 무게를 잊은 하얀 눈송이들이 침묵을 대신해 둘 사이를 채워나갔다.

머리쓰개가 살짝 뒤로 젖혀져 여리의 동그란 이마와 까만 머리카락 위에도 눈이 내려앉았다. 그러나 여리는 내리는 눈 따윈 보이지 않는다는 듯 오직 이겸만을 올려다보고 있었다.

이겸은 저도 모르게 여리의 이마에 묻은 눈을 닦아주려다 차마 닿지 못하고 손을 허공에서 멈추었다. 여리의 눈앞에 저가 이겸의 손에 묶어주었던 면포가 가까워졌다.

여리의 얼굴 앞에서 잠시 손을 멈추고 있던 이겸은 눈을 닦아주는 대신 이내 조심스럽게 그녀의 쓰개를 쥐었다. 이겸이 양손으로 쓰개를 잡고 그것을 소리 없이 들어 올렸다.

명분은 쓰개를 우비 대신 펼쳐 눈발을 막아준다는 것이었으나 그보다는 여인의 감추어진 표정을 보고 싶은 마음이 컸다. 어찌하여 그런 눈을 하고 있는지, 어이하여 울음을 참고 있는 표정인지 드러나지 않은 상처를 조심스럽게 살피듯 손을 움직였다. 무언가에 홀린 듯 이겸의 손이 여리의 얼굴에서 쓰개를 온전히 걷어내었다. 쓰개 아래로 드러난 여리의 표정은 이겸의 짐작과 다르지 않았다. 질끈 깨문 입술은 살짝 떨리고 있었다. 무엇에 겁을 먹기라도 한 것처럼.

무엇이 그대를 그리도 놀라게 하였지?

여리가 시선을 돌리며 시큰해진 눈을 다스렸다. 거리를 두려고 몸을 돌려 걸음을 움직이자, 이내 이겸의 손이 따라왔다. 소매 위를 쥐었으나 저를 잡은 단단한 힘은 느껴지고도 남았다. 이제는 여리가 당혹스러운 표정이 되어 이겸을 보았다.

"어찌 이러십니까?"

이겸이 웃음기를 지운 목소리로 말을 이었다.

"무엇을 말인가? 내가 그대의 손목을 잡은 것 말인가, 아니면 내가 그대의 표정을 보아버린 것 말인가."

당황한 여리가 이겸에게 잡힌 손목을 잡아 빼려 손을 뒤로 물렸으나 순순히 놓아줄 이겸이 아니었다. 아니, 놓아줄 수 없는 것은 손이 아니라 마음이었다.

여인의 입을 통해 들어야 저를 괴롭히는 이 마음의 정체가 무엇인지 알 것 같았다. 슬퍼 보이는 여인의 눈을 보고 어찌하여 가슴이 저릿해진 것인지 그에 대한 답이 필요했다.

"이것부터 놓고 말씀을……."

"누구인가, 그대는."

감정을 담지 않은 낮은 목소리였다. 무언가 떠올라 묻는 말도, 그리워 묻는 말도 아니었다.

여리가 무슨 뜻이냐는 듯 가만히 시선을 마주했다. 이겸이 조금은 차가워진 목소리로 말을 이었다.

"왜 나를 보며 그런 표정을 짓는 거지? 혹, 이전부터 나를 알고 있는가?"

군으로 태어나 용상에 오르기까지 이겸이 가장 먼저 배워야 했던 것은 낯선 이를 경계하는 법이었다. 그것은 침소에 들 때도, 아침에 눈을 뜰 때도, 이렇듯 홀로 먼 길을 떠나올 때도 예외가 아니었다. 제게 다가오는 이들의 목적은 오직 두 가지뿐. 눈앞의 여인은 그 어느 쪽에 속한 것도 아닌 표정을 짓고 있어 혼란스러웠다. 언제나 예민했던 감이 이 여인 앞에서만은 무력했다.

차분한 눈빛으로 돌아간 여리가 답했다.

"저는 그저 약방에서 만난 인연으로 좋은 주막을 소개해드리려던 것뿐입니다. 한데 말씀도 없이 모습을 감추신 나리께서 갑자기 잡아당기시니 당연히 놀랄 수밖에요."

"……."

"……그리고 아픕니다."

여리가 제 손목을 한 번 움직여 보이자 그제야 이겸도 천천히 손을 놓아주었다. 그렇다 하여 모든 경계를 푼 건 아니었다.

"주막은 사람들의 눈이 닿지 않는 방으로 자리를 마련해두었습니다. 불편하지 않으실 겁니다."

묘한 여인이었다. 처음 보았으나 낯설지 않았고, 그저 지나쳐도 좋을 법한 일에도 일부러 찾아와주었다. 좋은 의도든 나쁜 의도든 의도를 가지지 않고는 힘든 일이었다. 그러나 불순하게 보기엔 여인의 눈빛이 너무나도 맑겠다.

눈썹을 휜 여리가 잡혔던 손목을 주무르며 '아야' 작은 신음을 냈다. 지금은 또 아이 같은 표정이었다.

"왜 내가 사람들의 눈에 띄지 않는 방을 원할 거라 생각하였지?"

"짐작이었습니다."

"짐작?"

"송구하옵니다만 나리의 옷차림은……."

이겸이 여리의 다음 말을 기다렸다. 여리는 손목을 털며 수선스럽지 않은 어조로 답했다.

"착용하신 갓이며 누빔질된 두루마기는 비록 화려하진 않으나 쉬이 볼 수 없는 최상품들입니다. 갓 아래로 드리워진 죽영 또한 검소해 보여도 만든 이의 솜씨는 저자에서 흔히 볼 수 있는 것이 아니지요. 신고 오신 태사혜는 낡은 기색 없이 바닥에 약간의 흙만 묻어 있을 뿐입니다. 이로 미루어 보아 나리께서는 지체 높은 귀한 분이십니다. 그런 분들께서는 저희 같은 것들과 섞여 밥을 먹는 것을 즐겨 하시지 않습니다. 거기에 예화가 초행임에도 불구하고 몸종을 데리고 오지 않으셨습니다. 하여 사람들의 눈에 띄고 싶지 않은 사정이 있으신 건 아닐까 혼자 생각하여본 것뿐입니다. 불쾌하셨다면 용서하십시오."

눈썰미가 대단한 여인이었다. 쓰개 아래의 표정은 마치 이겸의 착각이었던 듯 여인은 원래의 영민한 얼굴로 돌아와 있었다.

적어도 지금 한 말들에 거짓은 없어 보였다. 그때였다.

"나리! 나리! 어디로 가신 것입니까?"

차마 아비를 아비라 부르지 못하는 것처럼 전하를 전하라 부르지 못하는 상선이 '나리'를 외치며 두 사람이 숨은 골목 쪽으로 다가왔다. 이겸은 서둘러 다시금 여리를 뒤쪽으로 숨기고 저 또한 넓은 골목을 등졌다.

"나리!"

두 사람을 보지 못한 상선의 목소리가 이쪽 끝에서 저쪽 끝으로 멀어져갔다. 순식간에 이겸의 가슴에 얼굴이 맞대어진 여리의 눈이 동그래졌다. 이겸이 여리를 숨기느라 그녀의 머리를 안은 탓이었다.

두근, 두근.

여리는 귓가를 울려오는 제 심장 소리를 들으며 가만히 숨을 죽였다. 안긴 상태 그대로 손가락 하나 까딱할 수 없었다.

곁눈질로 상선이 사라진 길을 본 이겸이 제 품 안의 여리를 보았다. 당황한 이겸이 급히 한 발 물러서며 여리에게서 손을 떼었다.

"미안하오. 그러려고 한 것은 아니오."

그러나 그런 이겸의 반응과는 상관없이 여리 역시 큰길 쪽을 보고는 차분하게 말을 이었다.

"쫓기는 사정이라도 있으신 겁니까? 아니면 나리가 걱정되어 따라온 이들입니까?"

여리가 말 사이를 살짝 띄웠다. 그들이 이겸을 따라온 이들이라면 여기서 이겸과 헤어져야 할 것이다. 이겸이 그런 여리의 눈을 말없이 보았다.

"어찌 그리 보십니까?"

"원래 처음 보는 이들을 그리 걱정해주시오? 아니면 나만?"

단순히 궁금하여 장난기 어린 미소와 함께 물었으나 말문이 막힌 여리는 눈썹에 힘을 주었다.

"실례가 많았습니다. 이만 가보겠습니다."

"농이요, 농. 어찌 농을 그리 진지하게 받소? 그리고 미안한데 잠시만 머물렀다 가주시오. 지금 나가면 저들이 내가 이곳에 있는 것을 알아차릴 것이니."

화를 풀라는 듯 이겸이 정중하게 부탁하였다. 이겸의 눈을 가만히 보고 있던 여리는 잠시 뜸을 들이고는 한층 수그러든 목소리로 물었다.

"언제까지 말입니까?"

"잠시면 되오. 눈도 내리고 추운데 미안하게 됐소."

소리 없이 내리던 눈은 점차 세상을 하얗게 덮어가고 있었다. 이겸과 여리의 입가에서 뽀얀 숨이 흩어졌다. 잠깐 생각을 정리한 여리가 고개를 끄덕였다.

"하오면 어차피 기다려야 하니 주막에서 요기라도 하시면서 따뜻하게 계시지요. 예화는 외진 곳이라 저자를 벗어나면 끼니를 먹을 만한 곳이 없습니다."

오랜만에 만난 옛 정인에게, 이제 다시는 볼 일이 없을 눈앞의 분께 따뜻한 밥 한 끼를 챙겨드리고 싶은 여리였다. 그런 여리의 목소리에 이겸도 더는 경계심을 세우지 않았다.

"나도 그러고 싶지만."

아마 상선이 포기하지 않을 것이오.

옅은 한숨을 삼키던 이겸이 여리를 보았다. 여리는 담 높이를 눈으로 가늠하고 있었다.

"혹 귀하신 분께 월담을 하시라 하면 예에 어긋나는 일이옵니까? 넘으실 수 있겠습니까?"

여리의 말을 알아들은 이겸이 담을 보았다. 담을 넘는 것은 어려운 일이 아니었으나 문제는 여인이었다. 하긴 저만 담을 넘고 여인은 주막 문을 통해 들어가면 될……

거기까지 생각하던 이겸의 눈이 살짝 커졌다. 어느새 훌쩍 담 위로 뛰어오른 여리가 이겸을 보고 있었다. 언제 올라갔는지도 보지 못하였다.

"저 또한 길로 나가면 저들의 이목을 끌 것이 아닙니까? 그러니 이게 최선입니다. 이 정도는 넘으실 수 있으시겠지요? 따라오십시오."

"허."

이겸이 넘을 수 있을까 잠시 쳐다보던 여리가 담 안쪽으로 홀쩍 뛰어내렸다.

무슨 여인이 사람에게 물어놓고는 답도 듣지 아니하고. 그럴 거면 물어보긴 어찌 물어보는 것인가? 게다가 왕 체면에 어찌 월담을⋯⋯. 이미 했지. 그것도 많이.

"아이고, 나리!"

다시금 저 멀리서 상선의 목소리가 들려왔다. 이겸은 고민할 사이도 없이 담을 박차고 뛰어올랐다. 왜 자신이 여인의 말을 고분고분 따르고 있는지는 모르겠지만 이번에도 다리가 먼저 움직였다.

"어, 어?"

생각보다 담과 가깝게 서 있던 여리가 넘어오는 이겸을 보았다. 이미 손으로 담을 짚은 이겸의 몸은 허공에 뜬 상태라 여리를 발견하고도 미처 피하지 못하였다. 순식간에 여리를 낚아채 돌려 안은 이겸의 등이 차가운 바닥으로 떨어졌다. 둔탁한 충격에 이겸과 여리의 얼굴이 동시에 일그러졌다.

"으윽."

먼저 정신을 차린 여리가 바닥을 짚고 고개를 살짝 들었다. 이겸 역시 찌푸렸던 눈을 천천히 떴다. 그러자 제 위에 누워 있던 여리의 동그란 눈과 시선이 마주 닿았다.

온기가 뒤엉킨 자세는 서로의 숨결이 느껴질 만큼 가까웠다. 몸을 조금이라도 움직이면 입술이 닿을 만큼 남은 거리가 거의 없었다. 순간 이겸과 여리는 동시에 얼어붙었다. 숨도 멈출 만큼 긴장한 여리는 눈을 깜빡거렸다. 그리고 두어 번 더

256

깜빡, 깜빡.

이겸은 당황하는 기색 없이 여리의 눈을 마주했다. 어느 순간 눈을 반짝 크게 뜬 여리가 냉큼 옆으로 물러나 앉았다. 그러고는 어색함을 감추기 위해 일부러 작은 헛기침을 하며 일어섰다. 여리를 따라 이겸도 몸을 일으키며 제 옷자락에 묻은 눈을 툭툭 털었다. 흐트러진 갓을 바로 하고 매듭을 묶는데 여리가 말을 이었다.

"저 방입니다. 음식을 들여오겠습니다."

말을 마친 여리는 이겸이 답할 사이도 없이 모습을 감추었다. 과장을 조금 보태 겨울바람처럼 서늘하게 이겸을 대하는 그녀의 모습에 이겸은 잘못한 것이 없는데도 찜찜하였다. 그러나 당황한 것은 이겸만이 아닌 모양이었다. 여리가 사라진 자리엔 그녀가 쓰고 있던 쓰개가 덩그러니 남겨져 있었다. 여인도 미처 주위를 수습할 겨를 없이 도망치듯 자리를 피한 것이다.

쓰개를 주워 든 이겸은 쓸쓸한 숨을 뱉었다. 의도한 것은 아니었으나 미안한 일이 자꾸만 늘어나는 것이 바람직한 일은 아니었다.

이겸은 여리가 말한 방으로 걸어갔다. 뒷담을 넘어 들어온 곳 바로 앞에 위치한 방은 다른 방들과는 거리가 떨어져 있어 과연 사람들의 눈이 닿지 않았다.

이겸은 방문을 열어보았다. 불이 지펴진 방 안의 훈기가 열린 문 사이로 흘러나왔다. 세간이라 할 것도 없는 단정한 방이었다. 방을 둘러보던 이겸의 시선이 또 다른 문에 닿았다. 잠시 생각에 잠겼던 이겸은 이내 문고리를 잡았다.

"나리, 들어가겠습니다."

소반을 들고 돌아온 여리가 기척 후 방으로 들어섰다. 그러나 방 안 어디에서도 이겸의 모습은 보이지 않았다. 대신 방문과 마주 보는 문 하나가 조금 열려 있었다. 여리는 소반을 바닥에 내려두고 열린 문으로 다가갔다.

"나리?"

열린 문을 마저 열어젖히자 툇마루에 우두커니 선 이겸의 옆모습이 보였다. 옛 모습 그대로였다. 이겸의 입가에서는 하얀 숨결이 흩어졌다.

먼 곳을 응시한 이겸에게서는 시간마저도 비껴간 듯했다. 그곳은 바로 두 해 전, 해월각에서 도망친 두 사람이 잠시 몸을 녹이기 위해 들렀던 주막이었다.

두 사람이 함께 고개를 기대고 보았던 작은 하천이 담 너머로 보였다. 아직은 하얀 눈이 가리지 못한 물줄기가 그날의 모습 그대로 흐르고 있었다.

기억하는 것과 꼭 닮은 이겸의 모습에 여리의 다리는 바닥에 뿌리를 내린 듯 움직이지 못하였다. 이겸이 천천히 여리를 향해 고개를 돌렸다. 여리의 눈이 살짝 흔들렸다. 괴로운 듯 얼굴을 일그러뜨린 이겸이 말했다.

"내가 이곳에 온 적이 있……."

뒷말을 잇기도 전에 극심한 두통을 느낀 이겸이 휘청거리며 벽을 짚었다.

"나리! 괜찮으시옵니까?"

여리가 뛰어가 이겸의 팔을 부축했다. 사물이 두세 개로 휘어져 보이는 이겸은 제 관자놀이를 누르며 흩어진 초점을 잡으려 애썼다.

구토가 밀려오고 땅이 어지럽게 흔들렸다.

여리의 목소리가 귓가에서 부서졌다.

이겸의 머릿속으로 새로운 기억이 밀려들었다. 언제인진 알 수 없었지만, 이곳에서의 자신은 혼자가 아니었다. 손을 마주 잡고 온기를 나누어주던 여인이 밝게 웃었다.

어깨 한쪽으로 늘어진 머리카락 끝엔 여인의 미소와 잘 어울리는 붉은 댕기가 묶여 있었다.

이제 분명히 알겠다. 이것은 꿈이 아니다.

이렇듯 생생한 것이 꿈일 리 없다.

지워졌던 기억이 저를 예화로 불렀고, 조각난 기억이 하나씩 돌아오려 하는 것이 느껴졌다.

붉은 댕기의 주인.

그녀는 이겸이 찾아야 하는 목소리의 주인이었다.

"나리."

재차 부르는 여리의 목소리에 이겸이 의식을 차렸다. 가쁜 숨이 절로 토해졌다. 현실로 돌아온 이겸의 손이 벽을 세게 그러쥐었다.

여리는 불안정한 이겸의 상태를 보며 마치 자신이 아픈 듯 저릿한 얼굴이 되었다. 억지로 기억을 되돌리려고, 그리하여 나리를 괴롭게 해드리려고 이 주막을 찾은 것은 결코 아니었다. 그저 따뜻하고 맛있는 밥 한 끼 대접하고 싶다는 생각이 이겸을 그리 만든 것만 같아 가슴이 천 갈래 만 갈래로 찢어져 내렸다. 이리 될 것을 미처 헤아리지 못한 제 잘못이었다.

이겸이 비틀대며 벽을 짚어나갔다.

"가야겠소."

"이런 몸으로 어디를 가신단 말씀입니까?"

저를 진심으로 걱정하는 여인의 눈빛을 이겸은 일부러 떨쳐 내었다. 원인 모를 마음에 흔들리고 있을 시간 따위 애초에 없었다. 저를 기다리고 있을 붉은 댕기의 주인에게로 한시라도 빨리 가야 했다. 눈앞의 여인에게 흔들렸던 것은 사실이나 흔들리는 모든 것이 인연이 될 순 없었다. 옷깃이 스친 정도의 연이었고, 이곳을 나가면 잊어버릴 정도의 두근거림이었다.

지금은 이곳에 온 이유만을 생각해야 할 때.

"찾아야 하는 것이 있소. 내 잠시 그것을 잊고 있었소."

"……."

"밥은 먹은 걸로 하리다. 고맙고 미안하오."

이겸은 자신을 괴롭히는 두통으로부터 아니, 저도 모르는 사이 저를 흔들고 있는 여인으로부터 거리를 두었다. 통증 때문에 안색은 좋지 못하였으나 가쁜 숨을 다스린 목소리는 평소와 다름이 없었다.

이겸은 약방에서 그리하였던 것처럼 얼마간의 돈을 꺼내어 선반 위에 올려두었다. 몸을 돌려 문을 나서려는 이겸에게 여리가 말했다.

"대체…… 대체 나리께서 찾으시는 것이 무엇이옵니까?"

이겸이 감정을 지운 눈으로 여리를 보았다. 여리는 눈물을 들키지 않으려 필사적으로 눈가를 다스렸다.

"내가 찾는 것은……."

잠시나마 서로에게 설레었던 둘 사이에 보이지 않는 벽이 세워지고 있었다.

이겸의 눈빛에서 다음 말을 직감한 여리는 그의 입을 통해 부디 그 말만은 듣지 않게 되길 간절하게 바라고 바랐다. 그러나 여리의 바람에도 이겸은 기어이 야속한 입술을 움직였다.

"내가 찾는 건 기억이오. 어쩌면 떠올리지 말아야 할 기억."

여리는 주저앉지 않기 위해 제 치마를 꼭 그러쥐었다. 떨어지는 눈물을 보이지 않으려 고개를 떨궜다. 입술을 질끈 깨문 여리를 두고 기다리고 있을 누군가를 위해 이겸이 멀어져 갔다. 마침내 문턱을 넘은 이겸의 모습이 온전히 사라지자 여리는 소리 죽인 울음을 가슴으로 삼켰다.

애초에 아무런 힘도 가지지 못하는 초라한 추억은 세상에 나오려는 욕심을 버려야 했다. 소중한 분께 허물이 될 과거는 덮어두어야 했다.

지나간 꿈이고 떠올리지 말아야 할 시간.

분명 그래야 한다고 되뇌었으나 여리의 의지와 상관없이 다시 한 번 그녀의 발이 이겸을 따라 움직였다. 점차 빨라지는 발걸음을 따라 청명한 이겸의 잔향이 선명해져왔다.

주막 마당을 가로질러 가는 이겸이 보였다. 재우쳐 그 뒤를 쫓으려는데 이겸을 발견하고 뛰어오는 상선과 운검들의 모습이 보였다. 이겸은 여리에게 보였던 것과 같은 서늘한 표정으로 그들에게 몇 마디 명을 내리며 멀어져갔다.

여리의 손이 허공으로 뻗었다.

"나……."

그 순간 평상에 앉아 저들끼리 말을 주고받는 사내들의 목소리가 여리를 붙잡았다.

"자네들, 곧 간택령이 내려질 것이란 소문 들었는가?"

버선발로 뛰어나왔던 여리의 걸음이 멈추었다. 이미 멀어진 이겸의 모습은 보이지 않았다.

"간택령? 진짜로 말인가?"

"그런 소문이 어디 하루 이틀인가?"

"하긴 이미 중전 마마를 맞이하셨어도 진작 하셔야 했을 성산이시긴 하지. 세제 시절부터 얼마나 많이들 권하셨겠는가? 무슨 이유에선지 미루고 계셨지만 뭔 바람이 불었는가 곧 간택령이 내려질 것이라는 소문을 나도 금일 듣긴 들었네만."

"미뤄두실 수만은 없는 일이지. 암."

"소문에 따르면 군 시절에 절절한 정인이 있었다던데."

"그게 다 무슨 소용인가? 간택을 전하께서 하시나? 궐에 있는 다른 높은 분들께서 하시지. 다른 분도 아닌 중전 마마일세. 집안이며 됨됨이며 얼마나 따지고 따져 고르겠냐는 말이야. 지나간 여인은 지나간 거고 전하께 힘을 실어드릴 수 있는

262

집안에서 간택되어야지."

"하긴."

고개를 끄덕인 사내들은 국밥을 떠먹으며 다른 이야깃거리로 옮겨갔다.

간택.

무거운 두 글자가 여리의 가슴에 선명하게 남았다. 언젠가는 다가올 일임을 알고 있었다.

이젠 진정 다른 여인의 지아비가 되시겠구나. 하여 떠올리지 말아야 할 기억이라 말씀하신 거였어.

여리는 슬픈 미소를 지었다. 이런 잔인한 현실이라면 차라리 꿈인 편이 나을 뻔했다.

서래댁은 눈이 쌓인 툇돌 위를 빗자루로 쓸어내었다. 예전과 마찬가지로 집안일은 다른 이의 손에 맡기지 않고 스스로 처리했다.

툇돌부터 마당까지 빗자루를 따라 눈들이 갈지자로 비켜섰다. 눈 내리는 마당에는 한참 동안 서걱거리는 비질 소리가 이어졌다. 그러다 문득 마당 담벼락 아래서 봉오리를 틔워 올린 작은 들꽃 하나를 마주했다.

눈 속의 꽃이라니.

그 기이한 모습에 서래댁은 다리를 굽히고 앉아 꽃 주위의 눈을 손으로 쓸어 담았다. 그때 제 뒤로 다가서는 기척이 느껴졌다. 익숙한 기척에 서래댁이 몸을 일으켰다.

"오셨습니까."

서래댁의 인사에 갓을 쓴 무영 또한 눈길로 인사를 건넸다. 무영의 모습을 본 것은 일 년 만이었다.

"그분께서는 안에 계시오?"

무영은 여리를 그저 '그분'이라고만 칭했다. 이겸이 여리를 기억하지 못하니 어떤 호칭도 합당하지 않은 까닭이었다.

서래댁이 가만히 고개를 저었다.

"일이 있어 잠시 예화에 다니러 가셨습니다. 나리께서는 찾으려던 물건을 찾으셨습니까?"

이번엔 무영이 쓰게 웃으며 고개를 저었다. 서래댁의 표정은 변함이 없었으나 둘 사이에 깔린 침묵은 무거웠다.

"오는 길에 간택령이 있을 것이란 소문을 들었소."

"어찌 모든 일이 사람의 뜻으로만 되겠습니까? 하늘에서 정해두신 길이 있겠지요."

무영은 상처 입은 여리를 서래댁과 달현에게로 데리고 갔었다. 며칠간 사경을 헤맨 여리가 눈을 떴을 때, 그녀가 말은 하지 않았지만 눈으로는 이겸을 찾고 있음을 알았다. 달현은 그런 여리의 손을 말없이 잡아주었다.

며칠이 지나고 몇 달이 지나고 이겸이 세제가 되었다는 소식이 들려왔을 때도 그는 여리를 찾지 않았다. 그래서 무영이 이겸을 만나러 가려 했지만 여리가 만류했다. 떳떳하게 나설 수 없는 그 마음을 다른 이들도 모르지 않았다.

　그날 밤, 마당에서 여리가 달도 뜨지 않은 텅 빈 하늘을 올려다보는 모습을 보고 무영은 알았다. 전하께서 기억을 찾지 않는 이상, 저들이 할 수 있는 일은 아무것도 없음을.

　다음 날 무영은 모습을 감추었다. 청나라 어느 곳에 기억을 돌아오게 하는 약초가 있다는 소식을 들었던 차였다. 그것을 찾기 전에 전하의 기억이 돌아온다면 더할 나위 없이 좋은 일이겠지만 결국 둘 중 어느 것 하나 이루어지지 않을 일이었다.

　"그분께서도 알고 계실 겁니다. 나리께서 많이 애써주신 것을요. 해독제는 구하지 못하였으나 그렇다 하여 이것이 끝은 아니지 않습니까? 이리 끝나기엔 너무도 각별한 연이었으니. 이젠 하늘의 뜻에 맡겨볼 밖에요."

　서래댁은 눈 속에서 핀 꽃을 바라보았다.

　친근하다 하였더니 누구를 닮았는지 이젠 알겠다. 꼿꼿한 모습이 그분을 꼭 닮았다.

　상선과는 운검 둘을 데리고 가는 것으로 의견 일치를 보았다. 먼발치에서 그림자처럼 따를 것.

　상선을 포함한 다른 이들은 예화에서 하루 동안 기다리기로 했다. 이겸의 귓가로 뒤를 따르는 운검의 기척들이 간간이 걸렸으나 신경이 거슬릴 정도는 아니었다.

기억을 더듬어 회연 고택으로 가는 언덕에 접어든 이겸의 걸음이 멎었다. 길이었던 곳이 완전히 무너져 지날 수 없게 되었기 때문이었다.

길이 끊어졌으니 다른 길을 찾아야겠지만 원래부터 여러 갈래의 길이 있는 곳은 아니었다. 이곳이 아닌 고택 뒷산 길은 예화가 아닌 아예 다른 길로 가야 해서 하루 만에 다녀올 거리가 아니었다.

옅은 한숨을 내쉰 이겸의 눈에 불현듯 조용히 힘이 들어갔다. 가볍지만 무예를 배우지 않은 자의 걸음. 낯선 기척이었다.

길을 찾아 걷는 이겸의 걸음이 점차 느려졌다. 마치 뒤를 따르는 이를 기다려주기라도 하듯.

무심히 걸어가던 이겸이 어느 순간 허리춤의 검을 뽑으며 등을 돌렸다. 스르릉, 시린 금속음이 순식간에 허공을 베었다. 우뚝 멈춰진 검은 어느새 줄곧 이겸의 뒤를 따르던 자의 목 앞에 멈추어 있었다. 서늘한 눈빛도, 일부러 그자를 기다린 검도 한 치의 흔들림이 없었다.

검이 목 바로 앞까지 다가왔으나 여리의 눈빛은 초연했다. 이겸이 그대로 베어버렸더라면 여리의 명은 다했을 것이나, 결코 겁을 내는 눈빛이 아니었다. 당황하지 않는 것은 이겸 또한 마찬가지였다.

"검을 쓰는 자의 뒤는 함부로 밟지 마시오. 언제 목이 날아갈지 모르니."

회연으로 간다는 말을 남긴 적이 없음에도 여인은 처음부

266

터 이겸이 어디로 갈 줄 알고 있었다는 듯 따라왔다. 이겸의 눈매가 가늘어졌다. 날카로운 이겸의 눈빛에도 여리가 무심히 눈썹을 슥 들어 올렸다. 역시나 겁이 없는 여인이었다.

"뒤를 밟다니요. 마땅히 돌려드릴 것이 있어 왔을 뿐입니다."

여리는 소매 속을 휘저어 무언가를 꺼냈다. 그리고 주먹을 쥔 채로 그것을 이겸의 눈앞에 내밀어 보였다. 이겸은 여리의 손으로는 시선을 옮기지도 않고 그녀의 눈에 대고 차갑게 물었다. 이것이 무엇이냐, 굳이 입 밖으로 소리를 옮길 필요도 없었다.

여리가 손을 펼쳐 보였다. 손바닥 위엔 이겸이 두고 갔던 엽전들이 고스란히 있었다.

"의원에서도 그렇고 주막에서도 그렇고 제가 언제 나리께 돈을 달라 했습니까? 저는 돈을 받고자 그런 호의를 보인 게 아닙니다. 이 돈은 받을 이유가 없으니 다시 가져가십시오."

"단지 이것 때문에 온 것이오?"

"계산은 계산입니다. 드시지도 않은 밥값을 불편하게 받을 이유가 없습니다. 알지도 못하는 분한테."

"나 또한 알지 못하는 이에게 호의를 받을 이유는 없소."

여리는 돈을 받지 않는 이겸에게 억지로 돈을 쥐어주었다.

"이보시오."

"그것이 첫 번째 이유이고, 두 번째는……."

"……."

"회연으로 가는 길을 알려드리기 위해섭니다. 여긴 길이 없으니 따라오십시오."

여리는 이겸의 답을 듣지도 않고 발걸음을 옮겼다.

이겸이 여리의 손목을 거칠게 낚아챘다. 그 바람에 둘의 팽팽한 시선이 허공에서 맞닿았다.

"그대 눈에는 지금 내가 장난을 하는 것처럼 보이는가. 내가 회연으로 가는 것은 어찌 알았소? 누구의 지시를 받기라도 한 것이오?"

가만히 있을 여리가 아니었다. 이겸의 시선을 똑바로 받은 여리가 이겸의 손을 뿌리쳤다.

"절 보낸 자가 궁금하거든 직접 알아내십시오. 그 잃어버리셨다는 기억을 떠올려서. 제가 누구인지 직접 말입니다."

여리가 잡혔던 손을 탁탁 털었다. 간택은 간택이고 내일 다시 볼 일이 없다 하여도 할 말은 하고, 해야 할 일은 해야겠다. 속을 알 수 없는 여인과 제 지나간 시간을 기억하지 못하는 사내의 시선이 불편하게 닿았다.

이겸은 멀리서 운검이 다가오려 하는 기척을 느꼈다. 무예를 배우지 않은 평범한 여인이라 운검들도 굳이 접근을 막진 않았으나 여인의 발길이 전하의 앞에서 멈출 것은 그들도 짐작하지 못한 일이었다. 운검들은 자신이 나서야 할 때를 가늠하는 중이었다.

이겸은 손을 가볍게 들어 거리를 좁히려는 운검을 제지했다. 물론 작은 손짓이어서 여리는 알지 못했다.

"어찌하시겠습니까? 같이 가시겠습니까?"

이겸은 답을 하지 않았다. 이 여인이 대체 어디까지 할 셈인가 지켜볼 심산 같기도 했다. 이겸의 침묵과 무표정을 동의로 받아들인 여리가 어깨를 으쓱거려 보였다.

"사양하지 않으시겠다는 걸로 알겠습니다. 그러면……."

말을 줄인 여리가 이겸을 향해 손을 뻗었다. 여리의 온기가 아무도 함부로 닿지 못하는 옥체에 꽃잎처럼 머물렀다 떠났다. 이겸이 잠시 멈칫했다. 손의 목적지는 이겸이 아니었다. 여리의 손이 닿은 곳은 이겸의 손, 더 정확히는 그가 쥐고 있던 돈이었다. 자신이 방금 돌려주었던 것. 여리는 제가 건넨 돈을 얼마간 다시 가지고 와 야무지게 한 냥, 두 냥, 손바닥 위에서 세었다. 정확히 다섯 냥이었다.

"이 돈만큼만 길 안내 값으로 받아두겠습니다. 이건 제가 호의로 하는 일이 아니라 정당한 값을 받고 하는 일이니까요."

이겸은 어이가 없어 피식, 마른 웃음을 낮게 지었다. 상선이 보았다면 혼비백산하였을 광경이었다. 감히 조선의 왕을 상대로 돈을 줬다 빼앗다니.

여리는 돈을 주머니에 넣고 총총히 앞서서 발걸음을 옮겼다. 알아서 따라오시라는 뜻이었다. 어찌되었든 회연 고택으로 가야 했기에 이겸도 잠시 멈춰 있던 발걸음을 다시 옮겼다.

낮부터 내리기 시작한 눈이 차츰 산길에도 쌓이기 시작했다. 뽀득뽀득, 눈 밟는 소리 주위로 눈송이들이 바람결을 타고 바닥으로 내려앉았다. 길을 안내하는 것은 여리였으니 그녀가 앞장서는 것 또한 당연했으나 눈 쌓인 산길에서는 좀처럼 속도가 나지 않았다. 그러나 빈말은 아니었던 듯 느리긴 해도 헤매는 법 없이 용케 길들을 찾아냈다. 물론 농이 섞인 약간의 생색도 잊지 않았다.

"저를 만나시다니 아주 운이 좋으신 겁니다. 제가 또 항상 이곳에 있는 사람은 아니거든요. 회연은 오가는 이들이 없어 길이 끊긴 이후에는 더욱 찾기 어려운 곳이 되었습니다. 그런 곳을 만나기 어려운 저를 만나 단돈 닷 냥에 가시다니 운이 좋으신 거지요."

이겸의 덤덤한 목소리가 이어졌다.

"언제부터 닷 냥이 단돈이 되었소? 이곳 예화 물가는 그러한가?"

"무릇 돈의 가치란 가진 이의 그릇에 따라 다른 것이 아니겠사옵니까? 저 같은 일개 촌부에게야 닷 냥이 큰돈이지만 나리처럼 높으신 분들에겐 그렇지 않겠지요. 물론 형편은 젖혀두고라도 시간은 재물에 비할 수 없다고도 하였습니다. 만약 나리께서 회연에 가신 일로 잃어버린 것을 찾으신다면 그 값은 적어도 닷 냥보다는 비싸지 않겠습니까? 재물로는 잴 수 없는 것을 찾으신 거니까요."

물론 눈길을 헤매지 않는 수고는 닷 냥에 비할 바가 아니었다. 여리의 하얀 손이 우거진 수풀을 밀어낼 때마다 빨갛게 얼어갔다. 이겸의 눈이 한기를 그대로 받아내고 있는 여리의 손에 머물렀다. 그러다 문득 붉게 언 귓불과 비녀에까지 시선이 이르렀다. 저 당찬 여인의 지아비는 어떤 자였을까.

"지금 가는 길들을 잘 기억해두십시오. 돌아오실 때 다른 길로 빠지시면 자칫 위험해지실지도 모릅니다."

여리가 이겸을 돌아보며 말했다. 덕분에 생각에서 빠져나온 이겸은 저도 모르게 일었던 호기심을 접어두었다. 생각이 또 제멋대로 뻗어나가 버렸다. 잡념을 떨친 이겸이 길가의 나무를 손으로 슬쩍 만져보았다. 짐승이 쓸고 간 자국. 여리의 말처럼 길 하나를 경계로 짐승들이 드나드는 길목이 갈렸다.

이겸은 생각에 잠겼다. 잠시 후, 보폭을 성큼성큼 늘인 이겸이 여리보다 앞서 나갔다.

검집으로 수풀들을 휙휙 쳐내니 여리가 걷는 것이 절로 수월해졌다. 덕분에 여리의 손이 눈으로 인해 얼 일도 없어졌다. 여리의 입가에 이겸은 눈치채지 못할 만큼의 작은 미소가 머금어졌다. 옛 기억은 아련하고 그리웠다.

지나간 일들을 알 리 없는 이겸은 건조하게 말을 이었다.

"낯선 이에게 눈 뜨고 돈을 빼앗기는 것보다 더 위험한 일이 생긴단 말이오?"

'낯선 이'란 여리를 두고 하는 말이었다.

"세상에 빼앗길 것이 돈밖에 없다 생각하십니까? 그보다 얼마든……, 꺄악!"

뒤따르던 여리의 비명에 이겸이 서둘러 뒤돌아보았다. 이겸이 쪼그리고 앉은 여리에게로 달려가 자세를 낮추었다.

"무슨 일이오? 다쳤소?"

"다친 것보다도 훨씬 중한 일입니다! 천관 열매입니다. 천관!"

화색을 띤 여리가 새하얀 눈밭 위에 홀로 붉게 여문 열매를 감격스럽게 바라보았다. 이겸의 미간이 좁아졌다. 비명으로 사람을 놀라게 하고는 고작 열매라니.

여리가 붉고 영롱한 열매 몇 알을 조심스럽게 따서 이겸에게 내밀었다.

"드셔보십시오. 워낙 귀한 것이라 돈을 주고도 못 구하는 것입니다. 몇십 년에 한 번, 딱 사흘만 열매를 맺지요. 기력을 회복하는 데 두루두루 좋습니다."

"그대나 많이 드시오."

이겸이 심드렁하게 답했다. 그리고 다시 일어서 남은 수풀들을 걷어내는데 이겸의 앞으로 여리의 동그란 얼굴이 쏙 나왔다. 덕분에 이겸의 걸음이 멎었다.

"나리가 아니라 저를 위해 권하는 것입니다."

여리가 시선을 아래로 내려 이겸의 신발을 가리켰다.

"아무리 곱고 좋아도 이런 눈길에 태사혜라니요. 벌써 반절 이상 젖었으니 이대로 가다간 발이 어는 건 시간문제입니다. 갈 길도 한참 남았는데 나리께서 아프시기라도 하면 그 수고가 고스란히 누구에게로 가겠습니까? 미리 말씀드리지만 전 나리를 업고 갈 자신이 없습니다."

"……."

"천관 열매는 여러 별칭이 있으나 그중에서도 천동삼, 하늘이 겨울에 내린 삼이라는 뜻도 있습니다. 실제로 눈 속에서 얼어 죽어 가던 이가 이걸 먹고 살아났다는 이야기도 있으니까요. 이런 날엔 몸에 열기를 더해주어 산길에서 손발이 얼지 않도록 도와주기도 합니다. 발가락이 잘못 얼면 잘라내야 하는 거 아시지요?"

겁박과 염려의 경계를 넘나들며 권하는 말솜씨가 훌륭한 여인이었다. 저 좋자고 주는 것이라 하였으나 결국 그 속에 담긴 뜻은 이겸을 염려해서였다. 여리가 맑은 눈망울을 깜빡, 깜빡 강아지처럼 떠 보이며 말을 이었다.

"싸게 두 냥에 드리겠습니다."

그럼 그렇지. 염려는 무슨.

어처구니가 없다는 듯 고개를 절레절레 젓은 이겸이 몸을 돌리려 하자 여리가 팔을 쫙 펴며 그 앞으로 다시 뛰어들었다.

"아, 알겠습니다. 알겠습니다. 단돈 한 냥!"

"……."

"그분 참! 흥정할 줄 아시는군요. 닷 푼에 가져가십시오."

길이 가로막힌 이겸은 미간을 찌푸리며 여리를 보았다. 이겸의 시선을 주눅 들지 않고 받아내던 여리도 시선이 장시간 이어지자 슬쩍 눈을 옆으로 돌렸다.

이겸이 여리에게로 한 걸음 다가섰다. 여리가 저도 모르게 주춤 뒤로 반걸음 물러섰다. 살랑살랑 부는 바람이 이겸의 갓끈을 스쳐갔다. 한겨울 산중에서 부는 바람에 살이 에일 법도 한데 서로를 바라보는 둘은 이 순간만큼은 전혀 춥지 않왔다.

"내 처음 보는 그대의 무엇을 믿고 그것을 먹는단 말이오? 하여……."

이겸이 말 사이를 띄우고 다시 한 번 성큼 다가섰다. 여리가 시선을 피한 채로 자연스럽게 또 물러났다. 천관 열매를 내밀 었던 손도 어느새 슬그머니 내려가 있었다. 가까워도 너무 가까운 탓이었다.

"내 그대를 알고자 세 가지 질문을 하겠소."

"무엇입니까?"

"첫째, 그대의 말처럼 회연은 사람이 쉬이 드나드는 곳이 아니오. 아무도 살지 않는 곳이니. 한데 어찌 그대는 이 길을 알지? 그것도 짐승의 길과 사람의 길을 정확히 구분할 정도로."

사람이 다닐 법한 길은 여리가 찾은 것이었으나 짐승의 길을 피하는 법은 이겸이 가르쳐준 것이었다. 여리는 잠시간의 당황스러운 마음을 떨치고 이겸의 눈을 태연하게 보았다.

"저 또한 지금의 나리처럼 이전에 다른 이의 도움을 받은 적이 있습니다. 하여 이 길이 친숙한 것입니다."

"둘째, 그대의 말대로라면 우리가 초면은 아닌 듯한데. 그대의 이름은?"

생각지 못한 이겸의 물음에 여리의 가슴이 덜컥 내려앉았다. 결코 어려운 질문이 아니었으나 이 순간 여리가 답하기 가장 조심스러운 질문이 바로 그것이었다.

"전하, 좌의정 대감이 들었사옵니다."

상왕전 앞을 지키고 있던 내관이 상왕 이혼에게 좌의정이 왔음을 문 너머로 알렸다.

"들라 하라."

상왕이 알현을 허하자 좌의정은 문이 열리기 전, 한 번 더 제 매무새를 다듬었다. 주상도 영의정도 그 속을 알 수가 없으니 지푸라기라도 잡는 심정으로 찾은 곳이 상왕께서 계시는 바로 이곳 상왕전이었다. 그러나 막상 너무 쉽게 만날 수 있게 되자 좌의정 문백은 뒤늦은 후회가 남아 영 찝찝했다. 거동도 하지 못할 정도로 쇠약해진 상왕을 만난다 한들 뾰족한 수가 생기겠는가.

내관의 안내에 따라 문백이 문턱을 넘었다. 열린 창으로 눈 내리는 풍광을 보고 있는 상왕의 뒷모습이 보였다.

문백은 바닥에 납작 엎드려 예를 표했다.

"상왕 전하, 좌의정 문백이 전하를 뵙사옵니다. 그간 강녕하셨사옵니까?"

그러나 들려오는 답은 없었다. 침묵 속에서 문백은 묘한 느낌을 받았다. 내내 환을 앓은 이의 거처에서 그 어떤 탕약 냄새도 풍기지 않은 탓이었다. 그간 위중한 상태 탓에 어느 누구의 방문도 허하지 않았던 상왕이었다.

천천히 몸을 돌린 상왕의 옷자락이 '사르륵' 소리를 냈다. 궁금증을 이기지 못한 문백은 마른침을 한 번 꿀꺽 삼키고 고개를 들었다.

옮겨 간 시선을 따라 바닥을 딛고 선 상왕의 버선이 보였다.

그 위로 은은한 빛깔의 도포가 자리했고, 무례하게도 눈을 차츰 올리니 마침내 고요한 용안이 보였다. 그 순간, 문백의 눈이 커졌다.

병환을 이유로 세제였던 아우에게 선위를 한 상왕의 용안엔 그 어떤 병색도 없었다. 오히려 그전보다 훨씬 좋은 혈색을 지니고 반듯하게 서 있었다. 눈빛은 예나 지금이나 서늘하여 사람을 꿰뚫어보는 듯할 정도이니, 이분을 두고 어느 누가 환 중에 계신 분이라 하였는지 따져 묻고 싶을 정도였다.

문백은 다음 말을 잇는 것조차 잊고 입을 살짝 벌렸다. 그런 문백의 앞에서 이흔은 한쪽 입꼬리를 비틀어 올리며 여유로운 미소를 지었다.

"어인 일인가?"

"다, 다름이 아니오라 간택령으로 인하여 상왕 전하의 고견을 여쭈고자 찾아뵈었사옵니다."

상왕의 미소에서 문백은 직감적으로 저가 헛걸음을 한 것이 아님을 알았다.

오랜 세월 조정 대신으로 지내며 얻은 경험이 그리 말하고 있었다.

눈 내린 후원을 뒤로하고 이흔이 웃었다. 눈만큼이나 희고 찬 미소는 쉬이 속을 알 수 없었다.

이겸이 여리의 답을 기다렸다. 이겸의 눈앞에서 차마 다른 답을 찾지 못한 여리는 마침내 천천히 입을 열었다.

"제 이름은 여리입니다."

이겸은 '여리'라는 이름이 익지 않는 듯 별다른 반응이 없었다. 짐작한 대로 이겸이 아무런 반응을 보이지 않자 여리는 일부러 목소리를 높여 감정을 숨겼다.

"천관 열매를 드시지 않는 걸 보니 아직도 저에 대한 의심을 거두지 않으신 것 같은데 내키지 않으면 관두십시오. 그냥 이 귀한 거 저나 먹어야겠습니다. 제가 먼저 먹었는데도 믿지 못하시면 더 이상 드릴 말씀은 없습니다만."

여리가 볼을 불퉁하게 부풀리며 열매 한 알을 조물조물 씹어 먹었다. 귀하디귀한 열매인데 무슨 맛인지도 모르겠다. 두 개째, 세 개째의 열매가 연이어 입 속으로 들어갔다.

붉은 열매 과즙이 금세 여리의 입술에 배어났다. 이겸이 시선을 거두지 않은 탓에 여리는 제 입가에 무언가 묻었나 싶어 손등으로 입술을 슥 훔쳐냈다. 한데도 좀처럼 이겸의 시선이 떨어지지 않았다. 여리가 다시 한 번 입술을 뭉개듯 닦으려 하자 이겸이 여리의 손을 쥐었다. 여리의 눈이 동그래졌다.

이겸은 여리의 붉은 입술에서 그녀의 손을 천천히 물러나게 했다. 물러난 손을 대신해 이겸의 얼굴이 그만큼 가까워졌다. 숨을 멈춘 여리가 다가온 이겸의 두 눈을 번갈아 보았다.

"세 번째 질문."

이전의 질문과는 달리 이겸의 목소리가 가라앉았다.

"내가 한양으로 돌아갈 때."

사로잡힌 여리의 손이 살짝 떨려왔다. 마지막 질문은 귀가 아닌 맞닿은 손을 타고 여리에게로 흘러들었다.

"그대에게 함께 가자 청한다면?"

마주 선 이겸과 여리 사이로 무게를 지니지 않은 눈송이들이 내려앉았다. 눈이라도 내리지 않았다면 시간이 멈추었다고 생각해도 좋을 고요가 이어졌다.

얼마간의 시간이 흐르고 여리가 먼저 침묵을 깼다.

"한양에 사는 높으신 분들은 다 그러하십니까?"

"무엇을?"

"지아비가 없는 여인은 함부로 대해도 된다 생각하십니까."

여리의 일침에 이겸이 가까워졌던 고개를 거두고 천천히 허리를 곧게 세웠다. 두 남녀의 눈빛은 연정을 거론하기에는 너무나도 침착하고 차가웠다.

"사내가 마음에 든 여인에게 마음을 내어 보이는 것이 어찌 함부로 대하는 것인가?"

"물어보셨으니 세 번째 물음에 대한 답도 드리지요. 전 가지 않습니다. 그러니 청하지 마십시오."

여리는 잠시 말 사이를 띄웠다. 내색하진 않았으나 어딘지 그에게 실망한 듯한 여리의 목소리에 이겸의 심장이 다시금 지끈거렸다.

"내가 진심이라 하여도?"

"농은 그쯤 해두십시오. 나리께서 제게 함께 가자 청하셨을 땐 둘 중 하나이실 겁니다. 나리의 말씀처럼 저를 원하셔서, 혹은 어떤 일로 인해 제가 필요해서. 그러나 지금 나리의 눈 속엔 연정과 필요, 둘 중 그 어느 것도 담겨 있지 않습니다. 그런 말씀을 가벼이 할 정도로 저를 미천하게 보신 것이 아닙니까? 제가 지아비를 잃은 여인이라서 말입니다."

이겸은 손끝으로 여리의 턱을 들어 올렸다. 여리의 고개가 당겨지며 두 사람의 시선이 다시금 맞닿았다.

"이보시오. 내내 나를 가벼이 여기고 있는 쪽은 그대요. 약방에서야 우연히 마주친 것이라고 하여도 보통은 주막이나 이런 산길까지 쫓아오진 않지. 그대도 내게 이런 것을 바라고 쫓아온 것이 아닌가?"

일부러 상처를 주는 이겸의 말에 여리의 얼굴이 한순간에 달아올랐다. 여리는 수치심으로 인해 쓰개 속에 감추어진 제 손을 바들바들 그러쥐었다.

이겸의 으르렁대는 듯한 목소리가 이어졌다.

"그대 말처럼 내가 회연으로 찾으러 가는 것은 잃어버린 시간이오. 내가 기억하지 못하는 시간은 채 몇 해가 되지 않는데 그대는 그 이전에도, 그 이후의 기억에도 없소. 그러니 날 알고 있었다는 그런 뻔한 거짓말은 집어치우고 나를 따라온 진짜 목적을 말하시오. 돈 몇 푼에 움직인다는 것보다는 솔직한 쪽이 서로에게도 좋을 듯하니."

"저는 거짓을 말한 적이 한순간도 없습니다. 지금의 나리를 뵈니 제가 알던 그분이 아니신 것 같군요. 제가 알던 그분은……."

그리 차가운 눈으로 보던 분이 아니셨습니다.

말을 삼킨 여리가 이겸에게 잡힌 고개를 물리려 했으나 이겸은 오히려 여리의 허리를 안아 제게로 당겼다. 여리가 이겸의 어깨를 붙잡고 밀어냈다. 그러나 여리를 단단히 잡은 이겸의 팔은 풀리지 않았다.

"어찌 이러십니까?"

"나는 내 눈에 보이고 내가 아는 것만 믿소. 그러니 기억나지도 않는 것들을 들먹이며 더는 신경 쓰이게 하지 말고 내게 다가오지 마시오. 그대가 보태지 않아도 지금의 난 충분히 혼란스러우니."

"아니요. 나리의 말씀엔 나리의 마음이 깃들어 있지 않으니 전혀 위협이 되지 않습니다. 또한 마음이 없으니 어떤 겁박을 하신들 저를 한낱 노리개 삼아 가지실 순 없을 겁니다."

품 안에서 바들거리는 여인의 떨림이 그대로 전해져왔다. 그러나 여인은 떨고 있는 와중에도 저를 향한 노기 어린 눈초리를 풀지 않았다.

여리의 시선을 묶어둔 이겸은 낮은 목소리로 한 글자 한 글자 힘을 주어 경고했다.

"내가, 이 조선에서, 가질 수 없는 것은…… 그 어느 것도 없소."

날을 세우는 이겸의 눈빛으로 인해 여리의 가슴이 먹먹해졌다. 그동안 무슨 일이 있었기에 낯선 이를 이렇듯 모질게 경계하시는 것일까 마음이 아파왔다.

상처를 주어 돌려보내려는 나리의 마음은 잘 알았습니다. 그러니 이제 그만하십시오. 다른 이를 아프게 하면 그보다 더 아파하셨던 나리가 아니십니까?

여리가 질끈 눈을 감았다. 세상으로부터 들어오는 빛을 막고 가슴속으로 들어오는 이겸의 눈빛을 막았다.

저는 이겸에게 경계해야 할 이, 그 이상도 그 이하도 아니었다. 그가 눈 속에서 길을 잃을까 짐승을 만날까 염려하는 일 또한 제게는 더 이상 허락되지 않는 일이었다.

"저는 나리께서 가지지 못한 첫 번째가 되겠군요. 제게 수치를 주어 쫓아내시려는 나리의 뜻은 충분히 잘 알았습니다. 그만 이 손들을 물려주십시오. 알아서 돌아가겠습니다."

마음을 굳힌 여리가 눈을 뜨고 결연하게 이겸을 보았다. 그런 여리를 보는 이겸의 얼굴에서는 아무런 감정도 느껴지지 않았으나 그렇다 하여 그의 마음 또한 고요한 것은 아니었다.

"눈치가 빠른 이라 다행이오."

이겸이 여리에게서 천천히 손을 물렸다.

점차 눈발이 굵어지고 있었다. 더 이상 지체하였다가는 쌓인 눈으로 인해 홀로 돌아갈 여인이 위험할 것이다. 이대로 날이 저물면 먹이를 구하러 나온 산짐승을 만날지도 모를 일이니 모진 말을 해서라도 돌려보내야 했다. 흔들리는 마음이야 얼굴을 보지 않으면 저절로 끊어질 터.

"길은 저리로 곧장 내려가시면 커다란 바위가 있습니다. 그곳에서 좌로 돌아가시면 회연으로 가는 길이 보일 것입니다. 살펴 가십시오."

뒤돌아선 여리의 어깨선이 처연했다. 이윽고 눈 밟는 소리가 뽀득뽀득, 천천히 이어졌다.

돌아보지 말자. 돌아보아선 아니 된다. 나리의 뒷모습보다는 저를 처음 보는 이처럼 대하시던 얼굴을 기억하는 편이 시간을 건디기에 나을 것이니.

그리 다짐하고 다짐했건만 이윽고 여리의 발걸음이 멈췄다. 눈가가 뜨거웠다. 머리가 아닌 가슴이 마지막으로 딱 한 번 그녀를 돌려세웠다. 이겸의 뒷모습이나마 눈에 담기 위해서였다. 이대로 가시면 저 같은 것은 잊고 내내 편안하실 그분을 마지막으로 한 번만 돌아볼 것이다.

한데, 아니었다. 이겸은 여리의 짐작과는 달리 그 자리에서 줄곧 여리를 보고 있었다. 그것도 여리는 차마 깊이를 가늠할 수도 없이 공허한 눈빛으로.

그사이 눈이 새하얗게 이겸의 어깨와 갓 위로 내려앉았다.

여리의 눈빛이 흔들렸다.

곧이어 여리의 시선이 산 위를 향했다. 며칠간 쌓이고 쌓인 산중의 눈이 제 무게를 이기지 못해 무너지고 있었다.

"나리!"

급히 이겸을 향해 달려간 여리가 본능적으로 그를 안전한 곳으로 밀었다. 저는 미처 피하지 못한 여리가 이겸을 대신해 무너지는 눈 더미에 휩쓸렸다. 순식간의 일이었다.

"이⋯⋯."

여리를 부르는 이겸의 목소리가 지워졌다. 시린 눈덩이들로 인해 여리의 몸이 경사진 길로 떠밀렸다.

휩쓸리는 것 이외에 아무것도 할 수 없던 여리의 손이 순간, 단단한 힘에 의해 붙들렸다. 홍수를 이룬 눈들은 여리의 발밑으로 굴러떨어졌다. 여리는 눈 속에서 제 오른손을 붙든 이를 올려다보았다. 여리를 잡은 이겸의 손등 위로 힘줄이 불거졌다. 두 손으로 여리의 무게를 온전히 지탱하고 있는 이겸의 어깨로 통증이 가해졌다. 이겸의 고통을 알아차린 여리가 아무것도 밟히지 않는 제 아래를 내려다보려던 찰나였다.

"보지 마시오. 이대로, 나만 보시오."

아득한 허공에서 겁을 먹은 여리의 입술이 떨렸다.

떨어질 것이 두려운 것이 아니었다. 저로 인해 이겸마저 다칠까, 다만 그것이 두려웠다.

"노, 놓으십시오, 나리. 이대로라면 함께 떨어지십니다!"

눈발과 함께 거세진 바람이 여리와 이겸의 뺨을 휘갈겼다. 하필 바람이 모이는 골이었다.

이겸이 어금니를 으득 베어 물었다.

"제발요! 함께 떨어지시면 아니 됩니다."

"은혜도 모르는 파렴치한 이가 되라 하는군."

이겸이 애써 웃어 보였다. 그러나 여리의 말처럼 그들과 멀지 않은 곳에 있던 얼음 조각이 떨어져나갔다. 높이를 가늠할수도 없는 바닥에 부딪혀 얼음이 와장창 부서졌다. 지켜보는 운검들 또한 저들이 움직이면 얼어붙은 땅에 충격이 가해질까 섣불리 움직일 수 없었다. 도우려는 손길이 오히려 이겸을 위험하게 만들 수 있는 상황이었다.

여리가 하얗게 질린 얼굴로 울먹였다.

"놓으십시오. 이곳에 온 것 모두 제가 원해서 온 것입니다. 나리까지 다치실 이유가 없습니다."

"나는 놓을 생각이 없으니 그대가 마음을 바꾸는 게 좋겠소. 나를 도울 것이라면 남은 손도 나를 단단히 잡으시오."

여리를 안심시키기 위해 미소를 지은 이겸이 허공에 놓인 여리의 왼손을 눈으로 가리켰다. 다시금 얼어붙은 땅에 우지끈, 진동이 느껴졌다.

여리의 입술이 떨렸다. 이겸이 두려움으로 인해 저도 모르게 시선을 옮기려는 여리를 향해 외쳤다.

"어서!"

이겸의 일갈에 마침내 여리가 두 손으로 이겸을 꽉 잡았다.

처음부터 다른 선택지는 없었다. 이겸을 살리려면 제가 살아야 했다. 나리께서는 절대 놓지 않으실 것이니.

"잘했소. 이제 발을 뻗어 짚이는 곳에 가져다 대시오. 그런 다음 내가 그대를 끌어 올릴 것이오."

여리가 필사적으로 발을 뻗어 경사진 길에 가져다 대었다. 그러나 얼어붙은 길은 자리를 내주지 않고 그녀를 자꾸만 밀어냈다.

"할 수 있소. 나만 보고 나를 믿으시오."

여리는 한 번 더 힘을 내어 길을 더듬었다. 마침내 단단한 돌 하나가 밟혔다.

"그대가 박차고 오르면 내가 잡으리다. 그때 나를 세게 당기시오."

"그리되면 나리가……."

"믿으시오. 그게 그대도 살고 나도 사는 길이오."

지체할 시간은 없었다. 여리는 눈발이 휘몰아치는 하얀 세상 속에서 오로지 이겸만을 보고 이겸만을 의지했다. 이 세상에 다른 것은 존재하지 않는 듯 이겸의 미소와 저를 붙들어준 온기만 바라보았다. 마침내 여리가 발을 박차며 이겸을 잡은 손을 당겼다. 그에 맞추어 이겸 역시 마지막 힘을 내어 여리를 제게로 세게 끌어 올렸다. 당기고 당겨지는 힘들이 서로를 단단히 붙들었다.

이겸의 말처럼 서로에게 보태진 힘으로 인해 두 사람은 안전한 길 안쪽으로 온전히 넘어갔다. 손과 팔에 약간의 생채기를 얻었지만 목숨을 지킨 값에는 비할 바가 아니었다.

바닥에 누운 이겸이 제 옆의 여리를 보며 웃음 지었다.

"내 뭐라 했소. 할 수 있을 것이라 하지 않았소?"

이겸이 몸을 일으켜 앉았다. 이겸을 보는 여리의 눈에서 금세 뜨거운 눈물이 뚝뚝 흘렀다. 저를 쥔 이겸의 손에는 얼음에 쓸린 붉은 생채기가 자리하고 있었다.

이겸은 여리의 눈물이 제 손 위에 떨어지는 것을 본 이후에야 자신이 아직도 여리의 손을 아프게 잡고 있음을 깨달았다.

"이런, 미안하……."

이겸의 말은 더 이상 이어지지 못하고 멎었다. 그를 잃을까 두려웠던 여리가 이겸을 세게 끌어안았기 때문이었다.

순식간에 여리 특유의 향이 그에게로 밀려들었다. 서래댁이 보았던 눈 속의 들꽃처럼 이겸의 품 안으로 꽃향기가 스몄다.

여리의 눈물이 제 어깨를 적셔오자 이겸은 당황했다. 그러나 이내 여리가 바들바들 떨고 있음을 느낀 이겸은 움직이려던 제 고개를 멈추었다.

실상 여리에게 모진 말들을 했던 것은 다른 누구도 아닌 이겸 자신 때문이었다. 목소리의 주인을 찾으려 이곳까지 왔건만 댕기의 주인을 찾기도 전에 다른 여인에게 흔들리고 있는 모습이 못나고 한심했기 때문이었다.

게다가 사별한 여인이라니. 제아무리 왕이라 하여도 지켜야 할 금기는 있는 법이다.

내리는 눈이 두 사람을 제외한 다른 세상을 잠시나마 가려주었다. 허공에서 어색하게 머뭇거린 이겸의 손이 조용히 여리의 등 위로 내려앉았다. 이제 괜찮다고, 그러니 안심하라고 느리지만 따스하게 토닥여주었다. 눈 속에 피어난 꽃을 위로하듯.

두 해 동안 삼키고 삼켰던 여리의 울음이 그렇게 터져 나왔다. 이겸은 제게 안겨 엉엉 울어버리는 여인을, 참으로 서러운 그 울음을 그저 가만히 받아주었다. 서로를 향해 세웠던 시린 감정들은 눈 속에서 흔적도 없이 사그라들고 있었다.

오래도록 이어지던 여리의 울음이 점차 잦아들었다. 얼마나 목 놓아 울었는지 울음의 끝엔 작은 훌쩍임이 매달려 있었다. 울음을 완전히 떨친 여리가 팔을 풀고 천천히 뒤로 물러났다. 이겸은 뭐라 말을 이어야 할지 마땅한 말을 찾지 못했다.

이겸이 먼저 일어서서 여리에게 손을 내밀었다. 잠시간 그 손을 물끄러미 보고 있던 여리는 이겸의 손을 잡지 않고 제 힘으로 일어섰다. 눈가는 여전히 붉은 채였으나 더 이상 겉으로 흐르는 눈물은 없었다.

"괜찮소?"

"송구하옵니다. 제가 높은 곳을 무서워하여 어지간히 놀란 모양입니다. 나리께 결례를 범했습니다."

이겸의 입이 다시금 다물어졌다. 여리의 목소리가 건조하게 바뀌어 있었다. 알고 있다. 여인을 그렇게 만든 것은 다른 누구도 아닌 바로 이겸 자신이었다. 여인은 마치 두 사람이 이제 처음 만난 듯 깍듯하게 거리를 두려 하고 있었다. 예를 갖춰 내리깐 시선은 더 이상 이겸을 향하지 않았다.

"살려주신 은혜는 다시 만날 길이 없어 갚을 수는 없사오나 평생 마음에 새기고 감사하며 살겠습니다. 더 이상 나리를 귀찮게 해드릴 일은 없을 것이니 심려 마십시오."

"……."

"곧 날이 저물 터인데 회연에 무사히 닿으시길 기원하겠습니다. 감사했습니다."

여리는 저를 살려준 보답으로 이겸에게 정성을 다해 절을 올렸다. 이겸은 차가운 눈 위에 앉은 여리를 일으키려 손을 뻗었으나 차마 닿지 못하고 그저 허공에서 말아 쥐었다.

그리한다 하여 무엇이 달라지는가. 여인에게 다가오지 말라 모질게 굴었던 이는 자신이었다. 어쩌면 순수한 마음으로 그를 생각해주었을지도 모를 이에게 이겸은 흔들리는 마음을 핑계로 못나게 굴었다. 책임지지 못할 감정이라면 시작하지 않는 편이 이겸에게도, 눈앞의 이에게도 좋았다.

이겸은 감정을 지운 목소리로 여리의 인사에 답했다.

"고마웠소. ……살펴 가시오."

이겸의 허락에 여리가 천천히 일어섰다.

이겸은 마지막 인사를 남기고 떠나가는 여리를 붙잡지 못했다. 그저 눈을 질끈 감아버리고 멀어지는 발자국 소리만을 귀에 담았다.

한순간 저를 흔들었던 소리가 바람 소리와 더불어 점차 흐려졌다. 걸음 소리마저 들리지 않게 되고서야 이겸은 슬프고 담담하게 눈을 떴다. 운검 둘이 훌쩍 바닥으로 뛰어내렸다.

"하운, 네가 저 여인의 가는 길을 은밀히 지켜주거라. 곧 날이 저물 것이니 돌아올 필요는 없다. 예화에서 상선과 함께 기다리거라."

"명 받들겠습니다."

하운은 민첩하게 사라졌다. 질기게 휘몰아치던 눈발이 점차 가늘어지고 있었다.

이겸의 입술 사이로 회백색 숨이 흩어졌다. 이제 여기까지 저를 불러들인 진실을 마주할 시간이었다.

"가자. 반드시 확인해야 할 일이 남았으니 지금까지처럼 사이를 두고 따르거라."

남은 운검이 고개 숙여 명을 받았다.

칼날 같은 바람에 이겸의 두터운 옷자락이 펄럭였다. 남기고 가는 미련은 돌아보지 않으려는 듯 제 품에 남은 여인의 향을 바람결에 실어 보냈다.

한편, 이겸이 보이지도 않을 만큼 멀리 떠나온 여리는 어느 순간 천천히 돌아섰다. 이겸이 가고 있을 회연 방향을 보던 여리가 소리 없이 절을 올렸다. 절은 그 이후로도 두 번이 더해졌다. 처음 이겸에게 올린 것까지 합하면 총 사배. 오직 왕께만 올릴 수 있는 예였다.

그간의 서러움을 그의 품에서 토해낸 여리는 어딘지 홀가분한 표정이었다. 모두 비워버리고 나니 오히려 가득 찬 느낌이 들었다. 공허하였으나 공허하였기에 차라리 다행이었다. 이제 마음속에서만 그를 그릴 것이다.

마지막 인사를 하는 여리의 눈에 애틋한 빛이 스쳤다.

강녕하십시오…… 전하.

제22장

달빛 위의 발걸음

여리가 일러준 길로 가니 과연 원래 회연으로 드나들던 길목이 보였다. 무너진 길을 대신해 조금 돌아오긴 했지만 그곳부터는 이겸 혼자서도 능히 길을 찾을 수 있었다.

뽀득뽀득―.

고택이 가까워 올수록 눈 지르밟는 소리 사이로 뛰는 제 심장 소리가 끼어들었다.

어느 날 눈을 떴을 땐 이미 궁이었다. 숨이 끊어져가던 것을 상왕께서 살펴 데리고 온 길이라 하였다.

이겸의 머릿속은 안개처럼 뿌옇게 흐려졌고, 저가 어찌하여 궁으로 돌아온 것인지 알고 있는 이는 주위에 아무도 없었다. 흔적도 없이 사라진 검은 흉터를 따라 몇 해 동안의 시간이 깨끗하게 지워졌다.

김 상궁도 무영도 동아도 모습을 감추었고, 원인 모를 답답함은 체증처럼 가슴에 남았다. 어의는 그의 헛헛함이 다만 독초를 해독하는 과정에서 생긴 증상이라고만 하였다.

그럼에도 회연을 찾아오지 않았던 것은 그 이후 이겸의 삶 역시 순탄한 것은 아니었기 때문이었다. 뒤를 돌아볼 겨를 따위 없이 매 순간을 벼랑 끝에 선 것처럼 버티고 견뎠다.

궁에서 살아남기 위해 몸을 낮추고 숨을 죽인 것은 그것이 왕가의 혈통을 이어받은 자의 무게이자 책무였기 때문이었다.

과연 그것이 다였을까?

이겸 스스로 회연에서의 시간을 꺼내보는 것이 두려웠던 것인지도 몰랐다. 아무것도 확신할 수 없었고, 때때로 저조차도 낯설어 담을 넘는 것이 망설여졌다.

하여 꿈속에서 그리도 애타게 부르던 여인의 목소리 역시 환청이라 믿어버렸다.

아픈 마음을 돌보아줄 이는 아무도 없었다.

어느새 날이 저물었다. 산중에 휘몰아치던 눈은 거짓말처럼 그치고 검푸른 하늘에 오롯이 보름달이 솟았다. 나무에 가려 온전한 달은 보이지 않았지만 이제 저 길만 내려가면 숲이 끝나고 강이 보일 것이다. 사방이 트인 그곳에 가면 달빛이 잠긴 강물이 흐르고 익숙한 고택이 보일 것이다. 거기부터는 눈을 감아도 길을 그릴 수 있다.

고택은 같은 모습으로 머물러 있겠지만 몇 해간 제 곁을 지켰던 폐월화는 이제 수명을 다해 져버렸을 것이다. 일곱 해만 사는 폐월화는 스스로 필 수 있는 꽃이 아니었다.

시든 꽃을 일일이 가져와 그 안의 씨를 솎아내는 것은 손이 많이 가는 일이었다. 단단하게 달라붙은 줄기를 가르고 하나하나 손으로 매만져야 했다.

그렇게 얻은 씨앗이 다 싹을 틔울 수 있는 것도 아니요, 폐월화가 자랄 수 있는 흙에 심어야 뿌리를 내리는 까다로운 꽃이었다. 그 흙이 있는 땅을 찾는 자체가 천운을 필요로 했다.

나무 사이로 비취빛으로 영롱하게 빛나는 물결이 반짝였다. 그것만으로도 이겸의 가슴이 쿵쾅대며 잠시간 앞이 흐려졌다. 누군가 그림을 갈아 끼우는 듯 흐린 막이 시야를 가렸다가 사라지곤 하였다.

깜빡깜빡, 걸음을 옮길 때마다 머릿속 빛도 켜졌다 꺼졌다를 반복했다. 이겸은 긴 숨을 천천히 내쉬고는 강을 건널 수 있는 다리 쪽으로 갔다.

다리는 고택 외곽의 보이지 않는 곳에 있어 처음 회연에 당도한 이들은 알지 못하였다. 예화에서 오는 길목에서 바로 이어지는 것이 아니라 제법 돌아가야 했지만 금일 밤은 돌아가는 발걸음마저도 가벼웠다.

삐걱대는 나무다리를 건넌 이겸의 발이 마침내 새하얀 모래 위를 덮고 있는 눈에 닿았다. 익숙한 지형과 흙의 질감을 몸이 기억했다.

그리운 생각에 고요한 고택 담장 둘레를 따라 걷던 이겸의 걸음이 느려졌다. 잘못 본 것이라 생각하였다. 스치듯 본 붉은 물결은 그 자리에 있을 수 없는 것이었다.

이겸은 고택 대문 앞에 위치한 폐월화 밭을 향해 발걸음을 옮겼다. 주춤거리며 느리게 시작한 걸음은 점차 성큼성큼 빨라지고, 마침내는 뛰듯이 그곳에 당도했다. 그곳에 멈춘 이겸이 가쁜 숨을 몰아쉬었다.

이겸의 시야 가득 폐월화의 붉은 물결이 장대하게 출렁거렸다. 달빛을 받은 폐월화는 만개해 하얀 눈 위에서도 특유의 반짝임을 머금고 있었다.

"어찌……."

혼자서는 절대 필 수 없는 꽃이었다. 왕가에서 비밀스럽게 내려온 꽃은 바람결에라도 다른 곳에서 함부로 피지 않았다. 그런 폐월화가 이겸의 눈앞에 거짓말처럼 피어 있었다.

"대체 누가……."

회연은 본디 사람이 사는 땅이 아니었다. 그런 이곳에 드나들 수 있는 이는…….

그 순간 폐월화의 진한 향이 이겸의 폐부 깊숙이 스몄다. 머릿속에서만 그렸던 향이 그의 눈으로, 코로, 귀로 순식간에 흘러들었다.

황홀한 향은 혈관을 타고 이겸의 손끝으로, 발끝으로 퍼져 나갔다. 휘몰아친 향은 다시금 이겸의 심장을 쿵쿵 두드렸다. 순간 현기증을 느낀 이겸이 크게 휘청거렸다. 깨질 듯한 두통이 잇따랐다.

이겸의 허리춤에 묶인 검이 공명하며 울었다. 검의 귀성에 손잡이를 쥐던 이겸의 머릿속으로 몇 개의 빛이 스쳤다. 그 위로 소리가 덧입혀졌다.

―너를 잃을까 겁이 났다.

―춥구나. 많이.

이곳에서 있었던 일이다. 이전에도 떠올렸던 기억이지만, 이번엔 달랐다. 모든 것이 선명하고 확실하게 보였다.

이겸은 서둘러 흔들리는 시야를 다잡고 주위를 둘러보았다.

검푸른 밤하늘과 비취빛의 강물, 하얀 눈과 붉은 폐월화. 그곳에 있던 이들은 지워지고 오롯이 고요한 풍광만 남았다.

"흡."

숨조차도 멎게 하는 극심한 통증에 이겸이 제 가슴을 그러쥐었다. 숨 쉬는 법을 잊어버린 듯 한순간 폐부가 말라붙은 느낌이 들었다.

시야가 흔들린다. 풍광이 흔들린다. 저가 딛고 선 땅이 흔들린다. 모든 것의 경계가 무너지고 있었다. 이겸은 알지 못했으나 천문화로 인한 내성이 폐월화의 향을 만나 빠르게 반응했다. 함께 복용하지 못했음에도 이겸의 몸은 여리가 건넸던 천문화를 기억하고 있었다. 독으로 인한 균형은 누구도 예상하지 못한 이유로 무너져 내렸다.

폐월화의 진한 향기가 물러가자 그보다 더욱 강한 향이 아찔하게 흘러들었다. 달빛이 강물 위에서 부서지던 밤, 자신을 내내 자극하던 그 향.

―지금 나를 들뜨게 하는 건 폐월화 향이 아니다.

일전에도 떠올렸던 기억이 스며들었다. 과거의 이겸은 분명 눈앞의 여인에게 그리 말하고 있었다.

달빛에도 향이 서려 있던 그날 밤. 그리고 반짝임에 물든 여인의 얼굴.

이겸의 한쪽 다리가 비틀거렸다.

"전하!"

사이를 두고 따르던 운겸이 달려왔다. 그러나 이겸은 더 이상 다가오지 말라는 듯 단호하게 손을 들어 보였다. 오롯이 저가 감내해야 할 고통이었고, 아직 돌이켜야 할 것이 남아 있었다. 지엄한 주군의 명에 운겸의 걸음이 멎었다.

멈추었던 이겸의 걸음이 무언가를 찾고자 다시 비틀비틀 나아갔다. 그리운 향과 그리운 마음을 좇아 홀린 듯 다리를 쉼 없이 움직였다. 주위를 둘러보던 이겸의 걸음이 점차 느려지고 느려졌다. 가슴속에서 뜨거운 무언가가 목구멍까지 치밀어 올랐다.

─너를 처음 볼 때부터 왜 불편하고 신경이 쓰였는지 이제
　알겠다.

솟아오르는 울분을 삼키려는 듯 이겸은 밑 입술을 아주 꽉 깨물었다. 저도 모르게 부들거릴 정도로 깨어 문 입술에서는 어느새 비릿한 피 냄새가 번졌다.

무엇을 찾는 것인지 이겸의 고개는 주위를 하염없이 둘러보는 것을 멈추지 않았다.

─나리.

그동안 그리도 끈질기게 저를 괴롭히던 여인이 품에 안겨 있었다. 세찬 빗줄기가 여인의 뺨으로 흘러내리고 또 흘러내렸다.

이제껏 얼굴을 보여주지 않았던 여인이 그제야 온전히 얼굴

을 보여주었다. 목소리의 주인이자 붉은 댕기의 주인이.

눈물을 머금은 그 눈이 이겸을 올려다보았다. 가슴에는 화살이 꽂힌 채로 이겸을 위로하려 아련히 웃고 있었다.

마음이, 저가 살아온 세상이 그 안에 담겨 있었다.

내가 어떻게…….

내가 어떻게 너를 잊고…… 있었을까.

이겸의 회백색 입김이 아프게 부서졌다. 하얗고 하얗기만 하여 시린 눈들이 창창히 얼어붙었다. 얼음장 같은 바람이 이겸의 귀를 도려내듯 스치고 지나갔다.

아니다. 바람이 도려내는 것은 귀가 아니라, 이겸의 가슴이었다. 가슴에는 마치 커다란 구멍이라도 뚫린 듯 회연의 매몰찬 바람이 드나들었다. 지나가는 바람에 공허하게 제 몸을 맡기고 있던 이겸의 무릎이 어느 순간 바닥으로 털썩 내려앉았다.

─너를 보면 살고 싶다. ……살고 싶어진다, 내가.

바닥을 짚은 이겸의 손이 차가운 눈과 폐월화를 함께 움켜쥐었다. 눈가로 뜨거운 물기가 차올랐다. 눈물이 서려 폐월화는 보이지 않았지만 그리운 이의 얼굴은 점차 또렷해져갔다.

검은 머리카락과 하얀 얼굴, 자신을 보며 웃어주던 따스함.

세상을 등진 이겸에게 처음으로 손을 내밀어주었던 사람이었다. 내내 겨울이었던 고택에 봄을 선물한 여인은 지친 이겸의 쉴 곳이 되어주었다.

호흡이 점점 가빠졌다. 격한 움직임 뒤의 가쁜 호흡이 아니라 치밀어 오르는 울음을 삼키기 위한 호흡이었다.

이겸은 다시 눈을 움켜쥐었다. 마치 무언가에 화를 내듯 눈을 움켜쥐고 움켜쥐던 손은 어느새 바닥을 내리치고 있었다.

쿵, 쿵.

둔탁한 소리와 함께 얼어붙은 눈 조각이 주먹을 파고들어 금세 붉은 피가 배어났다. 붉은 피가 하얀 눈밭과 폐월화를 물들였지만 이겸의 손은 멈추지 않았다. 감각을 느끼는 손이 사치스럽기까지 했다.

이겸의 입술 사이로 짐승 같은 울음이 새어 나왔다. 고통스러운 소리에 뜨거운 눈물이 묻어 나왔다.

"……여리."

이윽고 손을 멈춘 이겸의 입술이 작게 떨렸다. 시린 바람이 다시 한 번 그의 머리카락을 흩트리고 지나갔다.

의원에서 저를 보고 당황하던 여인의 눈이 떠올랐다. 주막 앞에서 저를 잡아끌던 그녀의 간절함도, 산속의 처연한 울음도, 그 말 못 할 까닭을 알게 된 것이다.

나를 찾아온 네게 대체 무슨 짓을 한 것이냐. 이 손으로 내가…….

끊임없이 눈물이 차오르는 고개를 들고 이겸은 아무도 없는 설원을 향해 포효했다.

"최여리!"

마침내 이겸의 입을 떠난 '최여리'라는 이름은 넓은 강을 가득 메웠다. 간절한 외침은 시린 바람을 타고 흘러 먼 산의 메아리가 되어 돌아왔다. 적막한 설원에 그리운 이름이 커다랗고도 아련하게 퍼져나갔다.

마치 영원과도 같은 시간이 흐르는 찰나였다. 멈추어 있던 이겸이 다시 한 번 피를 토하듯 가슴 깊숙한 곳에 각인된 그 이름을 처절하게 토해냈다.

"최여리!"

자신을 떠나려던 기억의 끝자락을 마침내 움켜쥐었다. 허공에 새겨진 이름이 바람을 타고 서럽게 대기를 맴돌았다.

기억을 잃은 저와 달리 그녀가 지난 시간을 어떤 마음으로 버텨왔을지 감히 짐작도 되지 않았다. 그런 그녀에게 떠올리지 말아야 할 기억이라고 하였을 때 제 여인은 어떤 마음이었을까.

힘겹게 폐월화의 싹을 틔우며 저를 기억한 그녀에게 저란 놈은 끝까지 잔인하였다. 타들어가는 듯한 통증 때문에 이겸은 울음을 삼키고 피 맺힌 손을 들어 제 가슴을 내리쳤다.

한 번, 두 번 천천히 그러나 세게 쿵, 쿵, 소리를 내며 제 가슴을 내리쳤다. 한 서린 짐승 같은 울음이 하얀 대지 위에 사무치게 내려앉았다.

아무도 듣지 못하고 아무도 보지 못한 이겸의 슬픔을 오직 폐월화만이 함께했다. 짓이겨져 바닥에 널브러진 폐월화는 그의 마음과도 같았다.

바람도 달빛도 강물도 모두 이겸과 함께 울었다.

"여리야……."

흐느낌과 함께 여리의 이름이 저릿하게 흩어졌다. 차마 그녀를 부를 자격도 없는 이겸의 울음이 쓸쓸하게 잦아들었다.

그저 그의 어깨만 아주 미약하게 이따금 한 번씩 흔들릴 뿐이었다.

고택에서 머물렀던 날들의 달빛이 이겸의 그림자 위로 내려앉았다. 여리의 온기를 닮은 달빛이 따스하게 이겸을 보듬어 안았다. 달빛은 그럼에도 돌아온 못난 제게 따스한 위로를 전해주었다.

못난 놈. 못난 놈.

조선의 왕은 부서질 듯 주먹을 세게 움켜쥐었다. 더 이상 지체하고 있을 때가 아니었다. 급히 몸을 일으킨 이겸이 거리를 유지하고 있던 어둠 속의 운검을 불렀다.

"도재!"

"예! 전하."

모습을 드러낸 도재를 향해 이겸이 외쳤다.

"지금 즉시 예화로 돌아간다. 하운이 호위하고 있는 여인을 따라잡아야 하니 서둘러라."

이겸이 저가 걸어온 길을 거슬러 뛰어갔다. 터질 듯한 심장이 허락하는 한까지, 설령 달리다 다리가 부러지더라도 그녀를 만나기 전엔 결코 멈추지 않을 것이었다. 제 목숨보다도 소중한 이에게 용서를 구하기 전까진 죽어도 편히 죽을 수 없었다.

제발 그곳에서 나를 기다려다오.

어떤 원망이라도 달게 들을 테니 다시는 사라지지 마라, 여리야.

"이곳이 확실합니까?"

이제 겨우 볕이 발을 들이미는 새벽, 여리가 들어갔다는 집 앞에서 멈춘 상선이 왕을 대신해 운검에게 물었다. 그리 물을 수밖에 없는 것은 밝아진 이후에 다시 찾은 집에서 사람의 온 기라고는 찾을 수 없었기 때문이었다. 방 앞 툇돌에 신발은커 녕 마당에도 흔한 세간 하나 보이지 않았다.

사람이 잠들어 있는 기척조차 없는 빈집.

이겸은 성큼성큼 방문 앞으로 다가가 문을 활짝 열었다. 짐 작대로 방은 텅 비어 있었다. 처음부터 사람이 살지 않은 듯 빈방엔 정적이 감돌았다.

"분명 이곳으로 들어가는 것을 제 눈으로 확인하고 돌아갔 습니다."

"이, 이는 대체……."

상선이 귀신에 홀린 듯 빈집을 바라보았다.

뒤를 밟는 운검의 정체를 눈치채고 잠시 몸을 숨겼던 것이 틀림없다. 이겸이 조용히 주먹을 그러쥐었다.

"상선, 지금 당장 약방으로 사람을 보내거라. 어제 그곳에 있었던 여인을 내가 찾는다고 전하면 알고 있는 바를 이야기 해줄 것이다. 약방 말고도 저자 안쪽 주막과 마을 동쪽 외곽 대장간으로도 사람을 보내라. 여인의 이름은 최여리다. 아직 예화를 벗어나지 못했을 것이니 모든 인원을 보내 반드시 찾아오라."

"예, 전하!"

이겸의 명에 상선은 급히 사람을 나누고 재차 명을 내렸다. 명을 받은 운검들이 바람처럼 사라졌다.

왕께서 노곤한 몸을 한 번 기대지도 않고 쉬지도 않으시니 상선은 덩달아 조마조마한 마음이 되었다. 이각 후, 보냈던 이들이 빈손으로 돌아오자 상선은 그들에게서 보고 받은 바를 이겸에게 고해 올렸다.

"약방 주인의 말에 따르면 최여리라는 여인을 어제는 만나지 못했으나 간혹 한 번씩 찾아오는 일이 있었다 하였사옵니다. 다만 어디에서 거하고 있는지, 무슨 일을 하고 있는지는 알지 못하옵고 주막은 마침 주모가 며칠 자리를 비웠다 하옵니다. 한데 이웃의 말이 어차피 주모는 말을 하지 못하는 이라 물어보아도 답을 듣지 못할 것이라 하였사옵니다."

이전에 찾았을 때도 여리는 손짓과 입 모양을 섞어 그녀에게 말을 전했었다. 두 번 모두 가장 안쪽의 방을 내어주고 다른 이에게 이겸과 여리에 대한 말을 전하지 않을 정도로 각별했으니 여리에 대해 순순히 알려줄 가능성도 적었다.

이겸이 답답한지 숨을 거칠게 내쉬었다.

"대장간은……."

도움을 받았던 백가의 대장간. 백복령이란 대장장이가 최달현의 벗이라 하였었다.

"그곳 역시 자리를 옮겼는지 텅 비어 있었다 하옵니다."

"마치 과인만 빼고 말을 맞춘 듯 한날한시에 모두 사라졌군. 대단한 일이 아닌가."

제 자신에 대한 분노 때문에 이겸은 냉소를 머금었다.

"전하, 심려가 크시겠지만 예화란 곳이 본디 외지인들이 거의 오지 않는 곳이라 낯선 이에 대한 경계가 심하옵니다. 아마 알고 있다 하여도 쉬이 말하지는 않을 것이니 시간이 필요할 것이옵니다. 옥체에도 노독이 쌓이셨을 것이니 일단 행궁으로 돌아가시지요. 그동안 사람을 써서 반드시 그분을 찾겠습니다."

"과인은 가지 않는다. 행궁이 아닌 예화에 머무를 것이니 그리 알라."

"전하."

"상선!"

다른 이들 앞에서 흥분하는 모습을 좀처럼 보인 적 없는 이겸이 마당을 쩌렁쩌렁하게 울리도록 상선을 호령했다.

움찔 놀란 상선의 시선이 저도 모르게 이겸의 어수로 향했다. 소매 아래에서 부들부들 움켜쥔 손은 지금 제 주군의 마음을 보여주고 있었다. 상선이 염려 어린 시선을 들어 감히 용안을 올려다보았다. 단 한 번도 전하께서 이리 불안해하시는 것을 본 적이 없었다. 사안의 시급함을 파악한 상선이 급히 고개를 조아렸다.

"며, 명 받들겠사옵니다."

상선이 다른 궁인들에게 주상 전하께서 머무실 곳을 찾으라 급히 이르는 사이, 이겸은 텅 빈 방 안으로 들어섰다. 이불

한 채, 책 한 권 남아 있지 않은 방이었다. 먼지 쌓인 방에서 이겸이 뿌연 숨을 토해냈다.

이곳을 모르지 않는다. 어찌 이곳을 잊겠는가.

그곳은 바로 여리의 집이었다. 마지막으로 그곳을 찾은 것은 불이 났던 날이었으나 그 후로 누군가의 손길이 닿았는지 화마의 흔적은 지워져 있었다.

다른 이들의 접근을 금한 상선이 이겸을 따라 문턱을 넘어섰다. 그리고 아무것도 없는 방을 둘러보며 말을 이었다.

"귀신이 곡할 노릇이옵니다. 사람이 살지 않는 집인데 어찌 이곳으로 들어갔다는 것인지⋯⋯."

여인의 뒤를 쫓을 때는 어두운 시각이라 운검이 눈치채지 못하였다 하여도 방은 도저히 사람이 다녀갔을 곳으로는 보이지 않았다. 거기까지 생각하던 상선의 등골에 소름이 오소소 돋았다. 만약 전하와 운검들이 산에서 구미호나 귀신에게 홀린 것이라면? 아무도 알지 못하고 본 적도 없는데 오직 전하와 운검들만 보았다 하니 오히려 그쪽일 가능성이 높았다.

"허, 헙! 전하, 외람되오나 찾고 계시는 그분께서는 혹 사람이⋯⋯."

"잠깐! 그대로 움직이지 말거라."

가뜩이나 무서운 것을 떠올리고 있던 상선의 얼굴이 하얗게 질렸다. 이겸은 상선의 발길이 닿으려던 곳에서 무언가를 집어 올렸다. 이겸의 손 위에서 붉고 작은 것이 매끈하게 빛났다.

"그, 그게 무엇이옵니까, 전하?"

"천관 열매다. 여리는 이곳에 왔던 거다. 잘못 본 게 아니야. 분명 이곳에 머물렀다."

아마도 눈에 떠밀리는 난리 속에서 천관 열매 하나가 여리의 소매 속으로 들어갔던 모양이었다. 이곳을 돌아보던 그녀는 열매가 떨어지는 것도 몰랐을 것이다. 그러기엔 너무 작고 가벼운 열매였다.

눈에도 잘 띄지 않는 열매 하나에 이겸의 얼굴에는 많은 감정이 교차했다. 어제 본 그녀가 꿈이 아님을 알려주는 열매가, 적어도 여기까진 무사히 왔다 말해주는 그 붉은 것이 고맙기까지 했다.

그러나 동시에 낙담이 밀려오는 것도 사실이었다. 두 해 전 그 일이 있고 나서 여리는 어떻게 살아난 것인지, 또한 최달현과 무영, 서래댁, 동아 그들 모두는 어디에 있는지 알 수조차 없어 막막하였다.

그간의 원망을 이렇게 표현하는 것이냐, 여리야. 너를 찾을 흔적도 남겨주지 않을 만큼 내가 미웠던 것이냐?

이겸은 천관 열매를 쥔 손을 아래로 천천히 떨어뜨렸다.

"전하, 간밤 한숨도 주무시지 못하고 눈 쌓인 산속을 다녀오시느라 고단하실 것이옵니다. 옥체에 무리가 갈까 저어되오니 이만 따뜻한 곳으로 옮기시어……."

"상선."

둘만 독대한 자리에서 이겸의 목소리는 한결 차분해져 있었다. 그러나 상선을 돌아보는 눈빛은 말로는 다 담을 수 없는 슬픔을 띠고 있었다.

이겸이 제 왼쪽 가슴 위 옷깃을 괴롭게 쥐어 보였다. 이내 그 손은 심장 위를 저릿하게 툭툭 내리쳤다.

불경스럽게도 상선의 눈에 그 모습은 마치 왕께서 우는 것처럼 보이기도 하였다. 처음 보는 주군의 모습에 상선의 눈가도 젖어들었다.

"이곳에 쌓인 것은 노독이 아니라 죄스러움이다. 두 해간이나 소중한 이를 잊고, 과인 혼자만 잘 지내왔던 미안함 말이다. 이제라도 알아버린 이상, 과인은 예전과 같을 수 없으니 상선도 그리 알라."

이겸의 마음에 동화된 상선이 고개 숙여 슬픈 마음을 함께했다. 주인 없는 방 안에는 아침 햇살이 처연하게 자리했다.

"정녕 후회하지 않으시겠습니까?"

해월각 행수 홍연이 여리에게 물었다. 운검의 눈을 피해 제집 뒷문으로 나온 여리는 예화에 올 때마다 머무르는 해월각에서 한양으로 돌아갈 채비를 하고 있었다.

해월각은 사람들의 눈이 쉽게 닿지 않아 사정이 있는 여리로서는 그곳이 편했다. 여리는 단출하게 챙겨온 짐을 다시 보자기에 넣고 매듭을 지었다.

"후회는 헤어지고 난 후, 줄곧 했습니다."

"왜 그분께 사실대로 말씀드리지 않았습니까? 우연히 만난 것도 그렇고 기억을 하지 못한다 하여도 매몰차게 아씨를 내칠 분 같진 않았는데 말입니다."

"행수께서는 마음에 둔 정인이 있었습니까?"

"이 일을 하며 마음을 준 사내가 많진 않아도 있긴 하지요."

"그럼 어찌 잡지 않으셨습니까?"

여리가 미소를 지으며 홍연을 바라보자 여리의 행간을 이해한 홍연이 고개를 끄덕였다.

"제가 어리석은 질문을 했군요. 하긴 사람의 연이라는 것이 욕심으로만 잡을 순 없지요. 그래도 아씨의 정인께서는 아씨를 아주 귀하게 여기고 있는 것이 느껴졌습니다. 그러니 내금위장 영감께서도 아씨를 구한 것이 아닙니까?"

오해로 인해 여리를 해월각으로 납치해 온 날, 홍연은 빗속에서 여리를 구하러 온 이겸을 보았더랬다. 한눈에 보기에도 흔치 않은 연으로 묶인 정인들 같았으나 이렇듯 다시 여리를 만나게 될 줄은 홍연도 알지 못했다.

홍연은 여리를 다시 만났던 날을 떠올렸다.

"다행히 비가 조금 가늘어졌구나."

"하필 기비골 다녀오는 날에 비가 와서 행수 어르신의 고생이 말이 아닙니다. 고단하시면 조금 쉬었다 가시겠습니까?"

"아니다. 나는 괜찮으니 그냥 해월각으로 돌아가 쉬자. 언제 또 비가 쏟아질지 모르니."

억수같이 쏟아지던 비는 이제 조금 가늘어져 처음보다는 수월하게 길을 갈 수 있었다. 기비골에 사는 양반 하나가 홍연에게 눈독을 들여 값비싼 재물들을 보내주었는데 홍연은 그것을 돌려주고 오는 길이었다.

사내의 것을 탐하여 입에 풀칠을 할 정도로 살림이 궁색하지도 않았거니와 셈속이 뻔히 보이는 재물을 모른 척 먹었다간 배탈이 나기 일쑤라는 것을 홍연은 잘 알고 있었다. 그러나 사람만 보내어 매몰차게 물건을 돌려주기엔 뒤가 찜찜할 만큼 힘 꽤나 있는 양반이라 홍연이 친히 가서 달래듯 돌려주고 온 길이었다.

빗발이 굵어지기 전에 가는 길을 재촉하려는데 멀리서 사람 하나가 뛰어오는 것이 보였다. 가까이에서 보니 그것은 한 사람이 아니라 두 사람이었다.

한 사내가 아파 보이는 여인을 안고 서둘러 걸음을 옮기고 있었다. 두 사람을 스치듯 본 홍연이 입을 열었다.

"이보십시오, 나리."

홍연의 부름에 무영이 시선만 돌려 그녀를 보았다.

홍연이 무영의 품에 안긴 여리의 얼굴을 보았다. 빗물이 흘러내리는 하얀 얼굴은 눈을 감고 있었으나 분명 지난번 오해로 인해 자신의 기루에 왔던 여인이었다.

홍연은 서둘러 타고 있던 말에서 내렸다.

"제가 도움을 드릴 일이 있을런지요? 제가 이 아씨께 갚을 빚이 있습니다."

눈앞의 여인이 누구인지 알 수 없어 무영은 눈도 깜빡이지 않고 그저 홍연을 주시했다. 빗물이 맺힌 사내의 눈은 무사 특유의 경계심을 띠고 있었다.

홍연은 자세한 사연은 알 수 없었으나 화살이 꽂힌 여리를 보니 모른 척할 수 없었다. 오랜 세월 사람들을 상대해온 홍연은 무영과 여리의 모습을 보는 것만으로도 대강의 사정을 짐작했다.

"경계하지 않으셔도 됩니다. 저는 예화에 있는 해월각 행수 홍연이라 하옵니다. 일전에 제가 그분과 어떤 나리께 실수를 한 적이 있습니다. 하여 내내 송구한 참이었는데 제가 도울 수 있는 것을 말씀해주시면 도움을 드리고 싶습니다. 사람을 옮길 말이든, 의원이든, 은밀히 머물 곳이든."

빗속에 마주 선 사람들은 서로를 바라보는 채로 빠르게 빗물에 젖어갔다.

이후 다친 여리와 달현 그리고 나머지 일행은 홍연의 도움으로 해월각에서 은밀히 몸을 추스렸다. 비록 처음은 악연이었으나 홍연의 도움이 없었다면 여리 또한 그렇듯 빨리 회복할 수는 없었을 것이다.

그것이 인연이 되어 여리는 폐월화를 돌보기 위해 예화로 올 때면 해월각에서 머물곤 하였다. 금일도 해월각이 아니었다면 금방 이겸의 사람에게 뒤를 붙잡혔을 것이다.

"그분께서 만약 저를 찾아와 아씨에 대해 묻는다면 저는 어찌 답을 해야 합니까?"

잠시 말 사이를 띄운 여리는 동이 터오는 창밖을 물끄러미 바라보았다. 분명 어제와 다름없는 해였으나 어제는 지나가고 오늘이 되었다.

"보지 못하였다 해주십시오. 기억하지 못하는 인연이라고. 그분께서 떠올리지 말아야 할 과거에 제가 있었고 저는 이제 그 시간으로 돌아가서는 안 됩니다. 더 이상은 그분을 힘들게 만들고 싶지 않습니다."

이겸은 조정 대신들과 이야기된 열흘간 예화에 머물며 여리의 흔적을 찾았으나 결국 빈손으로 돌아와야 했다. 여리를 보았다는 사람이 거의 없는 것으로 보아 지난 두 해간, 여리도 예화에 머문 것은 아닌 듯했다.

더 이상은 궁을 비워둘 수가 없어 떨어지지 않는 발걸음을 물려 한양으로 돌아왔을 때, 그가 가장 먼저 찾은 곳은 이흔이 있는 상왕전이었다. 찻잔 사이에 흐르는 침묵을 깬 것은 이흔이었다.

"이야기는 전해 들었습니다, 주상. 찾는 이가 있다고."

"상왕 전하께서도 아시는 이입니다."

"사실을 알게 된다면 궐로 돌아오지 않을 수도 있겠다 생각하였는데 이리 눈앞에 앉아 있는 주상을 보니 그간 많이 단단해지신 듯합니다."

"찾는 것을 포기해서가 아닙니다. 그 사람이 돌아올 자리를 만들기 위해서 온 것입니다. 그러기 위해 상왕 전하께서 해주셔야 할 일이 있습니다."

이혼이 서늘한 눈으로 두 해 만에 기억이 돌아온 이겸을 마주했다.

지우기 위함이 아니라 살리기 위한 해독제였다. 아니, 실상은 그 모든 것이 이겸을 위한 것이 아니라 왕실의 혈통으로 옥좌를 잇기 위한 일이었으나 후회한 적은 한시도 없었다.

"나는 그때로 돌아가도 같은 선택을 할 것입니다."

"오히려 감사하다는 말씀을 올릴까요? 과정이야 어찌 되었든 이젠 과인이 이 나라의 왕이니 말입니다."

한 자 한 자 또렷하게 읊조리는 말들에서 위엄이 묻어났다. 그러나 어딘지 그만큼 쓸쓸하게 들리기도 하였다.

이혼이 곧은 시선으로 이겸을 보았다. 과연 더 이상 고민하고 저를 낮추던 진헌군은 있지 않았다. 한 명의 오롯한 왕만이 그곳에 있을 뿐이었다.

이혼이 찻잔을 들었다.

"돌아오자마자 상왕전을 찾은 이유는?"

"다른 이를 중전으로 맞을 생각은 없습니다. 둘만이라고는 하나 이미 혼례를 올렸으니 간택도 맞지 않는 이야기입니다. 하여 모든 것을 바로잡아야겠습니다."

"불가합니다. 주상도 알지 않습니까?"

말과는 달리 이흔이 여유로운 웃음을 지었다.

"대제학 서인후의 억울한 역모 죄를 밝히고 그 집안을 신원시킬 것입니다."

"그 또한 쉽지 않을 터. 일단 서연희를 찾는 게 먼저겠지요. 아닙니까?"

"하여 시간이 필요합니다. 그 시간을 상왕 전하께서 벌어주십시오."

"서연희를 중전 자리에 앉히기 위한 시간 말입니까? 이보시오, 주상. 이 사람이 두 해 전에도 말하지 않았소. 세상은 보고 싶은 것만 보고 듣고 싶은 것만 듣는 법이오. 남의 이야기를 하기 좋아하는 자들은 주상께서 여인에게 빠져 그 집안의 죄를 덮으려 든다 생각할 것이오."

"그러니 형님께서 나서주셔야지요. 중전 자리는 차후 문제입니다. 서인후의 억울함을 구명하는 것이 선행되어야 합니다."

이겸을 보고 있던 이흔이 일순 웃음기를 지우고 낮은 목소리로 답했다.

"역모 죄를 사하는 것은 불가능한 일이 아니나 순서가 영 좋지 않다. 억울함을 바로잡자마자 실은 그 여인과 군 시절에 혼례를 올렸으니 중전으로 받아들여달라……. 누가 보아도 흠잡기 좋은 상황이 아닌가? 격식을 차리지 않고 증인도 없는 종친의 혼례는 아무런 힘이 없는 법. 세상은 너를 대신해 서연희를 입에 올리고 물어뜯을 것이다. 네가 원하는 것이 그것이냐?"

이혼이 느리게 몸을 뒤로 물리며 다시금 말을 높였다.

"후궁으로 하시지요. 중전은 따로 두고 후궁 정도라면 조정 대신들도 납득할 것이니. 그리하면 애써 찾은 서인후의 결백도 빛을 바래지 않을 것입니다."

이겸이 낮게 웃었다. 그러곤 이내 고개를 들어 이혼에게 덧붙였다.

"상왕 전하, 무언가 오해가 있으신 듯한데 과인은 이 자리에 결정을 내려달라 온 것이 아니라 통보를 하러 온 겁니다. 대제학 서인후의 집안을 구명하는 데 상왕 전하께서 나서달라고. 누가 왕인지 잊기라도 하신 겁니까."

이혼과 이겸의 서늘한 눈빛이 허공에서 만났다.

"거절한다면?"

"거절 못 하실 겁니다. 과인이 기억을 잃은 두 해간, 과인을 보며 기쁘셨습니까? 그렇다면 참으로 고약한 취미십니다. 그에 대한 합당한 죄를 묻지 못할 바도 아닙니다."

"기어이 진흙탕으로 들어가려 하십니다. 어리석게도."

"상왕 전하께서는 그 여인에게 목숨을 빚지셨습니다."

이겸을 잠시간 보고 있던 이혼이 미간을 쓰게 접으며 찻잔을 내려놓았다. 침묵이 이어졌다. 고적한 새소리가 상왕전의 문턱을 넘을 만큼 방 안은 고요했다.

얼마 후, 고심을 끝낸 이혼의 입술 사이로 낮은 한숨이 새어 나왔다.

"봄. 어차피 겨울 동안에는 간택을 진행하기도 어려움이 있으니 봄까지 기다리는 것으로 하지요. 조정 대신들에게도 미리 말은 넣어둘 것이나 아마 그 이상 미루긴 어려울 것입니다. 왕실의 혼사는 상왕이나 왕이 결정하는 것이 아니. 모든 것은 대제학의 여식을 찾은 다음, 다시 이야기하기로 하고 봄까지는 찾아내십시오. 과인이 도울 수 있는 것은 거기까지입니다. 물론 그때까지 과인이 살아 있다면 말입니다."

"심려치 마십시오. 반드시 그리될 것이니."

말을 마친 이겸이 몸을 일으켰다. 문을 향해 가는 이겸의 걸음을 향해 이혼이 무심히 읊조렸다.

"그 여인도 주상과 같은 마음입니까?"

이겸의 걸음이 멋었다. 이혼은 방 안을 둘러보며 상념에 젖은 듯 말을 이었다.

"궐을 동경하는 여인도 있지만 그렇지 않은 여인도 있습니다. 제 아비가 어찌하여 억울하게 죽었는지 아는 여인이 과연 답답한 궐 생활을 바라고 있을까요? 하물며 중전 자리입니다. 모든 대신들과 후궁들의 표적이 되는 자리. 부디 주상의 욕심으로만 움직이는 일이 아니길 바랍니다."

이겸의 눈이 괴로운 듯 질끈 감겼다. 잠시간 사이를 띄운 이겸은 다시금 상왕전 밖으로 물러 나왔다.

간택은 가까스로 봄으로 미뤄두었지만 허비할 시간 따위는 없었다. 지금 당장이라도 예화로 가야 할 것이나 그럴 수 없다는 것 또한 잘 알고 있었다.

붉은 곤룡포가 바람결에 무심히 흩날렸다.

금일만큼 이 옷이 거추장스럽게 느껴졌던 적이 있던가.

궁궐 담이 저를 둘러싼 새장처럼 느껴졌다.

유난히도 혹독한 궐의 겨울은 길고도 추웠다.

이겸은 무너질 것 같은 마음을 추스르고 천천히 강녕전으로 발걸음을 옮겼다. 조선에서 가장 높은 자들이 거한다는 궐이었지만 그곳을 자유로이 들어가고 나오는 것은 오직 하늘을 나는 새밖에 없었다.

이듬해, 봄.

대지를 덮었던 눈이 녹고 푸른 새순이 돋아났다. 그간 사람을 보내어 예화를 몇 번이고 샅샅이 훑었으나 어디에서도 여리를 찾았다는 소식은 들려오지 않았다. 예화가 아닌 다른 곳으로도 범위를 넓혀 사람을 보냈지만 마찬가지였다.

이겸은 여리를 찾는 일을 포기하지 않았다. 여리뿐만 아니라 나머지 이들에 대한 행방도 좇았으나 제자리걸음만 반복한 겨울은 허망하게 흘러가버렸다.

은근한 약재 냄새가 강녕전 안을 떠돌았다. 상선이 이겸에게 탕약을 올리는 시간이었다. 예화에서 돌아온 이후, 마음은 내내 그곳에 두고 오신 듯한 주상 전하를 위해 특별히 마련한 탕약이었다. 어찌 모르겠는가. 하루에도 몇 번이고 그곳으로 가고 싶은 성심을. 까만 밤하늘을 쓸쓸하게 들여다보시던 그 뒷모습을. 하여 단 한 번도 편히 침소에 드신 밤이 없으심을…….

몇 번이나 궐 밖으로 향하고 싶었을 발걸음을 쓰게 다독이며 끝내 돌아서야만 했다. 항상 곁을 지키는 상선은 그런 왕의 마음을 모르지 않았다. 남몰래 소식을 좇아 잠행이라도 나갔다 오시는 날의 용안이 흐려져 있어 상선은 저가 다 야속하였다. 이런 성심을 아시고 이제 그분께서 나타나주시어도 좋으련만.

상소를 보고 있던 이겸은 말없이 곁을 지키는 상선의 기척을 느끼고는 옅은 한숨을 쉬었다.

이윽고 사발을 들어 쓰디쓴 탕약을 한 번에 들이켰다.

열어둔 창으로 나비 한 마리가 날아들었다. 나비가 창틀에 앉아 잠시 몸을 쉬게 하자 이겸의 시선이 나비에 닿았다.

“벌써 봄이 온 것인가?”

“예, 전하, 근자 들어 날이 눈에 띄게 푸근해졌사옵니다. 잠시 후원에라도 나가 바람을 쐬심이 어떠하실지요?”

“창을 열어두면 이곳에도 똑같이 드는 바람이거늘 요즘 들어 부쩍 밖으로 나가길 권하는구나.”

“봄이 되어 처음으로 찾아온 객이 아니옵니까? 나비도 친히 전하께 봄소식을 알리러 왔나 봅니다. 말이 나온 김에 잠시 쉬어가시지요.”

나비의 날개가 무게를 지니지 않은 부채처럼 천천히 까딱였다. 숱한 봄 중에 올해 봄이 가장 마음 무거운 때였으나 권하는 상선의 마음을 계속 물리기도 무엇해 이겸은 강녕전 밖으로 나섰다. 이겸이 지나가니 궁을 거닐던 발걸음들이 모두 멎었다. 비록 웃는 일이 없이 서늘하기만 한 용안이었으나 워낙 훤칠한 용모였기에 먼발치에서나마 스치듯 본 궁녀들의 뺨이 붉게 물들었다.

궐 밖 사내들을 제대로 본 적도 없었지만 알 수 있었다. 궐 밖에도 전하보다 훤칠한 분은 없을 것이란 것을. 그러니 어찌 보면 멀리서라도 이겸을 볼 수 있는 그녀들이야말로 복 받은 것인지도 몰랐다.

봄꽃 향기를 담은 바람이 불어왔다. 무심히 옮기는 이겸의 발 앞으로 하얀 영견 하나가 날아들었다. 바닥을 타고 나풀나풀 옮겨온 작은 영견은 이내 이겸의 앞에서 멈추었다.

궁인들이 작은 손수건을 지니고 있는 것은 그리 놀랄 일도 아니었으나 하필 그것이 불경스럽게도 임금의 앞을 가로막은 것이다. 이겸의 시선이 문득 그것에 닿으니 놀라는 것은 수행 내관과 궁녀들이었다. 상궁 하나가 서둘러 영견을 어도에서 치워냈다.

이겸이 명했다.

"잠깐. 그것을 이리 내어보거라."

"예? 하오나……."

상선의 윤허를 눈짓으로 기다린 상궁은 상선이 고개를 끄덕이자 이윽고 하얀 영견을 이겸에게로 올렸다. 이겸이 영견을 펼쳐 들었다.

잘못 본 것이 아니었다. 영견 아래에 수놓인 꽃잎은 붉고 넓은 꽃잎 아래 끝만 삼각 모양으로 노란 빛을 띠고 있었다. 특이한 그 모양은 분명 폐월화의 꽃잎이었다. 자세히 보지 않으면 눈에 띄지 않을 만큼 작은 자수였으나 이겸만은 폐월화의 문양을 알아보았다.

지금은 궁에서 폐월화를 기르고 있지 않지만 폐월화를 기르던 시절에도 다른 이들의 눈길이 닿을 수 있는 장소에 그것을 두지 않았다. 하여 폐월화를 아는 궁인이 있을 리 없었다.

"이것의 주인이 누구인가?"

이겸이 하문하자 멀리 서 있던 궁녀 하나가 오들오들 떨며 앞으로 나섰다.

"주, 죽여주시옵소서, 전하."

"혼을 내려는 것이 아니다. 궁 안의 물건은 아닌 듯한데 이것을 어디에서 났느냐?"

"예, 예? 그, 그것이 궐 밖에서……. 소, 송구하옵니다."

말고삐를 내리치는 이겸의 미간이 좁아졌다.

─어, 언제부턴가 도성 안에서 옷 만드는 것으로 유명한 이가 있사옵니다. 옷뿐만 아니라 장신구도 만드는데 너무 고와서 그만 궐 밖의 이들에게 영견과 노리개를 구해달라 하였사옵니다. 꽃잎은 그 점포의 물건 모두에 새겨져 있

사옵니다.

언젠가 예화 저자에서 여리가 스치듯 했던 이야기가 떠올랐다.

—언젠가 제 점포를 갖는 게 꿈입니다. 옷을 만드는 일이 즐
거우니 옷을 지어 파는 점포여도 좋겠지요.

여리, 너인 것이냐? 정녕 네가 맞는 것이냐?

이겸은 궁녀가 고한 곳으로 급히 말을 몰았다. 직접 옷감에
물을 들여 물건을 만들기도 하니 근동에 가면 그곳을 찾는 것
이 어렵지 않을 것이라 하였다.

말을 빠르게 몰수록 주위를 둘러싼 봄꽃 향기가 진해졌다.
산뜻한 봄바람은 물기 어린 흙냄새를 싣고 오기도 하였다.

일러준 곳에 닿기 전 이겸의 말이 히히힝, 하고 멈추었다. 이
겸이 고삐를 잡아당긴 탓이었다.

눈앞에 나타난 광경에 이겸은 가쁜 숨을 아래로 물렸다.

"하아, 하아……."

숨소리가 잦아들자 그 자리를 바람 소리가 대신했다. 사르
륵 나뭇가지를 흔드는 바람결을 따라 꽃잎들이 비처럼 흩날렸
다. 그리고 그 아래 꿈결처럼 여리가 서 있었다.

손수 물들인 긴 천들이 바람을 따라 그림을 그렸다. 여리는
바구니를 끼고 천에 물들일 꽃잎들을 따고 있었다.

바람 소리가 물러가자 하천의 물소리가 그 자리를 채웠다.
여리가 서 있는 풍경에 소리가 끊임없이 밀려가고 떠밀려왔다.

여리를 한눈에 알아본 이겸이 떨리는 마음으로 말에서 뛰
어내렸다. 낯선 이의 기척을 알아챈 여리가 고개를 돌렸다. 미

간을 좁힌 이겸은 성큼성큼 여리에게로 걸어갔다. 처음엔 쉰보쯤이었던 거리가 순식간에 마흔 보로 줄었다.

모든 순간이 선명하게 각인되고 느리게 흘렀다. 그만큼 모든 것이 꿈인 듯 따뜻하고 꿈이 아닌 듯 또렷했다.

서른 보.

나뭇잎이 사르륵사르륵 떨렸다.

스무 보.

꽃향기가 진해졌다.

꽃들을 헤치고 거리를 좁혀갈수록 이겸의 걸음이 더욱 빨라졌다. 여리는 제게로 다가오는 이겸을 마치 얼어붙은 듯 그자리에서 눈에 담았다.

마침내 열 보.

연분홍 꽃비가 흩날렸다.

숨도 멈추고 다가온 이겸이 여리를 으스러질 듯 안았다. 안긴 여리의 손에서 바구니가 떨어졌다. 바구니 주위로 여리가 담았던 꽃잎들이 점점이 내려앉았다.

다시 한 번 여리를 세차게 안은 이겸이 그제야 살겠다는 듯 참았던 숨을 토해냈다. 놀란 여리가 눈을 깜빡이지도 못하고 그저 작게 읊조렸다.

"전하……."

작은 바르작거림도 허하지 않겠다는 듯 이겸이 여리를 안은 팔에 더욱 힘을 주었다.

너로 인해 살고 싶어진다던 고백처럼, 아니, 그때보다 더욱 절절해진 목소리로 이겸은 겨우 품에 안은 들꽃에게 숨을 불어 넣었다.

"겨우 잡았구나."

맞닿은 이겸과 여리의 온기가 포근히 감겼다. 봄꽃 향을 머금은 바람이 잦아들었다.

얼마의 시간이 흘렀을까. 옅은 숨소리 또한 고요해졌을 때 여리가 차분하게 입을 열었다.

"어인 일로 오셨습니까?"

어딘지 담담하게 느껴지는 여리의 말에 이겸의 움직임이 멎었다.

"이곳에는 회연처럼 전하께서 찾고자 하시는 기억이 없사옵니다. 지나간 시간들을 따라오신 것이라면 잘못 오셨습니다."

이겸은 고개를 살짝 떼어 여리의 얼굴을 보았다. 여리는 별다른 감정이 느껴지지 않는 표정으로 덤덤히 말을 이어나갔다.

"흘러간 것을 붙잡는 일만큼 덧없는 게 없습니다. 돌아가주십시오."

여리가 이겸의 팔을 풀어 내리고 떨어진 바구니를 주워 들었다. 그러고는 흩어진 꽃잎들을 다시금 하나씩 바구니 안으로 넣었다. 이겸의 곁으로 떨어진 것은 줍지 못하고 그저 한숨을 가늘게 내어쉬고는 몸을 일으켰다. 여리가 걸음을 옮기려하자 이겸이 그 앞을 가로막았다.

"차라리 내게 화를 내거라. 너를 알아보지 못하였다고, 어찌 너를 홀로 두었냐고 화라도 내란 말이다."

"그중 어느 것에 전하의 잘못이 있사옵니까? 전하께서는 잘못하신 것이 없사옵니다."

"한데 어찌 이러느냐. 그날 회연으로 가는 산에서 헤어진 후 내가 너를 얼마나 그리고 또 찾았는지……."

"잘 지내고 있으니 그러실 것까진 없었는데 송구하옵니다. 저는 그간 잘 지내왔습니다."

"기억이 돌아왔느니! 너를 만나고, 너를 아프게 하고, 너와 혼례를 올린 것까지 모두 기억이 났느니."

평온을 가장한 여리는 무심하게 고개를 끄덕였다.

"강녕하시다니 다행입니다."

"무엇이 그리 서운한 것이냐? 눈 한 번 맞춰주지 않을 만큼 무엇이 그리 서운하고 화가 난 것이냐? 내가 앞으로 네 곁에서 다 갚아줄 것이다. 그러니 이제 그만……."

"전하, 다 지나간 일입니다."

"무엇이…… 말이냐"

"회연 고택에서 있었던 일들 말입니다. 저는 어렸고, 그때의 전하께서는 곁에 있어줄 이가 필요했던 것뿐이옵니다. 그게 누구라도 말입니다. 흘러간 약조를 지키기 위해 애쓰지 않으셔도 됩니다."

"……."

"그런 일들로 전하를 귀찮게 해드릴 생각은 없사오니 심려치 마시고 돌아가십시오."

여리가 옅은 미소를 띠었다. 모두 다 괜찮다는 듯. 이제 저는 진정 아무것도 생각나지 않는다는 듯.

"본디 사람의 마음은 몇 해는커녕 하루에도 몇 번씩 바뀌곤 하는 것입니다. 그때의 소인이 감히 전하를 마음에 담았던 것은 맞지만 이젠 아닙니다. 소인은 그때의 일들이 기억나지 않……."

순간, 여리의 말이 멎었다. 이겸이 마치 입을 맞출 듯 가까이 다가왔기 때문이었다. 옅은 숨결이 뺨 위의 솜털을 간지럽힐 정도로 가까운 거리였다.

이겸이 여리의 두 눈을 번갈아 보았다. 여리 역시 그 눈빛을 피하지 않고 마주 보았다. 햇살 아래 여리의 회갈색 눈동자가 주춤 떨렸다. 이겸은 그 속에 담긴 여리의 진심을 읽어냈다.

"하긴 두 해 만인데 내가 너무 서둘렀구나. 혹, 지금 달리 마음을 주고 있는 이라도 있느냐?"

"송구하옵게도 그렇습니다. 그러니 부디 곤란하게 만들지 말아주십시오."

이겸이 진중한 얼굴로 고개를 주억거렸다. 목소리도 한층 진지하게 가라앉았다.

"그래. 널 잊은 나와 두 해나 떨어져 있었는데 그럴 수도 있지. 마땅하다. 한데 그것 참 애석한 일이구나. 이제 곧 그자는 왕의 여인을 곁에 둔 죄로 능지처참을 당하고, 삼족이 멸하게 될 것이니. 몰랐다 하여 죄가 없어지는 것은 아니지 않느냐? 무려 왕과 혼례를 올린 여인인데. 아, 물론 그런 사내가 실제로 있다면 말이지만."

제 말을 믿지 않는 이겸으로 인해 여리의 눈썹이 난처하게 휘어졌다. 이겸은 고개를 들어 멀리 떨어진 여리의 사가를 보았다. 그리 넓지 않은 소박한 집이었다.

"집은 저기인 건가. 마침 사는 모습도 궁금하고 다른 이들 안부도 알고 싶으니 가보아야겠다. 집엔 누가 있느냐?"

이미 여리에 대한 관심은 뒷전으로 물러난 듯 이겸이 걸음을 옮겼다. 기가 막힌 여리는 소리 없이 입만 뻐끔거렸다.

묻기는 하였으나 여리의 대답을 필요로 한 것은 아니었는지 이겸의 발걸음은 가벼웠다. 이번엔 여리가 두 팔을 펼치며 그 앞을 급히 막아섰다.

"어디로 가십니까?"

이겸이 싱긋 웃었다. 그러곤 저도 같이 두 팔을 벌렸다.

"조금 늦은 감이 있지만 이제라도 환대해주려 하니 고맙다. 사양하지 않으마."

여리가 냉큼 펼쳤던 팔을 뒤로 숨겼다. 널따란 바구니가 아래로 젖혀져 기껏 모았던 꽃잎이 다시 우수수 떨어졌다.

"농은 그만하시고 돌아가시지요."

"오랜만에 최가를 볼 줄 알았다면 뭐라도 가지고 올 것을. 간소하게 기와집이라도 한 채 가져올 걸 그랬군."

이겸이 혼잣말을 이으며 여리를 지나쳐갔다. 급기야 바구니를 바닥에 던져두며 여리가 이겸의 옷자락을 잡았다.

"왜 이러십니까, 대체? 소인은 이제 아니라고 했잖습니까?"

이겸이 여리를 돌아보았다. 장난기를 지운 얼굴로 이겸이 말했다.

"그러니까 왜. '군'이라고 할 수도 없는 보잘것없던 사내와는 혼인을 해놓고, 이제 그 사내가 왕이 되니 왜 아닌 게 되었느냐."

"……."

"나를 지웠다고? 이젠 기억나지 않는다고? 괜찮다. 내가 기억하고 있으니. 네가 기억나지 않는다면 매일 눈 뜰 때마다, 밥을 먹을 때마다, 잠들 때마다 일러주마. 내가 너를 연모하고 있다고. 내 마음이 아직도 너를 그리고 있다고. 네가 잊을 때마다 천 번이고 만 번이고 내가 말해줄 것이다."

꽃비를 등진 이겸이 저릿한 미소를 띠었다.

"네가 기다려야 했던 세월만큼 나도 기다려야 한다면 그리하마. 네 서운함이 조금이라도 가신다면 그보다 더 오랜 세월도 기다릴 수 있다. 늦게 와서 미안하다, 여리야."

여리는 약해지려는 마음을 애써 다독였다. 제 미련은 그날 회연에 모두 두고 왔기 때문이었다.

"높으신 주상 전하께서 외간 여인과 독대하고 계시는 것을 보면 사람들이 오해할 것이옵니다. 이제 사사로운 정에 이끌릴 자리에 계신 분이 아니니 돌아가시면 다시는 이곳으로 걸음하지 마십시오."

이겸은 여리의 팔을 잡아끌어 제 품에 와락 안았다. 차오르는 눈물을 참은 여리는 저를 안아주는 이겸을 마주 안지 않았다. 그저 이겸의 넓은 소맷자락에 기대어 표정을 숨겼다.

"네가 싫다면 바로 궁으로 데려가진 않을 것이다. 네게도 시간이 필요할 테니. 하나, 언젠가는 반드시 그곳으로 함께 갈 것이라는 약조만이라도 해다오. 네가 없는 궁이 내겐 너무 넓고 쓸쓸하다."

여리를 안고 있던 이겸은 여리의 어깨를 잡고 제 몸에서 살짝 떼어냈다. 서로에게 닿은 자리엔 따뜻한 온기가 남았다. 이겸은 손을 뻗어 여리의 뺨을 부드럽게 감쌌다.

"네가 나를 따라갈 준비가 될 때까진 내가 너를 만나러 오마. 물론 매일 보고 싶지만 궁에 매어 있는 처지다 보니 아마 매일 오진 못할 것이다. 그래도 올 수 있는 날은 유시 정도면 오지 않을까 싶은데."

"묻지 않았습니다."

"알고 있다. 내 그래서 일러주는 거다. 유시가 되면 내 생각이 나라고."

여리는 좀처럼 떨군 시선을 맞추어주지 않았다.

"정녕 먼 길을 온 이에게 얼굴 한 번 보여주지 않을 것이냐?"

여리에게선 대답이 없었다. 그 마음이 야속타 할 수 없는 이겸은 옅은 미소를 띠고 그리운 여리의 얼굴을 천천히 눈에 담았다.

바람이 산들산들 두 사람의 옷자락을 흔들었다.

"아무래도 금일은 이쯤에서 돌아가야 할 것 같구나. 아, 그럴 린 없겠지만 혹시라도 저번처럼 사라질 생각은 말거라. 지금부터 여기에 사람을 붙여둘 것인데, 네가 사라진다면 그자부터 능지처참을 시킬 것이다."

적어도 해사하게 할 말은 아니었는데 이겸의 목소리와 표정은 얄미울 만큼 환했다. 여리도 시선을 들어 이겸을 보았다.

"예? 그 무슨 겁박이십니까?"

"그래야 나도 두 발 뻗고 자지 않겠느냐? 왕이 되고 나니 쓸데없이 권력과 재물이 넘쳐서 곤란했는데 이런 일에 쓰려고 그랬나 보다. 그동안 아껴둔 만큼 마음껏 써볼 생각이다."

변한 건 여리만이 아닌 듯했다. 이겸의 농에 여리는 말을 잇지 못했다. 아니, 과연 농인지 아닌지도 혼란스러웠다.

이겸은 다시 여리를 품에 안아 인사를 대신했다. 숨을 내쉰 이겸이 혼잣말처럼 읊조렸다.

"이제야 살 것 같다. 무사해주어서 고맙다."

그간 불안했던 마음들이 품 안의 온기를 확인하고는 조금씩 녹아내렸다. 여리의 마음도 그처럼 녹을 때까지 몇 번이고 이곳을 다시 찾을 것이다.

아쉬운 재회를 마치고 환영받지 못한 이겸이 돌아섰다. 여리의 시선도 우두커니 이겸의 뒷모습을 따랐다. 몇 걸음 멀어진 이겸이 문득 몸을 돌려 여리에게로 성큼성큼 걸어왔다.

여리가 말을 이을 사이도 없이 순식간에 이겸의 입술이 그녀의 입술에 꽃잎처럼 내려앉았다. 청량한 숨결이 입술을 머금었다.

입을 맞춘 이겸이 미소와 함께 말했다.

"또 봅시다, 부인."

방으로 돌아온 여리가 문을 걸어 잠갔다. 문이 닫히자마자 아픈 가슴을 쥐며 무너지듯 주저앉았다.

　"아씨."

　달현의 부름에 여리가 마른 얼굴을 쓸어내리고 문을 열었다. 달현이 여리의 안색을 살피며 툇마루에 걸터앉았다.

　"어찌 따라가지 않았습니까?"

　"제가 어딜 갑니까?"

　"기다리고 있었던 것 압니다. 한양에 온 것도 그분을 뵙고 싶어서라 생각하였는데."

　"아닙니다. 한양에 머문 것은 일 때문이었습니다. 철없을 때 한 약조로 어찌 전하께 누를 끼칠 수가 있겠습니까? 지나간 일입니다. 전하께선 전하께 합당한 중전 마마를 맞으셔야지요."

　"아씨."

　"아버지, 그보다 이제 더는 한양에 있을 수 없게 되었으니 떠날 준비를 해주십시오. 급한 것들만 미리 처분하고요. 빠르면 빠를수록 좋습니다."

　마당의 꽃나무가 하얀 꽃들을 곱게 드리웠다. 바람이 불 때마다 여리의 마음을 따라 꽃들도 흔들렸다. 마음이 흔들릴 때마다 꽃에서는 그윽한 향이 피어났다.

　말 못하는 것들도 아름답게 떨리는, 완연한 봄이었다.

말발굽 소리가 조용한 길로 접어들었다.

어둠이 내려앉은 길을 따라 말의 속도가 눈에 띄게 느려졌다. 궐로 돌아가던 이겸은 말고삐를 당겨 이내 말을 온전히 멈추었다. 어둠 속을 돌아본 이겸이 입을 열었다.

"무영."

이겸의 부름에 나무 뒤에 서 있던 무영이 서서히 모습을 드러냈다. 달라진 것 없는 벗은 마치 어제 헤어진 듯 그 자리에 서 있었다.

이겸은 말에서 내려 무영에게로 다가갔다. 이겸의 얼굴은 굳어 있었다. 무영은 그런 이겸을 향해 고개를 조아렸다. 실로 오랜만의 해후였다.

"그간 강녕하셨사옵니까, 전하."

무거운 침묵을 깨고 무영이 고개를 들어 이겸을 보았다. 그제야 흐려져 있던 이겸의 표정이 밝아졌다.

"이런 야속하고 불충한 이를 보았나."

말과는 달리 이겸의 입가에 반가운 미소가 비쳤다.

여리를 만나고 돌아오는 길, 그와 멀지 않은 곳에서 무영을 만난 것이다.

숨이 끊어진 줄 알았던 여리가 어떻게 무사히 달현의 곁으로 돌아갈 수 있었는지 무영을 보니 말로 전해 듣지 않아도 그려졌다. 애초에 그날 그곳에서 여리를 지켜낼 수 있었던 이는 무영이 유일하였다.

전장에서 무수히 들었던 그 소리를, 움직임을 잊을 리 없었다. 의식이 흐려지는 마지막 순간에 어렴풋이 무영의 모습을 보았다. 그날의 빗소리와 날선 금속음을 뒤로하고 무사히 마주 선 벗을 이겸은 감격스레 바라보았다.

"어찌 그동안 한 번도……."

거기까지 말을 잇던 이겸은 잠시 말 사이를 띄웠다.

아니었다. 생각해보니 무영이 저를 찾지 않은 것이 아닐지도 몰랐다. 그간 몇 번인가 궐에서 익숙한 기척을 느꼈던 때가 있었다. 야심한 시각 책을 읽거나 궐내를 산책할 때 그런 감각들이 미미하게 스몄다 옅어지곤 하였다. 한 번도 모습을 드러내진 않았지만 분명 그러한 때가 없지 않았다.

"아니다. 돌이켜보니 자네는 나를 찾아왔었다. 그렇지?"

무영이 침묵으로 답을 대신하였다. 늦었지만 제자리를 찾아가는 조각들을 보며 이겸은 상념에 젖었다.

잃었다 생각했지만 알아차리지 못했을 뿐, 그들은 저와 멀지 않은 곳에 있었다. 기억을 잃은 저에게 혼란을 주지 않으려 기다린 것이지 정녕 잊어버린 것은 아니었다.

"청을 들어주어 고맙다. 여리를 지켜주었구나."

"아니옵니다. 전하께 그런 말씀을 들어야 하는 이는 제가 아니라 김 상궁입니다. 김 상궁이 그분을 돕는 일에 성심을 다했습니다."

"그러고 보니 김 상궁과 동아는 지금 어디에 있느냐? 모두들 한양에 있는 것인가."

"멀지 않은 곳에 있습니다. 만나러 가시겠습니까?"

"물론이다. 지금 만날 수 있느냐?"

호롱불 빛이 따스하게 방 안을 밝혔다.

말린 약재들을 나누어 면보에 담던 서래댁은 방문 밖 동아
의 기척에 고개를 들었다.

"어머니."

어딘지 물기를 머금은 동아의 목소리에 서래댁이 방문을 열
어보았다. 동아의 곁에 이겸과 무영이 있었다. 이겸이 옅은 미
소를 띠자 놀란 서래댁은 밖으로 나가 이겸에게 절을 올렸다.

"전하."

"일어나게. 바닥이 차네."

이겸은 서래댁을 부축해 일으켰다. 회연 고택에 있던 긴 세
월 동안 변함없이 이겸의 곁을 지켜온 이였다. 그러나 그리도
반가운 이의 팔을 붙잡은 이겸의 얼굴이 설핏 굳었다. 잡아
쥔 서래댁의 팔이 채 한 줌도 되지 않는 까닭이었다. 서래댁은
전에 없이 여위어 있었다. 안으로 자리를 옮긴 이겸을 위해 서
래댁은 예전처럼 따뜻한 차를 내어왔다.

무영과 동아는 잠시 자리를 비켜주었다. 차를 내리는 서래
댁의 손짓은 여전히 덜하거나 과함이 없이 정갈했다.

"흠향하시지요. 올해는 찻잎이 참으로 좋습니다."

서래댁이 차를 권했으나 이겸은 그저 무릎 위의 제 주먹을 그러쥐었다. 그 작은 부들거림에 안타까움과 슬픔이 서려 있었다.

"그리될 때까지 왜 과인을 찾지 않았는가. 기억을 잃었다 해도 자네와 동아는 잊지 않은 것을 알았을 텐데."

억누른 이겸의 목소리가 잇새로 절절하게 흘러나왔다. 수척해진 서래댁의 모습에 마음은 돌덩이라도 짊어진 듯 무거웠다.

무영은 서래댁에게 남은 시간이 길지 않음을 이겸에게 미리 알려주었다. 실제로 마주한 서래댁은 과연 그러해 보여서 이겸은 통탄한 마음을 금할 길이 없었다.

"과인을 찾아와 자네의 상태에 대해 이야기했더라면 어의를 내려서라도 병증을 살폈을 것이다. 대체 언제부턴가? 혹 회연에 있을 때부터인가?"

이겸의 꾸짖음 아닌 꾸짖음에 서래댁이 전에 본 적 없는 넉넉한 미소를 지었다.

"어찌 주상 전하께서 사사로운 정 때문에 내의원 어의들을 쓰려 하시옵니까? 성심만으로도 차고 넘치게 감읍하옵니다."

"김 상궁."

"다행이옵니다. 명이 다하기 전에 이리 전하의 용안을 뵐 수 있어서 말입니다. 이제야 참으로 봄이 온 느낌입니다."

세월을 견뎌온 서래댁의 목소리는 담담하고도 단정했다.

여리를 처음 보았을 때 서래댁은 그녀를 두고 '봄'이라 이름

하였다. 얼어붙어 있던 이겸을 따스하게 감싸줄 단 하나의 봄. 이겸이 여리를 멀리하려 했을 때도 핑계를 대어 그녀를 데리고 왔던 이 또한 서래댁이었다.

이겸은 어찌하여 서래댁이 반대를 무릅쓰고 여리를 다시 데리고 왔었는지 이제는 알 듯하였다. 서래댁은 그때 이미 알고 있었던 것이다. 그녀의 병세는 어의가 아니라 화타가 살아 돌아온다 해도 돌이킬 수 없음을.

아픈 이를 더 이상 책망할 수도 없어 이겸은 저릿한 숨을 아래로 끌어내렸다.

"그간 자네와 동아를 줄곧 찾았네. 동아가 관직에 계속 몸담고 있을지도 모른다는 생각을 했지만 두 해 전 그날 이후 동아 역시 종적을 감추었더군."

"그분을 세상으로부터 지키기 위해서는 그편이 나을 것이라 생각했습니다."

왕이 될 세제와 그의 숨겨진 여인.

여리의 존재는 칼날 위에 선 듯 위태로웠고, 바람 앞의 미약한 촛불과도 다르지 않았다. 그녀가 유일하게 의지할 수 있는 이겸이 기억을 잃은 상태라면 앞날의 위험이야 더욱 자명한 일이었다.

"물론 처음엔 그런 이유 때문이었으나 나중엔 소인 때문도 있었지요. 보시다시피 소인의 몸이 불편해 동아는 근처에서 아이들을 가르치는 시간을 제외하고는 늘 이곳에서 머무르고 있습니다. ……그분을 궐로 모시고 가실 생각이십니까?"

"그 사람만 허락한다면 그리할 것이네."

"지난겨울 간택령에 대한 말이 돌았을 때 이곳에도 말들이 지났습니다. 아무래도 도성 안에 있다 보니 지나가는 풍문에도 사람들의 속된 말이 섞이기 마련이라. 간택이라는 것이 실상은 어느 가문으로 내정되어 있는 자리다, 혹은 어떤 가문을 들여야 전하께 힘이 될 것이다 같은 이야기들 말입니다."

틀린 말은 아니었다. 간택이라는 것은 중전 한 사람의 됨됨이만 보고 택하는 자리가 아니었다. 삼간택까지 올랐다는 자체가 후보들의 가문을 포함한 모든 것이 고려되었다는 뜻과도 같았다.

저들끼리 만들어내는 파벌 싸움에 발을 담그고 싶지 않아 그동안은 이겸 역시 이런저런 핑계로 국혼에서 한 걸음 떨어져 있었다. 여리를 기억하기 전이었다면 그 역시 대충의 조건들을 따져 중전을 들였을 것이다. 그러나 이제는 모든 것이 달라졌다.

"깊은 속까지야 알 수 없으나 그분께서도 많은 생각을 한 듯 보이셨습니다. 어찌 마음이 편할 수만 있었겠사옵니까?"

서래댁은 서안 서랍에 넣어두었던 서찰들을 꺼냈다. 이겸의 시선이 서안 위의 종이들로 향했다.

"그날 전하께서 상왕 전하께 보여드렸던 서찰이옵니다. 그 외에도 심효의 사주를 받아 움직인 자들의 명단과 그들이 행한 일들이 소상히 적혀 있는 증좌도 구해두었사옵니다. 여기에 살아남은 자의 증언이 있다면 더욱 좋을 것이나 그렇지 않다 하여도 역모 죄로 억울하게 죽은 이들의 누명을 풀기에는 부족함이 없을 것이옵니다."

"이것들을 어찌 찾았는가?"

"각지에 흩어진 것을 내금위장 영감과 동아가 오랜 시간을 수고하여 찾아왔사옵니다. 하오나 이 몇 장의 종이들은 대제학의 무고함은 밝혀도 전하와 그분의 앞길에 놓인 수많은 고비들까지 모두 막아주진 못할 것이옵니다. 그래도 정녕 그 길을 가시겠사옵니까?"

혼례를 올렸으나 왕실에서 인정한 혼사가 아닌 둘만의 일이었기에 그것은 마치 없는 일과도 같았다. 제대로 된 절차를 밟지 않았으니 이혼의 충고처럼 후궁으로 만족하는 것도 하나의 방도가 될 수 있었다. 그러나 최선이나 차선 같은 것은 생각하지 않기로 하였다.

길은 처음부터 오직 하나였다.

"자네가 여리를 다시 고택으로 불러들인 날부터 자네는 이미 알고 있지 않았는가? 지금 과인이 할 대답을."

"……."

"과인의 비는 서연희 한 사람뿐이네."

흔들림 없는 이겸의 음성에 서래댁의 입가가 안도하듯 작은 호선을 그렸다. 굳이 최여리가 아닌 서연희라고 말씀하신 것에는 그분의 과거를 덮거나 피할 생각이 없다는 뜻이 들어 있었다.

천재(天才)를 지니고 나신 군께서 이젠 정녕 오롯하게 한 분의 왕이 되셨다. 위엄 있고 단단한 모습을 보니 돌고 돌아 만난 연(緣)이 흔들릴 일은 없어 보였다.

"그에 대한 염려는 접어두고 내일부터는 이리로 사람을 보낼 것이니 그리 알게. 집에서 편히 치료를 받고 좋은 탕약도 먹고 자네 몸부터 추스르게. 그래야 동아도 다시 생기를 찾을 것이 아닌가? 적막한 궐에 있다 보니 가끔은 동아의 쉼 없는 수다가 그리울 지경이라네."

추웠던 겨울을 이기고 따스한 봄을 누릴 시간이었다.

부디 세상의 시샘이 한낱 바람처럼 날카롭지 않게 두 분을 비껴가기를.

옅게 웃은 서래댁은 고개를 조아려 이겸의 은혜에 감사했다. 저의 소임은 끝이 났으나 내내 두 분께서 행복하시기를 바라고 또 바랐다.

제23장

간택령은 없을 것이니

연분홍 꽃잎이 흩날리는 느른한 오후, 열어놓은 방문 사이로 따스한 온기가 고개를 내밀었다.

여리는 완성한 저고리와 치마를 펼쳐두고 허전한 부분에 다시 수를 놓아 마무리 짓고 있었다. 자수는 그리 크지 않았지만 그것만으로도 옷의 주인이 될 아씨를 화사하게 보이게 해 줄 것이다.

문득 뺨을 간질이는 봄바람에 여리가 고개를 들었다. 마당 끝 먼발치에 선 달현이 여리와 눈이 마주치자 말없이 옆쪽으로 눈짓을 했다. 무슨 일인가 싶어 여리가 방문 밖으로 고개를 내밀어 보니 툇마루에 걸터앉아 눈을 감고 있는 이겸이 보였다. 다시 올 것이라는 말을 남긴 이겸은 나흘째 되는 날에서야 모습을 비추었다. 그것도 아직 유시는 아니었다.

달현은 분주히 손을 움직여 전하께서 오신지는 한참 되었으며 여리를 방해하지 않으려 달현에게도 말을 전하지 말라는 명을 내리셨음을 훌륭히 표현해냈다. 명을 충실히 수행한 달현은 두 사람을 남겨두고 다른 곳으로 발걸음을 옮겼다.

여리는 이겸 쪽으로 시선을 돌렸다. 흐트러짐 없이 앉아 꼿꼿하게 팔짱을 낀 이겸은 눈을 감고 잠시 쉬고 있었다.

옅은 잠을 청하는 이겸의 모습에서 여리는 지난 나흘간 이겸이 이곳으로 오기 위해 밤잠도 줄여가며 집무를 보았음을 짐작했다. 그런 분께서 피곤을 무릅쓰고 예까지 걸음하신 것이다. 여리의 얼굴에 안쓰럽고도 송구한 기색이 스치는 찰나, 깊게 잠든 것은 아니었던 듯 이겸은 천천히 눈을 떴다. 그리고 이내 여리의 시선이 제게 닿아 있는 것을 알아차리고는 반가운 미소를 설핏 지었다.

"하던 일은 마무리 지었느냐?"

"어찌 오셨습니까?"

"내가 유시에 올 것이라고 하지 않았느냐. 아직 유시가 되지 않아 기다리고 있던 참이다."

"언제 오셨냐고 여쭙지 않았사옵니다. 어찌 오셨냐고 여쭈었지요."

여전히 무감한 얼굴과 단조로운 목소리였다. 그러나 이겸 역시 그 정도는 예상하였는지 얼굴색 하나 바꾸지 않고 태연히 답했다.

"어찌 왔느냐고 굳이 묻는다면……. 너를 보고 싶으니까. 너를 안고 싶으니까. 너를 다시 잃는다 생각하면 숨이 멎을 것 같으니까."

"……."

"더 듣겠느냐?"

"그만하셔도 될 듯하옵니다."

짐짓 엄한 표정으로 이겸의 말을 막은 여리가 몸을 일으켰다. 이겸에게 어서 돌아가시라는 듯 짧은 목례를 남기고 발걸음을 옮기자 이겸은 말없이 그 뒤를 따랐다. 그 정도로 돌아설 것이었으면 애초에 이곳으로 걸음하지도 않았다.

담장을 손질하고 있던 달현에게 여리가 말을 건넸다.

"저자에 주문해놓은 것을 찾으러 다녀오겠습니다."

달현은 서늘한 기운이 흐르는 두 사람을 그저 멀뚱멀뚱 쳐다보았다. 여리가 앞서서 나가버리자 이겸은 뒷짐을 지고 여리의 보폭을 맞추어 걸었다.

이겸이 주위의 아무것도 보이지 않는다는 듯 오직 여리만 보며 느긋하게 따라오니 쓰개 속 여리의 뒤통수가 따끔거릴 지경이었다. 앞서 걷던 여리가 이겸에게로 휙 몸을 돌렸다. 어찌 따라오시는 것이냐, 눈빛을 남겼으나 이겸은 그런 시선을 무심히 받을 뿐이었다. 여리가 다시 걸음을 옮기자 이겸도 발을 움직였다. 여리는 이내 몇 걸음 옮기지 않고 그를 돌아보았다.

"어찌 자꾸 따라오십니까?"

"길이 같을 뿐이다. 나는 내 볼일을 보러 갈 것이니 너도 개의치 말고 갈 길 가거라."

"길이 여기 하나뿐이옵니까?"

"조선 팔도의 길이 다 네 것이더냐? 어느 길로 가든지 나의 마음인 것을."

이겸이 안심하고 갈 길 가라는 듯 손까지 휙휙 뻗어 보였다.

누가 보아도 따라오는 게 분명한데 아니란다. 뭔가 찜찜했지만 여리는 주문해놓은 당혜를 찾기 위해 부지런히 걸음을 옮겼다. 따라가는 게 아니라면서 이겸은 느긋하게 따라붙으며 넌지시 말까지 섞었다.

"한데 말이다, 생각을 해보았는데 내 도무지 억울해서 잠을 청할 수가 있어야지."

"……."

"일전에 예화에서 만났을 때, 어찌 사별을 했다고 말한 것이냐? 너의 그 말 때문에 정녕 사별한 여인을 마음에 담은 줄 알고 내가 얼마나 마음고생을 하였는지 아느냐? 감히 왕에게 거짓을 고한 것으로도 모자라 그것도 지아비에게……. 아무튼 이 모든 것이 나의 마음을 두 번이나 흔든 너로 인한 것이다. 책임지거라."

실상은 억울하다기보다는 여리를 두 번이나 똑같이 마음에 담았음을 고백하는 말이었다. 여리가 눈썹을 찌푸렸다.

"소인은 아무것도 하지 아니하였사옵니다. 낯선 여인에게 마음을 주신 책임까지 어찌 소인에게 물으십니까?"

"엄밀히 말하면 낯선 여인은 아니지."

"그땐 기억하지 못하셨으니 낯선 여인이 맞습니다."

"그 둘은 한 사람이니 내 마음이 가벼운 것이 아니라 지조를 지킨 것이니라. 네가 인정하지 않는다면 여기 저자 사람들에게 물어볼 수밖에. 분명 혼인 전에는 이 여인이 온갖 감언이설로 나를 미혹하였는데 막상 혼례 후 밤을 보내고 나니 실망하여 마음이 변…… 읍!"

이겸의 입술이 당황한 여리의 손에 의해 다급하게 막혔다. 여리가 누가 들을까 속삭이는 목소리로 책망했다.

"소, 소인이 무슨 감언이설을 했다고 이러시옵니까? 그리고 실망은 대체……."

여리의 손을 잡아떼는 이겸의 입꼬리가 슬쩍 말리는 듯했으나 이겸은 애써 무표정한 얼굴을 유지했다.

"분명 무슨 일이 있어도 내 곁에서 떠나지 않겠다 한 것은 너다. 그것이 바로 감언이설이 아니고 무엇이겠느냐? 또한 실망스러운 것이 있었으니 지금 내게 이러는 것일 테지. 아, 물론 무엇이 실망스러운지에 대해서는 방금은 빠뜨리고 이야기하지 않았다만 초야는 아니라고 믿고 싶다. 내가 그렇게 썩 실망시키지는 않……."

주위를 빠르게 둘러본 여리는 더욱 곤란해진 얼굴로 서둘러 말을 이었다.

"왜 이러십니까, 대체?"

"왜 사별했다 하였느냐?"

이겸의 물음에 손을 잡아 뺀 여리가 누가 볼세라 빠르게 걸음을 옮겼다.

"사별했다 한 적 없습니다. 돌아가셨다고 했지요."

"그게 그 말이 아니더냐?"

"그게 그 말은 아니지요. 궐로 돌아가셨잖습니까? 그래서 그리 말씀드렸습니다. 돌아가셨다고요. 궐이란 말은 굳이 하지 않았지만."

"끝의 글자는 빼먹었다 치고. 하면 사별은?"

"그 또한 소인이 그러하다 한 적은 없사옵니다. 한양에 계신 분들은 사별한 여인을 다 이렇듯 가벼이 여기시나 여쭈었던 것이지 소인이 사별했다고는 하지 않았사옵니다. 소인은 다만 지아비를 잃었다고 했지요."

"허. 과연."

"……."

"지당하다. 역시 내가 반한 여인이군."

이겸이 웃어버리자 여리는 저가 꽤 열심히 답을 하고 있다는 것을 깨닫고는 입을 다물었다. 이겸은 그런 여리가 귀엽다는 듯 싱긋 미소를 지었다.

"비켜나십시오, 비켜나시오들."

앞이 보이지도 않을 만큼 짐을 켜켜이 안은 짐꾼이 우렁차게 외쳤다. 그 바람에 물러서는 사람들 틈에 섞여 균형을 잃은 여리의 어깨를 이겸이 한 팔로 당겨 안았다.

이겸의 품에 안긴 덕분에 짐꾼과는 부딪치지 않았으나 여리의 어깨에 한 번 내려앉은 이겸의 팔은 내려갈 줄 몰랐다. 능청스럽게 그 상태로 몇 걸음 옮기던 이겸은 여리의 시선을 느끼고는 여리를 마주 보았다.

"어찌 그리 보느냐?"

"이 손 좀 치워주시지요."

"내가 깜빡 잊고 말을 하지 않았구나. 이것이 내 볼일이다.

너를 위험으로부터 지키는 것."

"소인에게 가장 위험한 사람은 눈앞에 계신 분이라고 예전에 직접 말씀해주셨사옵니다."

여리의 면박에 이겸이 아쉽다는 듯 슬그머니 손을 내렸다. 그때 이겸의 뒤로 익숙한 기척이 지나쳤다. 밭은기침을 짧게 두 번 내뱉는 습관. 특이한 그 소리는 좌의정의 것이었다.

일순 눈빛이 가라앉은 이겸은 소리가 난 곳을 향해 티 나지 않게 시선을 주었다. 갓을 깊게 눌러쓰고 얼굴을 가리고 있었으나 과연 좌의정이었다. 한데 평소처럼 가마를 타지도, 몸종 한 명 데리고 있지도 않았다. 몸종 대신 그와 비슷한 대감 몇몇과 저자의 소란을 틈타 유유히 사라지고 있었다.

이겸의 눈이 설핏 가늘어졌다. 그러나 낯익은 기운을 느낀 것은 이겸만이 아니었다. 좌의정 역시도 방금 저와 스친 사내의 기척이 낯익었는지 이겸과 여리 쪽을 향해 고개를 휙 돌렸다. 이겸이 자연스럽게 방향을 트는 척하며 좌의정의 시야에서 여리를 가렸다. 이겸의 뒷모습을 본 좌의정 문백이 걸음을 멈추었다. 문백의 곁에 있던 자들이 말했다.

"무슨 일인가? 대감께서 기다리시니 서둘러야 할 것이네."

"주상 전하?"

문백은 고개를 살짝 갸웃하다 이겸 쪽으로 걸음을 옮겼다. 문백이 점점 거리를 좁혀오자 이겸은 다시 한 번 여리의 어깨를 안았다.

"나리."

"설명은 나중에 하마."

동그랗게 눈을 뜬 여리가 말을 이을 사이도 없이 이겸은 여리를 순식간에 당겼다. 사람들에게 가려진 틈을 타 이겸은 여리와 함께 서둘러 몸을 숨겼다.

시야에서 이겸과 여리가 사라지자 그를 따라 문백의 걸음도 덩달아 빨라졌다. 텅 빈 골목을 허망하게 바라보는 문백이 짜증 섞인 숨을 뱉었다.

잘못 본 게 아니라면 분명 전하께서는 여인과 함께 계셨다.

"주상이셨는데, 대체 어디로 가신 건가?"

이겸과 여리는 문백 일행과 멀지 않은 빈 점포에 몸을 숨겼다. 두 사람은 숨을 낮추고 기척을 지웠다.

작은 나무 창틈 사이로 좌의정 일행의 소리가 전해졌다.

"대체 어찌 그러는 것이오? 시간도 촉박하거늘."

"내 아무래도 방금 주상 전하를 본 것 같소."

"그 무슨 가당치도 않은."

"게다가 일행이 있는 듯 보였소."

"궁에 계실 전하께서 이 길을 지날 일이 무어 있겠습니까? 아무래도 일에 너무 신중을 기하다 보니 대감께서 예민해지신 것 같습니다만."

그들의 말이 가리키는 이는 분명 이겸이었다. 여리는 벽 너머에서 들려오는 소리를 가만히 듣고 있다가 무심코 시선을 올렸다. 그러나 곧 움직임이 스르륵 멎었다. 급히 문 안쪽으로 몸을 숨기느라 저를 두 팔 아래 가둔 이겸과 마주 보고 서 있었기 때문이었다. 이겸의 시선은 아직 나무 문틈으로 향해 있어 여리와의 거리를 의식하지 못하고 있는 듯했다.

"예서 지체하실 것이 아니라 어서 갑시다. 마무리 지을 일이 한두 가지가 아니오."

"그렇소. 그분만 우리와 함께한다면 간택이든 조세 문제든 두려울 것이 무엇이겠소? 어서들 갑시다."

이겸의 눈빛이 날카로워졌다. '그분'이라는 것은 누구를 지칭하는 것일까.

좌상 무리의 말로 미루어보아 필시 저들의 뒷배가 이번 간택과 조세 문제에 관여하려 하고 있었다. 그렇다면 이겸 역시도 그가 누구인지 반드시 알아낼 필요가 있었다.

이겸은 여리를 향해 시선을 돌렸다. 이겸과 여리의 시선이 맞닿았다. 고작 팔 하나를 뻗고 있을 뿐이어서 여리와의 거리는 결코 멀지 않았다. 마주하는 시선 아래로 낮게 가라앉힌 숨소리들이 교차되었으나 어느 하나 움직일 엄두를 내지 못했다.

바깥의 기척 탓도 있었으나 실상 둘의 예민한 감각은 서로를 향해 있었다. 청량한 향과 봄꽃 향이 은근하게 스미고 얽혔다.

"아무리 급해도 꼭 확인하고 가야겠소. 내 눈은 틀린 적이 없소. 분명 전하와 어떤 여인이 함께 있었소이다."

문백은 급한 대로 주변 점포 사이의 골목들을 빠르게 헤집었다. 분명 그쯤에서 놓쳤으니 멀리 가진 못했을 터.

344

이겸은 어쩔 수 없이 여리에게로 살짝 더 붙어 섰다. 최대한 간격을 줄여 눈에 띄지 않기 위함이었다. 좁고 어두운 탓에 여리가 불편하진 않을까 싶어 뻗었던 팔을 내리려는데 차마 그럴 수 없었다. 생각지도 못하게 여리의 손이 제 얼굴에 와 닿아 있었기 때문이었다. 이겸은 잠시 숨을 쉬는 것도 잊어버렸다.

여리는 애틋한 시선으로 이겸의 얼굴을 가만가만히 쓸어내렸다. 세상에서 한 발 비켜난 둘만의 공간. 욕심내면 아니 된다 그렇게 다짐하고 다짐했으나……. 어둠이 등을 떠민 것인지 여리는 내내 바라보고만 있던 그리운 이겸의 얼굴을 손가락 끝으로 기억했다. 눈으로 기억하고 감각으로 그렸다. 이 순간이 지나서 그가 사라진다 해도 잊지 않도록 세상의 눈이 닿지 못하는 곳에서 오롯이 그를 기억했다.

두근, 두근, 두근. 바깥의 소리 외엔 아무런 소리도 존재하지 않는 곳에서 오직 두 사람의 심장 소리만 또렷하였다. 이윽고 여리가 느리게 손을 거두어가려던 찰나, 이겸이 여리의 손을 부드럽게 쥐었다.

문백의 발걸음 소리가 가까워졌다. 그 소리에 여리가 움찔 정신을 차리고 몸을 세웠으나, 이겸은 여전히 여리의 손을 놓지 않았다. 오히려 이겸은 여리의 손등에 입을 맞추었다.

저벅저벅—.

문백이 옆 점포의 문을 벌컥 여는 소리가 들려왔다. 여리가 불안한 눈으로 보았으나 이겸은 괜찮다는 듯 작게 고개를 저었다. 다른 것은 보지 말고 오직 저만 보라는 뜻을 담아 긴장한 여리의 고개에 부드럽게 손을 가져다 대었다.

여리가 무언가 소리를 내기 위해 입술을 떼려 하자 이겸은 '쉿' 하고 속삭여 그녀를 제지했다. 마주 보는 시선이 너무나도 가까워 여리는 마치 홀린 듯 이겸의 명을 가만히 받아들였다.

창문 틈으로 가늘게 스민 오후 햇살이 이겸의 얼굴 위로 내려앉았다. 하여 여리는 검게 일렁이는 이겸의 눈빛을 그대로 볼 수 있었다. 처음 만났던 날과 변함없는 눈빛이었다. 검고 곧고 묘하게 가라앉은 시선이 여리를 향해 있었다. 지나간 기억이 여리의 숨결을 흔들었다.

마침내 문백이 이겸과 여리가 숨어든 곳의 문고리를 움켜쥐었다. 여리는 가만히 숨을 멈추었다. 이겸의 온기가 아니었다면 당장이라도 주저앉을 만큼 다리가 떨려왔다.

끼이익―.

문이 열리자 누군가 문백을 막아서는 소리가 들렸다.

"공연히 시간을 허비해서 그분 눈 밖에 나지 말고 어서 가시지요."

"하나……."

만류하는 이의 기세에 눌린 탓인지 문백은 끙, 신음을 내고는 그들을 따라 결국 발걸음을 옮겼다. 걸음 소리가 완전히 멀어진 후에야 여리는 참았던 숨을 가늘게 내뱉었다.

그때까지도 이겸은 여리의 눈을 응시하고 있었다.

"가보셔야 하지 않습니까?"

좌의정 일행의 대화를 함께 듣고 있었던 여리가 말했다. 이겸이 생각하고 있는 바와 여리의 생각이 다르지 않았다.

잠시 말 사이를 띄운 이겸이 말을 이었다.

"미안하다. 잠시 다녀와야 할 것 같구나."

"전하께서 마땅히 하셔야 할 일이옵니다."

아무래도 마음이 편치 않은지 이겸은 쉬이 돌아서지 못하였다. 그러나 그것은 여리도 마찬가지였다. 여리는 짐 속에 있던 검은 천 하나를 꺼내어 가만히 이겸의 얼굴에 둘러주었다.

처음 보았을 때의 이겸처럼 눈만 남기고 그 아래는 검은 천으로 감추어졌다.

"이리하면 용안을 들킬 염려는 없을 것이옵니다."

매듭을 지어준 손이 저를 떠나자 이겸이 입을 열었다.

"또 유시에 너를 만나러 가도 되겠느냐?"

이겸의 물음에 망설이던 여리는 고개를 아래로 떨어뜨렸다. 답을 줄 수 없었다.

시선을 피한 여리의 행동에서 거절의 뜻을 읽은 이겸은 씁쓸한 미소를 띠었다. 조바심을 내지 말자 하였으니 강요할 수는 없는 노릇이었다.

"가십시오. 이러다 저들을 놓치겠습니다."

여리를 애틋한 시선으로 보고 있던 이겸은 옅은 숨을 삼키고는 이내 걸음을 돌렸다. 이겸의 모습이 완전히 사라진 후에야 여리는 벽에 등을 기댄 채 스르르 주저앉았다. 심장이 꼭 제 것이 아닌 것만 같았다.

여리가 가게 앞에 당도하자 주인장은 별다른 말이 없었음에
도 그녀가 주문한 당혜를 한쪽에서 가져왔다. 이미 오랫동안
그곳에서 신을 주문해왔기에 그녀를 맞는 주인장은 언제나처
럼 당혜에 들인 공에 대한 설명을 늘어놓았다.

"주문한 대로 만드느라 애를 좀 먹었소. 늘 그랬지만 아마
조선 땅에서 이보다 더 고운 신은 찾기 힘들 거요."

사각함의 뚜껑을 열자 고운 당혜에 촘촘한 수가 곱게 놓아
져 있었다. 여리가 마무리 짓던 옷과 함께 착용할 신이었다.

빛깔이며 선들이 새색시가 쓰기에 과하지 않고 고왔다. 여리
가 주인장에게 부탁한 그대로였다.

"과연 그리 보입니다. 감사합니다."

"한데 매번 다른 이들의 주문만 받고 그쪽 신은 안 사시오?"

고운 신발을 잔뜩 가져가면서 정작 자신의 신은 평범한 여
리를 보며 주인장이 물었다. 옷을 지어 파는 사정까지야 알
수 없었으나 오랫동안 지켜보니 마음씀씀이가 고와서 안타까
운 마음이 드는 것도 사실이었다. 여리가 미소를 띠었다.

"이런 고운 신은 제게 어울리지 않습니다."

비단신은 여리에게 이겸의 존재와도 닮아 있었다. 곱고 눈에
담기에도 아까웠지만 그것은 제게 어울리지 않는 것이었다.

"허허, 신을 어울려야만 신나? 그보다 중요한 것은 마음이오.
내가 그것을 신고 싶고, 가지고 싶다는 마음. 여인들의 마음에
꼭 드는 옷을 지어 팔면서 정작 본인의 마음은 왜 모르누?"

"제 마음이요?"

"욕심나는 것이 있거들랑 가지고 사시오. 사람이 한평생 살아봐야 얼마나 살겠소? 남 눈치 보지 말고 나 하고 싶은 대로 하고 살아도 빠듯한 시간인데."

"……."

"혹시라도 욕심나는 때가 오거든 말하시오. 특별히 어느 곳에 신고 가도 빛이 날 당혜를 만들어줄 것이니."

"그래도 될까요, 저도?"

"안 될 것이 뭐가 있을까? 내 이 나이 되도록 살아보니 별거 없더만. 왜 진작 하고 싶은 거 하지 못하고 살았나 싶고."

여리의 고민을 알고 하는 말은 아니었겠지만 주인장의 말만으로도 여리는 마음의 짐을 조금이나마 내려놓은 것 같은 기분이 되었다.

"어이구, 저이들은 또 웬일인가, 그래?"

주인장의 목소리에 여리가 고개를 들었다.

저잣거리를 가로질러 가는 검은 옷의 사내들이 보였다.

"저들이 누굽니까?"

"영의정 나리가 거느리고 있는 자들이오. 저 길 너머에 영의정 나리의 댁이 있지 않소? 그곳으로 가는 길인 모양인데 또 뭔 일이 벌어지려나?"

사내들이 가는 방향은 다름 아닌 이겸이 향한 곳이었다.

여리의 눈이 흔들렸다.

"저쪽 방향에 영의정 대감이 살고 계신단 말입니까? 그 주위에 다른 대감 댁은……."

"없소. 다른 대감 댁들은 죄다 북촌에 모여 있고 저기엔 영의정 대감 댁만 있는 것으로 알고 있는데. 아무튼 본 사람들이 말하던데 저이들 칼 쓰는 게 무시무시하다 하더이다."

차라리 다행인지도 몰랐다. 주상 전하를 누구보다 가까이에서 모시는 영의정이니 다른 뜻을 가지고 있다 하여도 감히 드러내놓고 전하께 위해를 가할 수는 없을 것이다. 왕의 앞에서 그것이 어찌 가능하겠는가.

그러나 다음 순간 여리의 얼굴이 굳었다. 저가 이겸의 얼굴에 매준 천이 떠오른 까닭이었다. 이겸의 얼굴을 보지 못한 사내들이 혹시라도 그에게 덤벼든다면······.

여리는 그만 앞이 깜깜해졌다.

전하!

여리는 반쯤은 정신이 나가 주인장에게 인사하는 것도 잊고 부랴부랴 내달렸다. 모든 것이 제 탓이었다. 얼굴을 가려드리는 것이 아니었다. 돌아오시라는 말씀도 제대로 하지 못하였는데. 언제고 보러 오셔도 된다는 말씀 또한 전하지 못하였는데. 눈시울이 붉어지는 것도 모르고 계속 내달리던 여리는 그만 신이 벗겨져 앞으로 엎어졌다. 넘어진 여리의 눈앞으로 방금 가져온 고운 당혜가 굴렀다.

곱디고운 비단신 위에 흙먼지 바람이 덮였다. 바보같이. 후회는 언제나 늦은 것임을 어찌하여 몰랐을까. 어리석게도 제 마음 하나 몰랐구나. 입술을 질끈 깨문 여리는 눈물을 닦을 사이도 없이 다시 몸을 일으켜 이겸의 뒤를 따랐다.

문백 일행의 뒤를 밟은 이겸의 얼굴이 어두워졌다. 그들이 은밀히 향한 곳은 이미 이겸도 알고 있는 익숙한 곳이었기 때문이다. 대신들이 몸종도 동행하지 아니하고 닿은 곳은 바로 영의정의 사가였다. 좌의정이 영의정을 찾는 것은 문제 될 것이 없었으나 조정 대신들을 대동하고 은밀히 만나는 것은 흔히 보아 넘길 일은 아니었다.

눈으로 가옥을 훑은 이겸은 경계를 서고 있는 자들을 가늠했다. 일단은 그들이 어떤 이야기를 나누는지 알아둘 필요가 있었다.

"더 이상 간택을 미룰 순 없습니다. 상왕 전하께서도 봄까지라고 단서를 달아두셨으니 주상께서도 더 이상 거절하시진 못할 것입니다. 그간은 상왕 전하의 병환을 핑계로 국혼을 미루어왔던 것 아닙니까?"

"더는 미루지 못하도록 상왕 전하와 말을 맞추어두고 왔소. 그건 걱정 마시오."

문백과 다른 대신의 말을 가만 듣고 있던 영의정이 물었다.

"하여 좌상 대감의 여식을?"

문백이 굳게 고개를 끄덕였다.

"그리만 된다면 제가 영상 대감께 아낄 것이 무엇 있겠습니까? 성상께서 영상 대감께 모든 것을 일임하셨으니 중전 마마를 만드는 것은 일도 아니지요."

"좌상 대감이 부원군만 된다면 영상 대감의 은혜를 두고두고 새길 것입니다. 또한 조세 개혁안에 대해서도 다시 한 번 익일 조계 때 논하고자 하오니 영상 대감께서 힘을 실어주시기 바랍니다. 고리대도 금한 마당에 지금의 개혁안은 가진 자들은 다 죽으라는 소립니다. 상왕 전하께서도 우리 뜻에 동의하실 겁니다."

사랑채 처마에서 바닥으로 소리 없이 내려앉은 이겸은 숨을 죽이고 방 안의 밀담에 신경을 집중했다. 신중하게 고심하던 영상이 마침내 입을 열었다.

"무엇이든 이치에 어긋나면 어그러지는 법이오. 그러니 주상 전하께서 정도가 아닌 길로 가고자 한다면 그것을 바른 길로 이끄는 것이 바로 신하의 본분 아니겠소?"

영의정의 미소를 살핀 문백은 그제야 영의정의 의중을 깨닫고는 파안대소했다.

"하하하, 이것 참. 영상 대감과는 시간을 허비하지 않아서 좋습니다. 그러면 일단 익일 상참 시에……."

그때 이겸을 발견한 사병이 소리쳤다.

"웬 놈이냐!"

사내의 일갈을 신호로 방 안의 대신들과 마당에서 경계를 서던 이들이 소리가 난 곳을 쫓았다. 순식간에 화살 한 대가 이겸을 향해 날아들었다. 재빠르게 몸을 날려 피했으나 화살은 이겸의 옆구리를 스치고 지나갔다. 많이 상하진 않았으나 금세 붉어지는 옆구리를 움켜쥔 이겸이 빠르게 내달렸다.

그의 그림자를 쫓아 무수한 화살들이 연이어 꽂혀들었다. 경계를 높이고 발검하는 날 선 소리들이 그 뒤를 따랐다. 이겸은 귀찮게 되었다는 듯 미간을 좁혔다.

　　　　　　　　✦

　반 시진 후, 사병들을 겨우 따돌린 이겸은 제 얼굴을 가린 천을 걷어냈다. 그 누구도 이겸의 정체를 알아차린 이는 없었을 것이다.

　이마엔 땀이 맺히고 숨은 턱까지 차올랐다. 가빠진 숨을 길게 내뱉으며 이겸은 검은 천을 쥔 채로 터벅터벅 걸었다. 옆구리는 살짝 긁힌 정도에 가까웠으나 적으나마 핏물이 들었다. 그러나 아린 것이 다친 곳인지 혹은 마음인지 알 수가 없었다. 몸이 무거웠으나 그보다 더욱 힘든 것은 바로 마음이었다.

　아무도 없는 벼랑 끝에 선 기분이었다.

　때론 외떨어진 섬에서 홀로 버티고 있는 것 같기도 하였다.

　드넓은 궁궐 안 어느 곳에서도 이겸의 쉴 곳 따위 없었다.

　어찌 궐뿐일까. 조선 팔도 어디에도 마음 붙일 곳은 없었다.

　하여 회연에 머물렀던 시간은 차라리 꿈과도 같았다.

　이겸은 지금 걷고 있는 길 끝에 회연이 있고, 그래서 그리운 이들을 만날 수 있다면 얼마나 좋을까 생각해보았다. 입가엔 피식 메마른 웃음이 지어졌다. 결국은 꿈일 뿐인 것을.

　어느 순간 무심히 고개를 든 이겸은 저 멀리 서성이는 그림자를 발견하고는 걸음을 멈추었다. 무사한 이겸을 본 여리는 차마 그에게 달려가지 못하였다. 그럴 염치도 그 무엇도 남아 있지 않았다. 저가 무슨 자격으로 이곳에 왔는지도 알지 못하지만 이겸을 찾아 헤매는 여리의 머릿속엔 오로지 한 가지 생각뿐이었다. 무사하시기를. 부디 무사하시기를.

눈물 가득한 눈으로 차마 다가서지 못하는 여리를 대신해 이겸이 그녀를 향해 걸어갔다. 이번엔 여리도 이겸을 피해 달아나지 않았다.

"어찌 금방이라도 울 것 같은 얼굴인 것이냐."

여리를 안심시키기 위해 건넨 말이었으나 한 번 붉어진 여리의 눈가는 쉬이 돌아오지 않았다. 입술을 잘근 깨문 여리가 제 치마를 꼭 쥐었다. 그제야 이겸의 눈에도 흙으로 인해 엉망이 된 여리의 치마가 들어왔다.

"소인 때문에 전하께서 다치신 줄만 알았습니다."

눈물을 삼킨 여리의 말은 단지 그것뿐이었지만 그 안에 담긴 뜻은 전해지고도 남았다. 이겸이 한쪽 눈썹을 찌푸리며 넉넉한 미소를 지어 보였다.

"어떤 간 큰 자가 감히 일국의 왕을 다치게 한다더냐?"

"소인이 감히 전하의 용안을 가려서……. 송구하옵니다."

"이제껏 한 번도, 그리고 앞으로도 네 탓이 되는 일 따윈 없을 것이다. 언제나 내겐 네 탓이 아닌 네 덕분만 있었느니. 나를 살고 싶게 만든 이가 바로 너이지 않느냐."

이겸의 말에 여리가 고개를 들었다. 이겸이 여리의 눈에 차오른 눈물을 보았다. 회연에서도 지키지 못하였는데 또다시 고운 이의 눈에 슬픔이 차게 만들어버렸다. 이겸이 손을 들어 여리의 눈매를 쓸어주었다.

이미 해가 물러나버린 거리엔 쪽빛 어둠이 내려앉았다.

"그러니 울지 마라."

"전하."

여리의 얼굴을 보던 이겸이 입매를 늘여 웃었다.

"거짓말."

"예?"

"말로는 전하라 부르면서 어찌 그리 빤히 보느냐? 내 눈을 보고 이야기하는 이는 너밖에 없을 것이다. 한데도 나를 왕으로 본다는 그 말을 믿으라?"

농이 섞인 이겸의 말에 여리가 뒤늦게 시선을 내리려 했으나, 이겸은 여리의 팔을 잡아 제 품으로 끌어왔다. 여리의 귓가로 이겸의 따스한 심장 소리가 들려왔다. 서로에게서 피와 흙먼지 냄새가 스쳤으나, 그런 것은 아무래도 좋았다.

"오히려 기쁘구나. 네가 예전으로 돌아온 듯하여. 앞으로도 계속 그러했으면 좋겠다."

여리의 온기를 품에 안았던 이겸은 여리를 제게서 조금 떼어놓는 대신 여리의 손을 잡아 제 가슴 위에 올려놓았다. 여리가 이겸의 가슴에 놓인 제 손과 이겸의 손을 바라보았다. 여리의 손이 가늘게 떨렸으나 이겸은 흔들림 없이 그녀의 손을 잡아주었다.

"여전히 너를 보면 살고 싶어진다. 하루를 더 살면 하루 더 너의 얼굴을 볼 수 있으니."

참고 참았던 여리의 눈물이 마침내 아래로 떨어졌다. 심장이 전해주는 그의 진심이 오롯하게 느껴졌다. 여리의 눈이 저릿하게 감겼다.

보지 않으리라. 듣지 않으리라. 그리지 않으리라. 그리도 되뇌었건만 언제나 후회는 늦었다. 아니, 처음부터 그 모든 것이 소용없는 일임을 알고 있었다. 결국엔 이 자리로 돌아오게 될 것을 여리만 빼고 모두는 알고 있었는지도 몰랐다. 이겸은 울음을 닮아 떨려오는 여리의 손을 따스하게 감싸주었다.

"처음부터 내 곁은 너의 것이니."

회연에서도. 그리고 지금 이곳에서도.

"같이 가자. 궁으로. 나와 함께."

빛이 남아 있던 시각. 이 길을 지나던 때와 달라진 것이 있다면 그것은 두 사람의 거리였다.

낮엔 한 그림자가 앞서가고 다른 그림자가 그 뒤를 따랐다면, 해가 온전히 물러난 지금은 두 개의 그림자가 곁을 나란히한 채 걷고 있었다. 짙푸른 어둠 아래 달빛을 밟고 가는 걸음들은 따스하게 두 손을 포갠 채였다.

실상 인적이 끊어진 길이라 주위를 의식한다 하기에도 무엇

했지만 이곳은 회연의 산속이 아닌 한양이었다. 난처한 여리가 두어 번 손을 잡아 빼려 했지만 그때마다 이겸은 단단히 잡은 손을 놓아주지 않았다. 다행히 달빛과 별빛 외에 모든 것을 가려놓은 어둠은 포개진 두 사람의 손을 모른 체해주었다. 지나가는 이가 있다 하여도 눈여겨보지 않는 이상은 쉬이 눈치채기 어려울 터였다.

도저히 아니 되겠다 싶었던지 눈썹을 휜 여리가 걸음을 멈추었다. 그녀의 표정을 알아차린 이겸이 여리를 보았다. 여리가 목소리를 잔뜩 낮추어 조심스럽게 속삭였다.

"이러다 순라군이라도 마주치면 어찌하옵니까?"

"순라군의 보고가 최종적으로 누구에게 닿을 것이라 생각하느냐?"

"……."

"잠행 중인 왕을 잡으면 그것이야말로 순라군들이 일을 열심히 한 것이니 상을 주어야지."

담담한 이겸의 말투에 여리는 차마 말을 잇지 못하고 입을 다물었다. 잡히면 상을 주겠다 떳떳하게 말씀하시는 모습에 저도 모르게 말을 잃었다.

눈앞에 계신 분이 바로 왕이기에 여리는 머릿속에 떠오른 말들의 반도 옮기지 못했다. 순라군에게 잡히고 싶어 하는 것처럼 보이는 것은 착각일까?

복잡한 여리의 머릿속을 들여다본 듯 이겸이 웃었다. 다른 것은 필요치 않았다. 그저 손을 잡고 걷는 지금이 따뜻하고 그것만으로도 족하였다.

나란한 발자국들이 여리의 사가로 이어지는 운화교에 닿았다. 작은 하천 위에 둥글게 쌓아 올린 돌다리는 규모는 작았으나 단아한 운치가 있었다.

내색하진 않았지만 가끔 쓸쓸해 보이는 이겸의 미소가 여리의 시선을 아릿하게 잡아끌었다. 줄어드는 걸음이 아쉬워 걸음을 옮기지 못하고 있는데 이겸이 입을 열었다.

"눈이 오는구나."

"예?"

봄에 눈이라니.

여리가 동그란 눈으로 되묻자 이겸은 눈짓으로 하천을 가리켰다. 여리의 시선이 그래도 이겸의 얼굴에 머물러 있자 이겸은 웃으며 다시 한 번 하천을 보았다. 그제야 여리도 이겸을 따라 시선을 돌렸다. 순간, 여리의 시야 가득 하얀 눈들이 부드럽게 흩날렸다. 이겸이 눈이라 이른 것은 봄밤의 바람이 흔들어놓은 하얀 꽃잎들이었다.

바람이 살랑일 때마다 허공에 사르르 뿌려지고 덧입혀지는 꽃잎들이 수를 더해갔다. 짙푸른 밤하늘엔 강물 같은 별들이 흐르고, 그 아래로는 달빛이 잘게 쪼개져 반짝이는 하천이 자리했다. 하천 좌우로 늘어서 있는 꽃나무들이 무게를 지니지 않은 꽃잎들을 물 위로 끊임없이 내려보냈다.

하늘엔 별이 만든 강과 땅엔 물이 흐르는 하천.

이 계절, 그리고 이 시각이 아니면 볼 수 없는 풍광이었다.

제 집과 멀지 않은 곳이었건만 그간 여리의 마음이 편치 않았던 탓에 미처 눈에 들어오지 않았던 경치였다. 여리의 입가에도 작은 호선이 머금어졌다.

"매일 눈이 내리는 다리를 건너 집에 가는구나. 좋은 곳이다."

"저도 전하께서 말씀해주신 덕분에 처음 보는 경치이옵니다. 참으로 곱습니다. ……하오나."

꽃향기를 머금은 바람이 살갗을 보드랍게 스치고 지나갔다. 하천을 곰곰이 보고 있던 여리가 고개를 저었다.

"눈은 눈인데 바람의 미혹에 넘어간 눈꽃처럼 보이기도 합니다. 집 떠나면 고생이라는 말이 괜히 있는 게 아닌데 바람이 부른다고 냉큼 따라나서다니요."

"마음먹기에 따라 달리 볼 수도 있지 않겠느냐? 겨울을 견딘 눈이 꽃으로 피어 이제야 내리는 것을 보면 저 꽃의 절개는 어디에도 댈 수 없을 만큼 높을 것이다. 그러니 꽃의 입장에서는 단순히 미혹 당해서 따라나섰다고만 보기엔 억울할 만하지. 그리고……."

"……."

"무엇보다 나는 사라져버리는 바람이 아니니 안심하거라."

설레게 만드는 바람은 이겸을, 바람이 내민 손을 잡을까 고심하는 꽃잎은 여리를 닮아 있었다. 여리는 앞에 선 이겸을 눈에 담았다.

달빛이 이겸의 시원스러운 눈과 매끈한 콧날, 수려한 입술 위에 은은하게 내려앉았다.

얼음 계곡에 빠진 어린 날의 여리를 구해주었던 때부터 회연에서 만나고 헤어지고, 그리고 다시 이 자리에 서기를 반복하기까지 많은 시간을 돌아왔다.

이겸은 먼저 입을 여는 대신 여리의 말을 묵묵히 기다려주었다. 어떤 답을 들려주든 들을 준비가 되었다는 듯.

지금부터 여리가 하려는 말은 그에게 상처가 될지도 몰랐다. 그래도, 그럼에도.

"소인에겐 전하께 도움이 될 집안도, 힘도 없사옵니다."

"달리 말하면 위협이 될 이 또한 없다는 뜻이 되겠지."

"누명이라곤 하나 역적 집안의 여인을 곁에 두시는 것은 전하를 위험하게 만들 수 있사옵니다. 가린다고 가려질 신분이 아니니까요."

"대제학이 무고하다는 것은 너도 알고 나도 아느니."

"곁에 두는 대신 많은 것을 내어주셔야 할지도 모르옵니다."

"나는 가치 없는 많은 것보다 내게 소중한 한 가지를 택할 것이다."

이겸의 답엔 망설임이 없었다. 그것은 한 여인을 연모하는 한 사내의 말이자 지엄한 왕의 뜻이기도 하였다.

여리가 다리 난간에 가볍게 손을 올리며 하천을 마주했다. 이겸 역시 뒷짐을 지고 잠시 하천을 눈에 담았다. 모든 것이 반짝이는 밤이었다.

"저는 지금이 좋습니다. 넉넉하진 않아도 제가 하고 싶은 일을 하며 살 수도 있고 궐 밖에서 이렇게 가끔씩 찾아주실 전하를 기다리며 사는 것도 나쁘지 않습니다."

하긴 어찌 이 반짝이는 모든 순간들을 궐에 비할 수 있으랴. 이곳저곳 옮겨 다니며 자유롭게 사는 바람은 차라리 여리에게 어울리는 것인지도 몰랐다.

권력 다툼으로 아비를 잃은 이에게 갑갑한 궐로 함께 들어가자 하는 것은 실상 잔인한 청이었다. 이어질 말을 짐작한 이겸의 마음이 소리 없이 가라앉았다.

여리는 소매 속에 있던 손수건을 꺼내어 상처 입은 이겸의 복부에 가져다 대었다. 이미 피는 멎었으나 내내 마음이 쓰여 일단 옷 위에 묻어난 것이라도 닦아내주었다.

이겸은 내리간 여리의 속눈썹을 말없이 눈에 담았다.

이것이 마지막이 아니었으면 좋겠다. 너를 이리 보는 것이 지금이 끝이 아니면 좋겠다.

"그러니, 그만두고 싶어지면 언제라도 솔직하게 말씀해주십시오. 돌아올 곳이 있어 저는 괜찮습니다."

여리가 눈을 들어 이겸을 올려다보았다.

여리의 말에 이겸은 잠시간 입을 다물었다. 자신이 들은 말이 과연 무슨 뜻인지 아직은 확신이 필요했다.

이윽고 여리가 따뜻한 미소와 함께 이겸이 그토록 기다리던 답을 주었다.

"전하를 힘들게 할지도 모르겠습니다만, 이런 저라도 괜찮으시다면 곁에 있고 싶사옵니다. 윤허해주시겠사옵니까?"

이분이 저로 인해 힘들어하는 것을 보는 것은 분명 아픈 일일 것이다. 그러나 보지 못할 먼 곳에 보내고 홀로 그리워하는 마음은 그보다 더욱 괴로울 것이다.

영의정의 사가에서 가까스로 빠져나온 이겸을 보며 여리는 그런 제 마음을 깨달았다. 어느 곳에도 마음 붙일 곳 없는 분에게 쉬어갈 곳이 되어드리고 싶었다. 그러니 언젠가 후회하게 되더라도 지금은 괴로운 쪽보다는 아픈 쪽을, 서로가 함께인 쪽을 택할 도리밖에 없었다.

달빛을 실은 바람이 여리의 뺨을 스쳤다. 미처 귀 뒤로 넘기지 못한 머리카락들이 아련히 흔들렸다.

"연모합니다, 전하."

한 글자, 한 글자에 어린 진심.

"여전히 연모하고 있습니다."

지금의 말이 이겸에게 어떤 의미가 될지 알기에 여리의 눈엔 조심스럽고도 송구한 빛이 스쳤다.

이겸이 잠시간 멈춘 듯하다 느낀 찰나, 망설임 없이 다가온 이겸의 입술이 여리의 입술을 머금었다. 순식간에 이겸 특유의 청량한 향이 여리에게로 훅 끼쳐들었다. 입술 사이로 스며든 아찔한 숨결에 여리의 눈이 감겼다.

이겸의 손은 여리의 뺨을 지나 목덜미를 부드럽게 파고들어 그녀를 제게로 끌어당겼다. 입술을 열고 온기를 밀어 넣는 움직임 하나하나에 연심이 담겨 있었다.

조금은 어지러워진 여리가 오롯이 버티기 위해 이겸의 어깨에 의지했다. 그런 여리를 지켜주듯 이겸이 여리의 허리를 단단히 휘감았다.

서로를 끌어안은 온기가 녹아들고 숨결은 달았다. 달고 부드러운 것에서 아쉽게 입을 살짝 뗀 두 사람은 달뜬 숨을 서로의 뺨 위로 내어놓았다. 입술로 향했던 시선을 들자 시린 달빛이 서로의 얼굴 위에서 부서졌다.

언제나 자신보다는 이겸을 먼저 염려하고 보듬어주는 이. 이겸 또한 제 목숨보다 소중한 여인을 떠나보내고 아무렇지 않게 살아갈 수 있을까. 아마 그럴 수는 없을 것이다. 이미 두 사람은 오랜 시간 아프게 깨닫고 그것을 가슴에 새겨 넣었다.

깊게 가라앉은 이겸의 눈이 일렁였다. 서로를 담은 눈빛에서 말보다 많은 마음들이 느껴졌다. 살아 있는 동안에는 품 안의 이를 놓는 일이 다시는 없을 것이다. 바람처럼 몰아친 처음과 달리 두 번째는 느긋하고 조심스러웠다.

조금은 느리게 다가간 이겸이 여리의 절절한 고백에 대한 답을 속삭였다.

"하루씩 마음을 더해서 더 많이 연모하고 아낄 것이다. 지켜봐다오."

숨이 섞인 작은 속삭임은 달빛에 나른하게 번졌다.

여리의 눈이 천천히 감겼다. 꽃잎 같은 입맞춤을 짧게 주고받은 두 사람의 입술이 다시금 겹쳐졌다.

겹쳐진 것은 입술이 아닌 마음이었다. 이 마음을 대신할 수 있는 말은 세상 어디에도 없었다. 깊게 맞물린 서로의 입술처럼 오랜 시간 돌고 돌아 만난 인연이 이제야 제자리를 찾았다.

어두웠던 궐에 희붐한 빛이 스며들었다. 동이 틀 시각이었다.

옥좌에 오른 후 숱하게 맞이한 상참이었으나 금일 이겸의 용안에는 결연한 기운이 흘렀다. 언제나와 같은 시작이었지만 금일의 아침은 그 어느 아침과도 같지 않을 것이다.

곤룡포를 정제한 궁인들이 물러나자 미리 기다리고 있던 무영이 이겸의 곁으로 다가섰다. 이겸이 시선을 돌려 무영을 보았다.

"영상에게 서찰을 전해주었느냐?"

"예. 하명하신 대로 수행했사옵니다."

전일 영의정의 사가에서 빠져나온 이겸이 사병들과 대치하던 때, 무영 또한 그 자리에 당도했었다. 내내 여리와 멀지 않은 곳에 머물던 무영이 그곳에 갈 수 있었던 것은 어쩌면 당연한 일이었다.

쫓아온 무리들을 모두 떨쳐냈을 때 이겸은 무영에게 서찰 하나를 적어 건넸다. 사가에 은밀히 숨어든 무영은 대신들이 귀가하기를 기다려 영의정에게 서찰을 건넸다. 그 서찰이 누구로부터 온 것인지를 확인한 영의정의 얼굴은 살짝 굳는 듯하였다.

이 모든 것은 이겸이 여리를 만나기 전 이루어진 일이었다.

"수고했다. 자네가 있어 든든하고 힘이 되는구나."

폐월화 고택에서 있었던 일곱 해. 그 긴 시간 동안 이겸은 폐월화만을 기다린 게 아니었다. 동아와 무영의 도움으로 왕실에 위협이 되는 무리들을 좇았다.

이혼은 알지 못했지만 이혼이 이겸을 만나기까지 살아 있을 수 있었던 것은 이겸이 조정의 간신들에게 적절한 조치를 취했기 때문이었다. 그것은 두 개의 검을 내린 선왕 전하의 마음에 보답하는 일이기도 하였다.

궐로 돌아올 당시 이겸은 기억을 잃었으나 이혼은 이겸의 도움으로 당시 부원군이던 영상을 쳐내고 왕실은 얼마간의 안정을 되찾는 듯했다. 그러나 역사란 것은 늘 그러하듯 빈자리는 다른 비슷한 자가 채우기 마련이었다.

금일은 그 지겹게 반복되어온 일들을 끝낼 날이 될 것이다.

잠든 궁궐의 공기가 이겸과 그 뒤를 따르는 궁인들에 의해 깨어났다. 왕을 모시기 위해 편전의 문이 열리자 도열해 있던 대신들은 일제히 고개를 조아렸다.

하루의 시작을 함께한다는 점에선 어제와 같았고, 하루 사이에 그곳에 모인 이들에게 저마다의 계산이 깔렸다는 점에서는 어제와 달랐다. 옥좌에 앉은 이겸을 향해 대신들이 예를 갖추었다.

알현의 예를 다한 문안 인사가 끝나자 이겸의 목소리가 편전의 공기를 타고 흘렀다.

"과인은 금일 경들이 있는 자리에서 두 가지 사실을 바로잡으려 하오."

고개를 조아린 좌상이 시선만 돌려 제 사람들을 하나하나 눈으로 짚어두고는 이겸의 다음 말을 기다렸다.

왕이 무슨 말을 하든 금일 결정될 일은 모두 정해져 있었다. 계획대로라면.

"그 첫 번째는."

긴장된 공기가 편전 안에 빽빽하게 들어찼다. 대신들을 둘러본 이겸이 흔들림 없는 목소리로 말을 이었다.

"추후로 간택령은 없을 것이오. 종전에 경들에게 지시했던 간택과 관련된 사항들을 모두 무(無)로 돌리는 바요."

왕의 선언에 대신들은 저도 모르게 고개를 들었다.

감히 불충하게도 소리를 입 밖에 내는 자는 없었으나 공기만으로도 그들이 얼마나 당황하고 있는지 알 수 있었다.

"간택은 없소."

마침내 떠오른 해가 용상 위의 왕을 비추었다. 바람은 불지 않았으나 편전 안에서는 바람 부는 소리가 들리는 듯했다.

상참 시작과 함께 울려 퍼진 이겸의 선언은 그것이 두 가지 중 첫 번째라 밝혔음에도 그 누구도 이 순간 두 번째까지 생각할 겨를이 없었다. 어떤 두 번째가 와도 첫 번째만큼의 충격은 아닐 것이니.

후사를 잇는 것은 종묘사직을 지키는 자로서의 중대한 의무이거늘 주상께서는 지금 무엇이라 하교하신 것인가. 대신들은 그들의 귀를 의심하였다.

얼어붙은 공기를 깨뜨린 것은 문백이었다. 그는 자신이 준비해둔 패를 자칫 꺼내어보지도 못할 것이라는 위기감에 읍소하였다.

"하오나 전하, 조선 만백성이 왕실의 후사만을 손꼽아 기다리고 있사옵니다. 왕가의 대를 이으시어 왕실을 굳건히 하는 것은 곧 이 나라를 굳건히 하는 일과도 같사옵니다. 중전 마마를 모시는 것이 이토록 중차대하고 시급한 일이온데 간택령을 내리지 않으신다니요? 그 무슨 천부당만부당한 말씀이시옵니까? 통촉하여주시옵소서!"

"통촉하여주시옵소서!"

조정 대신들의 합창이 뒤따랐다. 이겸은 옥좌에 놓인 제 손을 조용히 그러쥐었다.

편전을 가득 채운 혼란 속에서도 이겸만이 오롯하였다.

"경들의 뜻을 모르는 바 아니오. 과인은 사사로운 마음으로 간택령을 내리지 않는 것이 아니라 내릴 수가 없기 때문에 그리 결정한 것이오."

"전하, 그 무슨……."

"그간 사정이 있어 밝히지 못하였으나 과인은 잠저에 있던 군 시절 이미 가례를 올린 바 있소. 혼인한 여인을 두고 간택령을 내리는 것은 도리에 맞지 않을 뿐더러 과인이 보위에 올랐으니 과인과 혼례를 올린 여인 또한 중전의 자리에 오르는 것이 합당할 터. 이에 간택령이 아닌 왕비 책봉식을 진행할 것이오."

"저, 전하."

비명 같은 대신들의 소리가 편전 문을 넘었다. 세제 책봉 전

성상의 일곱 해간 행적에 대해 아는 이는 극히 드물었다. 아니, 아예 없다고 보아도 무방하였다.

잠저에 있던 진헌군을 상왕께서 병환을 이유로 불러들이셨다는 사실 외에는 알려진 것이 없어 편전 안은 가마솥처럼 들끓었다. 이번엔 예조판서가 차분하게 고해 올렸다.

"전하, 이것은 전례에도 없는 일이옵니다. 종친인 군의 국혼 또한 길례청을 세우고 합당한 절차에 따라 진행하는 것이 이치이고 도리이옵니다. 이 자리에 모인 이들과 그 어느 종친도 알지 못하는 국혼이 어찌 국혼이란 말씀이시옵니까? 부디 명을 거두어주십시오."

"과연 예판 대감의 말이 틀리지 않사옵니다. 가례를 올린 분이 계셨다면 어찌하여 금일까지 함구하신 것이옵니까? 절차를 따르지 않은 국혼은 훗날 큰 화근이 될 수 있사오니 하교를 거두어주시옵소서."

간택은 여러 사람의 정치적 이해가 맞물린 결과물이기에 그 파급이 작지 않았다. 존재조차도 알지 못했던 여인이 별안간 나타나 후궁도 아닌 중궁전의 주인이 된다 하니 대신들의 반발이 거세졌다.

문백은 어서 거들어달라는 듯 영의정에게 몇 번이나 눈빛을 보냈으나, 영의정은 그저 묵묵히 대신들의 말을 듣고 있을 뿐이었다. 편전의 술렁임이 잦아들지 않고 있던 때, 이겸이 영의정에게로 눈길을 돌렸다.

"영상의 생각은 어떠하오?"

영의정은 잠시 행간을 두어 숙고를 거쳤다. 노련한 정치가답게 동요하지 않은 목소리가 담담한 입술을 통해 흘러나왔다.

"절차를 따르지 않은 국혼은 문제가 될 것이나 그렇다 하여 그 절차가 반드시 인륜보다 위에 있다고는 하지 못할 것이옵니다. 전하의 말씀처럼 이미 가례를 올린 분이 계시다면 이대로 간택령을 진행하는 것은 인륜을 저버리는 일이 아니겠사옵니까? 간택은 중전 마마가 되실 분의 됨됨이를 알기 위한 것일 뿐, 결국 가장 중한 것은 절차가 아닌 사람이옵니다. 하여 신들은 중전 마마가 되실 분에 대하여 감히 여쭙고자 하옵니다."

문백의 미간이 티 나지 않게 접혔다. 그냥 단박에 아니 된다고 잘라 말하면 될 것을 뭘 저리 돌려 말하는가. 제 사람이 아닌 바에야 그 여인이 누구인지는 하등 중요하지 않았다. 누구를 내밀든 잘라내면 그뿐이었다.

편전 밖에 서 있던 무영은 회랑 끝에서 누군가 걸어오는 기척에 고개를 들었다. 걸음의 주인은 상왕 이혼이었다.

금일 편전에 불어닥친 바람이 상왕전의 아침마저도 어지럽힌 듯하였다. 무영이 뒤로 물러나 예를 갖추자 문을 지키던 내관도 상왕의 등장을 알리려 숨을 들이켰다. 그러나 이혼은 손을 들어 내관을 저지하고 잠시간 문 앞에서 걸음을 멈추었다. 그림처럼 머무른 이혼은 안에서 흘러나오는 소리를 가만히 귀에 담았다.

편전 안에서는 결연한 시선의 이견이 고개를 들었다. 떠돌던 바람 소리가 잦아들었다.

"과인과 가례를 올린 여인은 전(前) 홍문관 대제학 서인후의 여식 서연희요."

대신들의 목구멍에는 차마 입을 떠나지 못한 탄식들이 머물렀다. 누군가는 저도 모르게 숨 들이키는 소리를 헙, 뱉었다. 커진 눈동자들이 흔들리고 입은 불경스럽게도 저마다 슬며시 벌어졌다.

고요한 편전 안은 허둥지둥 날아다니는 눈길들로 인하여 소리 없이 시끄러웠다. 이미 가례를 올리셨다는 것도 기함할 일이거늘 하물며 역적의 여식이라니. 어찌 역적이 국구의 자리에 오를 수 있단 말인가. 숨겨도 모자랄 판에 당당히 공론화하는 왕의 어심이 도무지 읽히지 않았다.

"전하, 전 홍문관 대제학 서인후라 하옵시면."

"경들도 알고 있듯 역모 죄로 처형당한 서인후요."

"저, 전하!"

"전하, 역모라니요. 역적이라니요."

"역적의 자식이면 그 또한 역적입니다. 게다가 그 사실을 차치한다 해도 부모가 없는 여인을 왕실에 들인 전례는 없사옵니다!"

이겸은 상선에게 준비한 서찰들을 가져오게 하였다. 고개를 조아린 상선이 서찰을 올리자 이겸은 그것들을 집어 허공에 들어 보였다.

"금일의 두 번째 사안이 바로 그에 관한 것이오. 과인은 당시 임금이셨던 현조께 독이 든 탕약을 올렸다는 누명을 쓰고 처형당한 영의정 최이영, 우의정 심환제, 홍문관 대제학 서인후의 무고함을 밝히고 그들을 신원하고자 하오. 이 각각의 증좌들에는 그들을 죽음으로 내몰고 왕과 세자의 사이를 이간질해 어심을 흐리게 한 배후가 당시 좌의정 심효라는 사실이 적혀 있소. 증좌의 진위 여부에 대해서는 과인이 언급하지 않아도 알 것이오. 여기에는 심효와 결탁해 그와 뜻을 함께한 자들의 맹서가 담긴 명부 또한 있으니."

명부라는 말에 편전 안에는 일순 살얼음 같은 고요가 찾아들었다. 모두들 입을 다물었으나 그 자리에 모인 대신들 중 적지 않은 수의 이름이 지금 주상의 어수에 담겨 있었다. 당연히 진위를 의심할 낯선 물건일 리 없었다.

궐 안에 피바람이 몰아치던 그해, 모든 명부를 파기했다 생각하였는데 저것이 어찌하여 남아 있는 것인지 그만 정신이 아득해졌다. 아홉 해의 세월이 흐르고 왕이 두 번 바뀐 동안 그들의 직책도 바뀌었지만 명부에 적힌 이름 석 자만큼은 변하지 않았다. 역모 사건을 재조사라도 하는 날엔 궐 안에 비명이 강을 이루고 바다를 이룰 것이다.

대신들은 그저 두려운 듯 고개를 조아렸다. 감정을 누른 왕의 외침이 편전 안을 절절하게 울렸다.

"서연희가 역적의 여식이고 그 부모가 살아 있지 않아 왕실에 들일 수 없다 하였소? 여기에 적힌 경들이 바로 서인후를 역적으로 만들고 서연희에게서 부모를 빼앗지 않았는가 말이오! 경들은 대답해보시오."

주상의 호령에 한때 맹약을 했던 이들은 저 얇디얇은 종이가 칼날로 모습을 바꾸어 그들의 목을 내리칠 것을 예감하였다.

당시 막 당상관이 되었던 문백 또한 명부에 이름이 올라 있었다. 절로 입이 마르고 손에 식은땀이 배어났다.

현조와 상왕이라면 현 주상 전하의 아비와 형이다. 결국 왕비 책봉은 나무일 뿐, 큰 숲은 부당한 역모와 현조 독살에 관한 것이었다. 손으로 가리기엔 너무도 큰 숲이었다. 당시 심효의 권력이 두려워 일에 가담한 자 혹은 그것을 방관한 자들은 숲을 뒤흔드는 바람 소리에 숨을 죽이고 눈을 감았다.

"영상, 지금과 같은 때에는 전례에 따라 어찌 처리함이 옳소?"

이겸의 서늘한 목소리에 충심 어린 영의정의 말이 쩌렁쩌렁하게 뒤따랐다.

"전례에 따라 역모 사건의 재조사를 명하심이 옳은 줄로 아옵니다. 권력에 빌붙어 도리로부터 눈감은 자들의 관직을 삭탈하시고 죄의 경중을 물어 일벌백계하심이 마땅하옵나이다."

놀란 문백이 영의정을 향해 고개를 돌렸다.

그날도 답을 들었기에 저와 한배를 탔다 생각한 영의정이었다. 그러나 문백은 그날 들은 것이 과연 동조의 답이었는지 생각하다 그것이 아니었음을 뒤늦게 깨달았다.

많은 대신들이 알지 못하는 결정적인 사실이 하나 있었다. 심효의 명부에 올라 있지 않은 영의정은 이겸이 진헌군이었던 시절, 그에게 약초를 찾아 보냈던 자였다. 위험을 무릅쓰고 오직 현조에 대한 충심으로 이겸을 따랐던 영의정은 처음부터 의심할 필요가 없었다.

영의정의 사가에 갔던 날, 이겸은 무영을 통해 전한 서찰에 다만 백성을 뜻하는 '民(민)' 한 글자만을 적어 넣었다. 금일 상참 내용에 대해 이겸이 말한 것은 그저 한 글자였으나 중택이 그 뜻을 헤아리기엔 부족함이 없었다. 그는 궐이 있는 방향을 향해 절을 올림으로써 왕의 뜻을 조용히 받들었다.

어느 줄에도 기대지 않고 청렴하게 정치를 행한 이, 그것이 지금의 영의정 윤중택이었다. 그가 누구의 사람이었던가를 굳이 따진다면 백성이라 답할 수 있을 것이다.

이제 남은 것은 왕의 선택뿐. 모든 조정 대신들의 이목이 그들의 왕에게로 닿았다.

"들으셨소? 전례에 따른다면 이 명부에 적힌 자들 모두 일벌백계하여야 마땅할 것이오. 그러나……."

명부를 빌미로 대신들을 걷어내고 그 자리에 이겸 자신의 사람들로 채운다면 보다 쉬운 치세가 가능해질 것이다. 그러나 대부분의 조정 대신들을 걷어낸다는 것은 당장의 혼란을 피할 수 없음을 뜻하기도 하니 그 여파는 고스란히 백성들에게 미칠 터. 그럼에도 많은 왕들이 그 길을 가는 것은 그것이 왕의 입지를 굳히는 가장 쉬운 길인 까닭이었다. 문 밖에 선 이흔의 눈빛이 속을 가늠할 수 없이 가라앉았다.

이겸이 옥좌에서 일어섰다. 그는 손에 들고 있던 서찰들 중

명부만을 골라 망설임 없이 찢었다. 날카로운 소리가 편전 안에 울려 퍼졌다. 조선에 마지막 남은 심효의 명부는 방금 이겸의 손에 의해 갈기갈기 찢어졌다. 이겸의 눈길이 대신들에게로 향했다. 이겸이 그간의 번민을 접고 선언했다.

"과인은 가련한 백성들을 생각해 경들에게 다시 한 번 기회를 줄 것이오. 금일에 살아남아 다행이라 여기는 자가 있다면! 왕실을 등지고, 백성을 등지고, 조선을 등진 과오를 반성하고 지금의 마음으로 백성을 보살피시오. 경들을 지금 그 자리에 세운 것은 과인이 아닌 백성들이니. 차후 또다시 권력에 빌붙는 이가 있다면 그때는 재고 없이 엄히 문책할 것이오. 아울러 현조를 독살하고 사특한 죄를 꾸민 전 좌의정 심효에게는 막대한 죗값을 물어 그 자손들의 가산을 몰수하고 살아남은 일가는 모두 관비로 강등하시오. 심효 일가에 대한 처분은 추후 왕이 바뀌어도 신원되지 않도록."

'民(민)'에 담긴 뜻은 바로 이것이었다. 글자 하나에 담긴 왕의 뜻에 영상은 내심 탄복하였다. 왕께서는 조정 대신들을 숙청하고 새로운 이들로 채워 넣는 대신 눈앞의 명부를 없애버림으로써 그들의 충심을 얻었다.

모든 죄는 이미 죽고 없는 심효에게 지우고 그의 집안을 본보기로 삼았으니 살아남은 대신들로서는 이겸에게 반기를 들 이유가 없어진 것이다. 그들을 없애고 혼란을 고스란히 백성에게 지우느니, 이겸은 과거를 덮고 대신들의 마음을 진심으로 돌리는 쪽을 택한 것이다.

심효에게 가담하지 않은 자들에게도 주상께서는 정치적 보복을 자행하시는 분이 아니라는 믿음을 주었기에 이것은 능히 칼보다 효과적인 처사였다. 모든 것은 오직 백성을 위한 것이라 하여 대의 또한 잃지 않았다.

이겸은 홀로 떳떳해지고 마음의 짐을 더는 대신 함께 짐을 나눠 가지는 결단을 내렸다. 문 밖에서 이러한 정황을 듣고 있던 이혼의 표정은 내내 무감했다.

이겸이 위험할 수도 있는 결단을 내린 가장 큰 이유는 바로 저 때문일 것이다. 당시의 일에 깊이 손대려면 곧 상왕이자 형인 저에 대한 일부터 짚고 넘어가야 했으니. 스스로 고된 길로 들어서려 하다니. 이리 모질지 못한 아우님을 보았나.

천천히 들어 올린 이혼의 얼굴은 이내 비틀렸다. 옅은 한숨을 쉰 이혼이 피식 웃었다.

"마지막이 되기에 더할 나위 없는 날이로다."

이혼의 말에 무영의 눈빛이 무겁게 가라앉았다. 마침내 상왕 이혼은 편전의 문을 열어젖혔다. 편전 안의 모든 시선이 빛을 등지고 들어서는 이혼을 향했다.

제24장

꽃비 내리는 날

상왕의 등장에 도열해 있던 조정 대신들이 모두 고개를 조 아렸다. 건강을 이유로 옥좌에서 물러나신 후 한 번도 조계나 경연에 참석하신 일이 없었던 상왕이었다. 환후가 좋지 않아 상참은 물론 공식 석상에서도 좀처럼 뵐 수가 없었는데 금일 친히 편전을 찾으신 것이다. 이는 금일의 사안이 결코 가볍지 않음을 뜻했다.

또한 문백이 상왕을 찾았던 날과는 달리 용안에는 병색이 서려 있었다. 성후가 미령하시어 요사이는 하루에도 몇 번씩 쉬이 지치신다더니 과연 없는 말은 아닌 듯했다. 실상 그날 문 백이 본 이흔은 극히 드물게 병세가 조금 덜한 날이었을 뿐, 두 해 전에 비해 극도로 쇠약해진 것이 한눈에 보일 정도였다.

조정 대신들은 숨을 죽이고 상왕의 걸음에 가만히 귀를 기 울였다. 걸음 소리는 편전 중앙에서 멈추었다.

"갑작스럽게 상참에 참석한 무례를 용서하십시오, 주상."

"아닙니다. 잘 오셨습니다. 뭣들 하는가. 상왕 전하께서 앉으 실 자리를 마련하라."

"앉아서 할 이야기는 아닙니다. 주상과 대신들에게 하고자 하는 말이 있어 이리 오게 되었습니다."

갑작스러운 이혼의 등장에 이겸은 내심 동요하고 있었다.

지난겨울, 상왕전을 찾아 역모 사건의 구명을 위한 시간을 벌어달라 하였던 일은 봄까지 간택령을 미루어주는 것으로 합의하고 끝난 일이었다.

하나하나 따져 묻는다면 분명 이혼에게도 잘못이 있었으나 살날이 얼마 남지 않은 혈육을 그렇게까지 몰아붙일 수는 없는 노릇이었다. 하여 고심 끝에 찾은 방도가 이것이었는데 형님께서는 어찌 금일에 다시 편전을 찾으신 것인가.

잠시간 이겸을 바라본 이혼은 이내 표정을 거두고 조정 대신들을 바라보았다.

"경들도 알다시피 과인은 살날이 얼마 남지 않았소. 그렇다 하여 판단이 흐려진 것은 아니고 지난 일을 후회하는 것은 더욱 아니오. 다만 주상께서 과인이 이룬 일들을 가벼이 여기고 종묘사직을 바로 세우는 일에 나서지 않으시니 상왕으로서 어찌 두고 볼 수만 있겠소? 근간 주상의 행동은 참으로 통탄할 일들뿐이오."

명백한 도발.

이혼의 서늘한 시선이 옥좌에 앉은 이겸에게 닿았다. 아무리 상왕이라 하나 왕에게 지켜야 하는 예가 있는 법이거늘, 주상을 꾸짖는 상왕의 눈빛에 편전 안의 공기가 창창히 얼어붙었다.

"경들도 방금 들었듯 주상께서는 군 시절 이미 가례를 올리셨소. 과인이 그것을 어찌 아는가 하면 그 가례의 중인이 바로 과인이기 때문이오."

다른 누구도 아닌 상왕 이흔이 조정 대신들 앞에서 이겸의 국혼을 인정하였다. 이로써 그 국혼에 토를 달 수 있는 자는 존재치 아니했다. 상왕으로 물러났으나 왕이었을 당시 친히 중인이 되었다 하시니 진헌군의 국혼을 부정하는 것은 곧 왕명을 부정하는 것과도 같았다.

이제 문제는 왜 상왕께서 그러한 사실을 알고도 묵인하였나 하는 것으로 옮겨갔다. 대신들이 동요하는 가운데 이흔이 군이 편전을 찾은 까닭을 짐작한 이겸의 눈이 질끈 감겼다. 이런 끝을 원했던 것은 정녕 아니었다.

술렁거리던 대신 중 하나가 외쳤다.

"하오면 어찌 이날까지 그 모든 사실을 함구하신 것이옵니까? 가례를 올리셨다면 응당 주상 전하와 함께 입궐을 하셨어야 할 것이 아니옵니까?"

"함께 입궐할 수가 없었을 게요. 과인이 대제학의 여식을 죽이려 하였으니."

일순 대신들의 눈이 흔들리고 곳곳에서 새어 나오던 탄식이 멎었다. 상왕께서 다른 이도 아닌 군부인을 해하려 하였다 인정하신 것이다.

편전 안에 급박한 바람이 몰아쳤다. 모두의 이목이 옥좌에 앉은 이겸에게로 쏠렸다. 이겸은 그저 입을 닫고 묵묵히 이흔

378

을 지켜보고 있었다. 대신들이 물었다.

"어, 어찌 그리하신 것이옵니까?"

"지금의 경들처럼 다른 누구도 아닌 대제학의 여식이란 것이 문제였소. 대제학은 과인이 심효에게 일을 사주한 것을 알고 있는 자이니 그 여식이 군부인에 오르기라도 하면 문제가 커지지 않겠소? 하물며 중전 자리는 더욱 곤란하지."

이겸의 손이 조용히 그러쥐어졌다.

거짓. 거짓이다. 형님께서는 심효가 아버님을 독살하려 했던 것을 알지 못하셨다.

"주상께서 일곱 해를 숨어 사셨던 것 또한 과인으로 인한 것이오. 일찍이 과인은 현조께서 과인을 폐위하고 진헌군을 보위에 올리려 한다는 소식을 은밀히 접했소. 그리하여 심효의 힘을 빌려 진헌군을 제거하려 했소. 여기 있는 몇몇 대신들도 그에 대해서 대강은 알 거요."

이미 감당하기 어려운 이야기들이었으나 이후에 이어지는 일들 또한 더욱 믿기 어려운 것들이었다.

"한데 막상 용상에 오른 후 과인의 건강에 문제가 생겼소. 남은 날이 얼마 없다기에 선위를 할 생각으로 진헌군을 찾았는데 하필 대제학의 여식과 혼례를 올리는 것이 아니겠소? 하여 이 손으로 대제학의 여식을 해하고 주상에게 기억을 잃게 하는 약을 먹였는데, 그것이 두 해 전 진헌군이 입궐을 하게 되었던 사정이며 그 후는 모두들 아는 대로요. 주상이 그간 가례에 대해 말할 수 없었던 것은 본인조차 그것을 기억하지 못하였기 때문일 것이요. 금일 이렇듯 이야기를 꺼낸 것을 보니 모든 기억이 돌아왔나 보오, 주상."

"상왕 전하!"

윤을 붙잡는 이겸의 절절한 외침이 편전 안을 울렸다.

진실과 거짓이 섞여 있었으나 듣는 자들 대부분은 그것이 진실이라고 믿어버렸다. 그날의 일들을 아는 자는 이혼과 이겸, 둘뿐이었으니 이제 그 두 사람이 말하는 모든 것은 진실이 되어 역사에 남을 것이었다. 그것이 진실이든, 거짓이든.

그도 그럴 것이 상왕께서 굳이 지금에 와서 친히 자신의 죄들을 고백할 이유가 없었기 때문이었다. 어릴 적부터 상왕과 주상 사이의 우애가 살갑지 않았던 것은 공공연한 비밀이었다. 물론 이혼이 여리를 해하고자 한 것은 사실이었으나 결과적으로는 해하지 않았다. 여리가 화살에 맞아 사경을 헤맨 것은 이혼을 노린 궁수에 의한 것이었지, 이혼의 의도는 아니었다. 또한 이겸에게 흰 폐월화 즙을 먹인 것 역시 기억을 잃게 하기 위함이 아니라 독에 중독된 이겸을 구하기 위해서였다.

그러나 그렇다 하여 제 과오가 가려지지 않는다는 것을 이혼은 알고 있었다. 이겸에게 독성을 깨우는 향료를 쓰고, 여리에겐 자결을 명하는 등 모든 일들의 원인에는 자신이 있었다.

이겸이 이혼에게 죄를 묻지 않은 것은 그것들이 오롯이 이혼로 인한 것이 아니라 왕실과 권력에서 비롯된 악연임을 잘 아는 까닭이었다. 굳이 죄를 묻지 않아도 이미 이혼의 몸은 회복되기 어려운 상황인 것도 어느 정도 감안하였다.

모든 것을 지고 불길 속으로 처연히 걸어가는 이혼은 지난 날 이겸에게 저질렀던 죄들을 속죄하듯 후련한 표정이었다. 눈시울이 붉어진 이겸이 이혼을 바라보았으나 이혼은 지나간 시간을 돌이켜보는 것처럼 그저 담담한 시선을 허공에 던져 둘 뿐이었다. 이혼은 자신이 목숨을 빚진 여리에게, 마지막까지 저를 지키고자 한 이겸에게 자신이 할 수 있는 최선의 사죄를 보였다.

어금니를 으득 문 이겸이 잇새로 말을 이었다.

"그만두십시오, 상왕 전하."

"주상이야말로 그만하시게! 주상이 과인을 동정한다 하여 과인이 후회라도 할 줄 알았는가? 나다! 조선의 왕이었으며, 주상을 지금 그 자리에 선위한 상왕 이혼이 바로 나란 말이다. 이 나라 조선이 거저 지켜진 것인 줄 아느냐? 허튼소리. 내가 이 손으로, 내가 피땀 흘려 지킨 나의 조선이다. 주상은 어설픈 연민으로 나를 욕보이지 말라. 너의 그 안일한 생각이 언젠간 네 발목을 잡을 것이니. 사사로운 정에 끌려 국혼을 결정하다니 이 어찌 한심한 일이 아닌가?"

"상왕 전하!"

"주상!"

이혼은 진실을 밝히려는 이겸의 말을 자르고 쩌렁쩌렁한 일갈로 그를 붙잡아 세웠다.

진실은 결과의 위에 있지 않았다. 어떤 말로도 수십 년간 자신이 자행해온 일들은 변명이 되지 않을 것이다. 제 어리석음을 인정하기까지 참으로 오랜 시간이 걸렸다.

자신의 아비와 아우, 그리고 군부인까지 해하려한 천인공노
할 잘못을 저지르고도 당당히 편전을 범한 선왕의 태도에 대신
들은 분노했다. 인면수심은 과연 지금을 두고 이름일 것이니.

편전 안에는 뜨거운 불길이 일었다.

"전하! 상왕 전하께는 죄를 물을 수 없음이 법도이오나 지금
은 경우가 다르옵니다. 상왕께서는 부정한 힘으로 보위에 오
르고 주상 전하와 더불어 중전이 되실 분까지 해하신 것을 인
정하셨사옵니다. 종친의 목숨을 거두려 한 죄는 결코 그 누구
도 예외를 둘 수 없사옵니다. 무엇을 망설이시옵니까? 처분을
내리소서!"

"이는 왕권에 대한 명백한 도전이옵니다. 편전을 어지럽힐 수
있는 권리는 상왕께 있지 아니하옵니다. 전교를 내리십시오."

대신들의 외침 속에서도 서로를 응시하는 이겸과 이혼의 눈
빛은 차갑고 고요했다. 수십 년을 이어온 응어리들이 휘몰아
쳤다가 풀어지고 다시 저들끼리 뭉치곤 하였다.

'이렇게까지 하셔야 했습니까, 형님.'

'흔들리지 마라. 일찍이 네게 이르지 않았느냐? 왕의 자리란
것은 한 점의 의혹도 있어서는 아니 되는 자리다. 미련을 끊어
내고 당당히 올라서도 힘든 자리니.'

이혼은 좋은 혈육은 되지 못하였으나 좋은 왕이 되기 위해
노력하였다. 이혼이 올바른 치세에 고민한 흔적들은 조선 팔
도 곳곳에 성과로 남았다. 자신의 병환을 이유로 이겸에게 왕

위를 넘겨주었으나 그 또한 더 나은 조선을 위한 고민에서 비롯된 것이었다. 바로 그 완벽한 왕이 되고자 한 과욕이 화를 부른 것이다. 본디 제자리였던 것을 의심하고 모든 일을 이겸과 비교한 것.

선위 교서라는 것은 결국 이혼의 오해가 만든 허상이었다. 금일 저를 이렇게 망가뜨린 것은 다른 누구도 아닌 이혼 자신이었다. 권력이란 것이 이토록 허망한 것임을 소중한 이들을 모두 잃고서야 알게 되다니.

이겸에게 눈빛으로 못다 한 말을 전한 이혼이 소매에서 무언가를 꺼내 움켜쥐었다. 손바닥 안에 감길 만큼 자그마한 것이었으나 그 안에 담긴 것의 효과는 결코 작지 않았다.

이겸이 옥좌에서 벌떡 일어섰다. 그 순간, 바깥의 소식을 들은 내관 하나가 급히 달려가 이겸에게 조심스럽게 부고를 알렸다.

"황망하옵게도 지금 막 전(前) 왕대비 마마께서 승하하셨다 하옵니다."

'전'이라는 글자를 붙인 것은 이혼의 목숨을 노린 부원군의 죄를 물어 그 여식인 서씨 또한 관비로 강등해 출궁했기 때문이었다. 다만 그녀의 건강 상태를 들어 노역을 시키지는 않았지만 금일 민가에서 쓸쓸하게 명을 다한 것이다.

내관의 소리가 멀지 않은 이혼의 귓가로도 흘러들었다. 이겸과 이혼의 시선이 맞닿았으나 이혼은 이미 알고 있었던 일인 듯 쓸쓸한 미소를 짓는 것으로 답을 대신하였다.

이겸이 이혼을 향해 몸을 움직이자 그를 멈춰 세우듯 이혼이 소리쳤다.

"그 누구도 움직이지 말라! 경들이 시끄럽게 굴지 않아도 과인의 끝은 과인이 정할 것이니. 목숨이나 구걸하자고 연명해 온 왕가의 피가 아니다. 지금 이 자리에서 과인이 한 말들을 의심하는 자들은 잘 보아두거라. 금일 주상에게 충언을 한 것은 과인의 죄를 덮기 위해서가 아니라 오직 역사와 왕실을 저어했기 때문임을. 주상. 다시 한 번 말하지만 과인이 주상에게 했던 일들은 미안하지 않소. 그것 또한 용상의 선택이고 과인이 걸어야 했던 길이니."

이혼이 독약이 든 병을 입으로 가지고 갔다.

이겸이 빠르게 옥좌 아래로 몸을 날렸다. 이혼과 가까이에 있던 대신들도 뒤늦게 허둥지둥 걸음을 옮겼다.

검은 탕약이 이혼의 입술을 적시던 찰나였다. 어디선가 날아든 나뭇가지가 이혼의 손에 잡힌 병을 깨뜨리며 지나갔다. 무영이 급히 편전의 작은 문살 하나를 취해 던진 것이었다.

날카로운 소음과 함께 병이 바닥으로 떨어지고 간발의 차로 도착한 이겸이 이혼의 손목을 억세게 움켜잡았다. 노기인지 실망인지 모를 눈빛으로 이겸이 이혼을 쏘아보았다.

"죽는 게 끝은 아닙니다, 형님. 서연희와 제게 진심으로 사죄하고 싶다면 죽지 말고 살아서 지켜보십시오. 제가 만들 나라가 형님이 만든 나라와 어찌 다른지. 내내 지켜보고 후회하고 또 후회하십시오. 그게 올바른 사죄입니다."

오직 이혼만이 들을 정도로 낮춘 목소리였다. 이겸의 진심을 담은 말에 이혼은 슬프게 웃었다. 많은 감정이 깃든 눈이었다.

이혼이 회한에 물든 입술을 열었다.

"너는…… 이미 나와는 다른 성군이 되었다. 칼이 아닌 진심으로 대신들과 나를 움직이지 않았느냐."

그 말을 끝으로 숨을 가쁘게 몰아쉰 이혼은 각혈을 했다. 평소처럼 거친 기침을 한 것도 아닌데 핏덩어리는 울컥대며 끊임없이 흘러나왔다. 이미 이혼의 입속으로 미량의 약이 들어간 후였다. 당황한 이겸이 다급하게 소리쳤다.

"어의! 어의를 부르라!"

무너져 내리는 이혼을 이겸과 무영이 급히 부축했다. 상참은 중단되었다.

한 시진 후, 이혼의 숨이 약하나마 안정적으로 돌아온 것을 확인한 이겸이 다시 편전으로 돌아왔다. 무거운 표정의 이겸이 마른 얼굴을 쓸어내렸다.

대신들은 숨을 죽이고 이겸의 처분을 기다렸다.

편전을 찾은 어의가 고했다.

"상왕 전하께서는 다행히 많은 양의 독약을 드시진 않았사옵니다. 하오나 이미 본래의 병환이 깊으시어 얼마나 버티어주실지는……."

이겸은 눈을 감은 채로 저릿한 숨을 삼켰다. 이혼의 뜻을 모르지 않았기에 더욱 마음이 무거웠다.

쏟아질 화살을 이혼 자신에게 집중시키는 것은 대신들의

마음을 이겸에게로 모으는 가장 확실한 방법이었다. 저지르지 않은 죄까지 떠안음으로 하여 여리의 왕비 책봉은 훨씬 수월해질 것이다. 그것은 이혼 나름의 사죄였고, 목숨을 빚진 여리에 대한 보답이었다.

갑작스런 왕대비의 승하 역시 이혼의 극단적인 결정에 영향을 미쳤다. 한 번도 표현하지 못하고 지켜주지 못한 부인의 마지막을 이혼은 그런 방식으로나마 함께하고 싶었을 것이다.

어쩌면 이겸이 그래왔던 것처럼 이혼에게도 세상은 내내 가혹한 겨울이었으니.

대신들이 바라던 대로 상왕에 대한 처분을 밝힐 차례였다. 그것은 저를 위해 애써준 이혼의 희생을 헛되지 않게 하는 일이기도 하였다.

"어의는 앞으로도 내의원과 공조해 모든 방도를 써서 상왕 전하를 보살피라. 상왕 전하께서 하신 말씀 중에는 사실 여부와 다른 것도 있으나 분명 그 죄를 가벼이 여길 수 없는 것들도 있음이 사실이다. 하여 과인은 이 시각 이후로 상왕 전하의 모든 권한과 재산을 몰수하고 상왕 전하의 거처를 광희원으로 옮길 것을 명한다."

상왕의 신분을 폐하지는 않았으나 상왕전을 폐함으로써 이혼의 실각을 보여주었다. 광희원은 한창 공사가 진행 중이라 삭막하고 스산한 거처였다. 그러나 대신들은 그에 만족하지 않았다.

"하오나 전하, 광희원은 공사가 마무리되는 대로 이궁으로 승격될 곳이오니 상왕 전하의 처소로는 합당하지 않사옵니다. 지나치게 관대한 처분이시옵니다."

"그렇사옵니다! 당장이라도 상왕 전하를 폐하시고 그에 맞는 대우를 하소서!"

서늘한 노기를 눈에 담은 이겸이 대신들에게 외쳤다.

"경들은 결국 상왕의 끝을 보아야 그만둘 것인가? 그렇다면 경들의 방식과 상왕 전하의 방식이 과연 뭐가 다른가! 상왕께서 하신 말씀이 모두 사실은 아니라고 과인이 방금 말하질 않았는가? 이렇듯 살아 있는 과인과 대제학의 여식이 바로 그 증좌이다. 한데도 제 논리를 앞세워 눈앞에 드러난 사실만을 가지고 섣불리 판단하려 드는 것은 그 이전에 과인이 한 하교를 새겨듣지 아니한 것일 터."

대신들이 숙연해졌다.

상왕이 오시기 전, 주상께서 드러난 사실만을 가지고 판단하지 않겠다 한 말씀을 분명 기억하고 있었다. 물론 상왕과 심효의 관계에 대해 의심을 품는 자들도 있었으나 그들이 이 자리에서 나선다는 것은 그들 또한 심효와 관련이 있음을 인정하는 것이기에 그 누구도 앞으로 나서지 못했다.

"사실 관계를 따져 그에 대한 합당한 처분이 있어야 한다면 마땅히 그리할 것이오. 드러난 몇 가지의 사실만을 보고 있는 지금은 경거망동할 때가 아니오. 모든 일에 의혹을 씻고 억울함이 없게 하려면 그에 맞는 철저한 조사가 필요할 터. 위중한 상왕 전하의 상태 또한 가벼이 여길 수 없기에 우선은 광희원으로 처소를 옮기라 명한 것이오. 이는 상왕 전하의 일뿐만 아니라 나라를 다스릴 때도 해당되는 말이오. 이전의 조선 또한 중하고 그 가치를 인정하나 앞으로 과인과 경들이 만들어 갈 조선은 달라야 하오."

대신들은 한 치의 미동도 없이 이겸의 말을 듣고 있었다.

"빼앗겼다 하여 빼앗지 않을 것이며 불의에 불의로 맞서는 풍토를 뿌리 뽑을 것이오. 모두가 눈물 흘리지 않는 이상 따윈 불가능하겠으나 적어도 그중에 억울한 눈물은 없게 하여야 할 것이니. 그러기 위해선 드러난 사실에 대해 다시 한 번 생각하고 고심하며 살펴보기를 게을리 하지 않아야 하오. 그것이 과인이 몸소 배웠고, 앞으로 과인과 경들이 만들어가야 할 조선의 모습이오."

대신들은 고개를 조아렸다.

그들은 금일 오롯한 한 분의 성군을 뵈었다. 숱한 위협과 역경을 딛고 옥좌에 오르신 왕께서는 조선의 억울한 눈물들을 거두어주실 것이다.

그 길에 마음으로 탄복한 문무백관들이 함께할 것이니 외롭고 힘든 길만은 아니었다. 모두의 불신을 지우고 홀로 일어선 왕은 새로운 시대가 도래했음을 알렸다.

상참이 끝났다.

죗값을 치르게 될 상왕의 증언으로 선대의 충신들은 억울한 역모 죄를 씻었고, 조정 대신들은 민가에 계실 중전 마마를 궁으로 모시는 것으로 뜻을 모았다.

대신들의 잇속을 채우고자 했던 조세 문제는 추후 누구도 말을 꺼낼 엄두조차 내지 못하였다. 문백은 하늘이 무너지는 심정이었으나 안으로 삭여야 했다.

새벽을 몰아낸 넉넉한 햇볕이 편전 안에 따스하게 드리웠다. 바람이 싣고 온 꽃잎들은 궐의 박석 위로 아름답게 흩날렸다. 또 한 번의 봄이 무르익고 있었다.

✿

장신구를 파는 가게 앞에 선 여리는 좌판에 놓인 비녀들을 견주어보았다. 미리 조각내서 가져간 연분홍 비단 옷감에 여러 가지 종류의 비녀를 하나하나 맞추어보았다.

이번에 일감을 맡긴 댁 아씨는 유달리 살갗이 희었다. 흰 피부에는 선명한 빛깔이 어울린다는 것을 잘 알고 있어서 머리꽂이나 노리개도 화려한 것을 좋아하는 분이었다.

아씨를 위한 것들의 셈을 기다리는 동안 여리는 문득 작은 노리개 하나에 시선을 주었다. 모양이랄 것도 없는 단아하고 값싼 호박 노리개였다. 여느 여인들에게는 소박한 모양의 노리개조차도 여리에게는 많은 고민을 필요로 하였다. 이제껏 저를 꾸미는 물건은 사보지 못한 까닭이었다.

일전의 당혜 일도 있고 하여 용기를 낸 여리가 호박 노리개 쪽으로 손을 뻗었다. 누가 보아도 방금 전까지 화려한 것들을 망설임 없이 집어내던 손길들과는 확연히 다른 움직임이었다.

여리가 호박 노리개를 조심스럽게 잡으려는 찰나, 별안간 여리의 손 위로 화려한 삼작노리개가 불쑥 내밀어졌다. 거기에 듣기 좋게 낮은 사내의 음성이 뒤따랐다.

"그것보다는 이것이 어울리느니."

여리가 고개를 들자 이겸의 환한 얼굴이 눈에 들어왔다. 그날 그리 헤어지고 닷새 만이었다. 여리의 얼굴에 반가운 미소가 번지자 이겸이 눈썹을 슬쩍 들어 올렸다.

"얼굴은 고운 이가 어찌 그리 취향은 소박한가?"

"모르셨사옵니까? 소인은 화려한 것보다 소박한 것이 더 좋습니다."

"아닌 듯한데."

"어찌하여서요?"

"나를 고르지 않았느냐."

"예?"

숨은 말뜻을 알아들은 여리가 곱게 웃자 이겸은 자신이 고른 삼작노리개 값을 주인장에게 치렀다. 두 사람이 고른 것을 곱게 싸서 내민 주인장이 이겸을 힐끔 훔쳐보았다.

"어찌 그리 보는가?"

"아이구, 이놈의 정신 좀 보게. 송구하옵니다. 저자에서 흔히 볼 수 없는 미남자이신 것도 그렇지만 최씨 부인과 함께 오시니 그것이……."

"무슨 사이인가 궁금하였다?"

"예, 뭐 꼭 아니라고 하긴 그렇습죠."

여리와 거래를 하는 점포의 주인장들은 은연중에 그녀가 사별을 하였으리라 생각을 하고 있었다. 그런데 이렇게 낯선 이와, 그것도 훤칠하기 이루 말할 데 없는 사내와 동행을 하니 어찌 호기심이 동하지 않겠는가.

이겸이 능청스럽게 말을 이었다.

"혹 이곳에서도 이 여인이 사별하였다 말하고 다녔는가?"

'이곳에서도'라니. 진지한 이겸의 음성에 여리는 당황한 낯빛이 되었다. 필시 예화에서의 일을 마음에 담아둔 말이었다.

"사별하였다 말한 적은 없으나 아무도 지아비를 본 적이 없어서 말입지요. 하온데 나리께서는 뉘십니까요?"

"누구일 것 같은가?"

"당최 모르겠습니다."

"내가 바로 이 여인의 죽은 서방일세."

"예?"

"마침 잘되었군. 금일 자네가 똑똑히 보고 이 저자에 널리 좀 퍼트려주게. 최씨 부인의 서방이 멀쩡히 잘 살아 있더라고."

놀란 주인장이 얼빠진 표정을 하였으나 이겸은 태연한 얼굴로 여리의 머리에 다정스레 쓰개를 씌워주었다. 말문이 막힌 여리를 위해 자상한 말도 잊지 않았다.

"갑시다, 부인."

싱긋 미소를 띤 이겸이 여리를 재촉해 사라지자 주인장은 도깨비라도 본 것 같은 얼굴로 한참을 멍하니 서 있었다. 죽었던 자였는지 혹은 죽은 것처럼 지냈던 자였는지는 모르겠으나 참 훤한 인물을 가진 부부임에는 틀림없어 주인장은 저도 모르게 고개를 주억거렸다.

마음 같아서는 손이라도 잡고 걷고 싶었지만 애석하게도 보는 눈길이 많은 대낮이었다. 쓰개로 얼굴을 가린 여리가 작게 속삭였다.

"참으로 짓궂으십니다."

"있는 그대로 이야기하였을 뿐이다."

"이곳에 있는 것은 어찌 알고 오신 것입니까? 궐은 어떻게 나오신 것이고요? 며칠 사이 용안에는 왜 그리 살이 내리신 것이옵니까?"

"하나씩 묻거라. 궐이 궁금한 것이냐 내가 궁금한 것이냐?"

"그야 당연히 전하와 관련된 모든 것이지요."

이겸이 낮게 웃었다. 얼굴을 붉히고 총총히 걷는 여리는 쓰개로 가린 것이 아쉬울 정도로 고왔다.

"정녕 저자엔 어쩐 일이시옵니까?"

"당분간 일이 생길 것 같아서 말이다. 이리 나오는 것도 마지막이 될 것 같아 일부러 나와 보았느니."

'마지막'이라는 말이 유난히도 선명하였다. 그래서인지 여리를 보는 이겸의 미소가 부드럽고도 안타까웠다.

궐이란 곳은 여리가 짐작할 수도 없는 복잡하고 지엄한 일들로 가득 차 있으니 하룻밤 사이에 많은 것이 변했다 하여도 이상할 것이 없었다. 살이 많이 내린 이겸의 얼굴은 다른 날보다 어두웠다.

"하여 마지막인 금일만큼은 그간 하지 못한 것을 해보면 좋겠구나."

"하지 못한 것 말입니까? 어떤……."

"그것이 좋겠다. 따라오너라."

고개를 끄덕인 이겸이 앞장을 섰다. 호기심을 조심스럽게 매단 눈으로 여리가 그 뒤를 따랐다.

"보통의 정인들처럼 시간을 보내기 위해서는 처리해야 할 난관이 있는데."

"난관이라니요?"

"저기 있구나. 난관. 다른 말로는 내관이라고도 하지."

넌지시 운을 띄운 이겸은 뒷짐을 지고 저잣거리 끝으로 걸어갔다. 그곳엔 몇 필의 말을 세워두고 그 곁을 지키고 있는 사람들이 있었다.

이겸이 다가가자 그들은 예를 갖춰 깍듯하게 인사를 올렸다. 그중 가운데 서 있던 상선이 시선을 낮춘 채로 입을 열었다.

"오셨사옵니까, 전……."

"자네가 여기서 말을 빌려주는 이인가? 잘되었군. 말 한 필을 빌리는데 얼마나 하는가?"

"예?"

상선은 저가 들은 말의 의미가 무엇인가 싶어 눈을 끔뻑거렸다.

무리는 변복을 하였으나 일개 말을 빌려주는 이 치고 차림이 과하게 좋은 데다가 당황하는 기색이 역력했다. 누가 보아도 그들은 전하를 모시고 잠행을 나온 사람들이 분명한데 전하께서는 어찌 그러시는가, 여리가 잠시 고개를 갸웃거렸다.

상선은 뒤늦게 이 모든 것이 중전 마마가 되실 분을 위한 전하의 배려임을 눈치챘다. 궁에서 나온 그들의 정체를 굳이 숨기시려는 것으로 보아 무언가 이분께서 아시면 안 되는 사정이 있구나 하는 생각도 들었다.

상선이 큰 목소리로 부랴부랴 말을 이었다.

"아, 그, 그랬지요, 예. 한 필에 그게 그러니까."

그러나 빌려본 적이 있어야 알지. 대체 얼마를 불러야 하나 고심하던 상선이 옳다구나 고개를 끄덕였다.

"한 냥? 예. 한 냥이옵니다."

이겸이 눈썹을 슬쩍 찌푸렸다.

너무 말도 안 되게 불렀나? 하긴 전하의 위치가 있으신데. 상선이 뜨끔해서 다시 말을 고쳤다.

"하, 콜록, 콜록. 기침 때문에 말이 헛나왔, 흠흠. 백한 냥만 주십시오."

"백한……."

황당한 이겸의 말문이 막혔다. 여리가 고개를 숙이며 새어 나오려는 웃음을 다소곳하게 베어 물었다.

보통의 이들이 시간을 보내는 것처럼 여리에게도 그리해주고자 하는 이겸의 마음이 읽혔다.

물론 평범한 정인들은 말을 타고 시간을 보내지도 않으며 한 냥과 백한 냥의 간극은 커도 너무 컸다. 그러나 그 안에 담긴 이겸의 따뜻한 마음만큼은 차고도 넘쳤다.

다른 내관들이 서둘러 말 한 필에 봇짐 하나를 매달았다. 무엇이 든 것 같기는 한데 겉만 보아서는 알 수 없었다.

상선이 부른 값만큼은 아니었지만 이겸은 소매에서 돈을 꺼내 후하게 값을 매겼다.

"하하, 이 사람 이렇게 말을 바꾸어서 장사나 하겠나. 이 정도면 적당할 터이니 사람들과 함께 요기라도 하고 오게."

여리의 눈치를 슬쩍 살핀 이겸은 고개를 돌리고 상선을 향해 은밀히 목소리를 낮추었다.

"과인이 알아서 돌아갈 터이니 상선은 다른 이들과 함께 요기를 하고 먼저 궁으로 가거라."

"예? 또 소신을 떼어놓고 가시는 것이옵니까? 아니 되옵니다, 전하! 소신에게 소신의 임무를 다하지 못하게 하실 바엔 차라리 죽여주시옵소서!"

"뭐 이런 일로 그렇게까지. 상선은 그게 문제다. 필요 이상으로 과인과 붙어 있으려 하는 것. 아무튼 두 번 말하지 않을 테니 정 마음이 놓이지 않는다면 운검만 멀리서 따르게 하라."

"전하……."

"어명이다."

상선이 염려 가득한 눈으로 올려다보았으나 이겸은 말에 훌쩍 올라탔다. 안절부절못하던 상선은 여리와 눈이 마주치자 어쩔 수 없이 어색하게 웃어 보였다. 어쨌거나 지금 저는 말을 빌려주는 이에 지나지 않았으니.

은은한 미소를 입가에 띤 여리가 가볍게 고개를 숙여 상선의 미소에 답했다. 여리를 따라 웃던 상선은 그제야 속으로 아차 싶었다.

전하께서 처음 보는 척 저를 대하신 것은 중전 마마가 되실 분 때문이 아니라 저를 떼어놓기 위한 것이었구나! 중전 마마 앞에서 저가 말을 무르지 못할 것을 아시고.

그러나 모든 것을 깨달았을 때는 이미 늦은 후였다.

햇빛을 등진 이겸이 여리를 향해 손을 내밀었다. 해사하게 웃은 여리가 그 손을 잡는 대신 다른 말 위로 올라탔다.

최여리답다 싶어 이겸이 싱긋 웃었다.

"그럼 가볼까?"

바람처럼 사라지는 두 필의 말을 보며 차마 잡을 수도 없는 상선이 작게 절규했다.

"전하, 전하……."

말 발자국 소리가 한적한 하천 근처로 접어들었다.

이겸은 여리가 주변 풍광들을 눈에 담을 수 있도록 고삐를 당겨 말의 속도를 늦추었다. 도성을 벗어나 얼마 멀지 않은 곳이었으나 사람들의 발길이 눈에 띄게 줄어 있었다.

풀잎 향이 은은한 곳에 따스한 햇볕이 내려앉았다. 이겸과 여리 두 사람 외에 오직 맑은 물소리와 부드럽게 날아다니는 나비들만 있는 곳이었다.

말을 세운 이겸은 풀들이 무성한 나무 밑에 말들을 매어두었다. 그러고는 내관들이 달아두었던 봇짐을 풀어 내렸다. 바닥으로 내려선 여리가 어디선가 날아온 달콤한 향을 가슴 깊숙이 담았다. 바람이 실어온 꽃향기가 어디로부터 시작된 것인지 알기 위해 주위를 휘휘 둘러보는 것도 잊지 않았다.

이겸이 여리에게 손을 내밀었다.

"보여주고 싶은 곳이 있다."

여리가 미소와 함께 이겸의 손을 잡았다. 이겸은 빠르지 않은 걸음으로 징검다리가 있는 곳까지 여리를 이끌었다.

앞선 이겸이 돌 하나를 건너면 여리도 그 뒤를 따라 하나를 건넜다. 여리가 무사히 건너기를 기다려 다시 이겸이 한 발을 앞으로 딛는 것이 반복되었다.

햇빛을 담은 물살이 작은 돌들 위에서 반짝이며 미끄러졌다. 하천은 바닥이 보일 정도로 깨끗하고 눈부셨다. 따스하고 단단한 이겸의 손에 의지해 다리를 건너던 여리는 문득 이겸의 뒷모습을 바라보았다.

이겸의 어깨 위로 밝은 햇살이 내려앉아 갓이며 도포 자락들을 눈부시게 만들었다. 이겸이 꿈처럼 사라질 것만 같아 여리는 저도 모르게 두 손으로 이겸을 잡아 세웠다.

무슨 일인가 하여 고개를 돌린 이겸이 미소를 띠었다.

"업히겠느냐?"

금방이라도 등을 내어줄 것 같은 이겸의 행동에 놀란 여리가 고개를 저어 보였다.

"아, 아니옵니다. 그런 뜻은 아니었사옵니다. 게다가 어찌 감히 옥체에 업히겠나이까? 생각지도 못한 일이옵니다."

"그렇다면 이제부터라도 생각해보거라."

"예?"

"모두가 나를 왕으로 보아도 너만은 달라지지 않았으면 한다. 상황이 그러하여 달라질 수밖에 없더라도 너만은 더디 갔으면 좋겠구나. 익숙하지 않은 궐의 예법에 맞추려고 무리하지 않아도 된다. 나는 있는 그대로의 네가 좋으니."

이겸은 여리와 이야기할 때만큼은 저를 '과인'으로 지칭하지 않았다. 여리 역시 그가 자신을 이름으로 불러주는 것이 좋았다.

멈춰 선 이겸이 입가에 옅은 호선을 머금었다.

"내가 너를 처음 보았을 때 이야기를 했던가?"

"나무에서 떨어지던 때 말이옵니까?"

저를 받아주던 이겸의 모습을 떠올리며 여리가 물었다. 햇빛을 등지고 있던 그때의 이겸은 검고도 깊은 눈빛을 가지고 있었다.

생각해보면 그때 여리는 이미 이겸에게 마음이 흔들렸다. 자신도 이겸에게 곱게 기억되었으면 하는 마음으로 여리가 눈을 반짝였다.

"아니. 내가 너를 처음 본 것은 그 전이다. 늦은 밤 아궁이 옆에서. 기억 안 나느냐? 그때 네가 나한테 욕도 했는데."

"……."

"깨우려고 말 걸었다가 봉변을 당했다. 처음 들어본 욕이라 지금 생각해도 간담이 서늘하구나."

"소, 소인이 기억하지 못한다고 또 농을 하시는 거지요? 욕이라니요. 그리고 그때도 제가 말씀 올렸지만 밤에 보내시곤 배는커녕 멀쩡하게 있는 나무다리도 언급해주시지 않으셨잖습니까? 강물은 어찌나 찬지 물에 빠졌다가 그 길로 이승 하직하는 줄 알았사옵니다."

"난 최달현이 정녕 아이를 보낼 줄은 몰랐다. 그것도 이리 장성한 아이를."

"……사실 소인의 아비가 보낸 것이 아니라 소인 마음대로 간 것입니다. 아버지는 소인을 걱정하셔서 발길도 하지 말라 하셨지요. 그때 방을 빌려주신 일은 아직도 감사히 생각하고 있습니다."

"고마워서 이야기하는 것이다. 그때 최달현이나 너나 둘 중 하나라도 다르게 행동했더라면 우리가 이렇듯 만나게 될 일은 없었을 테니."

여리는 가을밤 시린 강물을 혼자서 헤치고 갔던 그때와 달리 이젠 이겸과 함께 건너고 있다는 사실에 새삼 지나온 시간들에 감사했다. 힘든 시간도 있었지만 돌이켜보면 함께였기에 좋았던 기억들이 더 많았다.

이겸이 여리의 손을 따스하게 쥐고 다시 걸음을 옮겼다. 여리가 미소와 함께 그 뒤를 따랐다.

"나는 언제까지나 그때의 최여리였으면 좋겠구나."

"간담을 서늘하게 하는 최여리 말이옵니까?"

여리가 눈썹을 슬쩍 들어 올리자 이겸이 낮게 웃었다.

"아니. 그건 처음 본 날이었고 그 후에 본 너의 모습들은 네 이름처럼 연꽃을 닮았다."

"연꽃……이요?"

"연꽃은 어느 곳에 피어도 꿋꿋하고, 맑고, 어여쁘니까. 낮은 곳에 피어도 제 처지를 불쌍하다 여기지 않고 고운 자태와 좋은 향을 남기니 너와 닮지 않았느냐."

예상치 못한 이겸의 고백에 순간, 여리가 발을 헛디뎠다. 미끄러지려던 여리를 이겸이 단단히 받쳐 안았다. 고개가 조금 뒤로 젖혀진 여리가 이겸을 올려다보았다.

햇살을 등진 이겸은 고택 나무에서 떨어지던 그날과 같았다. 그러나 그때와 비교할 수도 없을 정도로 해사한 미소를 띠며 이겸이 속삭였다.

"조심. 이제 다 왔다."

이겸의 말에 몸을 가눈 여리는 어느덧 징검다리를 모두 건너왔음을 깨달았다.

시선을 돌리니 시야 가득 형형색색의 꽃들이 끝닿은 곳을 모르고 펼쳐져 있었다. 이겸과 여리의 주위를 감싼 꽃들은 바람이 불 때마다 부드럽게 물결쳤다. 하늘 아래 길게 뻗은 고운 빛깔들은 그 자체로 장관이었다.

은은하게 맴돌던 봄꽃 향기는 이곳에서부터 시작된 것이었다.

"함께 있던 때를 돌이켜보면 추웠던 날들뿐이라 이리 한 번은 꽃구경을 오고 싶더구나. 물론 폐월화가 있긴 했지만 밤에만 피는 꽃이었으니."

"정녕 곱습니다. 마치 천계에 온 것처럼 말입니다."

나무 그늘 아래에 이른 이겸은 봇짐을 풀었다. 가장 위에 있던 자리를 펼쳐 두 사람이 편히 앉을 곳을 마련하였다.

여리의 손목을 부드럽게 끌어 자리 위에 앉힌 이겸은 그 아래 있던 찬합들을 가지런하게 꺼내어놓았다.

"내내 마음이 쓰였다. 그날 예화에서 같이 밥을 먹지 못한 것 말이다. 금일 너의 사가로 가져갈 것들이었으나 날이 좋아서 이리 밖에서 먹는 게 더 좋을 것 같구나. 상선이 새벽부터 수라간에 일러 채비를, 이런."

그러나 음식을 만든 이들이 왕께서 말을 타고 달릴 것까지는 생각하지 못한 것이 당연지사.

찬합의 뚜껑을 열자 넣을 때는 분명 곱고 가지런했을 음식들이 뒤섞여 제 모습을 찾기 힘들었다. 처음으로 여리에게 대접하는 것들이기에 좋은 것들로만 주고 싶었거늘.

이겸의 얼굴을 살핀 여리는 손을 뻗어 엉망이 된 사슬적 하나를 집어 올렸다. 그러고는 제 입 속으로 넣고 오물오물 맛을 보았다. 이윽고 여리의 눈이 동그래졌다.

"맛있사옵니다!"

"일부러 먹을 필요는 없다. 괜찮으니."

"음식은 눈과 입으로만 먹는 것이 아니라 만든 이의 정성을 생각하며 마음으로 먹을 수도 있사옵니다. 이 음식들에는 새벽부터 이것을 준비한 이들의 노고가 들어 있사옵니다. 또한 저를 생각해주신 전하의 마음 또한 빠지지 않았으니 제겐 세상 그 어느 음식보다 귀하고 맛있는 것들입니다. 감사하옵니다, 전하."

여리가 진심이라는 듯 고개를 격하게 끄덕여 보이자 이내 이겸도 피식 웃었다. 곱게 미소 짓는 여리의 모습을 이겸은 잠시간 바라보았다.

이겸이 손을 들어 흘러내린 여리의 머리카락을 귀 뒤로 넘겨주었다. 저를 말없이 바라보는 이겸의 눈빛에 여리의 가슴이 지끈, 내려앉았다.

여리의 마음을 읽기라도 한 듯 이겸이 입을 열었다.

"전해야 할 말이 두 가지 있는데 나쁜 것과 조금 덜 나쁜 것. 어느 것을 먼저 듣겠느냐?"

저를 바라보는 이겸의 눈빛이 슬퍼 보여 여리는 잠시간 망설였다.

"꼭 들어야 하는 것이겠지요?"

이겸이 고개를 끄덕였다.

"그럼 나쁜 것부터 듣겠사옵니다."

"나쁜 소식은 가례를 올리지 못하게 되었다는 것이다."

가례를 올리지 못하는 것이 슬픈 게 아니라 혹 그것이 마지막이란 뜻인가 하여 여리의 얼굴이 천천히 굳었다. 욕심내지 않기로 하였지만 가끔이라도 보고 싶은 마음은 저도 사람이기에 어쩔 수가 없었다.

여리가 마음을 누르며 차분히 밝은 목소리를 냈다.

"하오면 조금 덜 나쁜 소식은요?"

이겸이 말 사이를 띄우고 여리의 두 눈을 번갈아 쳐다보았다.

어디선가 불어온 바람이 꽃잎 몇 개를 싣고 와 가장자리에 있던 찬합에 그것을 흩뿌려두었다. 음식 위에 내려앉은 꽃잎들을 걷어내기 위해 여리가 무릎으로 바닥을 짚고 몸을 세웠다.

찬합을 제게로 가져오며 여리가 애써 괜찮은 척 입을 열었다.

"꽃잎이 이렇게 떨어지는 것을 보니 곧 봄도 다할 것 같사옵니다. 소인이 화전은 곧잘 만드는데 올봄에는 전하께 만들어드리지 못하였습니다. 내년에는……, 그러니까 내년은……."

내색하지 않으려고 했지만 꽃잎을 걷어내는 여리의 손가락이 가늘게 떨려왔다. 여리의 노력에도 이겸은 곧바로 말을 이었다.

"조금 덜 나쁜 소식은……."

"……."

"관상감에서 길일을 받았다. 여리 너의 왕비 책봉식은 보름 후가 될 것이다."

"예……."

맥없이 대답한 여리는 잠시 멈추어 있다가 이겸을 휙 돌아보았다.

"예? 방금 무엇이라 하셨사옵니까?"

"책봉식은 보름 후라 하나 며칠 전 미리 별궁에 거해야 할 것이다. 시간이 조금 촉박하니 마무리 지어둘 일이 있다면 해두는 것도 좋겠지. 옷 짓는 일을 하고 있다 하지 않았던가?"

"제가 지금……."

"잘못 듣지 않았다. 이미 가례를 올린 것으로 되어 있어 따로 식은 올리지 못할 것이나 대신 보름 후 왕비 책봉이 있을 거라 하였다. 보름이나 기다려야 하지만 그래도 보름만 지나면 내내 함께 있을 수 있으니 조금 덜 나쁜 소식이라 한 것이다. 날짜가 내키지 않느냐?"

찬합을 쥔 채 무릎걸음으로 우두커니 멈춰 서 있던 여리는 긴장이 풀린 듯 휘청거렸다. 이겸이 급히 손을 뻗어 여리를 잡았다.

"어찌 그러느냐? 어지러운 것이냐?"

"그, 그게 아니오라 너무 놀라서, 그게 그러니까."

여리가 아직도 얼떨떨한 눈으로 억울한 듯 이겸을 올려다보았다.

"전하께서 여기 오는 내내 용안이 어두우시어 이제 다시는 소인을 찾지 아니하실 줄 알고 그래서……."

애매한 표정과 말들을 흘렸던 이겸이 웃었다. 그 모든 것이 장난이었다는 것을 깨달은 여리가 마침내 자리에 털썩 주저앉았다.

"아버님의 일은……."

"그 또한 모두 해결되었다. 대제학을 비롯해 당시 역모에 관련된 이들 모두 신원될 것이다. 신원되는 인원과 그 절차에 대해 이미 궐에서 논의 중이다."

억울하게 눈감으신 아버님의 무고함이 밝혀졌다. 이미 이곳에 계시지는 않지만 그래도 이젠 하늘에서나마 편히 눈을 감으실 것이다. 여리는 벅찬 감정에 숨도 제대로 내어 쉬지 못했다. 그러다 어느 순간, 후우 하고 떨리는 숨을 내놓으며 입술을 떨었다.

"짓궂으십니다. 참으로 짓궂으세요."

"덕분에 네가 진심으로 한 말이 아니었다는 것도 이리 알게 되지 않았느냐?"

"예?"

"힘들어지면 이제 너를 보러 오지 않아도 된다는 말. 내가 그 말을 듣고 얼마나 서운했는지 아느냐?"

"그건……."

그러나 여리의 다음 말은 미운 말을 한 입술을 혼내주려는 이겸의 입술에 막혀버렸다. 두 사람의 입술이 가볍게 닿았다.

이윽고 입술을 뗀 이겸이 가까워진 여리의 눈을 바라보며 낮게 속삭였다.

"미안하구나. 제대로 된 혼례를 올려주지 못하여서."

여리가 고개를 저었다.

"회연에서의 혼례가 다시없을 최고의 혼례였사옵니다. 전하께 평생 갚아도 갚지 못할 마음을 받아 그때의 시간들이 이렇게 마음속에 남아 있사옵니다."

"상왕 전하의 일과 여러 문제들이 있어 국혼을 고집할 수 없

었지만 대신 책봉식은 제대로 치러주고자 한다. 생각보다 궐
생활이 즐겁지만은 않으니 처음이자 마지막인 잔치가 될지도
모르겠구나."

여리가 들꽃처럼 사랑스럽게 미소를 지었다. 오랜 약조를 지
켜준 이겸에게 어떤 말로 고마움을 표현해야 할지 알 수가 없
었다.

"고민을 했던 것도 사실이다. 궐에서의 일로 아비를 잃은 네
게 그 생활이 어떤 의미인지 모르지 않으니."

"전하께서 무고함을 믿고 살펴주셨으니 이젠 괜찮사옵니다."

"그러니 견뎌보자, 함께. 좋은 날도 나쁜 날도 서로의 곁에
서 말이다."

마주 보는 두 사람 사이로 화려한 호접 한 마리가 부드럽게
날아들었다. 눈을 들어 잠시 나비를 바라보는데 햇살이 살랑
거리며 나뭇잎 사이로 둘의 얼굴을 비추었다. 나뭇잎들은 저
들끼리 몸을 비벼 바람의 소리를 들려주었다.

"참으로 고운 나비이지 않습니까?"

"그렇구나. 호접 중에서도 보기 드문 색을 가진 나비다."

나비는 제 몸보다 훨씬 큰 날개를 팔랑이며 허공을 맴돌았
다. 여리는 나비의 우아한 날갯짓을 눈 속 가득 담았다. 그런
여리를 보던 이겸은 입매를 살짝 늘였다.

"가까이서 보고 싶으냐?"

"볼 수 있사옵니까?"

이겸은 여리의 왼손을 조용히 마주 잡았다. 그리고 손의 위

치를 바꾸어 여리의 손가락 끝을 부드럽게 쥐었다.

봉긋하게 말린 여리의 손 무게가 이겸의 손에 온전히 실렸다. 맞닿은 두 손을 허공으로 뻗은 이겸은 그대로 손을 멈추었다.

"나비가 다가오게 하려면 몸이 내는 모든 소리를 삼키고 기다려야 한다."

나직하고도 천천히 읊조리는 이겸의 말에 여리는 제 숨소리를 낮추었다. 이겸의 말대로 움직이지 않고 자신의 손에 온 신경을 집중하는 것도 잊지 않았다.

여리의 움직임이 조용하게 잦아들었다. 저를 잡아주는 이겸의 온기가 따스하게 스몄다.

얼마의 시간이 지나자, 거짓말처럼 나비가 여리의 손가락 위로 사뿐히 내려앉았다. 언젠가 이겸이 건넨 가락지 위였다.

작은 숨결에도 나비가 날아갈까 여리와 이겸은 아무 말도 하지 않았다. 손가락 위의 나비가 느긋하고도 작게 날개를 팔랑였다. 여리의 눈매가 초승달처럼 휘어졌다.

이겸은 제 품의 여리에게 스치듯 입을 맞추었다. 달콤하게 떨어지는 입술에 여리의 입술이 더욱 곱게 말렸다.

나비는 여전히 여리의 손가락을 떠나지 않고 있었다. 언제나처럼 듣기 좋은 음성으로 이겸이 말했다.

"이 세상에 하나뿐인 호접(胡蝶) 가락지다. 마음에 드느냐?"

여리가 자신의 손가락에 올라앉은 나비를 바라보았다. 이겸이 제 온 마음을 담아 끼워준 가락지는 세상 어떤 가락지보다도 눈부셨다.

"예. 잊지 못할 혼인 선물이옵니다."

두 사람의 시선이 따스하게 얽히자 나비도 하늘로 사뿐 날
아올랐다.

이겸이 여리를 제 품으로 당겨왔다. 이겸에게 기대는 여리의
온기가 봄바람처럼 아늑했다. 부드러운 햇살이 사이좋게 놓인
두 사람의 신 위에 곱게 머물렀다.

보름 후.

왕명을 받은 사신 행렬이 세장과 고취를 앞세우고 별궁으로
향했다. 중전 마마를 모시고 입궐할 가마는 주인을 닮아 단정
한 기품을 자랑했다.

별궁 내전 안에서는 책봉식을 앞둔 여리가 긴장된 기색으로
시간을 기다리고 있었다. 붉은 적의는 여리의 희고 고운 피부
를 만나 더욱 단아한 빛을 띠었다. 여리의 머리에 장식을 꽂는
손길들이 분주히 이어졌다.

이겸의 배려로 여리의 곁을 지켜주게 된 서래댁이 차분하게
말을 건넸다.

"긴장되시옵니까?"

"다른 마마들께서는 이 시간을 어찌 견뎌내셨는지 모르겠
사옵니다. 나중에 걸어나가다 엎어지는 것은 아니겠지요? 제

가 엎어지기라도 하면 전하께 누를 끼치는 일이 될 것인데."

선대 마마들의 시작도 꼭 그와 같았기에 서래댁의 입가에 온화한 미소가 머금어졌다. 눈앞에 계시는 중전 마마께서도 선대 마마들처럼 앞으로도 내내 잘해나가실 것이다.

"긴장이 아니 되면 그것이 이상한 일이지요. 마마께서는 잘하고 계시옵니다. 또한 넘어지지 않도록 제가 잡아드릴 테니 염려 마십시오."

"덕분에 힘이 납니다. 고맙습니다."

"그리고 이젠 소인에게도 말씀을 낮추셔야 합니다. 궁의 법도를 따르셔야지요."

"유념하겠습, 아니 유념하……겠네."

서래댁은 긴장한 여리를 위해 미소를 띠고는 작은 나무 함하나를 꺼냈다. 여리의 앞에 예를 갖춰 그것을 올리자 여리가 서래댁을 보았다.

"이것이 무엇이옵, 인가?"

"마마께 온 것이옵니다. 열어보시옵소서."

나무 함을 여니 귀한 비단으로 싸인 물건이 보였다. 조심스러운 손길로 비단을 펼치고 그 안에 든 것을 확인한 여리의 눈이 커졌다.

비단에 싸인 것은 작은 머리꽂이였다. 비취 빛의 연꽃 문양은 여리도 잘 알고 있는 것이었다.

"춘당께서 고택 마당에서 찾은 것을 보관하셨던 모양입니다. 부서진 탓에 비녀로 만드는 것은 무리였으나 머리꽂이로는 만들 수 있었다 하옵니다."

회연 고택에서 산산이 부서진 비녀는 연꽃 장식 부분만 남아 작디작은 머리꽂이로 여리에게 돌아왔다.

그 안에는 여리를 낳아준 대제학 내외의 마음과 키워주고 보살펴준 달현의 마음, 그 모든 것이 담겨 있었다. 이제 궐로 들어가게 되면 힘든 일들도 있을 것이나 결코 여리는 혼자가 아님을, 그녀의 곁에는 언제나 그녀를 걱정하고 사랑하는 마음들이 있었음을 말해주는 선물이었다.

여리는 좋은 날이기에 눈물을 흘리지 않기 위해 가까스로 눈가를 다스렸다. 눈시울이 붉어진 여리는 잠시간 눈물을 진정시키고는 치장을 돕는 나인에게 말했다.

"이 머리꽂이를 꽂아줄 수 있겠는가?"

"하오나……."

무릇 책봉식에 임하는 왕비의 복식은 머리부터 발끝까지 모두 법도에 따른 것이었기에 나인은 머뭇거리는 기색을 보였다.

이 자리에 있는 궁인들 중 가장 지위가 높은 상궁인 서래댁에게 눈짓으로 윤허를 구하자 서래댁은 가만히 고개를 끄덕였다. 이미 전하께도 윤허를 받은 상태였다.

지나치게 화려하지도, 크지도 않으니 예를 크게 벗어난 일은 아닐 것이다. 부모의 마음이 담긴 머리꽂이이니 어찌 법도에 어긋난다 하여 그르다고만 할 수 있을까.

귀한 뜻을 읽은 나인은 고운 왕비의 가체에 머리꽂이를 꽂아드렸다. 좋은 날 누구보다 고우시도록.

"고맙네."

여리가 마음을 담아 인사를 전하자 나인은 고개를 조아려 그 은혜에 답했다.

살갗을 보드랍게 스치는 바람이 별궁에도 들었다.

본궁에서 온 교명책함을 상전에게 전하니 상전은 이를 받들어 무릎을 꿇고 상에 올렸다. 내관과 궁인들이 내문 밖에서 그들의 왕비를 기다렸다. 긴장을 떨친 여리가 다소곳하게 일어나 내전 문턱을 넘었다.

서래댁은 햇살 아래로 나아가는 여리를 보며 이젠 더 이상 염려하지 않아도 될 것을 깨달았다. 서래댁의 입가에 따뜻한 미소가 떠올랐다.

복식을 갖춘 여리가 마당으로 나아갔다. 책함이 놓인 상을 향해 네 번 절을 올리고 교명을 받드는 손길이 단아했다.

봄 햇살이 따스하게 여리의 적의 위로 스몄다. 가슴 안으로 옛 기억들이 바람처럼 불어들었다.

부모님과 함께 연꽃 핀 연못을 거닐던 기억, 불이 나던 밤 저를 지키던 어미의 마지막 모습, 최달현과 지내고 이겸을 만난 일들이 가슴속에서 덧씌워지기를 반복했다. 어느 하나 소중하지 않은 기억이 없었고, 귀하지 않은 시간이 없었다.

인자하고 강직했던 홍문관 대제학 서인후의 얼굴이 봄 바람 결에 그려졌다. 그의 소원대로 진헌군에게 선왕의 교서를 전해준 여리를 금일 누구보다도 대견한 마음으로 내려다보고 계실 것이었다.

여리를 태운 연이 본궁으로 들었다. 여리는 가마에서 내려 기품 있는 걸음을 옮겼다.

고운 적의가 우아하게 흐드러졌다. 왕비의 등장을 지켜보는 만인의 고개가 절로 숙여졌다.

이겸은 멀리서 걸어 들어오는 여리를 보며 미소를 지었다. 이겸이 있는 단 위에 오른 여리가 용안을 조심스럽게 올려다보고 이내 부드럽게 시선을 낮추었다.

내관이 교명책함을 다시 왕에게로 전하자 이겸은 그 자리에 모인 이들을 내려다보며 왕비 책봉을 선언했다.

"과인은 금일 교명과 책함을 내려 이천 서씨 문중의 여식을 중전으로 책봉하노라. 어진 정치를 행함에 있어 예법에 어긋나지 않게 정진하고 종묘사직을 받드는 일에 성심을 다할 것이니 이 자리에 모인 문무백관과 조선 백성들은 왕비의 덕을 따르고 공경하라."

"천복과 천수를 누리시옵소서."

"천세."

"천세."

"천천세."

왕의 선포를 따라 궐 안의 모든 이들이 무릎을 꿇고 그들의 왕과 왕비를 받들었다.

문무백관을 따라 구석에서 고개를 숙인 달현의 눈가에 기쁨의 눈물이 고였다. 저를 살리신 대제학께서 이 자리에 함께하셨더라면 더욱 좋았을 것을, 주책없는 눈물이 멈출 줄 몰랐다.

책봉식이 끝나고 간단한 연회가 열리기를 기다리는 사이 이겸이 여리를 보았다. 여리의 머리에서 익숙한 장식 하나가 햇빛을 받아 반짝 빛났다.

결코 눈에 띄는 장식은 아니었으나 그것이 무엇인지 한눈에 알아본 이겸이 미소를 지었다. 그는 소리를 낮추어 여리에게 은밀히 속삭였다.

"중전의 아름다움 때문에 다른 것이 눈에 들어오지 않으니 큰일이오. 좋은 날이어서 그리 고운 것이오?"

여리의 입가에도 은은한 호선이 스치는 듯하더니 역시 이겸만 알아들을 수 있도록 작은 소리로 답했다.

"신첩 역시 저어되옵니다. 앞으로 좋은 날들이 이어져 더욱 고와질 일만 남았는데 벌써부터 이리 고와서 성심을 어지럽히다니요. 그리고 신첩은 처음부터 고왔사옵니다, 전하."

"……해월각에서 잠시 나타났다 사라진 미인을 금일 다시 만난 것 같소만."

해월각에서 몸을 단장하였던 것은 비록 여리의 의지와 상관없는 일이었다곤 하나 그날 이겸의 품 안으로 안겨든 여리의 모습은 꽃과 같았더랬다. 그것이 이겸이 본 유일하게 치장을 한 여리의 모습이었다. 행간에 숨은 농을 알아들은 여리가 밉지 않게 눈썹을 살짝 올려 보였다.

조선의 왕께서 나지막하게 웃으시자 면류관의 구슬이 보기 좋게 흔들렸다. 중전의 미소 또한 은은하게 아름다웠다.

이겸이 정전 앞뜰에 도열한 대신들을 천천히 둘러보았다. 이겸의 얼굴은 감회에 젖은 듯 많은 감정을 담고 있었다.

이겸이 나지막하게 읊조렸다.

"고맙소, 중전."

제 곁에 함께한 여리에게 건네는 말.

여리의 시선이 이겸을 향하자 그 역시 고개를 돌려 시선을
마주했다.

"무엇이 말이옵니까?"

"지금 과인의 곁에 있는 게 그대라서. 좋은 일도, 힘든 일도
나눌 수 있는 이가 다른 누구도 아닌 그대라서 그것이 참으로
고맙소."

마주 본 두 사람의 얼굴에 따뜻하고 해사한 미소가 번졌다.

악사들의 연주가 시작되자 청명한 바람이 궐 안으로 불어들
었다. 노니는 음률 위로 아름다운 봄 꽃잎들이 내려앉았다.

더할 수 없이 좋은 봄날이었다.

푸른 달빛이 궁궐 전각 곳곳에 스며든 밤.

중궁전도 주인을 찾은 지 몇 달이 흘렀다. 늦은 시각까지 전
하께 올릴 자수를 놓고 있던 여리는 교태전 문밖의 기척에 시
선을 들었다. 졸고 있는 궁인들을 대신해 몸을 일으킨 여리가
문을 열었다.

"무슨 일인가."

중전을 뵌 상선이 급히 머리를 조아렸다. 상선은 여리를 찾아온 것은 아니었던 듯 제 발걸음을 들킨 것에 황망해하며 서둘러 말을 이었다.

"송구하옵니다, 마마. 전하께서 아니 계시어 궐 이곳저곳을 살피던 중이었사옵니다. 소란케 한 무례를 용서하십시오."

"전하께서 아니 계신다 하였는가?"

"예. 금일 밤에도 늦은 시각까지 편전에서 집무에 정진하시기에 일찍 침소에 드시라 권해 올리던 참이었는데 잠시 눈을 옮긴 사이 자리에 계시지 아니하였사옵니다."

눈을 떼었다 하면 사라지는 일이 빈번한 왕이었다.

상선도 그 정도쯤 되면 적응할 법하건만 이겸이 사라질 때마다 다급한 표정으로 궐 이곳저곳을 바쁘게 쫓아다녔다. 궐 안에서 몸을 보할 탕약이 꼭 필요한 둘을 꼽으라면 정사에 시달리는 왕과 그를 쫓는 상선을 들 수 있을 것이다.

잠시 생각에 잠겼던 여리가 미소를 띠었다.

"어디 계시는지 알 것도 같네. 직접 가서 말씀 올릴 것이니 심려치 말고 처소로 돌아가 있게."

상선을 안심시켜 돌려보낸 여리가 향한 곳은 후원이었다. 후원 연못가에는 익숙한 붉은 꽃이 달빛을 받아 흐드러지게 피어 있었다.

폐월화였다. 회연 고택 앞에 피어 있던 폐월화를 이곳으로 옮겨 와 심은 것이다.

역시나 여리의 짐작대로 후원에 서 있는 이겸의 뒷모습이 눈에 들어왔다. 미소를 지으며 다가가던 여리의 걸음이 문득 멎었다.

언젠가 꿈속에서 보았던 모습. 곤룡포를 입고 폐월화를 바라보는 이겸은 바로 예전 여리의 꿈과 닮아 있었다.

꿈속에서 저 모습을 뵈었을 땐 홀로 궐에 계시는 줄 알고 얼마나 마음 졸였던가.

그러나 실상은 상선을 피해 산보를 나온 길이었고, 그런 이겸의 뒤에는 여리가 있었다. 여리가 보고 있으니 당연히 이겸의 옆에 여리가 없었던 것이다.

흉몽인 줄 알았는데 앞으로 있을 일을 미리 꾼 길몽이었다. 잠시 옛 기억을 떠올린 여리의 입매가 곱게 말렸다.

"이곳에 계셨사옵니까?"

여리의 기척에 이겸이 돌아보았다.

달빛 아래 드러난 용안이 참으로 훤하였다.

"상선의 잔소리가 늘어가던 참이라."

"늦은 시각까지 집무를 보신다 들었사옵니다. 상선 영감의 근심도 이해가 되옵니다. 너무 무리하지 마옵소서."

이겸이 여리에게 손을 내밀었다. 여리가 이겸의 손을 잡고 그 곁에 섰다.

붉은 폐월화가 달빛을 받아 진귀하게 반짝였다.

"한데 어찌하여 폐월화를 다시 심을 생각을 하였소? 심는 데 여간 손이 많이 가는 게 아닌 것을."

"회연에서는 폐월화를 다시 심으면 전하께서 돌아오실 것 같은 느낌이 들었사옵니다. 전하와 신첩의 연을 이어준 고마운 꽃이니 만약 다시 뵙지 못한다 해도 심어두고 싶었지요. 하여 여기까지 옮겨 오게 된 것이고요. 아, 그리고 예문관 윤봉교에게 폐월화 꿀물로 만든 유밀과를 맛보여주겠다 약조하였사옵니다. 원래는 김 상궁에게만 약조를 하였는데 우연히 윤봉교까지 알게 되어……"

이겸의 눈매가 가늘어졌다. 아직 저도 먹어보지 못한 폐월화 유밀과를 예문관 봉교 윤호경, 다른 이름으로 동아가 탐을 낸다 하니 영 마음에 들지 않았다.

"윤봉교 입에 들어가는 것은 공기도 아까우니 그럴 필요 없소."

"전하께서 팔도를 떠돌던 윤봉교를 궁에 묶어두시니 윤봉교의 불만이 이만저만이 아니옵니다. 수찬에서 봉교로 낮아진 것 또한 전하의 바로 곁에 두기 위함이셨으니 이런 것으로라도 마음을 달래주어야지요."

"모르는 소리 마시오. 시달리는 것은 윤봉교가 아니라 바로 과인이니. 동아를 과인과 가까운 예문관으로 배정한 것은 과인 스스로 발등을 찍은 것이오."

여리가 곱게 웃었다. 전하께서 말은 그리하시어도 폐월화 유밀과가 만들어지면 김 상궁과 윤봉교 외에도 내금위장 영감까지 부르실 것을 알고 있었다.

이겸이 곱게 핀 폐월화 한 송이를 꺾어 여리에게 내밀었다.

"오랜만에 음하여 보시겠소?"

이겸이 폐월화 속의 꿀물을 권했다. 폐월화를 받아 든 여리가 꿀물에 입술을 살짝 축였다.

이겸이 권해 회연에서 처음 맛본 그때와 같은 맛이었다. 하얀색으로 변하지 않은 폐월화는 아무런 독성도 없는 꽃일 뿐이니 앞으로 몇 해간은 이 맛을 즐길 수 있을 것이다.

여리가 고운 눈으로 이겸을 보았다.

"전하께서도 드셔보시겠사옵니까?"

이겸은 미간을 설핏 구기며 능청스럽게 답했다.

"방금 다른 이도 아닌 과인에게 폐월화를 권한 것이오? 과인이 그로 인해 얼마나 고생했는지 잘 알면서?"

"그러니 신첩이 먼저 기미를 하였……."

이겸이 여리의 입술에 가볍게 입을 맞췄다. 향긋한 향이 서로의 입 속으로 스몄다. 입을 뗀 이겸이 다시금 닿을 듯한 거리에서 여리를 보았다.

여리가 동그란 눈망울로 물었다.

"방금 폐월화를 드시지 않는다고 하지 않으셨사옵니까?"

"과인이 방금 기미를 한 것은 폐월화가 아니라 중전의 입술이오. 그러니 그는 괜찮소."

여리가 옅은 숨을 내쉬고는 말없이 홀로 발걸음을 옮겼다. 왕이 중전의 뒤에서 서둘러 외쳤다.

"중전, 과인을 보러 온 것이 아니었소? 게다가 중요한 일을 하다 말고 어디로 가는 것이오? 과인은 아직 용건이 끝나지 않았소."

중전은 폐월화 밭을 뒤로하고 남겨진 왕을 향하여 곱게 고개를 돌렸다. 중전의 입가에는 보일 듯 말 듯한 미소가 걸려 있었다.

"하여 사방이 트인 이곳에서 남은 용건을 마저 보실 것이옵니까? 금일 집무는 거의 끝나셨다고 들었습니다만."

여리가 답도 듣지 아니하고 교태전을 향해 걸어갔다.

그 뒷모습을 보던 이겸은 기가 찬 듯 '허' 하는 숨을 내쉬고는 애써 새어 나오는 미소를 삼켰다. 이런 기분 좋은 미혹에는 기꺼이 따라주는 것이 인지상정.

작게 헛기침을 한 왕은 중전을 따라 조용히 발걸음을 옮겼다. 마음을 들뜨게 하는 향은 이 밤 폐월화 향만이 아니었다.

여리는 자신이 앞서 걸으며 고택에서 지금과는 반대로 이겸이 앞서 걸었던 밤을 떠올렸다. 언제나 얼음 바람이 부는 얼굴을 하고 있던 이겸이 지나갈 때마다 그의 손에 들린 횃불에서 기둥의 횃불로 불이 옮겨갔더랬다.

그 검고 큰 뒷모습이 앞으로 나아갈 때마다 고택의 밤이 따뜻하고 환하게 밝혀졌었다. 불빛에 물든 덕분이 아니라도 처음부터 알 수 있었다. 마을 사람들을 위해 호랑이를 잡느라 그가 다쳤다는 사실을 알았을 때부터 이겸은 누구보다 따뜻하고 배려 깊은 사람이었다는 것을.

불빛으로 인해 환해진 것은 고택이 아니라 여리의 마음이었다. 이제는 자신들이 직접 불을 밝히지 않아도 궁궐의 밤은 언제나 환했지만, 여리는 처음 그가 자신을 위해 불을 켜주었던 밤을 잊지 못할 것이다.

어느덧 거리를 좁힌 이겸이 조용히 여리의 손을 잡았다. 다시 보니 여리와 어깨를 나란히 할 만큼 옆으로 다가와 있었다. 여리와 눈을 마주한 이겸이 은은한 미소를 지어주었다.

두 사람이 후원을 빠져나온지라 왕과 왕비를 찾아다니던 궁인들은 멀리서 그들을 발견하고 서둘러 달려올 수 있었다. 그러나 왕과 왕비가 손을 잡고 있는 모습에 가까이 다가가지는 못하고 황급히 머리들을 조아렸다.

늦은 밤을 틈타 이겸은 개의치 않고 여리의 손을 잡고 성큼성큼 앞서나갔다.

"과인이 왜 늦은 밤까지 격무에 시달리며 쉬지 않는지 아시오?"

"백성들을 위해서가 아니시온지요?"

"아니오. 이건 모두 과인과 중전의 처소가 따로 있기 때문이오. 과인의 침전으로 돌아가봐야 온기도 없고 서늘하고 영 들어가기가 싫소."

"하면 내관에게 전하가 계신 곳에 더욱 온기가 돌도록 신경쓰라 일러두겠사옵니다. 계절에 상관없이 항시 온돌을 지필 수 있도록 말입니다."

이겸이 말하고자 하는 바가 무엇인지 여리 또한 알고 있으면서도 모른 척하는 모습에 이겸이 눈을 가늘게 떴다.

"이럴 때 보면 옛일을 다 잊어버린 사람 같으시오."

"옛일이라니……. 어떤 옛일을 이르시는 것이옵니까?"

방금 전까지도 고택에서의 일을 떠올리고 있던 여리인데 옛일을 잊어버렸다니.

"과인은 아직도 어제 일처럼 생생한데 중전은 생각나지 않으시오? 달빛은 밝았고, 중전은 흠뻑 젖어 몸 곳곳에서 김이 피어올랐지. 어찌나 아찔하던 밤이었는지."

떨어져 있다 하여 궁인들의 귀에까지 말소리가 들리지 않는 것은 아니어서 고개를 조아리고 있는 저마다 눈을 끔뻑거렸다.

달빛이라는 것은 밤을 이름일 테고, 흠뻑 젖어 김이 피어오를 정도였다니 그 밤에 밖에서 대체 무슨 일이 있으셨기에……. 거기에 아찔…….

그러고 보니 두 분께서는 입궐하시기 전 사가에서 이미 혼인을 하셨던 사이셨지. 상상력이 과하게 좋은 몇몇 궁인들의 귀는 서둘러 붉게 물들었다.

고개를 갸웃하던 여리가 뒤늦게 눈을 동그랗게 뜨더니 기가 막혀 턱을 떨어뜨렸다. 분명 그 일을 말씀하시는 것이다.

해독제를 찾기 위해 예화로 가던 밤, 폭포에서 떨어졌던 때를.

"그……때가 그리 아찔했던 밤이었사옵니까? 신첩의 기억과는 다르옵니다만."

"과인의 손을 꽉, 아주 꽈악 있는 힘껏 잡았던 것 기억나지 않으시오? 하여 과인이 중전을 안고……."

고개를 숙이다 못해 땅으로 들어가려는 궁인들의 모습에 여리가 서둘러 이겸의 입을 막았다. 궁인들은 등지고 있어 보지 못했지만 이겸의 입가로 슬쩍 미소가 배어났다.

'과인이 중전을 안고'의 다음은 '물 밖으로 나왔다.'였지만 자연히 말을 이을 기회가 사라졌다. 여리 또한 눈을 가늘게 뜨고 아무도 들을 수 없을 정도로 소리를 낮춰 대꾸했다.

"기억납니다. 신첩을 물에 젖은 만두라고 하셨던 밤이지요. 그 밤이 어찌 그리 아찔한 밤으로 둔갑을 하였사옵니까?"

"그 밤에만 목숨이 몇 번 왔다 갔다 했는데, 아무렴 아찔했지. 아무튼 과인이 하는 말의 요지는 과인의 침전과 중전의 침전이 쓸데없이 멀다는 것이오. 부부란 본디 한 지붕 아래에서 오붓하게 지내야 하는 것을."

"……."

"하여, 과인이 회연 고택을 수리해두라 일러두었소. 이전에 행궁으로 쓰던 곳이니 두 사람이 거하기에 무리는 없을 것이오. 그러려면 우선 궁을 맡길 이가 필요하니 우리에게 원자가 생긴다면 스승을 스무 명쯤 붙여 아기 때부터 잠도 재우지 않고 학습에 정진토록 하여…… 음, 중전?"

열심히 설명하던 이겸이 곁이 휑한 것을 깨닫고 살피니 여리는 이미 저 멀리 앞서 걸어가 침전 모퉁이로 돌아서고 있었다.

이겸이 거의 뛰듯 방금 여리가 사라진 모퉁이로 돌아 들어갔다.

"거 사람, 아직 말이 끝나지도 않았……."

이겸의 다음 말은 자연히 사라졌다. 여리가 두 손을 뻗어 이겸의 뺨을 잡고 입을 맞췄기 때문이었다.

궁인들은 잠시 고개를 숙인 사이 또 사라진 왕과 왕비를 찾느라 시선을 이리저리 황망히 움직였다. 처마 끝에 걸린 달빛이 두 사람의 발끝에 닿았을 뿐, 어둠 속엔 온전히 두 사람뿐이었다.

"하여, 길지 않은 이 밤에 그 모든 것을 말로만 시작하실 셈이셨사옵니까?"

이제 여리는 이겸의 말을 그치게 하는 방도를 누구보다 잘 알고 있었다. 그를 움직이게 하려면 어떻게 해야 한다는 것도.

"그럴 리가."

이겸이 미소 지으며 다시금 여리에게 얼굴을 가까이했다.

맞닿은 입술에서 달달한 온기가 느껴졌다.

여리 특유의 들꽃 향이 두 사람을 맴돌았다. 예화로 가기 위해 몇 번이나 목숨을 걸었던 그 산속의 밤처럼.

시간을 되돌리는 꽃, 붉은 폐월화가 바람결에 곱게 흔들렸다.

비록 꽃은 시간이 다하면 질 것이나 서로의 곁을 지키는 왕과 중전의 마음은 오래도록 저물지 않을 것이다.

달빛을 담은 붉은 반짝임처럼, 따뜻하고 눈부시게.

야수전과 오래된 화첩

궐 후원의 연못으로 환한 여름 햇살이 은빛 모래처럼 흩뿌려졌다.

후원의 정자는 궁인들의 시선이 쉬이 닿지 않아 여리가 종종 찾는 장소였다. 금일은 제법 시원한 바람도 더해져 연못의 수면이 반짝이며 흔들릴 때마다 정자에 앉아 수를 놓는 여리의 더위도 한결 덜어졌다.

곤룡포에 쓰일 수를 놓는 터라 어느 때보다 신중하게 움직이는 여리의 손 위로 천천히 그림자가 드리우더니 이내 반가운 목소리가 뒤따랐다.

"중전을 찾았는데 이곳에 있었구려. 풍광이 좋은 후원에 고운 중전이 있으니 중전마저도 마치 한 폭의 그림 같아 찾기가 쉽지 않소."

이겸의 농에 여리는 잠시 자수를 내려두고 다소곳하게 일어서서 이겸을 맞이했다. 이겸이 여리의 곁에 자리를 잡고 앉자, 상궁이 시원한 오미자차를 올리고 물러났다.

궁인들이 정자에서 떨어져 등을 돌리고 서자 이겸은 불쑥 여리의 얼굴 가까이로 제 얼굴을 가져가 달달한 시선을 주었다. 오랜만에 보는 얼굴을 두 눈 속에 담뿍 담고 싶어서였다.

입매엔 작은 호선까지 걸려 싱긋 웃는 것이, 이럴 때의 이겸은 아직 소년 같은 미소를 보여주었다.

이겸은 여리에게서 시선을 떼지 않은 채로 차를 권했다.

"음하여 보시오. 오랜만에 중전과 함께 차를 나누고 싶어 잠시 짬을 내어 찾아온 길이니."

이겸과 시선을 주고받던 여리가 조용히 시선을 낮추고 부드러운 미소를 지었다.

"그러셨사옵니까? 전하의 성심이 신첩의 마음과 다르지 않아 참으로 기쁘옵니다."

"중전의 마음이 그렇다니 과인 또한 흡족하오."

"얼마나 뵙고 싶었는지 신첩 또한 어제와 그제, 또 그끄저께까지 사흘이나 전하를 찾아 궁 안을 헤매었지요. 상선 영감조차도 전하가 계신 곳을 알지 못할 정도로 바쁘시니 행여 집무가 과하여 옥체에 무리가 가는 것은 아닌지 신첩 크게 저어되었사옵니다."

여리의 말에 담긴 행간을 알아들은 이겸은 잠시간 말을 잊고 있다 어색하게 어깨를 으쓱거려 보였다.

"그럴 리가 있겠소? 과인이야 항시 집무를 보며 편전에 있는 것을."

여리가 단아하게 웃어 보였다.

"편전에 아니 계셨습니다."

"잠시 규장각에 갔을 수도."

"규장각에도 아니 계셨지요."

"아, 그럼 후원 서재에 있을 때였나 보오. 요즘 그곳에서 서책을 읽곤 한다오."

여리는 별다른 부정은 하지 않았지만 그 어여쁜 미소는 '그곳에도 아니 계셨던 걸 아시지 않사옵니까.' 하고 예의 바르게 묻는 듯하였다.

할 말을 찾지 못한 이겸은 시선을 저 멀리로 돌리며 가지고 온 차를 들었다. 잔기침이 간혹 섞여드는 어색한 침묵이 이어졌다. 눈길이 마주치면 간간이 미소가 오갔으나 그 외에 달리 말은 없었다.

사실 여리가 입궐한 지는 몇 달 되었지만 요즘처럼 중궁전에 이겸의 발길이 뜸한 적은 없었다. 잠저에 있던 시절 혼례를 올린 후, 왕비로 책봉되기까지 두 사람의 절절한 금슬에 대해서는 궁인들도 소문으로 들어 알고 있던 터였다. 하여 근래의 알 수 없는 전하의 행동은 중전 마마에게서 벌써 성심이 떠난 것은 아닐까 하는 의문마저 들게 하였다. 이런 소문은 빠르게 퍼지는 법이어서 과년한 여식을 두고 있는 사대부가 중에서는 슬그머니 후궁 자리를 대비하는 곳도 적지 않았다.

한 식경 남짓한 휴식이 끝날 무렵, 이겸은 여리가 만들고 있던 자수를 집어 들었다.

"중전의 솜씨는 여전하구려. 무리하지 말고 쉬엄쉬엄하시오. 바람 쐬기에도 그만인 날씨니."

미소와 함께 자수를 내려둔 이겸은 여리의 손을 가볍게 잡았다.

"이만 가보아야겠소. 대신들과 논의할 것이 남았소. 다음엔 시간을 내어 조금 더 머물렀다 가리다."

"신첩이 편전까지 모시겠사옵니다."

여리가 배웅하겠다는 뜻을 비쳤으나 이겸은 편히 앉아 있으라며 부드럽게 사양하였다. 정자에서 내려온 이겸은 기다리고 있던 상선에게 슬쩍 눈치 주는 것을 잊지 않았다.

자신이 자리를 비운 것에 대해 유연하게 대처하지 못하고 허술하게 여리에게 고한 것을 책하는 눈길이었다. 상선은 뜨끔해하며 급히 머리를 조아렸다.

전하를 모시는 일행의 모습이 후원에서 사라지자 여리는 시선을 들고 작은 한숨을 쉬었다.

전하께서 근래 민가로 잠행을 나가고, 그곳에서 은밀히 기루에 드나들기도 한다는 뜬소문을 믿을 여리는 아니었다. 그러나 며칠째 집무가 끝나면 궁 안에서 모습을 뵐 수 없기도 하였거니와 방금 이겸이 머물렀다 떠난 자리에는 여인들만이 사용하는 향취가 아주 연하게 남아 있었다.

그와 같은 향이 향낭을 좋아하는 여인들 사이에서 최근 한두 해 사이 은밀히 유행하고 있다는 것은 여리도 익히 알고 있었다. 흔한 꽃향기와는 다른 독특한 향이어서 착각하였을 리도 없거니와 사내들은 쓰지 않는 향이었다.

궁인들 사이에서는 그런 향이 남을 이유가 없어 궁금증은 더해갔다. 결국 그와 같은 향이 이겸에게 남아 있다는 건 그가 궐 밖에 잠행을 다녀온 것이 사실이라는 증좌이기도 했다.

여리는 향취가 그린 길이 보이기라도 하듯 한동안 이겸이 사라진 쪽을 보았다. 그러다 문득 저가 놓던 자수틀 아래에서 무언가를 발견하고 고개를 갸웃거렸다.

하얀 종이였다.

여리의 눈썹이 살짝 올라갔다.

다음 날, 날이 어둑해질 무렵 인형극을 위해 마련된 작은 나무판 주위로 구경꾼이 모이고, 횃불이 환히 밝혀졌다.

여리는 뒤편에 마련된 돗자리에 앉아 낭창한 목소리에 귀를 기울였다.

"금일 들려드릴 이야기는 야수전입니다. 사람이지만 마치 들짐승과도 같은 흉측한 외모를 가진 사내가 아무도 모르는 은밀하고 외딴 고택에 홀로 살고 있었다는 이야기입지요."

나무판 위로 사람의 손에 덧씌워진 인형이 걸어 들어왔다. 인형은 온통 털로 뒤덮인 모습을 하고 있어 그것을 보는 구경꾼들은 놀람과 안쓰러움에 탄식을 흘렸다.

"야수는 사람을 잡아먹는다는 소문이 있어 설령 그곳을 아는 이라 하더라도 아무도 그곳에 가려 하지 않았습니다. 하여 야수는 꽃을 심고 외로이 살아가는데 그러던 어느 날, 야수가 가진 꽃을 탐내는 이가 생깁니다. 바로 건넛마을에 사는 포악한 사또였지요. 사실 그 꽃은 보통 꽃이 아니었던 겁니다."

꽃을 돌보는 야수 뒤로 살금살금 걷는 모양새로 사또 옷을 입은 인형이 따라 들어왔다. 두 사람이 맞닥뜨리는 장면에서는 조마조마한 연주 소리도 덧씌워져 제법 흥미진진한 인형놀음이었다.

극에 열중하고 있는 여리의 옆으로 결 고운 도포 자락이 다가와 허락도 구하지 않고 불쑥 앉았다.

"결례가 되지 않는다면 함께 합석하여도 되겠소?"

"결례이옵니다. 남녀가 유별한데 과년한 처자에게 이리 무례하게 말을 건네시다니요. 댁에 계신 부인께서 아시면 속상해하실 것이옵니다."

"우리 부인은 그리 속 좁은 이가 아니라오. 한데 그 머리는……."

여리가 생긋 웃으며 제 머리카락에 묶인 댕기를 살짝 들어보였다.

"간만의 외출이라 변복을 해보았습니다. 제법 어울리지 않습니까?"

"음……."

이겸이 난처한 듯 대답을 미루자 귀엽게 삐친 여리가 볼을 불퉁하니 부풀렸다. 이겸이 낮게 웃으며 돗자리 위에 놓인 여리의 손을 잡았다.

"무사히 빠져나왔구나. 수고하였다."

"어찌 밖에서 만나자는 서찰을 은밀히 전하신 것입니까?"

전날, 이겸이 자수를 보는 척하며 아래에 숨겨둔 서찰에는 궐 밖에서 만나자는 내용이 적혀 있었다. 서래댁에게는 미리 말을 넣어둘 것이니 되도록 다른 궁인들의 눈에 띄지 말고 몰래 올 것도 당부하였다. 멀리서 몸을 숨기고 뒤따르는 호위 무사도 두엇 붙여두어서 크게 문제가 될 것은 없었다.

"내내 궐에만 있어 답답하였을 것 같아서 말이다. 그리고 입궐 후 첫 나들이인데 몰래 오붓하게 나오는 편이 더 좋지 않느냐?"

"예. 사실 오랜만에 궐 밖으로 나올 생각에 어제부터 설레었습니다. 잠도 설치고."

"만약 어제 과인을 따라왔던 상선이 금일의 계획을 들었다면 우리가 지금 여기에 조용히 나온 것이 가당키나 하였겠느냐? 내금위에 내관들에 아주 줄줄이. 아니, 아예 나오지도 못하였을 것이다."

"그래도 매번 전하를 찾아다니는 상선 영감이 조금 안쓰럽긴 합니다."

"걱정 말거라. 금일은 모처럼 상선도 일찍 잠들 것이다."

그 시각, 궐에 남은 상선은 자루에 든 쌀알을 심혈을 기울여 하나하나 세고 있었다.

작은 자루에 든 쌀알이 얼마나 되는지 정확한 수치를 알아야 백성들이 한 끼에 먹는 정확한 쌀의 양을 알 수 있고, 나아가 그것을 토대로 환곡과 각종 농업에 부과되는 세금을 책정할 수 있을 것이라며 이겸이 명한 까닭이었다. 더불어 이겸 자신은 보리를 셀 것이어서 쌀과 보리가 섞이면 안 되니 각자 다른 곳에서 일을 할 것 또한 진중하게 덧붙여두었다.

작은 자루여서 그리 오랜 시간이 걸리진 않을 것이나 이겸이 궐을 빠져나오기엔 충분한 시간이었다. 사이를 두고 얼마 후엔 이겸이 일찍 침소에 들었다는 말을 상선에게 전하라고 다른 내관에게 일러두기도 하였으니 금일 밤은 상선도 궐 안을 헤매지 않을 것이다. 아마 그 전에 작디작은 쌀알을 세다 저절로 잠들 가능성이 컸다.

여리는 곱게 고개를 끄덕이고는 다시 인형놀음으로 시선을 돌렸다. 놀이는 사또가 자신이 훔친 꽃 값을 대신해 제 여식을 야수에게 바치는 데까지 전개되어 있었다.

"저 이야기 말입니다, 낯설지가 않습니다."

"어떤 부분이?"

"고택도 그렇고, 꽃도 그렇고. ……그리고 무엇보다 저 사또의 여식 말입니다. 대단히 어여쁠 것 같은 느낌이 듭니다."

"어쩌면 나무를 잘 탈 것 같기도 하고, 생김새는……."

이겸은 심각한 표정으로 생각을 가다듬는 척 뜸을 들였다. 여리가 귀여운 미소를 지으며 두 손으로 제 얼굴을 받쳤다.

"마치 연꽃을 닮았을 것 같지 않습니까?"

호접 가락지를 끼워주며 이겸이 저를 두고 연꽃을 닮았다 한 말을 떠올린 여리가 능청스럽게 물었다. 여리가 눈을 깜빡거리자 이겸이 그제야 깨달았다는 듯 고개를 끄덕였다.

"분명 연꽃인데 잠결엔 험한 말을 잘할 것 같기도 하고."

이겸의 장난에 여리가 보이지 않게 입술을 삐죽거렸다. 언제는 연꽃으로 기억하시겠다더니 그 이후로 농을 하실 때마다 그놈의 험한 말은 빠지지도 않는다.

대체 그때 내가 무슨 잠꼬대를 한 거지?

이겸은 시시각각 변하는 여리의 표정이 참으로 귀여워 둘만 있을 때마다 농을 걸고 싶어졌다. 간만의 여유에 이겸의 입가에 은은한 호선이 머금어졌다. 인형놀음을 가만히 보고 있던 여리의 얼굴이 살짝 어두워졌다.

"한데 아무래도 그냥 보아 넘기기엔 저 꽃, 폐월화와 흡사한 점이 너무나도 많습니다. 단지 우연일까요?"

"비슷한 이야기는 어디에나 있을 수 있으니. 실제로 흡사한 이야기가 서역에도 있다고 하더구나. 문제는 이야기의 내용이 아니라 이야기가 흘러나온 시점이다. 근자에 들어 누군가 의도적으로 저 이야기를 도성에 퍼뜨리려 하고 있다. 폐월화가 진정 신비한 힘을 가진 전설의 꽃이라도 되는 것처럼 말이다."

"이 일 때문에 신첩을 궐 밖으로 은밀히 부르신 것입니까?"

"겸사겸사? 오붓하게 나들이도 하고 꼭 구해야 할 물건도 있고."

"물건이요?"

미소를 띤 이겸이 먼저 일어서서 여리에게 손을 내밀었다.

"궁금하다면 과인과 함께 가보시겠소, 중전? 물론 조금 위험한 길이 될 수도 있소만."

이겸의 손을 보고 있던 여리가 슬그머니 배어나는 미소를

432

삼키며 새침하게 그 손을 마주 잡았다.

"길은 원래 위험할수록 구미가 당기는 법이지요. 솔직히 말씀해주십시오. 댕기, 정말 안 어울립니까?"

이겸은 여리를 제게로 끌어당겼다. 그러곤 여리의 귀에 작게 속삭였다.

"설마. 멀리서 보고 너무 고와서 깜짝 놀랐느니라. 그러니 앞으론 내 앞에서만 하거라."

이겸이 한쪽 눈을 찡긋 감아 보이자 여리는 그제야 미소를 머금고는 머리쓰개를 드리웠다. 주상과 중전이 아닌 두 사람의 금일 야행은 이제 시작이었다.

이겸의 곁을 총총히 따르던 여리의 발길이 어느 집 앞에서 멈추었다.

운종가 중에서도 깊숙한 곳에 위치한 집은 겉보기에는 평범했으나 사람들의 방문이 끊이지 않았다. 그곳을 찾는 자들의 대부분은 사대부의 차림을 하고 있었는데 마치 약속이라도 한 것처럼 갓을 깊이 눌러쓰고 얼굴엔 신분을 가리는 천을 두르고 있었다. 이겸 역시 미리 가지고 온 천을 여리의 얼굴에 둘러주었다. 여리가 다시 머리쓰개를 하는 동안 이겸은 제 얼굴에도 익숙한 복면을 걸쳤다.

"이곳의 특별한 모임에 참석하는 자들은 얼굴을 가려야만 들어갈 수 있으니 답답해도 조금만 참거라."

"구하시고자 하는 물건이 무엇이기에 이리 얼굴까지 가려야 하는 것입니까? 이곳은 또 어디고요?"

"이곳은 운종가에서 가장 큰 기루다."

"아, 예. ⋯⋯예? 물건을 구하러 왔다고 하지 않으셨습니까?"

주상께서 기루에 몰래 출입하신다는 것이 정녕 뜬소문만은 아니었던 모양이다. 물론 다른 이들과는 출입 목적이 달랐으나 그렇다 하더라도 기루는 물건을 파는 곳 또한 아니었다.

호기롭게 걸어가는 이겸과 달리 여리는 의문을 가득 매단 채 뒤를 따랐다. 그러나 들어가겠다 하여 아무나 들어갈 수 있는 곳은 아닌 듯 문지기는 얼굴을 가린 자들이 문을 통과하기 전, 그들만의 표식인 작은 나무패 같은 것을 꼼꼼하게 확인했다. 이겸 역시 소매에서 작은 패를 꺼내어 문지기에게 보였다. 문지기는 이겸의 곁에 선 여리를 경계하는 눈길로 조심히 훑었다. 이겸이 여리를 제 쪽으로 당겨 자연스럽게 가리며 문지기를 보았다.

"함께 온 내자일세. 무슨 문제라도 있는가?"

"다른 날이라면 상관없지만 금일 밤엔 이 문을 넘을 수 있도록 윤허된 여인이 없습니다. 하여 함께 오셨다면 두 분 다 안으로 드실 수 없습니다."

이름이 명단으로 남는 것은 아니었으나 패는 신분이 확실한 자에 한해서만 전해졌다. 금일 모임에 여인이 올 것이라 전언을 받은 바가 없는 문지기가 여리를 막아선 그때, 기루 안에서

434

화려한 옷을 입은 기녀가 이겸과 여리를 향해 뛰어왔다.

기녀는 이겸을 와락 끌어안은 후 연이어 여리를 이겸보다 더욱 반갑고 길게 끌어안았다. 문지기로부터 자연스럽게 여리의 얼굴이 멀어졌다.

"형님! 어찌 이제 오셨소? 내내 기다리고 있었는데."

여리가 말을 이을 사이도 없이 기녀는 문지기를 돌아보며 생긋 웃어 보였다.

"내가 아는 분이다. 금일 감한이 들었다 했더니 내가 걱정되어 이리 오셨구나."

"……한데 여기서 일하는 기녀가 맞소? 낯이 익지 않은데?"

"호호, 며칠 전에 왔는데 내 이야기를 못 들었나보네. 하긴 오자마자 감한이 들어 이렇게 목이 붓고, 쿨럭쿨럭, 별채에만 내내……, 쿠에엑."

기녀가 제법 걸걸한 기침을 컥컥거리며 침까지 튀기자 문지기는 눈썹을 찡그리며 어서 들어가라는 듯 길을 터주었다. 기녀의 목소리가 마치 사내의 것처럼 갈라져 있어 감한이 든 것을 의심할 여지는 없었다.

기녀가 이겸과 여리의 팔을 잡아끌고 은밀한 모임이 이루어지는 후원으로 향했다. 불어온 바람결에 전일 이겸한테서 느껴졌던 향취가 처음 보는 기녀에게서도 맡아졌다. 여리가 기녀를 힐끔 쳐다보자 이겸은 기녀가 여리의 팔을 계속 잡고 있는 것이 맘에 들지 않는 듯 기녀의 손목을 무심히 걷어냈다.

"이제 그만 좀 잡지?"

"전하, 이것은 잡은 게 아니라 안전하게 모시고 가는 겁니다. 제가 아니면 문도 통과 못하셨을 텐데. 이리 제 맘을 몰라주셔서야 어찌 일이 성공하겠습니까?"

고운 기녀의 입에서 굵직한 사내의 음성이 흘러나오자 여리가 눈을 동그랗게 떴다. 기녀로 꾸미고 있던 동아가 여리를 보며 싱긋 웃어 보였다.

"안 그렇습니까, 마마? 그간 강녕하셨사옵니까?"

"윤봉교?"

"예. 접니다."

"그 모습은 대체……."

"이게 다 남다른 주군을 모신 탓이지요. 낮에는 궐에서, 밤에는 이렇게 정보를 모으러 험한 곳을 전전하는데도 녹봉은 박봉에……."

이겸이 동아의 말을 잘랐다.

"됐고. 그 요상한 향 좀 그만 뿌릴 수 없느냐? 너와 잠행을 하고 나면 머리가 다 아프다."

"전……. 아니 나리, 이 정도는 해줘야 완벽한 변장이라 할수 있지요. 요즘 기녀 중에 이 향을 지니지 않는 이가 없습니다."

"투철한 사명감은 잘 알았으니 그쯤 해두거라. 확인해보라던 것은 어찌 되었느냐?"

"짐작이 맞았습니다. 금일 그 물건이 이곳에서 거래될 것이라며 도성 안의 돈 좀 있다 하는 자들에게 패를 돌린 모양입니다. 안으로 드시지요."

어느새 장난기를 지운 동아가 기녀 복장을 하나씩 휙휙 벗으며 후원 뒷문을 통해 이어진 또 다른 별채로 들어섰다. 그곳은 오직 기루를 통해서만 드나들 수 있는 은밀한 장소였다. 얼굴을 가린 자들은 노랗게 빛나는 초롱을 따라 소리 없이 그곳으로 스며들고 있었다.

이겸은 발걸음을 옮기며 여리에게 작게 속삭였다.

"이곳은 조선 팔도의 진귀한 물건들이 모인다는 비밀스러운 장소다. 이곳에서 구할 수 없는 건 다른 곳에서도 구할 수 없다더군. 석 달에 한 번, 보름날 밤에만 거래가 이루어지는데 정상적인 과정을 거친 물건만 나오는 것이 아니다. 훔친 것도, 혹은 세상엔 없다 알려져 있는 것도 이곳에선 버젓이 나오곤 하지. 그런 물건들을 원하는 자들이니 모두 얼굴을 가리는 것이지."

"하여 조금 전의 인형놀음도 일부러 보여주신 것입니까? 금일 나오는 물건이 놀이와 관련되어 있으니까요. 혹 지금 이곳에서 거래될 물건이란 것은……."

"그래. 네가 짐작하는 것이 맞다. 폐월화가 금일 이곳에서 거래될 것이다."

이겸의 말을 들은 여리의 눈이 커졌다.

"이제 폐월화는 궁에만……."

"궁에만 있어야 하나 회연에서 궁으로 옮겨지던 때에 누군가 궁 밖으로 빼돌린 모양이다. 아니면 궁에 옮겨진 것을 빼

돌렸는지도 모르지. 아무튼 시간을 되돌리는 신비의 꽃이 금일 이곳에서 거래가 될 것이라는 소문에 그것을 가지려는 자들이 모두 이곳에 와 있다. 폐월화에 대한 자세한 설명은 저자에서 행해지는 인형놀음에 모두 나와 있으니 사람들의 욕심이 더욱 동하겠지."

동아가 설명을 보탰다.

"달포 전엔 어느 집에서 폐월화를 가지고 있다는 잘못된 소문이 돌아 그곳에 몰래 잠입해 사람을 해치는 일도 있었습니다. 조사해본 결과 다른 것은 모두 허황된 소문이고 폐월화가 흘러든 곳은 오직 한 곳. 바로 이 기루뿐입니다. 한낱 꽃을 가지기 위해서라고 보기엔 사람들의 행동이 너무도 맹목적이고 위험하게 변하고 있습니다."

"그게 소문의 힘이다. 작은 인형놀음으로 시작한 이야기는 어느새 폐월화를 신비한 힘을 가진 꽃으로 믿게 만들어버렸다. 폐월화를 가져 시간을 되돌릴 수 있다면 누구라도 위험을 감수하고 그 꽃을 가지려 하겠지. 그리고 그런 사람의 욕심만큼 폐월화의 수는 은밀한 곳에서 더욱 늘어날 것이다. 하여 추후에 있을 피해를 막기 위해서라도 반드시 폐월화를 없애야 한다."

두 사람의 말을 듣고 있던 여리가 천천히 고개를 끄덕거리고는 입을 열었다.

"금일 이곳의 폐월화를 없앤다 하여도 궁에 있는 폐월화를 없애지 않는 한 같은 일은 또 반복될 것입니다. 사람의 욕심이란 그런 것이니까요. 그러니 궐에 있는 것들도 모두 없애는 것이 맞습니다."

"네가 수고하여 손수 심은 귀중한 것들인데 괜찮겠느냐?"

"귀중한 것은 꽃이 아니라 제 마음 안에 남아 있습니다. 이제 폐월화를 세상에서 지워야 하니 상심할 제 마음을 저어하시어 금일 이곳에도 데리고 와주신 것이지요?"

"결정은 함께해야 의미가 있는 것이니까. 네가 반대한다면 나도 행하지 않을 것이다."

"아닙니다. 나리의 마음과 저의 마음이 다르지 않으니 뜻을 따르겠사옵니다."

폐월화로 인해 두 사람은 만났고 죽을 고비도 함께 넘겼으며 이렇게 다시금 맺어졌다.

서로를 이어준 각별한 꽃이었으나 이제 폐월화는 아무도 알지 못하는 역사 속으로 사라져야만 했다. 꽃의 가치를 알아보지 못하고 악용하려는 자들이 넘쳐나 폐월화가 세상에 존재하지 않았던 처음으로 되돌려야만 했다.

이 세상에 폐월화의 마지막을 결정할 수 있는 두 사람이 있다면 그것은 바로 이겸과 여리가 되어야 할 것이다. 비록 한 번이었지만 고택 생활을 함께한 이들이 둘러앉아 봄날의 후원에서 폐월화로 만든 유밀과도 먹어보았으니 추억은 그것으로 충분했다.

기루 뒤편으로 이어진 별채로 들어서니 거래가 이루어지는 마당을 중심으로 사람들이 둘러서 있었다. 물건은 모두의 시선이 잘 닿는 곳에 있었고 횃불을 환하게 밝혀둔 상태였다.

반면 사람들이 서 있는 쪽은 드문드문 초롱을 매어두어 은은한 불빛만 감돌았다. 그 자리에 모인 이들의 신분을 철저히 숨겨주기 위함이었다.

옅은 바람이 스치자 색색의 초롱들이 부드럽게 흔들렸다.

별이 쏟아질 것 같은 하늘을 머리에 지고 묘한 분위기의 여인이 마당 중심으로 나아갔다. 여인의 걸음을 따라 뒤에 선하인들이 검은 천에 싸인 각각의 물건들을 탁자 위에 올려놓았다. 여인은 이런 자리가 처음이 아닌 듯 능숙하고 여유롭게 인사를 하고는 탁자 앞에 섰다.

"금일은 귀한 물건들이 들어온 터라 가장 많은 분들을 모셨습니다. 본디 흥정이란 것은 그 물건의 가치를 알아보는 눈들이 많을수록 의미가 있는 것 아니겠습니까? 처음 오신 분들을 위해 말씀드리자면 이곳에서 물건을 가지고 나가시게 될 분은 물건당 한 분, 가장 높은 값을 부르신 분입니다. 이 귀한 물건들이 어떻게 이곳으로 흘러들었는지 누구도 알지 못하는 것처럼 금일 어느 분께 어떤 물건이 가게 될지는 저희도 알지 못합니다. 금일 여기서 본 물건은 대외적으로는 세상에 존재하지 않는 것들이니 비밀은 가치를 아는 자들끼리만 나누는 것으로 하지요. 물건은 총 열두 점입니다."

한양이 검게 잠들어 있는 시각, 이곳만은 별천지였다. 높은 담과 삼엄한 경계를 지키는 자들로 인해 어둠 속의 또 다른 세상으로 존재하는 이곳은 비단 금일 하루만의 일은 아니었다는 것을 보여주듯 장막마다 사람들로 빼곡했다.

여리는 신속하게 이곳의 규모와 사람들의 대략적인 수, 지리 구조를 가늠해두었다. 과연 옆의 장막에 있는 자들의 신원조차 확인할 수 없을 정도로 모든 것이 은밀하고 완벽했다.

사람들의 시선이 닿은 곳에 있는 한 여인이 이 모든 것을 기획한 듯했다. 여인은 결코 조급해하지 않았다. 사람들의 시선을 모아두는 적절한 시간을 배분할 줄 알았다.

영리한 장사꾼이로구나.

여인이 한쪽 소매를 살짝 걷자 하얗고 가느다란 팔목이 드러났다. 단순한 동작이었지만 마치 춤과도 같이 섬세하고 아름다워 사람들은 다른 곳으로 시선을 돌릴 생각을 하지 못했다. 다음 동작을 위해 소매를 부드럽게 쓸어 올리는 몸짓도 마치 무희의 그것과 같이 보였다. 이 모든 것은 철저하게 계산된 공간과 그 공간의 빛이 주는 힘이었다.

여인이 주위에 있는 횃불에 반짝이는 가루를 뿌리자, 횃불은 거짓말처럼 더욱 환히 돋아났다. 다채로운 빛깔의 반짝임이 계속되자 그 자리에 모인 자들은 작은 감탄을 흘렸다. 횃불을 밝게 한 것이 물건을 잘 보이게 하려는 의도였던 듯 여인은 첫 번째 검은 천을 걷어냈다. 나무틀 중앙에 곱게 누빈 비단 천을 끼우자 그 위에 자리한 장신구들이 화려한 모습을 드러냈다. 떨잠과 비녀, 반지가 각각 같은 모양으로 된 것이 한 명의 장인이 만든 듯했다.

"아주 오래전, 명에서 건너온 물건입니다. 당시 공주 마마께

하사된 장신구인데 이후에는 귀한 집안에서 은밀하게 내려왔습니다. 각각의 것들에 장식된 산호는 이전에도, 이후에도 구할 수 없는 최상품의 빛깔을 가지고 있지요. 값은 삼백 냥부터 시작하겠습니다."

평범한 양반은 감히 끼어들 수도 없는 가격이었다. 시작이 삼백 냥일 뿐, 이곳저곳에서 조용히 패를 들어 보이는 자들로 인해 가격은 몇 곱절로 뛸 것이다. 실제로 시작한지 얼마 되지 않아 금세 눈덩이처럼 불어나는 액수로 인해 대체 그곳에 모인 이들의 재산이 어느 정도인지 가늠조차 되지 않았다.

이겸 일행은 미리 설치된 간이 장막 아래에 자리를 잡았다. 옆 사람의 시선을 차단하기 위해 각각의 장막의 경계에는 천이 드리워져 있었고, 편히 앉을 수 있는 방석이 마련되어 있었다. 이겸은 편히 앉으며 홍정에 나온 물건들을 보았다.

"물건들은 언제부터 저런 모양으로 보관되었느냐?"

"열두 점 모두 다른 장소에 보관되어 있다가 이틀 전 이곳으로 옮겨졌습니다. 알아본 바에 의하면 이곳에 옮겨질 때부터 쭉 저 상태였습니다."

"물건들의 실제 모습을 본 이는 없다는 거군. 어떤 물건이 나올지도 알 수 없고. 이전에 물건을 보관해두는 곳도 알아보았느냐?"

"예. 물건을 구하는 경로와 중간에 개입된 자들, 보관 장소까지 모두 찾아냈습니다. 폐월화를 손에 넣는 것과 동시에 잠복하고 있는 우리 쪽 사람들도 나설 것입니다."

"저것이 가짜 폐월화일 가능성은 없는가?"

"없습니다. 분명 진품 폐월화입니다."

오래전부터 동아가 이 일을 해결하기 위해 준비하고 있었다는 것을 알아차린 여리가 이겸과 동아를 번갈아 보았다.

"이제 알겠습니다. 단순히 폐월화를 되찾는 것만이 목적이 아니셨군요. 그보다 이후를 내다보고 계시는 거지요?"

여리의 말에 이겸이 미소 지었다. 굳이 설명하지 않아도 항상 자신의 내자는 제 뜻을 먼저 짐작해주었다.

"그래. 또다시 이런 자리가 만들어져서는 곤란하다. 저들이 여기서 뿌리는 돈은 대다수가 부정하게 축적한 것일 테니. 부정한 돈으로 부정한 물건들을 탐하는 자리가 또 만들어지지 말란 보장은 없지. 하여 모두 잡아들이는 것도 나쁘지 않지만 그보다 효과적인 방도를 고민 중이다."

"그럼, 말씀하신 소문의 힘을 이용해보시는 것은 어떻겠사옵니까?"

"소문의 힘?"

"이 자리에 온 자들은 모두 소문을 듣고 모인 자들입니다. 그런 이들에게 소문이 사실은 거짓이었다, 그러니 물건 또한 믿을 수 없다 생각하게 만드는 것만큼 확실한 것도 없지요. 눈앞에서 확인시켜주는 것이 가장 좋은 방도이긴 한데……."

여리가 물건을 싼 검은 천을 가리키며 이겸을 보았다.

"다행히 하늘도 우리의 편인지 일이 쉬워지겠습니다."

세 사람은 눈빛으로 서로의 뜻을 교환했다.

탁자 위에 오른 보물들은 장신구와 진귀한 비단, 고려청자에 이르기까지 쉬이 보지 못했던 최상품들이었다. 그리고 마침내 열두 번째의 마지막 물건이 탁자 위에 놓였다.

모두는 그것을 확인하고자 이곳에 온 것이기에 별채 안의 이목은 일시에 탁자로 모였다.

"오래 기다리셨습니다. 항간에 떠도는 소문을 통해 다들 한 번쯤 이 꽃에 대해 들어보셨을 것입니다. 왕실에서만 은밀하게 내려온다는 약초."

여인은 색기 어린 미소를 흘리며 마침내 물건을 싸고 있던 검은 천으로 손을 가지고 갔다. 그러나 섣불리 천을 모두 치우지는 않고 애간장을 녹일 만큼만 손을 움직였다.

"시간을 되돌리는 꽃, 폐월화입니다."

"오오."

마치 검은 천으로 머리쓰개를 쓴 것처럼, 보일 듯 말 듯 폐월화의 푸른 줄기가 보였다. 사람들은 마침내 폐월화를 볼 수 있다는 기대감에 낮은 탄식을 내뱉었다.

인형놀음 속에 등장하는 폐월화는 그것을 취한 자의 시간을 되돌려 젊음을 선물해주었다. 진위 여부야 알 수 없으나 왕실에서만 은밀히 내려오는 데에는 분명 무언가 이유가 있을 터였다. 야수전 속의 야수가 마지막에 왕족으로 밝혀진 것은 그러한 가정에 확신을 주었다.

"폐월화는 특별한 흙에서만 살 수 있습니다. 하여 댁으로 가져가시더라도 섣불리 옮겨 심지 마시고 사용하기 전까지 이

화분 채로 두서야 할 것입니다. 워낙 귀한 것이라 천 냥부터 시작하겠습니다."

여인이 폐월화를 감싸고 있던 천을 마저 걷으려 하자, 어디선가 그녀를 막아서는 목소리가 들렸다.

"그것이 폐월화라는 것을 어찌 알 수 있소?"

누군가의 물음에 여인의 눈썹이 살짝 찡그려지는 듯하더니 이내 입가에 미소가 돌아왔다.

"구한 경로는 묻지 않는 것이 이곳의 법도입니다. 그렇게 따지고 들면 이곳에 있는 물건 모두 믿지 못하시겠지요. 이 자리에서 물건을 하나라도 가져가신 분들은 알고 계실 것입니다. 지금껏 이 탁자에 오른 것들 중 가짜는 없다는 것을. 그러니 모임이 있을 때마다 이렇듯 많은 분들이 와주시는 것 아니겠습니까? 의심이 되신다면 사지 않으셔도 좋습니다."

"그렇다 한들 우리 중 누구도 폐월화를 실제로 본 적이 없으니 신중을 기해서 나쁠 것은 없겠지."

"암, 그렇고말고."

곳곳에서 날아드는 옳은 소리에 얼굴을 가린 자들이 술렁였다. 모두들 폐월화를 원했으나 신중을 기하자는 말 또한 일리가 있었다. 결국 그것이 폐월화라는 확실한 증표가 필요한 상황이었다. 예상치 못한 분위기에 여인이 살짝 동요하는 듯하자 그때까지 맨 뒷자리에서 잠자코 있던 이겸이 패를 들며 담담하게 입을 열었다.

"일만 냥."

기함할 액수에 모두의 시선이 이겸에게로 모였다. 이겸은 자리에서 일어나 여인이 있는 마당으로 천천히 걸어나갔다.

"모두들 이 꽃을 사길 불안해하는 것 같으니 내가 사지. 열 배인 일만 냥에."

"나리께서는 아직 이 꽃을 확인해보지도 않으셨습니다. 한데 어찌 그런 큰돈을 내놓으시는 것입니까?"

여인이 눈을 가늘게 뜨며 이겸을 떠보았다. 물론 자신이 가지고 있는 폐월화가 진품인 것은 확실했으니 가짜일 것을 대비해 묻는 말은 아니었다.

이겸이 주위를 무심히 둘러보더니 탁자 위에 있던 가루를 집어 횃불에 뿌렸다. 여인이 사람들의 주의를 끌고자 했을 때마다 그러했던 것처럼 불꽃들이 화려하게 반짝이며 피어올랐다. 이겸은 생각보다 훅 타오르는 불길이 신기하다는 듯 어깨를 으쓱거렸다. 사람들의 이목이 이겸에게로 모였다. 이겸은 손을 탁탁 마주쳐 남은 가루를 모두 털어내고는 폐월화에 덮인 검은 천을 가리켰다.

"이것이 진짜든 아니든 나는 이 천 아래의 것을 누구보다 먼저 일만 냥에 사겠네. 이 탁자 위에 가짜가 오른 적이 없다는 자네의 말이 사실이라면."

이겸의 손짓에 사내들이 궤짝 하나를 가지고 나왔다. 봉해져 있던 뚜껑을 열어젖히자 그 속에서 수많은 보물과 돈들이 빛을 발했다.

"일만 냥의 가치를 가지고 있는 것들이네. 거래를 하겠는가?"

"거래는 성립되었습니다. 제가 드린 말씀은 모두 사실이고, 이 꽃 또한 진짜 폐월화이니 걱정하실 필요가 없습니다. 달리 흥정에 나서실 분 아니 계십니까? 없으면 폐월화는 금일 이분께……."

여인이 확인차 폐월화를 가린 천을 걷어 그 자리에 모인 이들에게 보여주려 했으나, 그 전에 이겸이 싱긋 웃으며 여인의 손을 막았다. 그러고는 가볍게 고개를 저었다.

"한데 말이네, 나는 자네의 말만 믿고 일만 냥을 지불하는데 자네가 내 믿음을 배신하면? 그럴 리는 없겠지만 만약 그리되면 나도 무언가 얻는 것이 있어야 억울함이 조금은 풀릴 것 같은데."

타다 만 가루에 뒤늦게 불이 붙었는지 다시 한 번 반짝이는 불꽃이 도깨비불처럼 화르르 타올랐다. 사람들의 눈길이 아주 잠시간 불길로 갔다가 두 사람에게로 돌아갔다.

"제가 어찌하면 되겠습니까?"

"이리하는 것이 어떻겠는가? 이 꽃이 진짜 폐월화라면 자네는 내 일만 냥을 가지고, 만약 가짜 폐월화라면 나는 대신 이 기루에 있는 다른 보물들을 모두 가져가겠네. 물론 부당하게 훔친 것들만. 그 정도의 자신은 있어야 조선 최고의 물건들을 취급하는 거간꾼이라 할 수 있겠지. 어떤가. 자네가 한 말들에 그 정도의 자신은 없는가?"

이겸이 여유로운 말투로 여인에게 물었다. 일만 냥이라는

큰돈이 오가는 것이니 그 정도의 담보는 필요할 듯 보여 여인
역시 비장하게 답했다.

"알겠습니다. 하오나 나리께서 만약 이 진짜 폐월화를 보시
고도 가짜라 하시면 그땐 어찌 되는 것이옵니까? 나리께서 진
품을 알아보실 수 있어야 성립되는 내기인 듯싶습니다만."

그때 사람들 속에 섞여 있던 여리가 차분하게 소리를 높여
대꾸했다.

"그것은 걱정하지 않아도 될 것이네. 굳이 저자에 떠도는 인
형놀음이 아니더라도 폐월화가 달빛 아래 반짝이는 꽃이라는
것은 어린아이도 알고 있는 사실이니."

얼굴을 가린 이들 또한 일리가 있다는 듯 고개를 끄덕였다.
여느 꽃과 달리 신비롭게 반짝인다는 것은 폐월화의 중요한
증표였다.

이겸이 여인의 머리 위에 떠 있는 보름달을 손가락으로 가리
켜 보였다. 저 정도의 달빛이라면 폐월화가 빛나지 않을 일은
없을 테니 내기에 응할 의사가 있으면 답을 하라는 뜻이었다.

폐월화는 밤의 꽃. 밤에만 은밀히 피어 사람들의 입에서 입
으로 전하는 전설의 꽃. 시간을 되돌리는 꽃은 두 개의 증좌도
필요로 하지 않았다. 그저 제 스스로 꽃이 빛날 것, 그 단순한
하나의 증좌가 폐월화와 폐월화가 아닌 꽃을 갈랐다. 소문을
전해 들은 자라면 어린아이라도 알 수 있을 확실한 증좌였다.

'붉고 빛나는 꽃'은 폐월화 이외의 꽃에겐 허락되지 않은 축
복이자 저주였다. 그러니 꽃의 진위를 확인해보자는 이겸의

요구가 부당한 것은 결코 아니었다.

그곳에 모인 자들의 이목이 집중되었다. 몇몇은 숨소리도 낮추었다. 내기에 응하지 않는다는 것은 자신이 가짜 물건을 팔았다는 뜻이 되어버리니 여인 또한 물러서지 않았다.

"그리하겠습니다. 제가 이 천을 걷은 후, 꽃이 빛나면 나리의 일만 냥은 제 것이 되는 것입니다. 만약 빛나지 않는다면 이 기루에 있는 것들 중 부정하게 모은 것들은 다 가져가서도 좋습니다. 그런 것들이 있다면 말입니다. 괜찮으시겠습니까?"

"그리하지. 여기 있는 이들 모두가 증인일세."

몇 번이고 폐월화를 확인해두었던 여인은 자신만만한 표정으로 마침내 천을 걷어냈다. 그러자 별채 마당엔 일시에 탄식이 깔렸다.

이전처럼 미소를 짓고 있던 여인은 사람들의 웅성거림이 잦아들지 않자 그제야 무언가 잘못되었다는 것을 느끼고 폐월화를 내려다보았다.

동요하는 사람들의 반응처럼 자신이 수없이 확인했던 붉은 꽃은 전혀 반짝이지 않았다. 그저 붉기만 할 뿐, 달빛 아래의 꽃은 어디서나 볼 수 있는 여느 꽃처럼 평범했다.

"이, 이런! 내 분명 이틀 전 밤에도 반짝이는 것을 확인했는데."

이겸이 미소를 지었다.

"약조는 약조이니 이곳에 있는 물건들은 잘 받겠네."

한 번도 실수를 용납한 적이 없는 여인이 제 사람들을 쏘아보았다. 여인의 수하들 역시 무슨 일인지 알지 못한다는 뜻을 담아 고개를 세차게 내저었다. 그들은 반짝이는 폐월화를 기루에 들여온 직후부터 한시도 그것에서 눈을 떼지 않았었다.

이겸이 주위를 돌아보며 외쳤다.

"여봐라! 지금 당장 이곳에 있는 부정한 물건들을 모조리 찾아 가져오거라."

이겸의 말에 여인이 다급히 손짓하자 별채 마당을 지키고 있던 자들이 일시에 가지고 있던 검을 꺼내 들었다. 스릉, 날선 금속음이 일사불란하게 이어졌다.

"기다리십시오, 나리! 저는 분명 진짜 폐월화를 이 자리에 가지고 왔고, 그 결백함에는 지금도 변함이 없습니다. 반짝이지 않았다뿐, 이 꽃은 폐월화가 분명합니다!"

"빛나지 않는 꽃이 폐월화이니 그것을 내게 믿으라?"

"빛나는 것만이 폐월화의 증표는 아닙니다. 반대로 지금 이것이 폐월화가 아니라는 증좌가 어디 있습니까? 제 물건을 강제로 내놓으라는 허무맹랑한 요구를 하시려면 이것이 폐월화가 아니라는 걸 증명해 보이십시오. 그리하시면 저도 납득하고 따르겠습니다."

기세등등한 검들이 이겸을 향해 겨누어지자 모두의 이목이 다시 한 번 이겸에게로 모였다. 이겸이 천천히 입을 열었다.

"폐월화가 아니라는 것을 증명해 보이라 하였느냐? 그렇다면 걱정할 것 없다. 폐월화는 왕가에서 이어져온 꽃."

이겸에게로 겨누어진 검들에 대항해 곳곳에 몸을 숨기고 있던 이겸의 사람들이 서슬 퍼렇게 검을 드러냈다. 이겸을 노리는 자들과 지키려는 자들이 팽팽한 긴장감 속에서 대치했다.

이겸은 제 얼굴을 가리고 있던 천을 걷어냈다. 환한 보름달이 이겸의 얼굴을 또렷이 비추자 이겸을 알아본 몇몇 이들의 눈이 움찔 떨렸다.

이겸이 서늘한 눈빛으로 여인을 보았다.

"왕가에서 나고 자란 과인이 폐월화를 몰라볼 리가 없지. 훔친 물건들로 사람을 모으고, 허황된 사기를 쳐서 부를 축적한 죄를 단단히 물을 것이다. 그간 너의 사특한 죄들로 인해 목숨을 잃은 자들이 한둘이 아니니 그에 대한 벌도 마땅히 받아야 할 터!"

별채 마당에 모인 자들이 그들의 왕을 알아보고는 떨리는 무릎을 꿇었다. 간혹 왕께서 잠행을 나오는 일이 있다고는 들었지만 이런 자리에서 이런 식으로 만나뵙게 될 줄은 몰랐다.

"윤봉교는 지금부터 이곳으로 통하는 모든 문을 막고 여기에 있는 자들을 면밀히 조사하라. 달포 전 폐월화와 관련해 죄를 저지른 살인범은 오른팔에 검상을 입었다 하였다. 살인범을 찾아 이자들과 한패인지 조사하라. 또한 기루를 수색해 부당하게 훔치거나 빼앗은 물건들은 모두 주인에게 돌려주어야 할 것이다."

"예, 전하. 명을 받들겠사옵니다."

동아가 이겸의 곁에서 고개를 조아렸다. 동아는 미리 준비하고 있던 병사들을 신속히 집결시켜 각자가 수행할 임무를 배분해주었다.

이겸이 그곳에 모인 자들을 둘러보았다.

"시간을 되돌리는 꽃이 실제로 있는지 궁금한가. 폐월화조차도 일곱 해가 지나면 땅으로 돌아가거늘 그것이 가당키나 한 일이겠느냐? 한낱 꽃에 시간을 되돌리는 능력이 있었다면 수많은 선대왕들께서는 연로해지지 않으셨을 것이다. 확인되지도 않은 소문을 따라 욕심을 내고, 사람을 해치니 어찌 백성들의 삶이 평온할 수 있겠느냐? 폐월화가 아무 곳에서나 자랄 수 없는 꽃은 맞지만 꽃은 꽃일 뿐이다. 그러니 이런 가짜 꽃과 만들어진 소문에 현혹되는 일이 다시는 없도록 하라."

"전하! 관아에 신고된 물품들을 기루 별채 안에서 찾아내었사옵니다. 도둑맞았다는 물건들과 상당수 일치하옵니다."

"전하! 여기 이자의 팔에 검상이 있사옵니다."

물건을 내어오던 사내들 중 하나의 팔을 잡은 관군이 외쳤다. 이겸이 떨고 있는 여인을 서늘한 눈빛으로 돌아보았다. 여인은 무엄하게도 입술을 질끈 깨물고 분한 눈빛으로 이겸을 올려다보았다.

왕이 처음부터 모든 것을 계획하고 이 자리에 왔구나.

"내기는 내기이니 부정하게 거두어들인 것들은 과인이 가져가겠다. 할 말이 남았느냐?"

"내기라 하셨습니까? 그것을 따지자면 그 이전에 전하께서는 이 꽃이 진짜든 아니든 일만 냥을 내겠다 하셨사옵니다. 아니면 일개 힘없는 여인을 상대로 말씀을 바꾸시는 것이옵니까?"

"네 말이 맞다. 과인은 분명 이 꽃을 사겠다 하였지. 다만

이 탁자 위에 가짜는 오른 적이 없다는 네 말이 진짜라는 조건을 달고."

"이 탁자에는 진품만을 올렸습니다. 소인이 잡혀가더라도 전하께서는 일만 냥을 주셔야 합니다."

"아니. 지금까진 그랬을지 몰라도 너는 방금 빛나지도 않는 가짜 폐월화를 탁자에 올렸다. 파는 물건이 진짜인지 가짜인지 가려내지도 못하는 그 안목에 일만 냥을 줄 이유는 없지 않은가. 너의 안목을 과신한 것이 금일 너의 패인이다."

과연 틀린 바 없는 이겸의 말에 분한 여인의 고개가 내려갔다. 이윽고 관군들은 여인과 수하들을 밧줄로 포박했다.

보름달 빛이 세상을 은은하게 물들였다. 궁으로 돌아가는 길, 기분 좋은 밤바람이 세 사람의 곁을 스쳤다. 동아가 한적한 나무 주위를 떠도는 반딧불이를 보다가 입을 열었다.

"중전 마마께서는 그 순간에 어찌 폐월화가 빛나지 않을 것을 아셨습니까?"

"전하께서 회연에 계실 때 말씀해주신 적이 있습니다. 폐월화는 스스로 빛나는 꽃이 아니라 모인 이슬을 하루 동안 품고 꿀물을 만드는데 고인 꿀물이 달빛을 받아 빛나는 것이라고요. 윤봉교 말대로 이틀 전부터 천에 덮여 있었다면 전날이슬을 맞을 일도 없었을 테고, 그러면 폐월화 안에 고인 물도 말라버렸을 테니 빛나지 않을 것이라 생각했습니다."

"과연 현명하십니다. 아무튼 그 여인이 가짜 폐월화를 팔았다고 믿게 만들어 속인 건 미안하지만 살인자도 잡고 잃어버린 물건들도 다 찾게 되었으니 좋은 게 좋은 거 아니겠습니까?"

동아의 말에 여리가 은은한 미소를 머금으며 답했다.

"전하께서는 그 여인을 속이지 않으셨습니다. 그 여인이 판 것은 가짜 폐월화니까요."

"예? 그게 무슨……."

동아가 눈을 끔뻑이며 이겸과 여리를 번갈아 보았다. 이겸은 어찌 알았느냐는 듯 덤덤히 소매 안에서 폐월화를 꺼냈다.

"어? 그게 왜 거기서 나옵니까, 전하?"

동아가 어리둥절해하자 이겸은 폐월화를 살짝 들어 올려 달빛에 비추어보았다. 그러고는 한쪽 눈을 가늘게 뜨고 폐월화에 남은 꿀물을 가늠해보았다.

"세상일에는 만약이라는 것도 있지 않느냐? 중전의 말대로 그런 상황이라면 빛나지 않는 것이 맞지만, 만에 하나 운 나쁘게 꿀물이 남아 있을 수도 있으니 조심해서 나쁠 것은 없지. 다행히 빛날 만큼 물이 남아 있진 않았구나."

"폐월화를 실제로 본 이들이 없고, 실제로 봤던 그 여인은 어두운 데다가 당황하여 그것이 폐월화와 비슷하게 생긴 꽃이란 것까지는 눈치채지 못하였지요."

이겸은 길 옆의 작은 냇가로 내려가 폐월화를 물에 적셨다. 약간의 물을 털어내니 남은 물들이 꽃잎에 고여 붉고 영롱하게 반짝였다. 금방 화분에서 뽑은 것이라 아직 시들지 않은 덕분이었다.

이겸이 미소와 함께 여리에게 폐월화를 내밀자 여리가 그것을 받아 들었다.

"너는 어찌 알았느냐? 내가 꽃을 바꿔치기한 것을."

"그렇지 않다면 전하께서 불꽃에 가루를 뿌리실 까닭이 없으니까요. 여인과 사람들의 이목을 돌리고 꽃을 바꾸시는 걸 보았습니다."

"애초에 그 여인도 가루를 그런 용도로 사용했었다. 신비로운 불꽃으로 사람들을 홀리고 물건을 더욱 진귀하게 보이도록 만들었지. 누구나 가지고 싶도록 말이다. 너는 거기에 홀리지 않은 모양이구나."

"전 이미 조선에서 가장 귀한 보물을 가졌는데 어찌 불꽃 따위에 홀리겠습니까?"

가장 귀한 보물은 이겸을 뜻하는 말이었다.

이겸과 여리가 서로를 바라보며 다시금 따스한 눈빛을 나누었다. 두 사람의 달달한 분위기를 보다 못한 동아가 그들 사이를 저지하고 나섰다.

"아니, 잠시만요. 그럼 전하께서 꽃을 바꿔치기하셨으니 그건 그거대로 여인을 속인 것 아닙니까?"

이겸이 옅은 한숨을 쉬며 동아의 어깨를 자상하게 툭툭 쓸어주었다.

"아까 분명 네 입으로 그러지 않았느냐? 살인자도 잡고, 잃어버린 물건도 찾았으니 좋은 게 좋은 거라고. 그러니 동아 너도 조심하거라. 세상이 이렇게 험하다."

"그렇긴 하지만…… 아니, 그것보다 두 분께서는 왜 그런 걸 저한테 미리 말씀을 안 해주십니까? 혹시라도 폐월화가 빛날까봐 내심 얼마나 조마조마했는지 아십니까? 일만 냥이 하늘에서 뚝 떨어지는 돈도 아니고."

"원래 남을 속이려면 내 주위부터 속여야 하는 법이다. 너무 야속하다 생각하지 말거라. 그래도 네가 있어 이렇게 일도 잘 처리되고 과인은 참으로 든든하구나."

"전하."

"그래서 말인데."

중요한 이야기를 꺼내려는 듯 이겸의 목소리가 은밀히 낮아졌다. 덩달아 동아도 두 귀를 쫑긋 세웠다. 이겸이 동아의 두 눈을 비장하게 바라보았다.

왕의 목소리는 전에 없이 진중했다.

"최근에 혜민서에서 약재가 상습적으로 도난당하고 있다는 소식을 들었다. 이왕 여장을 해본 김에 익일부터는 그곳에 의녀로 잠입해서……"

"또 여장이라니요! 싫습니다! 싫어요. 소신은 이만 퇴청, 아니 퇴근하겠습니다."

동아는 경기하듯 거절을 하고는 부리나케 사라졌다. 멀어지는 동아의 모습을 보며 여리가 안쓰럽다는 듯 고개를 절레절레 저었다.

"전하께서 조금 심하셨습니다. 궐에 들어온 이후 윤봉교가 쉬는 것을 거의 본 적이 없습니다. ……한데 여장이 썩 잘 어울리긴 했지요."

"혜민서까지는 심했나? 아무튼 윤봉교 때문에 쉬지 못한 것은 나도 마찬가지다. 게다가 아까 저 녀석, 분명 나 보라고 일부러 널 더 잡고 있었다."

여리가 생긋 웃으며 이겸과 눈을 마주했다.

"그래서 싫으셨습니까?"

"당연히. 바빠서 과인도 얼굴을 잘 못 보는 아까운 중전인데 좋을 리가 있겠느냐?"

"뭐, 말로는 아깝다 하시면서 금일도 결국 일 때문에 절 부르셨잖습니까? 그것도 모르고 설레서 따라온 저는……."

이겸이 오해라는 듯 고개를 저어 보이는데 뒤에서 누군가 이겸을 부르며 달려왔다.

"기다려주십시오!"

가쁜 숨을 몰아쉬며 다가온 선비는 서둘러 이겸과 여리 앞에 절을 올렸다.

"황송하고 감읍하옵니다. 전하의 하해와 같은 은혜로 인해 억울하게 세상을 떠난 제 누이도 이제야 편히 눈을 감을 수 있게 되었사옵니다."

달포 전 폐월화로 인해 목숨을 잃은 이는 선비의 여동생이었다. 소문일 뿐이었지만 행여나 또 다른 폐월화가 나타나 가치를 떨어뜨릴 것을 우려해 선비의 집을 찾았던 자객이 막 잠에서 깨어난 선비의 누이를 당황한 나머지 칼로 찌른 것이다. 우연히 잠행을 나왔던 이겸은 마침 선비의 사가 앞을 지나다 억울한 죽음에 대해 듣게 되었던 것이고.

선비의 슬픔을 읽은 이겸은 저도 함께 가라앉은 표정이 되어 입을 열었다.

"일어나거라. 추후로는 소문으로 인해 억울한 자들이 피해를 보는 일이 더는 없을 것이니 누이의 넋을 위로해주거라."

"황송하옵니다. 그리고……."

선비는 비단에 곱게 싸 온 것을 이겸에게 공손히 바쳤다.

"이것은 소인의 자그마한 성의이옵니다. 소인보다는 전하께서 가지고 계셨어야 하는 것인데 그간 기회가 없어 드리지 못하였사옵니다."

"그것이 무엇이냐?"

"소인의 아비가 친분이 있던 대감께 받은 것이옵니다. 대감의 여식이 어린 나이에도 그림이며 시문이 뛰어나 우연히 이것을 본 소인의 아비가 그분께 달라 청하였던 모양이옵니다. 화첩을 보시면 전하께서도 분명 기뻐하실 것이옵니다."

잠시간 말 사이를 띄운 이겸이 고개를 끄덕이며 그것을 받아 들었다.

"자네의 마음이 그렇다면 과인도 기쁜 마음으로 받아두겠다. 고맙구나."

누이를 잃어 비통한 마음이었던 선비는 한결 마음의 짐을 내려놓은 듯 다시 한 번 인사를 올렸다.

선비가 사라지자 이겸이 비단 속의 화첩을 꺼내보았다. 여리는 세월이 묻은 화첩의 뒷면을 호기심 어린 눈으로 보았다.

"귀하게 보관해온 화첩인가 봅니다. 전하께 드릴 정도면 말이옵니다."

"대단히 귀하지. 과인이 이것을 구하기 위해 잠행을 나왔던 것이니."

"폐월화를 되찾기 위해 나오신 것이 아니셨사옵니까?"

"과인이 찾는 물건이 폐월화라 말한 적은 없는 듯한데."

여리가 그게 무슨 뜻이냐는 듯 바라보자 이겸은 싱긋 미소를 띠고는 화첩을 느긋하게 펼쳐보았다. 그러고는 몇 장의 그림과 시문이 어울린 화첩을 한눈에 쭉 훑었다.

여리가 그런 이겸과 화첩의 표지를 보며 고개를 갸웃했다.

"과연, 기다린 보람이 있다."

"그 화첩은 누가 어떤 내용을 그린 것이옵니까?"

"같이 듣지 않았느냐. 어떤 대감의 재주가 출중한 여식이 그린 것이라고. 어린 나이에도 서체나 그림이 제법이었군."

"궁금하옵니다. 신첩도 보여주십시오."

"아, 여기 이런 구절이 있구나. 해는 서쪽으로 기우나 그리운 님 기다리는 이 내 마음은 기울지 않네. 강물 위에 뜬 나무 그림자 옅어져도 내 마음에 드리운 님의 얼굴은 흐려지지 않으리."

어쩐지 익숙하지 않은 듯 익숙한 구절을 들은 여리의 미간이 살짝 접혔다. 여리의 반응을 짐짓 모른 척하며 이겸은 화첩 끝의 날짜를 보고는 무언가를 가늠하는 표정으로 혼잣말을 읊조렸다.

"열네 해 전이면 꽤 어렸을 터인데 어찌 이런 문체를 구사했지? 생각이 깊고 조숙하였구나."

"전하, 그 화첩은 혹……."

"아아, 과인이 깜빡하였구나. 이 서화를 그린 여식의 아비는 당시에 홍문관 대제학이었다."

"……."

"어디 보자. 음? 이건 그해에 열린 강무 같은데?"

'강무'란 말에 여리가 화들짝 놀랐다. 여리가 태어나서 본 강무는 그 이전에도, 이후에도 오직 한 번뿐이었다.

우연히 이혼과 이겸을 만났던 강무.

물론 그땐 저가 막아선 이가 세자인 이혼이라는 것도, 나중에 여리가 이혼을 피해 도망치며 우연히 스친 이가 이겸이란 것도 알지 못했다. 그 사실을 안 것은 몇 해 되지 않는다. 그저 멀리서 잠시 본 모습이었지만 이겸의 얼굴이 참으로 훤했던 것만 기억에 남았다. 하여 어린 마음에 그에 대해 뭔가를 쓴 것도 어렴풋이 떠올랐다.

여리가 이겸의 손에서 화첩을 뺏으려 서둘러 움직였으나 이겸이 화첩을 위로 들어 올리는 것이 훨씬 빨랐다.

"사슴과 더불어 노닐던 푸른 철릭이 잊히지 않네. 도화 같은 그 얼굴이 바람결에 미소 지으면 세상도 더불어 따뜻해지는구나."

"이리 주십시오, 전하! 너무나도 어리고 부끄러운 문장입니다."

"그때 강무장에 들어왔었느냐? 사슴과 더불어 노닐던 상왕 전하를 뵈러?"

"아니옵니다! 그리고 신첩이 여기에 그린 분은 상왕 전하가 아니라 전하……."

그때, 화첩을 잡기 위해 콩콩 뛰던 여리의 움직임이 멈췄다.

이겸이 제 앞에 선 여리에게 가볍게 입을 맞춘 까닭이었다. 여리가 위로 뻗었던 손을 천천히 내리며 이겸을 올려다보았다. 이겸이 미소를 지으며 말했다.

"알고 있다. 상왕 전하께서는 다른 색의 옷을 입고 계셨으니. 이와 같은 색은 과인만 입었었지."

"……."

"그럼 중전은 그때 이미 과인에게 반한 것이구나. 이런 서화까지 그릴 정도로. 이것 참, 과인은 그때 중전이 왔었다는 것도 알지 못했는데. 어디가, 어떻게, 얼마나 마음에 들었느냐? 상세히 이르거라."

"아닙니다! 그땐 그분이 전하이신 줄도 몰랐사옵니다. 그냥 지나다 우연히, 정말 우연히, 요기 요만큼만 스치듯 뵈었을 뿐이옵니다. 얼굴도 기억 안 납니다."

"그런 것치고는 옷의 묘사가 지나치게 상세한데. 요만큼만 봤는데도 반할 만큼 인상 깊었다는 말인가? 하여 십 년 후 우연히 만나서 또 반하고?"

여리는 서둘러 이겸의 손에서 화첩을 가져왔다. 제 아비가 자신이 그린 서화들을 화첩으로 종종 만들어두시는 것은 알았지만 이것이 지금까지 남아 있을 줄은 몰랐다. 남은 화첩들은 그때 모두 불에 타버렸으니.

이겸이 보지 못하도록 화첩을 꼭 끌어안던 여리가 문득 눈을 가늘게 떴다.

"그러고 보니 갑자기 전하께서 어찌 살인 사건에 대해 관심을 가지셨나 했더니 사실은 이 화첩이 저 선비의 가문에 있다는 걸 먼저 아셨던 거지요? 화첩을 구할 수 있을까 하여 선비의 사가를 찾았다가 우연히 그곳에서 살인이 벌어진 것을 알게 되신 거고요. 폐월화와도 관련이 있다는 것을 아시고는 윤봉교를 기루로 보내셨고요. 일이 잘 되면 꽃도 찾고, 살인 사건도 해결하고, 이렇게 화첩까지 가지게 되시고."

"흠흠, 중전도 보지 않았소? 과인이 화첩을 달라 한 것이 아니라 저 선비가 과인에게 먼저 선물로 주는 것을."

여리의 짐작이 틀리진 않았는지 이겸은 이전과는 달리 경어로 답했다. 여리가 눈썹을 들어 올리며 감탄했다.

"와, 그러니까요. 내놓으라고 명해서 얻는 게 아니라 저 선비 스스로 우러나서 선물로 주게끔 만드셨단 것 아니옵니까? 설마 거기까지 다 계산하신 것이옵니까?"

"과인이 그렇게까지 주도면밀한 이는 아니오, 중전. 그리고 살인 사건은 그런 사사로운 감정으로 처리하는 것이 아니지."

"……."

"……정녕."

어쩐지 이겸의 목소리가 조금 작아지는 것 같기도 했지만 사실 화첩을 알게 되고 손에 넣은 것은 운이 더해졌기에 가능한 일이었다.

궐로 돌아가는 길에는 별들이 이룬 강이 흘렀다. 별빛 아래, 자박자박 고요한 길을 밟으며 여리가 천천히 입을 열었다.

"일들이 다 잘 해결되어서 좋긴 한데 야수전을 끝까지 못 본건 아쉽사옵니다. 꽃 값을 대신해서 갔던 사또의 여식은 어떻게 되었을까요?"

"그런 걸 꼭 봐야 아느냐? 여인의 진정한 연모로 야수는 사람으로 돌아오고 두 사람은 오래오래 행복하게 살았을 것이다. 그러니 여리 너도 그 감명 깊은 이야기를 가슴에 담고 항상 기억해다오."

"어떤 감명 깊은 부분을…… 어떻게 말입니까?"

"그 이야기가 하고 싶은 말은 말이 좋아 진정한 연모지, 결국 포기하지 않고 끝까지 다독여서 말 안 듣는 녀석 하나 사람 만들었다는 교훈이 아니겠느냐? 그러니 중전도 가끔 과인에게 화가 나더라도 야수전을 기억하면서 포기하지 마시게. 기다리다 보면 좋은 날도 있을 테니."

"그러니까 그 말씀은 앞으로도 쭉 곁에서 변함없이 연모해 달라……를 돌려서 하신 거지요?"

"아마도?"

이겸이 환하게 웃으며 함께 걷는 여리의 손에 깍지를 꼈다.

여리는 이겸의 어깨에 가볍게 제 고개를 기댔다. 폐월화와 오래된 화첩을 고이 안고 궐로 돌아가는 두 사람의 발걸음은 더없이 가볍고 포근했다.

다음 날 해가 뜨면 다시 정신없는 하루가 시작될 것이다.

동아도 당장은 부리나케 도망갔지만 해가 뜨면 언제나처럼 체념한 얼굴로 입궐할 것이다. 툴툴대면서도 익숙한 여인의 옷을 입고 혜민서로 잠입하게 될지도 모를…… 아니, 잠입하겠지. 이겸의 마음이 이미 그렇게 결정을 내렸으니.

동아는 이번 일만 끝나면 궐이 아닌 다른 곳을 유람할 수 있는 관직으로 옮겨주진 않을까 헛된 희망을 품고 있을지도 몰랐다. 동아에겐 미안하지만 이번 사건을 해결한 것을 계기로 정6품이나 종6품으로 승차하는 일만 남았을 뿐이다.

다른 말로 하면 녹봉을 조금 더 받고, 일은 훨씬 더, 더 많이.

슬픈 동아의 사정을 아는지 모르는지 여름밤 반딧불들이 두 사람의 뒤를 별빛처럼 아름답게 수놓았다. 꿈결 같은 풍경 속으로 걸어가는 다정한 정인들은 폐월화가 사라지더라도 오래도록 행복할 것이다.

비록 기대했던 달달한 나들이는 아니었지만 잃어버린 폐월화도 찾고 생각지 못했던 선물도 받았으니 성공적인 잠행이었다.

얼음 심장

 옛날 옛적에 그런 이야기가 있었단다.

 아무나 쉬이 갈 수 없는 크고 높은 궁궐에는 왕과 두 명의 왕자가 살았지. 그런데 왕이었던 아비가 둘째 왕자만 어여뻐하고, 첫째 왕자는 엄하게 기른 탓에 외로웠던 첫째 왕자는 그만 웃는 법을 잊어버렸다더구나. 하여 사람들은 첫째 왕자의 심장이 얼음으로 변한 건 그 때문이라고 믿었지. 웃지를 않으니 사람들은 겁을 내어 다가가지를 않았고 왕자는 더욱 혼자가 되었단다.

 다음번 용상의 주인이 될 첫째 왕자라는 자리는 그런 거거든. 존귀하지만 외롭고 아주 무겁지. 얼음 심장을 가진 첫째 왕자는 아주 흉포했다고도 하고, 눈이 마주친 사람은 살아남을 수 없었다고도 하는데 진실은 알 수 없단다. 왜냐하면 누구도 다가가지 않았으니까. 왕자의 진심을 들어줄 사람이 없었거든. 왕이 한 번이라도 첫째 왕자를 돌아보았다면 많은 것이 달라졌을 텐데.

 혹시 또 모르지 않느냐. 왕자도 얼음으로 변한 자신의 심장을 녹여줄 누군가를 기다렸는지도.

"아씨! 세자 저하께서 오고 계세요, 거의 다 오셨어요!"

분이가 숨을 헐떡이며 하령이 거하고 있는 방문을 열었다.

납빈의(納嬪儀) 친영 날이기에 보모가 호들갑스러운 분이에게 눈치를 주었다. 분이도 제 실수를 알고 있었지만 날이 날이니만큼 붉게 상기된 얼굴에서 홍분과 설렘마저 감출 수는 없었다. 분이가 목소리를 잔뜩 낮추면서도 들뜬 채로 말했다.

"세자 저하와 진헌군 나리도 함께 오고 계세요."

세자의 친영 때 종친이 함께 오는 것은 당연했으나 다른 누구도 아닌 이혼과 이겸 형제였으니 그 일대가 새벽부터 시끄러운 것은 당연하였다.

세자 이혼과 진헌군 이겸. 현재 반가의 여식들 사이에서 가장 유명한 사내 둘을 고르라면 그들일 것이다. 용모면 용모, 학식이면 학식, 신분이면 신분. 무엇 하나 빠지지 않는 조선 최고의 신랑감들. 그중에서도 진헌군 이겸은 세자에 비해서 성품이 유하고 행동이 자유로워 도성 안에서 보았다는 이들이 드문드문 있었지만 세자 이혼은 그야말로 구름 위에 있는 존재와도 같았다.

궐에 들어간다 해도 세자를 만나긴 어려울 뿐더러 세자를 만날 수 있는 신분의 사람들은 그에 관한 이야기를 다른 곳에 옮기지 않았다.

분이 곁에 서 있던 동생 단이가 입술을 다물더니 입 끝을 늘이고 울먹거렸다. 조그만 얼굴이 찡그려지기 무섭게 이내 서러운 눈물이 펑펑 흘렀다.

"으엉."

경사스러운 날에, 그것도 곧 있으면 저하께서 당도하시는 때에 몸종 아이가 울었다는 소식이 전해져 경을 칠까 두려운 분이가 제 동생을 치마폭에 감추었다. 하령은 당황하는 보모와 분이에게 괜찮다는 손짓을 하고는 부드럽게 단이를 불렀다.

"단아, 이리 오렴."

아이답게 동그랗고 하얀 볼을 한 단이가 우느라 찡그린 얼굴로 하령만 있는 방 안으로 들었다. 문 밖의 보모와 분이는 어찌할 바를 몰라 눈치만 살폈다. 단이가 곁으로 오자 하령은 눈높이를 맞추고 물었다.

"우리 단이가 어찌 울까?"

단이는 히끅히끅거리면서도 주위를 살피고는 하령만 볼 수 있게 손짓을 했다.

'혼인 안 하시면 안 돼요, 아씨?'

단이는 태어날 때는 알지 못했으나 자라고 보니 작은 문제로 인해 소리만 낼 수 있을 뿐 말을 하지 못하는 아이였다. 그래도 조막만 한 손짓을 찬찬히 들여다보면 대충의 의미는 해석할 수 있을 만큼 똑똑했다.

"내가 혼인하는 게 싫으니?"

'혼인이 싫은 게 아니라 세자 저하가 싫어요. 무서워요.'

누군가 단이의 말을 들었다면 경을 치는 정도로 끝날 일이 아니었다. 말을 못하는 것이 다행인 때도 있었다.

"단이가 왜 그렇게 생각하게 되었을까?"

'저도 다 알아요. 지금 조선에서 가장 무서운 사람은 세자 저하래요. 마음에 안 드는 건 다 집어던지고, 부숴버린대요. 저하 앞에서 숨소리 한 번 잘못 냈다간 큰 벌을 받고, 더한 죄를 저질러서 죽은 사람도 있대요. 매일매일 소리 지르시고 흉포하대요.'

단이가 야무진 손길로 그려내는 말들이 아주 없는 소문은 아니었다. 저하의 예민한 성정에 대해서는 하령도 들은 바가 있었다. 더러는 저하께서 광증을 앓고 계신다고도 했다.

'세자 저하께서는 심장이 얼음으로 되어 있대요. 그래서 웃는 법도 모르시고, 그 곁에만 가도 사람들이 얼어붙는대요. 궁은 엄청, 엄청 넓은데 웃어주는 사람이 하나도 없으면 아씨가 너무 슬프잖아요.'

"단아."

'거기 가면 이제 여긴 못 오시는 거예요, 아씨?'

분명 세자빈이 되는 것은 가문의 영광이었으나 그건 가문의 입장일 뿐, 하령만 두고 보면 단이의 말이 맞을지도 몰랐다.

궁으로 들어가면 이젠 분이, 단이와 함께 들로 꽃구경을 갈 수도, 산으로 산보를 갈 수도 없을 것이다. 비 오는 날 다 함께

비를 맞으며 추억을 만드는 일도 없겠지.

단이의 눈에서 맑은 눈물이 도르르 굴러떨어지자 하령은 손을 들어 눈물을 훔쳐주었다.

"아니야. 혼인을 해도 사가에 한 번씩 다녀갈 수 있단다. 단이는 내가 약조를 꼭 지키는 거 알지? 다시 온다고 약조하마."

하령이 새끼손가락을 내밀었으나 단이는 입술을 울먹울먹 깨물며 시선을 내릴 뿐이었다. 어른들이 쉬쉬하며 하는 이야기를 단이도 똑똑히 들었다.

아씨께서 세자 저하가 아닌 진헌군 나리와 혼인을 했더라면 얼마나 기뻤을까 하고. 그럼 우리 아씨는 고우시니 아마 사랑도 많이 받고, 귀한 대접을 받으셨을 거라고. 아씨께서도 지금 얼마나 두려우실까 모두들 입을 모았다.

말 사이를 잠시 띄운 하령이 다시금 단이와 눈을 맞추었다.

"단아, 상처받은 사람들은 누구나 가슴속에 얼음 조각이 있단다."

자신을 염려해주는 어리고 예쁜 마음이 읽혀 하령은 손을 뻗어 단이의 두 손을 꼭 쥐었다. 그러고는 단이의 두 손에 따뜻한 입김을 호, 하고 불어넣었다.

"이렇게 따뜻한 기운을 만나면 얼음도 언젠가는 녹지 않을까? 그래서 내가 가는 거란다. 지금 그분 곁에 얼음을 녹여줄 사람이 아무도 없어서. 내가 우리 마을에서 가장 씩씩하니까."

조곤조곤한 하령의 목소리에 단이의 눈물이 점차 그쳤다. 단이의 새까만 눈망울에 따뜻하게 미소 짓고 있는 하령이 가득 들어찼다.

"그리고 이건 비밀인데."

하령은 작은 바구니에서 무언가를 꺼내어 단이의 손바닥 위에 올려주었다. 가을 동안 잘 말려둔 곶감 두 개였다.

"이걸 미리 먹어두렴. 곶감을 먹으면 얼음 심장을 가진 사람을 만나도 얼어붙지 않고, 하나도 무섭지 않단다. 나도 새벽부터 엄청 먹었는데. 단이도 눈물 날 것 같으면 먹어두기. 그리할 수 있겠느냐?"

둘만의 비밀이 생긴 단이가 작은 고개를 굳게 끄덕였다. 더 이상 눈물은 나지 않았다.

"기특하다, 우리 단이."

하령은 단이의 머리를 쓰다듬어주며 해사하게 웃었다. 기별을 받은 보모가 문 밖에서 소식을 고했다.

"저하께서 곧 당도하신답니다, 아씨. 나오셔서 채비하셔야 합니다."

마침내 하령이 자리에서 일어서자 방문이 환히 열렸다.

햇살이 뽀얗게 어른거리는 담 너머는 얼음 심장을 가졌다는 세자와 하령의 국혼을 보기 위해 온 사람들로 인해 소란스러웠다. 아직 이혼의 얼굴을 본 적조차 없는 하령은 앞으로 있을 일들에 대한 두려움과 설렘으로 저만 알 수 있는 긴 숨을 천천히 내쉬었다.

괜찮아. 잘할 수 있을 거야. 괜찮아.

마음을 가라앉힌 하령은 천천히 방문 밖으로 발을 내디뎠다.

몇 달 후.

"으아악!"

우당탕탕.

동궁전의 문이 활짝 열리며 내관 하나가 밖으로 굴러떨어졌다. 마침 근처를 지나던 궁인들이 질끈 눈을 감았다. 먼발치에 삼삼오오 서 있던 나인들이 저들끼리 입을 모았다.

"또야?"

"동궁전에서 저러는 게 하루 이틀 일이니? 목숨 부지하려면 동궁전은 피하는 게 상책이야. 그러니 항상 진헌군 나리와 대조가 되는 거지."

"에휴, 그러니 세자빈 마마께서도……."

"한데 그 소문이 사실이야? 저하 때문에 마마께서 정신이 조금, 이렇게 돼서 밤이슬을 맞고 다니신다는 거."

"쉿! 큰일 날 소리 떠들고 다니면 경을 친다."

"그게 다 모르는 사람들이 떠드는 거야. 전하께 아침 문후 여쭐 때도 저하께서는 빈 마마 쪽으로 눈길도 안 주셔. 한 마디로 병풍이란 거지. 아직 두 분 합방도 안 하셨잖아. 말씀 나누시는 것도 본 적이 없어."

"그럼 밤이슬은 뭔데?"

"후원 뒤쪽에서 누가 희끄무레한 걸 봤다는데 다들 알다시피 거긴 아무도 못 가잖아. 그곳에 가는 거 자체가 경을 칠 일인데 누가 거길 가겠어? 하물며 마마께서. 아무튼 뭘 봤다는 것도 다 헛소문이야, 헛소문."

"힘드실 거야. 갑자기 이곳에 갇힌 거나 진배없는 걸. 지아비인 저하도 얼음 같으시고."

"다들 괜히 헛소문 때문에 후원 뒤쪽 얼씬대다가 혼쭐나지 말고. 입단속 잊지 마."

잘 꾸며진 후원의 뒤쪽으로는 사람들의 발길을 금한 곳이 있었다. 후원이 아름다운 꽃과 나무들로 가득했다면 그곳은 풀 한 포기 없이 텅 빈 땅이었다. 그러나 보름달이 휘영청 뜬 밤, 과연 나인들의 우려를 뒤로하고 그곳으로 간 이가 분명 있었으니. 소문 속의 하얀 형체는 흙 외엔 아무것도 없는 땅에 쪼그리고 앉아 무언가를 부지런히 움직이고 있었다.

"흙만 조금 숨길을 열어주면 뭐라도 심을 수 있을 듯한데."

하령은 쥐고 있는 호미를 더욱 재게 움직여 흙을 다져나갔다. 궁인들이 봤다던 것은 다름 아닌 하령이 맞았다.

그녀가 한밤중에 아무도 없는 이곳에 온 것은 사실 어제오늘의 일이 아니었다. 처음엔 궁인들의 이목으로부터 자유로운 시각에 잠시 산보라도 하고 싶었고, 그러던 중 이곳을 발견했다.

비밀 공간에는 작지만 정자도 한 채 있었다. 따르는 상궁은 후원에 남겨두고 잠깐 정자에 혼자 앉았다 가는 것이 하령의 소소한 일과였다. 그러다 보니 빈 땅이 눈에 들어왔는데 후원만큼 많이는 아니라도 무엇이든 심을 수 있어 보였다. 듣자니 아무도 찾지 않고 버려둔 곳이라는 것도 마음에 들었다.

저벅, 저벅.

그러나 하령이 알지 못하는 사이 그녀의 뒤로 달빛을 가리는 검은 그림자가 드리워졌다. 먹장구름이 지나는 때인가 싶어 고개를 돌리던 하령의 눈이 두려움으로 인해 커졌다.

"꺄악!"

제게 드리운 그림자가 살아 있는 무엇인 것을 알아차린 하령의 비명이 허공을 갈랐다. 기와 위의 새들이 어두운 공중으로 푸드덕 날아올랐다. 놀란 하령이 급히 도망가다 몇 걸음 가지 못하고 치마를 밟고 넘어졌다.

"아야."

주저앉은 하령이 제 발목을 부여잡자 그림자가 멈춰 섰다. 떨리는 하령의 고개가 멈춰 선 이를 따라 천천히 올라갔다. 시야를 가득 메운 푸른 곤룡포를 따라 하늘로 올라간 시선은 사내의 얼굴에 이르러 멎었다.

심연을 들여다보는 차갑고 서늘한 눈빛. 표정이 읽히지 않는 붉은 입술에서는 근접할 수 없는 냉기가 느껴졌다. 하령을 내려다보고 있는 이는 바로 세자 이흔이었다. 이런 곳에서 우연히 만날 것을 짐작하지 못한 하령이 그대로 굳었다.

"저, 저하."

"예서 무엇을 하는 것이오, 빈."

"그, 그것이 소, 송구하옵니다."

혼례를 올리고 몇 달이 지났으나 이렇듯 독대하여 이야기를 나눈 적은 처음이었다. 궁인들의 말대로 이흔이 언제나 저를 병풍 대하듯 하고 있음을 하령 역시 모르지 않았다. 그러니 지금 그녀의 머릿속이 하얗게 된 것도 당연지사.

"야심한 시각 빈에게 어울리는 장소와 취미는 아닌 듯한데."

하령의 흙 묻은 손과 옷에 시선을 준 이흔은 미간을 굳혔다. 그의 눈썹이 불쾌한 모양으로 살짝 찌푸려지자 하령은 등줄기에서부터 한기를 느꼈다.

"곁을 지키는 상궁들은?"

"신첩이 따라오지 말라고 하였습니다. 상궁들은 아무 잘못이 없습니다! 신첩에게만 죄를 물으십시오."

"그리 계속 앉아 있을 것이오?"

"예?"

이흔이 다시 답을 주는 대신 허공으로 손을 뻗었다. 사내다운 선을 가진 커다란 손이 하령의 앞에 놓였다. 달빛 아래 자리한 손은 얼음처럼 시린 하얀 빛을 띠었다. 하령의 오해가 아니라면 잡고 일어서라는 의미로 보였다. 당황한 하령은 동그란 눈으로 이흔을 보았다.

"지금 신첩의 손이 무척이나 지저분하여……."

그러나 침묵을 지키고 있는 이흔은 무감한 표정으로 손을 내민 채 여전히 하령을 기다렸다. 하령의 머릿속엔 왜인지 그 순간 이흔에 대한 소문이 떠올랐다.

─세자 저하의 심장은 얼음으로 되어 있대요.

그런 소문이 생긴 이유를 궁에 온 이후 어느 정도 알게 되었다. 웃지 않으신다, 저하께서는. 분명 이흔은 어긋남 없이 훤칠한 용모를 가지고 있었으나 결코 웃는 법이 없었다. 모든 것 위에 군림하는 호랑이처럼 눈매가 날카롭고 메말라 있었다. 누구에게도 곁을 허하지 않고, 누구나 두려워하는 존재여서 오해를 닮은 소문이 생긴 것이리라. 잠시 망설이던 하령은 처음으로 이흔의 손에 의지해 몸을 일으켰다. 얼음이라기엔 너무도 따스한 온기가 느껴졌다.

하령이 감사하다는 뜻을 담아 이흔에게 인사를 전하고 손을 거둬들였다. 이흔은 제게서 떠난 하령의 손을 잠시간 눈에 담고는 등을 돌렸다.

이흔이 하령을 배려해 천천히 걸음을 옮기자 이윽고 하령도 몇 보 정도 사이를 두고 그 뒤를 따랐다. 절룩, 절룩. 디딜 때마다 느껴지는 통증을 가까스로 삭이며 하령이 입술을 깨물었다. 평소와 같지 않은 하령의 기척에 이흔이 고개를 돌리는 찰나, 하령이 크게 휘청거리며 중심을 잃었다. 이흔이 급히 하령을 잡았다.

"발목이 상한 것이오?"

"그, 송구하옵니다."

이흔이 근처의 바위로 하령을 부축해서 이끌었다. 제대로 접질린 것인지 높지 않은 바위에 걸터앉는데도 하령의 입술 사이로 작은 신음이 새어 나왔다.

혼인 후 첫 독대가 이런 자리, 이런 상황이라니.

곁을 비운 상궁들에게 화가 미칠까 하는 걱정이 가장 앞섰다.

"조금만 쉬면 금방 걸을 수 있을 것이옵니다. 저하, 오늘 일은……."

하령의 뒷말이 입 속에 머물렀다. 이흔이 하령의 버선 위로 손을 올려 그녀의 발목을 짚었기 때문이었다. 뼈가 상한 건 아닌지 확인을 해야 했다.

"아!"

"쉬어간다 해서 걸을 수는 없겠는데. 동궁전에 가는 대로 어의에게 보이는 것이 좋겠소."

상태를 가늠한 이흔이 허리를 일으키며 말을 이었다.

"하여 오늘 일은?"

"모두 신첩의 불찰이옵니다. 상궁들은 잘못이 없사옵니다."

"그리 생각하시오?"

"예."

"아니. 궁에서 일어나는 모든 것은 빈의 불찰이 아니오. 혹, 빈의 불찰이라 하더라도 그 모두는 상궁들의 불찰이 되겠지. 여기가 출입이 금해진 곳이라는 것을 빈에게 알려주지 않은 죄, 또한 이런 시각, 이런 곳에 빈을 홀로 둔 죄를 그들에게 물어 엄벌로 다스려야 하는 것이 궁의 법도요."

"아니 되옵니다! 만류하는데도 신첩이 왔습니다. 따라오겠다 하는데도 기다리라 한 것은 신첩이옵니다. 그러니 저만 벌하십시오."

"그들은 빈이 내린 명을 그대로 수행한 일밖에 없다?"

"예."

"궁 생활이 익숙하지 않은 빈의 명을 그대로 수행해 빈을 위험으로 몰아넣었으니 그것이 궁인들에게는 가장 큰 죄요. 빈이 다치면 더 많은 사람들이, 더 많은 위험에 처하게 되지. 빈의 말 한 마디, 걸음 한 보가 가지는 의미는 그런 것이니 앞으로는 빈도 유념하시는 것이 좋겠소."

"……"

"왜."

"예?"

"궁인들이 만류하는데도 왜 이런 곳에 혼자 온 것이오?"

처음부터 묻고 싶은 것은 이것이었다는 듯 이흔이 담담히 하령을 보았다. 정자에는 하령이 가지고 온 물건들도 있어 지나다 우연히 들렀다거나 오늘이 처음이라는 거짓말을 할 수는 없었다.

아니, 친절을 보여준 이흔에게 거짓을 고하고 싶진 않았다.

"화초를…… 심어볼까 하여서요."

"화초?"

"풍광은 나쁘지 않은데 비어 있는 땅이 아까워 소일거리 삼아 화초를 심어볼까 하였습니다. 정자도 있고 쉬어가기에 좋은 곳이라."

"그런 일이라면 낮에 궁인들을 시켜서 해도 됐을 터."

"궁인들에게는 모두 저마다의 소임이 있습니다. 신첩이 사사로운 생각으로 그들을 부린다면 그들의 고충은 더해질 것이고, 밝은 낮 동안은 신첩이 홀로 일을 하고자 해도 궁인들이 그리 두지 않겠지요. 하여 부득이 지금 오게 된 것입니다."

"간단히 얘기하자면 빈이 한가하여 소일거리를 찾고 있었다는 것인데. 그렇다면 한창 배움에 힘써야 할 빈을 한가하게 내버려둔 궁인들에게 죄를 물어……."

"예엣? 아니 되옵니다, 저하. 어찌 결론이 제가 무엇을 하든 항상 궁인들에게 죄를 묻는 것으로 끝나십니까? 부당하옵니다."

당황한 와중에도 하령이 제 할 말을 다 내어놓자 이혼의 눈썹이 슥 올라갔다.

"설마 지금 내게 화를 내는 것이오?"

"화……를, 감히 제, 제가요?"

"여기 다른 이가 있소?"

"말소리가 약간 커졌을 뿐입니다."

"아닌 거 같은데."

"……송구하옵니다. 솔직히 그런 마음도 조금."

이혼의 눈매가 살짝 부드럽게 휘어졌다. 입은 웃고 있지 않았으나 하령은 아주 잠깐 이혼의 미소를 본 듯한 착각이 들었다. 이혼은 시시각각 표정이 변하는 하령을 흥미롭게 바라보았다. 항상 시선을 마주하지 못하기에 조용한 줄만 알았더니 의외로 소신이 분명하고 솔직한 여인이었다.

이런 눈빛과 이런 목소리를 가진 이였구나. 하루 중 마주하는 때가 거의 없어 알지 못했다.

"한가해서 죄를 묻겠다 한 것은 농이었소."

"아……."

"그래도 위험하니 늦은 밤 여기에 홀로 오는 것은 그만두는 것이 좋겠소. 어차피 이곳엔 특별한 화초를 제외하고는 심을 수 없으니까. 뿌리를 내리지 못하거든."

"특별한 화초요?"

"왕실에서만 전해지는 화초가 있소. 비워둔 것이 아니라 다른 화초는 자라지 못하는 흙이라 비워둘 수밖에 없는 곳이지."

"그러하였군요. 한데 저하께서는 어찌 이런 밤에 이곳으로 오신 것입니까?"

그야 빈이 밤마다 이곳에 있다는 소문을 들었으니까.

문후를 드리고 나올 때면 언제나 숨소리 한 번 내지 않고 제 곁에 가만히 서 있던 빈이었다. 어느 날인가 이혼이 코피를 흘렸을 때 부러 내관들이 보지 못하게 몸을 돌린 것을 먼저 알아차린 것도 그녀였다.

영민한 하령은 이혼이 숨기려는 이유는 묻지 않고 말없이 하얀 손수건을 내밀었었다. 그런 하령이 밤이슬을 맞고 다닌다 하니 그 연유가 궁금하였다.

궁에 들어온 것이 얼마 되지 않아 마음 붙일 곳도 없고 적응도 쉽지 않을 터. 오롯하게 혼자였던 사람은 저와 같은 처지의 이를 알아볼 수 있다. 어쩐지 하령에게 마음이 쓰여 이 밤 이혼은 이곳으로 온 것이었다.

"아, 알겠사옵니다."

"무엇을?"

"저하께서 신첩에게 방금 말씀하시지 않으셨습니까? 이런 야심한 시각, 이런 곳을 찾은 이유가 무엇이냐고."

"……."

"그 특별한 화초를 여기에 심으러 오신 것이지요? 비어 있는 땅이 마음 쓰여서. 그런 것이라면 신첩이 은밀히 도와드리겠습니다."

전혀 다른 답을 찾은 하령의 엉뚱함에 이흔이 피식 웃어버렸다. 그 순간, 하령의 입이 벌어졌다.

"어? 웃으……셨다."

하령의 말에 이흔이 다시금 무감한 표정으로 돌아갔다.

"앞으로 시간은 많으니까. 한데 계속 여기 있을 것이오?"

"그게 가고 싶지만 박 상궁이……."

"후원에 있어 빈이 불러도 소리를 듣지 못하겠지."

앞서 이흔이 이야기한 위험이 이런 변고에 대한 것임을 깨달은 하령이 입술을 살짝 깨물었다. 한숨 섞인 이흔의 목소리가 이어졌다.

"들을 수 있는 이가 딱 한 명 있군."

푸른 곤룡포가 불시에 가까워지자 하령의 눈이 커졌다. 이흔은 그대로 하령을 안아 올렸다.

이흔이 그런 하령과 시선을 마주했다.

"괜찮사옵니다, 저하. 내려주십……."

송구스러워 이흔의 품을 벗어나려던 하령이 저도 모르게 이흔의 가슴을 짚어버렸다. 순간, 주위가 고요해졌다. 소리가 지워진 손에 오직 감각만으로 이흔의 심장이 가진 두근거림과 따스함이 흘러들었다. 손가락 끝과 손바닥 전체에 작은 울림이 퍼져나간다. 하령은 세자의 몸에 함부로 손을 대는 것이 예가 아님에도 그대로 멍하니 제 손을 바라보았다.

"다른 방도가 있소?"

"……."

"나를 도와줄 생각이라면 거기가 아닌 목을 잡아주었으면 좋겠는데."

얼떨떨하게 머물러 있던 하령은 이내 정신을 차리고 이흔의 목을 감듯이 안았다. 저 또한 이흔을 잡아 그가 감당해야 할 무게를 줄여준 것이다.

"손수건에 대한 답례라고 생각하시오."

이흔이 걸음을 옮기자 온기가 더욱 생생해졌다.

이상한 일이었다. 분명 소리는 들리지 않는데 의미가 마음으로 전해졌다.

내가 있다. 네 곁에.

넓고 외로운 궁에서 하령은 더 이상 혼자가 아니었다. 왜 사람들은 왕자의 심장이 얼어버린 것만 기억하고, 그렇게 된 연유에 대해서는 궁금해하지 않았을까.

하령은 앞으로 이흔에게 묻고 싶고, 듣고 싶은 말들이 많아질 것 같은 예감이 들었다. 그래서 고단하고 외로웠던 시간들에 작은 위로가 될 수 있다면, 얼음 같은 표정이 아닌 환하게 웃는 얼굴을 다시금 볼 수 있다면, 그것만으로도 좋겠지.

"저하, 외람되오나 송 내관에게 말씀하실 때 조금만 작게 하시는 건 어떠시옵니까? 심약한 송 내관이 동궁전 문 밖으로 나올 때마다 소리에 놀라 굴러떨어지니 궁인들이 오해를 합니다."

조곤조곤 흐르는 하령의 이야기에 귀를 기울이며 이혼이 걸음을 옮겼다.

"그게 오해라는 걸 빈은 어떻게 알게 되었소?"

"처음부터 얼음 조각이 없는 걸 알고 있었거든요."

"얼음 조각?"

"예. 그런 게 있습니다."

선문답 같은 하령의 말에 이혼이 옅은 미소를 띠었다.

하령은 보지 못했지만 분명 그 밤의 이혼은 달빛을 닮은 미소를 짓고 있었다. 이겸에게 건네게 될 하얀 폐월화를 그곳에서 얻게 되는 것은 아직은 먼 훗날의 일이었다.

외전

해와 달이 된 오누이

"정녕 달이 다섯 개이옵니다. 하늘과 바다와 호수. 그리고 잔과 전하의 눈에 비친 달까지."

벚꽃이 흩날리는 밤, 정자 밖으로 살짝 몸을 내민 여리가 감탄했다.

환한 보름 달빛에 물든 바람은 바다 내음을 싣고 왔다. 처음으로 맡아보는 향과 처음으로 만나본 경치가 어우러져 생경한 감각으로 흘러들었다.

바람이 불 때마다 연둣빛의 나뭇가지와 하얀 꽃잎들은 검푸른 종이 위에 아름다운 그림을 그렸다. 말로만 들었던 풍광을, 함께 나누고 싶었던 이와 두 눈 가득 담으니 어느 때보다 마음이 들떴다.

이겸이 여리의 곁으로 다가서며 물었다.

"그리도 좋은 것이오?"

"물론이옵니다. 이런 절경은 흔히 볼 수 있는 것이 아니니까요. 전하께서는 마음에 들지 않으십니까?"

"나는 매일 궁에서 절경을 보고 있으니."

"잘 꾸며진 궁도 절경이긴 하지요."

"내가 말한 절경은 지금 내 앞에 서 있는 중전을 이르는 것인데."

"……."

"덕분에 나는 지금 다른 것이 눈에 들어오지 않으니 다른 것엔 절경이라 감히 이름 붙일 수가 없소."

이겸의 진지한 농에 여리가 못 말린다는 듯 살짝 웃었다.

"감읍하옵니다. 오래전 신첩이 이곳을 보고 싶다 했던 말을 잊지 않고 기억해주셔서."

"그렇지. 너는 물 위에 뜬 달을 이야기하며 나를 폭포로 데리고 갔지만 나는 너의 말을 잊지 않고 이곳으로 데려다주었느니. 그 점을 꼭, 오래도록 기억해다오."

어느새 회연 고택 시절의 말투로 바뀐 이겸이 여리와 눈을 맞추었다. 거리가 꽤 가까워 아슬아슬했으나 그와는 어울리지 않게 여리가 볼을 불퉁하게 부풀렸다.

"아직도 폭포를 마음에 담아두고 계신 겁니까?"

"나의 이 비상한 기억력 덕분에 잊으려고 해도 잊히지 않는다. 나를 폭포로 데리고 간 여인은 네가 처음이라."

언젠가 달현이 읽었다던 세책 속 '날 이렇게 대한 여인은 네가 처음이야.'라는 내용이 실제로도 들어맞을 줄이야. 역시 인기 있는 세책에는 이유가 있는 법인가?

이겸이 정자 난간 위에 놓인 여리의 손을 제 손으로 부드럽게 덮었다. 여리가 해사한 미소와 함께 손바닥을 위로 하자 이겸의 손가락이 여리의 손가락 사이로 스미어 깍지를 꼈다.

이겸을 바라보고 있던 여리가 그의 얼굴로 조금 더 다가가 작게 속삭였다.

"전하, 신첩이 은밀히 드리고 싶은 것이 있는데 받아주시겠습니까?"

"중전이 주는 것이라면 그게 무엇이든 기꺼이."

여리의 입술로 시선을 내린 이겸이 천천히 가까워졌으나 이겸의 입술에 턱 하니 닿은 것은 평소와 다른 감촉이었다.

"약과이옵니다. 폐월화 꿀물에 견줄 바는 아니지만 신첩이 정성을 다해 마련했습니다. 드셔보십시오."

이겸이 미간을 찌푸리며 제 입을 막은 약과를 건네받았다.

"중전은 내게 주고 싶은 것이 고작 이 약과밖에 없소?"

그때, 이겸과 여리 사이에 불쑥 손 하나가 끼어들어 이겸의 손에서 약과를 거둬갔다. 동아였다.

"고작이라니요, 전하. 중전 마마께서 만드시는 약과는 다른 이들은 없어서 못 먹을 만큼 맛이 좋습니다. 드시기 싫으시면 소신에게 주십시오."

"동아, 그만……."

이겸의 경고가 끝나지 않았지만 이미 약과는 동아의 입속으로 들어가버린 후였다. 순간 분위기가 창창히 얼어붙었다.

이겸의 눈빛에 겁을 먹은 동아가 그대로 입을 벌려 차마 한 번 씹지도 못한 약과를 온전히 꺼냈다. 침이 잔뜩 묻어버린 약과는 처음보다 훨씬 번들거렸다.

이겸의 목소리가 무겁게 가라앉았다.

"궁으로 돌아가는 대로 예조 정랑 윤호경의 관직을 파하고, 삼족을 멸해……."

언제나처럼 여리가 급히 중재에 나섰다.

"약과는 얼마든지 있사옵니다. 다투지들 마십시오."

"다툰다고? 과인이 예조 정랑과 다툴 위치요? 이 모든 게 저 극악무도한 동아……."

"아, 아야야야. 배야."

눈치 빠른 동아가 제 배를 움켜잡고 엄살을 피웠다.

"요즘 안 그래도 업무가 과중해 몸이 허한데 큰소리를 듣거나 고민이 많아지면 이렇듯 뱃속이 따끔따끔, 아구구."

"동아, 그만하지?"

"……예, 전하."

이겸의 말 한 마디에 순한 강아지가 된 동아가 음식 앞에 다소곳이 앉았다. 여리가 미소 지으며 이겸과 동아 앞으로 준비한 차와 다과를 정갈하게 차려놓았다.

"말씀은 이렇게 하셔도 전하께서 정랑 영감을 어찌나 생각하시는지 금일도 함께 오자고 하셨답니다."

"예, 마마. 저도 전하께서 저를 어여삐 여겨주시는 것을 잘 알고 있사옵니다."

"내가?"

이겸이 눈썹을 들어 올리며 반문하였으나 동아는 찻잔에 뜬 달을 바라보며 아련하게 답했다.

"얼마나 어여삐 여겨주셨냐 하면 첫 만남에서부터 제게 살아가는 데 큰 힘이 될 덕담을 해주셨지요."

"덕담? 과인이 한 것이 확신한가?"

"아, 그리고 보니 두 분께서는 어찌 만나신 것입니까? 대충의 사연밖에는 듣지 못했습니다."

"궁금하십니까, 마마? 마침 날이 좋으니 제가 그때의 이야기를 들려드리겠습니다. 처음 전하를 어디서 뵈었는가 하면……."

동아는 여전히 선명한 그날의 기억을 차분히 떠올려 보았다.

툭. 툭.

붉은 선혈이 흐르는 물 위로 떨어지더니 이내 자취를 감추었다. 입술을 따라 스민 찝찔하고 비릿한 맛에 호경은 코에서 흐른 그 피가 턱까지 이르기 전에 손등으로 슥 훔치고는 습관처럼 고개를 하늘로 향했다.

찝찌름한 피는 더 이상 밖으로 흐르지 못하는 대신 식도로 흘러들었다. 아까 코를 얻어맞을 때 눈앞이 핑 돌 정도로 욱신거리더니 아무래도 뼈가 상한 것 같았다.

지혈을 위해 얻어맞은 부위 바로 밑을 잠시 움켜쥐고는 이내 피로 물든 손을 살얼음 낀 계곡물에 씻었다.

저가 칼로 찌른 그놈은 죽었을까?

깨끗하게 씻은 손을, 이미 제 손을 적셨던 놈의 피가 흔적도 없이 사라진 그 손을 몇 번이고 얼음장 같은 물에 열심히 씻어냈다. 열세 살, 사람을 죽이기에 적합한 나이는 아니었다. 하긴 사람 죽이는 일에 적합한 나이가 따로 있나. 이틀 전엔 오랑캐에게 변을 당한 제 부모를 그 손으로 묻어드렸다. 그리고 오늘 그 오랑캐 놈을 칼로 찌르고 가까스로 도망쳤는데 사실 그놈이 죽었는지 어떤지는 알 수 없었다.

손에 묻은 피는 더 이상 보이지 않았지만 그래 봐야 소용없는 일이라는 듯 말간 물 위로 붉은 코피가 흐리게 투두둑 떨어져 내렸다. 씻어도 또 묻을 거라고 말하는 것처럼.

호경은 손을 천천히 오므려 보았다. 제 손이지만 제 손이 아닌 것 같았다. 느낌이 잊히지 않았다. 그 지독하게 잊고 싶은 부들거림이, 살을 찢고 뼈에 닿던 그 느낌이 손에 달라붙어 있었다. 기분이 썩 좋지 않다.

그때였다. 호경의 머리 위로 쉭, 바람 가르는 소리를 내며 화살이 날아갔다. 호경이 재빨리 고개를 돌리니 등에 칼이 꽂힌 채로 오랑캐가 숨을 몰아쉬고 있었다. 숨 쉬는 것도 잊어버린 호경은 이제는 움직여지지 않는 다리 대신 손으로 바닥의 흙을 헤집으며 뒤로 물러나고 있었다.

굳이 끝을 보기 위해 달려드는 오랑캐의 눈이 번쩍 빛났다. 오랑캐가 제 키만 한 창을 높이 드는 순간, 햇빛을 받은 창의 날이 번뜩였다.

오랑캐의 창이 허공을 가르려는 그때, 그보다 빠르게 붉은 피가 오랑캐의 목에서 뿜어져 나왔다.

모든 것이 한순간에 일어난 일이었다. 호경은 차마 물러서지도, 눈을 감지도 않은 채로 그 모든 것을 지켜보았다.

오랑캐가 옆으로 고꾸라지자 그 뒤로 시린 겨울바람을 맞아내고 있는 이가 보였다. 잠시 시간이 정지한 듯했다. 아니, 다른 것이 멈춘 것 같다는 건 이겸을 처음 본 호경의 착각일 뿐이었다. 이겸의 눈은 그만큼 검고도 강렬했다.

오랑캐를 벤 이겸도 이미 한계였던 듯 흐트러진 숨을 두어 번 뿌옇게 뱉으며 피에 물든 얼굴로 호경을 바라보았다. 국경 지대에서 가까스로 살아 돌아온 이겸은 온몸에서 피로가 느껴졌으나 그 눈만은 빛을 잃지 않고 있었다.

어린 두 눈에 오롯이 이겸을 담고 있는 호경에게 겸은 메마른 입술을 열어 가라앉은 목소리로 말했다.

"꼬마야."

"……."

"여기서 머뭇거리다간 그 목이 달아날 거다."

회상을 끝낸 동아가 미소 지었다.

"그것이 전하께서 제게 해주신 첫 덕담이셨죠. 열세 살 나이에 그 덕담이 어찌나 뼈가 되고 살이 되었는지 그 다음부턴 어떤 말씀을 들어도 저를 이렇듯 아껴주시는구나 생각하게 되었습니다."

"열세 살에게 목이 달아난다는 덕담을……."

아련하게 옛 기억을 더듬는 동아를 보며 여리는 차마 말을 맺지 못하고 입을 다물었다. 이겸은 말없이 차를 음미했다.

"그때 전 생각했습니다. 이분을 따라가면 왠지 죽진 않을 거 같다고."

"……."

"그리고 오늘 돌이켜보니 정말 죽지만 않았을 뿐, 죽을 고비를 숱하게 아주……. 품계까지 낮춰가며 예문관으로 부르시기에 그래도 몸 쓰는 일은 안 하겠다 했더니 여장을 시켜서 기루에, 혜민서에. 그런데도 녹봉은 박봉. 세자시강원을 거쳐 겨우 예조 정랑이 되어 전하 곁에서 멀어지는가 싶었더니 방금은 그 관직마저 삭탈하시고, 삼족을 멸……. 전 괜찮습니다, 정말입니다. 관직 그게 뭐라고. 아무렴 목이 달아나는 것보단 낫겠지요. 아, 아니구나. 삼족을 멸하면 나도 포함되는구나. 정말 전 괜찮습니다."

동아가 부러 과한 손짓으로 눈물을 훔쳐내는 시늉을 했다. 여리가 이겸에게 왜 그러셨느냐고 묻는 듯 조심스럽게 살짝 눈짓을 하니 이겸이 입 모양으로 내가 뭘, 하고는 시선을 돌렸다. 여리가 약과 하나를 더 집어 동아에게 권했다. 동아가 격한 감정과 함께 약과를 입으로 밀어 넣었다.

"스승님."

"쯔쫑님!"

동아를 부르는 의젓한 목소리와 귀여운 목소리가 연달아 이어졌다.

"세자 저하! 공주 아기씨!"

반가워하는 동아의 품으로 정화 공주가 귀엽게 안겼다.

올해 여덟 살인 이담은 동아가 잠시 세자시강원에 몸담고 있을 때의 인연으로 여전히 동아를 '스승님'이라 존대하였다. 그보다 네 살 아래인 정화는 제 오라비가 동아를 그리 부르는 것을 보고 무슨 뜻인지는 몰라도 같이 따라 부르곤 했다. 담이 나이에 비해 의젓했다면 정화는 막내딸다운 귀여움을 가진 아이였다.

여리가 정화의 머리에 묻은 풀잎을 떼어주었다.

"언제 오셨습니까, 스승님?"

"마무리 지을 일이 있어 이제 막 도착한 참입니다. 그간 별고 없으셨습니까?"

"스승님의 가르침을 받지 못해 애석한 것을 빼고는 무탈하였습니다."

모두들 자주 잊어버리지만 동아도 이겸 못지않은 천재(天才)였다. 하여 짧은 시간이나마 동아가 세자시강원에 몸을 담았던 것은 이상한 일은 아니었다.

"쯔쯩님이 없어서 슬펐습니다."

정화 역시 고개를 끄덕이며 담의 말을 따라 했다. 동아가 담과 정화를 기특하게 바라보며 미소 지었다.

"그럼 오랜만에 만났으니 제가 재미있는 이야기를 하나 해드릴까요? 이렇게 달빛이 좋은 밤에 어울리는 이야기랍니다. 세

자 저하와 공주 아기씨를 닮은 '해와 달이 된 오누이'라는 이
야기지요."

담과 정화가 눈을 반짝이며 동아의 이야기 속으로 빠져들었다.

"마침 거기서 딱! 어멈과 호랑이가 만나게 된 겁니다. 호랑
이가 무시무시한 이빨을 드러내며 말했지요. '어멈, 머리에 이
고 있는 약과 하나 주면 안 잡아먹지!'"

"약과! 약과!"

정화가 손뼉을 치며 제 앞에 놓인 약과를 동아에게 내밀었
다. 호랑이에 빙의한 동아가 어흥, 소리를 내며 약과를 받아먹
었다.

이렇게 벌써 동아의 입으로 사라진 약과만 다섯 개째였다.
그놈의 호랑이, 간식만 먹고사는 건지 의문을 품은 이겸의 눈
썹이 살짝 찌푸려졌다.

"오누이가 기다리고 있는 집으로 어멈이 다시 열심히 가고
있는데 또 다음번 고개에서 똑같은 호랑이를 만난 겁니다."

동아의 실감 나는 연기에 두 아이가 흠칫 떨었다. 동아는
두 손을 번쩍 치켜들고 소리쳤다.

"어멈! 그 바구니 속의 율란 하나 주면 안 잡아먹지!"

정화 공주가 까르르 웃으며 이번엔 율란을 집어 동아의 입
속에 쏙 넣어주었다.

동아가 이 이야기를 선택한 이유를 알 것 같아 이겸이 옅은 한숨을 쉬었다.

"어렵게 살림을 이어간다는 어멈 바구니 속에 무슨 율란이. 어멈이 궁궐의 생과방 출신인가."

이겸의 예리한 지적에 여리가 푸흡, 웃음을 삼켰다. 동아가 스승다운 근엄한 표정으로 시치미를 뗐다.

"이야기니까요, 전하. 살림이 곤궁하다 하여 이야기까지 곤궁하다면 그 어찌 슬프지 않겠습니까? 상상 속에서나마 먹고 싶은 걸 맘껏 이야기하고자 하는 백성들의 바람이 반영된 이야기라 할 수 있지요."

과연 이야기의 숨은 뜻까지 헤아리는 스승님의 큰 가르침에 담이 고개를 진중하게 끄덕였다. 이야기는 동아가, 아니 호랑이가 먹고 싶은 것을 두루두루 먹은 후에야 겨우 진척이 있었다.

"결국 어멈까지 잡아먹은 호랑이는 어멈의 치마를 입고, 머릿수건을 동여맨 후에 집으로 갑니다. 그러나 어미의 목소리가 달라서 영민한 아이들은 문을 열어주지 않지요. 문틈으로 손을 내밀어보라는 아이들의 말에 호랑이가 이렇게, 두툼한 앞발을 확!"

동아가 이야기에 맞추어 담과 정화를 놀라게 하듯 어깨에 손을 턱 올리자 아이들은 웃음을 터트렸다. 아이들이 동아의 이야기에 심취한 틈을 타 이겸이 여리에게 눈짓을 했다. 조용히 빠져나가자는 의미였다.

발소리를 낮추고 조심히 정자에서 물러 나온 두 사람은 서로를 마주 보며 미소 지었다. 달빛을 받은 벚꽃들이 빛을 발해 주위가 환했다.

이겸은 여리의 손을 잡고 멀지 않은 바닷가로 향했다. 실상 정자와 호수, 바다는 모두 멀지 않은 거리에 있었다. 주위는 고요했고, 환한 보름달이 바다와 가까워 수면에 비쳤다. 그로 인해 하늘과 바다의 경계도 가늠할 수 있었다.

밀려오고 밀려가는 파도 소리가 잔잔히 스몄다.

"춥진 않느냐?"

"예. 꽃들이 만발하는 봄인걸요. 포근하고 좋습니다."

여리는 저와 곁을 함께하고 걷는 이겸을 바라보았다.

달빛에 물든 이겸의 얼굴은 세월이 지났음에도 예전 모습 그대로였다. 폐월화 꿀물을 여리에게 권하고, 바람에 날아간 댕기를 주워준 그때와 다르지 않았다. 오히려 그때보다 얼굴 살이 조금 빠져 더 훤칠해 보이기도 했다.

"정랑 영감이 예조로 가서 적적하진 않으십니까? 그래도 영감이 돌아온 이후로 줄곧 예문관이나 세자시강원처럼 전하를 자주 뵐 수 있는 곳에 있었는데 이젠 그때만큼 곁에 두실 수 없으니 말입니다. 요즘은 어사 임무도 맡기지 않으시는 것으로 알고 있사옵니다."

"적적하긴. 오히려 아주 시원하다."

"말씀은 그리하셔도 정랑 영감을 곁에 두고 싶어 하시는 것을 잘 압니다."

"곁에만 두기엔 재능이 아까운 이지."

여리와 손을 잡고 걷던 이겸이 밤하늘의 달을 바라보았다. 오늘은 구름 한 점 없이 하늘이 아주 맑았다.

"여리 너는 동아가 왜 해와 달이 된 오누이 이야기를 했는지 아느냐?"

"담이와 정화가 오누이라서 들려준 것 아니옵니까?"

"그럴 수도 있으나 그 이야기가 내가 동아에게 들려준 첫 번째 이야기다. 꼭 이런 달밤이었지. 동아는 부모를 잃은 열세 살 아이였고, 나와 서래댁은 동아가 어디에든 마음 붙이기를 바랐다. 후에 들으니 동아는 그때 들은 그 이야기를 가장 좋아하게 되었다더구나."

"아."

"그 이야기의 끝이 어떻게 되는지 아느냐?"

여리는 아주 오래전의 일들을 떠올려보는 이겸의 눈빛을 읽었다. 아이가 힘든 일을 겪게 되더라도 잘 자라주기를 바라는 마음. 처음 이야기를 만든 사람도, 누군가에게 그 이야기를 전해주었던 사람도 모두 다른 이를 걱정하는 마음은 같을 것이다.

여리는 다정한 이겸의 목소리에 귀를 기울였다.

"호랑이에 쫓기던 오누이는 결국 나무 위로 도망을 친다. 그러나 호랑이가 나무 위에까지 쫓아오자 오누이는 하늘에 대고 간절하게 빌지. 살고 싶습니다. 우리에게 동아줄을 내려주세요. 결국 오누이는 하늘이 내려준 동아줄을 타고 올라가 해와 달이 되고, 그와 똑같이 빌었던 호랑이에게는 하늘이 썩은 동아줄을 내려주어 호랑이는 땅으로 떨어지게 된다. 동아가, 아니 저 녀석이 내겐 하늘에서 내려준 동아줄 같은 의미였다. 손가락 하나 까딱할 힘도 없이 포기하고 싶었던 때였는데 살고자 하는 녀석의 눈을 보니 저절로 몸이 움직이더구나. 저 아이를 살리고 싶다. 살려야겠다. 그럼 일단 나부터 정신을 차려야겠구나. 동아는 내가 자기를 구한 걸로 알고 있지만 그 반대지. 이게 덕담 이야기의 전말이다."

여리는 이겸이 말하는 그때가 회연 고택으로 오기 직전임을 알고 있었다. 아마도 그의 일생에서 가장 춥고 힘들었을 시간들.

여리가 이겸과 맞잡은 손 위로 제 다른 손을 겹쳐 그의 지나간 시간을 보듬어주었다.

"이런 고백은 제가 아니라 정랑 영감에게 직접 해주십시오. 전하의 진심을 알면 매우 기뻐할 것이옵니다."

"내가 저 쓸데없는 녀석에게 왜 그래야 하지? 더 오만방자해지면 큰일이다."

여리가 눈썹을 슬쩍 들어 올리며 장난스럽게 어깨까지 으쓱거려 보였다.

"뭐, 말씀 안 하셔도 이미 정랑 영감에게 들킨 것 같습니다만. 두 분이 앞으로 쭉 애틋하셔도 투기하진 않을 테니 걱정하지 마십시오."

이겸이 소리 없이 웃으며 여리를 따스하게 끌어안았다. 품에 꼭 맞게 안겨 오는 온기가 다섯 개의 달이 뜨는 밤의 정취와 더없이 어울렸다.

이겸에게 기대 있던 여리가 반짝 고개를 들었다.

"어? 전하, 저기 보십시오. 달이 바다와 아주 가까워 곧 물속으로 빠질 것 같습니다. 정말 어여쁩니다."

"정녕 그렇구나. 달이 저무는 것이 아니라 꼭 저 바다 속에 잠겨 빛을 낼 것만 같다. 여리야, 저 달의 크기만큼 두 손을 동그랗게 모으고 한쪽 눈으로 그곳을 들여다보아라. 하면 더욱 어여쁠 것이다."

"이렇게 말이옵니까?"

여리는 이겸이 가르쳐준 대로 달이 있는 곳을 향해 두 손을 동그랗게 모으고 한쪽 눈을 감았다. 그러자 주변의 모든 것이 지워진 손 안에 바다와 달만이 가득 찼다. 손을 움켜쥐면 달을 잡을 수 있을 것처럼 가깝게 보였다.

"와, 과연 그러하옵니다. 이런 건 어찌 알고 계셨사옵니까? 달빛이 오롯해서 더욱 아름……."

그 순간, 이겸의 입술이 여리의 뺨에 부드럽게 닿았다가 떨어졌다. 이겸의 청량한 향이 여리의 달콤한 향과 만나 봄바람 사이로 은근하게 스몄다. 달을 보는 네가 있고, 그런 너를 보는 내가 있다 하듯. 같은 곳을 바라보는 시선들이 더없이 마음을 따스하게 했다.

여리가 천천히 손을 내리며 제 곁에 선 이겸을 올려보자 이겸이 환하게 웃었다.

"과연 이곳의 모든 것이 아름답구나. 네 말이 맞다."

이 밤, 아름다운 것이 달인지 눈앞의 이인지는 중요하지 않았다. 그게 무엇이든 서로를 위하는 마음이 있어 매일매일 더 아름답게 보일 것이니.

다시 두 사람이 정자로 돌아오니 웬일인지 웃음소리 대신 울음소리가 우렁찼다. 정화 공주의 것이었다. 정화는 눈물, 콧물이 범벅된 채로 동아의 품에 안겨 우엥, 하고 서럽게 울어댔다. 이겸이 그 앞에서 어쩔 줄 몰라 하는 무영을 보며 물었다.

"병조의 업무가 과중하여 오지 못할 것 같다더니. 먼 길 왔는데 앉지 않고 어찌 서 있는가?"

아비의 목소리에 정화 공주는 아예 동아에게 얼굴을 박고 엉엉 울었다. 무슨 일이냐고 묻는 듯 이겸이 동아를 바라보자 동아가 난처해하며 말을 이었다.

"그게 하필 호랑이가 나무 위에까지 오누이를 쫓아가는 대목에서 참판 대감이 불쑥 나타나시니 공주 아기씨께서 많이 놀라신 모양입니다. 이야기의 완급을 조절하지 못한 제 불찰이옵니다."

"송구하옵니다, 공주 아기씨."

이겸은 누군가에게 쩔쩔매는 무영의 모습을 처음 보았기에 피식 웃음을 지었다. 조선제일검이라 칭송되는 자도 아이의 울음 앞에서는 무력했다. 하긴 조선의 왕도 다르지 않았지만.

어느덧 울음을 그친 정화는 동아의 품에서 새근새근 잠이 들었다. 그 모든 상황을 묵묵히 지켜보고 있던 담이 다시금 동아에게 물었다.

"스승님, 하여 이야기의 끝은 어찌 되었사옵니까?"

"하늘에서 내려온 동아줄을 붙잡은 오누이는 살아나게 됩니다. 그리고 각각 하늘의 해와 달이 되지요. 이 끝을 공주 아기씨께서 들으셨어야 하는데."

"아닙니다. 정화도 이미 이 이야기의 끝을 알고 있는 것 같사옵니다."

"예?"

"보십시오. 지금 자면서도 스승님을 꼭 붙잡고 있지 않습니까?"

과연 정화 공주는 어지간히 놀랐는지 잠결에도 동아의 옷깃을 자그마한 손으로 놓지 않고 있었다.

하늘에서 내려온 동아줄과 비록 뜻은 달라도 소리는 같은 자호를 가진 호경. 어린 세자의 명석함에 그 자리에 모인 이들은 모두 낮게 감탄을 했다.

자랄수록 더욱 이겸을 닮아가는 세자였다. 총명하고 호기심을 담은 눈동자는 세상을 가득 담고 있었고, 다른 사람을 배려할 줄 아는 따뜻한 마음도 함께였다.

이겸과 다른 점이 있다면 이겸은 피치 못할 사정으로 인해 마음을 숨기고, 자신을 가두어야 했지만 자라날 세자는 그리 하지 않아도 될 것이다. 세자가 과하거나 혹은 부족해도 그를 믿고 지켜봐줄 이들이 이렇게 가까이에 많이 있으니.

　정자에 바람이 불어들었다.

　무영은 부드럽게 웃는 이겸의 옆모습에서 문득 어린 시절 환하게 웃는 이겸의 모습을 보았다. 달빛이 만들어낸 조화일까. 마치 어린 시절의 이겸이 돌아온 듯하여 무영은 저도 모르게 눈을 살짝 가늘게 떴다. 고작 한 번이나 보았을까. 오래된 기억이라 그날 이후로 떠올린 적이 없었는데, 그리고 보니 이겸도 지금의 세자처럼 이렇듯 환히 웃을 때가 있었다. 얼음처럼 표정이 없던 그날들 속에서도 드물게 밝은 미소를 보았던지라 잊히지 않았었다.

　달빛에 물든 이겸이 무영의 시선을 느끼고 고개를 돌렸다.

　"어찌 그러는가?"

　"아, 아니옵니다. 눈에 무언가 들어가서 그만."

　이 모든 풍경이 꿈만 같아서 무영은 그저 감사했다. 따스하고 넉넉한 마음에 행복이 부풀어 올랐다.

　달빛 아래 흐드러지게 핀 벚꽃만큼 즐거운 웃음이 넘실거리는 어느 봄밤의 일이었다.

외전

헌화가

—물길이 시작되는 곳, 그곳엔 사람이 범할 수 없는 절벽이 있고 거기에 홀로 빛을 발하는 꽃이 있다지. 그 꽃만이 나의 병을 낫게 한다 하였다.

노쇠한 왕의 목소리는 천금보다 무겁고, 늪처럼 아득했다.

어느 누구도 쉬이 나설 수 없어 눈치만 보던 적막. 살아 돌아온다는 기약도 없고, 운 좋게 돌아온다 해도 빈손으로 오게 되면 그 또한 목숨이 달아날 것이 자명한 일이었다. 그럼에도 지화가 움직인 것은 지엄한 왕의 명이어서가 아니었다. 애달픈 아비의 명이기 때문이었다.

"공주 아기씨, 이 이상 저곳으로 들어가는 것은 위험하옵니다. 사람의 발길이 드나든 흔적이 없고, 오직 짐승만이 다니는 길로 보이옵니다."

"알고 있다. 하나, 강을 거슬러 오르는 길이 이곳 말고 또 있느냐? 내 눈엔 보이지 않는다."

흔들림 없고 단아한 목소리였다.

목소리의 주인인 지화는 폭우 속에서 눈을 들어 제 곁에 남아준 자들을 가늠해보았다. 궁에서 출발할 때의 인원에 반절도 미치지 못하는 서너 명. 그나마 그 눈들도 피로와 불안으로 가득했다.

눈치 빠른 자들은 공주를 버리고 도망친 지 오래였다. 왕께서 귀하디귀한 공주를 왜 이런 험한 곳으로 보냈겠는가. 그것은 왕께서 공주가 돌아오지 않기를 바랐기 때문이었다. 정녕 목적이 꽃이었다면 궁궐의 가장 구석, 있는지도 모를 곳에 거하게 하고 일곱 해 동안 불러들인 일 없던 공주를 불러 꽃을 가져오라 명하진 않으셨을 터. 다시 말하면, 이곳이 공주의 죽을 자리였다.

"외람되오나 이쯤에서 찾지 못했다 하고 돌아가시는 게 어떠하겠습니까?"

"어명이다. 빈손으로 돌아갈 순 없어."

"그럼 그냥 이대로 도망가시는 것은 어……."

거기까지 말하던 궁녀는 제 입을 합 막아버렸다.

환영받지 못하는 공주.

목숨을 부지하려면 존재하는지도 모를 꽃을 찾는 게 아니라 도망가는 것이 살 길이라고 모두가 뒤로 말하던 참이었는데 그만 입 밖으로 나와버렸다. 그 마음을 어찌 지화라고 하여 모르겠는가.

지화가 제 머리 위에 덮어쓴 우비를 뒤로 젖혔다. 순식간에 검은 머리카락이 젖어들고, 하얀 얼굴에 곧바로 빗물이 미끄러졌다. 기다란 속눈썹과 붉은 입술에도 물기가 맺혔다.

올해 열아홉이 된 지화의 얼굴은 어느 여인들과 견줄 수 없을 정도로 단연코 조화롭게 아름다웠다. 그러나 그녀가 가진 총명함과 기백은 한낱 외모 따위에 비할 것이 아니었다. 왕가의 핏줄 중에 가장 현명하고 어진 자질을 가지고 있는데 어찌하여 왕의 미움을 샀는지 모를 일이었다.

"여기까지 와주어서 다들 고맙다. 이곳부턴 나 혼자 갈 것이니. 궁으로 돌아가게 되면 나와는 짐승에 쫓겨 부득이하게 헤어졌다고 고하거라. 찾아보았으나 찾을 수 없었다고. 전하께서 약조하셨으니 그로 인해 너희를 벌할 이는 없을 것이다."

"⋯⋯."

"너희는 할 만큼 했고, 잘 따라와주었다. 그리고 여기부턴 나의 몫이야. 다들 알고 있지 않느냐? 적어도 내가 이곳으로 들어가더라고 궁으로 돌아가 증언을 해줄 이들이 필요하다는 것을. 그것이 너희가 해주어야 할 마지막 일이다."

지화는 어찌할 줄 몰라 입을 다물고 있는 이들에게 자신이 지니고 있던 작은 주머니를 내밀었다. 궁인 중 하나가 그것을 열어보니 여비로 쓰기 위해 지화가 가지고 나왔던 돈과 패물이었다.

"그 정도면 돌아가서도 한동안은 넉넉히 쓸 수 있을 것이다. 나누어 가지거라. 지금은 내가 줄 수 있는 것이 그것뿐이구나."

"이걸 저희에게 주시면 아기씨께서는⋯⋯."

"나는 이제 필요가 없다."

지화도 알고 있었다. 이곳은 제 끝이거나, 그렇게 될 가망이 높은 곳이라는 것을.

지화의 결심을 읽은 궁인들의 눈가가 떨려왔다. 전하께서는 어찌하여 공주 아기씨께 이토록 잔인하실까.

궁인들은 지화에게 머리를 조아렸고, 지화는 젖혔던 우비를 바로 잡고 다시금 걸음을 옮겼다. 아바마마께서 꽃을 찾으라 하셨으니 그 외에 다른 생각은 하지 않기로 했다.

물러서지 않으면 살 것이나 물러서면 죽을 것이다. 물론 지화 공주는 순순히 죽어줄 생각도, 이름 없이 도망칠 생각도 없었다. 적어도 자신의 끝이 이곳이어선 안 된다. 제 끝은 스스로 선택할 것이다. 만약 그것이 어명을 거스르는 일이라 하여도.

"으악! 꺄악!"

그러나 호기롭고 당당하게 궁인들을 돌려보낸 모습은 온데 간데없이 지화는 몇 번이나 비탈길에서 미끄러질 뻔하며 비명을 질렀다. 위엄 있게 궁인들을 대하던 모습은 대외적인 왕족의 모습이었을 뿐, 이곳에서 그런 쓸모없는 껍데기는 필요 없었다. 오직 죽느냐, 사느냐가 그녀의 손에, 아니 머리에 달려 있었다. 몇 년간의 눈칫밥에도 굴하지 않은 긍정적인 사고와 대찬 생활력이 장점이 될 날이 올 줄이야.

빗물에 약해진 지반은 조금만 발을 헛디뎌도 금방 허물어지거나 미끄러지기 일쑤였다.

"정신 차리자, 정신."

비에 젖은 우비가 시간이 지날수록 더욱 무겁게 느껴졌다. 산중에서, 그것도 폭우까지 쏟아지고 있는데 우장을 다 벗어 던질 순 없었다.

분명 이곳을 훤히 꿰뚫고 있는 약초꾼이 있다고 했어.

지화가 찾고 있는 것은 꽃이 아니라 이곳에 아주 오래전부터 거하고 있다던 약초꾼이었다. 이 험한 곳 어느 절벽에서 초행인 저가 꽃을 찾을 수 있겠는가.

무리다. 이곳을 제 손바닥 보듯 잘 아는 자가 필요했다.

그때, 물러진 땅을 밟은 지화가 그대로 경사진 길로 미끄러졌다. 순간적으로 손이 닿는 곳에 있는 나무를 두 손으로 잡고 버텼지만 나무는 지화의 무게를 오래 버티지는 못할 것이다.

"으……, 거기 누구 없어요? 도와…… 도와주세요!"

누가 있을 리 없다는 것을 잘 알면서도 지화는 아무것도 디뎌지지 않는 발을 허공에 띄우고 있는 힘을 다해 소리쳤다.

"제발 살려주세요! 사람 살려!"

"세상에나!"

예상치 못한 목소리에 번뜩 고개를 들자, 지화가 잡고 있는 나무 위쪽에서 사람 좋은 인상의 아주머니가 화들짝 놀라며 지화를 보고 있었다.

"이런 길에 어찌 사람이…… 아니지, 빨리 내 손을 잡아요."

중년 여인이 소매를 걷으니 통통한 팔목이 드러났다. 여인이 낑낑대며 손을 뻗자 지화는 금방이라도 뽑힐 나무를 대신해 여인의 손을 빠르게 덥석 쥐었다. 나무가 뽑힌 것은 그와 거의 동시에 일어난 일이었다. 정신을 차린 지화가 어디든 닿을 수 있는 곳에 발을 디뎠다. 한 발을 디디니 다른 한 발을 딛는 것은 조금 더 수월했다. 하여 지화는 시간은 걸릴지언정 길을 타고 올라 가까스로 바닥에 엎어질 수 있었다.

한숨 돌린 지화가 비틀거리며 일어나 여인에게 인사를 전했다.

"가, 감사합니다."

"아유, 이런 산길에 젊은 처자가 무슨 일이래, 대체."

"이곳에 살고 있다는 약초꾼을 찾아왔습니다. 혹시 알고 계십니까?"

"약초꾼? 알다마다. 제대로 찾아왔구먼."

"정말이십니까? 혹시 그 약초꾼이 사는 곳이 어디인지 가르쳐주실 수 있으신지요?"

"물론이지. 여기서 그리 멀지도 않다우. 날 따라와요."

여인은 어깨에 대충 둘러두었던 쓰개를 고쳐 쓰며 지화보다 앞서 걸었다. 걸음이 빠르고 좀처럼 지치는 기색이 없는 것이 이곳에 사는 사람인 듯 보였다. 듣기로는 약초꾼만 외따로 거한다 했는데 마을이라도 있는 걸까?

"한데 약초꾼한테는 무슨 일로?"

"찾고 있는 약초가 있어서요. 그분께서는 조선 팔도의 약초에 대해 모르는 것이 없다고 들었습니다."

"그럼, 그럼. 어떻게 소문이 났는지 저 멀리 탐라에서도 그 자를 찾아서 오더라고."

"아주 많이 유명한 분인가 봐요."

"유명하지. 사람에게도, 사람이 아닌 것에게도."

사람이 아닌 것?

지화는 문득 앞서가는 여인의 발자국을 보게 되었다. 디딜 자리를 보려다 우연히 보게 된 것인데 여인의 발자국은 거의 찍혀 있지 않았다. 진흙탕 속에 묵직하게 푹푹 찍힌 제 발걸음을 뒤돌아보니 확연한 차이가 느껴졌다. 무언가 이상함을 느낀 지화는 주위를 둘러보았다. 비록 빗속이었으나 저 바위와 나무는 분명 지나친 기억이 있었다. 여인과 만난 직후에. 특이한 모양으로 뻗은 나무라 저절로 기억에 남았었다.

"저, 혹시 이 길은 조금 전에 지나쳤던 길이 아닌가요?"

"응? 여기? 눈썰미가 아주 좋네, 처자."

지화가 우뚝 걸음을 멈추었다. 여인도 천천히 걸음을 멈추더니 뒤를 돌아 지화와 마주 보았다. 여전히 사람 좋은 미소를 띠고 있던 여인의 얼굴에서 한순간 미소가 걷혔다.

"여기가 어떤 곳인지는 알고 온 건가?"

여인이 지화에게로 다가섰다.

"물길이 시작되는 신성한 곳. 이곳에선 보이는 그대로를 믿으면 안 돼. 영산의 기운이 워낙 신령해서 본모습을 가리거든."

지화는 주춤 한 걸음 뒤로 물러섰다. 그와 함께 여인도 꼭 그만큼 다가섰는데 그것만으로도 위협이 되긴 충분하였다.

"조심해요. 또 떨어지면 어쩌려구. 그럼 그 고운 살결 찾지도 못하게 천리 벼랑길에서 다 찢긴다우."

"누구냐, 너는."

"인간의 냄새는 아주 강해서 다른 것들을 미혹하기가 좋아. 나를 비롯해서."

"귀신인가?"

"아하하, 여긴 그런 건 없어. 다만 더한 것이 있지. 조금 더 맴돌아서 힘이 빠졌더라면 좋았을 것을. 아직 도망칠 힘이 충분해 보여서 아쉽네."

지화는 여인의 눈에서 살기를 느꼈다. 왠지 모르지만 사냥감을 앞에 둔 맹수의 눈이라는 것이 알아졌다. 지화는 있는 힘을 다해서 뒤돌아 뛰었다. 뒤쪽에서는 사람이라면 날 수 없는 네 발의 소리가 빠르게 뒤쫓아 붙었다. 빗물에 눈이 흐려졌다. 아니, 눈이 흐려진 것은 빗물 때문이 아니었다.

이곳은 처음부터 모든 것이 이상했다. 보이는 그대로를 믿을 수 없는 곳.

한참을 달리던 지화가 균형을 잃고 데굴데굴 굴렀다. 흙탕물이 형편없이 튀었다. 엎어져 있는 지화의 시야로 하얀 털이 돋아난 발이 보였다.

"에그, 고운 얼굴에 상처가 생겼네. 딱하기도 해라. 낯선 곳에서 만난 자는 항상 조심해야지. 보이는 것만 믿는 게 인간의 문……제라…… 커컥, 컹!"

여인의 말소리가 끊기자 지화가 급히 고개를 들었다. 낯선 발이 보였다. 이번엔 사람의 것이었다. 그것도 사내의. 발에서 시선을 위로 올리기에도 한참 걸릴 정도로 키가 큰 사내였다. 사내의 뒷모습만 보였기 때문에 지화는 아직 그의 얼굴을 확인할 수 없었다.

하얀 짐승의 목덜미를 움켜쥐어 허공으로 들어 올린 사내가 나지막하게 입을 열었다.

"드디어 잡았군, 여우 새끼."

여인이라 믿었던 여우는 사내에게 잡힌 이후로 그저 '켕, 켕' 신음만 낼 뿐이었다.

지화가 서둘러 몸을 일으켰다. 다리와 팔에 작은 생채기가 생겼지만 그런 것은 중요하지 않았다.

"사, 사람이오?"

지화의 물음에 그제야 사내가 고개를 돌렸다. 검은 머리카락에 가려져 있던 얼굴이 어슴푸레한 빛에 드러났다. 희고 유려한 얼굴. 낮은 목소리만큼이나 시선을 묶어두는 자였다. 짙은 눈썹 아래의 서늘한 눈매와 보기 좋게 뻗은 콧날, 굳게 다문 붉은 입술까지. 어쩐지 현실감이 없을 만큼 훤칠해 이 밤과 이 산중에 어울리는 자는 아니었다.

이곳에 거하는 사내라면…….

"호, 혹 이곳에 살고 있다는 약초꾼이 그대이시오?"

사내의 손아귀에 잡혀 발버둥 치던 여우가 축 늘어졌다. 그와 동시에 지화를 보는 사내의 미간이 쓰게 접혔다. 그 작은 표정 변화만으로도 사내의 불편한 심기가 전해졌다.

약초꾼이 아니라…… 사냥꾼이었던 건가.

잠시 침묵에 싸인 지화와 사내의 시선이 허공에서 아슬아슬하게 닿았다.

"사람이오?"

지화가 다시 한 번 검현에게 물었다. 검현은 답을 하는 대신 제 손에 쥐인 여우를 보았다. 맥은 펄떡펄떡 뛰고 있었으나 눈을 감고 있는 것이 겉보기엔 혼절한 듯 보였다.

검현이 여우를 들고 있던 팔을 아래로 내렸다. 여우의 다리가 바닥에 걸쳐지자 정신을 잃은 척하던 여우가 어색하게 다리를 슥 오므렸다.

"이 여우 새끼, 잠든 척하면 모를 줄 아는가."

목을 움찔, 움츠린 여우가 실눈을 뜨려다가 검현의 기세에 그냥 다시 눈을 감았다.

"그대는 사람이냐니까?"

"거참, 시끄럽네. 그러는 그쪽은 사람인가?"

"무, 물론 나는 사람이오. 나는 이곳에 산다는 약초꾼을 찾고 있소."

"난 약초꾼 따위가 아닌데."

"그럼 약초꾼은 어디로 가면 만날 수 있소? 나는 그를 꼭 만나야 하오."

"이곳에 거하는 것은 나 말고는 없소."

결국 지화가 찾는 사람이 눈앞의 사내가 맞는다는 이야기였다. 약초도 캐고 사냥도 하고 두루두루 겸업하는 사내인 걸까.

검현이 돌아서려 하자 지화가 다시 그를 불렀다.

"자, 잠시만! 도와주시오. 나는 공자를 만나기 위해서 한양에서 왔소. 물길이 시작되는 곳에 가려면 그곳에 사는 약초꾼을, 아니 공자의 업이 무엇이 됐든 아무튼 공자를 찾아가라고 누군가 일러주었기에."

"물길이 시작되는 곳?"

"그렇소. 저 계곡이 시작되는 곳에 절벽이 있고, 그곳에 스스로 빛나는 꽃이 있다 들었소. 나는 그것이 필요하오."

"그 꽃이 무슨 꽃인지나 알고 필요한 것이오?"

"무슨 꽃인지는 중요하지 않소. 그저 그 꽃을 가지고 돌아가는 것이 나의 일이오."

"나와는 상관없는 일인데 내가 왜 그 일을 도와주어야 하지?"

날카로운 질문이었다. 당연한 검현의 물음에 지화가 준비해 온 대답을 꺼내놓았다.

"공자께서는 이곳에 유배를 온 것이라 들었소. 그 유배를 내가 풀어줄 수 있소."

지화의 말을 듣고 있던 검현의 눈이 찌푸려지는 듯하더니 이내 피식 웃어버렸다. 즐거워서 웃는 웃음이 아니라 실로 오랜만에 듣는 하찮은 소리여서.

"이봐, 나의 유배는 그대가 풀어줄 수 없는 것이오."

"아니오. 할 수 있소. 내가 아니라 나의 아비께서. 나의 아비는 이 나라의 왕이시오."

검현은 지화가 자신의 신분이 공주라는 것을 밝히는데도

별다른 반응을 보이지 않았다. 왕의 권위가 먹히지 않는 자인 것이 분명했다. 그렇다면…….

"유……배 외에도 내가 돌아가면 길 안내에 합당한 값을 치르겠소. 비록 지금은 가진 것이 없으나 돌아가기만 한다면 내가 가진 재물을 모두 주겠소. 부탁하오."

"내가 원하는 것은 이 땅을 아무도 어지럽히지 않는 것이오. 이 여우 새끼처럼 소란스럽게 만드는 것들을 가장 싫어하지. 그러니 아무것도 건드리지 말고, 그 어느 곳에도 눈길 주지 말고 조용히 나가시오, 공주."

서늘한 눈빛에서 확실한 거절의 뜻이 읽혔다. '당장 꺼지지 않으면 너도 이 여우 꼴이 될 거야.'라는 의미 또한.

검현이 돌아섰다. 비가 거세졌다.

"그……."

검현에게 끌려가던 여우가 눈을 번쩍 뜨고 지화를 불렀다.

"야, 인간! 이렇게 포기하기야? 이자에게는 부탁이 아니라 명을 해야 먹힌다고."

"명?"

여우의 쓸데없는 소리에 검현이 다시금 여우를 들어 올리고 그 입 닥치라는 듯 목덜미를 흔들었다.

"켁, 켁, 여우 살려! 이자의 이름을 부르면 인간의 명령에 따라줄 거야. 아무도 알지 못하는 이름이 알려지면 이자는 그게 무엇이든 하나의 명을 반드시 이뤄주도록 되어 있어."

"이, 이름이 무엇이오, 공자?"

"켁, 설마 이자가 그걸 가르쳐줄 거라 생각하고 묻는 거 아니겠지, 인간?"

"그럼 너라도 내게 그분의 이름을 알려다오."

"크헉, 안 돼. 우리는 이자의 이름을 부를 수 없게 되어 있다고!"

여우는 검현에게 끌려가면서도 구질구질하게 소리를 높였다. 지금 저가 살아날 방도는 지화밖에 없다는 듯. 지화도 이대로 포기할 수가 없어 그들의 뒤를 쫓았다. 검현은 뛰지 않았으나 워낙 키가 크고 보폭에 거침이 없어 지화는 뛰어야만 그들을 쫓을 수 있었다.

지화는 머릿속에 생각나는 이름을 일단 다 꺼내보았다.

"유, 윤성? 영? 휘? 도운?"

"아니야, 이자의 모습을 보고 떠오르는 것이 이자의 이름이야."

거기까지 말한 여우는 검현에 의해 입이 다물어졌다. 검현이 친히 주둥이를 벌리지 못하게 틀어쥔 덕분이었다.

"이 여우 새끼, 다시는 떠들지 못하도록 펄펄 끓는 솥에 넣어주지."

"은 돼. 그근므는 제발…… 드그 은 처자시기 있드그(안 돼. 그것만은 제발…… 두고 온 처자식이 있다고)."

"입만 열면 거짓부렁이군."

"……미은, 스실 처자시근 으쓰(……미안, 사실 처자식은 없어)."

주둥이가 잡혔지만 복화술이라도 하는 건지 여우는 제법 말을 잘 이어나갔다.

"그래드 인근. 이르믄 거지시 아느(그래도 인간. 이름은 거짓이 아냐)."

여우의 말에 이제 다급해지는 것은 지화였다. 뒤처지지 않기 위해 숨이 턱까지 차오를 정도로 뛰었다.

겉모습이라…… 겉모습?

"잘생긴 거? 미, 미남?"

"느 므 하나, 강탄 플그 보이는 느끔 마리야(너 뭐 하나, 감탄 말고 보이는 느낌 말이야)."

사심이 너무 들어갔나? 그렇지만 검현은 지화가 본 사람 중에 가장 잘생긴 자가 맞긴 했다.

"으, 자 바. 시끄매, 시끄매! 뜨으르는 그 으쓰(으, 잘 봐. 시컴해, 시컴해! 떠오르는 거 없어)?"

"시커멓다고? 검다고?"

"그르, 그그(그래, 그거)!"

"이 여우 새끼 솥까지 갈 것도 없이 저 벼랑으로 던질까."

세 명이, 아니 두 명과 한 마리가 각자의 할 말만 하니 소란도 이런 소란이 없었다.

사내의 옷은 검었고, 머리카락 또한 검었으며, 눈은 그보다 더 어두운 심연의 빛이었다. 산중의 비로 인해 날은 춥디추웠다. 지화의 입에서 입김이 피어올랐다.

"검다면, 검을 흑? 검을 여? 검을 현?"

이제 아주 주둥이를 꽁꽁 틀어 막힌 여우는 소리도 내지 못했다. 그러나 무언의 몸짓으로 지화에게 거의 다 왔다는 표시를 해 보였다.

힘내라, 인간!

여우는 다리 두 개를 번쩍 들어 이름이 두 글자임을 알렸다. 눈치 빠른 지화가 그 뜻을 읽고 외치려는 순간, 지화의 목에 섬뜩한 한기가 드리워졌다. 지화는 천천히 고개를 내려 제 목에 닿은 것이 칼날임을 확인했다.

"더 이상 귀찮게 하지 말고 이쯤에서 끝냅시다, 공주."

"누가 보낸 자인가?"

"그게 무엇이 중요하오? 누가 보냈든 공주가 살아 돌아오길 바라는 이는 없는데."

그대로 지화가 끌려가는 것을 본 여우가 고개를 세게 흔들어 겨우 입은 벌릴 수 있게 되었다.

여전히 걸음을 멈추지 않는 검현에게 여우가 말했다.

"저기 인간이 잡혀간다. 안 도와줄 거야?"

"잔머리 쓰지 마라. 저치들 도와준다고 네놈을 놓아줄 일 따윈 없을 테니."

"아니야. 생각해봐. 저 여인 말고도 인간들이 들어왔다는 건 여기가 시끄러워진다는 걸 뜻해. 네가 가장 싫어하는 게 그거잖아? 아오, 목 좀 살살 잡아! 동네 짐승들, 여기 이자가 여우 잡소!"

"떠드는 걸 보니 아직 살 만한가 보군."

"이런 인정머리 없는 자 같으니라고! 나야 짐승이니까 모르지만 넌 동병상련, 뭐 그런 거 알잖아. 저 여인도 너와 같이 부모에게 버려진 자라고."

"살려고 아무 말이나 하지마라."

"딱 보면 알지. 자기 입으로 아비가 왕이라 했잖아. 한데 귀한 공주를 이 영산에, 그것도 홀로 보냈다고? 죽으라고 보냈거나 돌아오지 말라고 보낸 거야. 몰랐으면 모를까 보고도 보내면 넌 정말 피도 눈물도 없는 거다. 그 아비에 그 아들…… 컥!"

"나에 대해서 잘 아네. 정말 피도 눈물도 없는 게 뭔지 곧 알게 해주지. 넌 이대로 나와 같이 물길이 시작되는 곳으로 갈 거다. 거기서 솥에 넣을 거야."

"너도 물길이 시작되는 곳으로 가는 길이었어?"

검현의 날카로운 시선에 여우는 그만 입을 다물었다. 무슨 말로 꼬드겨도 넘어오지 않고, 귓등으로도 듣지 않는다.

나야말로 못자리가 영산일 줄은. 이럴 줄 알았으면 정말 처자식이라도 만들어 둘 걸 그랬다고 생각하며 여우는 괜스레 슬퍼졌다.

"우리가 죽었다는 증좌가 남으면 곤란하니 알아서 떨어지시오. 시신은 수습해서 궁으로 가지고 가줄 테니."

지화는 칼에 떠밀려 까마득한 비탈길 앞에 섰다. 막아줄 나무 하나 없고 떨어지면 요행이라도 목숨을 부지할 수 없는 높이였다. 죽음을 눈앞에 둔 지화는 어느 때보다 머리가 차분해졌다.

"전하께서는 번거로운 것을 싫어하시니 전하이실 리는 없고. 너희들을 보낸 분은 중전 마마이신가?"

지금의 중전은 지화의 친모가 아니었다.

먼 과거의 어느 때에 왕께서는 한 여인을 더없이 아끼셨다. 간택 날, 우연히 회랑에서 처음 본 순간부터 반해 그 여인이 아니면 아무도 제 옆자리를 허할 수 없다고 할 정도였다.

여인은 그렇게 유력한 내정자를 제치고 중전이 되었고, 지화를 낳았으며 그로 인해 몸이 약해져 자리에서 일어나지 못하는 날이 많았다. 그렇게 시름시름 앓다가 중전은 지화가 열두 살이 되던 해 세상을 떠났다. 거기까지가 세간에 알려진 이야기였다.

왕이 딸인 지화를 보고 싶어 하지 않는 심정도 이해가 되지 않는 것은 아니었다. 지금의 중전은 대신들의 성화에 못 이겨 맞이한 이로 지화에겐 새어미가 되고, 후에 원자도 보았다.

왕께서 지화를 보고 싶어 하지 않아 내치듯 하셨으니 새 중전 또한 지화를 살피는 일은 없었다. 그렇게 죽은 듯 살아온 게 일곱 해인데 왜 갑자기 왕께서는 병환을 핑계로 지화를 불러들여 명을 내리고, 중전은 살수들을 보냈을까.

이해되지 않는 부분이 많았다.

"이미 다 알고 있으면서 뭘 물어보는 거지? 가는 마당에 그런 것들이 무슨 소용이라고."

"내가 살아있다는 사실이 모두를 힘들게 한 건가?"

"알아들었으면 어서……."

"한데 그게 뭐. 살아 있는 게 나의 잘못도 아닌 것을. 이해관계가 어떠하든 나는 이렇듯 살아있지 않느냐. 그러니 나는 이런 곳에서 쉽게 죽어줄 생각이 없다."

지화는 제게 칼을 겨눈 살수가 방심한 틈을 타 그자의 팔을 꺾고 세게 걸어찼다.

"으아악!"

지화를 겨누던 칼은 도리어 고꾸라진 살수의 손을 베고 떨어져나갔다.

"잡아!"

지화가 비탈길을 위험하게 내달렸다. 어차피 이래도 죽고, 저래도 죽는다면 반드시 꽃을 구해가서 대체 뭘 시험하고 싶으셨던 건지 여쭤보기라도 할 것이다. 지화가 달린 길을 따라 둥글게 늘어선 살수들이 지화에게 칼을 겨눴다.

"하아, 하아!"

가장자리에 있던 살수가 화살을 날리려던 때였다. 살수가 반 보 정도 앞을 디뎠을 뿐인데 설치해둔 덫에 발목이 걸려 눈 깜짝할 사이 나무에 거꾸로 매달리고 말았다.

"뭐, 뭐야!"

그것을 시작으로 남은 살수들도 뭉뚱그려서 그물에 갇혀 허공으로 떠올랐다.

"어, 어?"

놀란 지화가 입을 벌렸다. 이런 곳에 덫이 있으리라곤 예상 못한 살수들도 저들끼리 엉켜 허둥거렸다.

"여우 새끼 잡으려고 놓은 덫에 뭐가 이리 많이 걸렸어."

지화는 멀지 않은 곳에 서 있는 검현을 바라보았다. 검현이 귀찮게 됐다는 표정으로 낮은 한숨을 쉬었다.

밤을 흔들던 비가 가늘어지고 있었다.

검현은 분명 제 갈 길로 떠났었는데, 어느새 지화의 곁으로 돌아와 있었다. 그게 덫을 확인하러 온 것이든 혹은 다른 이유로 온 것이든 낯선 자들 사이 지화가 아는 얼굴은 검현이 유일했다.

그 작은 사실이 반갑기 그지없었다. 비록 짧은 만남과 그보다 더 짧은 헤어짐도 아는 것이라 할 수 있다면 말이다.

지화가 서둘러 검현에게로 달려갔다.

"이 그물이 그대의 것이오? 귀찮게 해서 미안하게 되었소."

시끄러운 여우가 여인을 발견했고, 떼로 몰려온 살수들도 여인으로 인한 것이었다. 그러니 이 여인만 영산 밖으로 돌려 보내면 귀찮은 일은 사라지겠지.

검현은 그렇게 생각을 정리했다.

"물길이 시작되는 곳까지만 안내해주면 더는 귀찮게 하지 않고 꽃만 가지고 이곳을 떠나겠소."

지화의 말에 검현은 속으로 쓰게 웃었다. 꽃을 지키는 자에게 꽃을 내어달라니. 이 여인은 자신의 요구가 얼마나 가당치도 않은 것인지 알지 못한다.

그때, 처음 덫이 끊어지며 잡혔던 자가 지화를 향해 달려왔다. 검현의 시선이 제 앞에 서 있는 지화를 넘어 달려오는 살수에게로 향했다.

검현은 한 팔로 지화의 어깨를 안아 자세를 낮추게 하고는 덤벼드는 자를 발로 돌려 찼다. 그대로 살수의 몸이 공중으로 뜨더니 쿵, 떨어졌다.

너무나도 빠른 검현의 동작에 지화의 눈이 커졌다. 검현의 머리카락이 바람에 흩날렸다.

검고 검은 자. 검은 어둠 속에 이름이 숨은 자.

그 이름으로 오직 두 글자만 허한다 하였다. 그러니, 보이는 그대로 이자의 이름은⋯⋯.

"⋯⋯검을 현(玄). 검현."

제 이름이 불리자, 검현의 시선이 살수에게서 지화에게로 향했다. 자세를 낮추고 있던 두 사람의 시선이 마주 닿았다.

"검현이오? 그대의 이름."

영산에서 쫓아내려 한 여인이 마침내 검현의 이름을 찾아내었다.

검현이 무어라 반응할 사이도 없이 쓰러졌던 살수가 다시 칼을 쥐고 지화에게 달려들었다. 그러나 검현이 채 일어나기도 전에 지화가 그의 머리를 감싸 안았고, 그와 동시에 '퍽' 소리가 이어졌다.

꽤 크고 둔탁한 나무토막이 지화의 등에 부딪혀 떨어졌다.

검현이 이를 으득 물고 시선을 돌린 곳에 여우가 있었다.

"나, 나, 나는 살수를 맞히려 했는데! 아무튼 검현도 물길이 시작되는 곳으로 가는 길이라 하였다, 인간. 아오, 난 이제 모르겠네."

여우는 검현과 눈이 마주치기 전에 다시 혼절한 척 바닥에 쓰러졌다. 등줄기를 타고 흐르는 뜨끈한 통증과 함께 지화의 눈앞이 흐려졌다.

검현은 무너지는 지화의 무게를 받아 안았다.

"검현, 나도 그곳으로 데리고 가주시오. 명이 아니라…… 부탁이오."

지화는 그 말을 끝으로 흐릿한 시선을 닫았다. 잠시 정신을 잃은 것이다.

검현의 품에 미약한 온기와 무게가 그대로 전해졌다.

살수가 멈추지 않고 두 사람에게로 내달렸으나 검현은 미동도 하지 않고 지화를 눈에 담았다.

사라락. 사라락.

볼을 훑고 가는 보드라운 느낌에 지화의 눈이 떠졌다. 따뜻한 아침 햇살과 포근한 온기가 함께였다.

가장 먼저 눈에 들어온 것은 낯선 천장이었다. 그때, 불쑥 하얀 꼬리가 시야에 끼어들었다.

"비탈에서도 그렇더니 명이 짧은 인간은 아니구나."

벌떡 몸을 일으킨 지화가 제 옆에 앉아 있던 여우를 보았다. 꿈이 아니었다. 어제의 그 모든 게 모두. 말하는 여우까지도.

"내 소개가 늦었군. 나는 영산에 살게 될 백호라 한다. 앞으로 백호님이라 부르도록."

자신을 백호라 소개한 여우가 제 꼬리로 지화가 누워 있던 침상을 '탁탁' 두어 번 내리쳤다. 어제부터 보았지만 현실감 없는 모습에 지화의 눈이 살짝 동그래졌다.

"어, 그……."

"말하는 여우 처음 봐?"

"응."

"황송하게 생각해. 인간이 말하는 영물을 만나는 건 쉽지 않은 일이니까."

"어제 넌 날 잡아먹으려 했었잖아."

"잡아먹긴 무슨. 모든 여우가 인간을 잡아먹는다는 거 편견이다. 그리고 난 이용 가치가 있나 잠깐 시험해본 거지. 그리고 넌 통(通)을 받았고."

"이용 가치?"

어느새 백호는 말끔한 사내의 모습으로 둔갑했다. 검현보다 선이 고운 미소년의 느낌이었다.

물론 이 또한 어제 여인의 모습처럼 본모습이 아닐 것이다. 해사하게 미소 지은 백호는 몸을 기울여 한층 아슬아슬하게 지화의 귀에 대고 속삭였다.

"그자의 이름을 찾아낸 거 기억 안 나? 내가 그걸 도왔잖아."

왜인지는 알 수 없었지만 여우는 분명 지화가 그의 이름을 부르면 그가 지화의 명을 들어줄 것이라 했었다. 유배 온 관리이기 때문에 이름이 알려지면 골치 아픈 일이라도 생기는 것인가. '검현'이라 불러보았는데 맞았나 보다. 검고 검어 심연의 어둠 같은 이의 이름은.

"그러니까 우선…… 이것 좀 풀어줘."

백호는 제 발목에 묶인 줄을 가리키며 지화에게 말했다. 동아줄이었다.

"그 나쁜 놈이 날 이걸로 묶어놨어! 피도 눈물도 없는 놈!"

"네가 풀면 되잖아. 지금은 손도 있구만."

"너 여우는 동아줄을 풀 수 없는 거 몰라? 그러니까 이건 인간으로 치면 이름 같은 거라고. 벗어날 수 없는 속박. 어우, 난 이 동아줄이라는 소리도 뭔가 소름 돋아. 다시 태어나도 별로 듣고 싶은 소리는 아니야."

지화는 여우의 말이 무슨 뜻인지 다는 알아들을 수 없었지만, 궁금한 것이 생겼다.

"검현은 너와 같은 자인가? 모습을 바꾸는…… 영물?"

"아니. 검현은 영물 따위가 아니야."

지화가 동아줄을 풀어주자 백호는 한껏 신난 표정으로 바닥에 내려섰다. 몸이 말할 수 없이 가벼웠다.

"꽃을 구하러 왔다고 했지? 좋아. 동아줄을 풀어줬으니 나도 물길이 시작되는 곳까지는 따라가 주겠어."

"검현은 어디에 있어?"

백호가 고개를 까닥해 보였다. 문을 열고 나가보라는 뜻이었다.

침상에서 내려온 지화가 나무 문을 열고 밖으로 나가자 더욱 환한 빛이 쏟아져 내렸다. 지화가 있는 장소는 산의 꼭대기만큼이나 아주 높았고 굽이치는 물길이 훤히 내려다보이는 곳이었다.

간밤의 비는 흔적을 찾을 수 없었다. 환한 빛 속에서 물을 바라보고 있는 검현의 뒷모습이 보였다. 지화는 손을 들어 내리쬐는 빛을 가려보았다. 기척을 느낀 검현이 천천히 고개를 돌렸다.

밝은 곳에서 보니 더욱 훤칠한 이였다. 사람이 아닐지도 모른다 착각한 게 당연했을 정도로.

검현이 빠르지도, 느리지도 않게 지화에게로 걸어왔다.

어제 본 검은 밤하늘이 검현의 눈동자에 담겨 있었다. 지화는 일찍이 그와 같이 키가 큰 이를 본 적이 없었다.

검현의 눈빛은 어쩐지 지화의 속을 들여다보고 있는 기분이 들 정도로 올곧았다. 서늘하고 무감한 시선은 오직 지화에게만 닿아 있었다.

뭘까, 이 여인.

저보다 머리 하나는 작은 이인데 어디서 용기가 나와 위험으로부터 저를 지켜준 것일까.

은혜를 입었다 하긴 무엇하였지만 그렇다 하여 그것이 은혜가 아니라 하기에도 무엇한 은혜. 비록 그게 여우가 던진 나무라 할지라도 이 여인이 검현 저를 도와준 것은 맞았다.

게다가, 이름을 불러버렸지.

검현의 마음을 알 리 없는 지화가 순한 눈망울로 깜빡, 깜빡, 검현을 올려다보았다.

"가는 길이 같으니 물길이 시작되는 곳을 가르쳐주는 건 어려운 일이 아니오. 다만 그 전에 확실히 해둬야 할 것이 있소."

"그게 무엇이오?"

"첫째, 이름을 안 대가로 내게 명할 수 있는 것은 오직 하나. 일단 들어보고 그게 부당한 것이라면 난 따르지 않소."

"명을 내릴 일이 있을지는 모르겠지만 일단은 알겠소."

"둘째, 이곳을 벗어나면 나의 이름을 지울 것. 그쪽 입에서도, 머리에서도."

"그리되면 유배를 풀 수가……."

"셋째, 나는 절벽으로 안내할 뿐 꽃을 꺾어주지는 않소."

"그것이라면 걱정 마시오. 원래 내가 할 일이었으니."

어느새 다가온 백호가 두 사람 사이에서 와락 어깨동무를 했다.

"누가 보면 이자가 아니라 공주가 명을 들어야 하는 줄 알겠어. 공주, 내릴 수 있는 명은 오직 하나지만 그 하나는 반드시 이루어주게 되어 있어. 그러니 지금 당장 이 자리로 꽃을 꺾어 대령하라는 명을 내려. 그 절벽은 사람이 오를 수 없는 곳이라고 들었어."

검현이 제 어깨에 올라온 백호의 손을 꺾어버리자 짧은 비명이 터져 나왔다. 역시 동아줄로 묶는 게 아닌 가마솥에 넣어버려야 했나.

마찬가지로 차분하게 백호의 손을 치운 지화가 검현을 바라보았다.

"명을 따라야 하는 자의 마음이 움직이지 않는다면 명은 의미가 없소. 또한 나는 목숨을 걸어야 하는 명은 내리지 않아. 그러니 내가 검현에게 그런 명을 내릴 일은 없을 것이오."

"어리석기는! 절벽 못 오른다니까? 그럼 꽃도 못 구하고?"

"그럼 어쩔 수 없는 일이겠지. 그래도 나를 그곳으로 데리고 가주시겠소, 검현?"

한탄하는 여우와 달리 검현은 냉랭하고 동요가 없는 눈으로 지화를 보았다.

자신에게 이득이 되는 명을 내리지 않는 왕족이라니. 그런 자는 이제껏 본 적이 없었다. 이 여인도 다르지 않을 터.

두 사람의 눈치를 살피던 백호가 분위기를 바꾸기 위해 일부러 손뼉을 쳤다.

"자, 자, 어찌됐든 물길이 시작되는 곳으로 가지 않으면 결론이 나지 않겠군. 서둘러 가세나, 들. 갈 길이 멀어."

검현이 눈썹을 슥 들어올렸다.

"누가 너와 함께 간다고 했지?"

"이 백호님이. 공주는 꽃을 찾아 돌아갈 수 있어서 좋고, 나는 네가 영산에서 사라져주면 이 땅이 전부 내 것이 되어 좋고. 누이 좋고, 매부 좋고. 캬! 이토록 중대한 일의 마무리를 잘 짓기 위해서라도 꼭 함께 가야지, 암."

"난 영산에서 사라질 계획이 없는데."

"원래 인생이란 게 계획대로만 되는 게 아니잖아? 특히, 아주 요사스러운 게 정이란 거지. 인간들이 말하는 연민이랄까, 연정이랄까, 그런 거. 두 사람 아주 잘 어울려. 잘해봐."

검현의 눈빛이 서릿발처럼 차가워지자 백호는 슬쩍 말꼬리를 내렸다.

"아니, 서로 잘 어울려서 꽃을 열심히 찾아보자 그런 뜻이었어……."

물길이 시작되는 곳을 찾는 원리는 어렵지 않았다.

물을 거슬러 따라 오르면 그 물의 시작점에 닿게 마련이었으니. 그러나 영산의 계곡은 그리 완만한 돌들만 있는 곳이 아니었다.

꽤 덩치가 큰 돌들이 고르지 않은 높이로 빽빽해서 바위에서 바위로 옮겨 다니는 일이 결코 만만하지 않았다. 원래 그곳에 거하는 검현과 여우인 백호는 어렵지 않게 나아가는 반면, 지화는 벌써 두어 번 미끄러져서 크고 작은 생채기가 생겼다.

쓸린 상처에서 나온 피가 굳을 사이도 없이 걸어야 하는 탓에 상처는 아릿하게 욱신거렸다. 그래도 힘들다, 언제 도착하냐, 내색 한 번 없이 잘 따라오고 있다고 백호가 생각하는 찰나, 낡은 신이 찢어지며 지화가 휘청거렸다.

백호가 손을 뻗는 것보다 지화와 가까운 검현이 그녀의 팔을 잡는 것이 빨랐다. 덕분에 지화는 넘어지지 않고 균형을 잡을 수 있었다.

"고, 고맙소."

지화가 검현에게 인사를 건넸으나 검현은 별다른 대꾸를 하지 않고 마저 걸음을 옮겼다. 마치 잃어버릴 뻔한 짐을 다시 잡아둔 듯한 무심함이었다.

그러나 처음보다는 걷는 속도가 지화에게 맞추어 조금 느려진 것 같은 건 느낌 탓일까.

백호는 머쓱한 시선으로 두 사람을 번갈아보다가 어쩐지 갈 곳 없어진 손을 괜히 제 옷에 쓱쓱 털었다.

물길이 시작되는 곳부터 이어진 물줄기는 한 번씩 갈림길을 만나기도 했는데 그때마다 검현은 망설임 없이 걸음을 내디뎠다. 검현이 없었다면 지화는 몇 갈래의 물줄기 속에서 길을 잃었을 수도 있었을 것이다.

이윽고 자갈이 펼쳐져 있고 평평한 땅에 도착했을 무렵, 검현이 발을 멈추었다.

"곧 날이 어두워질 테니 여기서 불을 지피기로 하지."

일행은 주위를 둘러보고 땔감이 될 만한 것들을 주워왔다. 검현이 불을 피우자 천천히 불씨가 타올랐다.

금방 날이 저물고 검푸른 나무들 사이로 달이 솟았다. 백호는 따뜻한 온기 옆에 몸을 누이고 잠이 들었다. 걸어오느라 노곤했던 지화도 무릎을 끌어안은 채 잠시 눈을 감았다.

달빛을 품은 바람이 부드럽게 머리를 스치자 지화는 자신이 잠들었던 것을 깨닫고는 서둘러 정신을 차렸다. 그러나 돌아누운 백호와 달리 검현의 모습은 어디에서도 보이지 않았다.

"……검현?"

모래밭과 숲을 살피던 지화가 저 멀리 물속에서 아른거리는 무언가를 보았다. 고즈넉한 산속으로 참방거리는 물소리가 청량하게 번졌다. 검현이었다. 사라진 줄 알았던 검현을 발견한 지화는 잠시간 걸음을 멈추었다. 검현은 달빛 아래에서 여유롭게 물속을 노니는 중이었다. 물에 젖은 검현의 모습에 지화가 화들짝 놀라 몸을 돌렸다.

얼마의 시간이 흘렀을까. 처음에는 곧잘 들리던 물소리가 어느 순간부터 들리지 않았다. 물 중간에서 사라진 소리는 물속에서 숨을 참고 헤엄을 치는 중이라 하더라도 지나치게 길었다.

지화는 꽤 오랜 시간이 지났음에도 검현이 나오지 않자 무언가 잘못되었다는 것을 느꼈다.

"거, 검현!"

앞뒤 가릴 사이 없이 지화는 물속으로 뛰어들었다. 넓지 않은 소(沼)였지만, 그 끝을 알 수 없을 만큼 깊은 곳이었다. 검푸른 밤하늘로 풍덩, 유려하고 청량한 소리가 솟아올랐다.

지화는 달빛에 의지해 물 아래 더 깊숙한 곳으로 검현의 흔적을 찾아들어갔다. 곧 얼마 되지 않아 검현을 찾아낸 지화는 검현을 끌어안고 물 위로 거친 숨을 토해냈다.

"뭐, 뭐야? 갑자기."

당황한 검현이 저를 안고 있는 지화를 보았다. 그러나 그런 검현보다 더 심장이 뛰고 놀란 것은 지화였다.

"갑자기는 내가 해야 할 말이오!"

검현을 한 팔로 안은 지화가 뭍으로 힘겹게 헤엄쳐 돌아왔다. 자갈 위에 무릎을 꿇고 가쁜 숨을 토해낸 지화가 검현을 휙 돌아보았다.

"대체 한밤중에 물에는 왜 들어간 거요?"

검현은 대답 대신 손에 쥐고 있던 물고기를 앞으로 내밀었다.

"나나 백호는 먹지 않아도 괜찮지만 아까부터 계속 그쪽 배가 시끄럽게 울려대기에. 워낙 시끄러워 도통 잠을 청할 수가 있어야지."

꽃을 가지러 갈 생각에 허기를 느끼지 못하고 있었는데 검현의 말을 들으니 배가 먼저 꼬르륵 대답을 하였다.

주위가 조용하니 그 소리가 더욱 커 민망해진 지화가 입술을 살짝 깨물었다.

"그리고 물에 들어간 것은 나인데 그대가 왜 나를 혼내는 것이오?"

"아니, 나는 혼내는 것이 아니라 놀라서."

"잊었소? 내가 여기 사는 이란 걸."

"잠시 눈을 붙였는데 검현이 보이지 않아 나와 백호를 버려두고 간 건가 하였소. 한데 물에서 나오지 않으니 더욱 놀랐지."

"버리려면 진작 버렸겠지. 굳이 다 와서 버릴 리가."

"다…… 왔다고 하였소?"

"이곳이 바로 물길이 시작되는 곳이니까."

검현이 손을 들어 방금 두 사람이 빠져나온 계곡을 가리켰다. 달빛을 받은 물들이 반짝이고 그 빛 너머로 달을 향해 우뚝 솟은 절벽이 보였다.

이곳에 도착했을 땐 몰랐는데, 지금은 분명 절벽의 중간 즈음에 달빛을 받아 빛나는 꽃의 무리가 보였다.

붉은 폐월화였다.

장관을 담은 지화의 눈이 이채로 물들었다.

"저것이오? 홀로 빛을 발한다는 꽃이."

"밤에만 빛을 내긴 하지만 아마 맞겠지. 그대가 찾는 꽃."

그러나 곧 까마득한 절벽의 높이를 확인하고 그것을 타고 오르든, 정상에서 내려오든 쉬이 꺾을 수 없을 것을 가늠한 지화의 낯빛이 어두워졌다.

"그렇군. 닿을 수 없는 곳에 있어."

"그래도 꺾을 것인가?"

"……"

"내가 꽃을 꺾을 수 없다는 것을 알면서도 왜 그쪽을 이곳으로 데리고 왔다고 생각하오?"

"포기하길 바랐거나, 내게 명을 내린 분의 의도를 내가 알길 바랐거나 둘 중 하나 아니오?"

"처음부터 명을 내린 자의 의도를 알고 있었군, 그대는."

"세상엔 그런 일들이 있소. 부당하다는 걸 알면서도 해야만 하는 일. 진실이야 어찌 되었든 저 꽃만이 아바마마의 병을 고칠 수 있다 하니 자식으로서 가지고 돌아가야 하지 않겠소? 다만, 저 절벽을 보니 생각이 많아지는 것은 사실이오."

일국의 공주에게 명을 내린 자는 아마도 왕이라는 아비일 터. 지킬 값어치가 없는 명의 의도를 알면서 궁을 떠나왔고, 알게 된 지 고작 하루밖에 안 된 자를 구하기 위해 물에 뛰어들었다는 것인가. 무모한 것인지, 측은지심이 넘쳐나는 것인지.

검현은 고개를 절레절레 저으며 손질한 물고기를 나무에 꿰어 불 위에 올려두었다. 작은 물난리가 일어난 것도 모르고 백호는 단잠에 빠져 있었다.

지화가 코를 훌쩍이며 불의 온기를 빌려 젖은 옷을 말렸다.

"저 꽃을 보고 든 생각인데 신기하게도 검현과 닮았소. 아. 혹, 무례한 말이었다면 사과하리다."

"무엇이 닮았다는 거지?"

"쉬이 닿을 수 없는 곳에. 외롭고, 아름답게."

"……."

"그러니 닮았소, 저 꽃과."

지화는 고개를 들어 빛나는 꽃들을 바라보았다. 검현이 기다란 나무를 들어 불씨를 뒤적였다.

"저건 스스로 빛을 발하는 꽃 따위가 아니오. 꽃에 담긴 이슬에 달빛이 닿아 빛나는 것처럼 보일 뿐. 그마저도 낮엔 꽃이 지고, 저 꽃 자체에는 아무런 효능도, 힘도 없소. 그러니 누군가의 병을 낫게 할 수도 없고. 사람들이 그리 믿고 싶을 뿐이겠지."

"저 꽃에 대해 어찌 아시오?"

"내가 살던 곳의 꽃이니까. 어찌 보면 저 꽃도 유배를 왔다 볼 수 있겠군. 그러니 닮았다는 게 틀린 말은 아니오."

"그럼……."

"그대의 아비는 아니오. 하여 그대가 나의 유배를 풀 수 없다 한 것이고."

"어디에서 온 누구시오, 검현은? 나의 아비께서 유배를 보낸 자가 아니라면."

"그러는 그대는 누구시오? 나 역시 이름을 알지 못하오."

검현은 잘 구워진 물고기를 지화에게 건네주었다. 고소한 냄새가 지화의 코와 뱃속을 자극했다.

"내 이름은 지화요. 이지화."

"지화……."

"어제도 이야기했듯 나의 아비는 왕이시고, 나의 친모는 일곱 해 전에 돌아가셨소. 하여 일곱 해 동안 아버님을 뵌 적도 없는데 어느 날 갑자기 나를 부르시어 아바마마의 심장병을 고칠 수 있는 것은 빛나는 꽃뿐이라며 저것을 가지고 오라 명하셨소. 그런 눈으로 볼 것 없소. 검현의 말대로 정녕 저것이 어떤 효능을 가진 꽃이라면 내가 아니라 저것을 따 올 가망성이 높은 이들을 보냈겠지. 나도 알고 있소."

잠시간 침묵이 이어지자 지화가 작은 미소를 지었다.

"뭐, 내 이야기를 믿지 못한다 해도 어쩔 수 없소. 당장은 증좌가 없으니. 이 밤에 제 입으로 공주라 하는 이를 만나는 것이 흔한 일도 아니고."

"믿지 못한다 한 적 없는데. 그럴 수도 있겠다 생각했을 뿐."

"그럼 믿소? 내가 한 이야기들을."

"내가 믿는 것이 중요한가?"

"그런 건 아니지만 기쁘긴 할 것이오. 누군가 나를 믿어주었다는 사실이."

"그대의 아비는 그대가 저것을 취할 수도 있겠다 싶어서 보낸 것일 것이오. 저 꽃을 취하는 데는 오직 하나만 필요하니까."

"무엇이오, 그것이?"

"진심. 저 꽃을 가지는 자가 있다면 그건 그자에게 진심이 있기 때문이겠지."

"듣기 나쁜 말은 아니구려. 고맙소. 한데, 아바마마가 아니라면 검현을 이곳으로 유배를 보낸 분은 누구요? 다른 나라의 왕이신가?"

"그대와 같소. 나를 이곳으로 보낸 분은 나의 아버님이시니. 부당하다는 걸 알면서도 해야 하는 일, 내게도 있거든."

"아……."

부드러운 바람이 불자 폐월화가 붉게 흔들렸다. 어찌하여 그 많은 곳들 중 꽃은 저 외로운 절벽에 자리를 잡았을까. 무슨 사연으로 검현은 신령한 기운이 본모습을 가린다는 험한 영산으로 유배를 오게 되었을까.

"검현, 그대는 저 꽃을 지키는 자인 거요?"

"……."

"저것은 조선에선 볼 수 없는 꽃이오. 그런 꽃을 일러 검현은 검현이 살던 곳에서 함께 온 꽃이라 하였소. 유배를 온 자가 가지고 온 꽃이 절벽에 있다……. 그것은 저 꽃을 지키려고 한 자가 저곳에 두었기 때문이겠지."

"하여 내게 저 꽃을 따달라 명할 것이오? 그대가 가진 명의 권한으로."

"나는 다만 그대가 저 꽃을 지키는 자라면 내가 저 꽃을 가져가도 되는지 그것을 물어보는 것이었소."

이제 알겠다. 처음 이 여인을 봤을 때부터 이상하다 여겼던 것은 이제껏 이와 같은 자를 한 번도 본 적이 없었기 때문이었다. 돌려 말하지 않고, 생각하는 바를 그대로 이야기한다. 그러나 자신이 가진 명의 무게를 알아서 다른 이를 함부로 대하지 않고, 그 마음을 살필 줄 또한 알았다.

순수한 마음을 그대로 내비치는 눈빛이라니. 그런 마음이 세상을 살아가는 데 때론 독이 되기도 할 터.

검현은 지금 자신이 느끼는 이 감정이 무엇인지 몰라서 더 이상 생각하기를 멈추었다.

"애초에 꽃을 저곳에 둔 것은 내가 아니오. 저 꽃이 병을 고칠 수 없는 것도 사실이고. 그래도 그대가 명을 한다면 가져다 줄 수는 있소. 부당한 명은 아니니. 그대는 그것을 원하시오?"

검현과 지화의 시선이 부드럽게 흔들리는 폐월화에 닿았다.

위태로운 절벽에 발을 딛고 선 모습이 꼭 검현이나 지화와 같았다. 꽃과 닮은 것은 검현만이 아니었다. 지화 역시 다르지 않았고, 지화는 그것을 알아보았다. 누구도 거기 있길 바란 적 없는 존재라도 언젠가는 만날 것이다. 그 존재를 귀히 여겨주고 필요로 해주는 다른 누군가를. 그런 희망 하나쯤 남겨두어도 좋겠지.

"내가 명을 내릴 수 있다 하였소?"

"그대가 원한다면."

"그 명이 무엇이든 검현은 그것을 이루어준다 하였고?"

"그렇소."

"검현은 말이오. 마치 꿈속에서 만난 존재 같소. 어디에서 왔는지, 무엇을 하는 누구인지 알 길 없지만 내가 바라는 것을 이루어주는 그런 존재."

"……"

"그 명이 이루어질지 그런 건 중요하지 않소. 다만 들어주겠다 하는 것만으로도 힘이 되는 말이 있는 법이니. 그래서 나는 검현이 신령한 기운으로 본모습을 가린다는 영산이 내게 준 선물 같소."

"......."

"하여 정녕 내가 그대에게 명을 내릴 수 있는 자격이 있다면, 그 소원은."

지화가 잠시 행간을 두니 검현이 지화를 바라보았다. 지화의 눈은 달빛으로 물든 물빛을 담아 반짝였지만, 그와 동시에 그녀가 곧 하게 될 말처럼 고요하기만 하였다.

검현을 보고 있던 지화가 작은 미소를 띠었다. 보는 이의 마음까지 따뜻하게 만드는 온기를 담은 눈이었다.

"나의 명은 검현 그대가 유배를 벗어나서 자유로워지는 것이오. 이런 명도 들어줄 수 있다면."

"명이란 건 자신을 위해……."

"명은 본디 명을 내리는 자가 원하는 것. 그러니 내가 원하는 것은 나를 이곳으로 안내해준 그대의 자유요, 검현."

나는 아비의 명으로부터 자유로워지지 못했지만 그대는 그대가 원하는 대로 살 수 있길. 나와 닮은 그대가 행복해진다면 나 역시도 언젠가는 행복해질 수 있다는 작은 희망 하나 품고 돌아갈 수 있을 테니.

지화가 내린 명의 증인이라도 되어주듯 달빛은 잔잔하고도 눈부시게 물결 위로 번져나갔다.

밤사이 타던 불씨는 사그라져 흔적만 남아 있었다.

"그자는?"

백호가 동이 트기 전, 물을 건널 채비를 하는 지화에게 물었다.

"모르겠어. 일어나 보니 없었어."

"명은? 아직 명을 내리지도 않았는데 떠났을 리도 없고."

"내렸어, 어제."

"내렸다고? 꽃을 따 오란 명이 아니었어?"

"유배를 끝내라는 명을 내렸어. 나의 명으로도 가능하다면."

"허, 공주! 그자의 이름을 알아낸 대가로 얻은 명을 고작 그런 걸로 날렸다고? 내가 본 인간 중에 공주가 가장 이상한 인간인 거 알아?"

"너도 내가 본 여우 중에 가장 이상한 여우니까 괜찮아."

"그자가 누구인지나 알아?"

백호가 답답한 듯 제 가슴을 퍽퍽 쳐댔다. 지화는 아랑곳하지 않고 옷과 신발을 여몄다.

"동해 용왕의 마지막 아들이라고! 공주가 꽃을 따 오라고 했으면 꽃을 주고, 꽃이 뭐야. 어마어마한 재물을 갖고 싶다 했으면 그걸 들어줄 수 있는 자였다고. 아, 내가 잠이나 자는 게 아니었는데."

"괜찮아. 어제 꽃이 있는 자리를 검현이 가르쳐줬어. 한데 넌 왜 검현에게 그리 집착하는 거지?"

"그거야 그자가 이곳을 떠나야 내가 이 영산을 차지할 수 있으니까. 유배를 끝내고 여기 눌러앉아서 안 돌아가면 어떻게 해? 그때 봤지? 내 목덜미를 쥐고 무자비하게 흔드는 거."

"그렇게 되더라도 살 곳이 없어서 이곳으로 온 거라면 검현에게 같이 잘 좀 지내보자고 부탁해봐. 오면서 보니까 산도 넓던데."

"어허, 한 산중에 어찌 호랑이 두 마리가 같이 살까. 아무튼 공주도 다시 생각해보는 게 어때? 아무리 봐도 저건 불가능해."

백호는 절벽을 바라보았다. 어두울 때 봐도, 밝을 때 봐도 아찔한 높이였다.

"마음 같아선 내가 가져다주고 싶지만 영물들은 저 소(沼)를 건널 수가 없어. 인간도 목숨이 두 개가 아니니 적당히 돌아가는 게 어때? 돌아가서 구하지 못했다 하면 되잖아."

"아바마마의 심장을 저 꽃만이 고칠 수 있댔어."

"인간들이란. 심장은 꽃으로 고치고, 간은 토끼의 간으로 고치고. 설마 그 말을 다 믿는 거야?"

"안 믿어."

"그럼 왜 가려 하는 거지?"

"저걸 가지고 가야 진실을 알 수 있으니까."

"진실 따위에 목숨을 걸다니 나는 절대 인간을 이해할 수 없을 거야."

"다녀올게. 다녀오지 못하더라도 반가웠어, 백호. 네가 이곳에서 살 수 있길 바란다."

꽃의 위치를 눈으로 가늠한 지화는 천천히 계곡에 발을 넣었다. 밤처럼 차디찬 한기가 순식간에 발등을 타고 올랐다.

멀리 점처럼 사라지는 지화를 보며 백호가 한숨을 쉬었다.

"꽃을 지키지 못하면 소멸되는 게 그자의 운명이었는데. 말해줄 걸 그랬나? 하긴 이젠 유배가 풀렸으니 어찌 될지는 나도 모르겠군."

어디로 닿아 있는지 알 수 없는 생과 연 앞에 백호는 미간을 살짝 찌푸렸다. 어느새 동이 터오고 있었다.

폐월화가 있는 곳은 절벽의 중간 지점이었다.

간밤의 기억을 떠올린 지화는 아래에서 오르거나, 위에서 내려오는 대신 꽃과 멀지 않은 곳에 있던 길을 생각해냈다. 굉장히 좁아서 사람 하나가 겨우 지나갈 만한 길이었지만 지화가 보기에 꽃에 닿을 수 있는 길은 그곳이 유일했다.

절벽으로 향하는 입구에서 그 길로 이어졌을 법한 곳으로 힘겹게 오르고, 또 올랐다. 어느새 떠오른 해로 인해 계곡에서는 물안개가 피어났다.

주위가 환하게 밝았을 때 지화는 자신이 보았던 그 길을 찾아낼 수 있었다. 자신의 예상대로 사람 하나는 지나갈 수 있는 폭이었다. 그러나 떨어지면 말 그대로 살아남기 어려운 높이.

지화는 봇짐에서 줄을 꺼내어 큰 나무에 한쪽 끝을 묶고 다른 쪽 끝을 자신의 몸에 묶었다. 단단히 고정해두었으니 길에서 떨어진다 해도 아주 잠시간은 이 줄이 버텨줄 것이다.

지화는 벼랑에 몸을 붙이고 한 발, 한 발 나아갔다. 잡을 곳도 마땅치 않은 위험한 길이었다.

지화는 가까스로 간밤 폐월화가 피어 있던 자리에 닿았다. 낮이 되어 꽃은 졌기 때문에 여느 풀과 다를 바 없는 모습이었다. 꽃을 향해 손을 뻗던 지화가 마침내 꽃에 닿기 직전, 그녀가 밟았던 곳이 후두둑 무너져 내렸다.

"꺄악!"

그러나 지화가 채 떨어지기 전에 단단한 온기가 그녀의 손을 맞잡았다. 손의 주인은 검현이었다. 지화가 숨을 몰아쉬며 저와 같은 길에 선 검현을 보았다.

"그곳 말고 그 옆을 밟으시오. 자칫 하다간 꽃을 꺾기도 전에 아래로 떨어질 수 있으니."

"검현이 왜 이곳에 있소? 떠난 것 아니었소?"

"일은 마무리하고 가야지."

"일?"

"유배를 풀어준 것에 대한 보답. 그대가 너무 빨리 온 건 예상 밖이었지만."

검현이 눈짓으로 지화가 밟아도 좋을 곳을 가르쳐주었다. 검현에게 의지한 지화가 무너지지 않을 곳에 안전하게 발을 두었다. 그렇다 하여도 여전히 안심할 수 있는 길은 아니었지만.

이제 꽃은 지화가 아닌 검현에게 더 가까운 곳에 있었다.

"이 꽃을 가지게 되면 마주하고 싶지 않은 진실과 마주해야 할 수도 있소. 그래도 꽃을 가지길 원하시오?"

검현의 눈을 보고 있던 지화가 굳은 결심을 한 듯 비장한 눈빛으로 고개를 끄덕였다.

"원하오."

"그대의 뜻이 그러하다면."

검현이 손을 뻗어 폐월화 몇 송이를 한 손에 쥐었다. 바위와 모래 사이 뿌리를 내린 폐월화가 허공으로 뽑혀 나오니 약간의 흙바람이 일었다.

검현이 그것을 지화에게 내밀었다. 지화가 떨리는 손으로 그것을 받아 들었다. 그러나 그것도 잠시, 무너졌던 길에 다시금 균열이 가기 시작했다. 지화가 지나온 길들이 허물어지며 그녀가 줄을 묶어두었던 나무도 위태롭게 기울어졌다.

간발의 차로 검현이 단도를 꺼내서 지화의 몸에 묶여 있던 줄을 끊어내자 나무는 까마득한 아래로 떨어져 내렸다. 되돌아갈 수도, 나아갈 수도 없는 까마득한 허공 위. 지화가 떨리는 눈으로 검현을 보았다.

"내려가는 길이 이쪽 말고도 또 있소?"

"아마, 없을걸."

위급한 상황이 분명한데도 검현은 전혀 긴장한 기색이 아니었다.

"그럼, 우린 계속 여기 있어야 하오?"

"돌아갈 수 없으면 그럴지도."

막막한 표정의 지화를 보던 검현이 처음으로 피식, 해사한 미소를 보여주었다. 그 미소가 참으로 아름다워 넋을 놓고 있던 지화가 정신을 차리고 되물었다.

"아니, 이런 상황에 웃음이 나오시오?"

"그러게. 웃음이 나오는군. 명을 아꼈다가 지금 썼더라면 좋았을걸."

"혹…… 무를 순 없겠소?"

오도가도 못 할 처지가 분명한데 그나마 혼자가 아니란 사실이 어쩐지 다행이면서도 우스워 지화도 긴장이 다소 풀렸다.

가만히 지화를 눈에 담아두고 있던 검현이 말을 이었다.

"무를 순 없지만 다른 방도는 있소."

"그것이 무엇이오?"

검현이 지화의 손을 당겨 잡고 절벽에서 조금 떨어져 물 가까이로 섰다.

"설마, 아니겠지."

"설마가 사람 잡을 때도 있지."

"떠, 떨어진다고? 이리로 말이오?"

"꽃 잘 잡으시오. 잃어버리지 말고."

"노, 농하지 마시오."

"내가 누구인지 백호에게 들었을 텐데. 나와 함께 떨어지면, 더구나 그게 물속이라면 죽진 않소."

"그런 거였소?"

"조금 다치긴 하겠지만."

"아이, 진짜! 농인지 참말인지 알 수가 없네. 아무튼 잠시만! 잠시만."

어차피 검현의 제안이 아니었더라도 이제 돌아갈 수 있는 길은 없었다. 지화는 건네받은 폐월화를 허리에 묶어둔 주머니에 넣었다.

검현이 깊다 못해 푸른 물을 내려다보았다.

"진심이 있으면 꽃을 얻을 수 있다는 말 기억하시오? 꽃을 얻었다 하여 원하는 진실을 얻을 순 없겠으나 그래도 도움은 되었으면 좋겠군."

"많은 도움이 되었소."

"아직 도움 하나가 남았소."

"……이리로 떨어지는 게 도움이라든가 뭐, 그런 건 아니었으면 하는데."

"도움은 책임을 져야 하는 법. 지켜주겠소, 내가."

그 말을 끝으로 지화를 안은 검현이 허공으로 몸을 내던졌다. 지켜주겠다는 그 말이 어떤 행동보다도 의지가 되었다.

분명 올라갈 때는 먼 길이었으나 내려올 때는 두 사람의 무게가 더해져 그야말로 눈 깜짝할 사이 물속으로 빠져 들어갔다.

"공주 아기씨! 정신이 드시옵니까?"

분명 물속으로 뛰어들었던 지화는 눈꺼풀을 힘겹게 들어올렸다. 여린 깜빡임을 몇 번 거치고서야 주변의 것들이 눈에 들어왔다.

낯익은 천장. 궁에서도 사람들의 발길이 닿지 않는 깊숙한 곳.

지화의 처소였다.

"어찌 된 일이지?"

"소인이 묻고 싶은 말이옵니다. 분명 들어오시는 것을 보지 못했는데 언제 오셨사옵니까? 게다가 어디서 비라도 맞은 것이신지 이리 흠뻑 젖으시어……."

"젖었다 하였느냐?"

몸을 일으켜 앉은 지화가 제 얼굴을 쓸어보았다. 궁녀의 말대로 물에라도 들어갔다 나온 것처럼 물방울이 배어났다. 꿈이…… 아니다. 어떻게 제 처소로 돌아온 것인지 알 순 없었지만 지켜주겠다던 검현의 말은 거짓이 아니었다.

지화는 서둘러 허리춤에 묶어두었던 주머니를 열어보았다. 과연 봉오리가 닫힌 폐월화 몇 송이가 넣을 때 모습 그대로 들어 있었다.

"하……."

신령한 영산과 말을 하는 여우 백호, 검은 밤하늘 같은 눈동자를 가진 검현, 그리고 돌아오게 된 사연까지. 이야기해봐야 믿어줄 이는 하나도 없을 것이 분명하였다.

"전하께서 들라 하시옵니다."

내관의 말에 따라 편전의 문이 열렸다. 지화가 안으로 들어서니 이미 왕과 중전이 앉아 지화를 기다리고 있었다. 지화가 예를 갖추어 인사를 올리니 달빛 외에도 여러 개의 촛불이 어둠을 환히 밝혀주었다.

"먼저 궁에 돌아온 자들로부터 공주가 많은 애를 썼다는 것을 들었다. 진위 여부야 어찌 되었든 수고했구나."

중전이 차분하게 지화의 공을 치하했다. 살수를 보낸 계획이 수포로 돌아가 다분히 분했을 텐데도 감정을 깊숙이 잘 숨겨두었다.

내관이 작은 화분에 곱게 심어둔 꽃들을 왕이 무심히 바라보았다. 가져올 때의 흙이 조금 묻어 있어 다른 흙에 있어도 하루 이틀 정도는 꽃이 시들지 않을 듯했다.

"이전에 본 적 없는 꽃인 것은 맞지만 이 꽃은 빛나지 않는구나. 그저 붉고, 붉을 뿐."

나이보다 훌쩍 노쇠해버린 왕의 목소리는 무심하고, 메말라 있었다. 밤이 되어 꽃은 피었으나, 지화가 보았던 것처럼 빛나는 꽃은 아니었다.

중전이 말을 첨했다.

"빛나지 않는 꽃은 전하의 병환에 아무 쓸모가 없을 것이나 가져온 그 정성만이라도 기특하게 보아주시지요. 설마하니 공주가 감히 전하를 기만하려 한 것이겠사옵니까?"

"답을 해보아라, 공주. 내가 명한 것은 분명 빛나는 꽃이었는데 어찌하여 저런 것을 가지고 온 것이냐?"

"이것은 영산에서 가져온 빛나는 꽃이 맞사옵니다, 아바마마."

지화는 폐월화가 담긴 화분을 조심스럽게 달빛이 비치는 창가로 옮겨놓았다. 제 스스로 빛나는 꽃이 아니라 머금고 있던 이슬과 달빛이 만나면 빛나는 꽃이라 하던 검현의 말을 잊지 않았다.

지화가 창문을 열어 달빛이 꽃에 닿을 수 있도록 도와주었다. 얼마간의 시간이 지나니 과연 봉오리가 더욱 활짝 벌어지며 폐월화가 밝게 빛났다. 지화를 제외한 그 자리에 있던 이들의 눈이 처음 보는 광경으로 인해 살짝 커졌다.

"과, 과연 전에 본 적 없는 진귀한 꽃이옵니다. 공주가 참으로 기특한 일을 하였사옵니다."

중전은 기뻐하기보단 당황하는 기색이 묻어나는 목소리로 말을 이었다.

꽃이 빛나는 것을 확인한 왕이 곁에 있던 상선에게 눈짓을 했다. 상선은 조심스럽게 꽃을 뽑고, 손질하여 절구에 넣어 그것을 갈았다. 곱게 갈아지는 꽃에서 맑은 즙이 배어나왔다.

"어떻게 저 꽃을 가지고 온 것이냐? 영산은 길이 험하고, 물길이 시작되는 곳은 그중에서도 가장 위험해 공주를 보내면서도 마음이 편치 않았다."

"다행스럽게도 가는 길에 도움을 주는 이들을 만날 수 있었습니다."

"고마운 일이구나. 그들에게 얼마간의 재물을 보내 치하하도록 하여라."

서걱서걱, 작은 사기 절구로 꽃을 짓이기는 소리가 고요한 편전 안을 메웠다.

"내가 왜 공주를 보냈는지 물어보지 않는구나."

"여쭈어봐도 되겠사옵니까?"

"솔직히 이야기하면 나는 공주가 영산에 가지 않거나 도망 갈 것이라고 생각하였다."

"아바마마의 병환을 고칠 수 있는 방도가 저 꽃 하나뿐이라 하셨으니 자식 된 도리로서 가지고 오는 게 마땅하옵니다."

폐월화의 즙을 곱게 짜낸 상선은 그것을 작은 병에 담고, 덜어 마실 잔도 함께 준비해두었다. 쟁반을 왕 앞에 내려둔 상선이 조용하게 물러났다. 왕은 병을 기울여 하얀 잔에 맑은 폐월화 즙을 가득 담았다. 빛나는 꽃이기 때문인지 폐월화는 보통의 꽃이나 풀들보다 많은 즙을 가지고 있었다.

"자식 된 도리."

읊조리던 왕이 허탈하게 웃어버렸다. 중전이 냉랭한 눈으로 지화를 보며 혀를 찼다.

"확실한 것이냐? 자식 된 도리로 가져온 것이."

"어마마마, 무슨 말씀이신지요?"

"설마 몰랐다고는 않겠지. 공주가 왕가의 핏줄이 아니라는 것을. 아니, 공주는 몰랐을 수도 있겠구나. 친모가 숨겼다면."

중전의 알 수 없는 말들에 지화가 아비에게로 시선을 돌렸다. 왕이 흔들리는 촛불을 바라보았다.

"중전의 말 그대로다. 경혜 왕후에게는 다른 사내가 있었다."

경혜 왕후는 일곱 해 전에 명을 다한, 지화의 어미였다.

"명으로 어쩔 수 없이 간택에 참여하긴 하였으나 이미 다른 사내를 마음에 두고 있었지. 나 또한 그걸 알았지만 일부러 모른 척하고 내 곁에 두었었다. 마음이란 건 언제든 변하는 것이었으니 그런 가벼운 것보다야 중전 자리가 훨씬 값지지 않겠느냐?"

유력한 내정자가 있었음에도 우연히 회랑에서 마주친 지화의 어미에게 반해 왕실 어른들을 설득한 왕이었다. 세자는 간택에 아무런 발언권이 없었음에도 유례없이 자신의 의견을 표명했던 것은 지화의 아비가 유일하였다. 한데, 그런 왕을 두고 다른 사내라니. 다른 것도 아닌 왕의 여인이 될 이가 다른 사내를 마음에 품고 궁으로 든다는 것은 말이 되지 않았다.

"나는 왕후를 만난 후로 그 긴 시간을 허수아비와 사는 기분이었다. 그래도 상관없었느니. 너를 낳아 몸이 약해진 것이라 하였지만 나만은 안다. 왕후는 그놈을 그리워하다 그리된 것이다. 그놈이 누구인지 궁금하지 않느냐?"

그간 마음고생이 심했는지 왕은 바싹 마른 손가락을 꾹 쥐었다. 손톱이 손바닥을 파고들었으나 통증은 느껴지지 않았다.

다른 이들은 알지 못했으나 빨간 피가 살짝 비쳤다.

"홍문관 박사였던 김문유. 네 어미가 중전이 된 후, 치졸하다 할지 모르겠으나 나는 그자를 궁 밖으로 쫓아버렸다. 한데, 널 낳던 날 왕후의 침전에서 김문유의 이름이 담긴 노리개가 발견되었다. 왕후는 오해라며 그것이 왜 거기 있는 줄 모르겠다 하였지만 몇 년 후 세상을 뜰 때까지 그 노리개를 버리지 않았더군. 그리고 일곱 해 동안 잊고 있던 너를, 우연히 궁에서 보고 김문유를 닮은 모습에 내 의심이 틀리지 않았음을 알았지."

흔들리는 왕의 손을 중전이 위로하듯 보듬어주었다.

지나간 세월 허수아비를 붙잡고 산 것은 왕만이 아니었다. 중전 역시 경혜 왕후의 그림자를 안고 사는 왕의 뒷모습만 보아야 했다.

이미 세자가 강건히 잘 자라고 있음에도 왕의 마음속에는 경혜 왕후와 지화뿐인 것에 화가 나 참을 수가 없었다. 하여 그 모든 악순환을 끝내기 위해 왕에게 김문유의 노리개 이야기와 그자와 지화가 더없이 닮아 보이더라는 말을 계속해서 꺼낸 것도 중전이었다.

왕이 마른기침을 하고 말을 이었다.

"괘씸하고 치가 떨릴 지경이었으나 김문유는 문책할 필요도 없더군. 혼인도 하지 않고 궁색하게 아이들을 가르치며 살았다는데, 내가 갔을 때 이미 살날이 얼마 남지 않은 듯했다. 대단한 인연이라 서로 그리워하다 마지막 모습마저 둘이 닮은 것인가."

"어마마마께 그분의 이야기를 들은 적이 없사옵니다. 어마마마께서는 평생 아바마마만을 마음에 품고 사셨사옵니다. 오해이실 것이옵니다."

중전이 지화의 이야기에 고개를 저었다.

"공주가 무엇을 알겠사옵니까, 전하. 노리개 일도 알지 못한 공주이지 않사옵니까?"

왕은 조이는 가슴을 쓸어내렸다. 몸이 불편하다는 말은 거짓이 아니었다. 다만, 심장에 열이 많이 찬 까닭이 평생 참아온 분노 때문인지 혹은 병환 때문인지 알 수 없었다.

"전하, 속이 답답하시옵니까? 여봐라. 어의를 불러……."

"됐소. 금일이 지나면 알 수 있겠지. 이것이 병 때문인지, 마음의 짐 때문인지."

중전을 만류한 왕이 제 앞에 놓인 잔을 지화의 앞에 놓았다. 지화의 눈에 맑은 액체를 담은 도자기 그릇이 담겼다.

"나는 더 이상 속지 않는다. 왕후가 다른 사내의 씨를 가져와 나를 기만하고, 평생을 속였지만 이제는 속지 않아. 김문유의 자식인 네가 가져온 이것이 독약이 아니란 것을 내가 어찌 믿겠느냐? 실은 너도 나를 원망하고 있었던 게지? 어미를 죽게 만들고, 너를 돌보지 않았다고."

"이것은 영산에서 가져온 꽃이 맞습니다. 독초가 아니옵니다."

"그래. 그렇다면 네가 증명해보아라. 목숨을 걸고 영산에서 이것을 가져온 것이 사실이라면 칭찬해야 마땅할 터. 그러나 아비도 아닌 자를 위해서 과연 공주가 그러했겠느냐?"

"제게 아바마마는 한 분뿐이십니다. 그것은 어마마마도 다르지 않으실 것이옵니다."

"공주도 알고 있었던 것은 아니냐? 김문유에 대해서."

"맹세코 처음 듣는 이름이옵니다."

중전이 차가운 표정으로 눈썹을 살짝 들어올렸다.

그럴 줄 알았다는 반응이었다.

"기미를 하면 공주의 결백이 드러나겠지. 전하께 올리기 전에 공주가 기미를 하거라."

결국, 마음이 약해진 왕은 지화가 자신의 자식인지 시험하기 위해 영산에 보냈다는 말이었다. 아비가 아닌 자를 위해 목숨을 걸진 않을 테니.

중전은 그곳에서 깔끔하게 지화가 죽길 바랐으나 그마저도 여의치 않았다. 고작 이것이었나. 어마마마께서 돌아가시고, 일곱 해를 숨죽여 살아온 것에 대한 대가가.

의심은 의심을 낳고, 사람으로 하여금 눈을 흐리게 만들어 빛을 잃게 하였다. 지금의 왕을 망친 것이 병환인지, 소중한 이를 자기 욕심으로 곁에 두었다가 잃은 것에 대한 회한인지 알 수 없었으나 그 눈빛은 무척 곤해 보였다.

왕은 이미 망가지고 있었다. 일곱 해 전부터. 아니, 어쩌면 그보다 훨씬 전부터일지도.

지화는 마음 깊은 곳에서부터 슬퍼졌다. 어미를 믿지 못한 아비가, 스스로를 망치고 환영 속에서 살아온 아비가 가련하여.

"제가 이걸 마셔서 아무 일이 없다면 어마마마의 결백을 믿어주시는 것이옵니까?"

"아무 일이 없다면 모든 것은 나의 오해였을 터."

마음의 짐을 덜어드릴 수 있는 길이 이것밖에 없음이 처량

하였다.

분명 검현은 이 꽃에는 아무런 효능이 없다고 하였다. 이 꽃이 진실을 일깨운다면 그것은 꽃이 아니라 사람의 힘일 것이다.

지화가 왕이 내린 잔을 들었다. 맑은 액체가 부드럽게 흔들렸다. 지화가 천천히 그것을 음했다. 그러나 얼마 지나지 않아 목구멍이 타는 듯하더니 속이 뒤집히는 통증이 뒤따랐다. 머리가 어지럽게 흔들리고, 뜨거운 기운이 속에서 울컥 토해졌다. 피였다.

"저, 저 보십시오! 전하! 독이옵니다! 어미의 한을 풀어주려 전하의 목숨을 노린 것이 확실하옵니다! 김문유의 씨라는 이토록 확실한 증좌가 어디에 있사옵니까?"

제 턱에 묻은 피를 손등으로 닦던 지화가 제게 무슨 일이 일어났는지 알아차릴 사이도 없이 탁자 위로 쿵, 쓰러졌다.

괴로운 왕이 눈을 질끈 감았다. 내관들이 허둥대는 사이, 편전의 문이 활짝 열렸다.

저벅, 저벅.

무거운 발걸음 소리가 왕의 윤허도 없이 편전으로 들었다. 검현이었다.

"누, 누구냐! 뭣들 하는 것이야! 밖에 아무도 없느냐!"

상선의 소리를 듣고 편전을 지키던 금군들이 빠르게 움직였다.

검현이 지화의 맥을 짚어보았다. 익숙한 온기였다. 눈을 감은 중에도 지화는 그를 알아보았다.

검현…….

검현은 지화를 이리 만든 자들에게 분노했다.

"어리석구나, 인간들이란."

검현이 지화의 앞에 놓인 잔을 들어 그 안에 담긴 액체를 만져보았다.

"질투에 눈이 어두워 비겁하게 자식을 희생시킨 아비와 간교하게 그를 부추기는 여인이라니."

검현은 잠시 지화를 놓아두고 왕과 중전에게로 걸음을 옮겼다.

"처음 보는 나도 알았다. 목숨을 걸고 영산에 온 지화가 너의 자식이란 것을. 아마도 지화의 어미는 너를 사랑하고, 지화를 사랑했겠지. 그걸 다른 이의 허언으로 인해 잃었다고 생각하느냐? 아니, 모든 일을 망친 것은 오로지 너다."

"뭣들 하느냐! 어서 이자를 끌어내라!"

중전의 날카로운 비명에도 금군들은 아직 도착하지 못하였다.

폐월화 즙이 담긴 병을 든 검현이 친히 한 손으로는 왕의 입을 벌리게 하고, 다른 한 손으로는 왕의 입 안으로 그것을 부어 넣었다.

"무, 무슨!"

"잘 보아라. 이 즙에는 아무런 독도 없어. 공주가 쓰러진 것은 잔에 묻은 독 때문이다."

과연 그러했다. 왕의 목구멍으로 폐월화 즙이 넘어갔는데도 아무런 통증도 변화도 느껴지지 않았다. 왕의 얼굴이 후회와 공포로 인해 새파래졌다.

"그러나 이젠 아니다. 네가 그토록 원했으니 네가 한 말들을 전부 진실로 바꿔주지."

"여봐라, 게 아무도 없느냐!"

중전의 날 선 비명이 한 번 더 울려 퍼지고 나서야 금군들이 편전 앞에 당도했다. 금군이 문을 여는 것보다 검현이 움직이는 것이 빨랐다. 검현은 지화를 안아 올렸다. 검현이 절망으로 물든 왕의 얼굴을 보았다. 이미 왕의 시선은 허공을, 지나온 시간 그 어딘가를 헤매고 있었다.

경혜 왕후를 처음 본 날이 떠올랐다. 눈부시게 아름답던 그 모습이.

"이 가여운 이를 일곱 해나 방치하다가 심장을 핑계로 영산에 보냈다고 하였느냐. 너는 지금 네가 마신 폐월화로 인해 일곱 해에 걸쳐 천천히 심장이 굳어갈 것이다. 해독은 오로지 하얀 폐월화로 가능할 것이나 이젠 그것을 구할 수 있는 영산도, 그곳에 보낼 이도 찾지 못할 것이니 일곱 해간 네 못난 마음이 한 짓이 무엇인지 곱씹어 보게 되겠지."

왕의 손이 덜덜 떨려왔다.

"이 모든 저주는 오롯이 너의 어리석음으로 인해 이 자리에서 시작되는 것이다. 네가 지키지 못한 것이 어찌 꽃뿐일까."

금군들이 편전 문을 여는 순간, 검현은 지화와 함께 연기처럼 사라져버렸다.

이제 와 왕이 생각해보니 지화는 김문유를 닮은 것이 아니라 일곱 해 전 세상을 저버린 그 사람과 닮아 있었다. 알면서도 불안한 마음이 기억을 어그러뜨렸다. 그 틈을 비집고 들어온 시기 어린 말에 현혹된 것은 저였다. 처음부터 그 사람을 믿지 못하여 일평생 그 사람과 제 딸을 외롭게 둔 것도 저 아니던가.

망연자실한 왕이 바닥에 엎드려 울부짖었다.

"정신이 들어, 공주?"

지화가 눈을 뜨니 백호가 걱정스러운 눈망울로 지화를 내려다보고 있었다.

천둥처럼 속을 휩쓸고 지나간 통증이 어느새 사라져 있었다. 지화가 시선을 움직여 검현을 찾았다.

기억이 끊어지기 전, 검현의 목소리를 들었던 생각이 났다. 검현은 백호의 반대편에서 지화를 보고 있었다.

"검현의 집으로 다시 돌아왔구나."

"저자 아니었으면 넌 죽었을지도 몰라. 대체 뭘 먹은 거야? 어떤 독이든 해독할 수 있는 하얀 꽃이 있었기에 망정이지."

얕은 숨을 내쉰 지화가 몸을 일으키려 하자 백호가 그녀를 부축해주었다. 궁에서의 일이 떠올랐지만 아무런 미련도, 회한도 남아 있지 않았다. 그저 커다란 바람 하나가 가슴 구멍으로 들고난 듯 아무것도 없었다. 벽에 기대고 앉은 지화가 검현을 보았다.

"유배가 끝났는데 왜 떠나지 않았소?"

"그대가 이곳에 돌아오게 된 이유와 같은 까닭이겠지."

"그럼 계속 영산에 있기로 한 것이오? 덕분에 명을 부지했소. 고맙소."

백호가 지화의 이마에 손을 뻗어 열을 재보았다. 그러나 원래 여우와 사람의 체온이 달라 몇 번을 만져보아도 도통 알 수 없었다.

"설마 다시 궁으로 돌아갈 거 아니지? 딱 보아하니 환영받은 분위기도 아닌데."

"백호는 눈치가 빨라서 어딜 가도 쫓겨나진 않겠어."

"몰랐나? 영산에 살게 될 백호님이 아니라 영산에 살고 있는 백호님이라고 불러줘."

"그래서 말인데, 검현."

검현이 지화를 보았다.

"듣고 봐서 알겠지만 내가 돌아갈 곳이 없소. 거할 곳이 생길 때까지만이라도 이곳 영산에서 함께 지내도 되겠소?"

"……."

"내 가진 것은 없으나 이래 뵈도 일은 제법 하오. 내 밥값은 할 수 있소. 약조했던 재물은 줄 수 없게 되었지만……."

검현은 대답 대신 지화를 가만히 눈에 담았다. 왠지 자신이 있을 분위기가 아닌 것 같아 눈치 빠른 백호가 '흠, 흠' 기침을 하며 문 밖으로 슬그머니 빠져나갔다.

검현이 한쪽 눈썹을 슥 들어올렸다.

"이 또한 명이오?"

지화가 빠르게 손을 내저었다.

"아니, 아니. 부탁이오."

싱긋 웃은 검현이 조심스럽게 손을 뻗어 지화의 이마를 짚어보았다. 몸 안의 독이 모두 사라졌는지 열 또한 사라져 있었다. 마음의 상처가 아무는 데는 시간이 걸리겠지만.

검현의 손길에 지화는 저도 모르게 귀가 붉어지고, 심장이 쿵쿵 뛰었다.

"음? 다시 열이 나는 것이오?"

"아, 아, 그런가 보오. 갑자기 어지럽기도 하고."

지화가 괜히 손으로 부채질을 했다. 열을 염려한 검현이 물에 적신 수건을 짜서 지화의 손에 쥐여주었다.

"나가라고 하지 않을 테니 지금은 일단 회복하는 것만 신경 쓰시오. 회복하면 언제든지 다른 곳으로 가도 좋으니."

"참말이오? 회복할 때까지 여기서 지내도 되겠소?"

"여긴 내 거처라 곤란하고, 근처에 작은 오두막 하나가 더 있긴 하오."

"고맙소, 고맙소. 내 꼭 이 은혜를 갚으리다."

지화가 입꼬리를 말고 환하게 웃었다.

지화의 환한 미소를 바라보던 검현도 어쩐지 지화처럼 열이

오르는 기분이 되어 시선을 옮겼다. 처음 느껴보는 당황스러운 감정이었다.

"지금 여기 좀 덥지 않소?"

"검현도 그런 것 같으시오? 나도 영 열이 나는 것이 회복이 오래 걸릴 것 같기도 하고."

"회복이 더디면 큰일이지."

검현은 괜스레 창문을 열어 바람이 들고 나게 하였다. 밖으로 나온 백호가 들판에 핀 하얗고 노란 꽃들을 보며 나풀나풀 팔자걸음을 옮겼다.

"꽃을 주고받아 맺은 인연이니 헌화가라고 부르는 게 옳겠구나. 오래오래 이어질 인연이로고."

풀잎 하나를 입에 문 백호는 흥흥 콧노래를 부르며 따뜻한 햇볕을 즐겼다.

강산이 몇십 번이나 변한 후의 어느 날.

"수고 많으십니다."

지화와 같은 얼굴을 한 여리가 점포 앞에 손수레를 세워두었다.

복령의 대장간은 예화 외곽에 있어 대장간에서 만든 물건들을 이렇게 장이 서는 날 저자에 있는 점포로 실어다두곤 하였다.

"오늘은 어찌 여리 네가 왔누?"

"대장간에 단체 주문이 들어와서 다들 바쁘다지 뭡니까? 그래서 일당을 받고 제가 왔지요."

"이 무거운 걸? 혼자서?"

"저도 이제 이 정도 밥값은 할 만큼 컸습니다. 불러주는 고객이 있으면 무슨 일이든 확실하게 해야지요. 아참, 이번 낫은 특별히 질이 좋으니 너무 헐값에 넘기지 마십셔."

"척 보면 알지. 담금질 많이도 했구먼."

여리는 익숙한 손길로 수레에 있는 물건들을 점포 안으로 옮겼다. 저자에 오가는 사람들을 위한 물건들이라 그 수가 많진 않았으나 종류가 다양해 부피가 작지 않았다.

"그나저나 저 호미랑 삽은 질도 좋은데 영 안 나가네."

"그런가요? 좋은 물건인데 왜 그렇지?"

"왜긴. 그 옆의 것들이 더 화려하고 좋게 생겨서 그렇지."

"손잡이가 조금 두꺼워서 그런가 봅니다. 사내들이 쓰기엔 이 정도 크기가 딱 좋은데."

잠시 생각하던 여리는 화주를 담기 위해 꺾어왔던 매화 가지를 몇 개 꺼내서 예쁜 고리를 만들었다. 그렇게 몇 개의 고리를 더 만든 후, 주인을 찾지 못한 농기구들에 묶어주었다.

"뭐 하는 거냐?"

"보기 좋은 떡이 먹기도 좋다고 이렇게 꽃을 달아두고 좋은 곳에 가서 쓰이길 염원하는 겁니다."

"허허, 다른 것도 아니고 누가 꽃 달린 삽을 산다고."

"꽃이란 게요, 예뻐서만 좋은 게 아니라 누군가에겐 마음을 들뜨게 하고, 누군가에겐 위로를 주기도 한다니까요? 좋은 앞날을 기원하는 뜻에서 헌화하기도 하고요. 아직 연을 못 만나서 그렇지 이렇게 봄을 함께 선물하면 좋은 주인 만날 겁니다."

"그래. 그 마음이 어여쁘다. 시들기 전에 어서 주인을 만나야겠구나."

마지막 물건까지 옮긴 여리가 점포를 나서려던 그때, 커다란 그림자와 마주쳤다. 잠시 스칠 뿐이어서 얼굴을 보진 않았으나 키가 큰 자라는 것만 알았다. 사내의 곁을 스치는데 이 주변에선 맡을 수 없는 청량한 향이 느껴졌다.

풀 냄새, 나무 냄새.

시원한 향에 저도 모르게 사내를 돌아보았지만 이미 뒷모습 밖엔 보이지 않았다.

머리를 긁적인 여리가 손을 털고 빈 수레를 잡았다.

"저 갑니다. 다음 장에 또 봬요."

"그래. 살펴가거라."

여리가 가고 난 후, 점포 주인은 이겸의 옆에 섰다.

"무엇이 필요하십니까?"

이겸이 주인에게로 시선을 돌렸다. 얼굴을 가리고 있었으나 객의 눈매가 시원하니 검은 밤하늘을 담고 있는 듯하다고 주인은 생각했다.

"밭을 일굴 것들을 찾고 있소. 작은 밭이라 직접 할 것이니 적당한 것을 추천해주시오."

점포 주인이 방금 여리가 꽃을 매어둔 기구들을 가리켰다.

"이런 것들은 어떠십니까? 투박해 보여도 튼튼해서 쓰기에 좋으실 겁니다."

"그걸로 하겠소."

그저 밭을 일구기만 할 수 있으면 되었기에 이겸은 물건을 제대로 살피지도 않고 값을 치렀다. 멀어져가는 이겸을 보며 점포 주인이 신기하다는 듯 어깨를 으쓱거려 보였다.

"허참, 신기할세. 몇 달포나 나가지 않던 물건이 꽃을 달았다고 금방 주인을 찾네."

회연으로 돌아온 이겸은 고택 앞 모래밭에 앉아 손으로 모래를 쥐었다가 놓아보았다.

─근동에 그 꽃이 자랄 수 있는 땅이라면 회연 행궁 앞밖에 없을 겁니다. 이제는 쓰지 않는 그 행궁 말입니다.

약방 주인의 말을 떠올린 이겸은 제 얼굴을 가리고 있던 천을 벗었다. 유려한 검현의 얼굴과 똑같은 얼굴. 다른 것이 있다면 검현에게는 없던 흉이 이겸의 목덜미에는 있었다. 폐월화의 독으로 인해 혈관을 따라 그어진 줄은 일곱 해에 거쳐 심장으로 내려갈 것이었다.

이겸은 가져온 삽으로 모래밭의 가장자리부터 흙을 고르기 시작했다. 강물이 닿지 않고, 폐월화의 뿌리가 썩지 않을 만큼의 땅만 쓰기로 하였다. 약방 주인장을 통해 흰 폐월화를 구해달라고 말을 넣어놓긴 했지만 앞날을 알 수 없으니 일단 가져온 씨앗을 뿌려볼 생각이었다.

오랜 시간 허리 한 번 펴지 않고 삽으로 언 땅을 헤집고 흙에 숨을 불어넣었다. 온몸이 땀으로 젖었을 무렵, 이겸은 잠시 삽을 내려두고 바닥에 털썩 앉았다.

검에 익숙했던 손은 금세 물집이 잡히고, 군데군데 피가 맺혀 있었다. 폐월화의 독이 들어왔던 때처럼 볼품없어진 손을 보고 있자니 많은 생각이 스쳐갔다. 그때, 문득 내려둔 삽의 고리에 눈길이 갔다. 이겸은 손을 뻗어 삽을 제 앞으로 끌고 왔다. 물건을 살 땐 알지 못했으나 누군가 정성스럽게도 매화 가지로 매듭을 지어 예쁘게 달아두었다.

"이른 봄이 소리 없이 따라왔구나. 너를 이리 곱게 매어둔 이가 누구냐?"

언 땅이 녹고 있긴 했지만 이제 막 봄이 시작될 시기라 꽃이 많이 보이는 때는 아니었다. 자세히 보니 삽과 함께 가져온 호미에도 작고 예쁜 꽃들이 방울방울 달려 있었다.

언젠가 이겸의 어미와 이흔, 그리고 이겸까지 어울려 후원에서 놀던 때가 생각이 났다.

눈 내리는 날 흐드러지게 펴 있던 매화는 가히 장관이었다. 돌아갈 수 없는 시간이, 소중했던 그 시간이 생생해서 가슴이 저렸다.

믿었던 이들에게 버림을 받아 이곳까지 온 이겸이었다. 어쩌면 모든 것이 끝일 수도 있겠다 여겼는데 정작 끝이라 여겼던 곳에서 얼굴도 모르는 이에게 봄이 담긴 환영 인사를 받다니. 참으로 인생이란 알 수가 없구나.

이겸은 회연에 오고 난 후 처음으로 싱긋, 작게 웃었다.

"씨를 뿌리고 열매를 거두는 농기구에 봄을 매달아두다니. 참으로 합당한 선물이 아니더냐."

따뜻한 봄기운을 받고 일곱 해 후엔 하얀 폐월화가 피어주면 좋겠다.

이겸은 기구에 묶인 매화 가지를 조심히 풀어서 자신이 벗어둔 복면 위에 올려두었다. 꽃이 바람에 날아가지 않게 매듭 끝엔 작은 돌도 얹어두었다.

"봄을 선물 받았는데 쉬이 망가지면 너를 준 이 또한 슬프겠지. 또 다른 봄들이 오고 있는지 에서 잘 보고 있거라."

이겸이 다시 삽을 잡았다.

영산을 휘돌아 나가는 물줄기에 봄 향기가 가득 묻어났다.

〈끝〉

기억이 위로가 되는 시간

아주 오래 전, 언젠가의 겨울에 경주에서 머문 적이 있습니다.

늦은 밤 문득 숙소 마당으로 나갔더니 시리고 선명한 달이 기와지붕 위로 떠올라 있는 게 보였습니다. 뽀얀 입김이 흩어지고, 피부는 찬 기운 때문에 움츠러드는데 기와 위에 내려앉은 달빛이 고요하고도 아름다워서 한참이나 머물러 있던 기억이 납니다.

주위는 적막하고, 옅은 바람에 머리카락은 산들거리고, 분명 말을 할 수 없는 달인데도 '괜찮아, 아무런 문제도 없어.'라고 속삭여주는 것 같기도 했습니다.

가끔 그렇게 시간이 멈춘 것 같은 기억이 흘러드는 순간들이 있습니다. 그때의 기억과 더불어 당시의 시간들이 함께 떠오를 때면 그게 제겐 작은 위안이 되기도 합니다.

아, 맞아. 그래도 그때 참 좋았지. 그게 참 행복했어. 그건 또 그립다…….

『폐월화』 전체를 관통하는 달빛 이미지는 그때의 기억에서 가져온 것입니다. 제가 당시에 느꼈던 따뜻한 감정들을 글을 읽어주시는 독자님들께도 전해드리고 싶었는데 서툰 글 솜씨라 잘 표현이 되었는지는 모르겠습니다.

그렇게 사소하고 가벼운 마음으로 시작한 『폐월화』가 종이책으로 세상에 나온 지도 어느덧 3년이 되었습니다. 물론 네이버 베스트리그에 연재되던 기간까지 포함하면 그보다 더 오래된 글이긴 합니다만.

첫 종이책 인쇄 후엔 긴 시간만큼이나 많은 변화가 있었습니다. 종이책에서 전자책으로, 이후 웹툰으로도 그려져 『폐월화』는 많은 독자님들을 만날 수 있게 되었습니다. 초판에는 외전 중에서 '야수전'과 '오래된 화첩'만 수록되어 있는데 그 글이 종이책 출간을 기념한 것이었기 때문입니다. 그 다음 하나씩 추가된 외전들은 전자책 출간, 웹툰 출간을 기념했던 글들인데 이번 개정판에서 함께 담아볼 수 있게 되었습니다.

변화가 있을 때마다 추가한 외전이라고는 하나 어쩌면 그 이야기들은 제가 궁금했던 이야기였는지도 모르겠습니다. 겸이와 여리가 달이 다섯 개 뜨는 곳으로 가자던 약속을 지켰는지, 작품 내내 욕을 먹었던 이흔에게도 다른 모습이 있진 않았을지, 서래댁과 동아, 무영은 또 어떻게 지내고 있는지 같은 것들 말입니다.

마지막 외전 '헌화가'는 제목에서 눈치채셨겠지만 향가 헌화가 관련 설화를 차용했습니다. 절벽에 핀 아름다운 꽃과 그것을 꺾어주는 존재라는 설화 속 설정이 어쩌면 폐월화라는 꽃의 시작도 그러하지 않았을까……라는 느낌을 주었습니다. '겸이와 여리가 기억하는 것보다도 훨씬 더 오래 전, 두 사람의 인연은 폐월화의 처음과 닿아 있었다.'와 같은 이야기는 외전을 읽어주시는 분들이 없었더라면 세상에 나오지 못했을 겁니다. 감사합니다.

그런 생각들을 합니다. 많은 우연과 행운과 다행들이 이 글에 생명을 불어넣어주었다고.

이 이야기를 인터넷에 올려야겠다고 생각했던 우연, 많은 독자님들이 글을 읽어준 행운, 좋은 출판사를 만나게 된 다행이 지금의 『폐월화』를 만들어주었습니다. 혼자였으면 불가능했을 일들이 좋은 분들께서 마음을 더해주시고 함께해주셔서 비로소 빛을 보게 되었습니다.

이제 『폐월화』의 시간은 멈추었기에 더 이상의 외전이 더해지는 일은 없습니다. 그래도 저는 가끔, 아주 가끔 밤하늘을 올려다볼 때 주위를 신비롭게 물들인 달빛을 보게 된다면 겨울의 그 밤과 더불어 한 번씩 폐월화가 떠오를 거 같긴 합니다.

이겸도, 여리도, 서래댁도, 동아도, 무영도, 그리고 이흔도 읽어주시는 여러분들이 있어 내내 행복했을 겁니다. 이 이야기가 저에게도 그랬듯 누군가에겐 그리운 기억이, 따뜻한 위로가 되었길 바랍니다.

폐월화 2

초판 1쇄 인쇄 2018년 11월 12일
신판 1쇄 발행 2022년 1월 19일

지은이 조은담 ∣ 펴낸이 강성욱 ∣ 책임 기획 전주예 ∣ 기획 편집 송진아 문지현 고현나 임세희
디자인 오유나 탁영건 정민주 ∣ 일러스트 이랑 ∣ 로고 김미현 ∣ 교정 서진영
펴낸곳 테라스북 ∣ 등록 제25100-2021-000006호
주소 (05020) 서울특별시 광진구 동일로 116길 제일빌딩 4층 403호 (화양동)
전화 070-4794-5826 ∣ 팩스 0505-911-5826
블로그 https://blog.naver.com/terracebook ∣ 전자우편 terracebook@naver.com
ISBN 979-11-6728-112-8 (04810)
ISBN 979-11-6728-110-4 (SET)

ⓒ 조은담 2018 Printed in Korea

테라스북은 주식회사 스토리펀치의 임프린트 브랜드입니다.